Rachel Hauck

Prinzessin wider Willen

Bibliografische Information der Deutschen Nationalbibliothek
Die Deutsche Nationalbibliothek verzeichnet diese Publikation in der Deutschen Nationalbibliografie; detaillierte bibliografische Daten sind im Internet über http://dnb.dnb.de abrufbar.

ISBN 978-3-86506-732-6

Originally published in the U.S.A. under the title „Princess ever after"

Published by permission of Zondervan, Grand Rapids, Michigan.
www.zondervan.com

Einbandgestaltung: Brendow Verlag, Moers
Titelfotos: fotolia©goodluz/fotolia©Kate Shephard
Satz: Brendow WEB & PRINT, Moers
Druck und Bindung: CPI – Clausen & Bosse, Leck
Printed in Germany

www.brendow-verlag.de

Rachel Hauck

Prinzessin wider Willen

Roman

Aus dem Amerikanischen
von Anja Lerz

Brendow
Verlag | Alles, was Sinn macht!

EINS

Sie hatte ihr Glück gefunden. Vielleicht sogar die wahre Liebe – hinter dem Lenkrad eines 71er Dodge Challenger, der auf den Stand eines Slant-Six und damit zur Perfektion gebracht worden war.

Reggie bremste in der Kehre des Feldwegs ab, der sich durchs westliche Tallahassee zog, schaltete in den vierten Gang und brachte den Wagen auf Hochtouren. Der Kitzel der Geschwindigkeit setzte ihr ganzes Wesen unter Strom.

Der Motor brummte voller Autorität, während die Räder über den Weg surrten und Staub aufwirbelten, als wollten sie das Gestern ein für alle Mal begraben. Während Reggie geradewegs auf das rosengoldene Licht der Dämmerung zuhielt, flog auch das letzte bisschen Zweifel, das an ihr genagt hatte, mit der kühlen Septemberbrise davon.

Hierfür war sie geboren worden – vergessenen, schrottreifen alten Autos zu ihrer ursprünglichen, klassischen Schönheit zurückzuhelfen. Und sie hatte nur 29 Jahre gebraucht, das herauszufinden.

Haha. Komm schon, Süßer. Zeig mir, was du draufhast.

Die Jungs – Al, Rafe und Wally – winkten wie verrückt mit ihren Mützen, als sie an ihnen vorbeifuhr.

Das war unglaublich. Einfach unglaublich. Sie hätte das schon vor Jahren tun sollen. Von dem riesigen Schiff der Wirtschaftsprüfung hinüberspringen auf das kleine Floß der »Schrauberträume«, das sich gerade so über Wasser hielt.

Sechs Monate waren vergangen, seit sie ihren Hosenanzug gegen den Blaumann getauscht hatte und mit Al, der wie ein zweiter Vater für sie war, ins Restaurationsgeschäft eingestiegen war. In dieser Zeit hatte sie mehr als genug schlaflose Nächte gehabt.

Den Challenger zu restaurieren war ihr erster großer Auftrag gewesen. Und ihr erster echter Härtetest.

Reggie warf einen Blick auf den Tacho. Die Nadel schob sich unbeirrt auf die Hundert zu.

»Juchuuu!« Sie schoss über die Ziellinie. Eine Hupe ertönte. Johlende Männerstimmen erhoben sich. Sie hatte es geschafft. Sie hatten es geschafft, gemeinsam. Und das, ohne eine Spur aus Autoteilen auf der Rennstrecke zu hinterlassen.

Reggie schaltete runter und steuerte auf die Mitte des Platzes zu. Sie ließ das Auto eine Reihe Achter ziehen, malträtierte die Hupe, gab wieder Gas und ließ den 440er so noch einmal zu Wort kommen.

Himmel hilf, was hatte ihnen der Auf- und Einbau dieses Motors nur abverlangt. Diese Zeit war besonders von Zweifeln geprägt gewesen. Manchmal hatte Reggie ernsthaft darüber nachgedacht, ihre alte Firma, Backlund & Backlund, anzurufen und zu fragen, ob sie ihre Stelle wiederhaben könnte.

Ein letzter Kreisel auf dem Feld. Reggie hielt den Wagen an und sprang heraus. Den Motor ließ sie laufen. Rafe hob sie hoch und wirbelte sie herum. »Wir haben es geschafft!«

Nachdem er sie abgesetzt hatte, nahm Al sie in seine dunklen Teddybärenarme. »Ich bin so unsagbar stolz auf dich, mein Mädchen.«

»Nein, Al. Ich bin stolz auf dich. Es war *deine* Idee.«

»Aber du warst bereit, den Sprung zu wagen.« Al war Sergeant der Marines im Ruhestand und der beste Freund ihres Vaters, seitdem die beiden in den Sechzigern die Sullivan Elementary School besucht hatten. Und Kopf und Rückgrat des Unternehmens.

Als Al vor sechs Monaten mit seiner Idee auf Reggie zugekommen war, hatte ihre einzige Frage gelautet: »Wo kann ich unterschreiben?«

Dann hatte er Rafe eingestellt, der kurz vor Als Ruhestand mit ihm zusammen bei den Marines gedient hatte. Rafe hatte die Marines nach drei Einsätzen in Afghanistan verlassen und war auf der Suche nach »Sergeant Al« von North Carolina bis nach Tallahassee getrampt.

Ole Wally kam als Letzter bei dem Auto an, das im Leerlauf vor sich hin schnurrte. »Ich finde, er ist traumhaft schön. Reg, du fährst besser als Danica.«

Sie warf ihre Arme um den Hals des schrumpeligen Alten, dem die dünnen weißen Strähnen unter seiner Jeff-Gordon-24-Mütze hervorkrochen.

»Wally, ich würde meinen Erstgeborenen darauf verwetten, dass deine Arbeit an Motoren die beste in der ganzen Branche ist.«

»Reg«, Wally spuckte aus, eine alte Angewohnheit, die aus seinen Kautabakzeiten stammte, »spiel hier nicht um Dinge, die du nicht hast. Finde einen Mann, geh mit ihm aus und heirate ihn, damit du an einen Erstgeborenen kommst.«

Wally schlenderte um den Wagen herum. »Rafe, hast du mitbekommen, wie da irgendetwas im Motor ›Ping‹ gemacht hat? Ich dachte, ich hätte da was am achten Zylinder gehört.«

Wally, der Autoflüsterer.

»Lasst uns auf der Fahrt zurück zur Werkstatt die Ohren aufsperren«, antwortete Rafe, der sich schon über die Motorhaube beugte und lauschte.

Die Werkstatt war eine alte rote Scheune, die Al weit draußen am Blounstown Highway aufgetan hatte. Sie erfüllte ihren Zweck, weil sie viel Platz und ein dichtes Dach hatte. Und vor allem war sie billig.

»Sag mal, Reg«, ein lauter Bass dröhnte über das Feld, »war da nicht irgendwas mit sieben Uhr?«

Reggie kniff ihre Augen zusammen und sah zwischen den langen Schatten Mark auf sich zukommen, mit dem sie für heute Abend verabredet war.

»Mark ... hey!« Reggie wühlte ihr Handy aus einer der Taschen ihres Overalls. War es etwa schon sieben? Nein, es war nicht sieben. Es war halb acht. 19.31 Uhr, um genau zu sein. Sie hatte sich verspätet. »Es tut mir so leid.« Sie traf auf der anderen Seite des Autos auf Mark und schaute noch einmal zu Wally hinüber, dem sie einen bittenden Blick zuwarf. »Wir mussten den Wagen noch ein letztes Mal ausprobieren. Wally hat da so ein Ping gehört.« *Na ja, hat er doch wirklich.* »Danny Hayes holt ihn morgen früh ab, und wir müssen sichergehen, dass er auch hundertprozentig läuft.«

»Wally und Al kommen schon mit einem *Ping* zurecht, Reg.« Mark fuhr mit dem Finger über die staubige Motorhaube und machte eine große Geste daraus, auf seine Armbanduhr zu sehen. »Willst du das etwa tragen?«

»Ja, das ist der neue Modetrend aus New York für die Saison, Mark. Ölverschmierte Overalls.« Reggie hob ihren Fuß. »Aber ich zieh mir noch schnell ein paar schicke Stiefel an. Wird das nicht elegant?«

»Zeig's ihm, Reg.« Rafe knuffte sie solidarisch in die Seite, als er herüberkam, um sich auf den Fahrersitz zu setzen.

»Fahr vorsichtig, Rafe. Bring den Wagen zurück zur Scheune und mach ihn sauber, okay?« Sie zog den Reißverschluss ihres Overalls auf und zog ihn aus. Darunter trug sie eine Jeans und ein schwarzes, plissiertes Top mit V-Ausschnitt – das perfekte Outfit für ein Fischessen in Wakulla County. Selbst wenn der Gastgeber wahnsinnig reich war.

Sie reichte Rafe ihren zusammengeknüllten Overall durch das Fenster und zuckte innerlich zusammen, als sie sich des Glucken-Tons ihrer Worte bewusst wurde. Trotzdem ... »Kontrolliert den Wagen innen und außen mit den weißen Handschuhen, auch die Radkästen.«

»Verstanden, Chef.« Rafe grinste und gab Gas, während Wally sich immer noch über den Motor beugte, ganz Ohr für das mysteriöse Ping.

Al winkte Reggie zur Seite. »Reg ...« Seine Stimme brach, und als er aufsah, zeigte sich ein feuchter Glanz in seinen braunen Augen. Er zog die Nase hoch, hob das Kinn und atmete tief ein. »Gut gemacht, Mädchen.«

»Ja, das haben wir gut gemacht.« Ihr stiegen ebenfalls die Tränen in die Augen. »Ich schulde dir was, Al. Was Großes. Jetzt müssen wir nur überlegen, woher wir den nächsten Auftrag bekommen. Ich habe mir gedacht ...«

»Mach dir einen schönen Abend, Reg.« Al nahm sie bei den Schultern und drehte sie herum. »Ich wollte dir nur sagen, dass ich stolz auf dich bin. Geh jetzt. Amüsiere dich. Lache. Genieße deinen Erfolg.«

»Wir sind ein echtes Erfolgsteam, nicht wahr?« Sie lächelte.

»Ein Ein-Auto-Erfolgsteam, aber ja, so weit, so gut.«

»Al, sag mal, wenn wir ...«

»Nun lauf, Mädchen, und hab Spaß mit deinem Verehrer.«

»Er ist nicht mein Verehrer.«

»Auch gut. Geh einfach. Vergnüge dich. Miriam wartet zu Hause mit den Enkeln auf mich. Für mich sind heute Abend Popcorn und Disneyfilme angesagt.« Al lachte laut und unbekümmert. Er hatte die Zeit seines Lebens.

»Na gut, okay.« Sie klopfte sich mit den Händen gegen die Beine. »Dann – Abmarsch.«

»Gut. Abmarsch«, wiederholte Al ihre Absichtsbekundung.

»Also, wenn ihr irgendetwas braucht, ruft mich an.«

»Was könnten wir an einem Dienstagabend um halb acht wohl noch brauchen?« Al nahm sie wieder bei den Schultern und drehte sie einmal mehr zu Mark. »Amüsiere dich. Das ist ein Befehl.«

»Jawoll, Sergeant Love.«

Während sie mit Mark zu dessen Wagen hinüberging, atmete sie tief durch und presste sich die Hand auf den Bauch. Sie hatte es geschafft. Sie hatten es geschafft. Einen kompletten Wagen restauriert.

»Wir sind bis zum Fahrgestell runter, als wir angefangen haben, an dem Challenger zu arbeiten«, sagte sie mehr zu sich selbst als zu Mark.

»Der alte Mr. McCandless wird sich wundern, wo ich bleibe.«

Mark zielte mit seinem Schlüssel auf das neue Porsche-Modell, das am Anfang des Feldwegs stand. »Was war denn jetzt an sieben Uhr so schwierig, Reg?«

»Ich habe gearbeitet.« Sie rannte vor ihm her. Sie winkte und jubelte und jagte dem Challenger ein paar Schritte nach, als Rafe, Wally und Al aus dem Feldweg abbogen und in Richtung Werkstatt davonfuhren.

»Lass uns fahren!«, rief Mark.

Reggie traf ihn am Porsche und ließ sich mit einem untrüglichen Gefühl der Zuversicht, dass sie endlich ihre Bestimmung gefunden hatte, auf den Beifahrersitz gleiten.

Eine sanfte Hunter-Hays-Melodie erklang aus Marks Lautsprechern, während der Porsche auf die Golfküste zuhielt.

Reggie kuschelte sich in das italienische Leder und betrachtete die leuchtend roten Streifen am westlichen Horizont. Konnte das Leben perfekt sein? Oder fast perfekt? Das erste Mal, seitdem Mama gestorben war, als sie noch ein Kind gewesen war, ergab ihr Leben einen Sinn. Oder? Aber sicher doch.

Mit Al eine Firma zu gründen und an dem Challenger zu arbeiten, hatte ihr Halt gegegben, hatte ihre Ruhelosigkeit gezügelt. Ihr Herz hatte aufgehört zu fragen, ob da noch etwas sei.

»Gestern habe ich mit Eric Backlund Golf gespielt.« Mit seinen dreißig Jahren war Mark einer der führenden Immobilienunternehmer in Florida. Er aß mit Kongressabgeordneten zu Mittag und spielte mit Vorstandsvorsitzenden Golf. Er entwickelte sich immer weiter fort von dem knochigen Schlüsselkind mit den traurigen Augen, das in einem gammeligen Wohnwagen gelebt hatte.

»Hat er immer noch ein Handicap von sieben?«, fragte sie. Ihr ehemaliger Chef nutzte jede Gelegenheit, um den Leuten in seinem Büro zu erzählen, wie gut er doch darin war, einen kleinen weißen Ball mit einem dünnen Schläger sonstwohin zu befördern.

»Er hat nach dir gefragt. Er wollte wissen, wann du wiederkommst.«

»Wenn ein Schneesturm Tallahassee begräbt.« Sie öffnete ihr Fenster. Die feuchte Luft flog an ihrem Gesicht vorbei und kühlte die aufkommende Hitze in ihrer Unterhaltung.

»Reg, nun komm schon. Du musst klug sein, an die Zukunft denken. Ja, bravo, du hast einen Oldtimer restauriert.« Er nahm für einen kurzen Applaus die Hände vom Lenkrad. »Du hast dir und allen anderen bewiesen, dass du es mit den großen Jungs aufnehmen kannst. Aber jetzt ist es Zeit, an deine Zukunft zu denken.«

»Noch nicht mit den ganz großen Jungs. Wir haben einen einzigen Wagen restauriert. Und dein Sarkasmus ist mir egal.« Wollte er sie im selben Atemzug ermahnen und ernüchtern?

Reggie ignorierte das Schuldgefühl, das anklopfte, das Streben in ihr, allen gefallen und sich fügen zu wollen. Das zu tun, was andere von ihr erwarteten, hatte sie überhaupt erst in diese ganze Wirtschaftsprüfergeschichte hineingebracht. Daddy hatte gedacht, es sei ein guter Beruf für sie. Er hatte Recht gehabt. Eine Zeitlang. Aber sie hatte ihre Lektion gelernt. Jetzt war sie an der Reihe. Jetzt war es Zeit, das zu tun, was sie wollte.

»Ein bisschen Sarkasmus hilft manchmal dabei, blinde Augen sehend zu machen«, sagte Mark.

»Komisch, dass Jesus nie welchen gebraucht hat, als er herumging, Gutes tat und Leute heilte.« Sie wandte sich ihm zu. »Schau her, Mark, ich gehe nicht wieder zu Backlund & Backlund zurück. Auch nicht, wenn das mit der Autorestauration nicht klappen sollte. Also schlag dir das aus dem Kopf. Oder aus den Köpfen anderer Leute. Da tüte ich lieber im Supermarkt Einkäufe ein.« Sie lehnte sich zurück und sah nach vorne, beobachtete, wie die Scheinwerfer eine Schneise in die Dunkelheit schlugen, und spürte, wie sich das Wohlgefühl von eben auflöste.

»Na gut, dann vergiss die Buchhaltung«, sagte Mark. Seine Stimme machte sich für Plan B bereit. Sie kannte Mark nun seit fast zwanzig Jahren, und er hatte immer einen Plan A und zusätzlich einen Plan B, C, D und E. »Aber Reg, um Himmels willen, Autos? Noch dazu alte Autos? Du bist zu klug und zu talentiert und viel zu schön, um den ganzen Tag im Blaumann zu stecken und den Kopf unter einer stinkenden Motorhaube zu versenken.« Er verlangsamte die Fahrt und lehnte sich nach vorne, um einen Wegweiser an einer Nebenstraße besser sehen zu können, der hinter einem Baum versteckt war.

»Du kannst gut mit Menschen«, fuhr er fort. »Sie gehen einfach auf dich zu und erzählen dir ihre Geschichte. Erinnerst du dich an die Frau aus meinem Büro bei der Weihnachtsfeier im letzten Jahr? Sie hat dir in der Schlange am Büfett mal eben ihre Lebensgeschichte erzählt. Die redet immer noch von dir.« Er schüttelte den Kopf und gab Gas, während er auf der Suche nach dem nächsten Wegweiser den Hals reckte. »Wie wäre es, wenn du in die Politik gingst?«

»Ha! Politik? Da würde ich dann doch lieber für die Gauner der freien Wirtschaftsprüfer von Backlund & Backlund arbeiten.

»Haha. Backlund hat einen tadellosen Leumund, und das weißt du auch.«

»Selbst wenn das nicht so wäre, würde ich lieber für sie arbeiten, als in die Politik zu gehen.« Sie sah Mark an. »Kennst du mich denn so gar nicht? Nach all den Jahren?«

»Doch. Ich kenne dich. Vielleicht kenne ich dich sogar besser, als du dich selbst kennst. Reg, du wärst eine gute Politikerin. Du würdest dir mehr Gedanken um die Menschen machen, als um deine eigene Macht oder deinen Wohlstand.« Er bremste am nächsten Straßenschild und bog von der Straße nach links in eine weiche, sandige Auffahrt ab. Mit einem Knurren schaltete er herunter. »McCandless managt millionenschwere Bauvorhaben. Man sollte meinen, er könnte seine eigene Auffahrt pflastern lassen.«

Aber er hatte zu früh gejammert. Das Auto kam auf einer Lichtung heraus, und sie fanden sich auf einer geschwungenen Kiesauffahrt wieder, die sich unter einem Säulengang auf den Haupteingang zuschlängelte.

Reggie sah durch die Windschutzscheibe zum Obergeschoss mit seinen hohen Regenrinnen. »Ein Palast, hier in Wakulla County.« Sie lachte. »Und ich dachte, ich hätte schon alles gesehen.«

»McCandless ist ein bisschen exzentrisch, aber er kennt sich mit Immobiliengeschäften aus.«

»Lass mich raten. Du möchtest, dass er dir bei einem deiner Projekte den Rücken stärkt.«

»Ein Projekt drüben auf St. George.« Mark legte den Leerlauf ein, während ein Angestellter in einer roten Uniform die Treppe am Haupteingang heruntereilte. Ein zweiter Bediensteter öffnete Reggies Tür. Ihr Magen meldete sich, als sie das kräftige Aroma von gebratenem Fisch roch.

»Angestellte«, sagte sie, als Mark auf ihre Seite kam und zusah, wie der Mann seinen Wagen wegfuhr. »Schick, schick. Das ist jedenfalls nicht typisch Wakulla County.«

Wakulla County, das waren Rednecks, Hinterwäldler, wie die Menschen hier spaßhaft genannt wurden. Keine Dienstboten, die die Freitreppe zum Haupteingang eines Palastes heruntereilten.

»Das alles hier ...«, Mark legte ihr einen Arm um die Taille, »das alles hier wird eines Tages genau meine Kragenweite sein, Baby.«

Baby?

»Nun ja, meine jedenfalls nicht.« Reggie wand sich aus seinem Arm und ging vor ihm einen beleuchteten Weg entlang. Vielleicht litt sie ja unter Verfolgungswahn, aber ihr kam es so vor, als wollte Mark sie Stück für Stück in seine Feine-Pinkel-Landschaft hineinmalen. In eine Umgebung, in die sie nicht hineingehörte. Was war los mit ihm? Wann hatte sich die Atmosphäre zwischen ihnen verändert? Sie waren jetzt schon so lange befreundet. Und zwar *nur* befreundet.

Obwohl sie eine »Verabredungs-Verabredung« hatten. Wenn einer von ihnen eine Begleitung zu einer Hochzeit, Weihnachtsfeier, einem Familienfest oder einer geschäftlichen Veranstaltung brauchte und sonst niemanden fand, kam der andere mit. Aber Mark hatte eine Menge Freundinnen. Er war schon mit vielen Traumfrauen ausgegangen.

»Hast du mal wieder was von Monica gehört?«, fragte Reggie beiläufig, als er zu ihr aufschloss. Mark hatte die dunkelhäutige Schönheit bei einem Mittagessen im Kongress getroffen, und Reggie hatte ihn hinterher vier Monate lang nicht mehr gesehen. »Ich dachte, sie wäre vielleicht die Richtige.«

»Sie ist wieder nach Hause gezogen und hat sich mit ihrem Freund vom College verlobt.«

»Was, schon? Das ging ja schnell.«

»Ich war nur ein Trostpflaster, und ich habe ehrlich gesagt auch nie eine Zukunft für uns gesehen.« Mark berührte sie am Ellbogen und lenkte sie behutsam den Weg hinunter zu einem weißhaarigen Mann, der aussah wie Colonel Sanders, dem Gründer und Gesicht von Kentucky Fried Chicken. McCandless.

Reggie war noch nie verliebt gewesen. Nicht dass ihr nichts daran lag, aber, nun ja, sie hatte *ihn* einfach noch nicht getroffen. *Den einen.* Die Liebe ihres Lebens.

Außerdem fand sie nicht, dass sie einen Mann brauchte, um ein glückliches Leben zu führen. Lieber ging sie alleine zu Partys oder auf Hochzeiten und traf sich dort mit Freunden und ihrer Familie. Wenn sie wirklich eine Verabredung brauchte, fragte sie eigentlich auch lieber ihre beste Freundin, Carrie Mitchell, statt Mark, weil sie Carrie damit eine Ausrede lieferte, sich ein neues Paar Schuhe zu kaufen.

»Bevor wir ins Partygetümmel eintauchen ...« Mark nahm sie bei der Hand und zog sie unerwartet vom Gartenweg herunter. Eine dunkle Vorahnung jagte ihr einen Schauer über den Rücken.

Mark, lass das besser ...

»Wir haben schon so lange ...«

Reggies Telefon klingelte in ihrer Jeanstasche. Gott sei Dank. Sie riss ihre Hand aus seiner und angelte nach ihrem Handy. Gerettet vom Handyklingeln. Nie hatte sie den Schlachtengesang der Florida State University lieber gehört.

»Es ist Al«, sagte sie und zeigte ihm das Display. »Hallo, na, ist alles in Ordnung?« Reggie lachte leise. Sie war erleichtert, dass sie Mark noch einmal davongekommen war und schüttelte die Hand aus, um die Wärme seiner Berührung loszuwerden. »Bitte erzähl mir jetzt nicht, dass ihr den Challenger geschrottet habt.«

»Reg, bitte ... Dem Challenger geht es gut. Rafe hat ihn blitzeblank gewienert. Ich rufe an, weil ich mir dachte, du würdest bestimmt gerne hören, dass wir vielleicht unseren nächsten Auftrag haben.«

»Was? Wer?« Ihr Herz pochte gegen ihre Rippen. Das ist ja großartig! »Ein Starfire #89?« Sie lachte. »Wenn du ja sagst, schwebe ich den ganzen Weg bis nach Hause.«

»Ein Starfire #89? Hast du den Verstand verloren, Mädchen?« Al lachte schallend. »Sag mal, was glaubst du denn, wie das seltenste Auto auf dem Planeten Erde sich in die Südstaaten verirren sollte? Und dann auch noch ausgerechnet in unsere kleine Werkstatt?«

»Man wird ja wohl noch träumen dürfen, oder?« Warum nicht? Das Träumen war es gewesen, was sie, zusammen mit einem bisschen Segen von oben, von Backlund & Backlund befreit hatte.

Träume hatten ihre erste Restaurationsarbeit inspiriert. Al hätte sich die Werkstatt erträumen können, aber es war Reggie gewesen, die Danny Hayes dazu überredet hatte, ihnen eine Chance zu geben, indem er ihnen seinen Challenger anvertraute.

Es war also nichts dabei, ein bisschen zu träumen. Eines Tages würde sie schon einen Starfire #89 bekommen. Okay, vielleicht auch nicht, aber immerhin würde sie hinter dem Lenkrad eines Starfire sitzen. Eines Tages.

»Es gibt Träume, und es gibt Absurditäten, Reg. Sollte mir jemals ein Starfire #89 begegnen, dann würde ich dich nicht anrufen, sondern höchstselbst zu dir hinschweben, um es dir persönlich zu sagen. Und du würdest dann, schon bevor ich überhaupt den Mund aufmache, wissen, was ich dir erzählen will, weil mein schönes schwarzes Gesicht so weiß sein wird wie das eines Geistes.«

Sie lachte. »Darauf freue ich mich schon. Welches Auto haben wir denn dann?«

Al hatte Recht. Wenn sie im Restaurationsgeschäft bleiben wollten, sollten sie besser realistisch sein. Es waren nur sieben Starfire #89 produziert worden - eines der ersten Rennautos der Welt. Der Großherzog von Hessenberg hatte ihn 1904 in Auftrag gegeben. Von sechs Exemplaren wusste man, wo sie sich befanden. Vier waren in Museen. Zwei im Besitz von Milliardären. Einer, das Original, war in Zeit und Raum verschollen. Vielleicht hatten die Kriege ihn auf dem Gewissen oder Regen und Schnee, oder einfach jemand, der auf der Suche nach Altmetall gewesen war. Wer wusste das schon? Vielleicht wartete er auch irgendwo auf jemanden, der ihn rettete.

»Ich habe die nächstbeste Alternative zu einem Starfire, Reg. Einen Duesenberg.«

Sie atmete jedes Molekül Luft aus ihrer Lunge aus. »Al, nein. Komm schon ... Das kannst du nicht ... einen Duesi?« Um sie herum wirbelte die Luft, schnell, kühl und mit dem Duft gebratenen Fischs, und einen Moment lang dachte Reggie, sie würde schweben. »Du machst Witze. Nein. Nein, das kann nicht sein. Du würdest keine Witze über einen Duesenberg machen!« Sie zitterte. »W-wie? W-wer? Wann?«

»Ein Kamerad von den Marines ...«

»Gott segne die Marines.«

»Er hat vor einiger Zeit den Dienst quittiert. Er hat es mit einer zweiten Karriere ordentlich zu was gebracht und sich einen 1933er Duesenberg Tourenwagen zugelegt. Er hat angerufen und gefragt, ob ich nicht jemanden kenne, der qualifiziert genug dafür wäre, ihn zu restaurieren.«

»Wir. Ich. Du. Er meint uns.« Reggie schlug sich die Hand vor die Brust. »Hast du ihm gesagt, dass wir das können?«

Mark zog sie am Ärmel. »Reg, du bist mit mir hier. Ruf Al später zurück. McCandless bewegt sich hierher, und ich möchte dich ihm vorstellen.«

Mit einer Handbewegung ermahnte sie ihn zur Stille.

»Ja, aber das ist ein ziemlich besonderes Auto. Unsere Referenzen sind noch ein bisschen dürftig, aber wir sind Freunde, und er vertraut mir. Er überlegt es sich.«

Reggie schob ihre Schulterblätter zusammen. »Was? Du rufst wegen eines ›Er-überlegt-es-sich-Duesis‹ an? Häng dich ans Telefon. Sag ihm, dass wir die Richtigen sind für den Job.«

»Wir wollen doch auch nicht übereifrig wirken, Reg. Lass ihm einen Tag Bedenkzeit. Er hat gerade sechs Millionen Dollar für ein Auto ausgegeben. Wenn wir ihn drängen, verliert er das Zutrauen.«

»Okay, richtig ...« Sechs Millionen Dollar. Reggies Wirtschaftsprüfer-Gehirn überschlug das Gewicht einer Sechs-Millionen-Dollar-Investition, und ihre Aufregung kühlte sich ein bisschen ab. »W-wir können das doch schaffen, oder?«

»Ja, aber wir müssen sehr vorsichtig dabei sein. Wir werden viel recherchieren und viel Arbeit darauf verwenden müssen, die richtigen Materialien und Teile zu finden. Das, was wir nicht finden oder kaufen können, müssen wir selbst herstellen. Aber ja, Reg, wir können das schaffen. Immer einen Tag auf einmal. Immer ein Stück nach dem anderen.«

Als Reggie das Telefonat beendet hatte, sah sie, dass Mark immer noch am Ende des beleuchteten Pfades auf sie wartete.

»Das vergeht wohl nicht wieder, oder? Das mit dir und den Autos?«

»Nein.« Sie blieb neben ihm stehen und verstaute ihr Telefon in ihrer Hüfttasche. Im Kopf ging sie noch einmal Als Anruf durch und durchlebte die Aufregung, die damit verbunden war. »Als Freund hat einen Duesenberg gekauft. Er sucht jemanden, der ihn restauriert.«

Mark pfiff durch die Zähne und sagte nach einer kurzen Pause: »Nur, damit du's weißt: Ich gehe auch nicht weg.«

Sie sah ihn durch den Glanz der goldenen, flackernden Flammen der Partyfackeln an. Mark sah gut aus, wirklich süß. Ein bisschen arrogant. Sein überbordendes männliches Selbstvertrauen wurde nur von ihren Erinnerungen an den einsamen kleinen Jungen in Schach gehalten, der unter dem nackten Licht des Wohnwagenvordachs darauf wartete, dass seine Mama endlich nach Hause kam. In vielerlei Hinsicht nahm Reggie ihn immer noch so wahr. Das Kind, das einen Freund brauchte. Das dazugehören wollte. Und sie liebte ihn. Aber nur als Freund.

»Ich meine das ernst«, sagte er und strich vorsichtig mit den Fingerspitzen über ihr Kinn.

»Mark ...«, sie zog seine Hand von ihrem Gesicht weg, »du bist einer meiner besten Freunde ...«

»Stopp.« Er machte eine abweisende Handbewegung. »Ich bin hungrig. Lass uns was essen. Mir lief bei dem Gedanken an den Fisch schon das Wasser im Munde zusammen, bevor wir hier ankamen.«

»Dass du es mich nicht sagen lässt, ändert nichts, weißt du.«

Er hielt mitten in einem seiner großen Schritte inne und wandte sich ihr zu. »Wir sind uns ähnlich, du und ich. Wir sind beide vom Leben verletzt worden. Bei mir war es, dass uns mein Vater verlassen hat und Mom zwei, drei Arbeitsstellen auf einmal haben musste, um das Essen auf den Tisch zu bringen. Bei dir war es der Tod deiner Mutter, als du zwölf warst. Und trotzdem haben wir etwas aus uns gemacht. Du wenigstens eine Weile lang. Bis diese Geschichte mit der Autowerkstatt anfing. Ich betrachte das als eine Art Lebenskrise in jungen Jahren ...«

»Ich habe keine Krise, Mark, du hörst nicht zu. Das ist das Leben, das ich will. Ich habe mich, was Schule und Ausbildung anging, an Daddys Rat gehalten, aber die Zeit ist vorbei. Jetzt folge ich meinem Herzen.«

»Alte Autos? Willst du mich veräppeln?« Er streckte die Hand nach ihr aus. »Wir wären ein starkes Paar, Reg. Dein Talent mit Zahlen und im Umgang mit Menschen, mein Gespür, gute Investitionsmöglichkeiten und Geschäfte ausfindig zu machen.«

»Kommt Liebe in deiner Gleichung auch vor?« Sie drängte sich an ihm vorbei und ging in Richtung Büfett. Sollte er McCandless alleine begrüßen. Nicht mit ihr im Schlepptau als Teil seines »starken Paares«.

Es war schon richtig, dass sie früher an diesem Abend gespürt hatte, wahres Glück und sogar ein bisschen Liebe hinter dem Lenkrad eines 71er Dodge Challenger gefunden zu haben. Und dort würde sie ihr Herz auch fürs Erste lassen.

Meadowbluff Palace, den 2. März 1914

Ein Jahr ist vergangen seit Vaters vorzeitigem und traurigem Heimgang. Mama, Esmé und ich sind immer noch verloren ohne seine kraftvolle, tröstende Gegenwart, doch wir haben ein wenig Freude und Lachen wiedergefunden.

Mama ist vollauf mit ihren Pflichten beschäftigt, ebenso wie Onkel Franz, der zögerliche Herzog, wie Mama ihn nennt.

Er ist mir sehr zugetan, da ich seine Thronfolgerin bin. Mama sorgt sich, seine Zuneigung für mich und sein Wunsch, mich als Großherzogin zu sehen, hätten ihn davon abgehalten, eine Braut zu wählen und selbst Kinder zu zeugen. Aber ich glaube, er hat nie geheiratet, weil er noch immer Lady Rosamond liebt.

Onkel spricht nie davon, aber ich bin sicher, sie hat ihm das Herz gebrochen, als sie seinen Heiratsantrag so rüde abgelehnt hat und kurz darauf gestorben ist. Armer Onkel!

Und so verhätschelt er nun mich und Esmé. Das hat er gemacht, solange ich mich erinnern kann, lange, bevor er der Großherzog von Hessenberg wurde.

Ich glaube doch, dass er Papa und Großvater in letzter Zeit sehr vermisst. Nach seiner Reise nach Russland und ins Deutsche Reich, wo er seine Vettern Nikolas und Wilhelm besucht hat, scheint er mir sehr in Sorge zu sein. Seit seiner Rückkehr spüre ich, wie schwer sein Herz ist. Er geht gesenkten Hauptes durch die Halle und verschränkt dabei die Arme hinter dem Rücken. Er war immer so fröhlich, voller Freude, und hat Esmé und mich besucht, um seinen geliebten Ragtime auf der Victrola zu hören.

Er hat einen neuen Schreiber engagiert, Otto Pritchard, einen jungen Studenten. Ich glaube, nicht lesen und schreiben zu können bekümmert Onkel sogar noch mehr als Rosamonds Zurückweisung. Wenngleich er weder über das eine noch über das andere jemals spricht.

Heute Morgen ist er nach Brighton gesegelt, um Cousin Nathaniel zu treffen, danach reist er weiter, um Cousin George zu besuchen.

Mama hat mir beim Tee zugeflüstert, dass Lord Chamberlain glaubt, ein Krieg sei im Anzug. Sie steht stets früh auf und nimmt eine Kutsche zur St. John's Chapel. An den Nachmittagen sitzt sie vor der Teestunde mit der Bibel im Schoß am Feuer im Salon. Sie wiegt sich hin und her, und ihre Lippen bewegen sich im stillen Gebet. Onkel ist der Überzeugung, der Glaube sei etwas für die Schwachen. Mama sagt, der Glaube sei etwas für die Starken, denn es brauche ein kühnes Herz, um zu glauben, was man doch nicht sehen kann. Die Augen unseres Herzens erzählen unserem Verstand, was der Geist redet.

Was mich angeht, so bedrückt mich die Last, die Onkel und Mama tragen, wohl, und doch setze ich meine Studien auf der Scarborough fort. Onkel besteht darauf, dass Esmé und ich unsere Schulbildung bekommen, um »mit den Jungens mithalten zu können«, wie er so schön sagt. Mama hält ihn für zu fortschrittlich, aber mir gefällt die Gelehrsamkeit doch ziemlich, und in Mathematik bin ich erfreulich gut.

Ich beende diesen Tagebucheintrag nun besser. Der Duft von Bertas frischem Kuchen erreicht mein Zimmer, und ich habe plötzlich großen Hunger. Immerhin ist es Zeit für den Tee.

Danach muss ich lernen. Französisch bereitet mir solche Scherereien!

Alice

ZWEI

Tanner Burkhardt genoss es sehr, wenn sich im September die grauweißen Wolken mit ihrem sanften Nieselregen über Strauberg, Hessenbergs Hauptstadt, niederließen. Und dieser regnerische Mittwoch war keine Ausnahme.

Mit einem kleinen Kästchen unter dem Arm ging er von seinem Auto zum Seiteneingang von Wettin Manor, dem ehemaligen Stadtsitz derer, die einst Hessenbergs Königsfamilie gewesen waren. Nun war es das Hauptgebäude des Parlaments.

Die Kühle der feuchten Luft erinnerte ihn an seine Kindheit. Sie erinnerte ihn daran, wie er durch die Tür des Pfarrhauses gestürmt war, mitten hinein in den Geruch von Mamas Keksen im Backofen.

Aber diese Zeit war lange vorbei, und er erlaubte sich nur gelegentlich, wenn der Herbst seine ersten Anläufe startete, eine kleine Reise in die Vergangenheit. Sonst vermied er es zurückzublicken. Die Tage und Jahre waren zu schmerzhaft gewesen, regelrecht übersät mit den Überbleibseln seiner Torheiten.

Tanner betrat das Herrenhaus. Seine Sohlen klackerten laut auf dem glitzernden Marmorboden, als er die Treppen zu seinem Büro im dritten Stock hinaufging. Während er unter den Spitzbögen durch die altehrwürdigen Flure eilte, schüttelte er den Regen von seinem Mantel und streifte sich die Tropfen aus seinem langen Haar.

Einmal mehr überlegte er, dass sein Vater wohl Recht haben mochte – sosehr ihn die Erkenntnis auch schmerzte. Die richtige Zeit, lange Locken zu tragen, war wohl an dem Tag vorbei gewesen, als er sein letztes Rugbyspiel bestritten hatte.

Aber der Look hatte ihm als jungem Rechtsanwalt gut zu Gesicht gestanden, und so war Tanners Stil zu einem Symbol für seinen Erfolg geworden, anstatt ihn an sein Versagen zu erinnern.

Langes Haar war der einzige Luxus, den er sich nach dem Vorfall mit Trude erlauben konnte. Nachdem er das Seminar verlassen hatte.

Und jetzt hatte er es als Hessenbergs Kulturminister geschafft, sämtliche Misserfolge hinter sich zu lassen. Oder etwa nicht?

Sein Blick fiel auf sein Spiegelbild im Glas eines Bilderrahmens.

Vielleicht würde er ja eines Tages tatsächlich seine Haare abschneiden. Aber heute nicht und auch nicht morgen. Sein Haar erinnerte ihn daran, fleißig und konzentriert zu arbeiten und dabei die dunklen Seiten seiner Persönlichkeit nicht außer Acht zu lassen.

Aber zurück zu den Pflichten, die jenseits seiner Person auf ihn warteten ...

Sein Morgen im Museum war gut verlaufen. Er war äußerst zufrieden damit, wie der Kurator des Angelsächsischen Museums die Porträts der Mitglieder des Königshauses von Augustin-Sachsen angeordnet hatte. Als neu ernannter Kulturminister verlieh Tanner der Ausstellung das Siegel seiner Zustimmung. Mit einer Ausnahme: dem Renoir von Prinzessin Alice.

Tanner verlangte, dass ihr Gemälde in Meadowbluff Palace aufgehängt werden sollte. Immerhin war der Palast das letzte Zuhause der Prinzessin gewesen, bevor ihr Onkel, der Großherzog, Hessenberg zu Beginn des Ersten Weltkriegs an Brighton abgetreten hatte, ohne dass auch nur ein Schuss gefallen war. Anschließend waren er und sämtliche Familienmitglieder in einer Nacht-und-Nebel-Aktion aus dem Land geflohen.

Es fühlte sich richtig an, die Prinzessin, die letzte Thronerbin, wieder in ihren Palast zurückzubringen.

Und nun, da das Ende des Abkommens mit Brighton bevorstand, würde die Suche nach Prinzessin Alice' Erbin oder Erben hoffentlich bald eine reale Person auftun, die das Haus Augustin-Sachsen wieder vom heiligen Grund des Palastes aus regieren würde.

Als er um die letzte Ecke vor seinem Büro bog, begegnete Tanner im Korridor seinem Assistenten Louis.

»Da sind Sie ja.« Louis fiel neben Tanner in den Gleichschritt. Wie immer hielt er seinen kleinen Tablet-Computer in der Hand. »Ich habe versucht, Sie anzurufen.«

»Ich habe mein Telefon im Auto gelassen, während ich im Museum war.« Auf dem Weg ins Büro griff sich Tanner in die Jackentasche, um ein Kästchen herauszuholen, das er auf den Tisch stellte, bevor er aus dem Mantel schlüpfte und diesen samt seiner Anzugjacke an die Garderobe hängte. »Was ist so wichtig?«

Tanner hob den Deckel des Kästchens und nahm die Hälfte eines zerrissenen Fotos heraus. Prinzessin Alice, jung, lächelnd, umgeben von einer Aura klassischer Schönheit. Ihr linker Arm – oder das, was Tanner davon erkennen konnte – war mit einem anderen Arm verschränkt. Anhand des Ärmels vermutete er, dass der Partner der Prinzessin ein junger Mann gewesen sein könnte.

Er drehte das Bild um. Die Schrift war verblasst und ebenfalls entzweigerissen.

-edrich

-14

-alace

»Hören Sie mir zu?« Louis beugte sich über den Tisch. »Was haben Sie denn da?«

»Nichts. Ein Kästchen, das ich einer der Palastwohnungen gefunden habe.«

»Ein ziemlich unscheinbares Kästchen, finden Sie nicht auch?« Louis versuchte, einen besseren Blick auf das glatte braune Holz zu erhaschen.

»Ja, ziemlich unscheinbar.« Irgendwie einsam, um ehrlich zu sein. Tanner tat das alte Kästchen leid, das im Palast zurückgelassen worden war. Bevor er es aufgemacht hatte, hatte er gedacht, es gehöre jemandem vom Reinigungspersonal.

Dann wusste er Bescheid. Es hatte der Prinzessin gehört.

»Sind Sie so weit, Ihre Termine durchzugehen?«, fragte Louis und hielt Tanner sein iPad hin, sodass der den Kalender sehen konnte.

»Beginnen Sie.« Mit einem Auge auf Louis und dem anderen auf seinem Computerbildschirm, lauschte Tanner seinem Tagesplan – vorgetragen von Louis Batten.

Treffen mit dem Kulturbüro der Universität.

Besprechung der Sponsoren und Lieferanten des Kunstfestivals.

Beauftragung des Redenschreibers für seine Ansprache im Zentrum zur Bewahrung Europäischer Kunst.

Während Tanner zuhörte, störte ihn innerlich etwas auf, etwas, das sein Empfinden für Harmonie und Ausgeglichenheit beträchtlich störte. Aber was? Bislang schien alles in Ordnung zu sein.

Vielleicht lag es an dem Kästchen. Vielleicht war es der Tunnelblick der letzten Monate auf die ehemalige königliche Familie Hessenbergs.

Vor sechs Monaten hatte der frisch gekrönte König, Seine Majestät König Nathaniel II. von Brighton, Tanner zum Kulturminister ernannt. Als vordringliches Ziel dabei galt es, das Großherzogtum Hessenberg darauf vorzubereiten, wieder eine unabhängige, souveräne Nation zu werden, wenn das hundertjährige Abkommen über das Erblehen zwischen Brighton und Hessenberg auslief.

Der König war wild entschlossen, eine Lösung zu finden, um die glasklaren, eisenharten Klauseln zu erfüllen. Ein Erbe oder eine Erbin für Hessenbergs augustinisch-sächsischen Thron musste her, um die Insel in die Unabhängigkeit zu führen.

Wenn nicht, würde das Großherzogtum Hessenberg dauerhaft zu einer Provinz Brightons werden und endgültig die Aussicht verlieren, eine eigenständige Nation zu werden.

Allein der Gedanke daran ließ Tanners Herz rasen – er sehnte sich danach, dass sein Heimatland ein eigenständiges Land würde. Er wollte, dass es sein geliebtes Hessenberg für weitere tausend Jahre gab. Ein Saphir in der Nordsee.

»... und ich habe das Treffen mit den jungen Künstlern auf nächste Woche verschoben.« Damit setzte sich Louis auf die Tischkante und lächelte. Er war zufrieden mit sich. »Auf geht's, wie mein alter Onkel sagen würde. Der Tag kann weitergehen.«

»Auf geht's, ja.«

»Was hat der Kurator denn nun mit dem Renoir gemacht?« Der Assistent war ebenso in das Porträt der letzten Prinzessin von Hessenberg verliebt wie Tanner.

Die Prinzessin, die gerade sechzehn gewesen war, als das Bild gemalt wurde, posierte darauf auf einer Frühlingswiese. Sie trug ein weißes Sommerkleid. Strähnen ihres leuchtend roten Haares flatterten wie kleine Federn über ihre Wangen, und ihre blauen Augen waren begierig und unschuldig, so voller Hoffnung. Höchstwahrscheinlich hatte sie keine Ahnung gehabt, dass ein Krieg vor der Tür stand oder dass ihr Onkel, Prinz Franz, schlecht bis gar nicht auf Kampfhandlungen vorbereitet war.

Tanner mochte das Gemälde, weil es einen verborgenen Fleck in seinem Herzen berührte. Das Bild ließ ihn ... etwas *fühlen.*

»Ich habe es in den Palast geschickt. Wo es auch hingehört.«

Louis pfiff leise. »Ich könnte wetten, dass der Kurator nicht gerade begeistert davon war. Das einzige helle und schöne Bild eines Mitglieds des Königshauses wird weggeschickt, und ihm bleiben nur die dunklen, ernsten alten Herzöge und Herzoginnen, deren Mienen ungefähr so fröhlich sind, als müssten sie auf Nagelbrettern sitzen oder bittere Kelche leeren.«

Tanner lachte. »Ungefähr das hat er auch gesagt, aber das Porträt der

Prinzessin ist nicht groß genug für eine Museumswand. Die anderen sind zweieinhalb, drei Meter hoch. Ihres ist vielleicht halb so groß. Sie gehört in den Palast. Vielleicht in die Suite, die wir für die erwartete Prinzessin vorbereitet haben.«

Tanner lehnte sich zurück und fing an, seine Hemdsärmel hochzukrempeln. Vor seinem inneren Auge sah er immer noch das Gemälde von Alice, das sich fest in seinem Gedächtnis verankert hatte.

Er fühlte sich, als müsse er sie beschützen. Als müsse er Hessenberg beschützen. Aber als er das letzte Mal etwas beschützen sollte, hatte er erbärmlich versagt, als es am meisten darauf angekommen war. Nun, wo er die Chance hatte, etwas für sein Land und vielleicht sogar für das Gedenken der Prinzessin Alice und ihrer in alle Winde verstreuten Familie zu tun, würde er sie ergreifen. Und zwar von ganzem Herzen.

»Wo wir gerade von dem Palast sprechen«, Louis tippte auf den Bildschirm seines Tablets, »Jarvis, der Hausverwalter, den Sie angestellt haben, hat seine Empfehlungen für das restliche Hauspersonal ausgesprochen. Soll ich die Bewerbungsgespräche in die Wege leiten?«

»Lassen Sie uns abwarten. Wir haben ja noch keine Ahnung, an welchem Punkt genau wir auf der Suche nach dem Erben oder der Erbin von Prinzessin Alice gerade stehen.« Der König hatte ihn auf dem Laufenden gehalten, seitdem er die Ermittlungen in Gang gesetzt hatte, aber alles, was sie bislang wussten, war, dass der Erbe oder die Erbin wohl in den Staaten zu suchen war. Alle anderen Spuren und Hinweise hatten in Sackgassen geendet.

»Gut. Ich werde ihn informieren, aber er würde gerne weitermachen. Gibt es sonst noch etwas?« Tanner musterte Louis. Er war gerade erst mit der Uni fertig und ein Musterbeispiel für die nächste Generation. Er sah gut aus und war hip. Ein netter Kerl. Tanner hatte sein Gesicht sogar für seine erste Kulturkampagne genutzt und das ganze Herzogtum mit seinem Foto tapeziert.

Das Ende des Abkommens von 1914. Weißt du, was das mit dir zu tun hat? Besuche www.hessenberg.co.gd

»Louis«, sagte Tanner, »was sagen eigentlich Ihre Freunde dazu, dass Hessenberg wieder eine eigenständige Nation werden soll – mit einer eigenen Regierung und einer eigenen Stimme, egal, wie klein die zwischen den anderen Nationen auch sein mag?«

»Ich glaube, solange wir im Pub für unser Geld Bier bekommen, macht es für die meisten wohl keinen besonders großen Unterschied, ob wir von Brighton regiert werden oder selbstständig sind. Wir kennen es ja nicht anders.«

»Und was, wenn die Unabhängigkeit bedeutet, dass Sie mehr für Ihr Geld bekommen?« Tanner wies mit einer Geste auf Louis' Anzug. »Mehr Bier, mehr Urlaub, mehr Maßanzüge?«

Louis Sinn für Mode sorgte mindestens einmal die Woche für freundlichen Spott im Büro. Marissa, Tanners Sekretärin, fasste es als persönliche Beleidigung auf, dass Louis mehr Schuhe besaß als sie.

»Bitte höflichst um Verzeihung.« Louis gab sich Mühe, streng dreinzuschauen, und glättete seine Krawatte. »Aber in dem Fall sage ich: Lang lebe ein unabhängiges Hessenberg!«

»Es ist so unglaublich bewegend, wie sehr Ihnen die politische und wirtschaftliche Zukunft unseres Landes am Herzen liegt, Louis. Vielen Dank.« Tanner ging zu einem Teewagen am anderen Ende des Eckbüros. Hinter den Bogenfenstern hatte sich der Nieselregen zu einem richtigen Guss gemausert.

»Warum hatten Sie mich angerufen?« Tanner hob den Deckel der Teekanne hoch und schnupperte. Stark und bitter, genau, wie er ihn mochte. Aber der Tee war kalt, und ihm war auch nicht danach. Er stellte die Kanne zurück auf den Wagen. In der Mittagspause würde er sich eine heiße Tasse holen. »Sie sagten im Flur, Sie hätten mich angerufen.«

»Ja, richtig.« Louis erhob sich und klemmte sich sein Tablet unter den Arm. »Der König und sein Assistent sind gemeinsam mit dem Premierminister von Brighton auf dem Weg hierher.«

»Hierher?« Panik bohrte sich in Tanners Brust. »Und da haben Sie diese Information bis jetzt für sich behalten, Louis?« Tanner drehte eine kleine Runde, krempelte die Ärmel wieder runter und besah prüfend das Zimmer. Warum hatten die Modegötter nur vorgegeben, dass die Knopflöcher kleiner sein sollten als die passenden Knöpfe?

Die Wände seines Büros ... Er hatte sie noch nicht mit moderner oder klassischer Kunst oder irgendwelchen anderen geschmackvollen Accessoires dekoriert. Nein, bisher hatte er nur seine Rugbypokale und ein gerahmtes Poster von Hessenberg Union mit den Autogrammen der kompletten Mannschaft von zu Hause mitgebracht. Obendrein tummelten sich Wollmäuse auf dem dicken blauen Teppich, und die Bretter der Walnussregale würden wohl kaum einer Staubinspektion standhalten. Nicht zuletzt befanden sich die Reste des gestrigen Abendessens noch immer in seinem Papierkorb.

Tanner ging um den Kreis aus Lederstühlen herum, der die Mitte des Raumes dominierte, kickte den Rucksack mit seinen Sportsachen in den kleinen Toilettenraum nebenan und schloss die Tür.

»Jonathan sagte nur, sie seien unterwegs. Er rief an, als sie gerade ins Flugzeug stiegen.«

»Dann wird er gleich hier sein.« Der Flug von Brighton nach Hessenberg dauerte weniger als eine halbe Stunde. »Weiß der Gouverneur, dass der König kommt?« Gouverneur Fitzsimmons' Büro und die seiner Angestellten nahmen die gesamte erste Etage von Wettin Manor ein. Er würde wissen wollen, dass der König unterwegs war.

»Ja, und ich habe auch den Sicherheitsdienst in Bereitschaft versetzt.«

»Sind Sie sicher, dass er mich besuchen will und nicht den Gouverneur?«

»Jonathan hat ausdrücklich von Ihnen gesprochen.«

»Bestellen Sie die Putzkolonne hierher«, sagte Tanner und machte sich daran, auf seinem Schreibtisch Ordnung zu schaffen. Er stapelte seine Notizen und Unterlagen und verstaute sie in der untersten Schublade. »Und lassen Sie eine frische Kanne Tee herbringen. Sagen Sie Marissa, sie soll frisches Gebäck von Loudermilks Bäckerei bringen lassen. Richten Sie ihr aus, sie soll ihnen sagen, dass es für Seine Majestät ist. Ich glaube, Krapfen mag er am liebsten.«

Louis hatte das Telefon schon am Ohr. »Ja, das stimmt. Ich habe den gleichen Artikel in der Liberty Press gelesen. Manfred, hier ist Louis. Wir brauchen Reinigungskräfte hier oben.« Er war auf dem Weg nach draußen. »Ja, das ist mir klar, aber der König kommt ins Büro des Kulturministers.«

Tanner zog seine Anzugjacke an. Zum hundertsten Mal in der letzten Minute fragte er sich, was der König wohl von ihm wollte.

Louis erschien wieder auf der Bildfläche. Er war immer noch am Telefon und hielt Tanner einen dünnen Leinenumschlag hin. »Das ist gekommen, als Sie unterwegs waren«, sagte er, während er mit einem Ohr dem zuhörte, was Manfred am anderen Ende zu sagen hatte. »Hören Sie, wollen Sie, dass der König einen schmutzigen Teppich in Tanners Büro vorfindet? Was glauben Sie, auf wen das zurückfallen wird?« Louis Stimme wurde leiser, als er hinausging. »Dann bis in zwei Minuten. Vielen Dank.«

Tanner betrachtete den Umschlag und runzelte die Stirn. Sein Name war in einer extravaganten Schreibmaschinenschrift aufgedruckt. Aber von wem kam er? Er drehte ihn um und las die Absenderadresse, während er sich in seinen Schreibtischstuhl fallen ließ.

Estes Estate

2, Horsely Hill Road,

Strauberg, Hessenberg 93-E15

Der Name, die Adresse weckten all das Gestern, das er mit aller Kraft versucht hatte, wegzuschieben und zu vergessen. Weckten die Erinnerung an sein Versagen.

Seine Kehle wurde eng, und sein Puls raste. Mit steifer, eiskalter Hand strich er sein Haar glatt. Warum in aller Welt sollte Barbara »Babs« Estes ihm einen Brief schreiben? Noch dazu eine Einladung? Seit der verhängnisvollen Nacht vor acht Jahren war er nicht mehr in ihrer Villa auf dem Hügel gewesen. Aber er brauchte nicht einmal seinen investigativen Rechtsanwaltsverstand zu bemühen, um zu erraten, was wohl der Inhalt des Briefes sein könnte. Einige Details und Erinnerungen weigerten sich einfach, in den Tiefen des Vergessens zu verschwinden.

Die Zwillinge würden in wenigen Wochen zehn Jahre alt werden. Am fünften Oktober, um genau zu sein.

Tanner griff nach dem Brieföffner und debattierte noch mit sich selbst, was wohl besser wäre – hineinzuschauen oder das verflixte Ding einfach in den Papierkorb zu werfen.

Er hatte es geschafft. Er war wieder auf die Füße gekommen. Hatte seinen Jura-Abschluss gemacht. War Mitarbeiter des Gouverneurs geworden, bevor er dem König aufgefallen und zum Kulturminister ernannt worden war.

Dann hatte er seinen Wert bewiesen, indem er sich an einen seiner ehemaligen Professoren, den guten alten Yardley Pritchard, erinnert hatte, der eine Verbindung zu dem lange verlorenen Erben des hessenbergischen Throns haben könnte.

Und wenn sich Tanners Instinkte als richtig erwiesen, was das Wissen des Professors über den Verbleib der Erbin anging, dann wäre Hessenberg auf dem besten Weg, wieder eine unabhängige Nation zu werden.

Warum also sollte Tanner ausgerechnet heute, wo der König doch tatsächlich auf dem Weg zu seinem Büro war, eine Einladung von

Trudes Mutter bekommen? War seine Vergangenheit so stark, dass sie einfach in seine Gegenwart einmarschieren konnte, wenn ihr der Sinn danach stand? Nun, er würde zusehen, dass es nicht dazu kam.

Tanner riss die mittlere Schublade auf, warf den Briefumschlag hinein und schob ihn ganz nach hinten. Aus den Augen, aus dem Sinn.

Eine Technik, die er nahezu perfektioniert hatte.

DREI

Vor seiner Tür erklangen Stimmen, und Louis' Bariton kündete von der Ankunft des Königs.

»Guten Tag, Ihre Majestät.«

Tanner begrüßte den König, Nathaniel II., und seinen Assistenten Jonathan an der Tür und lud sie ein, sich auf eine Tasse Tee zu setzen. Gouverneur Seamus Fitzsimmons, Tanners ehemaliger Chef, folgte ihnen auf dem Fuße.

Die Unterhaltung plätscherte leicht dahin, sie sprachen über Sport und das Wetter. So verbrachten sie zwanzig Minuten, am Tee nippend und Gebäck knabbernd.

Tanner saß auf der Kante seines Ohrensessels an der Seite des Königs. Sein Geduldsfaden spulte sich mit rasender Geschwindigkeit ab.

Was will der König?

Neben Tanner erging sich Gouverneur Fitzsimmons in einem Redeschwall über seine Errungenschaften und protzte, eitel wie ein Pfau und ohne jegliche Scheu, mit seinen politischen Federn.

»Haben Sie unseren Bericht gelesen, Ihre Majestät? Wir konnten mehr öffentliche Gelder für die Bildungspolitik bereitstellen. Und mit der neuen Steuerinitiative des Parlaments sieht es ganz so aus, als würde sich die Wirtschaft rasch erholen.«

Genug. Tanner machte sich keine Gedanken darum, ob sich Seamus ärgern würde. Er rettete den König vor diesem nicht enden wollenden Kampagnen-Gewäsch. Er wusste sehr gut, was der Gouverneur im Sinn hatte – beim König gut Wetter machen nämlich für den Fall, dass Hessenberg seine Unabhängigkeit *nicht* erlangen und dauerhaft ein Teil Brightons werden würde.

Tanner riss das Ruder der Unterhaltung an sich.

»Wie steht es denn mit Ihren Heiratsplänen, Ihre Majestät?«

Seit Nathaniels Verlobung mit der Amerikanerin Susanna Truitt waren die Medien voll mit Berichten über die königliche Hochzeit. Sie verglichen die hübsche, blonde, sportliche Susanna mit Herzogin Kate und fragten sich, ob sie sich wohl ebenso gut in das höfische Leben einfügen würde wie der neue Liebling der Briten. Immerhin hatten die Vereinigten Staaten seit fast 240 Jahren kein königliches Oberhaupt mehr gehabt.

»Sehr gut, Tanner, sehr gut. Danke der Nachfrage.« Nathaniel lächelte, und etwas, das mehr war als reine Dankbarkeit, leuchtete in seinen Augen auf. *Aha, der Glanz der großen Liebe.* Tanner hatte so ein Gefühl noch nie empfunden, aber er hatte es bei anderen gesehen. Und sie beneidet.

»Ihre Mutter ist angereist, um bei den Hochzeitsvorbereitungen zu helfen. Ich möchte behaupten, man hat nicht richtig gelebt, bevor man gesehen hat, wie die Königinwitwe Brightons und die Königin des Barbecues aus Georgia aneinandergeraten.« Er lachte. »Ich fürchte, die arme Susanna ist meistens mehr Schiedsrichterin als zart errötende Braut.«

»Da darf man sich nicht täuschen lassen.« Jonathan ging zum Teewagen. »Susanna kann ihren Standpunkt sehr gut vertreten. Sie kann ebenso gut austeilen wie einstecken.«

»Es wird also nicht langweilig?« Tanner stand auf, um sich noch einen Tee zu holen, aber Louis, der gerade Jonathan nachgeschenkt hatte, trat ihm entgegen und schenkte ihm wortlos ein.

»Wenn man jetzt noch meinen Bruder, Prinz Stephen, mit in den Ring wirft, dann hat man einen Zirkus erster Güte.« Nathaniel wischte sich die Finger an seiner Serviette ab und tauschte einen Blick mit Jonathan. Dieser schob seine Hand in einen Diplomatenkoffer, aus dem er einen dünne braune Mappe herausholte, die er dem König reichte. »Aber wir sind nicht gekommen, um über meine Hochzeit zu sprechen.« Der König gab die Mappe an Tanner weiter. »Wir sind gekommen, um über das Abkommen zu sprechen.«

»Welche Neuigkeiten bringen Sie uns?« Seamus zog schnaufend eine Pfeife aus seiner Westentasche.

»Tanner«, sagte Nathaniel und bedachte Seamus mit einem scharfen Blick. »Sie haben den Nagel auf den Kopf getroffen, als Sie uns mit Yardley Pritchard bekanntgemacht haben. Sein älterer Bruder Otto wechselte in den Jahren nach ihrer Abreise aus Hessenberg tatsächlich einige wenige Briefe mit Prinzessin Alice.«

»Professor Pritchard hat nie ausdrücklich gesagt, dass er wüsste, wie es der Prinzessin ergangen war oder wo sie sich aufhielt«, erwiderte Tanner, »aber er hat in seinen Kursen oft erwähnt, dass sein älterer Bruder als Schreiber des Großherzogs gedient hatte, bevor der das Land verließ. Daher nahm ich an, dass irgendeine Form der Korrespondenz stattgefunden haben könnte.«

»Ihre Annahme war richtig, Tanner. Pritchard erzählte, sein Bruder habe selten, und auch erst im Alter, über seinen Dienst am Hofe gesprochen«, fuhr der König fort. »Der alte Herzog hatte ihn davon überzeugt, dass seine Familie in Gefahr geraten würde, wenn die Feinde des Großherzogs davon erfuhren, dass Otto irgendetwas über das Abkommen oder die königliche Familie wusste. Oder schlimmer noch, dass Otto als Verräter hingerichtet werden könnte.«

»Der arme Bruder Otto«, sagte Seamus. »Er wird ein gutes Stück älter als Yardley gewesen sein, schätze ich?«

»Siebzehn Jahre«, bestätigte Nathaniel. »Die Zeiten waren turbulent, nachdem der Prinz das Abkommen unterzeichnet hatte, und dann kam der Krieg. Otto hat recht daran getan, den Mund zu halten.«

»Aber glücklicherweise hatte der gute alte Otto die Geistesgegenwart, Yardley zu erzählen, wo er die Briefe der Prinzessin aufbewahrte«, sagte Jonathan.

»Sind sie hier drin?« Tanner öffnete die Mappe, um die Briefe ans Tageslicht zu befördern. Er überlegte, dass er sie im Museum ausstellen könnte.

»Es stellte sich heraus, dass er nur einen einzigen hatte«, sagte Nathaniel. »Sollte es mehr gegeben haben, so sind die anderen verlorengegangen oder an eine andere Stelle geräumt worden, davon wissen wir nichts. Aber von dem einen, den wir haben, liegt eine Kopie dem Bericht für Sie bei.«

»Wir sind wohl nicht dazu berufen, so furchtbar viel über Prinz Franz und seine Familie zu erfahren.« Tanner überflog den kurzen Brief und wünschte sich, er hätte einen ruhigen Moment für sich alleine, um zu lesen und nachzudenken.

Der Großherzog, der nicht lesen konnte, hatte wenige Aufzeichnungen über sein Leben geführt. Wenn es zu seiner Zeit Fernsehen oder Tonfilme oder wenigstens Radio gegeben hätte, so hätte er vielleicht etwas zu sagen gehabt, etwas, was er der Zukunft hinterlassen konnte. Stattdessen hatten sie einen einzigen Brief mit Wasserflecken in einer Fotokopie. Von Prinzessin Alice an Otto, geschrieben am Vorabend ihrer Abreise nach Amerika.

Tanner sah auf. »Also ist es beinahe sicher, dass der Thronerbe Amerikaner ist?«

»Das wird nicht gehen.« Seamus lehnte sich über Tanners Schulter. Der Geruch seines Aftershaves drängte sich unangenehm in die dünne Luft zwischen ihnen. »Eine Amerikanerin?«

»Es *wird* gehen, Gouverneur, weil sie die rechtskräftige und rechtmäßige Erbin ist. Ihr Name ist Regine Alice Beswick. Es war eine Sisyphosaufgabe für die Ermittler, Prinzessin Alice' Reise von Hessenberg über Brighton nach London und schließlich in die Staaten nachzuverfolgen. Wie sich herausstellte, war die erste Alice, der sie folgten, nicht *Prinzessin* Alice.«

»Die Aufzeichnungen nach dem Krieg waren ein bisschen dürftig«, sagte Tanner, der den Bericht querlas.

»Ganz Europa war ›ein bisschen dürftig‹ nach dem Krieg.« Nathaniel lehnte sich nach vorne und legte die Unterarme auf die Oberschenkel. »Die Ermittler fanden letztendlich eine Alice Stephanie Regina, die 1922 in London einen Piloten der Royal Air Force geheiratet hatte. Sie ist unsere Prinzessin. 1924 bekamen sie eine Tochter, Eloise. Alice' Mann fiel im Zweiten Weltkrieg. Sie wanderte 1946 mit Eloise nach Amerika aus, wo sie über kurz oder lang wieder heiratete. Nun ja, Sie werden die entsprechenden Informationen in Ihrem Dossier finden. Jedenfalls lebt Alice' Erbin, ihre Urenkelin, in Tallahassee, Florida.« Der König stand auf. »Sie ist 29 und ...«

»Ich habe jemand Älteren erwartet«, sagte Tanner. »Eine Tochter oder eine Enkelin.«

»Das haben wir alle. Alice' Tochter und ihre Enkelin sind beide jung verstorben. Sie hat sie beide überlebt. Regina ist ein Einzelkind. Sie hatte einen älteren Bruder, der aber kurz nach seiner Geburt gestorben ist.«

Tanner beendete seine Lektüre und wollte die Mappe König Nathaniel zurückgeben. Aber der König weigerte sich, sie anzunehmen.

»Tanner, als Hessenbergs Kulturminister und als Mann, der die Gesetzeslage des Abkommens kennt, ernenne ich Sie zum Gesandten für unsere neue Prinzessin. Reisen Sie nach Amerika und holen Sie sie nach Hause.«

»Ich, Sir?« Er war ja gerade mal seit sechs Monaten Kulturminister. Es musste doch jemanden geben, der besser qualifiziert war. »Es wäre mir eine Ehre.« Tanner sprang auf und sah seinen König auf Augenhöhe an. »Aber wären Sie nicht selbst der Richtige, um sie davon zu unterrichten?« Tanner spürte die Anspannung, die sich im Raum ausbreitete. Die Entrüstung des Gouverneurs überlagerte alles.

Er wettete mit sich selbst, dass er den Teppich unter den großen, intrigierenden Füßen beben sehen würde, wenn er den Blick senkte. »Oder vielleicht wäre Seamus der Mann der Stunde.« Tanner wies auf den erfahrenen Gouverneur.

»Ja, da stimme ich Tanner zu, absolut.« Seamus trat vor. Tanner hatte nichts anderes erwartet. »Ich wäre wohl besser dafür geeignet, wo ich doch seit 15 Jahren der Gouverneur dieses Landes bin.«

Aber der König blieb völlig ungerührt. »Sie sind viel zu beschäftigt und werden hier gebraucht, Seamus. Und ich selbst kann auch nicht fahren. Mein Terminplan ist viel zu voll. Tanner, Sie sind der perfekte Kandidat.« Nathaniel nickte, als sei er mit dieser Entscheidung ganz zufrieden. »Sie kennen nicht nur die Details des Abkommens, Sie sind auch auf dem neuesten Stand, was die Geschichte des Hauses Augustin-Sachsen angeht. Sie sind in Miss Beswicks Alter. Außerdem wissen wir nicht, wie lange es dauern wird, bis Sie sie davon überzeugen können, mitzukommen und ihren rechtmäßigen Platz einzunehmen. Es könnte Wochen in Anspruch nehmen, und weil Sie neu sind in Ihrer Position, sind Sie am flexibelsten von uns allen.« Nathaniel zeigte mit dem Finger auf Tanner. »Ein sehr glücklicher Umstand. Also, nachdem ich nun nicht für einen beliebigen Zeitraum verreisen kann ... und ich nehme an, Seamus auch nicht, ist das richtig, Gouverneur?«

Nathaniels Tonfall schien den älteren Staatsmann zu besänftigen. »Ganz recht, Ihre Majestät«, polterte Seamus, »ganz recht.«

»Ich weiß, dass Sie sich gerade erst in Ihrer Position etablieren«, sagte Nathaniel. »Aber ich glaube, dass Sie der Richtige sind, um die Prinzessin heimzuholen.«

»Sir, ich werde tun, worum Sie mich bitten.« Tanner lockerte den inneren Griff, den er um sein Herz gelegt hatte. Um seinen Zeitplan. Für den König würde er doch seine eigenen Pläne hintanstellen können, oder nicht? Und sich damit sogar noch weiter von den

Misserfolgen seiner Vergangenheit entfernen. »Wenn Sie meinen, ich sei derjenige, der nach Amerika reisen und die Prinzessin von ihrem Glück überzeugen soll ...«

»Das meine ich, ja.« Nathaniel lächelte, als sei damit alles erledigt. »Wir haben die Royal Air Force One für Ihre Reisen reserviert. Wenn Sie keine Einwände haben, wäre es mir recht, wenn Sie gleich morgen früh abreisten.« Der König musterte ihn abwartend. Seine informelle Ausstrahlung bekam zusehends einen majestätischen und imposanten Charakter.

Tanner würde also morgen auf Reisen gehen ...

»Ich werde bereit sein, Ihre Majestät.« Er würde vermutlich den ganzen Abend, wenn nicht sogar die ganze Nacht brauchen, um seinen Terminplan freizuschaufeln. Hatte er genug saubere Kleidung? Drei Anzüge waren in der chemischen Reinigung. Die schloss um halb sechs. »Soll ich alleine reisen oder in Begleitung?«

»Wenn Sie wollen, reisen Sie alleine. Je diskreter, desto besser. Wir wollen die Presse aus der Sache heraushalten. Kein Wort darüber.« Nathaniel sah sich im Raum um und sammelte zustimmende Blicke. »Lassen Sie sie uns hierherholen, sich etwas zurechtfinden mit der neuen Rolle, dann können wir die Medien auf den Plan bringen und damit wohl die ganze Welt. Tanner, Sie sind sozusagen unser Ein-Mann-Sondereinsatzkommando. Sie haben die volle Rückendeckung des Parlaments. Die königliche Behörde hat alle benötigten Dokumente vorbereitet, einschließlich dessen, das Sie in der Hand halten.« Er zeigte auf die Mappe. »Sämtliche Unterlagen werden in der Royal Air Force One auf Sie warten.«

»Ist diese Eile denn vonnöten, Ihre Majestät?«, fragte Seamus.

Nathaniel wandte sich dem Gouverneur zu. Er schien ruhig, gelassen. Jonathan drehte sich schneller um, und in seinen Augen war die Verwunderung deutlich zu sehen.

»Das Abkommen endet in einem Monat, Gouverneur«, sagte Tanner. *Seamus, alter Freund, sei kein Narr.*

»Was würden Sie vorschlagen, Seamus?«, fragte Nathaniel. »Wenn sie nicht weiß, dass sie die Erbin ist, wird es eine Weile dauern, bis sie die Neuigkeit verdaut hat, und noch ein bisschen länger, bis wir sie davon überzeugen können, dass wir sie brauchen. Und sollte sie zufällig bereits von ihrem Erbe wissen, so werden wir vermutlich Zeit brauchen, um mit ihr über ihren Weg hierher zu verhandeln. Da bin ich mir ganz sicher.«

»Nobel.« Seamus klemmte sich die Pfeife zwischen die Lippen und murmelte: »Welches Mädchen träumt nicht davon herauszufinden, dass es eine Prinzessin ist?«

»Wir sind hier nicht in einem Film, Gouverneur«, sagte Jonathan. »Miss Beswick führt ein eigenständiges Leben, sie hat Freunde, eine Familie ...«

»Was, wenn sie sich weigert?« Tanner ging der Sache direkt auf den Grund. »Wenn sie die ganze Angelegenheit ablehnt? Königliche Prinzessin gesucht, die die Zukunft eines kleinen Landes rettet, und all das ...«

»Sie überzeugen sie.« Nathaniel trat vor Tanner und schnitt ihm den Weg ab. »Kommen Sie nicht ohne sie nach Hause.«

Tanners Angst echote in seinem Puls. *Nicht vermasseln. Nicht vermasseln.*

»Ich werde mein Bestes tun ...«

»Geben wir uns keinen Illusionen hin. Das wird nicht leicht werden«, fuhr Nathaniel fort, seinen Rat zu erteilen. »Wir können alle nur dafür beten, dass sie in irgendeiner Form auf die Neuigkeiten vorbereitet ist. Vielleicht sind unsere Befürchtungen ja auch umsonst. Prinzessin Alice könnte Regina vor ihrem Tod erzählt haben, wer sie war.«

»Aber wir wissen wirklich nicht, was Alice wusste, als sie 1914 aus

Hessenberg geflohen ist. Deswegen wissen wir auch nicht, was sie Regina erzählt haben könnte.« Jonathan sah auf die Uhr. »Ihre Majestät, wir müssen los.«

»Es tut mir leid, dass ich aufbrechen muss, aber ich muss zu einem Staatsempfang im Palast.« Nathaniel ging mit seinem Assistenten zur Tür. »Ich wollte Sie persönlich um die Übernahme dieser Aufgabe bitten, Tanner. Sie ist uns überaus wichtig. Jonathan wird Sie bezüglich weiterer Details auf dem Laufenden halten.«

»Ich bitte Louis, Sie zu informieren, wenn ich so weit bin.« Tanner ging ebenfalls zur Tür. »Stellen Sie sich auf den Morgen ein, so gegen zehn.«

»Tanner ...«, Nathaniel hielt im Türrahmen inne und bot ihm die Hand, »Ihr König und Ihr Land sind Ihnen sehr dankbar.«

Tanner ergriff die Hand des Königs, und die Bedeutsamkeit dieses Moments legte sich wie ein schwerer Mantel auf seine Seele.

Hessenbergs Geschichte der letzten hundert Jahre hatte sich auf diesen Moment hin ereignet. Erst mit der Geschwindigkeit eines Schiffs, das über die offene See getrieben wird, und später, im Laufe der Jahrzehnte, mit dem stetigen Antrieb eines Automobils. Aber nun, wo sich das Ende des Brighton-Hessenberg-Abkommens abzeichnete, rasten die Wochen im Tempo eines Schnellboots dahin.

Und Tanner war der einsame Kapitän, der nicht versagen durfte.

Meadowbluff Palace, den 13. Juni 1914

Heute habe ich meine letzte Sitzung mit Herrn Renoir auf der Wiese am Dickicht. Er besteht darauf, dass ich sehr schön sei und perfekt gemalt werden müsse. Dabei muss er es langsam leid sein, dass ich Tag für Tag vor ihm herumsitze.

Nichtsdestotrotz haben wir einen ganz wunderbaren Sommer hier in Hessenberg, und so macht es mir nichts aus, an der frischen Luft zu sein.

Onkel ist sehr zufrieden mit Herrn Renoirs Arbeit und hat beschlossen, dass es eine große Enthüllung geben soll, wenn das Porträt fertig ist. So geht es nun hinaus zum Dickicht, weil das Licht um die Mittagszeit dort perfekt ist. Es ist einfach zauberhaft. Ich spüre tiefen Frieden, wenn ich über den Rasen zur Wiese und zum Dickicht hinübergehe.

Das ist auch der Ort, an dem ich meine Gebete im größten Vertrauen darauf sprechen kann, dass Gott mir zuhört. Ich schäme mich nicht dafür, zuzugeben, dass ich ihn um einen Ehemann gebeten habe. Ich liebäugele sehr mit Reinhart Friedrich – und Mama tut das ebenso. Doch er hat den Palast seit dem Frühjahr nicht mehr besucht. Auch bei den Sommergesellschaften habe ich ihn nicht gesehen.

Lady Sharon sagt, sie habe Gerüchte gehört, dass Reinhart zur Armee gegangen sei. Welche Armee das aber sein könnte, das weiß ich nicht. Hessenberg hat kein erwähnenswertes Militär. Das weiß ich, weil es Onkel ärgert, da sein Premierminister darauf besteht, unsere Streitkräfte wieder aufzubauen.

Ich weiß nicht, was Onkel denkt. Aber während ich gestern auf der Wiese auf Herrn Renoir wartete, sah ich, wie Onkel seinen geliebten Starfire #89 in den Stall stellte. Ich fand das ziemlich befremdlich, aber als ich ihn beim Abendessen danach fragte, erklärte er mir, er habe den Wagen aus Sicherheitsgründen dort abgestellt.

Mein Kunstunterricht wird nächsten Monat fortgesetzt. Mama hat die renommierte Künstlerin Rose Manyard Barton eingeladen, den gesamten Juli hier im Palast zu verbringen. Sie hat die Einladung angenommen und sehr großzügig angeboten, Esmé und mich zu unterrichten. Aber Esmé zieht es vor, Sport zu treiben anstatt zu malen. Daher werde ich diese talentierte Dame ganz für mich haben. Ich bin entzückt.

Alice

VIER

Freitagabends hielt Reggie Hof. So jedenfalls betitelte Al das Ganze. Reggies Hof. Und die Gruppe aus Freunden und Familienmitgliedern, die sich an der Scheune versammelten, nannte er ihren Hofstaat. Aber Reggie war keine Königin. Sie war einfach eine ganz gewöhnliche junge Frau, die ihr Leben mit ihren Lieben teilte. Das wöchentliche »Hof halten« hatte ziemlich spontan an einem Freitag begonnen, nachdem Al und sie die Werkstatt eröffnet hatten. Ein paar von Reggies ehemaligen Kollegen bei Backlund & Backlund waren vorbeigekommen, um zu schauen, ob ihr blinder Sprung in die Autorestauration das Opfer ihrer Zukunft als gutbezahlte Wirtschaftsprüferin wert war.

Sie hatten ihre Zweifel, aber Reggie hatte das Gefühl, dass die Restauration des Challengers sie überzeugen würde. Dann fingen ihre Freunde an, regelmäßig vorbeizukommen, um die Verwandlung des Autos im Auge zu behalten. Vielleicht wollten sie auch Reggie im Auge behalten. Würde sie es schaffen?

Rafe installierte Lautsprecher unter dem Vordach der Scheune. Freitags gegen fünf drehte Reggie die Musik auf – eine Mischung aus Country und Soul – und bestellte ein Dutzend Pizzas.

Ein halbes Jahr später war es nicht mehr nur ihre Audienz. Auch Als Freunde und Familie kamen vorbei. Wallys Enkelkinder. In letzter Zeit hatten sich auch andere Autoverrückte und Freunde von Freunden unter die Freitagabendmeute gemischt.

Heute trat Reggie mit einer kalten Flasche Rootbeer aus der Scheune heraus. Sie hatte die Pizzas bestellt und freute sich auf einen Abend mit viel Musik und Gelächter.

Und darauf, die Erfolgsgeschichte des Challengers zu erzählen, vielleicht gespickt mit dem einen oder anderen »Das habe ich dir doch gleich gesagt«. Vielleicht konnte sie Al dazu bringen, den Höflingen ein paar dezente Hinweise auf den Duesenberg zu geben.

Reggie setzte sich auf die Kante des Picknicktischs und grinste Carrie an. Ihre Freundin »seit ewig« versuchte, Rafe einen Line Dance beizubringen. Er bewegte sich mit der Eleganz eines Holzfällers nach einem langen Arbeitstag. Wenn er nach rechts gehen sollte, ging er nach links. Er war ein Soldat, kein Tänzer.

»Gib's auf, Carrie!«, rief Reggie.

»Niemals!«, erwiderte diese und führte Rafe energisch, indem sie ihn um die Taille fasste.

Er lachte und sah zu der zierlichen, dunkelhaarigen Carrie hinunter. Aha, aha, schau an, schau an. Da entwickelte sich wohl etwas mehr als nur Freundschaft zwischen den beiden.

Gut für dich, Carrie-Bärchen. Das ist gut. Rafe ist einer von den guten Jungs.

Reggie sah zu Al hinüber, der mit einem Arm voll Klappstühle aus der Werkstatt kam. Wally folgte ihm mit einem Weidenkorb voller Chips und, hoffentlich, seinem berühmten Zwiebel-Meerrettich-Dip.

»Ein toller Abend für eine Audienz, Reg«, sagte Al und lehnte die Stühle an einen Baum.

»Fang nicht wieder mit dem Hof-Gerede an, Al.«

»Warum nicht? Ich finde das sehr passend.«

»Du bringst noch alle anderen dazu, auch so zu reden.«

Aber es war wirklich ein toller Abend, um Hof zu halten. Wenn das einfach nur bedeutete, Zeit mit den Leuten zu verbringen, die sie liebte. Es war der erste Herbstabend, und die Tagundnachtgleiche hatte Florida eine frische Brise beschert.

»Hey.« Mark setzte sich auf den Tisch neben ihr, dessen Bretter ächzten. Der Duft seines Aftershaves füllte die Luft zwischen ihnen. »Alle Mann an Deck! Morgen gehen wir segeln.«

»Segeln? Mark, ich werde schon seekrank, wenn die Badewanne zu voll ist.« Reggie rückte von ihm weg. Weil er zu nah bei ihr saß. Weil sie nicht wollte, dass er zu vertraut tat. Sie hatte ihn letztens in die Schranken ihrer Freundschaft gewiesen, aber sein »Ich gehe auch nicht weg« hatte bei ihr alle Alarmglocken schrillen lassen.

»Du hast es mit dem Segeln doch noch nie richtig versucht, Reg.«

»Wie bitte? Ich bin zweimal Hochseeangeln gewesen.« Was hatte sie sich nur dabei gedacht, als sie das Desaster wiederholt hatte? Sie hatte schon beim ersten Mal die ganze Zeit über der Reling gehangen und sich übergeben. Sechs Stunden lang hatte sie versucht, den Geruch des Köders nicht einzuatmen – aufgeschnittener Tintenfisch. »Und die Weihnachtsfeier von Backlunds war dreimal auf einer Yacht. Jedes Mal habe ich den Abend damit verbracht, in inniger Umarmung mit der Toilette zu tanzen. Sag nicht, ich hätte es nicht versucht.«

»Aber doch nicht so, mit dem Wind in den Segeln und ...«

»Mark, ich werde auf keinen Fall ein Wasserfahrzeug betreten, nur um den ganzen Tag die Fische zu füttern und ohne irgendwo ein Fitzelchen Land zu sehen.« Also ehrlich, kannte er sie gar nicht? Sah er sie denn nicht? »Morgen schlafe ich erst einmal schön aus, dann esse ich Pfannkuchen zum Frühstück«, das war eine spontane Idee, die ihr sehr gefiel, »und dann mache ich mich an die Bücher.«

Als Buchhalterin und Wirtschaftsprüferin war es selbstverständlich, dass Reggie den Papierkram übernahm, als Al und sie ihre Firma eröffneten.

»Nur Arbeit und kein Spiel wird irgendwann auch Reggie zu viel.« Seine Stimme hob und senkte sich in einem albernen Singsang. Er legte ihr den Arm um die Schultern. »Jetzt komm schon, lebe mal ein bisschen. Devin Swain und seine Freundin haben uns nach St. George eingeladen. Du erinnerst dich an die beiden, sie waren bei dem Fischessen. Kate mochte dich wirklich.«

»Was genau hat ›ein bisschen leben‹ damit zu tun, sich krank und elend zu fühlen und den Tod herbeizusehnen?« Reggie schnippte neben seinem Ohr mit den Fingern, beugte sich ein bisschen vor und flüsterte: »Ich werde nicht segeln gehen.«

»Auch gut. Psst, Reg.« Mark bewegte sich vom Tisch weg. »Dann lass uns doch sagen, ich bin zum Abendessen wieder zurück. Ich hole uns was vom Chinesen und komme um ... acht Uhr? ... bei dir vorbei.« Er fixierte sie mit hochgezogenen Augenbrauen.

Aber was sie in seinem Ausdruck sah, war nicht der erfolgreiche, gepflegte Geschäftsmann, sondern ein schmächtiger kleiner Junge, der sich nach Aufmerksamkeit sehnte.

»Mark, ich, äh ...« Ihr Mitleid mit ihm war nichts Heiliges. Ihr falsches Mitgefühl trug nur dazu bei, romantische Hoffnungen zu nähren. Sie musste ihm klarmachen, dass sie nur Freunde waren, und die räumlichen Grenzen wahren, um ihn davon abzuhalten, ihr ihren ersten Kuss zu stehlen. Den Kuss, den sie sich für ihren ganz persönlichen Traumprinzen aufsparte.

Mark brauchte echte, wahrhaftige Worte. Ein klares, ausdrückliches Bekenntnis aus der Tiefe ihres Herzens zu ihrer *Freundschaft*. Wenn sie versuchte, seine Gefühle zu schonen, würde sie ihn am Ende nur umso mehr verletzen.

»Um acht also?« Er ging langsam rückwärts und zeigte auf sie. »Dahinten sehe ich Bob Boynton, und mit dem habe ich schon eine halbe Ewigkeit nicht mehr geredet.«

»Um acht, ja.« Sie lächelte. Morgen würde sie ausschlafen, die Bücher durchgehen und dann beten. Sie würde Gott bitten, dass er ihr die richtigen Worte schenkte, die im Stande waren, Mark von der Wahrheit zu überzeugen.

Rafe machte die Außenbeleuchtung an, und Reggie drehte ihre Runden zwischen den »Höflingen«. Sie hörte sich um, wie ihre

Arbeitswoche gelaufen war, und erkundigte sich, ob jemand spannende Pläne für das Wochenende hatte. Einer der neueren Höflinge, ein Rechtsberater, belagerte Wally, mit dem er sich lang und breit über einen uralten Mercedes unterhielt, den er online gefunden hatte.

Jubelrufe wurden laut, und Flaschen und Dosen wurden zum Gruß erhoben, als das Auto des Pizzalieferanten in die Auffahrt einbog. Reggie nahm sich ein frisches Rootbeer aus der Kühlbox und lehnte sich an die Scheunenwand. Sie beobachtete das Durcheinander bei der Pizza, lauschte den Unterhaltungen und freute sich über das aufbrandende Gelächter.

»Glücklich?« Carrie gesellte sich zu ihr an die Wand.

Reggie dachte einen Moment lang nach, dann nickte sie. »Ja, sehr.«

»Ich bin stolz auf dich, Reg. Ich bin stolz, dass du den Sprung in das Restaurationsgeschäft gewagt hast.« Carrie war das Gegenteil von Reggie. Sie hatte sich vom Mitglied einer Studentinnenverbindung an der Florida State University in eine Lobbyistin verwandelt, die immer nahe am Politikgeschäft dran war. Sie verbrachte ganze Tage in Spas und Schönheitsfarmen, flog im Frühjahr und im Herbst nach New York zum Shopping und machte Yoga-Urlaube. »Du hast uns alle zu Visionären gemacht, indem du deine Arbeit aufgegeben hast und deinem Herzen gefolgt bist, Regina Beswick.«

»Wie, hattest du etwa gewagt, an mir zu zweifeln?«

Carrie lachte. »Albern, ich weiß, aber selbst die Stärksten kommen manchmal ins Straucheln.«

Reggie warf ihr einen Blick von der Seite zu. »Rafe und du, ihr versteht euch besser als nur gut, wie ich sehe.« Rafe passte eigentlich nicht zu dem Geschmack, den Carrie bei Männern sonst an den Tag legte. Sie ging mit Rechtsberatern aus. Mit anderen Lobbyisten. Geldbeschaffern. Mit Männern, die Maßanzüge trugen und regelmäßige Maniküretermine hatten.

Ihr letzter Freund? Ein narzisstischer Zombie. Wirklich wahr.

»Rafe und ich? Neiheihein ...« Aber selbst die Abenddämmerung konnte die Röte nicht verbergen, die Carries Wangen küsste. »Er wollte lernen, wie ein Line Dance geht. Das ist alles. Er ist nicht mein Typ.«

»Und was für ein Typ soll deiner sein? Menschlich?«

»Ha, ha, sehr witzig.« Carrie lehnte sich etwas bequemer an die Wand und stützte sich mit einem Fuß daran ab. »Ich habe doch schon zugegeben, dass du mit dem Zombie-Mann Recht hattest.«

»Mit Rafe habe ich auch Recht. Gib ihm eine Chance.«

»Du gehst davon aus, dass er überhaupt eine Chance haben will.«

»Willst du mir etwa erzählen, er wolle keine?«

Carrie errötete noch mehr. Ihr Lächeln sah dadurch noch entzückender aus. »Wir sind für morgen zum Abendessen und einem Film verabredet.« Sie stieß sich von der Wand ab und zeigte mit dem Finger auf Reggie. »Sag nichts, kein Wort!« Carrie ließ sich wieder gegen die Wand sinken und brüllte über den Hof, Rafe solle Reggie und ihr Pizza bringen.

»Erinnerst du dich, wie Mama und ich früher manchmal auf der hinteren Veranda saßen und uns die Sterne ansahen?«, fragte Reggie. »Sie fragte mich, was ich werden wolle, wenn ich groß sei. Sie sagte mir, ich solle große Träume träumen.«

»Ich frage mich, ob sie gerade vom Himmel herunterschaut und die goldenen Knöpfe ihres Engelkleides fast platzen, weil sie so stolz auf dich ist.« Carrie sah sie an. »Meinst du, es gibt diese Art Stolz im Himmel?«

Reggie schüttelte den Kopf. »Das weiß ich nicht, aber irgendwie kann ich mir vorstellen, dass Gott zu allen, die im Himmel sind, sagt: ›Leute, schaut mal, was meine Kinder machen. Sind die nicht einfach toll?‹ Aber das hier«, sie klopfte gegen die Scheunenwand, »ist ziemlich weit von allem entfernt, was ich mir damals vorgestellt habe.«

»Auf jeden Fall.« Carrie lachte. »Du wolltest doch immer Prinzessin werden.«

»Daran war nur Uroma Alice schuld.«

Uroma hatte mit Reggie und Carrie immer Prinzessin gespielt, sie bastelte Kronen aus Tonpapier und dekorierte sie mit Glitzer.

»Ich habe immer noch eine der Kronen, die ich einmal mit ihr gebastelt habe«, sagte Carrie.

»Selbst mit 97, als sie kaum noch sehen konnte, hatte sie Spaß daran, Verkleiden zu spielen.« Reggie hakte sich bei Carrie ein. Außer Daddy und ihrer Stiefmama Sadie war Carrie ihre einzige Verbindung zu diesen Kindheitserinnerungen. Sie war die Einzige, mit der sie in den Geschichten über Uroma und Mama schwelgen konnte.

Rafe tauchte mit zwei Papptellern Pizza auf. Er flirtete mit Carrie, die ... kicherte. Eine Kicherliese im reifen Alter von 29 Jahren? Da war definitiv etwas im Busch.

Reggie ging zurück zum Picknicktisch, wo die Höflinge ihr immer einen Platz freihielten. Als sie einen großen Schritt über die Bank machte, blieb ihr Blick an etwas zwischen dem Scheunendach und den Ästen der Eiche, die die Sicht einschränkten, hängen.

Was war das? Reggie stellte ihre Pizza auf den Tisch und studierte die Flecken des verblassenden Zwielichts, das durch die Blätter gerade noch sichtbar war.

Da. Ein blauer Blitz. Da war etwas in den Wolken. Reggie kniff die Augen zusammen und versuchte, ins Abendlicht zu sehen. Was war das? Es jagte ihren Puls hoch.

»Reg, hast du genug Platz?«

Sie legte eine Hand auf Seth Davis' Schulter. »Ja, ja, ist alles gut. Ich dachte nur, ich hätte etwas gesehen.« Aber sie hatte sich getäuscht, oder? Bestimmt spielte ihr ihre Fantasie einen Streich. Mit einem letzten Blick in den Abendhimmel setzte sich Reggie und drückte sich eine Hand aufs Herz. Sollten sie sie ruhig für verrückt halten, aber sie hätte schwören können, dass Uromas sanfte blaue Augen auf sie herabblickten.

FÜNF

Tanners Abreise nach Amerika war von einer wahren medialen Feuersbrunst begleitet worden.

Ein Informant hatte jedes Print- und Onlinemedium über die neue Prinzessin informiert.

Die Details waren übertrieben und an so mancher Stelle schlicht und einfach falsch. Trotzdem waren die Medienberichte wie Pilze aus dem Boden geschossen.

Prinzessin gefunden! Das war's dann, Brighton!

Ein unabhängiges Hessenberg kann nicht bestehen. Wir werden scheitern.

Nach dem Ende des Abkommens treten die alten Gesetze wieder in Kraft. Wir fallen um hundert Jahre zurück!

Die *Liberty Press,* die angeblich seriöseste Zeitung des Landes, hatte eine respektlose Karikatur gebracht, die den alten Prinz Franz als Geist zeigte, der König Nathaniel II. und der königlichen Familie samt der erst kürzlich angekommenen Verlobten Susanna mit seinen Reitstiefeln einen Tritt in den Allerwertesten verpasste.

Deshalb hatte Tanner den Morgen vor seiner Abreise damit zugebracht, die Brandherde zu löschen und eine kurzfristig angesetzte Pressekonferenz abzuhalten. All das hatte seine Mission verzögert.

»Was wissen wir über die neue Prinzessin?«

»Ist sie eine Irre?«

»Was, wenn sie nicht die passende Person ist? Nicht ansprechend, unattraktiv?«

»Wie können wir einer Ausländerin zutrauen, die Geschicke Hessenbergs zu lenken?«

Die Fragen waren frech gewesen, unüberlegt, aus dem Bauch heraus.

Tanner hatte sein Bestes getan, sie ruhig und sachlich zu beantworten, aber um ehrlich zu sein, hatte er sich schon häufig das Gleiche gefragt.

Er hatte den Vorabend damit zugebracht, die Akte der Prinzessin im Detail zu studieren. Sie schien nett zu sein. Auf dem Foto ihres Führerscheins wirkte sie jedenfalls schon einmal ganz sympathisch. Aber darüber hinaus ...

Er wusste es nicht. Es schien, als arbeitete sie in einer Autowerkstatt, obwohl sie eine gute Ausbildung am College genossen hatte. Wie sollte er das deuten?

Während er sich um die Presse gekümmert hatte, sammelte Louis im Hintergrund Informationen beim Personal von Wettin Manor. Er vermutete die undichte Stelle im Büro des Gouverneurs.

Was hast du vor, Seamus?

Der Mann war unzufrieden damit, dass der König Tanner überhaupt damit beauftragt hatte, die Prinzessin zu suchen. Aber er würde sicherlich nicht so weit gehen, die Sicherheit der Mission zu gefährden.

Egal, damit durfte er sich jetzt nicht aufhalten. Das gestrige Tohuwabohu änderte nichts am Erlass des Königs. »Holen Sie die Prinzessin nach Hause.«

Tanner landete am frühen Freitagmorgen in Florida. Er checkte in seinem Hotel ein und versuchte, sich an die amerikanische Zeitzone zu gewöhnen.

Als es auf den Abend zuging, beschloss er, zu Miss Beswicks Werkstatt hinauszufahren.

Er verließ das Hotel und dachte, er sei mitten in eine dichte Wolke hineingetreten. Wie hielten die Einheimischen diese unglaubliche Luftfeuchtigkeit nur aus? Er richtete sich nach dem Navi seines Mietwagens und fuhr nach Westen. Der Bericht des Privatdetektivs deutete an, dass Miss Beswick die Freitagabende häufig in der Werkstatt verbrachte, in der sie arbeitete.

Er fuhr durch die Innenstadt, glitt mit dem Strom des Wochenendverkehrs dahin und kam an der Universität vorbei. An der Florida State University wehten Flaggen, und Banner mit dem Bild eines Indianers schmückten Fenster und Wände.

Die Football-Saison war in vollem Gange, und Tanner spürte die Ausgelassenheit der Stadt. Er kannte das Gefühl allzu gut, nachdem er nun seit fast zwei Jahrzehnten in den Rugby-Ligen seiner Heimat unterwegs war.

Sein emotionales Gedächtnis rührte sich und hob den Kopf. Er fragte sich ... ob er wohl mitmischen könnte ... Vielleicht war Miss Beswick ...

Ein eiskalter Schauer ließ seine Abschweifungen gefrieren. Da war er erst seit ein paar Stunden in Amerika und in Gedanken schon dabei, sein Ziel aus den Augen zu verlieren.

Bleibe bei deiner Aufgabe! Konzentriere dich.

Genauso hatte er schon früher versagt, auf diese Weise hatte er seine Lebensberufung in den Sand gesetzt. Und jetzt, zehn Jahre später, nachdem er eine zweite Chance erhalten hatte, musste er feststellen, dass er kein bisschen reifer war als mit 22.

Schau mal, da glitzert was. Und weg war er.

Worum war es denn in den letzten zehn Jahren gegangen? Doch wohl darum, seine Gefühle, Gedanken und seinen Körper zu disziplinieren und unter Kontrolle zu halten.

Sich als *würdig* zu erweisen.

Tanner lenkte den SUV durch die Abenddämmerung, die sich auf die Stadt herabsenkte. Am Straßenrand begannen die Laternen in einem sanften Licht zu leuchten.

Er übte noch einmal seine Vorstellung. Auf seinem Flug hierher hatte er sie ein Dutzend Mal aufgeschrieben und laut vorgelesen, während er in dem spezialgefertigten Flugzeugrumpf auf und ab gegangen war. Er stellte sich vor, wie er die Worte vor Miss Beswick wiederholen würde, die vielleicht, vielleicht aber auch nicht, über ihr Schicksal Bescheid wusste.

Tanner ging zuerst einmal davon aus, dass sie nichts wusste. So versuchte er, seine Ansprache mit der Hintergrundgeschichte zu spicken, was aber viel zu lange dauerte. Sie würde ihn für verrückt halten, und zwar lange bevor er zu »Sind Sie die wahre Urenkelin von Alice Edmunds, die am 10. Dezember 1897 geboren wurde?« kam.

Er hatte ein gutes Gedächtnis und die Akte und die Details seiner zukünftigen Prinzessin auswendig gelernt. Jetzt ging es darum, sie Miss Beswick überzeugend vorzutragen.

Regina Alice Beswick. Geboren am 21. März 1985. Das einzige Kind von Noble und Bettin Beswick. Bettin war 1997 bei einem Autounfall ums Leben gekommen.

Die Urgroßmutter, Alice Edmunds, verstarb ein Jahr später im Februar 1998 im Alter von hundert Jahren und zwei Monaten.

Ausbildung. Hochschulabschluss an der Florida State University. Ein Bachelor of Arts in Finanzwesen. Akkreditierte Wirtschaftsprüferin. Hochrangige Mitarbeiterin bei Backlund & Backlund. Vor sechs Monaten die Kündigung ihrerseits. Neue Beschäftigung: Inhaberin einer Autowerkstatt.

Der Vater, Noble, besaß eine Klempnerei. Die Stiefmutter, Sadie, war Vorstandsvorsitzende einer Bank.

Vor seinem inneren Auge betrachtete er noch einmal die Fotos von Miss Beswicks Führerschein und ihrer Abschlussfeier an der Universität. Recht angenehm anzuschauen. Viel rotes Haar und blaue Augen, wie Prinzessin Alice.

Während er weiter nach Westen fuhr, wichen die Bilder und Geräusche der Stadt zunehmend denen eines ländlichen Gebiets, die Häuser hatten hier Vorgärten und wurden von Bäumen und allerlei

Stauden abgeschirmt. War er hier noch richtig? Hatte er nicht richtig aufgepasst? Er warf einen Blick auf das Navi. Der Pfeil zeigte ihm, dass er immer noch auf der ursprünglichen Route war.

Er atmete aus und lockerte seinen Griff um das Lenkrad. Es wäre nicht das erste Mal, dass er sich verfuhr, weil er in Gedanken ein Dokument oder eine Ansprache durchging.

Die mechanische Stimme des Navis sprach ihn an. »Biegen Sie nach einer halben Meile rechts ab.«

Tanner schloss seine mentale Akte. Seine Mission war kurz davor, in die heiße Phase zu treten.

Konzentrier dich.

Er atmete tief und langsam ein und füllte seine Lunge bis zum Anschlag mit Luft. *Du. Darfst. Nicht. Scheitern.* Ein einziges Wort kam ihm über die Lippen. Weisheit. Er brauchte *Weisheit.* Seine Bitte war genau genommen kein Gebet. Tanner hatte nämlich mit Gott eine Vereinbarung getroffen. Sie ließen sich gegenseitig in Ruhe. Blieben in ihren jeweiligen Ecken. Dieses kleine Bittgesuch heute aber galt der Prinzessin. Galt Hessenberg.

Tanners Gedanken und seine ganze Lebenskraft flossen in diesen Herzenswunsch. *Miss Beswick, bereiten Sie sich auf die Wahrheit vor.*

Das Navi befahl, nach zweihundert Metern rechts abzubiegen.

Tanner ließ seinen Blick über die Landschaft schweifen und entdeckte einen Kreis aus kleinen Lampen rund um einen großen gelben Lichtschein. Ein offenes Tor. Leute gingen ein und aus.

Er bog rechts ab, als das Navi es verlangte, und rumpelte eine geschotterte Auffahrt entlang, wo er hinter dem letzten Auto parkte.

Wahrscheinlich wäre es das Beste, wenn er sich dem Gebäude langsam und vorsichtig näherte. So würde er die Menschenmenge und auch Miss Beswick am besten in Augenschein nehmen können. Er hoffte nur, dass sie nicht bereits gegangen war.

Es herrschte eine lebendige, fröhliche Stimmung. Musik und der Duft nach amerikanischer Pizza lagen in der Luft. Tanner hatte einmal welche gegessen und sie ziemlich gemocht.

Finde einfach den Rotschopf. Bitte lass es nur einen geben ...

Zu seiner Linken hatte sich unter dem kalten, nackten Licht eines Baustellenscheinwerfers ein Grüppchen um etwas geschart, das nach einer alten Corvette aussah.

Es herrschte Aufregung um den Wagen, Stimmen hoben und senkten sich. Neugierig ging Tanner etwas näher. Als Jugendlicher hatte er sich für Oldtimer interessiert, aber inzwischen bevorzugte er neuere Modelle.

Er mischte sich unter die Menge und stand Schulter an Schulter neben einem Schwarzen, der seine Mütze verkehrt herum trug und das Auto eingehend studierte.

Die alte Corvette brauchte Arbeit, war aber eine seltene Schönheit.

»Welches Baujahr?«, flüsterte er dem Mann zu.

»53. Eins der Originale. Handgemacht.«

Tanner pfiff. »Reizend.«

Der Mann sah zu ihm auf. »Sie kommen nicht aus der Gegend hier, oder?«

»Nein, Sir.«

»Al mein Name.« Er bot ihm die Hand an.

»Tanner Burkhardt«, sagte er und schlug in Als rauen, festen Griff ein. »Ich bin gerade aus dem Großherzogtum Hessenberg angereist.«

»Hessenberg?« Die braunen Augen des Mannes weiteten sich. »Das ist ein ganz schön langer Weg, um für einen Abend an Reggies Hof zu kommen.« Er lachte. Der satte, samtige Ton seiner Stimme erinnerte Tanner an Jazz. »Aber Reg behauptet, dass die Leute für ein Stück Pizza alles tun und selbst den weitesten Weg auf sich nehmen würden.«

»Reggies Hof, sagten Sie?«

»Ach, wir ziehen sie nur auf und nennen die Treffen am Freitagabend ›Reggies Hof‹. Aber hier kommen nur ein paar Freunde zusammen und reden über Autos und so. Deshalb sind Sie wohl gekommen, nehme ich an. Haben Sie Freunde hier?«

»Eigentlich ...« Tanner zögerte. Sollte er die Situation verschleiern? Und Al zustimmen und so tun, als sei er wegen der Autos hier? Ein bisschen mehr Zeit schinden, um die Lage zu beobachten? Nein, besser bei der Wahrheit bleiben. »Eigentlich suche ich nach Miss Regina Beswick.«

Der Mann richtete sich auf und lehnte sich etwas zurück. »Miss Regina Beswick?« Ein Glucksen polterte in seiner Brust. »Ich weiß nicht, ob sie darauf hört, aber Sie können es ja einmal versuchen.« Er zeigte auf die Corvette. »Sie ist da drunter.«

»Unter dem Auto?« Tanner bückte sich, um besser durch die Schatten zu sehen, und fand einen schmalen Lichtstrahl und einen Körper, der sich unter dem Wagen wand.

»Urban«, eine starke Stimme mit ausgeprägtem Südstaaten-Akzent wetterte unter dem Auto hervor, »hast du das Öl überprüft, bevor du mit dem hier durch die Stadt gefahren bist?«

Einer der Männer, die sich versammelt hatten, kauerte sich hin, um zu antworten. Mit seinem ordentlichen Haarschnitt und den feinen, gutgeschnittenen Hosen sah er aus wie jemand, der im gehobenen Wirtschaftsbereich zu Hause war.

»Natürlich habe ich das gemacht.«

Ein Anwalt. Wenn Tanner sich nicht irrte, und er war sicher, dass er sich nicht irrte. Er hatte mit Männern wie diesem ... *Urban* ... zusammengearbeitet. So hatte sie ihn doch genannt, oder? Tanner erkannte die Spezies Anwalt, seine Spezies, selbst in Amerika.

»Er ist der Besitzer«, sagte Al. »Er hat die Karre gerade seinem Schwager abgekauft und sie hergefahren, um sie uns zu zeigen.«

»Und Miss Beswick ... inspiziert das Auto?«

»Urban glaubt, er kann es selbst restaurieren. Reg überzeugt ihn davon, dass er uns das besser machen lässt.«

»Aha.« Sie restauriert also Autos. Faszinierend. Und so ein glücklicher, vielleicht sogar göttlicher Zufall, dass er ausgerechnet neben Al ein freies Plätzchen gefunden hatte.

Miss Beswick rutschte unter dem Auto hervor. Einer der umstehenden Männer sprang vorwärts, um ihr aufzuhelfen. Trockenes Gras und Laub hafteten in ihrem wirren Haar, das vorher irgendwann einmal sorgfältig geglättet worden war, während ein breites Rinnsal Motoröl über ihr Gesicht und ihren Hals lief.

»Rafe«, brummte Al leise, »lauf und hol Reg ein Handtuch.«

»Was hast du denn mit meinem alten Veteranen gemacht, Reg?« Urban sank auf die Knie und warf einen Blick unter das Auto.

»Ich habe die Ölablassschraube angefasst, und dann ist die zerbröselt.« Miss Beswick wischte sich mit dem Saum ihres Tops das Öl aus dem Gesicht. »Hast du einfach so neues Öl auf das alte gefüllt, das noch drin war?«

Der Mann sprang auf die Füße. »Der Peilstab zeigte einen niedrigen Ölstand an, also habe ich einen Liter nachgefüllt.«

»Der Peilstab? Urban!« Miss Beswick lachte. Ihr breites Lächeln unterbrach weiß leuchtend die Ölschmiere, die sich über ihre Wangen und um ihren Mund herum verteilt hatte. »*Du* bist der Peilstab hier. Der Ölstand war niedrig, weil das Öl alt und klebrig ist. Du hast Glück gehabt, dass dir auf dem Weg hierher der Motor nicht hopsgegangen ist.«

Sie ging um das Auto herum und musterte beiläufig die Gruppe. Schließlich fiel ihr Blick auf Tanner.

Ihre Augen trafen sich, und einen Moment lang dachte er, sie würde ihn ansprechen. »Wer sind Sie?« Oder: »Kann ich Ihnen helfen?« War er schon so weit, dass er ihr antworten könnte? Würde die Wahrheit heraussprudeln, gleich hier und jetzt, wie das Öl auf dem Boden? Wie das Öl in ihrem Gesicht?

Tanner atmete ein. Atmete aus. Wartete. Innerlich gewappnet, die Nerven am Anschlag. Ein seltsames, flatterndes Gefühl kitzelte seinen Brustkasten. Eine Vorahnung. War er wirklich kurz davor, die Erbin von Hessenbergs Thron zu treffen?

Der Wind flüsterte zwischen ihnen und verstärkte den Geruch nach Erde, die unter der Sonne knochenhart geworden war. Miss Beswick lächelte, und ihre Augen funkelten. Sie hatten dasselbe brillante Blau wie das, in dem Renoir Prinzessin Alice' Augen gemalt hatte.

Miss Beswick war schön. Viel schöner, als Tanner es sich vorgestellt hatte, und das Flattern in seiner Brust bestätigte, was seine Augen sahen.

Als sie weiterging, atmete er aus. Ein Glück. Er musste sich erst einmal sammeln und sie in einer etwas zivilisierteren Umgebung antreffen. Vielleicht, wenn sie keine Schmiere im Gesicht hatte. Ohne das Rauschen seines eigenen Blutes, das jetzt gerade in seinen Ohren pulsierte. Trotzdem blieb das flatternde Brennen in seiner Mitte. Tanner presste die Finger gegen das Brustbein. Er war sonst nicht so ein Nervenbündel. Normalerweise litt er auch nicht unter Sodbrennen oder dergleichen. Irgendwie musste sein Körper durch die Reise und die Zeitverschiebung aus dem Gleichgewicht geraten sein.

Oder vielleicht, unter Umständen, möglicherweise, könnte es auch sein, dass er sie ganz einfach umwerfend und großartig fand. Selbst mit einer Schicht Motoröl.

»Urban«, sie klopfte dem Anwalt auf die Schulter, »sag mal. Wenn du einen Rembrandt kaufen würdest, würdest du ihn einem Kindergartenkind mit Wachsmalkreiden anvertrauen?« Der Mann, den sie Rafe genannt hatten, tauchte mit einem Handtuch auf, das er Miss Beswick zuwarf.

»Das ist was anderes, Reg. Von Kunst habe ich keine Ahnung.«

»Du hast auch keine Ahnung davon, wie man Autos restauriert.« Ein dünnes Lachen wogte durch die Menge.

»Ich kann es lernen. Mir Hilfe holen.«

»Von wem? Von uns? Nicht für lau.«

»Na gut, dann bezahle ich eben für die Hilfe«, spöttelte der Mann und zeigte auf den Wagen. »Das ist meine Midlife-Crisis, weil meine Frau mir nicht erlaubt, sie gegen ein jüngeres Modell einzutauschen.«

Tanners Lachen fütterte das flatternde Gefühl in seinem Bauch. Wie gut, dass er diese ganze Situation miterleben konnte und eine Chance bekam, Miss Beswick zu beobachten.

Dieser Urban war einer, der zielte, abdrückte und ins Schwarze traf. So wie Miss Beswick. Sie kam direkt zum Geschäft. Redete nicht lange um den heißen Brei herum. Das sollte er sich besser merken.

»Urban, wie alt bist du? Sechzig, einundsechzig?« Miss Beswick verschränkte die Arme, das ölverschmutzte Handtuch hielt sie lose in der Hand.

»Urban«, Al hielt sich die Hände neben den Mund, »gib's auf. Sie ist auf Beute aus.«

»Ich habe keine Angst, Al. Das ist nicht mein erstes Rodeo.«

Al stieß Tanner den Ellbogen in die Rippen. »Urban hat am Anfang seiner Karriere gegen einen Serienmörder prozessiert. Es war eine Riesensache, eine heftige Angelegenheit, der ganz große Medienzirkus. Die Geschworenen brauchten weniger als zwei Stunden, um ihr Urteil zu fällen und den Angeklagten für schuldig zu erklären. Seitdem war er immer obenauf.«

»Kann sie ihn überzeugen?«, fragte Tanner. »Wird sie gewinnen?«

»Urban kennt das Gesetz. Er weiß null Komma nichts darüber, wie man Autos restauriert, und das ist ihm auch klar. Reggie weiß es. Und er weiß, dass sie es weiß.«

Während das Abendlicht langsam einem tieferen Nachtblau wich, ließ der Anwalt am Ende die Autoschlüssel in Reggies offene Hand fallen.

Die Umstehenden spendeten Beifall und drängten sich um Miss Beswick, um ihr zu gratulieren.

Fremde Schultern stießen Tanner an, und er wurde mit den anderen zusammen in Richtung der roten Scheune gedrängt.

Als er eine Lücke in der Menschenmenge sah, bahnte er sich einen Weg aus dem Gewühl und nahm Miss Beswicks Spur auf, die auf das offene Scheunentor zueilte, aus dem goldenes Licht fiel.

Urban ging an ihrer einen Seite, Al an der anderen.

Tanner hielt sich im Schatten eines großen Baumes und überlegte, wie er weiter vorgehen sollte. Gut beobachten zu können war eine seiner Qualitäten. Sie verschaffte ihm auf dem Rugbyfeld ebenso Vorteile wie im Gerichtsaal oder im Büro des Kulturministers.

Urban und Al kamen einen Augenblick später wieder heraus und gingen zu einem Transporter. Andere sammelten sich in kleinen Grüppchen und machten sich kurz darauf auf den Weg zu ihren geparkten Autos.

Tanner zwang sich, sich in Bewegung zu setzen. *Jetzt oder nie, Kamerad.*

In der Scheune fand er Miss Beswick, die in einem langen, schmalen Raum, einer Art Behelfsbüro, an einem Computer arbeitete. Er klopfte leise gegen den Türrahmen, und sie wandte sich um.

»Hallo«, sagte sie. »Kommen Sie rein.« Sie stand auf und reichte ihm die Hand. »Haben wir uns schon einmal getroffen? Ich habe Sie draußen bei der Corvette gesehen. Sind Sie ein Freund von Urban?«

»Nein, bin ich nicht. Und wir sind uns auch noch nie begegnet. Ich bin ...« Als er ihre Hand berührte, verlor er sein Gespür für sich selbst. Der Boden unter ihm schien sich auf einmal in Knetmasse zu verwandeln, auf der er unmöglich ruhig stehen bleiben konnte. »Tanner

Burkhardt.« Er riss seine Hand weg und ging einen Schritt zurück, um wieder festen Boden unter die Füße zu bekommen.

»Reggie Beswick«, sagte sie. »Höre ich da einen Akzent? Britisch?«

»Hessenbergisch. Ich komme aus dem Großherzogtum Hessenberg.«

»Wow, echt jetzt? Was kann ich für Sie tun? Setzen Sie sich.« Sie wies auf den Stuhl hinter Tanner und zog für sich selbst den Schreibtischstuhl mit dem Fuß heran.

Tanner setzte sich und zwang seine Nerven, sich zu beruhigen. Was hatte diese Frau nur an sich, dass sie ihn so aus dem Gleichgewicht brachte? Es war ja nicht das erste Mal, dass er eine Adlige traf. Oder eine schöne Frau.

»Meine Urgroßmutter wurde in Hessenberg geboren«, sagte sie.

»Tatsächlich. Hat sie Ihnen viel darüber erzählt?« Tanner versuchte, sein übliches professionelles Auftreten an den Tag zu legen und sich zu sammeln, sich auf seine Mission zu konzentrieren, aber er hatte das untrügliche Gefühl, in ihrer Gegenwart unterzugehen. Jedes Mal, wenn sie lächelte, verlor er wieder etwas von seiner Standhaftigkeit.

Mit einem Blick auf den Computer zuckte sie mit den Schultern, bewegte die Maus, tippte etwas. »Nur dass es dort sehr schön gewesen sein soll.«

»Und das ist auch heute noch so.«

Sie drehte sich zu ihm hin und lächelte, was in seiner Herzgegend ein Summen und Sirren auslöste. Tanner schluckte und griff nach seinem Diplomatenkoffer. *Pass auf.*

»Das glaube ich. Uroma hat nicht viel darüber gesprochen, jedenfalls nicht, soweit ich mich erinnere. Ich war zwölf, als sie starb, und habe mich nie viel für unsere Familiengeschichte interessiert.«

»Miss Beswick ...«

»Hey, Sie scheinen mir ein netter Kerl zu sein, aber bitte nennen Sie mich Reggie oder Reg. Dieses Miss-Beswick-Tamtam muss aufhören.«

»Gut, also, Sie müssen verstehen ...« Tanner holte den Brief des Königs und die sorgfältig konservierte Originalschrift des Abkommens hervor. »Ich bin aus dringenden, offiziellen Gründen hier. Ist Ihnen das Abkommen zwischen Brighton und Hessenberg aus dem Jahre 1914 ein Begriff?«

»Ja, aus dem Geschichtsunterricht. Aber das ist schon eine ganze Weile her. Warum fragen Sie?« Sie rollte auf ihrem Stuhl rückwärts und griff in einen kleinen Kühlschrank. »Möchten Sie etwas zu trinken?«

Er fühlte sich regelrecht ausgedörrt, aber zuerst wollte er das Geschäftliche erledigt wissen. »Nein, danke.«

»Was denn für dringende, *offizielle* Gründe?« Sie holte eine Wasserflasche aus dem Kühlschrank und rollte zu ihm hinüber. Sie beugte sich nach vorne, um die Dokumente besser sehen zu können, und er nahm einen schwachen Lavendelduft war.

»Sie erinnern sich sicher, dass Hessenberg 1914 ein Teil von Brighton wurde, als unser Großherzog Prinz Franz sein eigenes Land dem König von Brighton überschrieb – und das war nun einmal ganz Hessenberg.«

»Okay.« Sie richtete sich auf und nahm einen Schluck Wasser. »Das Land des Herzogs war sein Eigentum, richtig? Der *Herzog* konnte also mit dem *Herzogtum* machen, was er wollte.«

»Ja, genau. Brillant.« Sie erleichterte ihm seine Aufgabe etwas. »Prinz Franz fürchtete den aufziehenden Krieg und sah sich nicht imstande, eine Streitkraft aufzubauen, die der Rede wert gewesen wäre. Daher stellte er sich hinter König Nathaniel I. von Brighton.«

»Wie war nochmal Ihr Name?« Regina wischte sich eine Hand an ihrer Jeans ab und griff nach den Papieren. »Darf ich?«

Tanner zögerte, übergab ihr aber die Dokumente. »Tanner. Tanner Burkhardt.«

»Also, Tanner Burkhardt, was hat all das nun mit mir zu tun?« Sie richtete den Blick auf den Brief des Königs und trank etwas mehr

Wasser. »Warum ist der Brief an mich adressiert?« Sie schob sich noch näher heran und zeigte auf das Monogramm des Königs. »Vom König von Brighton?«

»Weil er ihn an Sie geschrieben hat.«

Sie lachte. »Der König von Brighton hat mir einen Brief geschrieben?«

Auf diese Weise hatte Tanner ihr es eigentlich nicht erzählen wollen, aber es schien zu funktionieren. »Bitte. Lesen Sie ihn selbst.«

Mit einem unsicheren Blick auf Tanner stellte sie ihre Wasserflasche ab und las dann den Brief.

»Verehrte Miss Beswick, im Namen des Königreichs Brighton ... empfangen Sie meinen Diener Mr. Tanner Burkhardt ... als offiziellen Botschafter ... um Sie darüber zu informieren ...«

Sie hörte auf, halblaut zu lesen, und das Leuchten Ihres Gesichts verblasste.

»Was? Das ist verrückt. Nein, auf keinen Fall ... niemals ...« Sie gab Tanner den Brief mit steifem Arm zurück. »Ist das ein Witz? Ein Streich? Wer hat Sie beauftragt?«

Als wäre das sein Stichwort gewesen, steckte ein dunkelhaariger junger Mann, einer der Anzugträger, der bei der Corvette gestanden hatte, seinen Kopf durch die Tür. »Reg, ein paar von uns wollten ins Kino ...« Er zog sich zurück, als er Tanner sah.

»Mark, warst du das? Hast du diesen Typen hier angestellt?« Miss Beswick schnappte sich den Brief aus Tanners Hand und wedelte damit. »Was soll das denn für ein Witz sein? Eine Prinzessin? Ich bitte dich. Es ist weder mein Geburtstag noch der erste April, was soll das also?« »Hallo.« Der junge Mann bot ihm die Hand an. »Mark Harper. Bitte entschuldigen Sie die Verrückte, die da vor Ihnen sitzt.«

»Tanner Burkhardt.« Er schüttelte seine Hand. »Freut mich, Ihre Bekanntschaft zu machen, Mr. Harper.«

»Mark. Bitte nennen Sie mich Mark. Mr. Harper ist mein alter Herr.«

»Du warst das also nicht?«, fragte Miss Beswick und wedelte munter weiter.

Mark klopfte Tanner auf die Schulter. »Haben Sie mich jemals im Leben vorher gesehen?«

»Ja ...«

»Aha!« Sie hob mahnend den Zeigefinger.

»... draußen bei der Corvette, vor ein paar Minuten.«

»Selbst aha, Reg.« Nun stieß Mark seinerseits seinen Zeigefinger in ihre Richtung. »Zeig mir mal den Brief da.«

»Nix da.« Miss Beswick sprang auf ihren Schreibtischstuhl, wo sie auf unsicheren Beinen balancierte. »Das klingt nämlich genau wie etwas, das du hättest schreiben können, Mark.« Sie sah böse auf Tanner hinunter und las den Brief dann mit übertriebenem hessenbergischem Akzent laut vor. »Im Namen unserer beiden Nationen ersuchen wir Sie inständig, Ihren rechtmäßigen Platz als die Erbin des Großherzogtums Hessenberg und seines Thrones einzunehmen.«

Miss Beswick klopfte sich auf den Oberschenkel, lachte und beugte sich waghalsig zu Mr. Harper hinunter. »Wir *ersuchen Sie inständig ...*«

»Wann hast du denn wohl das letzte Mal die Worte ›ersuchen‹ und ›inständig‹ aus diesem meinem Munde gehört?« Mark verschränkte die Arme und lächelte milde.

»Noch nie, aber für einen guten Witz würdest du ganz sicher ein Wort wie ›ersuchen‹ aus der Schublade ziehen.« Miss Beswick hüpfte von ihrem Stuhl herunter, der daraufhin nach hinten weg- und gegen die Wand schnellte. Tanner sprang auf und wollte nach ihr greifen. Aber sie landete sicher und schaute Mr. Harper an.

»Okay, ja. Aber das hier, das war ich nicht.«

»Wenn du nicht dahintersteckst, wer dann?«

»Miss Beswick«, Tanner schnappte sich den Brief in einer schnellen Bewegung, die seinen Rugbyreflexen geschuldet war, »vielleicht können wir morgen über das Ganze sprechen. Wenn Sie sich etwas frischgemacht haben und ich Ihre ganze Aufmerksamkeit habe.«

»Warten Sie, warten Sie ...«

Eine hübsche Brünette schaute durch die Tür. »Mark, Reg, fahren wir jetzt ins Kino oder was?«

»Ich rufe Sie morgen an, Miss Beswick.« Tanner flüchtete aus dem Büro und ging auf das Scheunentor zu. Er würde das nicht als Versagen betrachten. Er wollte es als Start auf dem falschen Fuß betrachten.

Morgen war ein neuer Tag.

Er spürte ein vorsichtiges Zupfen an seinem Ärmel. »Warten Sie, Mr. Burkhardt. Kommen Sie zurück.«

Er bedachte Miss Beswick mit einem kritischen Blick. »Nur, wenn es Ihnen ernst ist. Ich werde meine Zeit nicht mit Jux und Tollereien verbringen. Ich habe einen Auftrag für Seine Majestät zu erledigen, und genau das werde ich auch tun.«

»Seine Majestät?«, unterbrach ihn Mr. Harper.

»Lass gut sein«, sagte sie und schob ihn auf die überbreite Tür zu. »Viel Spaß im Kino.«

»Reg, wirst du zurechtkommen?«, fragte das Mädel, das ins Kino gehen wollte. Sie sah Tanner mit gerunzelter Stirn an. »Wie müssen nicht ins Kino gehen. Für Rafe ist es voll in Ordnung, wenn wir hier auf dich warten.«

»Ich kann ihnen versichern, dass Miss Beswick in den allerbesten Händen ist.«

»Miss Beswick?«, grinste Mr. Harper. »In den besten Händen?"

»Pssst, Mark. Geht schon. Carrie, mir geht's gut.« Miss Beswick umarmte die Frau. »Ich ruf dich morgen an.«

»Denk an das Abendessen morgen«, rief Mr. Harper. »Gegen acht.«

Im Büro blieb Tanner weiter stehen. »Lassen Sie uns einfach auf den Punkt kommen.«

»Ja, bitte.« Sie verschränkte wartend die Arme. »Um was geht es denn eigentlich?«

»Ihre Urgroßmutter Alice wurde am 10. Dezember 1897 als Ihre Königliche Hoheit Prinzessin Alice Stephanie Regina geboren, Erbin des königlichen Throns des Hauses Augustin-Sachsen.«

»Bis auf ihren Geburtstag höre ich das alles gerade zum ersten Mal.«

»Ihr Onkel, der Bruder ihrer Mutter, war Prinz Franz, der Großherzog von Hessenberg. Er blieb kinderlos und erklärte seine älteste Nichte zu seiner Erbin.«

»Uroma? Eine Prinzessin? Eine Thronerbin?« Sie kniff ihre Augen zusammen. »Und wie kommt es dann, dass sie nie auch nur eine Silbe ...« Unter dem Motoröl wurde sie ganz blass, schlug sich die Hand vor die Stirn und fing wieder an herumzutigern. »Nein, nein, nein ...«

»Was ist los?«

»Wir haben früher oft Prinzessin gespielt. Als ich klein war. Aber sie hat nie, niemals etwas darüber gesagt, dass sie eine *echte* Prinzessin war. Haben Sie sie je getroffen? Nein, wohl eher nicht. Uroma war die liebste, bodenständigste Frau, die man sich vorstellen kann. Sie hat in der Kirche mitgearbeitet und war in jedem Ausschuss, den die Menschheit je gesehen hat. Sie besuchte die Alten und Gebrechlichen. Sie trug dasselbe Paar Schuhe, bis es komplett durchgelatscht war. Fuhr dasselbe Auto 15 Jahre lang und beklagte sich dann, als sie es gegen ein neues eintauschen sollte. Ihr letztes Auto fuhr sie, bis sie 92 war.« Miss Beswick blieb vor ihm stehen. »Das ist verrückt. Uroma? Eine Prinzessin?«

Ihre Worte waren Musik in seinen Ohren. »Miss Beswick, die Frau, die sie gerade beschrieben haben, klingt ganz nach der Prinzessin, zu der sie erzogen worden sein muss. Ganz und gar.«

»Sogar das mit den Schuhen? Und dass sie sich selbst überall hinchauffiert hat?«

Tanner lachte. »Das vielleicht nicht. Aber der ganze Rest.« Er stellte seinen Diplomatenkoffer auf den Schreibtisch. »Sollen wir noch einmal von vorne anfangen?«

Miss Beswick setzte sich langsam. »Bitte. Von vorne.« Sie zog ein Gesicht. »Sie war also wirklich eine echte Prinzessin?«

»Ja.« Tanner überreichte ihr die königliche Akte. »Genau wie Sie, Miss Beswick. Erbprinzessin und Großherzogin von Hessenberg.«

SECHS

Am Küchentisch las Daddy das offizielle Dokument, das König Nathaniel II. unterzeichnet hatte. Er war zu leise. Zu ruhig.

»Daddy?«

»Hmmm«, grunzte er. »Ich lese.«

»Du hast die letzten zehn Minuten nur gelesen.«

Reggie schaute ihre Stiefmutter an, die mit ernster Miene neben Daddy saß. Über ihrer Schulter sah sie den Fernseher in der Ecke der Wohnküche, auf dem eine Polizeiserie im Standbild eingefroren war, mitten in einer Actionszene.

Den Kopf noch voll mit den aufwühlenden Neuigkeiten hatte Reggie die Werkstatt mit Mr. Burkhardt verlassen und war geradewegs zu Daddy und Sadie nach Hause gefahren. Das Einzige, wonach sie sich mehr sehnte als nach einer Dusche, um sich das Motoröl aus dem Gesicht zu waschen, war die Wahrheit.

Sie hatte Überraschung oder Schock erwartet, als sie Daddy und Sadie mit Mr. Burkhardt im Schlepptau in ihrem gemütlichen Freitagabendprogramm überrumpelte und verkündete, dass Uroma eine Prinzessin gewesen war.

»Was Mama, Gott sei ihrer Seele gnädig, auch zu einer Prinzessin machte. Und nun mich.«

»Daddy«, Reggie tippte vor ihm mit den Fingern auf den Tisch, »wusstest du davon?«

Sadie schlug die Handfläche auf die Tischplatte und schob ihren Stuhl zurück. »Mir ist nach Backen zumute.« Sie sprang vom Tisch auf. »Wer möchte gern Kekse mit Schokostückchen?« Sie buk immer, wenn sich das Leben als schwierig erwies.

»Backen?« Reggie sah zuerst Daddy, dann Sadie streng an. »Daddy, was genau erzählst du mir gerade nicht?«

»Ich fahr dann mal eben zum Laden.« Sadie schnappte sich ihre Handtasche von dem kleinen Küchenschreibtisch. Jawohl, tagsüber mochte sie die Filialleiterin ihrer Bank sein, nachts jedoch war sie eine Stressbewältigungsbäckerin.

»Sadie«, sagte Daddy, und der Klang seiner Stimme ließ sie anhalten. »Ich brauche hier deine Hilfe.«

»Hilfe?« Reggie schaute zwischen ihrem Vater und Sadie hin und her. Am Tischende saß Mr. Burkhardt und sah und hörte aufmerksam zu. »Welche Hilfe?«

»Ich hab dir doch gesagt, dass das passieren würde, Noble.«

»Wir konnten das nicht sicher wissen.« Daddy legte den Brief des Königs auf den Tisch und sah Sadie an. »Aber als ich es ihr erzählen wollte, hast du dich mit mir angelegt, Sadie. *Du* sagtest, es würde ihr zu Kopf steigen, und sie würde wegrennen.«

»Zu Kopf steigen?«, echote Reggie. »Wann soll das gewesen sein?«

Mit einem Ächzen ließ Sadie ihre Handtasche auf die Arbeitsfläche fallen. »Oh, als du 17 warst und deine rebellische Phase hattest. Dein Vater wollte es dir damals erzählen, weil er meinte, du würdest dich dann besser, besonders fühlen, und das sollte dir dann helfen, mit dem ganzen Stress des Abschlussjahres fertig zu werden. Aber ich habe dafür plädiert zu warten, ehrlich, wir wussten doch nicht, ob da wirklich etwas Wahres dran war ...«

»Welche rebellische Phase?«, wollte Reggie wissen. »Ich bin ein paar Mal später als verabredet nach Hause gekommen und wollte die zweite Hälfte des Schuljahrs im Ausland verbringen.«

»Wir«, Sadie wies auf Daddy, »fanden es besser zu warten.« Sie faltete ihre Hände vor der Taille. Ihr sonst so engelhaft-fülliges Gesicht schien ganz abgehärmt und nachdenklich.

Sadie war eine von Mamas besten Freundinnen gewesen. Eine Karrierefrau, keine Ehefrau oder Mutter. Aber als Mama starb, war

Sadie zur Stelle gewesen und hatte sich aufopfernd um Daddy und Reggie gekümmert. Ein Jahr nach Mamas Beerdigung hatte Daddy ihr einen Heiratsantrag gemacht.

»Warten worauf?«, fragte Reggie.

»Ich sollte wirklich was backen.« Sadie begann, Küchenschränke aufzumachen. »Mr. Burkhardt, mögen Sie Zuckerkekse?«

Tanner stand auf, knöpfte seine Anzugjacke zu und zog sich hinter seine Fassade aus Anstand und Manieren zurück. »Ma'am, das ist doch nicht nötig ...«

»Oh doch, das ist nötig. Und ein einfaches ›Aber ja, ich mag Zuckerkekse‹ reicht völlig aus.« Sadie zog die Mehldose aus dem Schrank.

Er warf einen fragenden Blick auf Reggie. »Sie haben sie gehört. Sagen Sie einfach Ja«, sagte sie.

»Ja, Ma'am, ich mag Zuckerkekse.«

»Prächtig.« Sadie fuhr mit der Inventur ihrer Schränke fort. »Oh, schaut mal, ich habe bunte Streusel gefunden, die vom *Vierten Juli* übriggeblieben sind.«

Einen Moment lang war nur das Geklapper zu hören, das Sadie veranstaltete, während sie sich die Sachen fürs Keksebacken zurechtlegte. Dann griff Reggie nach dem Brief.

»Also ist das alles wahr?« Sie las laut vor: »Prinz Franz beabsichtigte, dass zum Ablauf des hundertjährigen Abkommens sein Erbe oder seine Erbin, wer auch immer das sein möge, nach Hessenberg zurückkommen und die Monarchie wiederherstellen soll ...«

Sie las mit der Absicht, die Bedeutung jedes einzelnen Wortes aufzunehmen, aber dass *sie* die Erbin des Thrones des Hauses Augustin-Sachsen sein sollte, erschien ihr ebenso wenig möglich, wie einfach mal so auf den Mond zu fliegen.

Uroma war eine Prinzessin? Alice von Hessenberg? Es fühlte sich mehr danach an, als sei sie Alice im Wunderland. Reggies Herz konnte nicht verstehen, was ihr Kopf schon kaum fassen konnte.

»Ich habe alles hier, was ich brauche, um Zuckerkekse zu backen. Also doch keine Einkaufstour. Was sagst du dazu, Noble?«

»Überrascht mich kein bisschen, Sadie-Schatz.« Daddys tiefe Stimme füllte die Küche. »Und, ja, Reg, ich glaube wohl, dass das wahr ist.«

»Mr. Beswick«, fing Mr. Burkhardt an, »hat Ihnen Ihre Frau vielleicht einen Hinweis gegeben? Oder vielleicht hat Prinzessin Alice Ihnen die Geschichte Hessenbergs und des Abkommens über das Erblehen erzählt?«

»Also, erst einmal hat mir Reggies Mama etwas zugeflüstert, kurz bevor sie gestorben ist, etwas über Uromas Geheimnis. Aber da war sie mal mehr, mal weniger anwesend. Als ich sie um eine Antwort bat, wusste sie offenbar nicht, wonach ich sie gefragt hatte. Ich dachte, sie könnte auch einfach daran gedacht haben, wie Uroma mit Reggie Prinzessin spielte, wissen Sie.« Er schüttelte den Kopf. »Ungefähr eine Stunde später starb sie, und, naja, dann hatte ich andere Sachen im Kopf als dieses Gemurmel über eine Prinzessin.«

»Es tut mir natürlich alles sehr leid, Mr. Beswick.«

»Ihnen braucht das nicht leidzutun. Sie waren nicht der Vollidiot, der über die rote Ampel und meiner Frau mit voller Wucht in die Seite raste.« In den 17 Jahren seit ihrem Tod hatte der allgegenwärtige Schmerz stets einen dunklen Schatten auf Daddy geworfen, wenn er über Mamas Unfall sprach. Und in diesen Momenten brach auch aus Reggies Herz immer eine neue Welle aus Trauer und Verlustgefühlen hervor.

»Also, dann hast du Uroma gefragt?« Wie hätte er sonst auf die Idee kommen können, sie in ihrer »rebellischen Phase« einzuweihen?

Reggie warf einen Blick auf Sadie, die geschäftig in der Küche herumwühlte. *Rebellion* ... Worüber redete sie eigentlich? Reggie hatte ebenso häufig rebelliert wie Sadie Beswick eine weihnachtliche Backsaison verpasste. Nämlich nie.

»Ich bin tatsächlich irgendwann einmal dazu gekommen, ja. Ein paar Monate später.« Daddys Stimme fesselte Reggies Aufmerksamkeit und packte ihr Herz. »Als ich eines Abends nach dem Essen noch an ihrem Bett saß und, also weißt du«, Daddy gluckste, als schien ihm das alles ein bisschen zu albern, »da sagte ich dann also: ›Uroma, bevor Bettin starb, sagte sie etwas darüber, dass sie eine Prinzessin sei.‹«

»Was hat sie gesagt?« Reggie legte ihre Hand auf Daddys Arm.

Der zuckte mit den Schultern. »Sie sagte, jetzt, wo Bettin gestorben ist, sei Regina die Prinzessin.« Daddy kratzte sich am Kopf und sah zu Mr. Burkhardt hinüber. »Uroma nannte Reggie stets bei ihrem vollen Namen. Egal, ich fragte sie jedenfalls, was sie meinte, und ihre Augen wurden irgendwie trübe. Dann murmelte sie etwas von wegen, Reg sei ›meine Prinzessin‹, und ich dachte, ›na, schönen Dank auch, jetzt ist sie wohl in ihrem Wolkenkuckucksheim angekommen und denkt daran, wie sie früher mit Reg Verkleiden gespielt hat. Genau wie Bettin.‹ Oder vielleicht wollte sie mir auch sagen, dass Reg *meine* Prinzessin sei.« Daddy klopfte sich auf die Brust. »Mein Mädchen, behandle sie wie eine Prinzessin.«

»Ihr Wolkenkuckucksheim?« Mr. Burkhardt beugte sich zu Daddy.

»Hier.« Daddy tippte sich gegen die Schläfe. »Diese Momente, wenn sie – wie wir glaubten – nicht mehr ganz bei sich war. Je älter sie wurde, desto mehr redete sie von ihrer Vergangenheit. Ihrer Kindheit in Hessenberg, von einem alten Stall und jemandem namens Reinhart.« Daddy fuhr sich mit der Hand übers Kinn. »Von ihrer Mama, ihrem Onkel. Ihrer Schwester Esmé. Von Leuten, die ich nie getroffen habe. Die waren alle schon von ihr gegangen, übern Jordan.

Wir konnten uns keinen Reim darauf machen. Ich nehme an, wir hätten sie ernster nehmen sollen. Aber sie hatte so viel Kummer erlebt ...

eine Witwe, die erst ihre Tochter und dann ihre Enkeltochter verlor. Nachdem Bettin gestorben war, schien Uroma ziemlich viel Zeit im Wolkenkuckucksheim zu verbringen. Sadie und ich nahmen an, dass es ihr etwas Frieden brachte, sich in ihre Kindheit zu flüchten, dass es ihr beim Trauern half. Himmel, alle ihre Blutsverwandten waren tot, bis auf Reg. Wenn man hundert Jahre alt wird, überlebt man die meisten seiner Leute. Deshalb ließen wir Uroma einfach machen. Es hätte doch nichts genutzt, sie zu korrigieren.«

»Wie wär's, wenn ihr mir davon erzählt hättet?«, forderte Reggie. »Es hätte vielleicht etwas genutzt, mir davon zu erzählen.«

»Um ehrlich zu sein, ergab das alles für mich einfach keinen Sinn. Eine Prinzessin? Echt jetzt? Als du 17 warst, habe ich darüber nachgedacht, dir davon zu erzählen, wie Sadie schon sagte. Aber wir sprachen dann darüber, und, nun ja, es klang einfach irgendwie albern. Vielleicht, weil wir keine Beweise hatten, weil wir es einfach nicht richtig wissen konnten.« Daddy schüttelte den Kopf, schob sich vom Tisch weg und ging ins Wohnzimmer, um ein paar Minzbonbons zu holen.

Als er zurückkam, bot er Mr. Burkhardt eines davon an, der mit einem freundlichen »Nein, danke« ablehnte.

»Sie hat dir an dem Tag damals noch etwas anderes gesagt, stimmt's, Noble?« Sadie stand bei ihnen mit einer Schüssel im Arm, in der sie mit einem großen silbernen Löffel einen Teig rührte.

»Was? Was hat sie gesagt?« Der Wunsch, es zu erfahren, es zu verstehen, ließ Reggie beinahe verrückt werden.

»Mehr von der gleichen Sorte.« Daddy warf sich ein Bonbon in den Mund und griff nach einem weiteren. Er war schlank und drahtig, weil er sein Leben lang harte körperliche Arbeit geleistet hatte. Sein dunkles Haar war dick und schwarz mit nur einem leichten grauen Hauch. Und wenn er lachte, sprühten seine blauen Augen Funken. »Sie war eine gute Frau, deine Uroma.« Seine Augen glänzten. »Ich vermisse sie. Egal, jedenfalls sagte sie etwas, als ich an dem Abend gerade das Zimmer verlassen wollte. Sie sagte, ›Noble, lass sie gehen, wenn die Zeit gekommen ist, hörst du mich? Sie wird das Herzogtum wieder aufrichten.‹ Dann murmelte sie wieder etwas darüber, dass du ihre Prinzessin seist.«

»Das Herzogtum wieder aufrichten?« Reggies Stimme hob sich voller Verwunderung. »Was hat das zu bedeuten?«

»Genau. Ich habe es abgetan«, sagte Daddy. »Ich dachte, vielleicht zitierte sie auch aus *Der Krieg der Sterne* oder so. Wir hatten gerade einen Filmmarathon mit Sadies Neffen hinter uns.« Er sah seine Frau an. »Weißt du das noch, Sadie?«

»Daddy, hast du dir die Sache nicht wenigstens einmal angeschaut?« Reggie strich sich mit den Fingern durchs Haar. Sie wollte wirklich gerne duschen, sich warmes Wasser übers Gesicht laufen lassen und die Reste der Schmiere abwaschen. Und die Reste dieses Gesprächs. Sie musste nachdenken.

Uroma ... Hessenberg ... Die Sache mit dem Abkommen.

»Nein, Reg, tut mir leid. Das habe ich nicht. Uroma und dich mit einem europäischen Königshof in Verbindung zu bringen war ungefähr so, als würde man eine Leiter zu den Sternen bauen wollen. Unmöglich. Ich kannte Alice Edmunds 15 Jahre lang, und sie hat über das, was ich dir gerade erzählt habe hinaus, nie angedeutet, adlig zu sein oder so etwas. Und deine Mama ebenso wenig.«

»Die Wahrheit ist nun aber, dass Alice Edmunds adlig war.« Mr. Burkhardt studierte Reggies Gesicht. »Und Ihre Tochter ist ihre Erbin. Alice hatte Recht. Ihre Tochter ist diejenige, die Hessenberg zu seinem souveränen Status zurückverhelfen kann. Uns unser Herzogtum zurückgeben, wenn man so will.«

Daddy konzentrierte sich schweigend darauf, sein nächstes

Minzbonbon auszupacken. »Und Sie wollen mir nun sagen, dass die Zeit dafür jetzt gekommen ist, Mr. Burkhardt?«

»Ja, ganz genau.« Mr. Burkhardt wies auf die Dokumente, die auf dem Tisch lagen. »Wir haben alles hier. Die Vereinbarung zwischen Brighton und Hessenberg endet am 22. Oktober um Mitternacht. Wenn es keinen Erben auf dem Thron Hessenbergs gibt, wird Hessenberg vollständig zu einer Provinz von Brighton. Ungefähr so, wie die Normandie eine Provinz von Frankreich ist oder die Toskana eine Provinz von Italien. Es wird seinen Status als souveräne Nation verlieren. Für immer. Es sei denn, Hessenberg wäre bereit, den Krieg zu erklären und sich die Unabhängigkeit unter Blutvergießen zurückzuerobern. Und das ist zu diesem Zeitpunkt keine Option.«

Reggie stand auf und begann, um den Tisch herumzutigern. »Das hoffe ich doch sehr, dass das keine Option ist, Mr. Burkhardt.« Sie war es leid, ihn so förmlich anzureden, aber solange er sie Miss Beswick nannte, würde sie ihn Mr. Burkhardt nennen. »Warum können Sie das Abkommen nicht einfach für nichtig erklären? Die Männer, die die Vereinbarung getroffen haben, sind doch alle tot.«

»Das ist keine Übereinkunft, die ein paar Jungs auf dem Schulhof getroffen haben. Handschlag, draufgespuckt, fertig. Es ist ein bindendes Abkommen. Mit allen Rechten und Einschränkungen, anerkannt durch die europäischen Gerichte. Wir können das Abkommen nicht einfach *für nichtig erklären.* Die USA haben Ihre Verfassung ja auch nicht *für nichtig erklärt,* nur weil die Männer, die sie unterzeichnet haben, alle tot sind.«

»Ich verstehe nicht, warum das so wichtig ist. Sie sind hundert Jahre lang von Brighton regiert worden. Wäre es da so schlimm, wenn Hessenberg dauerhaft ein Teil Brightons würde?«

»Wenn es Ihnen recht ist«, Mr. Burkhardts Miene wurde eisern, »dann würden wir gerne eine selbstständige Nation bleiben. Unser eigenes Schicksal bestimmen. Die Menschen von Hessenberg sind ein patriotisches und stolzes Volk. Auf einer praktisch greifbareren Ebene verschmelzen außerdem zwei Volkswirtschaften ineinander. Es ist der Wunsch beider Länder, dass Hessenberg mit dem Ende des Abkommens wieder zu einer vollwertigen, unabhängigen und souveränen Nation wird.«

»In Ordnung, und wo kommt da nun meine Reg ins Spiel?« Daddy warf das Bonbonpapier in den Mülleimer. Als er den Eimer verfehlte, warf Sadie einen entsprechenden Kommentar hinterher. »Und mal ehrlich, woher wissen wir denn, dass Sie echt sind? Woher wissen wir, dass diese amtlich aussehenden Papiere nicht gefälscht sind?«

»Das sind gute, vernünftige Fragen.« Mr. Burkhardt überflog die Dokumente, die auf dem Tisch lagen und suchte eins aus, das er Daddy vorlegte. »Sehen Sie mal hier, das hier ist das Monogramm des Königs, und hier ist sein Siegel.«

Reggie hörte mit halbem Ohr zu und nutzte den Augenblick, um den Besucher aus Hessenberg mit ihren Herzensaugen zu studieren. Welchen Anteil hatte er an dem Ganzen? War das einfach nur ein Auftrag von vielen für ihn? Folgte er nur einer Anweisung des Königs? Aber wenn Hessenberg sich von Brighton lossagen würde, wäre dieser nicht mehr Mr. Burkhardts König.

Erhoffte Mr. Burkhardt sich eine Beförderung, wollte er eine bestimmte Position erlangen, oder war er einfach nur ein loyaler Diener? Da traf Reggie eine Erkenntnis mitten ins Herz ...

»Wenn ich das mache, bin ich dann Ihre Chefin?«

Er sah zu ihr hinüber, sein Ausdruck, die klare Linie seines markanten Kinns zeigten keinerlei Hinweis auf seine Gefühle. Nichts jenseits der Oberfläche. Er sah gut aus, hatte den Körper eines Athleten mit dem Auftreten eines weltgewandten Anzugträgers.

»Sie werden meine Regentin sein, ja.«

»Und damit kämen Sie zurecht? Mit mir? Eine Autoliebhaberin, die sich über ihr Wahlrecht hinaus wenig aus Politik macht, soll Ihnen sagen, was Sie zu tun und zu lassen haben?«

Er richtete sich auf. »Wenn ich Ja sage, kommen Sie dann mit nach Hessenberg?« Tiefe Stimme, ganz sachlich, außerordentlich ernst.

»Lächeln Sie eigentlich überhaupt mal?«, fragte Reggie.

Ein sehr weiches, schwaches Lächeln huschte über seine Lippen. »Wenn ich Ja sage, kommen Sie dann mit?«

»Kommt darauf an.« Sie verschränkte die Arme. »Sie haben heute Abend doch die Corvette auf dem Hof gesehen, oder?«

»Welche Corvette?«, fragte Daddy.

»Oh, Daddy.« Aufregung sprudelte in ihrer Brust. »Hast du Urban Jessup mal getroffen? Er ist einer von Marks Freunden.«

»Dieser Überflieger-Anwalt aus dem Serienmörder-Prozess?«

»Ja, den meine ich. Egal, der jedenfalls hat einen 53er Vet gekauft. Einen von den Originalen.«

»Ho, ho, ho, Reg.« Ein Funkeln leuchtete in Daddys Augen. »Eines deiner Traumautos. Gott lächelt dich an!«

»Ich konnte es nicht glauben, als er damit auf den Hof fuhr. Und stell dir vor, er wollte ihn selbst restaurieren.«

»Und du hast ihn davon abgebracht.«

»Jawoll, das habe ich!« Daddy gab Reggie ein High Five.

»Miss Beswick.« Mr. Burkhardt atmete aus, und es klang stark danach, als wäre das beinahe sein letzter Atemzug. »Wir brauchen Sie umgehend in Hessenberg.« Nicht eine Spur war übriggeblieben von dem Versuch eines Lächelns.

»Für wie lange? Was muss ich tun?« Reggie wandte sich ihm wieder zu. Al und die Jungs würden schon einmal mit dem Vet anfangen können. Sie würde Urban nur ungern warten lassen. Und für die spaßigen Sachen wäre sie ja längst wieder zurück.

Außerdem wäre es schon irgendwie cool, Uromas Geburtsort zu besuchen und ein bisschen ihre eigenen Wurzeln und ihr, na ja, Erbe, kennenzulernen.

»Sie werden ...« Mr. Burkhardt blätterte durch die Papiere und zeigte erste Anzeichen eines feinen Risses in seiner stählernen Fassade. »Das ist jetzt ein bisschen heikel.«

»Eben war es doch noch nicht heikel.«

Er erwiderte ihren Blick, und sein Selbstvertrauen kehrte zurück. »Das wird sich in Ihren Ohren als Amerikanerin jetzt ungewöhnlich anhören, aber Sie werden sich darauf vorbereiten, den Eid auf die Krone zu schwören. Dann werden Sie Ihren Platz als Staatsoberhaupt einnehmen, und es wird eine vollumfängliche Krönung stattfinden.«

»Eid? Staatsoberhaupt?« In ihrer Überraschung wiederholten Reggie, Daddy und Sadie die Worte in schönster Harmonie.

»Wenn Sie den Eid einmal geleistet haben, werden Sie auch offiziell die Erbin und damit rechtlich befugt sein, das Ende des Abkommens zu unterzeichnen. Dadurch werden Sie auch, wenn Sie das denn wollen, das Großherzogtum erben und es zu seinem Status als vollwertige Nation zurückführen. Dadurch werden Sie unser Oberhaupt, unter dem sich unsere Regierung formieren kann.« Mr. Burkhardt bot ihr ein Dokument an. »Wir haben einen Überblick der Dinge zusammengestellt, die stattfinden müssen.«

Reggie zögerte und griff dann nach dem Papier. Sie überflog die aufgelisteten Punkte. Nach Hessenberg zurückkehren. Sich mit der Hauptstadt, Strauberg, und dem Palast, Meadowbluff, vertraut machen. Sich auf den Throneid vorbereiten. Die Führungskräfte des Parlaments treffen.

All das, um einem kleinem Großherzogtum zu seinem Status als ordentliche Nation zurückzuverhelfen? In ihrem Herzen läuteten die Alarmglocken immer lauter. Das Papier bebte in ihren kalten, zitternden Händen. Eine Sekunde später konnte sie sich nicht mehr genug konzentrieren, um zu lesen.

»Mr. Burkhardt«, sie ließ das Papier auf den Tisch sinken. »Ich ... ich verstehe das nicht. Wie ist es möglich, dass ich überhaupt eines dieser Dinge tun kann?«

»Weil Sie die Urgroßenkelin von Prinzessin Alice sind.« Er zeigte ihr eine Zeile auf der Zusammenfassung. »Sie ist der direkte Abkömmling eines gewissen Oscar Augustinus, der das Großherzogtum 1702 von der Regierungshoheit Preußens befreite. Er erklärte sich zum Großherzog von Hessenberg, einem Juwel auf der Schatztruhe voller Eisenerz, die die Nordsee darstellt. Die Menschen waren anfangs Leibeigene, aber er teilte das Land in Bauernhöfe und Minen auf und etablierte eine Verfassung und ein Parlament. Das Volk gedieh. Aber am Ende gehörte Hessenberg dem Hause Augustin-Sachsen. Als der Großherzog Prinz Franz, der Onkel Ihrer Urgroßmutter, Hessenberg dem Königtum Brighton überließ, dankte er von seinem Thron ab und gab seinen rechtmäßigen Besitz des Landes für die Dauer von hundert Jahren auf.«

Das Bild wurde langsam deutlicher. »Dann steht das Haus Augustin-Sachsen also kurz vor einem sensationellen Comeback.«

»Wenn denn der rechtmäßige Erbe gefunden wird.«

»Und dieser rechtmäßige Erbe wäre dann also ich.«

»Ja, Miss, das sind Sie.«

»Okay, dann mal bis später.« Reggie ging ohne einen Gruß, eine Entschuldigung oder auch nur ein »Sie-können-mich-mal« zur Haustür.

In der Küche veranstaltete Sadie ein gewaltiges Getöse, als sie ihre Backbleche aus dem untersten Fach des Küchenschrankes zerrte. Reggie verstand einfach nicht, wie die gute Frau es schaffte, ausgerechnet die Backwerkzeuge, die sie am häufigsten verwendete, zuunterst zu begraben. Aber so war sie nun einmal, ihre Stiefmama.

»Reg?«, rief Daddy.

»Miss Beswick, bitte warten Sie.« Mr. Burkhardt eilte ihr nach.

Reggie bewegte sich schneller. Wie ein Hund mit seinem Knochen, der Typ. »Ich muss gehen.«

Eine Prinzessin? Ein Eid? Eine Krönung? Lächerlich. Wenn Mr. Burkhardt nicht so verdammt ernst täte, hätte sie schwören können, dass jemand sie an der Nase herumführen wollte.

Keine Frau, die Reggie kannte, hatte jenseits ihres zwölften Geburtstags davon geträumt, eine Prinzessin zu sein. Gut, mal abgesehen von Mable Torres, die Miss Frühjahrs-Tallahassee sein wollte. Und Christi Selby, die zur Miss Florida gekrönt worden war. Aber das waren Prinzessinnen auf Zeit, ohne jegliche Autorität. Burkhardt verlangte von ihr, eine Nation zu gründen.

Eine Nation!

Nachdem sie die Stufen der Veranda hinter sich gelassen hatte, ging Reggie schnurstracks auf ihren alten 78er Datsun zu und tastete nach den Schlüsseln.

»Es ist überwältigend, nicht wahr?« Ein bisschen Freundlichkeit und Einfühlungsvermögen wärmten Mr. Burkhardts Worte.

»Sehen Sie, Mr. Burkhardt ...«, Reggie warf ihre Tasche auf den Beifahrersitz. »Und, bitte, können wir uns duzen? Darf ich dich Tanner nennen?«

»Sicher.« Er hielt neben ihr an, die Hände hinter dem Rücken verschränkt

»Ich hätte nicht die geringste Ahnung, was ich mit deinem Land anfangen sollte.« Sie betrachtete ihn im hellen weißen Licht der Hoflampen in Daddys Einfahrt.

»Sie werden nicht allein sein, Miss Beswick.«

»Bitte. Reggie. Nenn mich Reggie.«

»Es gibt Berater. Wir haben jahrhundertelang als konstitutionelle

Monarchie funktioniert, und das können wir auch wieder tun. Eigenständig. Wir haben einen Kern aus wahnsinnig guten Führungskräften, die Sie unterstützen werden. König Nathaniel II. und sein Premierminister beraten und unterstützen Sie in jeder Hinsicht. Und unser eigener Gouverneur ebenso.«

Papas dunkle Silhouette erschien auf der Veranda. Beobachtete sie. Wartete. Wahrscheinlich betete er auch. »Nach dem Eid, was dann?«

»Dann unterzeichnen Sie das Ende des Abkommens.«

»Was dann?«

Er zögerte. »Das wäre an Ihnen, Miss Beswick. Entweder Sie bleiben als amtierende Repräsentantin des Königshauses, verhelfen dem Hause Augustin-Sachsen zu neuem Glanz und unterstützen uns dabei, unsere neue Regierung zu bilden. Oder Sie danken ab und kehren nach Hause zurück. In dem Fall werden wir zum ersten Mal in unserer Geschichte unseren Weg ohne die Unterstützung eines Königshauses suchen und, da bin ich mir sicher, auch finden. In beiden Fällen werden wir aber wieder unabhängig und Ihnen sehr dankbar sein.«

»Abdanken? Du meinst, aufhören? Du heuerst mich für die Rolle der Prinzessin an und schickst mich dann nach Hause, um mein altes Leben weiterzuführen, so als wäre nichts gewesen?« Sie riss die Autotür auf, und die rostigen Scharniere knarrten und stöhnten. Ja, genauso fühlte sie sich auch.

»Wenn Sie nur ...«

»Schauen Sie, Mr. Burkhardt – Tanner –, das hier, das bin ich.« Sie breitete ihre Arme aus und drehte einen kleinen Kreis. »Ein Mädchen aus Tallahassee. Ich bin hier geboren und aufgewachsen. Ich liebe meinen Job, sehen Sie – siehst du – das nicht? Ich liebe mein Leben. Bis auf einen gewissen Mark Harper, der zu viel erwartet, aber das tut jetzt nichts zur Sache. Ich habe meine Freiheit, meine Freunde und meine Familie, meinen Glauben.«

Sie hatte gerade ihre Argumente für eine handfeste Absage vorgebracht. »Ich kann nicht.« Sie wandte sich wieder dem Auto zu. »Und ich werde nicht. Das ist verrückt. Ich kann nicht einmal ganz verstehen, was du mir da alles erzählt hast. Und, offen gesagt, will ich es auch nicht verstehen.«

»Werden Sie das nehmen? All das sorgfältig lesen?« Tanner hatte sich mit dem Diplomatenkoffer in der Hand genähert. Sein feiner Geruch reinigte die Luft zwischen ihnen. »Nehmen Sie das. Überprüfen Sie die Papiere. Sie werden sehen, dass Sie die einzige und wahre Erbin sind.« Als sie nicht nach der Akte griff, trat er einen weiteren Schritt auf sie zu. »Bitte. Es steht etwas darin, das Sie auf jeden Fall werden lesen wollen.«

»Was denn?«

»Lesen Sie einfach ...« Er bot ihr das Dossier noch einmal an. »Ich habe eine Unterkunft in der Innenstadt von Duval. Meine Karte mit meiner Handynummer ist in der Seitentasche. Rufen Sie mich an. Bitte. Falls Sie irgendwelche Fragen haben.«

»Atmen, Blümchen«, rief Daddy von der Veranda herunter. »Nimm die Papiere. Lies sie. Denk darüber nach. Bete. Kann ja nicht schaden.«

Reggie ging um Tanner herum zur Veranda. »Daddy, auf wessen Seite bist du eigentlich? Willst du, dass ich wegziehe? Weit weg?« Sie wandte sich an Tanner. »Wie viele Meilen sind es bis Hessenberg?«

»Viertausendzweihundertzwölf Meilen.«

»Viertausend – heiliger Strohsack. Daddy, willst du, dass ich viertausend Meilen weit weg ziehe?«

»Du weißt, dass ich das nicht will.« Er ging einen Schritt nach unten, dann zwei. »Aber ich will auch nicht, dass du zu diesem Prinzessinending nein sagst, ohne die Sachlage zu überdenken und deine Möglichkeiten abzuwägen.«

»Du meinst, so wie du wolltest, dass ich für das Wirtschafts-Studium an die FSU gehe, weil es eine nette, sichere Karriere bot?«

»Hatte ich denn Unrecht?«

»Aber ich habe es gehasst.« Sie kniff die Augen zusammen, schirmte sie mit der Hand ab und versuchte, Daddy durch die Hintergrundbeleuchtung der Verandalampen zu sehen. »Ich glaube, du hast erst mit der Zeit angefangen, es zu hassen. Du warst rastlos, bist es immer noch, nehme ich an. Aber diese Wirtschaftsprüferstelle war der beste Weg, um schlussendlich das zu tun, was du wolltest, Reg. Du hättest deine Firma nicht ohne das Geld gründen können, das du angespart hattest, indem du die Konten anderer Leute in Ordnung gebracht hast. Das Gleiche ist hier der Fall. Es könnte ja sein, dass es dir ganz gut gefällt, eine Prinzessin zu sein.«

Sie stöhnte. »Als wäre das Restaurieren von Autos eine Abkürzung auf dem Weg, eine Prinzessin zu werden ...«

»Kann sein.«

Ha! »Daddy, mein Leben ist kein Disney-Film.« Sie winkte ab und wandte sich wieder zum Auto. Wenn sie nicht genau gewusst hätte, dass er Abstinenzler war, hätte sie schwören können, dass er am Koch-Sherry genippt hatte.

»Du hast doch so gerne mit Uroma Prinzessin gespielt!«, rief er. Stur war er, ihr Daddy. Bei ihm passte das Bild von einem Hund mit seinem Knochen noch viel besser als bei Mr. Burkhardt.

»Ich war sechs. Und sie bastelte die allerschönsten Papierkrönchen.«

»Miss Beswick, ich ...«

»Reggie. Um Himmels willen, nenn mich Reggie.« Sie stand mit dem Rücken zur Wand. Müde, frustriert und verwirrt. Irgendwie kam sie so nicht vorwärts, sondern steuerte mitten in einen großen Tümpel aus ekliger Gereiztheit hinein.

»Nehmen Sie – nimm das.« Er griff nach ihrer Hand und legte das Dossier auf ihre Handfläche. »Du wirst es lesen wollen, das verspreche ich.«

»Gut.« Sie drückte die Mappe an ihre Brust, während in ihrem Kopf die wildesten Gedanken durcheinandergingen. *Lies die Dokumente. Nein, tu es nicht! Lies sie. Nein!* »Ich werde mir die Papiere durchlesen, aber ich bin mir ziemlich sicher, dass ich nie mit dir in einem Flugzeug nach Hessenberg sitzen werde.«

»Na, das ist doch mein Mädchen«, sagte Daddy. »Immer hübsch aufgeschlossen.«

»Miss Beswick. Regina«, sagte Tanner mit einer leichten Verbeugung, »Danke. Hessenberg bedankt sich bei dir.«

Sie veränderte ihre Haltung. »Was passiert, wenn ich nein sage?«

»Ganz einfach«, sagte er und verschränkte die Hände hinter dem Rücken. »Hessenberg, das Geburtsland deiner Urgroßmutter, verschwindet vom Antlitz der Erde. Es wird aus den Weltkarten entfernt. Eine Nation, deren Geschichte bis ins alte Rom zurückreicht, wird nicht mehr sein.«

Der letzte Strohhalm lag auf dem Tisch, und Reggie fühlte sich, als würde sie gleich zerbrechen. »Und das alles fällt auf mich zurück? Es ist verrückt.« Mit leerem Blick starrte sie über die Straße hinweg auf die Lichtstrahlen, die durch die Bäume und Sträucher der benachbarten Gärten hindurchschienen.

»Es ist auch wahr ...«

Reggie wirbelte zu Mr. Burkhardt herum. »Bist du immer so selbstsicher? Das ist ein bisschen zermürbend.« Sie legte die Akte auf den Beifahrersitz. »Bis wann muss ich mich entscheiden?«

»Technisch gesehen, bevor das Abkommen endet. Das wäre Mitternacht, am 22. Oktober. Aber Tatsache ist, dass wir Zeit brauchen werden, um dich und die Menschen vorzubereiten. Ein paar Wochen bestimmt.«

»Der 22. Oktober? Das ist gerade mal noch einen Monat hin. Also, im Grunde müssten wir ... jetzt abreisen.«

»Wenn möglich. In ein paar Tagen, ja.«

»Ihr hattet hundert Jahre Zeit, um euch einen Überblick über die königlichen Erben von diesem Hause Augustin-Schlagmichtot zu verschaffen, aber ihr habt die Sippe komplett aus den Augen verloren. Und jetzt kommst du angeschlichen und gibst mir ein paar Tage Zeit, mich zu entscheiden. Das ist doch wohl nicht fair?«

»Ist es nicht, da stimme ich zu. Aber dein Onkel, Prinz Franz, dankte ab und zerstreute die Familie mit voller Absicht in alle Himmelsrichtungen. Zum einen, um sie in Sicherheit zu bringen. Und um seinen Anteil an dem Abkommen mit dem Königreich Brighton zu ehren. Hätten wir über dich Bescheid gewusst, wären wir früher vorbeigekommen. Aber leider war deine Urgroßmutter schwer aufzuspüren.«

Diese Zusammenfassung der Geschehnisse verwandelte die Verwirrung in Reggies Brust zu einem handfesten Zorn. Der Atem in ihre Lunge brannte. »Ich muss gehen.«

Reggie kletterte in den Datsun und ließ den vierzig Jahre alten Motor aufheulen, der rasselte, klopfte und abzusaufen drohte. Reggie gab vorsichtig Gas und ließ den Vergaser etwas arbeiten, bevor sie den Rückwärtsgang einlegte.

Tanner lehnte seinen Arm an die Tür und sah sie durch das offene Fenster an. »Früher ist besser als später, Regina.«

»Und wann gehst du wieder?« Zentimeter für Zentimeter setzte sie das Auto in der Einfahrt zurück.

»Wenn du dich damit einverstanden erklärst, mit mir zu gehen.« Er atmete aus und trat zurück. »Oder wenn das Großherzogtum Hessenberg aufhört, eine Nation zu sein.«

SIEBEN

Die kalte Luft der Hotelsuite fühlte sich gut an auf seiner heißen, klebrigen Haut. Hätte er gewusst, dass die Nächte in Florida mit einer solchen Betonwand aus Feuchtigkeit aufwarteten, hätte Tanner über seinen Lauf am späten Abend sicher noch einmal nachgedacht.

Aber er musste sich bewegen, Ausschreiten, die Dellen in seinen müden Muskeln und seinem müden Geist etwas ausbeulen.

Hinunter mit dem Aufzug und durch den Haupteingang des Duval ging es hinaus in die Nacht, wo er sich auf dem Bürgersteig schwerfällig in Gang setzte. Seine Beine weigerten sich anfangs, im gleichen Takt zu arbeiten, so dass er wie ein alter Mann die Straßen der Stadt hinunterstolperte.

Nach ungefähr zehn Minuten fand er seinen Takt, indem er seinen Körper zwang, sich zu bewegen. Er ferste an, fädelte sich durch die Grüppchen, die sich aus den Bars hinaus auf die Straßen ergossen. Anscheinend war die ganze Stadt wegen dieses Footballspiels morgen auf den Beinen.

Eine dreiviertel Stunde lang lief er und dachte an nichts – *nichts* –, außer an seine Schritte, seine Atmung und daran, ein gleichmäßiges Tempo beizubehalten.

Zurück in seiner Suite, zog er sein verschwitztes Hemd aus und holte eine Flasche Wasser aus dem Mini-Kühlschrank. Er schnappte sich ein Handtuch, wischte sich Gesicht und die Arme ab und bestellte dann ein spätes Abendessen. Salat? Nein, Dessert. Ein Stück Schokoladenkuchen à la mode.

Er ließ sich in den Stuhl am Fenster fallen und konzentrierte sich auf den Ausbruch der bernsteinfarbenen Lichter über der Stadt. In der Ferne wölbte sich der Glanz des Universitätscampus wie ein weißer Mond in den Himmel.

Tanner presste sich die kühle Wasserflasche gegen die Stirn und nahm dann einen Schluck. Wenn man einmal von der hohen Luftfeuchtigkeit absah, gefiel ihm die Stadt ganz gut. Tallahassee war eine Mischung aus Regierungsinstitutionen, höherer Bildung und dem, was die Amerikaner Rednecks nannten.

Zu Hause kannte er auch ein paar Rednecks, nur dass sie dort Schwarzkragen hießen – eine alte Bezeichnung für die Arbeiter in den Kohlen- und Eisenminen, die am Ende des Tages mit schmutzigen, schwarzen Hälsen aus dem Bauch der Erde aufstiegen.

Die Rugby-Nationalmannschaft war noch bis zum Abkommen von 1914 *Schwarzkragen* genannt worden. Nach dem Ersten Weltkrieg waren die Rugby-Ligen von Hessenberg und Brighton zu einer einzigen Liga verschmolzen, und die Schwarzkragen wurden ganz einfach zu »Hessenberg Union«.

Noch ein Schluck Wasser. Tanner legte den Kopf in den Nacken und schloss die Augen. Ein schläfriger Friede überkam ihn und brachte ihn beinahe dazu einzuschlafen. *So viel Geschichte ... so viel Zeit ist vergangen ... kann nicht rückgängig gemacht werden ...*

Mit einem Ruck wurde er wieder wach. Er setzte sich aufrechter hin, als Miss Beswicks Gesicht sich über die bunte Palette seiner wirbelnden Gedanken legte. Er stand auf, nahm einen weiteren Schluck Wasser und ging zum Fenster.

Sie hatte ihn erwischt. War ihm unter die Haut gegangen. Er war neugierig darauf gewesen, wie er auf seine zukünftige Monarchin reagieren würde. Hatte sich gefragt, ob er Respekt verspüren würde? Bewunderung? Erleichterung? Vielleicht auch Geringschätzung oder gar Abscheu?

Allerhand Gefühle wären möglich gewesen, mit allem hatte er gerechnet, nur nicht mit diesem Flattern, diesem Gefühl wachsender Verliebtheit, das seine Knie schlottern ließ.

Verflixt und zugenäht! Ihr weiblicher Charme erschütterte ihn zutiefst.

Aber es war mehr als ihre feinen Gesichtszüge und die wallende rotgoldene Haarpracht, das da an seiner Seele rührte. Es war ihre Entschlossenheit. Die Verbindlichkeit, mit der sie an dem Leben festhielt, das sie sich aufgebaut hatte. Ihre Fähigkeit, einer Auseinandersetzung in die Augen zu sehen und »Warum?« zu fragen.

Er selbst dagegen gab schon klein bei, wenn ein Konflikt auch nur begann, sein hässliches Haupt zu erheben. Tanner konnte sich bei seinem liebevollen, aber auch anspruchsvollen Vater dafür bedanken, dass er vor Konfrontationen schnell zurückscheute. Der Mann hatte Gehorsam verlangt, hatte von ihm erwartet, ein ehrbares Leben zu führen und seine eigenen Ambitionen hintanzustellen.

Irgendwo, mitten auf der Strecke, hatte sich Tanner seinen eigenen Weg gesucht und einen Fehltritt getan. Einen sehr, sehr großen Fehltritt. Dann noch einen. Und noch einen.

Ach, denk doch nicht daran. Du hast deine Fehler doch hinter dir gelassen. Oder etwa nicht?

Aber zurück zu Miss Beswick. Tanner gefiel es, dass sie ihren eigenen Kopf hatte. Umfaller und Leute, die es anderen immer nur recht machen wollten, eigneten sich nicht gut für Führungspositionen. Oder Königtum im althergebrachten Sinne. Prinz Franz hatte bewiesen, wie Menschenfurcht eine Dynastie, ja, sogar eine ganze Nation zerschlagen konnte.

Außerdem gefiel ihm, dass Miss Beswick eine sehr starke, fast schon unheimliche Ähnlichkeit mit dem Renoir-Porträt von Prinzessin Alice hatte. Es wirkte beinahe so, als wäre die ehemalige Thronerbin aus ihrem Bild von 1914 heraus- und ins 21. Jahrhundert hineingestiegen.

Vielleicht war sie das ja auch.

Aber von alldem abgesehen ... würde Miss Beswick mit ihm nach Hessenberg reisen? Tanner hatte keine Ahnung. Würde der

Fahndungsbericht und die Details des Abkommens über das Erblehen in dem Aktenkoffer ihr Herz bewegen können?

Man konnte nur hoffen. Er konnte nur hoffen.

Tanner leerte die Flasche und fuhr seinen Laptop hoch.

Hatte er die Karten zu früh auf den Tisch gelegt? Hatte er sie überfordert? Wenn ihm jemand sagen würde, dass die Zukunft eines Landes ganz alleine auf seinen Schultern läge, würde er sich bereiterklären?

Er konnte nur hoffen. Vor allem nach den Fehlern, die er in der Vergangenheit gemacht hatte. Er wollte Gutes tun. Anderen helfen. Und, wenn irgendwie möglich, nicht mehr daran denken, dass er Töch...!

Leg den Finger nicht in die Wunde, alter Freund.

Er verbannte den fast gedachten Gedanken energisch aus seinem Bewusstsein. Zurück blieb ein schmerzhaftes Brennen in seinem Herzen, eine Sehnsucht. Was geschehen war, war geschehen. Wenn er als junger Mann weiser gewesen wäre, hätte er mehr auf seine Handlungen und deren Auswirkungen auf sein Leben geachtet. Aber er war töricht gewesen, und das hatte ihn seine Zukunft gekostet.

Was auch der Grund war, weshalb er in Seamus Fitzsimmons' Schuld stand. Und immer stehen würde. Er hatte Tanner einen neuen Weg und einen Neuanfang angeboten.

Während er sein E-Mail-Programm öffnete, griff Tanner nach der Fernbedienung und zappte sich zu einem Sportkanal durch. Er suchte nach American Football. In Hessenberg hatte er sich einmal ein paar Freundschaftsspiele angeschaut, als die Dallas Cowboys und die Indianapolis Colts zu Besuch gewesen waren. Er fand die Sportart faszinierend.

Nachdem er ein laufendes Spiel gefunden hatte, legte Tanner die Fernbedienung ab und konzentrierte sich auf seine Nachrichten. Er hatte einige, um genau zu sein, ziemlich viele von Louis und eine aus der Königlichen Behörde, die möglichst schnell auf den neuesten Stand gebracht werden wollte.

Er wollte sich gerade an die Arbeit machen, als eine neue E-Mail auf dem Bildschirm erschien. In Hessenberg war es Samstagmorgen, Louis war wach und arbeitete sich ebenfalls durch seine E-Mails.

Die Betreffzeile brachte Tanners inneren Frieden ins Wanken: Umschlag in Schreibtischschublade.

Oh nein, nicht das auch noch. Louis, was hast du angestellt? Tanner fuhr sich mit der Hand durchs feuchte Haar und atmete aus.

Von seinem großartigen Gedächtnis einmal abgesehen, verfügte Tanner über die Fähigkeit, seine Gedanken und Emotionen hübsch ordentlich zu ordnen und zu archivieren. Wenn er einmal beschlossen hatte, einen Umschlag in seinem Schreibtisch zu vergessen, dann vergaß er ihn auch. Aber nun erinnerte Louis ihn an etwas, das er vergessen wollte.

Er klickte auf die E-Mail und las die kurze Botschaft seines Assistenten.

Auf der Suche nach dem Büroschlüssel ... in der mittleren Schublade gefunden ... Kuvert gesehen ... dachte, es könnte eine Sache für Ihre Agenda sein ... persönliche Einladung ... zehnter Geburtstag ... Britta und Bella ... am Sonntag, dem 5. Soll ich den Termin eintragen? Bitte um Verzeihung, Ihre persönliche Post geöffnet zu haben.

Tanner starrte die Nachricht an und las sie ein zweites Mal. Geburtstagsfeier ... und er war eingeladen? Er hatte wohl eine Einladung in dem Leinenkuvert erwartet, aber doch nicht, dass sie *ihn* wirklich *einladen* würden.

Es ergab keinen Sinn, nicht im Lichte der vergangenen acht Jahre.

Britta und Bella waren die beiden »Dinge« in seiner Vergangenheit, die er nicht archivieren, beiseiteschieben und vergessen konnte. Obwohl er es gründlich versucht hatte. Um ihretwillen. Um seinetwillen.

Aber er hatte nicht vergessen, dass die Zwillinge am fünften Oktober zehn Jahre alt werden würden. Er war nur gut darauf vorbereitet, ihren Geburtstag zu ignorieren. So wie in all den Jahren zuvor auch.

Tanner nahm eine weitere Wasserflasche aus dem Kühlschrank. Er war gerade dabei, sich etwas abzukühlen, als diese Sache mit den Zwillingen einen Funken schlug und sein Herz in Brand setzte.

Auf dem Fernseher rannte ein Spieler unter dem Jubel der Zuschauer mit dem Ball unterm Arm über das Spielfeld.

Tanner las die E-Mail noch einmal.

Soll ich den Termin eintragen?

Er stellte sein Wasser ab und klickte auf »Antworten«.

Nein.

Er war ja noch nicht einmal sicher, ob er mit Miss Beswick bis zum Fünften wieder zu Hause sein würde. Und selbst, wenn ...

Tanner schnappte sich sein Mobiltelefon. Warum hatte ihn Trude überhaupt zu der Feier der Mädchen eingeladen? Wusste Mum davon? Sie war die Einzige, die den Kontakt zu Trude über die Jahre aufrechterhalten hatte, wenngleich nur zu Weihnachten.

Er hatte gerade angefangen, die Nummer zu wählen, als ihm einfiel, dass es zwar Morgen in Hessenberg war, aber eben auch Samstag und sehr früh. Seine Eltern würden noch schlafen.

Tanner warf das Telefon zurück auf den Schreibtisch und zog sich aus, um zu duschen.

Gerade, als er meinte, sein Leben im Griff zu haben, alle Verbindungen zu seiner Vergangenheit abgebrochen waren und er sich in alle Richtungen abgesichert hatte, kam eine Naturgewalt wie Trude Estes Cadwallader daher und erinnerte ihn daran, dass er nicht der Mann war, der er zu sein vorgab.

Reggie betrat ihr Haus durch die Hintertür, drückte auf den Lichtschalter und schaltete eine Stehlampe und die Arbeitsbeleuchtung in der Küche ein. Endlich war sie zu Hause, wo sich ihre Welt hoffentlich wieder beruhigen und einen Sinn ergeben würde.

Sie war mit offenem Fenster in ihrem alten Datsun nach Hause gefahren, hatte sich vom Wind durchpusten lassen und fühlte sich irritiert und verkrampft. Wütend. Frustriert.

Und bis ins Mark herausgefordert.

Was sollte eine Frau denn bitte schön machen, wenn einer daherkam und ihr sagte, sie sei nicht die, die sie zu sein glaubte?

Der Gedanke schnitt durch ihr Herz, durch ihre Seele und sezierte alles, was sie bisher über sich selbst geglaubt hatte. Ihr Leben.

Die Wucht des Ganzen warf ihre Wahrheiten und Überzeugungen wild durcheinander.

Reggie stellte ihre Handtasche auf die Arbeitsfläche der Küche und legte Tanners Aktenkoffer auf den Tisch. Das braune, weiche Leder des Koffers bedachte sie mit einem langen Blick. Er schien sicher, dass sich etwas unter den Dokumenten befand, das sie davon überzeugen würde, dass sie nach Hessenberg gehörte. Jedenfalls lange genug, um mit dieser ganzen Angelegenheit mit dem Abkommen aufzuräumen.

Sie kippte den Inhalt des Aktenkoffers kurzerhand aus, verteilte die Blätter auf dem Tisch und überflog sie.

Ein Brief von König Nathaniel II. Sie seufzte. Okay, das war schon einmal echt cool, auch wenn der ganze Rest absolut abgefahren war.

Während sie durch die Papiere blätterte, bemerkte sie die Ölflecken, die immer noch auf ihren Händen waren, und rubbelte mit dem Daumen darüber. Sie brauchte eine heiße Dusche und musste sich gründlich abschrubben.

Aber sie brauchte auch die Zeit, all das zu verstehen, was da so unerwartet in ihr Leben geplatzt war. Was in diesen Papieren sollte sie wohl davon überzeugen, alles Bisherige zurückzulassen und sich ins große Unbekannte aufzumachen?

Wenn nämlich Regina Beswick morgens aufwachte, wusste sie ganz genau, wer sie war, wohin sie unterwegs war, warum und wie. Und das mochte sie. Veränderung war weder notwendig noch erwünscht.

Wild entschlossen, dem Inhalt des Diplomatenköfferchens auf den Grund zu gehen, zog sich Reggie einen Stuhl heran und setzte sich.

Dieser Tanner war schon was, oder? Stark. Verbindlich. Charmant und irgendwie ... poliert. Aufrichtig. Nicht kriecherisch und drängelnd wie Mark. Trotz seiner Krawatte-und-Anzug-Förmlichkeit war er irgendwie sexy, und diese Haare ... langes, gepflegtes blondes Haar. Ihm stand das gut. Sehr gut.

Reggie nahm die Dokumente in die Hand, trennte sie voneinander und sagte sich noch einmal, dass sie gar nichts Interessantes zwischen den behördlichen und rechtlichen Papieren finden wollte.

Sie würde ein letztes Mal durch die Papiere gehen, und dann wäre Feierabend.

Fast ganz zuunterst fand sie allerdings eine Tabelle mit Namen und Daten. Adrenalinschub, huch, wo kam der denn her? Ihre Hände zitterten, als sie die Seite an sich nahm.

Erstellt vom Ermittlungsbüro Lieberman Investigators LLC.

Reggie entdeckte Uromas Namen. Alice. Heirat mit Harry Pierce, Captain der Royal Air Force, Großbritannien. Ihr erster Ehemann, ein Pilot, gefallen im Krieg.

Uroma war im Juli 1946 mit ihrer Tochter Eloise, Reggies Großmutter, nach Amerika ausgewandert. Beigefügt war eine Fotokopie ihres Einreisedokuments über Ellis Island. *Alice Pierce. Eloise Pierce.*

Im Oktober 1947 hatte Uroma William Edmunds geheiratet. Er war gestorben, bevor Reggie zur Welt gekommen war, aber sie erinnerte sich an die Geschichten, die Eloise über ihn erzählt hatte.

Dann hatte Eloise Charles Hiebert geheiratet, und zwar im Juni 1948. Zwei Jahre später kam Mama zur Welt.

Reggies Erinnerungen an ihre Großeltern Eloise und Charles waren schön, aber dürftig, da sie beide gestorben waren, als Reggie noch klein war. Ihre Namen zu lesen weckte die Sehnsucht nach ihnen.

Oma Eloise war eine Pierce, keine Edmunds, die eine Hiebert wurde. Hatte Reggie gewusst, dass dieser Stammbaum so viele kurze Zweige hatte? Hatte ihr das jemals einer erzählt?

Sie legte den Zettel achtlos beiseite, weil sie die restlichen Details kannte. Mama heiratete Daddy, Noble Beswick, im Januar 1979.

Reggies älterer Bruder wurde 1981 geboren, starb aber sechs Monate später. Im März 1985 kam schließlich sie heimlich, still und leise zur Welt. Das war etwas, woran sie sich erinnerte: Mama hatte erzählt, dass Reggie so friedvoll, ohne einen Mucks zu machen, zur Welt gekommen war, als ob sie sagen wollte ... Wie hatte Mama es formuliert?

Hallo Welt, freust du dich, dass ich hier bin?

Schmerzhaft brannten die Tränen der Erinnerung und der Sehnsucht nach Mama in ihren Augen. Reggie nahm sich die Tabelle nun doch noch einmal vor, nahm die einzelnen Namen zur Kenntnis, versuchte, sich die Gesichter zu den Namen vor Augen zu führen, versuchte, sich an eine Familiengeschichte zu erinnern, die sie nie gekannt hatte.

Während sie die Todesdaten, die kurzen Lebensdauern überflog, zog sich ihre Brust zusammen. Alle außer Uroma und natürlich Daddy waren gestorben, die meisten, bevor sie ihren 70. Geburtstag feiern konnten. Reggie lächelte. *Uroma, du bist dem Tod mehr als einmal von der Schippe gesprungen, nicht wahr?*

Aber was bewies das schon? Keine dieser Informationen machte Uroma offiziell zu Prinzessin Alice. Und schon gar nicht wurde Reggie darin als Erbin benannt. Der Inhalt des Dossiers verwirrte Reggie nur noch mehr. Warum hatte Uroma nie von diesem Leben gesprochen?

Tanner schien zu glauben, dass irgendetwas in dieser Mappe war, das sie davon überzeugen würde, wirklich die lange gesuchte Prinzessin zu sein. Aber bisher war das Einzige, was Reggie gefunden hatte, ein sehr ausführlicher Stammbaum.

Mit einem Seufzen blätterte Reggie durch die letzten paar Dokumente. Da entdeckte sie die Kante eines fotokopierten Briefes. Sie zog ihn aus dem Stapel und erkannte Uromas geschwungene Handschrift.

London, den 8. Mai 1946

Lieber Otto,

es ist schon so lange her, dass wir einander geschrieben haben. Aber dieser Krieg hat es mir ausgetrieben. Eloise und ich haben Harry 45 verloren, und wir scheinen nicht über den Schmerz seines Verlustes hinwegzukommen.

Esmé, meine geliebte Schwester, hat uns eingeladen, zu ihr nach Amerika zu kommen, und wir reisen morgen ab. Ich bete dafür, dass wir dort ein neues Leben, eine neue Freude finden mögen. London ist so ausgezehrt und verwildert vom Krieg. Ich befürchte, dass wir niemals wieder werden lachen können. Ich wünsche mir so sehr, dies alles hinter mir zu lassen. Hessenberg. Brighton. Die Kriege. Tod. Ich muss einen neuen Anfang wagen, wenn ich dieses Leben überleben will.

Wie Sie sicher wissen, ist Onkel Anfang 1944 in Schweden verstorben. Mama wird in London bleiben. Sie ist glücklich und zufrieden in den Kreisen, in denen sich der König bewegt. George VI. hat sie mehr wie eine Schwester denn wie eine Kusine aufgenommen. So viel Tod im Leben, mein lieber Otto.

Ich hoffe, dieser Brief erreicht Sie bei guter Gesundheit. Ich werde wieder schreiben, wenn ich in Amerika angekommen bin und mich niedergelassen habe.

Es grüßt Sie von ganzem Herzen
Ihre Alice Pierce

Reggie las den Brief wieder und wieder, bevor sie ihn zur Seite legte. Ihr müder Verstand konnte nichts mehr aufnehmen. Sie schob sich vom Tisch weg, wollte nicht mehr nachdenken, wollte nur noch duschen. Wenn sie sich nicht bald wusch, würde sie das Öl nicht mehr aus den Poren bekommen.

Sie stand auf, reckte und streckte sich und hatte gerade einen Schritt in Richtung ihres Zimmers gemacht, als in ihrer Handtasche das Telefon klingelte. Als sie sah, dass es Mark war, ließ sie den Anruf zur Mailbox umleiten.

Als sie an der Hintertür vorbeiging, klopfte es sacht.

Daddy.

»Ist es nicht längst Schlafenszeit für dich?«, frage sie und machte die Tür weit auf, um ihn hereinzulassen. In einem alten Sweatshirt, den Pyjamahosen und seinen alten ausgelatschten Hausschuhen sah er aus, als wäre er schon bettfertig. Vor ungefähr fünfzehn Jahren hatte er mal versucht, dem Hund beizubringen, die Pantoffeln zu apportieren, aber Buster hatte das irgendwie missverstanden und sie als Kauspielzeuge zweckentfremdet.

»Ja, und ich habe morgen früh einen wichtigen Auftrag oben in Thomasville. Aber diese Angelegenheit mit Hessenberg und deiner Uroma hat mich so aufgewühlt.« Er hielt ihr ein quadratisches, unscheinbares Kästchen hin. »Ich habe dir etwas mitgebracht.«

Ein Kästchen? »Und das hätte nicht bis morgen warten können?«

»Vielleicht.« Mit den Händen in den Hüften starrte er das Kästchen an. »Ich bin mir nicht sicher. Aber als Sadie mich an das Kästchen erinnerte, nachdem du gegangen warst, bin ich den Gedanken daran nicht mehr losgeworden. Irgendetwas hat mich dazu gedrängt, es dir noch heute Abend zu bringen.«

Reggie stellte das Kästchen neben Tanners Lederkoffer auf den Tisch. »Was ist das?«

»Außer einem Kästchen? Ich habe keine Ahnung. Uroma hat es dir hinterlassen.« Daddy ging zum dunklen vorderen Teil des Hauses. »Ich habe es weggestellt, weil ich dachte, ich würde es dir schon geben, wenn du älter wärst und etwas damit anfangen könntest. Ich hab es auf dem Dachboden aufbewahrt, und irgendwie ist mir die Zeit davongelaufen. Und hast du nicht gesehen, gehst du schwer auf die Dreißig zu, und ich habe das Kästchen ganz vergessen. Dann taucht dieser Hessenberger auf und ...« Daddy hielt an der äußersten Grenze des Lichtscheins der Küche an und linste skeptisch in das unbeleuchtete, unbenutzte Wohnzimmer. »Reg, wohnst du immer noch in nur drei Räumen?«

»Ich war anderweitig beschäftigt.« Sie ging durch die Küche und lehnte sich in den Türrahmen zum Un-Wohnzimmer.

»Beschäftigt womit?« Daddy knipste das Licht an, das aus einer einfachen Deckenlampe die kahlen Wände und den weißen offenen Kamin beschien und dem Raum die Atmosphäre eines Wartezimmers verlieh.

»Mit Arbeit. Mit einer Firmengründung.« Der einzige Farbtupfer im Zimmer war eine Tiffany-Lampe im Fenster.

»Wie lange wohnst du jetzt hier?« Daddy bückte sich und hob den Stecker der Tiffany-Lampe auf. »Die ist ja noch nicht einmal eingesteckt, Reg.« Er guckte in den Lampenschirm. »Und eine Glühbirne ist auch nicht drin.«

»Ich hatte schon noch vor, eine zu kaufen.« Sie hatte das Haus vor zwei Jahren mit dem Geld gekauft, das Daddy aus Mamas Lebensversicherung für sie beiseitegelegt hatte. »Und ich werde diese Lampe benutzen. Ich muss nur noch einen guten Platz dafür finden.«

»Wieviele Barbecues hast du gemacht?« Er ging durch den dunklen Flur, der zu den Schlafzimmern führte. »Sind die Räume hier auch alle leer?«

»Willst du mir irgendetwas Bestimmtes sagen?« Sie schnappte sich die Tiffanylampe und trug sie ins Familienzimmer.

»Was ich sagen will, ist ...«, Daddys Stimme klang auf einmal ganz belegt, »also, mir wird das selbst gerade erst klar. Aber du lebst doch gar nicht, Reg. Du existierst doch nur.«

»Hast du mal wieder zu viel Dr. Phil auf YouTube geschaut?« Reggie stellte die Lampe neben einem Stuhl ab. »Was glaubst du eigentlich, worum es bei Al und Regs Traumklassikern geht? Doch genau darum, dass ich lebe, wie du sagst. Als ich für Backlund arbeitete, da habe ich existiert. Aber jetzt mach ich, was ich wirklich will. Ich folge meiner Leidenschaft.«

»Wie lange hast du denn jetzt diesen alten Datsun?«

Sie zuckte mit den Schultern. »Vielleicht so ein Jahr.« Schnell nachgerechnet kam sie sogar auf den genauen Monat. »Im letzten Juli habe ich ihn gekauft. Gleich nachdem ich den 70er Nova verkauft hatte.« Den sie hatte aufbereiten wollen, wozu sie aber nie gekommen war. Deswegen war sie mit Al aufs Ganze gegangen.

Und worauf zielte Daddy mit seinen Fragen eigentlich ab? Sie konnte sich nicht daran erinnern, ihn jemals so anwaltsmäßig erlebt zu haben.

»Steht der gelbe Corvair noch in der Garage?«

»Also, verkauft habe ich ihn nicht.« Immerhin hatte der einmal Uroma gehört.

»Aber daran gearbeitet hast du auch nicht.«

»Es mag dir ja entgangen sein, aber ich habe das letzte halbe Jahr damit verbracht, einen 1971er Challenger auf ein hervorragendes Slant-Six-Niveau zu bringen. Danny Hayes ist ein sehr zufriedener Kunde. Und davor habe ich 65 Stunden die Woche für Backlund gearbeitet. Ich war froh, wenn ich mich selbst hin und wieder auf Vordermann bringen konnte, von einem Auto mal ganz abgesehen.«

»Weißt du, was ich glaube?«

»Ich nehme an, du wirst es mir gleich sagen.« Sie lehnte sich gegen die Wand und grub ihre Zehen in den Flor des Teppichs.

»Ich habe dir Unrecht getan, Reg.«

Sie sah auf. »Was? Nein, Daddy. Wie denn? Du hast mich großgezogen. Du hast deine Abende und deine Wochenenden dafür aufgegeben, mir Vater und Mutter zu sein. Und du hast dich um Uroma gekümmert.« Ein Gefühl der Erkenntnis einer tiefen Wahrheit durchdrang ihr Herz und klopfte an die verschlossenen Türen der unbeleuchteten Zimmer in ihrem Inneren. »Wir sind nach hinten gegangen und haben uns Bälle zugeworfen und geredet. Du hast Uroma gemütlich auf einen Verandastuhl gesetzt und ihre eine Decke über die Beine gelegt.« Reggie schüttelte den Kopf. »Du hast uns beide gerettet, Daddy.«

»Uroma und du, ihr hab mich gerettet. Aber ich habe dich hängen lassen. Ich habe Teile des Hauses abgesperrt«, sagte er und machte eine vage Handbewegung zu den dunklen Räumen. »Ich habe einen Teil von mir selbst weggesperrt.«

»Du warst in Trauer.«

»Ja, aber ich hätte doch diese eine Aufgabe gehabt, dich richtig großzuziehen.«

»Mich *richtig* großzuziehen? Daddy, du warst doch für mich da. Jeden Tag. Jeden Abend. Du hattest deine Frau verloren. Ich hatte meine Mama verloren. Und du warst derjenige, der auf dem Posten blieb.«

»Ich habe dir beigebracht, dass man sich abschottet, wenn es schwierig wird. Ich habe dich nicht in Mamas Handarbeitszimmer gelassen, weil ich Angst hatte, dass dein Geruch ihren Duft überlagern könnte. Erinnerst du dich? Du wolltest gerne dort drinnen lernen und ihre Musik hören.«

»Aber das verstehe ich doch. Hab ich doch schon damals verstanden.« Sogar im zarten Alter von zwölf Jahren. Der Tod ließ ein Mädchen schnell erwachsen werden.

»Wir hörten auf, an Feiertagen zum Essen einzuladen und hatten auch keine Grillpartys mehr. Bettin hatte das große alte Haus auf dem riesigen Grundstück haben wollen, damit wir Feste feiern konnten. Die ganze Welt einladen. Stattdessen haben wir gelebt wie du jetzt hier, in zwei Räumen und einem Schlafzimmer. Himmel, die Hälfte der Zeit schliefen wir in Liegestühlen oder auf dem Sofa.«

»Aufzustehen und ins Bett zu gehen fühlte sich so einsam an.« Selbst jetzt schlief sie noch oft genug auf dem Sofa.

»So ging es mir auch.« Daddy seufzte und rieb sich mit der Hand das Gesicht. »Wie der Vater, so die Tochter. Reg, ich bin stolz auf dich, aber ich habe dir beigebracht, Teile deines Herzens abzuriegeln, und das tut mir leid. Ich glaube, das hat dich davon abgehalten, wirklich zu leben.«

Seine Worte taten ihr weh. Sie beleidigten sie. »Ich lebe durchaus, Daddy. Ich mache, was ich gerne machen will. Du brauchst also wegen dieser Böser-alter-Papa-Nummer nicht in Selbstmitleid zu ertrinken. Willst du mir sagen, dass du mir erst abnimmst, dass ich lebe, wenn ich das Haus aufmache, ein paar Möbel kaufe und ein oder zwei Partys veranstalte?«

Er schüttelte den Kopf. »Bei mir musste erst Sadie kommen, um mir klarzumachen, wie verstockt ich war. Es dauerte alles seine Zeit, aber als wir heirateten, fing ich an, nach vorne zu blicken.« Daddy betrachtete Reggie aus zusammengekniffenen Augen und sah aus, als würde er sich seinen nächsten Gedanken gut überlegen. »Aber mir war nie in den Sinn gekommen, dass ich dich zurückgelassen haben könnte.«

»Ich bin aber nicht abgeschottet. Du hast mich nicht zurückgelassen.«

»Trotzdem kann es nicht schaden, mal rüberzufliegen und sich dieses Hessenberg anzuschauen. Sadie hat eine Freundin angerufen, die wiederum jemanden beim FBI kennt. Wir informieren uns über diesen Tanner Burkhardt, aber mir scheint er koscher zu sein.«

»Dad, ich fahre doch nicht nach Hessenberg – wo ich übrigens die Prinzessin geben soll –, weil hier zwei Schlafzimmer und ein Wohnzimmer nicht eingerichtet sind. Das ist doch unlogisch.«

»Hier geht es doch auch nicht um Logik, Reg. Es geht um ...«

»Oder, weil weder der Corvair noch der Datsun aufbereitet sind.« In Wirklichkeit versuchte sie, sich selbst zu überzeugen, nicht Daddy.

Nachdem Mr. Burkhardts, äh, Tanners Neuigkeiten sie schon verwirrt hatten, stellte dieses Gespräch mit Daddy alles auf den Kopf, brachte sie vollkommen durcheinander.

»Das kommt, weil du deine Sadie noch nicht getroffen hast. Diese eine Sache, die die Sehnsucht in dir weckt, dein Herz ganz weit aufzumachen.«

»Ist nicht Jesus dieses eine? Diese Sache?« Sie hatte den Mittelgang zu ihrem ersten Abendmahl durchschritten, als sie acht war. Sie hatte Jesus ihr Herz geschenkt. Damals war es ihr ebenso ernst damit wie heute noch. Selbst als Mama starb, glaubte sie daran, dass er gut war. Und sie fühlte seine Gegenwart oft wie eine Hand auf ihrem Kopf, als ginge er direkt neben ihr.

»Doch, ist er, aber ich habe so das Gefühl, das hier ist alles Teil seines Plans.«

»Warum hat er mir dann nichts von diesem Plan gesagt? Oder Uroma etwas dazu sagen lassen? Wie oft haben wir Prinzessin gespielt – und sie hat nie eine Silbe über die Wahrheit verloren?« Daddy folgte ihr zurück in die Küche, und Reggie raffte die offiziellen Papiere zu einem Stapel zusammen. »Und du hast im Übrigen ja auch nichts gesagt. Ich bin jetzt im Oldtimer-Business.«

»Und trotzdem warst du noch nie weiter weg als bis Georgia für eine Autoausstellung, und ich kann mich auch nicht daran erinnern, dass du jemals nach Detroit geflogen wärst, um dir den Starfire #89 dort anzuschauen.«

»Du gehst mir langsam wirklich auf die Nerven.«

»Sorry, Blümchen, aber mir ist es wichtig, dass du der Wahrheit ins Auge siehst, bevor du die Tür vor dem zuziehst, was dir dieser Tanner sagen will.«

»Weißt du, was mich wirklich aufregt bei der ganzen Geschichte?« Sie steckte die Dokumente zurück in den Aktenkoffer, wobei sie mit der Kopie von Uromas Brief besonders vorsichtig war. »Dass ich mich niedergelassen hatte, dass ich wusste, wer ich bin und wer ich sein wollte. Dann kommt dieses Freundchen Tanner daher und sagt mir, dass ich jemand ganz anderes wäre.«

»Nein.« Daddy drehte am Knauf der Hintertür und öffnete sie. »Er sagt dir, wer du wirklich bist.«

In der Dusche strömte heißes, reinigendes Wasser über Reggies Kopf und ihren Rücken, bevor es zu ihren Füßen in einem Wirbel durch den Abfluss verschwand.

Herr, wozu berufst du mich?

Die ersten Tränen waren sanft, aber sie öffneten die Tür zu ihrem Seelenkeller, und dann kamen die schweren Schluchzer. Sie presste die Stirn gegen die Duschwand und ließ jedem Mama-ich-vermisse-dich-so-sehr-Gefühl freien Lauf. Dann sprach sie mit Gott, ein kurzer, verstümmelter Dialog, in dem sie »Warum?« fragte und »Was soll ich bloß tun?«

Als das Wasser langsam kalt wurde, kam der Frieden. Also trocknete sie sich ab, untersuchte ihr Gesicht und ihr Haar auf Ölspuren und schlüpfte in ihren Schlafanzug.

Wenn Tanners Auftauchen nur eine Herausforderung war, endlich richtig zu leben, ja, dann war sein Besuch die Sache wohl wert. Aber im tiefsten Inneren ihres Herzens konnte sie das Gewicht der Worte »Sie sind die Erbin des Thrones von Hessenberg« nicht erfassen.

Sagte er die Wahrheit? Wie konnte sie daran zweifeln, nachdem sie die Unterlagen in dem Diplomatenkoffer untersucht und den Brief gelesen hatte? Andererseits: Wie sollte sie das glauben?

Während sie im Haus die Lichter ausknipste, fiel Reggie das Kästchen ins Auge. Daddys Kästchen. Sie griff danach, zog dann die Hand zurück. Morgen. Sie würde sich morgen darum kümmern.

Ach, Unsinn, sie würde doch nicht schlafen können, weil sie sich fragte, was wohl in dem Kästchen war. Also schnappte sie es sich und nahm es mit ins Schlafzimmer.

Ah, Notiz im Oberstübchen: Glühbirne in die Tiffanylampe schrauben. Und ... und ... eine Party veranstalten. Sich mit Carrie zusammentun und das größte, rauschendste Oktoberfest seit jeher veranstalten.

Sie würde anfangen zu leben. Genau jetzt. Indem sie in das Kästchen schaute.

Nachdem sie es sich mit einem riesigen Haufen Kissen im Rücken im Bett bequem gemacht hatte, untersuchte Reggie das einfache, gewöhnliche Kästchen, bevor sie den kleinen kupfernen Verschluss löste und den Deckel öffnete.

Der Duft der Geschichte – eines schweren, würzigen und blumigen Öls, unterlegt von dem Aroma alten Papiers – veränderte die Aura ihres Zimmers.

Veränderte Reggies Herz.

Das Kästchen enthielt nur wenige Dinge. Reggies Blick fiel auf ein entzweigerissenes Schwarzweißfoto. Ein junger Mann mit korrekt getrimmtem, hellem Haar in einem Alltagsanzug lächelte ihr entgegen. Sein Gesichtsausdruck war keck und unbeschwert, das Kinn stolz erhoben. Reggie inspizierte seine Körperhaltung. Er schien ziemlich zufrieden mit sich selbst. Mit dem Leben überhaupt.

Sie lehnte sich zum Licht am Ende des Tisches. War da das Bündchen des Ärmels eines Frauenkleides auf seinem Arm? In der Hoffnung, einen Namen zu finden, drehte Reggie das Foto um. Tatsächlich, da hatte jemand etwas auf die Rückseite geschrieben, aber die Tinte war über die Jahre verblasst. Und das bisschen, was sie lesen konnte, war durch den Abriss verstümmelt.

Reinhart Fri –

Frühjahr 19 –

Meadowbluff P –

Und wer war jetzt noch gleich Reinhart F-r-i, Uroma?

Ein Freund? *Der* Freund? Vielleicht ein Cousin oder dergleichen? Hatte Uroma Brüder gehabt, von denen sie nie erzählt hatte?

Fragen ohne Antworten ließen Reggie die Absolutheit des Todes betrauern.

Aber es gab noch mehr zu entdecken. Vielleicht fanden sich ja noch ein paar Antworten zwischen den Duftnoten und den persönlichen Gegenständen in der Schachtel. Reggie legte Reinhart beiseite, nahm eine kleine Schmuckschatulle zur Hand und entdeckte in dem Bett aus blauem Samt einen atemberaubenden Ring. Eingebettet in eine Reihe glitzernder, klarer Diamanten, umschlossen von einer filigranen Fassung saß ein großer Saphir.

»Ach du grüne neune.« Reggie erhob sich auf die Knie und hielt den Ring hoch. Die Diamanten fingen das Licht ein und warfen es in einem grandiosen Prisma zurück an die Wand. Seine Schönheit ließ Reggie schwindelig werden. Sie fühlte sich wie in dem Moment, als sie zum ersten Mal einen Starfire #89 gesehen hatte.

Aber dieser Ring ...

Er war spektakulär. Ein Kunstwerk. Reggie schob sich den Ring auf den Finger und war gleichermaßen überrascht und entzückt, dass er ihr wie angegossen passte.

Was war denn sonst noch in diesem geheimnisvollen Kästchen? Eine weitere Schatulle enthielt einen Anhänger an einer goldenen Kette. Er war zierlich und wunderschön, aber er war auch halbiert worden und trug eine Gravur, die Reggie nicht entziffern konnte.

Das war's dann auch schon. Blieb nur noch ein kleiner Skizzenblock, der gerade so auf den Boden des Kästchens passte. Und Reggie erkannte ihn sofort.

Das Märchen. *Ihr* Märchen, aufgeschrieben und illustriert von Uroma zu Reggies sechstem Geburtstag. Mit zitternden Fingern hob sie das Buch aus dem Kästchen, vorsichtig darum bemüht, die Seiten nicht mehr als nötig zu verbiegen.

Das Märchen hatte sie ja fast vergessen. Sie hatte geglaubt, dass es irgendwann im Laufe der Zeit verloren gegangen oder beim großen Unwetter 2000 zerstört worden war, als es in den Dachboden hineingeregnet hatte.

Zärtlich glättete Reggie die erste Seite mit der Hand. *Reginas Märchen*. Die Worte neigten sich ein wenig zu sehr zur Seite, und der Druck des Kalligraphie-Füllers hatte die Tinte ein wenig über die Ränder der einzelnen Buchstaben fließen lassen. Aber es war Uromas Handschrift. Und außerdem eine sehr schöne Arbeit, wenn man bedachte, dass sie 94 gewesen war, als sie diese Geschichte für Reggie verfasst hatte. Sie blätterte um und begann, laut zu lesen:

Es war einmal, musst du wissen, eine Prinzessin. Sie war eine Herzogin auf Abruf, weil ihr Onkel der Großherzog gewesen war.

Reggie hielt inne. Ihr Puls raste. Dieses Märchen handelte von *Uroma.*

Das Bild aus dünnen Wasserfarben zeigte den Großherzog und die Prinzessin. Sie war in königliche Gewänder gekleidet, und auf ihrem Kopf türmte sich eine Masse aus rotem Haar.

> Die Prinzessin lebte in einem wunderschönen Land, das vom Meer umgeben war. Ihr Palast mit seinen glänzenden Fußböden und glitzernden Lampen befand sich auf der Wiese von Braelon Bay und den Weißen Klippen. Als die Frühlingswinde kamen, strichen die salzigen Brisen durch die Baumwipfel und trugen die Musik der Wellen durch die offenen Fenster des Palastes hinein.

Die Illustration zeigte einen steinernen Palast mit vielen Türmchen, vielen Giebeln und mehreren rauchenden Schornsteinen. Sie nahm eine ganze Doppelseite ein. Uroma hatte einen gepflasterten Gartenweg und einen Teppich aus grünem Gras hinzugefügt, auf dem viele gelbe Narzissen leuchteten.

Im Hintergrund sah man die hohen, beinahe unheilvoll wirkenden weißen Klippen und eine Andeutung der blau-grünen Nordsee.

Reggie sprang auf und holte sich ihren Laptop. Sie googelte Braelon Bay und die Weißen Klippen. Kalte Schauer ließen ihre Kopfhaut kribbeln und krochen ihr den Nacken und die Arme hinunter, als Fotos auf dem Bildschirm auftauchten, die die Landschaft ganz genauso zeigten, wie Uroma sie gemalt hatte. Hatte sie sie aus dem Gedächtnis gemalt? Oder von einem Foto abgezeichnet?

Zurück auf ihrem Bett wandte sich Reggie wieder der Geschichte zu. Ihr »Nein« wurde mürbe. Aber sie konnte nicht ein Büchlein, das eine alte Dame gezeichnet hatte, über den Lauf ihres Lebens bestimmen lassen.

Auf der nächsten Seite saß die Prinzessin in einem lichtdurchfluteten Raum auf einem Kanapee unter einem Fenster, das zur Bucht hinausging.

> Die Prinzessin war sehr glücklich mit ihrer Mama und ihrer Schwester. Gemeinsam lebten sie mit ihrem Onkel in dem Palast des zauberhaften Königreichs. Doch als sie älter wurde, verliebte sie sich.

Reggie sah Reinharts Foto an. »Warst du das?«

> Aber nicht alles war gut in dem Land.

Reggie blätterte um, und ihr Herz sank, als sie sah, dass das wirbelnde Licht durch dunkle, schicksalhafte Wolken verdrängt wurde. Die Prinzessin rannte durch eine Art Wald, einen Spukwald, wenn Reggie je einen gesehen hatte, mit schroffen Gliedmaßen und fingerartigen Zweigen, die nach dem Haar und den Kleidern des Mädchens griffen.

> Das Böse kam in das Königreich. Die Prinzessin und ihre Familie mussten fliehen.

Das Böse? *Uroma, was meinst du mit dem Bösen?* Meinte sie den Krieg? Das Abkommen?

Die Prinzessin drückte sich eine braune Tasche gegen die Brust und sah über die Schulter nach hinten. Das rote Haar fiel ihr in die Augen.

In der nächsten Szene fand die Prinzessin ein sicheres Versteck in einem roten Stall, der auf einer hellen Lichtung mitten im Dickicht stand. Brombeergestrüpp und Weinranken umwucherten das Gebäude, als ob sie es vor Eindringlingen schützen wollten. Über allem wölbte sich ein Bogen aus weißem Licht, der das Bild des Stalles ätherisch wirken ließ. Himmlisch. Unwirklich. Reggie konnte die Lichtstrahlen fast sehen, die da durch die Luft tanzten.

Reggie blätterte um und ging mit der wasserfarbenen Prinzessin mit hocherhobener Laterne durch das Stalltor.

> Mit nur wenigen Augenblicken Vorsprung gelang es der Prinzessin, ihre Schätze in Sicherheit zu bringen. Sie glaubte fest daran, dass eines Tages die Erlösung kommen würde. Dann würden auch ihre Schätze wiedergefunden und geliebt werden.

Hmmm ... *Was meinst du bloß, Uroma?* Wenn die Erlösung käme? Bezog sie sich auf das Abkommen? Den Krieg? Den zukünftigen Erben? Waren ihr die Konsequenzen des Abkommens überhaupt bewusst gewesen? So faszinierend und nostalgisch sie das Märchen auch fand, noch war nichts daran, was sie genug gereizt hätte, ihr Zuhause, ihre Arbeit, ihre Sicherheit, ihre Freunde und ihre Familie zurückzulassen, um ...

Wie hatte Daddy es formuliert? *Mal rüberzufliegen und sich dieses Hessenberg anzuschauen.*

Reggie blätterte um und las die Geschichte zu Ende, immer noch nicht bereit, sich von einem alten politischen Papier dazu bewegen zu lassen, viertausend Meilen weit zu reisen. Oder von den Faxen eines toten Onkels, den sie nie getroffen hatte.

Doch die letzte Seite torpedierte all ihre Entschlossenheit. Griff die Grundmauern ihres gesunden Menschenverstands an.

Mitten in der Dunkelheit kniete die Prinzessin in den Tiefen des Stalls. Die einzige Lichtquelle war die einsame Laterne, die sie in der Hand hielt. Und im Licht dieser Laterne glänzte ein funkelnder roter Starfire #89.

Reggie kraxelte ungelenk und hektisch vom Bett. Ihr Puls ging durch die Decke, jeder einzelne Nerv ihres Körpers schrie Zeter und Mordio. Sie sammelte den Inhalt des Kästchens zusammen und fuhr mit den Beinen in ein sauberes Paar Jeans, ohne sich die Mühe zu machen, vorher ihre Schlafanzughose auszuziehen. Schnell noch ein T-Shirt übergezogen, Schuhe an, dann schnappte sie sich ihre Handtasche und den Aktenkoffer und verließ das Haus, ohne einen Gedanken daran zu verschwenden, dass die Uhren gerade Mitternacht schlugen.

ACHT

Das Klopfen an seiner Tür war ein wenig zu aggressiv für den Zimmerservice um diese Uhrzeit, aber daran störte sich Tanner nicht. Er hatte nun schon eine Dreiviertelstunde auf seinen Schokoladenkuchen gewartet, und ihm lief das Wasser im Mund zusammen, wenn er nur daran dachte. Seinetwegen hätte die Bedienung auch durch die Tür brechen können. Wenn er nur endlich diesen Kuchen essen könnte.

»Endlich.« Tanner riss die Tür weit auf. Aber dort stand Miss Beswick und nicht der Zimmerservice mit einem Tablett.

»Endlich? Hast du mich erwartet?«

»Nein, aber bitte, komm doch herein.« Tanner beugte sich vor, um sehnsüchtig den Flur entlangzusehen. Kein Kuchen in Sicht. Aber, oh, es war sowieso viel besser, Miss Beswick zu sehen. Sein leerer Magen würde warten müssen.

»Schau mal, ich weiß, dass es sehr spät ist, aber ...« Sie stand mitten in der Suite, hielt ein Kästchen in den Händen, den Diplomatenkoffer unterm Arm und starrte auf den Boden. »Könntest du dir ein Hemd überziehen?«

»Ich bitte vielmals um Verzeihung. Ich hatte dich gar nicht erwartet.« Er griff nach dem Oberhemd, das er auf einem Stuhl deponiert hatte. »Ich habe an meinen E-Mails gearbeitet und ... auf Kuchen gewartet. Was machst du denn hier?«

Ein leises Klopfen drang in den Raum.

»Da kommt dein Kuchen.«

»Ja, *jetzt* kommt er endlich.« Tanner öffnete, und der Angestellte trat ein.

Er unterschrieb für das Dessert und fühlte sich äußerst unbeholfen, weil er die Regeln des Anstands missachtet hatte, indem er seiner zukünftigen Landesfürstin halb nackt gegenübergetreten war.

»Ist alles in Ordnung?«, fragte er, als sie wieder alleine waren.

Der Kellner hatte den Kuchen und das Eis auf dem Tresen der kleinen Bar abgestellt, aber Tanner versuchte, nicht daran zu denken. Er riss sich für König und Königreich zusammen und konzentrierte sich auf Miss Beswick.

»Es ist alles wahr, oder? Diese Prinzessinnengeschichte.« Sie zitterte. In ihren Augen lag etwas Wildes.

»Ja, es ist wahr.« Er lud sie mit einer Handbewegung ein, in einem der beiden Klubsessel Platz zu nehmen, während er am Dimmer drehte und die Leuchten anschaltete.

Sie barg das Kästchen auf ihrem Schoß und sah zutiefst besorgt aus. Sie hatte geduscht, sodass das Schmierfett nun weg war, und sah der Prinzessin Alice auf dem Porträt nun umso ähnlicher.

»Mein Vater brachte mir dieses Kästchen.« Sie beugte sich vor und reichte es ihm. Ihr offenes Haar umrahmte ihr Gesicht. Tanner ignorierte das luftige Gefühl in seiner Brust und konzentrierte sich auf das Kästchen. »Uroma hat es mir hinterlassen. Er hatte es mir geben wollten, wenn ich alt genug wäre, aber er ... hat es vergessen. Bis heute.« Sie lächelte sanft. »Und genau genommen bin ich ja jetzt wohl auch alt genug.«

»Dann war der Zeitpunkt der Übergabe wohl genau richtig.« Das Kästchen war aus dunklem Holz, ein schlichtes Stück, abgesehen von dem kupfernen Beschlag. Er wollte gerade den Deckel öffnen, als er einen Blick auf Miss Beswick warf und die Tränen in ihren Augen sah.

»Wolltest du nicht deinen Kuchen essen?« Sie sah zur Bar hinüber. »Das stört mich nicht.«

»Aber mich vielleicht.« Tanner rutschte vor bis zur Stuhlkante und stellte das Kästchen auf den Couchtisch. »Es sei denn, du würdest mit mir teilen wollen. Ich habe Besteck in der Bar.«

Sie zögerte. »Was ist das denn für ein Kuchen?«

»Schokoladenkuchen ... à la mode.«

Sie lächelte und machte eine kleine Handbewegung. »Bring ihn her. Ich kann Schokolade einfach nicht widerstehen, wenn ich über etwas nachdenken muss.«

Tanner holte den Kuchen und bot Miss Beswick einen Löffel an. Die ersten paar Bissen aßen sie schweigend, abgesehen von den »Hmmms« und einem gelegentlichen »Lecker!«.

Dann legte Miss Beswick ihren Löffel beiseite. »Du kannst den Rest haben. Ich bin satt.«

»Bist du sicher?« Tanner sah erst sie prüfend an, dann den Kuchen. Er war immer noch sehr hungrig und musste sich zusammenreißen, um nicht das ganze Ding auf einmal in sich hineinzustopfen.

»Ganz sicher.«

Tanner nahm sich einen weiteren Löffel voll Kuchen. Die reichhaltige, süße, schokoladige Krume hatte die schmelzende Eiscreme aufgesaugt, und er gestattete es sich, sich ein wenig zu entspannen, während er in ihrer Gegenwart trotzdem hellwach blieb. »Darf ich etwas fragen?«

»Kommt darauf an.«

»Wie ist deine Großmutter gestorben? Eloise, richtig?«

»Krebs. Mit 66. Sie war ihr ganzes Leben lang starke Raucherin.«

»Und dein Großvater?«

»Herzversagen, Diabetes. Starb, kurz bevor er 70 wurde. Ich habe ein paar Erinnerungen an sie, aber sie starben, als ich noch relativ jung gewesen bin. Sie waren Kinder zu Zeiten der Depression und haben als Erwachsene den Krieg erlebt. Hart arbeitende, ehrbare Leute, aber Essen und Rauchen in Maßen war nicht so ihres.«

»Was ist mit den Eltern deines Vaters?«

»Die leben noch. Sie wohnen auf einer Farm in Live Oak.«

Tanner hob eine Augenbraue und löffelte eine weitere Portion süßer Eiskrem und Kuchenköstlichkeit. »Landwirte.«

»Farmer eben. Du weißt schon, dass du mit mir ein Landei erwischt hast?«

Er hielt mitten in der Bewegung inne, der Löffel hing in der Luft, ein Tropfen Eiskrem traf seinen nackten Fuß. Tanner schob sich den Löffel in den Mund und griff zu einer Stoffserviette. »Soll das heißen, du kommst mit nach Hessenberg?«

Er sah Miss Beswick von der Seite an. Aber sie starrte blicklos durchs Fenster, abgelenkt von den Fragen, die ihr Herz erschütterten.

»Ich weiß nicht«, sagte sie einen Augenblick später. »Ich erinnere dich nur daran, dass ich nichts Extravagantes bin. Ich bin nur ein einfaches Mädchen aus dem Norden Floridas.«

Tanner warf die zusammengeknüllte Serviette auf den Tisch und legte den Löffel auf den Teller. »Wer sagt denn, dass wir nach etwas Extravagantem suchen? Du scheinst mir eine Frau aus Fleisch und Blut zu sein, und das hilft uns doch sehr viel weiter.«

»Eine Prinzessin ist doch per Definition etwas Extravagantes.« Sie schüttelte den Kopf.

»Nur in Filmen oder Zeichentrickserien.«

»Ich weiß auch nicht ...« Sie seufzte. »Heute Morgen bin ich aufgewacht und wusste, was mir der Tag, was mir meine Zukunft bringen würden. Dann kommst du daher und erzählst mir, dass ich jemand ganz anderes bin.«

»Habe ich das denn?« Tanner versuchte noch einen weiteren Bissen, aber er war fertig. Er trug das Tablett mit den Resten zur Tür und stellte es in den Flur. »Mir scheint, ich hätte nur ein paar fehlende Informationen nachgeliefert.«

»Die mich komplett aus der Spur gebracht ...«, sie mimte eine ruckartige Bewegung, »und in eine komplett andere Richtung geschickt haben.«

»Es tut mir leid, dass die Neuigkeiten eine Überraschung waren.

Aber mir fällt keine andere Art ein, wie ich dir von deinem wahren Erbe erzählen sollte. Davon, dass Hessenberg dich braucht.«

Sie lachte ironisch. »Ein Land braucht mich. Weißt du, wie seltsam sich das anhört? Wie seltsam sich das anfühlt? Mein Herz fühlt sich hart an wie Stein, und meine Gedanken rennen wild herum und rempeln sich gegenseitig an.«

»Hat dir der Inhalt des Kästchens geholfen oder wehgetan?« Tanner zeigte darauf.

»Beides.« Sie verströmte eine selbstbewusste Unschuld, die ihn faszinierte. Sie brachte ihn dazu, dass er die Nacht damit verbringen wollte, sich mit ihr zu unterhalten, sie besser kennenzulernen, ihr Gesicht zu betrachten und ihre einzigartigen Nuancen auswendig zu lernen. »Mach schon. Schau rein.« Sie wies auf das Kästchen.

»In Ordnung.« Tanner hob den Deckel an und sah zuoberst einen Skizzenblock liegen, der gerade eben hineinpasste.

»Uroma hat mir ein Märchen zu meinem sechsten Geburtstag geschrieben und gezeichnet.«

Er nahm es heraus und blätterte es vorsichtig durch. »Deine Urgroßmutter hat das gemacht?«

»Mit 94.«

Tanner fiel eine sehr schöne Ansicht von Meadowbluff Palace auf, die sie gemalt hatte.

»Dort ist sie aufgewachsen. Früher war es der Landsitz der Familie, bis die Hauptstadt, Strauberg, sich weit bis aufs Land ausgedehnt hat. Im Winter und während der Gesellschaftssaison lebte die königliche Familie in der Stadt, in Wettin Manor.« Er sah sie an. »Das ist jetzt der Regierungssitz, aber es bleibt dir überlassen, ob ...«

»Hey, schau mich nicht an. Ich weiß nicht mal mehr, wer ich bin.« Miss Beswick rutschte aus ihrem Sessel und zeigte auf die nächste Seite. »Worum geht es wohl in dieser Szene?«

»Ich weiß es nicht.« Tanner studierte das Bild einer jungen Frau, die durch einen offenbar wütenden Wald floh. »Als die Prinzessin 1914 in dem Palast lebte, war dort gar kein Wald.«

»Was war denn da, als sie dort lebte?«

»Eine Wiese.« Er bot ihr ein Lächeln an. »Meadow. Wiese. Deswegen Meadowbluff Palace. Die königlichen Remisen und Stallungen wären wohl ungefähr hier.« Tanner zeigte auf den oberen Bereich der Seite. »Der Prinz, ihr Onkel, hielt dort ein paar Rennpferde und brachte seine Automobile dort unter.« Er schlenkerte mit der Hand über der Waldszene. »All das hier war einmal eine Wiese. Aber nach zwei Kriegen und einer Depression wurde das weitläufige Gelände um die Stallungen nicht weiter gepflegt. Sie verwilderten und wurden zu was weiß ich was. Die Stallungen wurden in den zwanziger Jahren abgerissen, glaube ich. Das ganze Gebiet hier ist jetzt ein Wald. Es ist schon komisch, dass deine Uroma davon wusste.«

»Vielleicht hat sie ein Bild gesehen?« Miss Beswick verließ ihren Sessel und setzte sich auf die Kante des Couchtisches. Sie beugte sich über das Buch, beugte sich mit ihrer ureigenen süßen Art in Tanners persönlichen Raum hinein.

Er atmete aus und lehnte sich von ihr weg. Er war sich sicher, dass sie die Venen in seinem Hals pulsieren sehen konnte. »Hast du den Brief gefunden? In der Mappe?«

»Ja, an einen Otto.«

»Er war der Schreiber deines Urgroßonkels.«

»Der Schreiber?«

»Der Großherzog konnte nicht lesen. Vermutlich litt er unter Legasthenie. Er hatte einen Jungen eingestellt, der für ihn lesen und schreiben sollte. Otto Pritchard. Sein kleiner Bruder, Yardley, war einer meiner Juraprofessoren.«

»Du bist Anwalt?«

»Ja. Oder besser, ich war Anwalt. Jetzt diene ich Hessenberg als Kulturminister.«

»Stimmt.« Sie legte das Kinn auf die verschränkten Hände. »Das hast du mir erzählt.« Dann setzte sie sich aufrecht hin und fuhr mit den Händen durch die Luft. »Es fühlt sich an, als sei eine Ewigkeit vergangen, seitdem wir uns das erste Mal gesehen haben.«

»Ja, eine Ewigkeit.« Das ging so nicht. Das führte doch zu nichts. Jede ihrer Bewegungen schürte die kleine Flamme, die sie in seiner Seele entfacht hatte.

»Was wolltest du gerade erzählen?«

Ja, was? Was hatte er erzählen wollen?

»Yardley erinnerte sich daran, dass sein Bruder erwähnt hatte, Prinzessin Alice sei nach dem Krieg in den zwanziger Jahren nach London gezogen und habe einen Offizier der Royal Air Force geheiratet.«

»Sie hat kein Wort über ihr Leben in London verloren, jedenfalls nicht mir gegenüber. Ich war vier bzw. fünf Jahre alt, als meine Großeltern starben. Als ich älter wurde, redete Uroma viel über Hessenberg ... Sie litt seit ihrem neunzigsten Geburtstag unter einer milden Demenz, deswegen vermischten sich Wahrheit und Fantasie, und ich passte nicht besonders gut auf. Je älter ich wurde, desto älter wurde auch sie. Ich liebte es, bei ihr zu sitzen und ihre Hand zu halten. Aber zu der Zeit war sie schon weit über neunzig, schwerhörig und müde.« Sie lächelte sanft. »Sehr müde.« Miss Beswick richtete ihren Blick auf ihn, und Tanner kam es vor, als ertränke er in zwei tiefen blauen Teichen. »Sie war die schläfrige Prinzessin.«

»Hessenberg hinter sich zu lassen, zwei Weltkriege mitzumachen, erst in Brighton zu leben, dann in London, ihren Ehemann zu verlieren ... Das waren alles schmerzhafte Zeiten. Vielleicht versuchte sie, zu vergessen.«

»Der Brief an Otto sagt ja genau das aus. Dass sie ihre Vergangenheit mit all den Toten ruhen lassen wollte.«

Tanner blätterte zur letzten Seite um, wo sein Blick auf den Starfire #89 fiel. »Miss Beswick ...«

»Okay, Tanner, bitte. Bitte. Nenn mich Reggie. Oder Regina. Miss Beswick hört sich so nach alter Jungfer an.«

»Sie malte einen Starfire #89. Wusstest du, dass ihr Onkel - dein Onkel - den Starfire #89 überhaupt in Auftrag gegeben hatte? Er kam für die Entwicklung und die Produktion des Wagens auf. Er ließ ihn sein erstes Rennen fahren. Gegen Henry Fords #999.«

Seine Tätigkeit während der kurzen Amtszeit als Kulturminister hatte sich bislang auf die Geschichte des Hauses Augustin-Sachsen konzentriert. Das half ihm jetzt sehr.

»Ich weiß natürlich von dem Modell, aber ich hatte keine Ahnung, dass mein Ur-Ur-Ur-Onkel ihn in Auftrag gab. Von ihm wusste ich überhaupt nichts.« Miss Beswick, oder vielmehr Regina, studierte das Bild. »Die Prinzessin legt da eine Art Tasche mit irgendetwas drin in den Kofferraum. Was mag das wohl bedeuten?«

»Ich habe nicht die leiseste Ahnung. Aber dieser Stall und das Auto gehören längst der Vergangenheit an, Miss Besw... Regina.« Ihr Name fühlte sich gut an auf seinen Lippen. »Während des Zweiten Weltkriegs besetzten die Nazis einen Teil der Insel. Sollte der Starfire zu dem Zeitpunkt noch an Ort und Stelle gewesen sein, werden sie ihn gefunden und nach Deutschland geschickt haben.«

»Aber es gibt nur einen Starfire #89 in einem deutschen Museum, und der ist als Nummer Sieben dokumentiert. Es ist der Letzte, der produziert wurde, und er wurde von seinem Besitzer ganz normal in einer Auktion verkauft.«

»Ich kann es dir nicht sagen.« Er schloss das Buch. »Ich bin dein Mann für das Abkommen, deine königliche Familie und dein hessenbergischer Haushistoriker, aber von dem Wohl und Wehe eines alten Autos habe ich keine Ahnung.«

Sie seufzte, nahm das Skizzenbuch an sich und blätterte durch die Seiten. Vor lauter Müdigkeit saß sie ganz zusammengekrümmt da.

»Das ist mies. Wie kann ich wieder einfach Reggie-ich-hab-Werkzeug-lass-mich-dein-Auto-reparieren-Beswick werden, wenn die Vorstellung, eine echte Prinzessin zu sein, in meinem Hinterkopf herumspukt? Was soll ich mit dem hier machen?« Sie fuchtelte mit dem Märchen herum. »Es kommt mir so vor, als sei mein halbes Leben eine Lüge.«

»Keine Lüge, Regina. Nur nicht vollständig.«

Sie ließ sich in den Sessel zurückfallen. »Nichts von alldem hier ergibt einen Sinn. Warum hat sie mir denn nichts erzählt?«

Tanner hielt das Märchen hoch. »Was glaubst du wohl, was das hier ist, Regina?«

Sie zog ein Gesicht. »Tanner, ich bin zu müde, zu verwirrt ...«

»Regina, schau her. Ein Buch. Ein Angebot, eine goldene Brücke der Verständigung. Märchen, Parabel, Brief, Roman, E-Mail, Blog, ist doch egal. Worte kommunizieren. Deine Uroma hat dir durch diese Geschichte die Wahrheit mitgeteilt.«

»Wenn sie wollte, dass ich die Wahrheit erfuhr, warum ist sie dann nicht einfach mit der Sprache herausgerückt? Warum sollte sie sie in einem Märchen verstecken? Und die noch viel größere Frage ist, was wusste Mama davon? Als Uroma nämlich das hier malte, lebte sie noch. Mama war gesund und munter und die wahre Erbin.«

»Es gibt Rätsel, die wir nie werden lösen können.« Die Leidenschaft gab seinen Gedanken Auftrieb, und Tanner ließ sich neben ihr nieder. »Aber dieses Buch ist für dich, über dich ... Du *bist* die Prinzessin in dem Märchen, mehr oder weniger. Deine Uroma erzählt dir, wer du bist. Lies die letzte Zeile: ›Sie glaubte fest daran, dass eines Tages die Erlösung kommen würde. Dann würden auch ihre Schätze wiedergefunden und geliebt werden.‹ Sie meint dich. Die Einzige, die Hessenberg retten kann, die das Erbe deiner Uroma retten kann. *Du* bist ihr Schatz, ihr Erbe. Da hast du deine Wahrheit.«

Mit einem schweren Seufzer presste Regina sich die Handballen gegen die Stirn. »Welche Wahrheit fing denn schon je mit den Worten ›Es war einmal‹ an, Tanner?«

Er lachte leise und stand auf. »Wehre dich, so viel du willst, du weißt doch, dass ich Recht habe.« Er holte zwei Flaschen Wasser aus dem kleinen Kühlschrank. »Du bist die Prinzessin, die Erbin des Thrones von Hessenberg. Kein Zweifel, keine Angst und kein ›Es war einmal‹ können an dieser Wahrheit etwas ändern.«

»Ich warte die ganze Zeit darauf, dass einer auftaucht und ›Reingelegt‹ reingelegt!' ruft.« Sie nahm die Wasserflasche, die er ihr anbot, und drehte den Verschluss auf.

»Wenn das einer tut, dann hat man mich ebenso an der Nase herumgeführt wie dich.« Tanner setzte sich und nahm das Notizbuch wieder zur Hand. Etwas, das er auf dem Heck des Autos entdeckte, kam ihm plötzlich ins Bewusstsein. Ja, da, das Kennzeichen. Prinzessin Alice war eine kluge Frau gewesen. »Schau mal, da, siehst du das? RAB. Deine Initialien, wenn ich mich nicht täusche. Und da.« Er zeigte auf das Emblem in der rechten oberen Ecke des Kennzeichens. »Prinzessin Alice' Siegel mit der augustinisch-sächsischen Krone über ihren Initialien. Sie spricht laut und deutlich zu dir. Sie hat ihr Siegel immer mit einem Saphirring ...«

»Was sagst du da?«

»Sie hat ihr Siegel immer mit dem Schaft eines Saphirrings markiert. Ich weiß, dass ...«

»Mit einem wie diesem?« Regina holte eine kleine Schmuckschatulle aus dem größeren Kätschen und öffnete sie.

»Ja, einem wie diesem.« Tanner untersuchte den Ring, hielt ihn in das Licht der Lampe neben sich. Der Saphir, der von einem Ring aus Diamanten umschlossen war, war in eine komplexe Filigranfassung gesetzt. »Der Ring der Großherzogin«, flüsterte er. »Wir dachten, er sei verloren gegangen. Großherzog Ernst-Wilhelm entwarf diesen Ring 1833 für seine Gemahlin. Der Saphir kam aus Hessenbergs eigenen Minen zu einer Zeit, in der sie mit die besten Edelsteine der Welt förderten.«

»Dann nimm ihn. Er gehört nach Hessenberg«, sagte Regina.

»Nein, der Ring gehört der königlichen Familie, Regina. Er gehört dir.«

»Aber ich bin nicht königlich.« Ihre Proteste über ihr wahres Erbe wurden schwächer. »Außerdem: Was soll ich hier denn schon damit anfangen?«

»Dein Siegel einem ...«, er zuckte mit dem Schultern und grinste, »... einem Lackierauftrag von einem deiner Autos aufdrücken.«

Sie lachte, und er liebte es, die Melodie ihres Herzens zu hören. Sie griff nach dem Ring, als er ihn ihr zurückreichte. »Was ist das Ding denn wert? Oder will ich das überhaupt wissen?«

»Eine Viertelmillion Pfund Sterling. Ungefähr. Schau, die Prinzessin ...«

»Eine Viertelmi..., du meine Güte, Tanner, das sind ungefähr ...« Sie hielt den Ring hoch und rechnete nach. »350 000 Dollar. Ungefähr.«

»Der alte Großherzog hat keine Ausgaben gescheut. Der Saphir hat über zwei Karat und ist in einem seltenen Schliff gefertigt. Die Diamanten ebenso, sie sind allesamt makellos und haben diesen seltenen Schliff ebenfalls«, sagte Tanner.

Regina lehnte sich zu der Lampe hinter ihrem Rücken und hielt den Ring in das Dreieck aus Licht, das unter dem Schirm hervorströmte. »Was ist an diesem Schliff so selten?«

»Keiner weiß mehr, wie man ihn anfertigt. Er wurde von einer jüdischen Familie in Deutschland entwickelt, alles sehr begabte und talentierte Kunsthandwerker. Alle, jeder Einzelne von ihnen, kamen in Dachau und Auschwitz um.«

Die Worte *Dachau* und *Auschwitz* beschworen das Dunkel der Geschichte und die Sünden der Menschen herauf.

»Dann ist der Ring unbezahlbar«, sagte Regina leise und zärtlich. Nachdenklich. »So viel Talent und Wissen gingen im Krieg verloren. Man kann nicht sechs Millionen Menschen töten ...«

»Ermorden.«

»... sechs Millionen Menschen ermorden und gleichzeitig das gesamte Wissen und die Kultur aufrechterhalten.«

Tanner betrachtete sie. Konnte sie sich selbst reden hören? Solch eine Beobachtung. Und formuliert wie von einer wahren Prinzessin. »Du bringst gerade das beste Argument dafür, warum wir dich brauchen, Regina. Um unser Erbe, unsere Kultur zu bewahren.«

»Aber ich weiß doch rein gar nichts von *eurem* Erbe oder eurer Kultur.«

»Du trägst das Blut deiner Urgroßmutter, deines Onkels in dir.«

Regina besah sich den Ring und schüttelte den Kopf. »Es tut mir leid, aber ich bin einfach keine Hoffnungsträgerin für die Wiederherstellung.« Sie hielt den Ring auf Armeslänge und schloss ein Auge. »Das Filigran ist so detailliert. Als ob es irgendetwas sagen wollte.«

»Will es ja auch. Es ist das Siegel deiner Urgroßmutter.« Tanner trat hinter sie und lehnte sich über ihre Schulter. Weiche Strähnen ihres feurigen Haares brannten auf seiner Wange. »Der Schaft wurde extra für sie bearbeitet, als sie die Erbherzogin wurde. Siehst du das hier? Das P für Prinzessin. Ein halbes A für Alice. Und eine halbe Krone. Auf der anderen Seite des Ringes ist der Rest des As und der Krone.«

»Das ist außergewöhnlich. Und wahnsinnig klug. Ich müsste mir mal so ein Siegel für die Autos ausdenken, die wir restaurieren.« Sie lachte. »Ein Markenzeichen. Das brennen wir dann ins Chassis ein.«

»Ja, das ist eine ganz schön clevere Sache. Es ist der Einfallsreichtum Ernst-Wilhelms, der von Großherzogin zu Großherzogin weitervererbt wurde. Es war ein Geheimnis. Nur der königliche Juwelier wusste, dass das Monogramm im Ring versteckt war. Wenn die Herzogin einen Brief versiegelte oder ein offizielles Dokument mit ihrem Siegel markierte, prägte sie das Monogramm ein. Normalerweise tat sie das, wenn sie alleine war, damit keine Assistenten oder sonstige Angestellten das Geheimnis entdeckten.«

»Das Adelsleben ist also voller Geheimnisse und Intrigen.«

»Mehr als du ahnst.« Er könnte die ganze Nacht so über ihrer Schulter lehnen und nicht müde werden. Seine Lippen waren nur wenige Zentimeter von ihren entfernt, und sein Herz war einmal mehr von ihrer Schönheit überwältigt.

»Du solltest ihn wirklich mit nach Hause nehmen.« Regina platzierte den Ring wieder in seiner Schatulle und schob ihn auf Tanners Seite des Couchtisches. »Was weißt du denn über das hier?« Sie griff in das Kästchen und brachte eine ziemlich strapazierte, zerrissene Fotografie zum Vorschein. »Kennst du den hier? Er scheint in keiner Verbindung zu irgendetwas zu stehen, das wir bisher besprochen haben.«

Tanner ergriff das Foto vorsichtig mit zwei Fingern. Hier also war die zweite Hälfte des Fotos, das er in *seinem* Kästchen gefunden hatte.

»Deine Uroma liebte Kästchen«, sagte Tanner und ging ins Schlafzimmer, wo er das Kästchen, das er in einer der Palastsuiten gefunden hatte, aus seinem Koffer holte. Das Kästchen, das er erst neulich mit ins Büro genommen hatte. Das Kästchen, bei dem er sich gefragt hatte, wie er nur das Rätsel seines ungewöhnlichen Inhalts lösen könnte.

Er stellte es neben Reginas Kästchen auf den Tisch, öffnete den Deckel und holte die zweite Hälfte des Bildes heraus.

»Ach du meine Güte, sie hat es entzweigerissen und die Hälften auf zwei Schachteln aufgeteilt.« Regina seufzte, lächelte aber dabei. »Uroma, warst du sauer auf den Knaben?«

»Vielleicht wollte sie ja eine Hälfte dem jungen Mann geben«, schlug Tanner vor und tippte auf seine Hälfte. »Und die andere für sich behalten.«

»Vielleicht. Oder sie litt unter einem gebrochenen Herzen. Warum sollte sie es sonst all die Jahre aufbewahren? Wenn sie doch zwei Ehemänner hatte?« Regina griff nach beiden Hälften und fügte sie zusammen. Sie sah sich das Foto genau an, und die Fragen, die ihr durch den Kopf gingen, prägten ihre feinen Gesichtszüge.

»Vielleicht war es unerwiderte Liebe«, sagte Tanner. »Hier, dreh doch die Fotos einmal um. Was steht denn da?«

»Mal sehen.« Als Regina sich wieder ins Licht beugte, um die Inschrift auf der Rückseite des Fotos zu lesen, fiel ihr ihr dicker, sonnengebleichter Pony über die Augen. Sie war gleichermaßen abgeklärt und unschuldig, ein Wildfang mit weiblichem Anstrich. Tanner atmete ein. Er atmete aus. *Ruhig, Brauner.* »Reinhart Friedrich ...« Sie sah Tanner an. »Sagt dir das was? Das war im Frühjahr 1914.«

Tanner studierte das Gesicht des Mannes, während er sich im Inneren ermahnte, die Klappe zu halten und nicht weiter über Liebe und Sehnsucht zu sprechen. *Konzentriere dich auf die Aufgabe, die vor dir liegt.* »Es gab einen Reinhart Friedrich, der im Ersten Weltkrieg für den Kaiser gekämpft hat. Er hat die Seiten gewechselt. Damit hat er genau das getan, von dem der Großherzog Franz befürchtete, dass es alle jungen Männer Hessenbergs tun würden.«

»Hatte er nicht Angst vor den Deutschen? Vor dem Kaiser? Ich meine, ich hätte so was im Geschichtsunterricht gehört.«

»Das hatte er, aber vor allem fürchtete er, dass die Männer im kampfesfähigen Alter zu seinem Cousin, dem Kaiser, seinem Rivalen, überlaufen würden. Franz wollte Seite an Seite mit seinen englischen beziehungsweise englischstämmigen Cousins von England und Brighton kämpfen. Aber Hessenbergs starker deutscher Einfluss spaltete 1914 das Land.«

»Also verließ er das sinkende Schiff.«

»So etwas in der Art, ja. Aber er war ohnehin nicht dazu bereit, in Kriegszeiten zu regieren. Reinhart Friedrich, falls das hier der gleiche Bursche ist, trat der deutschen Armee bei, arbeitete sich Rang für Rang nach oben und fand sich Jahre später in Hitlers innerem Kreis wieder.«

»Uroma bewahrte das Bild eines Nazis auf?« Mit Abscheu in der Stimme trennte sie die beiden Hälften voneinander und zog eine Grimasse.

»Er war ja kein Nazi, als das hier aufgenommen wurde«, sagte Tanner. »Wahrscheinlich war er einfach ein fescher Bursche von der Universität, dem die Welt offenstand.«

»Rotzfrech und überheblich.«

»Sind das nicht alle jungen Männer? Reinharts Leben endete am Strang. Er wurde bei den Nürnberger Prozessen zum Tode verurteilt.«

Regina ließ das Foto zurück in das Kästchen fallen. »Was hat es mit diesem Anhänger auf sich?« Sie legte ihm das Stück auf die Handfläche.

»Sieht aus, als wäre es mittendurch geschnitten worden. Und«, Tanner wühlte in seinem Kästchen herum, »wie auch von dem Foto, habe ich die zweite Hälfte dazu hier.« Tanner verglich seine Hälfte des Anhängers mit Reginas. »Ihre Initialen sind darin eingraviert. Es ist ein Siegel-Anhänger.«

»Meinst du, sie wollte, dass er die andere Hälfte haben sollte?« Sie hielt ihre Handfläche hoch, und Tanner legte seine Hälfte des Anhängers auf ihre Haut.

»Das kann gut sein«, sagte Tanner. »Das Foto ist 1914 vor dem Krieg aufgenommen worden. Sie mag sich in Reinhart verliebt haben. Vielleicht zerriss sie das Foto, bevor die Familie floh, und ließ es für ihn zurück.«

»Denkst du, dass es in dem Märchen darum geht? Dass Uroma ihm Dinge hinterließ?«

»Ich glaube nicht, dass Reinhart je die ›Erlösung‹ Hessenbergs hätte sein können. Außerdem hat er ja offenkundig weder das Kästchen noch das Foto oder den Anhänger mitgenommen. Ich habe das Kästchen in der Wohnung der Prinzessin im Palast gefunden.«

Sie seufzte und verstaute den Inhalt wieder. »Mehr Fragen. Weniger Antworten.« Regina stand auf und nahm ihr Kästchen an sich. »Uroma, warum hast du bloß nie was gesagt?«

»Aber Regina, das hat sie doch.«

»Wenn du damit meinst, dass das Märchen ihre Art war, ›mir etwas zu sagen‹ ...«, sie zeigte mit dem Finger auf ihn und funkelte ihn an, »... dann kann es sein, dass ich dich hauen muss.«

Er lachte. »Habe ich dich so vollgequasselt?«

»Ja ... Nein ... Es liegt nicht an dir ... Ich weiß nicht, Tanner. Ich weiß es nicht. Ich kann nicht nachdenken.«

»Du bist müde. Fahr nach Hause. Schlafe.«

Aber sie ging nicht an den Sesseln vorbei. »Was ...Was würde ich nochmal machen müssen? Und für wie lange?«

Tanner nahm die Sache vorsichtig in Angriff. Langsam. »Nach Hessenberg reisen natürlich. Den König und andere Führungskräfte treffen, den Premierminister und den Gouverneur, die Formalitäten abschließen ...«

»Tatsächlich die echte Prinzessin werden.«

»Ja, indem du das Haus Augustin-Sachsen wieder etablierst. Du wirst Erbin und Prinzessin sein, erbberechtigte Großherzogin ...«

»Hohes Tier und Oberhäuptling?«

»Wenn du so willst.« Er wollte lachen und sie in seine Arme schließen, wollte die Sorgenfalten von ihrer Stirn wegküssen und ihr versprechen, dass alles gut werden würde. Sie bewegte sein Herz, wie es keine Frau vor ihr getan hatte. Nicht einmal Trude.

Er würde sich später wegen der Unangemessenheit seiner Zuneigung schelten, aber er war müde, immer noch hungrig und kurz davor, sie herumzukriegen. Für die Sache seines Königs natürlich. Daher erlaubte er seinem Herzen die Gefühle.

»Dann was? Du hast etwas von einem Eid gesagt.«

»Der Eid auf die Krone. Um die wahrhaftige Erbin, die wahrhaftige Prinzessin zu sein. Du wirst schwören, Hessenberg zu schützen und zu verteidigen. Ich glaube nicht, dass du daran etwas finden wirst, was dich stört.«

»Tanner, ich bin Amerikanerin.«

»Ja, nun ...«

»Ich werde meine Staatsbürgerschaft aufgeben müssen?« Sie sah ihn ungläubig an.

»Sie werden Oberhaupt von Hessenberg, Miss Beswick ... Regina.« Konnte sie hören, was er ihr da zuflüsterte?

»Oh nein, nein.«

»Nicht einmal für deine Urgroßmutter? Für ihr Volk?«

»Aber sie hat Hessenberg verlassen. Sie verließ Europa. Kam nach Amerika und lebte wie eine Amerikanerin.«

»Und du wirst zurückkehren und das tun, was deine Urgroßmutter nicht tun konnte. Wirst zu ihrem königlichen Haus zurückkehren und zu ihrem Volk. Wirst den Thron des Hauses Augustin-Sachsen wieder etablieren.«

Regina ging langsam zur Tür. »Schreib mir eine SMS, bevor du fliegst, okay?«

»Du kommst nicht mit?« Er durfte sie ihre Entscheidung nicht so schnell treffen lassen. »Regina, gib der Sache noch einen Tag länger Zeit.«

Sie drehte sich um und griff in Lichtgeschwindigkeit nach dem Stoff seines Hemdes.

»Schau mir in die Augen.«

»Ganz ruhig!«

»Das hier ist alles echt, ja? Alles? Wirklich echt?« Entschlossenheit flammte in ihren Augen auf und färbte ihre Worte.

»Du bist diejenige mit dem Kästchen, Regina. Mit dem Ring, mit der Botschaft deiner Urgroßmutter in Märchenform. Ich rufe seine königliche Hoheit, König Nathaniel II. an, wenn du das möchtest.«

»Nein.« Sie ließ ihn los und trat zurück. »Ich glaube dir.«

»Da... dann kommst du mit?« Er ordnete sein Hemd und bewegte sich so, dass er ihr Gesicht sehen konnte. Ihre Augen. Er wurde bereits vertraut mit der Beredtheit ihrer Züge.

»Vielleicht.« Sie ging zur Tür und riss sie auf. »Ich würde ein paar Tage brauchen, um mich vorzubereiten.«

»Regina?«

»Was?« fragte sie, einen Fuß im Korridor, mit dem Rücken zum Raum.

»Danke. Ganz Hessenberg dankt dir.«

»Ich habe vielleicht gesagt, Tanner. Vielleicht.«

Und weg war sie.

Meadowbluff Palace, den 10. August 1914

Durch die offenen Fenster kann ich hören, wie das Orchester im großen Ballsaal die Instrumente stimmt. Die Musik ist so bezaubernd. Und von der Bucht her kommt eine leichte Brise auf, die die Augusthitze mildert und den Duft der See mit dem des Geißblatts vermischt.

Es ist beinahe acht Uhr am Abend, und die Sonne, die gerade untergeht, hinterlässt einen schönen, aber seltsam weißen Glanz über Onkels Stallungen. Oh, hätte ich doch nur meine Kamera! Wie konnte ich sie nur in Wettin Manor vergessen? Ich muss Mama fragen, ob Lark mich morgen in die Stadt fahren kann, damit ich sie hole.

Wenn ich schon keinen Pinsel in der Hand halten kann, dann hätte ich gerne meine Kamera. Es ist so viel Schönheit und Wundersames, das es im Leben einzufangen gilt.

Ich habe Esmé gezeigt, wie man die Kamera benutzt. So konnte sie ein Foto von mir und Reinhart Friedrich machen, als er zu Besuch kam. Aber das war, bevor ... Oh, er ist so unhöflich und gemein gegen Onkel.

Mr. Elliot hat die entwickelten Aufnahmen gestern Abend vorbeigebracht, und am liebsten hätte ich das Bild von Reinhart und mir zerrissen. Einmal mittendurch, das kann ich dir sagen.

Obwohl ich schon sagen muss, dass mir es unzeitig erscheint, jetzt einen Ball zu veranstalten, wo doch das Reden über den Krieg überhandnimmt und uns alle belastet.

Aber Mama freut sich so sehr auf die Festlichkeiten heute Abend. Ein Jahr ist nun seit Papas Tod vergangen, und sie sehnt sich danach, ein farbenfrohes Kleid zu tragen.

Onkel und Mama wollen mich bei diesem Ball außerdem als offizielle Erbgroßherzogin von Hessenberg vorstellen. Obwohl ich mit meinen sechzehn Jahren wohl noch ein wenig zu jung dafür bin.

Ich habe gemischte Gefühle, was das angeht. Was so viele Dinge angeht.

Krieg. Liebe. Männer. Reinhart.

Er besteht darauf, er und die anderen Burschen seien unruhig und wollten in den Krieg ziehen. An den Nachmittagen und Abenden versammeln sie sich im Wisteria Park, auf den Chausseen und auf dem Universitätscampus und verlangen, Onkel und Premierminister Fortier sollten in die Kampfhandlungen eintreten. Sie fragen, warum die große Insel Hessenberg tatenlos danebensitzt, während unsere Brüder in Brighton und Großbritannien – ja, selbst die Deutschen – ihr Blut auf den Schlachtfeldern vergießen.

Onkels Ratgeber, Lord Raeburn und Lord Strathem, sind bereits zur Marine Brightons übergelaufen und dienen seiner Majestät König Nathaniel I. als Offiziere.

Ich glaube wohl, dass Onkels Stolz verletzt ist, aber schwerer wiegt die Angst. Er wird nicht in den Krieg ziehen, weil er Hessenberg nicht durch den Krieg führen kann.

Das hat er mir und Mama oft genug gesagt. Er behauptet, er habe keinen Sinn und Sachverstand für militärische Strategien.

Lasst den Kaiser und den Zar ihre Schlachten schlagen. Was hat das schon mit Hessenberg zu tun?

Aber ich bemerke auch, dass Onkel das als sein größtes Versagen sieht. Er befürchtet, ebenso wie ich, dass uns unser englisches und deutsches Erbe eher spalten denn stärken wird. Wir sind ja mit allen verwandt, alle sind sie unsere Vettern und Kusinen.

Daher führt Onkel die Sommersaison fort, als hätte das Deutsche Reich, Russland, Österreich, Serbien, das vereinigte Königreich und Brighton nicht die Fronten gewählt und als bereiteten sie sich nicht, vielleicht gerade jetzt, in dieser Stunde, darauf vor, aufeinander zu feuern.

Es scheint unmöglich, dass unsere jungen Männer gegeneinander kämpfen könnten. Manche skandieren: »Kämpft für den Kaiser«, während andere für den König von Brighton kämpfen wollen und in ihren braunen oder marineblauen Uniformen umherstolzieren.

Als Reinhart letzte Woche zu Besuch kam, kritisierte er Onkel dafür, nicht mit Kaiser Wilhelm zu alliieren. Während ich Onkel verteidigte, bestand Reinhart vor meinen Augen darauf, dass Onkel arrogant und eigennützig sei und sich nur für sein »höfisches Getue«, wie er sagte, interessiere, nicht aber für das Wohl des Volkes.

Dabei liegt Onkel das Wohl des Volkes sehr am Herzen. Er hat drei Schulen für die Minenarbeiter gebaut, für die »Schwarzkragen«, und für die Armen. Der Besuch dieser Schulen ist kostenfrei. Er hat sogar eine besondere Kampagne für Kinder, die nicht gut lesen können, ins Leben gerufen. Es geht anscheinend um Buchstaben, die auf dem Papier tanzen oder die Plätze wechseln. Er hat nie etwas in der Richtung laut ausgesprochen, aber ich hege den Verdacht, dass ihn eine ähnliche Unbill plagt. Daher hat er Otto eingestellt, der für ihn das Lesen und das Schreiben übernimmt.

Ich nehme an, er wirkt wirklich etwas selbstgerecht, was den Krieg angeht, aber seine Ängste und sein Unvermögen, zu lesen lassen ihm keine Wahl.

Die Schatten auf der Wiese werden immer länger, die Sonne zieht weiter gen Westen und nimmt mein Herz mit. Ich erinnere mich an meine Freunde und an die Tage, die wir gemeinsam an der Küste verbrachten. Ist es gerade erst einen Monat her, dass wir gemeinsam über den Strand schlenderten, nach den Wellen traten, die Hände hielten und in Erinnerung an unsere Schulzeit alle gemeinsam das Abendlied sangen? Wir lachten und lachten und lachten.

»La-da-da. Mondlicht, Sonnenschein, Wellen schlagen an den Strand ...«

Ich glaube, das ist mein liebstes Abendlied.

Reinhart bat um Erlaubnis, mich heute Abend zu besuchen. Ich sagte ihm zu, er müsse jedoch erst vor den Herzog treten.

»Ich werde alles arrangieren«, sagte er.

Nun bin ich gespannt. Er war so hart zu Onkel, zu uns allen. Heute Abend werden wir sehen.

Alice

NEUN

Er betete, es möge noch nicht zu spät sein. Im inneren Heiligtum seines Büros in Wettin Manor goss sich Seamus Fitzsimmons einen Whiskey aus dem Dekanter ein, den er hinter einem Wandpaneel aufbewahrte. Er wusste nicht, was die Menschen vergangener Zeiten dazu bewegt hatte, Paläste und Herrenhäuser mit verborgenen Korridoren und geheimen Paneelen zu versehen, aber gerade schätzte er es sehr.

Er trank den Whiskey in einem Zug, spürte das wohlige Brennen in seiner Kehle und stellte das Glas ab. Wieso hatte er nicht früher gehandelt? Er hatte sich von Vertrautheit und sanfter Politik die Sinne benebeln lassen.

Weil ihm seine Position und die Leichtigkeit seines Lebens zu sehr ans Herz gewachsen waren. Und weil König Nathaniels Vater, König Leopold, auf der Bryn Academy und der Knoxton University sein guter Kamerad gewesen war.

Als König Leo Seamus zum Gouverneur von Hessenberg machte, gelobte Seamus seine Loyalität und seine Hingabe an König und Königreich.

Nun beruhte die Sicherheit seiner politischen Zukunft alleine auf seiner Bereitschaft, Hessenberg in seine Zukunft zu führen, wie auch immer die aussehen mochte. Wenn sich dieser sogenannte Erbe auf Hessenbergs Thron als echt erweisen sollte, welche Chance hatte er dann, diese neue Welle der Regierungsmode zu überstehen? Er musste sich behaupten. Den Stier bei den Hörnern packen, sozusagen.

Wer zur Hölle hatte denn jemals erwartet, dass eine lange verlorengeglaubte Prinzessin wiedergefunden werden würde? Noch vor fünf Monaten hätte keine Seele damit gerechnet. Jetzt kam es Seamus vor, als habe er zu lange die Hände in den Schoß gelegt.

Er konnte nicht länger abwarten, ob diese »Erbin«, Regina Beswick, das Erbe auch annehmen und den Thron Hessenbergs besteigen würde.

Er musste seine Chance jetzt nutzen. Außerdem war es eine Sache, vor König Leo zu katzbuckeln, und Seamus mochte es gerade noch aushalten, das vor dessen Sohn, König Nathaniel II., weiterzuführen. Aber vor einer ungehobelten Amerikanerin den Kratzfuß zu machen? Das würde er nicht tun. Das war unter seiner Würde. Selbst seine Frau hatte gestern beim Abendessen etwas in der Richtung gesagt. Und die Gäste hatten übrigens herzlich zugestimmt.

Tu etwas, Seamus. Sitz nicht untätig herum.

Er griff nach der Karaffe und schenkte sich einen zweiten Whiskey ein.

Nachdem die Gäste gegangen waren, war ihm eine Idee gekommen. Ein kluger Weg, die Notwendigkeit eines königlichen Erben zu umgehen.

Seamus beendete seinen Drink, als sein Vize, Courtland Hamish, hereinkam.

»Es hat den ganzen Morgen gedauert, den Text des Abkommens durchzugehen und ihn mit alten und neuen Gesetzen und Gerichtsentscheidungen zu vergleichen. Aber Sie hatten Recht. Hessenberg hat noch nie im Namen des Volkes eine Petition beim Europäischen Gerichtshof eingereicht, eine unabhängige Nation zu sein. Die Petition kam immer von Seiten der Regierung Brightons, aber nie vom Volk selbst. Sehr kluger Schachzug, Seamus. Das Gericht jedenfalls hat das Abkommen immer im Sinne eines staatenübergreifenden Gesetzes als unveränderlich betrachtet.«

»Ganz genau. Aber wir haben einen Weg gefunden, das zu umgehen«, sagt Seamus. »Wie steht es mit der anderen Angelegenheit?«

Courtland atmete aus und blätterte durch die Papiere, die er in den Händen hielt. »Wir können das machen, wobei ich mir der Sache da nicht so ganz sicher bin, Seamus. Es gibt Präzedenzfälle dafür, aber ich möchte Sie im Namen der juristischen Berater des Herzogtums warnen: Das kann verheerende Schäden anrichten.«

»Natürlich wird es das. Aber Deutschland auf finanziellen Ausgleich für den Schaden, der Hessenberg seit 1914 entstand, zu verklagen, ist unser As im Ärmel. Unser Trumpf. Sobald sie sich damit einverstanden erklären, uns vor dem Europäischen Gerichtshof den Rücken zu stärken, lassen wir die Klage fallen.«

»Und Ihnen ist bewusst, dass in dem Fall, dass der Europäische Gerichtshof sich dazu entschließt, die Sache unseres Volkes anzuhören und sich zugunsten des Volkes entscheidet, wir eine unabhängige Nation ohne eine Monarchie sein können? Aber dann stünden wir auch umgehend ohne Regierung da. Jeder Anarchist und jeder Kommunist, Konservative, Liberale - was weiß ich, welche politische Färbung sich noch alles herumtreibt - wird aus dem Busch und aus den Hafenkneipen auftauchen, aus den Universitäten und der Haupteinkaufsstraße, und wird auf seinem Recht bestehen, die neue Regierung des neuen Staates Hessenberg zu formen.«

»Und das ist genau der Punkt, an dem ich ins Spiel komme. Papa Fitzsimmons. ›Lassen Sie mich das Volk durch diese unruhigen Gewässer steuern.‹«

Courtland schüttelte grinsend den Kopf und setzte sich in den Ohrensessel neben dem Schreibtisch. »Ich kenne Sie jetzt seit zwanzig Jahren, Seamus, aber Ihre verschlagene Seite habe ich bislang noch nie gesehen.«

»Verschlagen? Mein lieber Freund, das beleidigt mich.« Seamus strich sich die Krawatte unter den Falten seines Jacketts glatt und ging zum Fenster hinüber, von wo aus er die herrliche Nachmittagssonne durch weiße Wolkensäulen auf Strauberg hinunterleuchten sah. »Ich habe meine Bestimmung gefunden.«

»Hessenberg zu regieren?«

»Sind Sie anderer Meinung?« Seamus kehrte zu seinem Schreibtisch zurück und beugte sich zu seinem Kollegen, seinem Freund, hinüber. »Es ist nur nötig, dass das Gericht unseren Fall anhört. Vorzugsweise, bevor Tanner mit der Prinzessin zurückkehrt ...«

»*Falls* er mit ihr zurückkehrt.« Courtland räusperte sich und nickte der Karaffe zu. »Kann sein, Sie möchten sich noch ein Glas einschenken, wenn ich Ihnen die Neuigkeit mitteile ...«

Seamus stand auf. Was da anklang, trübte seine Stimmung ganz gewaltig. Noch vor einem Moment hatte er sich agil und wunderbar gefühlt, hatte sich in seiner eigenen Brillanz gesonnt.

»Sagen Sie es mir.«

»Wenn Tanner mit der Prinzessin zurückkehrt, kann König Nathaniel II sie zur königlichen Prinzessin erklären und sie den Eid auf den Thron schwören lassen, wodurch sie offiziell Mitglied des hessenbergischen Königshauses wird. Wir werden in Übereinstimmung mit dem Abkommen unsere konstitutionelle Monarchie samt Adelsfamilie haben, und dann wird es schwierig, sie wieder aus dem Weg zu räumen. Besonders, wenn sie die Gunst der Leute gewinnt.«

»Nun, wir werden einfach zusehen müssen, dass ihr das nicht gelingt.« Nachdem Seamus einmal den süßen Duft der Macht eingeatmet hatte, würde er sich mit nichts Geringerem als der Rolle des Staatsoberhaupts des Herzogtums zufriedengeben. Im Zuge seines Weges an die Spitze würde er entweder die Monarchie oder sich selbst zerstören, aber Seamus Fitzsimmons würde diesem amerikanischen Eindringling nicht einmal zunicken, geschweige denn, sich vor ihm verbeugen.

»Seamus, sei vorsichtig. Wir wollen dem Land, das wir lieben, nicht schaden. Und dem unschuldigen Volk am Rande auch nicht.«

»Wir werden unser Bestes tun, um Hessenberg zu beschützen und zu verteidigen.« Seamus beschloss, dass ein weiteres Glas Whiskey angebracht war. »Und man möge dabei zur Kenntnis nehmen, dass Tanner Burkhardt keiner der Unschuldigen ist.«

Courtland nickte, als Seamus die Whiskeyflasche in seiner Richtung anhob. »Ihr Schützling ist auf der Liste der Bösewichte?«

»Wäre er nicht gewesen, er und seine Zuneigung für Yardley Pritchard, dann wäre wir doch gar nicht in dieser Misere. Ich wage zu sagen, dass Pritchard schon zu Zeiten meines Jura-Referendariats ein dussliger alter Glatzkopf war.«

»Lassen Sie uns im Zweifelsfalle für den Jungen entscheiden, Seamus. Tanner suchte nur nach einem Weg, Hessenberg zu helfen.«

»Ohne mich einmal dabei um Rat zu fragen, würde ich sagen. Nach allem, was ich für ihn getan habe. Er ist mir was schuldig, der Knabe.«

»Schuldig? Wofür?«

Seamus reichte Courtland sein Glas. »Wir wollen es dabei belassen, dass ich seinem Vater eine Menge Scherereien erspart habe.«

»Seinem Vater? Dem Erzbischof?« Courtland hob die Brauen und neigte den Kopf Seamus zu. »Würden Sie mir mehr davon erzählen?«

Seamus ließ seinen Drink die Kehle hinunterlaufen und verspürte augenblicklich Durst nach mehr. »Haben Sie Pläne fürs Abendessen, Courtland? Ich habe montags eine stehende Reservierung im Club.«

»Ich könnte Penelope anrufen, um sicherzugehen, dass sie mit dem Kochen noch nicht so weit ist.« Er griff nach seinem Telefon. »Werden Sie dem König von Ihren Plänen berichten, eine neue Petition beim Europäischen Gerichtshof einzureichen?«

Seamus schüttelte den Kopf. »Und ihn auf meine Pläne aufmerksam machen, damit er seine eigenen schmieden kann? Nein. Er wird wie alle anderen davon erfahren, wenn er seine Zeitung liest.«

»Seien Sie vorsichtig dabei, wenn Sie alle Brücken hinter sich abbrechen. Ich war im Glauben, der König respektiere Sie.«

»Nur seines Vaters wegen.«

»Trotzdem gibt es da noch eine dritte Option, Seamus. Wenn sich die Prinzessin weigert zu kommen. Das Gericht nimmt unsere Petition nicht an, und wir werden um Mitternacht des 22. Oktobers eine dauerhafte Provinz des Königreichs Brighton. Eine Provinz, die immer noch einen Gouverneur brauchen wird.«

Seamus schüttelte erneut den Kopf. Er hatte alle Möglichkeiten in Erwägung gezogen. »Nathaniel wird mich sowieso ersetzen. Alle Söhne ersetzen diejenigen, die ihre Väter ernannt haben.«

»Mit der Zeit vielleicht. Aber doch nicht auf der Stelle.«

»Ich bin 59 Jahre alt, Courtland. Wenn ich dieser Welt je meinen Stempel aufdrücken will, dann ist meine Stunde gekommen.«

Tanner schoss aus einem tiefen Schlaf in die Senkrechte und wischte sich das Haar aus dem Gesicht. Wie spät war es? Wo war er? Hatte er verschlafen? Um Himmels willen, er hatte verschlafen.

Während er aus dem Bett krabbelte, fand Tanner seine Sinne wieder, indem er sich auf die Streifen frischen, warmen Sonnenlichts konzentrierte, die die Kanten der vorgezogenen Gardinen säumten.

Tallahassee. Die Prinzessin. Hotel Duval. Ja, genau ... Sein Herzschlag beruhigte sich, als er sich auf die Bettkante fallen ließ. Es war alles in Ordnung. Er war doch nicht zu spät für die Arbeit.

Außerdem hatte seine Wohnung zu Hause keine Gardinen. Die Fenster hatten Jalousien. Und die ließ er selten herunter, weil ihn Straubergs Lichter nicht störten.

Tanner ließ sich wieder zurück ins Bett fallen, schloss die Augen und atmete tief durch. Er sortierte seine Gedanken und erlaubte Herz und Hirn, aufzuwachen und in Gang zu kommen.

Nachdem Regina am Freitag gegangen war, hatte er den ganzen Samstag über gearbeitet. Er hatte mit Louis hin- und hergemailt, um seinen Terminplan in Ordnung zu halten, hatte die detaillierte Planung der Anfrage bezüglich eine Musikfestivals durchgearbeitet und die Projektanfrage einiger Studenten, die eine Multimedia-Dokumentation über das Herzogtum entwickeln wollten.

So viel Geschichte, so viele Informationen waren während der letzten hundert Jahre verloren gegangen. Und Tanner lag sehr viel daran, zu den Wurzeln zurückzukehren.

Während ihm die Idee der Filmstudenten gut gefiel, wusste er im Grunde seines Herzens doch, dass Hessenbergs Geschichte mit der rothaarigen Prinzessin-wider-Willen begann, von der er das ganze Wochenende nichts gehört hatte.

Und wenn sie nicht mit ihm nach Hessenberg zurückkehrte? Tanner war sich nicht sicher, wie er in dem Fall das Herz eines Volkes am Schlagen halten sollte, das versuchte, seinen Weg nach Hause zu finden.

Am Sonntagmorgen war er über den Campus und durch die ruhigen Straßen der Innenstadt geschlendert. Irgendwas an dieser alten Südstaatenstadt erinnerte ihn an Strauberg. Abzüglich der Hitze und der Schwüle. Himmel nochmal, war das heiß im Süden. Besonders in Anbetracht der Tatsache, dass es ja Herbst war.

Am Nachmittag machte er etwas, was er seit 28 Jahren nicht mehr getan hatte: Mittagsschlaf.

Aber als er aufwachte, war die Sonne stramm auf dem Weg gen Westen, wandte den Tag der Nacht zu, und die Besorgnis in seiner Brust nahm überhand. Was tat sie denn nur? Was *dachte* sie?

Er verbrachte einen unruhigen Sonntagabend damit, einen Tom-Cruise-Film anzuschauen. In der Hoffnung, sie möge anrufen oder vorbeikommen, aß er auf seinem Zimmer und zwang sich, geduldig zu sein, abzuwarten, bis er von ihr hörte.

Wie auch immer, er war fest entschlossen, keinen weiteren Tag vergehen zu lassen, ohne sie zu sehen. Während der letzten Momente dieses Wochenendes wurde er unruhig, begierig darauf, Regina zu sehen, wollte sie kennenlernen, und das nicht bloß als seine zukünftige Herrscherin – sondern als eine faszinierende, liebenswerte Frau.

Ein Wunsch, den er niemandem gegenüber äußern konnte.

Jetzt war es Montag, und er musste vorankommen.

Tanners Telefon klingelte auf dem Schreibtisch, und er sauste aus dem Bett, um dranzugehen.

»Burkhardt.«

»Tanner, hier ist Nathaniel.«

»Ihre Majestät.« Tanner richtete sich auf und sah sich im Zimmer nach einem Hemd um. Auch mit viertausend Meilen Abstand verlangte die Stimme des Königs allen nötigen Respekt. »Was kann ich heute Morgen für Sie tun?«

»Morgen? Es ist Nachmittag, alter Freund.« Die leichte Erheiterung in seiner Stimme beruhigten Tanners erwachenden Sinne, die ihm Dampf unterm Hintern machten, nicht gerade.

»Ja, Nachmittag.« Sicher, in Brighton, aber doch nicht hier in Tallahassee. Tanners Blick suchte das Zimmer nach seiner Armbanduhr ab. Da, auf der Anrichte. Er schaute auf das weiße Ziffernblatt. Verflixt nochmal. Ein Uhr? Er hatte tatsächlich bis um ein Uhr am Nachmittag in Tallahasse-Zeit geschlafen? Er spürte brennende Scham. Als er das letzte Mal so lange geschlafen hatte, war er noch ein rotznasiger Lümmel gewesen.

Er räusperte sich und versuchte, wacher zu klingen.

»Wie läuft es mit Miss Beswick? Gibt es etwas Neues seit Ihrem letzten Bericht?«

»Nein, Sir. Sie bat um ein paar Tage Bedenkzeit, deshalb habe ich sie am Wochenende in Ruhe gelassen. Ich bin gerade auf dem Sprung zu ihr.« Tanner ging ins Wohnzimmer, riss eine Flasche Wasser aus dem Kühlschrank und schüttete sie sich über den Kopf. Er zitterte, als die ersten Tropfen auf seiner warmen Haut auftrafen. *Wach auf, Freundchen.*

»Ich bin untröstlich, dass ich Ihnen das antun muss, aber es ist unbedingt erforderlich, dass Sie sie jetzt nach Hause holen.«

»Jetzt? Im Sinne von heute? Was ist passiert?« Tanner trank den letzten Schluck Wasser. Seine ausgedörrte Kehle dankte es ihm.

»Seamus Fitzsimmons ist passiert. Der gute alte Fitzsimmons.«

Tanner ging ins Badezimmer, um sich ein Handtuch zu holen. »Der Fitzsimmons, der zu Weihnachten in jedem Kaufhaus den Heiligen Nikolaus geben könnte?«

»Er hat heute beim Europäischen Gerichtshof eine Petition eingereicht, durch die Hessenberg losgelöst von den Bedingungen des Abkommens von 1914 ein unabhängiger Staat werden soll.«

»Du meine Güte. Haben wir das alles nicht schon durch? Und zwar mehrfach?« Tanner warf sich das Handtuch über die Schulter. »Der Gerichtshof hat das Abkommen doch aufrechterhalten.«

»Seamus hat einen Weg drumherum gefunden, oder meinetwegen auch mitten hindurch. Er hat die Petition im Namen des Volkes von Hessenberg eingereicht. Nicht im Namen der Regierung.«

Tanner kehrte in den Wohnbereich zurück und setzte sich in einen der Klubsessel. »Was? Das hat Lord Kilroy 1992 versucht. Das Gericht hat das Gesuch abgelehnt.« Tanner konnte die Details vor seinem inneren Auge sehen, die Argumentation, die Schrift in einem seiner Jurabücher. Ganz oben auf Seite 581, auf der rechten Seite.

»Ja, weil Lord Kilroy kein Repräsentant des Volkes war. Nur ein Adliger mit einem Titel. Seamus dagegen ist ein offizieller Volksvertreter. Ich glaube, diesmal könnte das Gericht sich der Sache tatsächlich annehmen.«

»Das ist genial.« Tanner tadelte sich im Stillen, stand wieder auf und begann, im Zimmer auf und ab zu wandern. Wie hatte er das nicht vorhersehen können? »Kann sein, er hat den einzigen Weg gefunden, das Abkommen zu umgehen.«

»Das ist ein meisterlicher Schachzug. Seamus scheint das Ganze in trockenen Tüchern zu haben. Deshalb rufe ich Sie an.«

»Ja, Sir. Was soll ich tun?«

»Nun, erst einmal müssen Sie mir die Frage erlauben, Tanner: Sind Sie mein Mann? Muss ich Sie ersetzen? Ich habe mitbekommen, dass Ihnen Seamus all die Jahre viel bedeutet hat. Er war so etwas wie ein Mentor. Stehen Sie nun also auf meiner oder auf Seamus' Seite?«

»Das brauchen Sie nicht zu fragen, Ihre Majestät. Ich bin hier in Amerika im Auftrag des Königs von Brighton und Hessenberg.« Tanner schob die Gardinen zur Seite, sodass Sonnenlicht durch seine Suite und durch seine Seele flutete. »Ich bin Ihr loyaler Diener.«

»Und wenn Seamus anruft? Seinerseits Loyalität einfordert? Es tut mir leid, dass ich Sie hier ins Kreuzverhör nehmen muss, aber ich muss wissen, wer meine Verbündeten in dieser Angelegenheit sind. Das könnte politisch sehr unschön werden.«

»Ich verstehe, Sir. Sollte Seamus anrufen, werde ich ihn darüber informieren, dass ich, bei allem nötigen Respekt, einer übergeordneten Autorität diene und den Auftrag des Königs vollenden muss.« Tanner atmete aus und ließ sich in den nächsten Stuhl fallen. Er überlegte, ob er Nathaniel die Sünden und Geheimnisse seiner Vergangenheit beichten sollte. Nur für den Fall, dass Darth Vader – Seamus Fitzsimmons – beschloss, seine Macht gegen ihn einzusetzen.

»Da ist noch mehr«, sagte Nathaniel.

»Mehr?«

»Seamus hat Anklage gegen Deutschland erhoben. Er verlangt Reparationszahlungen und Ausgleich für die Vermögen auf den hessenbergischen Bankkonten, die der Kaiser zu Beginn des Ersten Weltkriegs übernahm.«

Der Mann musste wahnsinnig geworden sein. Aber Tanner verstand Seamus' kühnen Schritt. »Das ist ein Ablenkungsmanöver, Ihre Majestät«, sagte er. »Deutschland wird aufschreien. Seamus und seine Anwälte werden schachern. Den Anspruch auf Ausgleich fallen lassen, wenn Deutschland ihnen den Rücken stärkt, was die Petition für den Status eines unabhängigen, souveränen Staates angeht.«

Warum sonst sollte Fitzsimmons den riesigen Bären Deutschland aufscheuchen? Aber dafür zu sorgen, dass jedermann davon erfuhr? Tanner glaubte, dass Seamus sich verzockt hatte.

»Dieselben Schlüsse haben wir auch gezogen, Tanner. Aber sollte Deutschland den Gerichtshof dazu drängen, den Fall zu behandeln und zu entscheiden, ehe wir die Prinzessin eingesetzt haben ...«

»... wird Hessenberg in politische Unruhen, Anarchie und Bürgeraufstände verfallen. Unschuldige werden verletzt werden.« Er hatte nicht vorgehabt, den König zu unterbrechen, aber seine Gedanken eilten meilenweit voraus.

Seamus, du alter Narr ...

»Ganz genau. Tanner, Sie müssen umgehend nach Hessenberg zurückkommen. Mit der Prinzessin. Wir müssen sie darauf vorbereiten, den Eid auf die Krone abzulegen und das Königshaus schnellstmöglich zu etablieren. Unsere Vermutung ist, dass wir ungefähr eine Woche Zeit haben. Vielleicht weniger. Wir haben uns der Unterstützung Großbritanniens versichert, um den Gerichtshof dahingehend zu beeinflussen, das Abkommen aufrechtzuerhalten, wie es in der Vergangenheit der Fall war. Aber in den letzten zehn Jahren hat sich die politische Landschaft des Hofes, unserer Länder, verändert. Seamus könnte dieses Mal Gehör finden und, das ist meine Befürchtung, Hessenberg in Chaos und Unruhen stürzen.«

»Und Regina wird zu einer Prinzessin ohne Land.«

»Ja, und täuschen Sie sich nicht: Seamus beeinflusst die Presse genauso meisterhaft wie die Jugend des Landes. Einige Universitätsstudenten haben gerade heute Morgen eine Kundgebung gegen die Monarchie abgehalten.«

Unter diesem neuen Druck und dem Schwergewicht seiner neuen Aufgabe atmete Tanner tief aus. »Ich werde sie umgehend aufsuchen, Sir.«

»Tanner, suchen Sie sie nicht nur auf. Sammeln Sie sie ein. Steigen Sie mit ihr ins Flugzeug. Heute Abend noch.«

ZEHN

Reggie liebte Montage. Sie kamen ihr vor wie Miniaturausgaben des Neujahrstags, und das viermal im Monat. Eine Chance für einen Neuanfang, ein Neubeginn nach den Fehlern der letzten Woche. Oder sogar den Erfolgen. Montag war der Tag, an dem persönliche Gelöbnisse erneuert, Ziele neu gesetzt wurden und es mit voller Kraft vorausging.

Daher kam sie an diesem Montag nach einem unruhigen Wochenende mit der Ankunft Tanner Burkhardts und seinen aufwühlenden Neuigkeiten früh an der Werkstatt an, bereit, die Ärmel hochzukrempeln.

Als es auf den Nachmittag zuging, hatte sie die Lohnabrechnung fertig, die Rechnungen bezahlt – es hatte gerade so gereicht –, angefangen, das benötigte Material für den 53er Vet ausfindig zu machen und ihre Teilelieferanten kontaktiert.

Sie hatte Urban bereits mitgeteilt, dass es schwierig werden würde, den perlmuttfarbenen Lack zu finden. Beziehungsweise, dass der, den sie schlussendlich gefunden hatte, sehr teuer war. Aber wenn sie die entsprechende Grundierung und das Rezept für die richtige Mischung finden würde, könnte Rafe von dort an weitermachen. Außergewöhnliche Farben zu mischen und herzustellen war seine Superheldenkraft.

Gegen eins kam Al pfeifend ins Büro, nachdem er einige Besorgungen gemacht hatte. Er brachte eine Schachtel frischer Donuts mit und einen Kanister Schokomilch.

»Reg, halt dich fest, es gibt Neuigkeiten.«

Sie wirbelte in ihrem Drehstuhl herum, um ihn anzusehen. »Gute Neuigkeiten? Du hast Donuts gekauft. Das können nur gute Neuigkeiten sein.« Donuts und Schokomilch waren Als Morgenritual, und hin und wieder auch sein Schmankerl, mit dem er gute Neuigkeiten feierte.

»Oh, ja, zum Teil gute Neuigkeiten, die sich zu großartigen Neuigkeiten mausern könnten.« Al goss sich ein Glas Schokomilch ein und nahm einen Donut aus der Schachtel. »Erst einmal, geht es dir gut? Ich bin heute Morgen nicht dazu gekommen, mit dir zu sprechen, aber du hast ein bisschen nachdenklich gewirkt.«

»Mir geht es gut.« Sie lächelte. *Siehst du?* »Es ist Montag. Ich liebe das. Hey, ich war am Wochenende sogar shoppen.«

»Du? Jetzt mache ich mir erst recht Sorgen. Was ist los, Reg?«

»Haha, sehr witzig. Ich war Möbel kaufen. Ich habe eine schöne Wohnzimmerkombination gefunden, und ich glaube, die werde ich auch tatsächlich bestellen.«

»Möbel? Nun, schön für dich. Ich warte schon lange darauf, dass du endlich richtig in dieses große alte Haus einziehst. Richtig einziehst oder ausziehst.« Al fixierte sie und nahm einen großen Schluck.

»Ausziehen?« Reggie wandte sich dem Schreibtisch zu und stapelte die verteilten Rechnungen. »Warum sollte ich ausziehen?«

Er zuckte mit den Schultern. »Ich weiß nicht ... mit dem Leben weitermachen ... vielleicht.«

»Mit meinem Leben weitermachen?« Sie stand auf und wies, ein paar zerknitterte Rechnungen in der Hand, auf das lange schmale Büro. »Wie würdest du denn das hier nennen?«

Al biss in den Donut und betrachtete sie kauend. »Wer war der Typ, der neulich aufgekreuzt ist und nach dir gesucht hat? Der mit dem Akzent?«

»Nur so ein Typ.« Reggie riss eine Schublade auf. Warum wollte Al ihren sonnigen Montag verhageln?

»Jetzt machst du dicht. Muss eine alte Flamme von dir sein, was?«

»Alte Flamme? Was haben sie dir denn in deine Schokomilch

gemischt, dass du mir unterstellst, ich hätte eine alte Flamme?« Sie schloss die Schublade mit einem lauten Knall. »Hast du denn jemals mitbekommen, dass ich überhaupt eine *Flamme* gehabt hätte?«

»Nein, nie. Hab nur gehofft, du hättest ein Geheimnis.«

Oh, sie hatte ein Geheimnis, aber so was von. Nur nicht die Sorte, mit der Al rechnete. Tatsächlich hatte ihre ganze Familie ein Geheimnis. Eins von der Sorte »königliche Prinzessin«.

Zwei Tage lang hatte Reggie sich, inklusive Herz und Verstand, voll ins Leben gestürzt. Sie hatte Tanners Nachricht mit normalen Alltagstätigkeiten ausbalanciert.

Am Samstagmorgen hatte sie die Buchhaltung der Werkstatt gemacht, dann hatte sie ihrer Nachbarin Mrs. Shaw geholfen, das Laub in ihrem Garten zu harken.

Aus einer Laune heraus war sie schließlich in ein Möbelhaus gefahren und hatte *beinahe* Möbel gekauft.

Am Abend war Mark, wie versprochen, mit einer großen Papiertüte mit chinesischem Essen vorbeigekommen. Er war vom Segeln sonnengebräunt und gut gelaunt und gab sich besonders charmant.

Als Reggie eine romantische Komödie vorschlug, willigte er sofort ein, anstatt wie sonst zu protestieren und die Vorzüge des neuesten Ballerfilmes herunterzurasseln.

Er war auf seiner Seite der Freundschaftsgrenze geblieben, also hatte sie das ernsthafte Gespräch, das sie mit ihm über ihre »Beziehung« führen wollte, aufgeschoben. Hey, vielleicht hatte er ihr ja endlich einmal zugehört.

Am Sonntagmorgen saß Reggie in der Kirche und war so gut wie überzeugt davon, dass sie Mr. Tanner Burkhardts Angebot ausschlagen würde. Hessenberg würde das Ende des Abkommens ohne sie bewältigen müssen. Ihr Leben war hier. In Florida. Mit Daddy und Sadie, ihren Freunden, ihrer Familie.

Sie war dazu geboren worden, klassische Autos auf Vordermann zu bringen, nicht ein altes Land.

Außerdem: Wenn Gott schon 29 Jahre lang damit gewartet hatte, ihr zu sagen, dass sie eine Prinzessin war, dann wusste Reggie ganz genau, dass er nicht von ihr erwartete, übers Wochenende alles hinzuschmeißen und voll auf die Zwölf zu gehen. So war Gott doch nicht. Oder?

Sie war entschlossen, Tanner abzusagen, bis Pastor Stuart seine Predigt mit einem Satz beendete, der ihr einen Pfeil mitten zwischen die Augen jagte.

»Worauf verwendest du dein Leben und deine Energie? Darauf, deine Ziele zu erreichen oder Gottes Ziele?«

Na, Gottes natürlich.

Der Pfarrer lehnte sich über die Brüstung der Kanzel der Gemeinde zu. Beugte sich zu *ihr*. Landete sein durchdringender Blickt wirklich genau auf ihr, oder bildete sie sich das nur ein?

»Wenn Gott dich ruft, warum lehnst du dann ab?«

Wer lehnt denn hier ab! Er ruft doch gar nicht.

»Reg, hey, Reg.« Al schnipste mit den Fingern. »Was ist da los hinter deinen abwesenden Augen?«

»Was los ist? Ich werde dir sagen, was los ist. Du ... mit all deinen Fragen.« Sie ging vom Büro in die Werkstatt hinüber und fing an, die Werkzeuge an der Wand über der Werkbank zu sortierern.

Al kam ihr nach, stellte seine Schokomilch auf der Werkbank ab und nahm sie bei den Händen. »Egal, was es ist, am Ende wird alles gut, hörst du?«

Tränen schossen ihr in die Augen. »Du hast keine Ahnung, Al.«

»Nicht, wenn du mir nichts erzählst. Aber eins weiß ich: Gott liegt nie daneben.«

»Au contraire, diesmal liegt er schwer daneben.« Sie hängte einen Drehmomentschlüssel von einem Haken an einen anderen. Da.

Perfekt. Wie hatte sie den nur die ganze Zeit an der falschen Stelle hängen lassen können? »Was sind denn nun eigentlich deine guten Neuigkeiten? Komm schon, ich kann ein paar Donut-Schokomilch-Nachrichten gut gebrauchen.«

»Oliver Claremont kommt uns besuchen.«

Reggie schoss zu ihm herüber. »Der Besitzer des Duesenbergs?«

Al nippte an seiner Milch wie an einem edlen Wein. »Ganz genau der.«

»Ich wusste es! Ich hab's gewusst!« Sie schlug mit der flachen Hand auf die Werkbank. »Ja, ja, ja!« Die Arme hoch erhoben und den Kopf in den Nacken geworfen, wirbelte sie im Kreis herum. »Danke! Danke!« Sie schickte eine Kusshand zum Himmel. »Siehst du, ich wusste doch, dass ich hierhin gehöre.« Okay, Gott stärkte ihr also den Rücken. Er lag nicht daneben. Sie sollte hierbleiben, genau hier in Tally.

Der arme Tanner. Sie hoffte, es würde ihm nicht allzu schlecht gehen, wenn er ohne sie nach Hessenberg zurückkehrte.

»Reg, mach mal langsam. Er kommt uns nur besuchen, um uns kennenzulernen, aber ...«

»Pssst, Al, nicht zweifeln.« Sie schloss ihn in eine Riesenumarmung, wiegte ihn hin und her und brachte ihre Gedanken in ein Lied. »Wir haben 'ne Corvette-ette-ette, das ist doch richtig nett, nett, nett, und einen Dü-Dü-Dü-Dü-siii ...«

»Reg, hör mir zu.« Al ging in die Mitte der Werkstatt, in der einen Hand seine heißgeliebte Milch, mit der anderen verwies er auf seine Umgebung. »Schau dich doch um. Glaubst du vielleicht, Claremont wird es für sicher halten, seinen Wagen in dieser alten Scheune abzustellen?«

Reggie runzelte die Stirn und gesellte sich in der Mitte des Raums zu ihm. »Urban reichte es.« Sie sah zur Decke hinauf, ließ dann ihren Blick die Wände hinuntergleiten. Ein paar Bretter ganz oben waren zersplittert, und an der Westseite wurden die Wände nass, wenn der Wind den Regen im richtigen Winkel dagegenblies.

»Staubig ist es hier drinnen«, sagt Al. »Und die alten Tore schließen nicht richtig.«

»Wir machen zusätzliche Vorhängeschlösser daran.« Reggie ging zu den Toren und untersuchte die alten Schlösser. »Danny Hayes hat uns seinen Wagen hier anvertraut.«

»Danny hatte kein seltenes Auto im Wert von mehreren Millionen Dollar. Und, um ganz ehrlich zu sein, bin ich mir gar nicht sicher, ob Urban seinen Vet hierlassen sollte. Er hat 300 Riesen für das Ding hingeblättert, und eine ganze Menge Leute haben mitbekommen, dass er ihn Freitagabend hier geparkt hat.«

»Pssst, Al.« Reggie schlurfte zu ihm hinüber und hielt ihm einen Zeigefinger vor die Lippen. »Beschrei es nicht.«

»Ich versuche nur, einen realistischen Blick auf unsere Gegebenheiten hier zu haben, Reg.« Er schob ihre Hand weg. »Und zeig nicht mit dem Finger auf mich. Ich bin immerhin älter als du.«

»Okay, na gut.« Reggie schob die Hände in die Taschen ihres Overalls. »Dann müssen wir eben eine bessere Werkstatt finden. «

War das nicht das Schöne an Montagen? Einen neuen Anfang zu wagen? Überhaupt: zu leben, anstatt nur zu existieren?

»Na, dann schau dich nach etwas um, das ein bisschen Geld in der Tasche hat«, sagte Al. »Reg, Süße, wir haben eine Menge Glück gehabt, dass wir mit diesen Autos so weit gekommen sind, aber ich muss gestehen, als wir die Werkstatt aufmachten, war ich einfach nur ...«

Das tiefe, kraftvolle Grollen eines Porsche, der einen Gang herunterschaltete, unterbrach Als Satz.

»Kling nach Mark.« Reggie ging zum offenen Scheunentor und rief Mark, der gerade aus dem Auto stieg. »Was machst du denn an einem Montagnachmittag hier?«

»Ich komme euch beiden Hübschen besuchen«, sagte Mark und lächelte Al und sie an. Er trug seine üblichen Khakis und ein gestärktes, ordentliches Hemd. Als er die Scheune betrat, hakte er sich mit einem Arm bei Reggie unter. »Ich habe eine Idee.«

»Was für eine Idee?« Al trank seine Milch aus. »Im Büro sind Donuts, Mark.«

»Super, danke. Hört mal zu, Al, Reg, ich muss euch was erzählen.« Mark stand mitten in der Werkstatt und sah Reggie und Al an. »Ich weiß auch nicht, warum mir das nicht früher eingefallen ist, aber ich habe ein riesiges Lagerhaus in der Nordstadt, das schon ein Jahr lang leersteht. Ich finde einfach keinen Mieter, der mir gefällt oder dem ich vertrauen würde.«

»Dieses Riesending auf dem Meridian?«, fragte Reggie mit einem Seitenblick auf Al. »Das ist dreimal so groß wie die Hütte hier.«

»Sicher?«, fragte Al.

»Eine Stahlkonstruktion mit Rolltoren und Sicherheitsschlössern, Alarmanlage, vergitterten Fenstern und Rundumumfriedung mit einem Sicherheitszaun.«

»Fläche?«

»300 Quadratmeter in einer Halle, dazu ein separates Büro und ein Pausenraum mit einer Küche.« Mark grinste. »Da hättest du einen Schreibtisch ohne Donutkrümel, Reg.«

Reggie starrte ihn aus schmalen Augen an. »Wo ist der Haken? Wie viel soll das kosten?« Das war Marks Standardprozedur. Erst mal den Leuten den Mund wässrig machen, was eine Idee oder ein Projekt anging, sie dazu bringen, dass sie glaubten, sie könnten nicht mehr ohne was-auch-immer leben, und dann die Geldbombe platzen lassen. »Das klingt ein bisschen zu gut, um wahr zu sein.«

»Das habe ich auch gerade gedacht«, sagte Al.

»Ach Freunde, ich bin's doch, Mark.« Er schlug sich die Hand aufs

Herz. »Ich kann nicht glauben, dass ihr mir misstraut.« Er breitete die Arme weit aus, grinste und schien außerordentlich zufrieden mit sich selbst. »Es gibt keinen Haken. Ihr kriegt das Lagerhaus gratis.« Er stemmte die Hände in die Hüften und beugte sich erst zu Reggie, dann zu Al. »Na, wie wäre es damit?«

»Gratis?«, fragte Al, und Reggie echote »gratis?«.

»Gratis«, sagte Mark. »Schaut her, ich bezahle die Steuern und die Versicherungsprämien doch ohnehin. Warum soll ich für den Leerstand bezahlen? Warum nutzen wir das Gebäude nicht einfach? Ihr zieht ein, zahlt die Nebenkosten, und ich übernehme den Rest.«

»Niemals.« Reggie schüttelte den Kopf, die Hände ebenfalls in den Hüften. »Glaub ihm kein Wort, Al. Irgendeinen Haken gibt es immer.«

»Mark«, sagte Al leise und im Tonfall des Sergeants, der er war. »Ist das deine Art, Reggie dazu zu bekommen, dich zu heiraten?«, fragte er ohne zu zögern.

»Was? Nein.« Mark wich ein paar Schritte zurück. »Denkst du, ich bin so verzweifelt, dass ich sie so plump manipulieren würde? Al, jetzt komm aber.«

In diesem Moment sah Reg wieder den jungen Mark, der sich nach Anerkennung sehnte. Der dazugehören wollte. »Ich glaube dir, Mark. Aber bist du dir ganz sicher, dass du nicht doch irgendeine Art Miete oder Bezahlung haben willst?«

»Seht mal, ich gebe ja zu, dass ich dachte, Reggie sei komplett durchgeknallt, als sie beschloss, ihre Arbeitsstelle aufzugeben und hier anzufangen. Eine Superposition in einer hochkarätigen Wirtschaftsprüferkanzlei hinschmeißen, um schmierige alte Autos herzurichten? Was ist das denn für eine Karriere für ein Prachtstück wie sie? Aber dann wurde mir klar, dass wir alle das tun müssen, was wir lieben, und wenn sie auch nur den Hauch einer Chance auf Erfolg haben sollte ...«

»Wir, Mark. Wir. Al und ich. Es war seine Idee. Er ist der Experte. Ich lerne noch.«

»Schön. Egal. Dann eben ihr. Wenn ihr auch nur den Hauch einer Chance auf Erfolg haben solltet ...« Er zog ihr eine Grimasse. »Was ist das für ein Wagen, wegen dem Al dich anrief? Der, den ihr vielleicht restaurieren dürft? Der dich neulich so durcheinander gebracht hat?«

»Der Duesenberg.«

»Richtig, ein Duesenberg. Wirklich? Ein Duesenberg? Wie konnte mir das entgangen sein? Egal, jedenfalls habt ihr Urbans Vet ja auch hier drin. Ich bin mir ziemlich sicher, dass hier jemand einbrechen könnte, wenn er es nur darauf anlegt. Ihr braucht einen sichereren Ort. Ich habe einen sicheren Ort. Der ist frei und wartet.«

»Meinst du das ernst?«, fragte Al. Er hatte die Arme vor seiner muskulösen Brust verschränkt, in der einen Hand hielt er immer noch sein Milchglas. »Ein neues, sicheres Gebäude würde schon helfen, Olivers Entscheidung zu unseren Gunsten zu beeinflussen.«

»Also haben wir einen Deal?« Mark schaute zwischen Reggie und Al hin und her.

»Nun, Reggie, was meinst du?«

»Mark, ab ins Büro.« Sie schnappte ihn am Arm und zerrte ihn mit sich. Al ließ sie einfach stehen. Sie schloss die Tür hinter sich und wandte sich mit verschränkten Armen Mark zu.

»Letzte Woche noch hast du mich noch darum gebeten, mich mit dir zu einem Superpaar zusammenzutun. Du meintest, die Werkstatt zu eröffnen sei so eine Art Krise, die ich gerade durchmache. Und jetzt bist du auf einmal mit im Boot?« Sie sah ihn fragend an. »Wenn wir das tun, dann ist das rein geschäftlich.« Sie würde ihre Gefühle nicht zurückhalten. Das letzte Wochenende hatte ihr eine ordentliche Lektion darin erteilt, wie sehr Geheimnisse und Schweigen Unschuldige verletzen konnten. »Keine komischen Dinger nebenbei.«

»Reg, ich habe dich gehört und verstanden, und ich komme damit zurecht, dass wir nur Freunde sind. Aber kann nicht ein Freund einem anderen Freund die Nutzung seines Eigentums erlauben? Mir haben so viele Leute geholfen, als ich das nötig hatte.« Jetzt hatte er die Donuts erspäht und nahm sich einen. »Ich werde nie vergessen, wie dein Dad zu unserem Wohnwagen kam und Mom davon überzeugte, mich zum Baseball anzumelden. Das hat mein Leben verändert. Jetzt ist es an mir, euch eine helfende Hand zu reichen.«

»Keine Fußangeln. Rein geschäftlich. Wir werden einen Pachtvertrag machen und alles.«

»Aber absolut. Rein geschäftlich.« Er bot ihr seine freie Hand an. »Deal?«

Sie zögerte, aber das Lächeln ihres Herzens zerrte an ihren Mundwinkeln. »Deal.« Sie nahm seine Hand, aber er zog sie in eine einarmige Umarmung und flüsterte ihr ins Ohr: »Das war schön am Samstagabend.«

»Mark ...« Sie schob sich weg.

»Entspann dich, Reg.« Er lachte und ging raus. »Al, ich lasse die Papiere ausfertigen und euch die Schlüssel zukommen. Wir seh'n uns. Danke für den Donut.« Eine Wolke aus weißem Puderzucker schwebte über Marks Kopf, als er mit dem Donut in der Hand winkte.

Reggie wandte sich Al zu. »Was meinst du?«

»Ich denke, wir haben den Ort gefunden, den wir brauchen.« Er fing sie in einer freundlichen Umarmung ein. »Ich wollte dir eigentlich sagen, dass ich nicht ...« Er ließ sie los und brach den Satz ab. »Vergiss es. Nichts Negatives, stimmt's?« Sein Lächeln ließ seine Augen leuchten. »Wir könnten doch noch gewaltig weit kommen mit alldem hier.«

»Jetzt klingt das schon besser.«

»Ich werde Oliver anrufen. Ich werde ihn davon überzeugen, dass wir mit seinem Duesenberg schon umgehen können.« Al machte sich auf den Weg zum Büro. »Hör mal, lass uns einen Plan für den Umzug machen. Wir sollten den Vet so schnell wie möglich umsiedeln, wenn wir die Schlüssel haben.«

»Klingt gut. Ich kann es kaum erwarten, Rafe und Wally davon zu erzählen.« Reggie ging zurück zum offenen Scheunentor und starrte die Straße hinunter.

Sie wusste, dass sie den Platz und die Sicherheit des Lagerhauses brauchten, aber sie würden diesen wunderbaren alten Ort hier doch vermissen.

Aber jetzt, wo die Nachmittagsbrise um die Scheunenwände strich, das trockene Laub und mit ihm den Duft des Herbstes aufwirbelte, regte sich eine neue Sehnsucht in Reggies Seele.

Vor drei Tagen noch wäre Marks Angebot eine großartige, wunderbare Nachricht gewesen. Ein Zeichen von Gott. *Macht weiter so, Al und Reg.*

Heute fühlte sich das irgendwie ... falsch an.

Was war nur mit der Zuversicht passiert, die sie gestern noch gespürt hatte? Dass Tallahassee ihr Zuhause war? Klassische Autos ihr Leben?

»Reg«, rief Al vom Büro her. »Telefon für dich.«

Sie sah über die Schulter zu ihm hinüber. »Ich bin gleich da.«

Sie verharrte noch einen kleinen Moment länger. Blätter umwehten ihre Füße. Und Reggie fand die Zuversicht von Sonntagmorgen wieder. Das hier war ihr Leben. Al. Die Werkstatt. Die Autos.

Doch egal, wohin die Augen ihres Herzens auch blickten, überall überschattete Tanner Burkhardt ihre Gedanken und flüsterte ihr zu, dass sie die Prinzessin von Hessenberg sei.

ELF

Entschlossen und konzentriert betrat Tanner die Scheune. Er war versessen darauf, mit Regina zu sprechen.

Er würde sich nicht abwimmeln lassen. Er hatte einen Auftrag: Sitze heute Abend im Flugzeug – mit der Prinzessin.

Die Halle war leer bis auf den 53er Vet und einen älteren Herren, dem Büschel weißen Haares unter der Mütze hervorkrochen. Er ächzte und schnaufte, während er sich bemühte, den Fahrersitz aus rotem Leder hinter dem Lenkrad herauszubekommen.

»Dürfte ich Ihnen womöglich helfen?« Tanner trat rasch hinzu, um den Mann zu stützen, der den Sitz umständlich in seinen Armen balancierte und erst seitwärts strauchelte, dann rückwärts.

Der sah Tanner an und richtete sich auf. »Danke, mein Sohn. Aber hinter jeder meiner Pannen steckt ein Plan.«

Tanner lächelte. »Das sehe ich.«

»Sie suchen nach Reg?«, fragte er, während er den Sitz an der Wand abstellte.

»Das tue ich, ja. Woher wissen Sie das?«

»Habe Sie Freitagabend herumhängen sehen.« Der Bursche stellte sich ihm schweratmend, die Hände in die Hüften gestützt, gegenüber. »Stehen Sie auf Reg?«

»Auf sie stehen? Nein, ich ...«

»Da stellen Sie sich mal hübsch hinten an. Ich glaube, jeder Mann von hier bis zum Mond und zurück schwärmt für sie. Mich eingeschlossen.« Er ging zur Beifahrertür. »Im unschuldigsten Sinne, selbstverständlich. Aber sie hält sich für sich. Nicht wie manche Frolleins, die jedem hinterherrennen, der sie einmal angezwinkert hat.« Er streckte Tanner die Hand entgegen und beugte sich leicht vor. »Wally heiß ich. Und Sie sind ...?«

»Tanner Burkhardt.« Er schlug ein.

»Reg ist mit Al im Büro.« Wally zog einen Schraubenschlüssel aus seiner Hüfttasche. »Sie schmieden Umzugspläne. Scheint, als bekämen wir eine neue Werkstatt.«

Eine neue Werkstatt? Hmmm ... Das hatte sie Freitagabend gar nicht erwähnt. Tanner ging zum Büro hinüber und schaute hinein, während er sacht gegen den metallenen Türrahmen klopfte.

Regina sah auf. In ihren Augen meinte er, ein Willkommen erkennen zu können. »Tanner, hey. Komm rein.« Obwohl sie in einem Overall steckte und ihr Haar zu einem lockeren Pferdeschwanz zusammengefasst hatte, schaffte sie es, sein Herz Funken schlagen zu lassen. »Du erinnerst dich an Al?«

»Ja, das tue ich.« Tanner schüttelte Als Hand und wandte sich dann Regina zu. »Miss Be ... Regina, könnten wir unter vier Augen sprechen?«

»Äh, ja, sicher.« Sie wechselte einen Blick mit Al und bedeutete Tanner dann, vor ihr hinauszugehen. »Wir sind hier alle ein wenig aus dem Häuschen. Mark – du erinnerst dich an Mark? – überlässt uns ein Lagerhaus. Mietfrei. Das ist dreimal so groß wie das hier.«

Sie hüpfte auf den Picknicktisch und Tanner setzte sich neben sie. »Das ist gut für euer Geschäft.«

»Das ist ganz großartig für unser Geschäft, ja.«

Er nickte. Eine ungute Vorahnung kniff ihn in die Rippen. Dass sich ihre Umstände verändert hatten, änderte nichts an seiner Mission. Es machte sie nur schwieriger.

»Ich habe auch Neuigkeiten.« Er beugte sich vor und rieb sich die Hände, als würde das helfen, genau die richtigen Worte aus der leeren Luft zu zaubern. »Seitdem wir uns unterhalten haben, haben sich die Umstände für Hessenberg verändert. Und für mich.«

»Was – was meinst du?« Hörte er da Sorge in ihrer Stimme? »Wie kommt das denn? Zum Guten oder zum Schlechten?«

»Das kommt darauf an, von welcher Warte aus man das betrachtet. Die Situation ist dringlicher geworden.« Tanner nannte ihr die Eckdaten, die König Nathaniel ihm berichtet hatte. Über die Petition, die Seamus beim Europäischen Gerichtshof im Namen des Volkes von Hessenberg eingereicht hatte. »Der König und sein Premierminister fürchten Unruhen und Gewalt in der Bevölkerung. Sie bitten dich dringlichst darum, umgehend mit mir zurückzukehren, den Eid auf den Thron zu leisten und das Königshaus zu etablieren. Je schneller du an deinem rechtmäßigen Platz bist, desto unwahrscheinlicher ist es, dass wir unter politischem Chaos und Anarchie leiden werden. Wenn du erst in Hessenberg bist, ist es möglich, dass das Gericht es ablehnt, die Petition zu prüfen.«

»Und du willst, dass ich jetzt dorthin gehe? Hinein in dieses ganze Durcheinander?« Sie blickte in die Ferne, sah weg von ihm, ihre Haltung war angespannt und reserviert. »Das kann ich nicht richten ... dieses ... nein, das geht nicht. Hatte ich dir gesagt, dass ich Politik verabscheue?«

»Du hast es erwähnt, ja.«

Sie sah ihn von der Seite an. »Ich bin wirklich die allerletzte Person, die du in einer Führungsposition in Hessenberg haben willst, Tanner. Ich weiß nichts über eure Gepflogenheiten, über eure Gesetze und die Leute dort. Ich weiß nicht einmal, wie man regiert.«

»Du wirst nicht alleine sein«, sagte er und hielt es für besser, nicht zu erwähnen, dass ausgerechnet Seamus, Hessenbergs Gouverneur, hinter diesem Beinahe-Coup steckte. »Du wirst Berater haben.«

»Wen zum Beispiel? Menschen, die ich nicht einmal kenne? Wie kann ich denen vertrauen?«

Er lächelte. »Ganz genau. *Deswegen* glaube ich, dass du dich als unser Staatsoberhaupt ziemlich gut schlagen wirst. Du wirst es darauf anlegen, jeden zu prüfen. Ich kenne dich ja noch nicht gut, aber du wirkst nicht wie jemand, der Dinge tut, nur um Leuten zu gefallen.«

»Aber ist es nicht das Beste, wenn Hessenberg ein unabhängiger Staat ohne Monarchie wird? Dann könnte es eine Republik werden wie die USA, oder nicht?«

»Aha, die alte Frage. Die Frage, die schon seit Urzeiten von politischen und universitären Expertenrunden debattiert wird.«

»Vergiss die Expertenrunden. Was denkst *du*, Tanner?« Sie sah ihn nun direkt an. »Nicht das, was man dir gesagt hat - ich habe schon begriffen, dass du einen Auftrag zu erledigen hast. Mal angenommen, du könntest einen Zauberstab schwingen und Peng, das ideale Land schaffen. Was würdest du machen?«

»Ganz ehrlich?«

»Vorzugsweise ja. Lieber die Wahrheit als die Lüge.«

»Dann säße ich heute Abend im Flugzeug«, er schluckte und fühlte sich einen Moment lang ganz verloren in der Intensität ihres Blicks, »und zwar mit dir.«

Sie wandte sich mit solch einer abrupten Bewegung von ihm ab, dass sich ihr Pferdeschwanz auflöste. »Ich ziehe in eine neue Werkstatt um.« Sie sprang vom Tisch, ging erst auf die Scheune zu und dann doch mit einem Ruck nach rechts, zur Straße, um kurz darauf wieder zum Tisch zurückzukehren. »Verstehst du das nicht? Eine Werkstatt ... eine neue und größere Werkstatt. Das muss ein Zeichen sein. Warum sollte mir Mark denn sonst plötzlich im selben Moment ein Lagerhaus anbieten, in dem du mir ein Land anbietest?«

»Das weiß ich wirklich nicht.«

»Ich - darüber muss ich erst einmal nachdenken.«

»Nichts anderes würde ich erwarten. Aber, Regina, mein Angebot unterscheidet sich ganz grundsätzlich von Marks. Ich biete dir dein wahres Erbe an.«

Sie tigerte um den Picknicktisch herum. »Ich kann nicht, Tanner. Ich kann Al und die Firma nicht alleine lassen. Ich meine, jetzt sieht es gerade so gut aus. Wir sind gemeinsam in gutem Glauben in dieses ganze Unternehmen eingestiegen.«

»Regina, ich verstehe, dass du ein Leben hast. Dass du Pläne hast.« Ein feuchter Schleier glitzerte in ihren blauen Augen. »Wirklich. Es tut mir leid, dass mein Auftrag alles durcheinanderbringt.«

Sie sah wieder weg und legte sich die Fingerspitzen in die Augenwinkel. »Das ist einfach ... zu verrückt.« Regina schlenderte über die grasbewachsene Schotterauffahrt Richtung Straße und sprach dabei mit sich selbst. Tanner sah ihr zu, bis sie zwischen dem Wechsel aus Licht und Schatten aus seinem Gesichtsfeld verschwand. Er sagte sich, dass er ja noch nicht versagt hatte. Noch nicht.

Dann zog er sein Telefon aus der Tasche und tippte eine Kurznachricht an Jonathan, den Assistenten des Königs.

Kein Flug heute N8

ZWÖLF

Die blau-roten Töne der Dämmerung an diesem Montagabend legten sich über Reggies Haus, während sie in der Garage hinter dem Lenkrad von Uromas altem Corvair saß, Fast Food aß und der Musik eines Oldie-Senders lauschte, die aus dem alten Autoradio mit seinen vielen Knöpfen dudelte.

Das volle Trostprogramm. Würde sie auch gar nicht leugnen. Pommes, Schoko-Shake, Beach Boys und Uromas Corvair.

Hierher kam sie, wenn sie nachdenken, beten wollte, wenn ihre Seele zur Ruhe finden musste.

Sie saugte einen großen Schluck gekühltes Schokoladenglück durch den Strohhalm. Die Süße kühlte ihre aufgewühlten Gefühle. Sie starrte durch die Windschutzscheibe und das offene Garagentor in das lilafarbene Ende des Tages und den bernsteinfarbenen Schimmer der Straßenlaternen.

Wer würde denn Mrs. Shaw mit ihren Blumenbeeten helfen, wenn sie nach Hessenberg ginge?

»Darf ich dir Gesellschaft leisten?« Tanner schaute durch das Beifahrerfenster herein.

Erschrocken versuchte Reggie ihren rasenden Herzschlag mit einem tiefen Atemzug zu beruhigen. »Wo kommst du denn jetzt auf einmal her?«

»Durch das Haus ... Du hast nicht auf die Türklingel reagiert, und die Haustür war nicht abgeschlossen.« Er ließ sich auf den Beifahrersitz gleiten. »Das ist ein schönes altes Auto.«

»Es gehörte Uroma. Sie hat es 1968 gekauft und zwanzig Jahre lang gefahren. Hast du schon zu Abend gegessen?«

»Nein, ich ...«

»Die sind noch warm.« Reggie reichte ihm die Pommes.

Tanner nahm sich ein paar. »Das also machst du? In einem alten Auto sitzen und Fast Food essen?«

»Manchmal. Wenn ich runterkommen, wenn ich mir über Sachen klar werden muss.«

»Das ist eine bewundernswerte Eigenschaft. Du nimmst dir die Zeit, über Dinge nachzudenken.«

»Gott stehe dem Mädchen bei, das über eine Angelegenheit wie diese nicht nachdenkt. Die, die du mir da vor die Füße geworfen hast.«

Tanner nahm sich noch ein paar Pommes. »Darf ich dich etwas fragen? Warum magst du alte Autos so gerne?«

Reggie stellte ihren Milchshake auf der Mittelkonsole ab und griff nach einer Serviette, um sich die Kondensflüssigkeit von den Fingern abzuwischen. »Als Mama starb, war Al gerade in Rente gegangen. Seine Frau, Miriam, hat uns beinahe jeden Abend zum Essen zu sich eingeladen. Daddy packte Uroma und mich ins Auto, und los ging's. Miriam war – und ist – sehr nett zu mir. Sie bemuttert mich. Al hatte gerade einen alten Pontiac GTO gekauft, um den aufzubereiten. Deshalb gingen Daddy und Al nach dem Essen regelmäßig raus, um an dem Wagen zu arbeiten. Ich bin mitgegangen, um zuzuschauen oder auch mal zu helfen, wenn sie mich denn ließen. Miriam spielte Gin Rommé mit Uroma oder schaute fern.«

Die Worte flossen leicht und glatt und überraschten Reggie, weil sie das erste Mal in den siebzehn Jahren, die seither vergangen waren, ihre Erinnerungen in Worte fasste. »Die Geräusche in der Garage, das Klacken der Werkzeuge, Papas und Als murmelnde Stimmen, das Anwerfen eines Motors ... das alles wurde mir ein Zuhause.«

»Hauptquartier.«

»Nachdem Uroma dann gestorben war, fing ich an, in die Garage rauszugehen und in ihrem Auto zu sitzen. Stundenlang. Einfach nachdenken und Radio hören, bis die Batterie leer war.« Sie lachte leise. »Du kannst dir sicher denken, dass ich früh gelernt habe, mit Starthilfekabeln umzugehen.«

»Das war bestimmt eine schwierige Zeit für dich. So jung und dann ohne Mama.«

»Dann starb mein Hund.«

»Dann starb dein Hund? Also ...«

Reggie schüttelte den Kopf und sah aus dem Fenster. »Bonnie. Ein Sheltie. Sie war fast 15, hatte also ein langes und gutes Leben gehabt. Der Zeitpunkt war einfach nur daneben.«

»Das klingt mir nach hervorragendem Material für einen amerikanischen Country-Song.«

»Also ...«, sagte sie und sah Tanner an. »Aber kein Country-Song, den ich kenne, endet damit, dass das Mädchen eine echte Prinzessin wird.«

»Es gibt schließlich für alles ein erstes Mal. Du solltest es mal versuchen.« Er schien viel entspannter als vorher. Dieser Tanner gefiel ihr besser als der förmliche, steife, geschäftliche. Er schnappte sich noch ein paar Pommes. Es schien, als könnte er sich nicht entscheiden, wer er war oder welche Sorte Mann er sein wollte.

»Was ist deine Geschichte, Tanner? Warum haben sie gerade *dich* geschickt?« Reggie griff nach dem Lautstärkeknopf, als der Moderator Van Morrison mit »Brown Eyed Girl« ankündigte.

»Meine Geschichte ... ziemlich langweilig. Eltern. Ein Bruder. Internat. Universität. Juristische Fakultät ...«

»Na, hör mal, wenn ich mir dein Leben in Stichworten anhöre, werde ich wohl kaum herausfinden, wer du bist, Tanner.«

»... vier Jahre als Anwalt, drei als Mitarbeiter im Büro des Gouverneurs, sechs Monate als Kulturminister.«

»Und ich weiß immer noch nicht, warum sie gerade dich geschickt haben.«

»Ich kenne das Abkommen.« Er schaute in die McDonald's-Tüte und nahm sich eine Serviette. Sein Ton wurde wieder förmlich und kurzangebunden. »Und ich bin Kulturminister.« Er sah sie an. Sein Gesicht lag halb im Schatten. »*Du* bist im Grunde unsere Kultur. Der König brauchte einen Botschafter, und er fand, ich wäre der richtige dafür.«

»Seid ihr alte Freunde?«

»Wir kannten uns ein bisschen, zu Universitätszeiten. Freunde? Das würde ich nicht behaupten.«

»Wirst du, hm, also, wirst du gekündigt oder abgesetzt oder so, wenn ich mich weigere mitzukommen?«

»Ob ich meine Position verliere?« Er zerknüllte die Serviette. »Nein, aber es wird nicht gerade fein aussehen in meiner Erfolgsbilanz.«

»Dann tut es mir leid, dass ich dich so in die Bredouille bringe.«

»Genau wie es mir leid tut, dass ich dich in dieselbe Situation bringe.« Sein Gesichtsausdruck rief ein neues und seltsames Gefühl in ihrem Herzen hervor. »Du bist fest entschlossen, nicht mit mir zurückzukehren?«, fragte er.

Nein, nicht *so* fest entschlossen. »Ich überlege noch.« Würde sie um Hessenbergs Willen mit ihm reisen oder weil sie ihn *mochte*?

Oh nein, bitte, Reg.

Carrie hatte doch recht gehabt. Reggie hätte sich, was Jungs anging, doch besser in der Junior High austoben und dieses ganze Romantikgedöns mal hübsch ins Leere laufen lassen sollen. Dann säße sie jetzt nicht hier mit ihren 29 Jahren und hätte sich in einen Mann verknallt, der dazu bestimmt war, ihr Leben zu ruinieren.

Ruinieren? Nein, er ist nicht hier, um irgendetwas zu ruinieren. Reggie sah Tanner aus dem Augenwinkel an, nur um festzustellen, dass er sie ebenfalls aus dem Augenwinkel betrachtete. Sie errötete vor Scham. Und vor Begehren.

»Was ist mit dem Ratschlag deines Vaters?«, fragte Tanner einen Moment später. »Hast du noch einmal mit ihm über diese Situation gesprochen?«

»Er sagt, ich solle fahren.«

»Brown Eyed Girl« verklang, und nun drang »Love Me Tender« aus den Lautsprechern des Wagens.

»Ah, der King of Rock'n'Roll«, sagte Tanner und verbeugte sich leicht in Richtung Radio.

Elvis' sanfte, samtene Stimme umgab Reggie und ließ sie mürbe und nostalgisch werden.

Love me tender, love me true ...

Die intime Melodie in Tanners Nähe machte sie melancholisch. Dann traf ihr Blick seinen und ... *Junge, Junge.* Sie griff rasch zu ihrem Schokoshake und nahm einen kräftigen Schluck.

»Regina, gibt es irgendetwas, das ich sagen oder tun könnte ...«

»Wie lange würde ich bleiben müssen?« Sie drehte den Zündschlüssel, um die Batterie zu laden. Der alte Motor ächzte und zischte und gurrte sich dann in einen geschmeidigen Leerlauf. »Wir haben doch gerade dieses große Lagerhaus bekommen. Mietfrei.«

»Bleiben? In Hessenberg? Mehrere Wochen. Einen Monat. Vielleicht länger. Bis die Bedingungen des Abkommens erfüllt sind und du den Eid geschworen und dein Erbe akzeptiert hast.«

Angst keimte in ihr auf. »Was genau ist das eigentlich, mein Erbe?« War das überhaupt die Person, die sie in Wirklichkeit sein wollte? »Und das Ganze eilt, richtig?«

»Ja, und da sind noch andere Details ... Die Sache mit der Regierung. Wie gesagt, du wirst Staatsoberhaupt werden, und deswegen wird es deine Aufgabe sein, eine Regierung zu bilden. Was dein Erbe angeht, so sind das der Thron und das Großherzogtum Hessenberg.«

Jedes weitere Detail ließ die Angst noch ein Stück größer werden.

»Ich erbe ein Land?«

»Das sind Herzöge und Herzoginnen nun einmal, Regina. Landbesitzer. In deinem Fall geht es eben um einen ganzen Inselstaat.«

»Aber ich kann wieder weg von dort?«

»Wir hoffen, dass du das nicht tun wirst, aber ja, du kannst abdanken.«

»Abdanken. Vor ein paar Tagen hätte ich mir rein gar nichts aus diesem Wort gemacht. Jetzt klingt es unheilvoll, nach Versagen.«

»Aber so kannst du nach Hause zurückkehren.«

»Und dann? Was passiert dann mit Hessenberg? Schon wieder Anarchie?« Das Gewicht von Tanners Bitte, die Not des Landes, lag schwer auf ihrem Herzen und bedrückte sie mit jedem Atemzug mehr.

»Deine Regierung wird übernehmen.«

»Meine Regierung? Auch, wenn ich gar nicht da bin?«

»Die Regierung, die du nach der Abwicklung der Formalitäten gebildet haben wirst, wird weitermachen. Und ja, es wird zu Unruhen kommen.«

Reggie presste sich die Handballen gegen die Schläfen. Sie zitterte und versuchte, sich das Unmögliche vorzustellen. »Als ich ein Kind war, gab es einen großen Erdhügel am Ende der Straße. Manche von uns sind dorthin gerannt und haben König vom Berge gespielt. Das ist das einzige Gebiet, das ich je regieren wollte.«

»Und? Hast du?«

Die Erinnerung kam, und sie lachte leise. »Ich war die Bestimmerin und habe alle herumkommandiert.«

»Womit wohl alles gesagt wäre.«

»Andere Kinder beim Rennen auf den Gipfel eines Erdhügels zu schlagen ist wohl nicht ganz dasselbe, wie ein Land zu regieren oder beim Regieren eines Landes zu helfen.« Sie hatte einen Querschläger im Kopf und fasste ihn in Worte. »Übrigens, woher weiß ich eigentlich, dass du nicht irgendein internationaler Krimineller bist, der sich das alles ausgedacht hat?«

Er starrte sie einen Augenblick lang an. »Du hast die Dokumente, die beweisen, dass ich genau das nicht bin. Ich nehme mal an, dass du trotzdem nicht ganz überzeugt bist. Du kannst dich allerdings darauf verlassen, dass ich - wenn ich, wie du sagst, ein internationaler Krimineller *wäre* –, also dass ich dann wohl kaum eine Werkstattbesitzerin in Tallahassee, Florida, zu meiner Zielperson auserkoren hätte.«

Sein Tonfall, seine Art zu sprechen, seine Stimme, alles aktivierte ihren Lachmuskel. »Touché.«

»Regina, versteh mich nicht falsch. Ich weiß, dass das alles nicht leicht für dich ist.«

Der Basslauf von »My Girl« ließ die Lautsprecher vibrieren. *I've got sunshine ...*

»Nicht leicht? Ich will nicht vorwärtsgehen, aber hey, ich weiß auch nicht, ob ich einfach nichts tun kann. Und zurück geht es nicht.« Die Kernfrage tauchte in ihrem Herzen auf, und sie konfrontierte ihn damit. »Egal, wie ich mich entscheide, ich weiß jetzt um die Wahrheit, und mein Leben hat sich für immer verändert. Ob ich gehe oder bleibe, ich werde immer wissen, dass ich ...« Sie schluckte, ihr blieben die Worte im Halse stecken.

»Dass du eine Prinzessin bist?«

»Ja, eine Prinzessin bis an meine Lebensende.«

»Kommst du mit mir nach Hessenberg? Bitte?«

Sie schaute ihn an. Seine Frage fraß sich tiefer und tiefer in ihr Herz und rüttelte an ihren Grundfesten. Sie musste hinfahren und sich das angucken. Sie musste es versuchen. Für Uroma.

Wie könnte sie sich je mit weniger zufriedengeben, solange diese neue Wahrheit und Offenbarung in ihrem Herz herumschwirrte?

Eine halbe Stunde nach Mitternacht saß Tanner im Fond einer Limousine und ließ sich durch die stillen Straßen Straubergs chauffieren. Bläulich-weiße Straßenlampen färbten die verregnete Nacht.

Er hatte es nach Hause geschafft. Mit der Prinzessin. Nachdem sie sich einmal dazu entschlossen hatte zu fahren, war sie durch ihr Leben geprescht und hatte keine Zweifel zurückgelassen. Vielleicht einige verwirrte Freunde und Mitarbeiter, aber offenbar keine Zweifel. Sie behauptete, sie würde Hessenberg für einige Wochen besuchen, um »die Lage zu checken«.

Während er beobachtete, wie sie sich auf die Reise vorbereitete, bekam Tanner eine bessere Vorstellung von seinem Schützling. Regina verarbeitete Dinge, die Menge der plötzlichen Veränderungen, Stück für Stück.

Jetzt saß sie ihm gegenüber, zurückgelehnt ins weiche Leder ihres Sitzes, die Lider auf Halbmast. Er wusste nicht, welche Unruhe ihr Herz und ihren Verstand aufwühlte, aber sie wirkte ruhig.

»Hast du während des Flugs überhaupt geschlafen?«, fragte er, als sie ihn ansah.

»Wer kann denn bitte schön zwölf Kilometer über dem Atlantik schlafen?« Sie setzte sich aufrecht hin, klemmte sich die Hände unter die Oberschenkel und linste aus dem mit Regentropfen übersäten Fenster. »Es sieht so ruhig aus da draußen.«

»Das hier ist die Market Avenue, das Geschäftsviertel der Stadt. Hier ist nach neun Uhr am Abend nur wenig los. Das Nachtleben findet zwei Straßen weiter statt. Dort gibt es Restaurants und Kneipen.«

»Die Stadt fühlt sich alt an.« Sie bewegte sich, um das Fenster abzusenken. Ein Schwall kalter, feuchter Luft drang in den Mercedes.

»Wenn du ungefähr 400 Jahre für alt hältst, dann stimmt das.«

Sie lachte und streckte den Arm aus dem Fenster, hielt die Hand in den Fahrtwind. Nach einer Weile zog sie sie zitternd wieder zurück und schloss das Fenster.

»Bist du froh, wieder zu Hause zu sein?«

»Ich weiß es nicht ... Mir hat es in Tallahassee ziemlich gut gefallen. Ich hätte gerne ein Footballspiel gesehen.«

»Das macht wirklich Spaß. Meine Freunde und ich haben im College nie eins verpasst. Vielleicht können wir ja ins Stadion, wenn du das nächste Mal in der Stadt bist, im Herbst.«

»Abgemacht.« Ihm wurde warm bei dem Gedanken, dass er Teil eines ihrer zukünftigen Herbste sein könnte. »Ich habe früher selbst Rugby gespielt.«

»Rugby.« Sie lächelte überrascht. »Hmm, irgendwie kann ich dich mir nicht mitten im Gedränge vorstellen.«

»Tja. So ist das eben.« Er sah davon ab, mehr zu sagen, war auf der Hut, die Linie zwischen Persönlichem und Geschäftlichem nicht zu überschreiten. In den letzten 24 Stunden hatte er sich viel zu häufig an die Grenzen der Korrektheit gewagt. Sie machte es zu einfach, sich zu unterhalten, das Herz zu öffnen, ihr Freund zu sein. Es hatte schon an dem Abend angefangen, als sie mit dem Märchen und dem Siegelring in sein Hotelzimmer geplatzt war. Ihre großäugige Verwunderung und die Verwirrung über das, was da gerade mit ihr geschah, hatten ihn für sie eingenommen.

Die Limo verlangsamte die Fahrt wegen eines Warnsignals, und der Schein einer Straßenlaterne erhellte den Fahrgastraum des Wagens.

Er mochte sie. Er hatte sich und seinen Gefühlen erlaubt, ihren romantischen Bedürfnissen nachzugehen. Aber da sollte man sich nicht vertun, er hatte schon vor langer Zeit Sicherheitswände errichtet, und diese mussten unversehrt bleiben. Aus Gründen seiner persönlichen Sicherheit und aus professionellem Anstand.

»Bist du verheiratet?«, fragte sie.

Er konzentrierte sich auf sie, während der Wagen weiterfuhr, weg von der Innenstadt, hin zu dem Palast auf dem Hügel. »Verzeihung?«

»Bist du verheiratet?« Sie zeigte auf ihren Ringfinger. »Kein Ring, aber das heißt ja heutzutage nichts mehr.«

»Bin ich nicht. Verheiratet. Nein.«

»Geschieden? Kinder?«

»So spät am Abend noch so viele Fragen?« Er versuchte, leicht über die Sache hinwegzugehen, sie abzulenken, aber seine Worte fühlten sich hölzern an. Er wollte sie nicht belügen. Aber er konnte ihr auch nicht sein tiefstes und dunkelstes Geheimnis anvertrauen. Egal wie sehr er es auch genoss, sich mit ihr zu unterhalten.

»Regina, ich werde meinen Assistenten einen Zeitplan und einige wichtige Informationen für dich ausdrucken lassen, unter anderem auch meine Telefonnummer. Aber fürs Erste werde ich morgen früh nach dem Frühstück vorbeikommen und dich abholen. Um zehn Uhr haben wir ein Treffen mit dem König, dem Premierminister von Brighton und dem Gouverneur von Hessenberg.«

»Wow ... So viele wichtige Leute. Und ich.« Sie drückte die Hand aufs Herz und atmete lange und deutlich hörbar aus. »Ist es zu spät, um meine Meinung zu ändern?«

»Bis du den Eid geleistet und offiziell durch den König und den Erzbischof als Prinzessin von Hessenberg eingesetzt bist, kannst du jederzeit ohne Konsequenzen abreisen.«

Sie sang leise. »Welcome to the Hotel California ..."

Er lachte. »Wohl kaum. Du kannst auschecken, *abreisen* und nach Hause zurückkehren. Aber wo du jetzt einmal hier bist, kannst du es ja versuchen. Wie du selbst gesagt hast, jetzt, wo du die Wahrheit kennst – wie kannst du da dorthin zurückkehren, wo du herkommst?«

Sie fuhren über schmale Landsträßchen den Hügel hinauf.

»Wir sind fast am Meadowbluff Palace.« Tanner öffnete das Fensterchen zum Fahrer. »Bitte öffnen Sie das Dach, Dickenson.«

Das Dachfenster über Reginas Kopf glitt auf, und der Mond schien herein.

Regina atmete tief ein. »Ich rieche das Meer.« Sie stellte sich auf den Sitz und machte sich lang, um über das Auto hinaussehen zu können. »Oh, wir sind aber weit oben. Die Lichter da unten sehen wunderbar aus.«

Tanner zögerte etwas, dann quetschte er sich neben sie und sah zu, wie Meadowbluff am Horizont auftauchte. Er hatte es geschafft. Er hatte die Prinzessin nach Hause geholt.

»Wie heißt die Bucht nochmal?«

»Braelon.«

»Braelon Bay«, wiederholte Regina. »Was bedeutet das?«

»Ich habe keine Ahnung.«

»Na, du bist mir ja ein feiner Kulturminister.« Sie stieß ihn sacht mit dem Ellbogen in die Rippen und erschütterte seine emotionalen Schutzmauern bis in die Grundfesten. Dann reckte sie sich noch weiter, um besser sehen zu können. »Es geht steil nach unten.«

»Wir fahren einen Berg hinauf«, sagte Tanner. »Vom Palast aus kann ein Wachmann die südlichen Häfen und alle offenen Straßen sehen. Auf der anderen Seite des Passes da drüben«, er zeigte auf eine dunkle Linie hinter dem Palast, »gibt es einen Wachposten für die nördlichen Häfen und Straßen.«

»Der Palast ist also ein sicherer Ort.«

»Ja, er wird gut von den Wachposten bewacht.«

Die Limousine neigte sich im Straßenverlauf, und Regina fiel gegen Tanners Seite. Er legte seinen Arm um sie, um sie zu stabilisieren, und merkte dann, dass er sie nicht mehr loslassen wollte.

»Wir sind fast da. Lass mich kurz anrufen, um sicherzugehen, dass alle bereit sind.« Er duckte sich in den Wagen und war sich sicher, dass Regina jeden einzelnen seiner donnernden Herzschläge hören konnte.

Die Stelle an ihrer Taille, wo Tanner sie festgehalten hatte, war immer noch warm, als er im Wageninneren verschwand.

Sie hatte bemerkt, wie unterschiedlich sich Tanners Berührung anfühlte im Vergleich zu Marks, und den Gedanken entschieden weggeschoben. Jetzt musste sie all ihre Energie, ihre Gefühle und ihre Gedanken auf etwas anderes richten, und zwar auf den Palast und die Nacht, die sie umgab.

Meadowbluff mit seinen Giebeln und Türmchen wurde perfekt von den gewaltigen weißen Klippen eingerahmt, genau wie in Uromas Märchen.

Reggies Blick folgte der geraden Linie der Klippen hinunter zum Wasser. Der Mondschein lag geisterhaft auf der Oberfläche der Bucht und schlug gegen die Küstenlinie, die mit einer Reihe von Perlmutt-Lichtern an der Erde befestigt war.

Reggie glitt ins Auto zurück. »Es ist wunderschön.«

»Ja, doch.« Tanner las den Bildschirm seines iPhones ab, ohne aufzublicken.

»Ist alles in Ordnung?«

Er legte sein Telefon beiseite und zauberte sich ein Lächeln aufs Gesicht. »Doch, ja.«

»Was befindet sich am Fuß des Berges? In der Bucht?«

»Docks. Restaurants. Hotels.«

Reggie lehnte sich wieder in ihrem Sitz zurück. »Danke ... dass du ihn angewiesen hast, das Fenster zu öffnen. Die Aussicht ist wirklich atemberaubend.«

»Willkommen in Hessenberg und in Meadowbluff Palace, dem Kindheitszuhause deiner Urgroßmutter – und deinem Erbe.«

Uroma. Palast. Prinzessin. Alles war so unwirklich. Reggie war kraft eines Wortes wie Mary Poppins in ein Bild aus Wasserfarben gehüpft. *Erbe.*

Die Limousine hielt am Tor. Reggie sah wieder zum Dachfenster hinaus und beobachtete, wie die hohen, verschnörkelten schmiedeeisernen Tore aufschwangen.

Während sie die gekieste Auffahrt hinunterfuhren, stützte sich Reggie auf ihren Ellbogen auf, den Fahrtwind im Gesicht. Jedes einzelne Palastfenster war hell erleuchtet und warf sein Licht auf die sorgfältig gepflegten Anlagen und Blumenbeete. Flutlicht illuminierte einen hohen gewölbten Portikus und runde Säulen.

Als die Limousine vorfuhr, griff Reggie nach ihrer Tasche und schlang sich den Riemen über die Schulter. Man musste das Ganze als ein Abenteuer nehmen. Immer einen Moment, einen Tag nach dem anderen. Früher oder später würde sie dem Märchen entsteigen und wieder im wirklichen Leben landen.

Reggie trat unter den Portikus des Palastes und fühlte sich winzig klein angesichts der opulenten Architektur, die sie umgab. »Hier könnte ich aber massenweise Autos herrichten.«

»Könntest du«, sagte Tanner und führte sie mit einer leichten Berührung am Ellbogen die breiten Steinstufen hinauf. »Aber dann solltest du wissen, dass die Marmorböden 400 Jahre alt sind.«

»Wir können ja was unterlegen.« Er lachte nicht. Und nachdem sie ihre eigenen Worte gehört hatte, stimmte sie ihm innerlich zu. Das war nicht lustig.

Sie folgte ihm die Stufen hinauf, wandte sich hin und her und nahm ihre Umgebung in sich auf. Sie wünschte, sie wüsste ebenso viel über europäische Architektur wie über Autos und Buchhaltung.

An der Tür drückte Tanner auf einen Knopf. »Das allermeiste Leben spielt sich in der ersten Etage ab. Aber der Speisesaal ist im Erdgeschoss. Jarvis sollte imstande sein, dir bei der Orientierung zu helfen.«

»Und wer ist jetzt Jarvis?« Ihre Knie schlotterten, sie war wohl etwas schwach nach der langen Reise. Was sonst.

»Dein Butler und Hausverwalter.« Tanner sah über die Schulter zu dem Fahrer, der hinter ihnen mit ihrem kleinen Rollkoffer in der Hand die Stufen hinaufkam. »Dickenson ist dein Fahrer.«

»Entschuldigung – Fahrer?« Sie besah sich den älteren Mann mit den runden Wangen und musste den Drang unterdrücken, hinzugehen und ihm den Koffer abzunehmen. »Danke. Der hat Rollen«, sagte sie, als er oben ankam. »Tanner«, sagte sie und beugte sich zu ihm. »Ich kann selbst fahren.«

»Dickenson wird dich fahren, bis du mit der Stadt vertraut bist.« Ganz sachlich, Widerstand zwecklos. »Du hast auch noch andere Angestellte. Zwei Kammerfrauen, vier Zimmermädchen, zwei Köche und zwei Lakaien. Fürs Erste.«

»Ich bin nur eine einzige Person. Ich brauche keine Angestellten. Ich kann mich selbst versorgen. Und ich weiß noch nicht einmal, was eine Kammerfrau eigentlich tut. Oder ein Lakai.«

Tanner neigte sich zu ihr, während die Tür, die doppelt so hoch und breit war wie jede andere Tür, die sie je gesehen hatte, sich öffnete und den Blick auf ein prächtiges, schimmerndes Foyer freigab.

»Regina, du bist nicht mehr in Tallahassee. Du arbeitest auch nicht mehr in einer alten roten Scheune. Du bist als unsere Prinzessin und zukünftige Großherzogin hier in Hessenberg. Willkommen in deinem Leben als königliche Erbin.«

DREIZEHN

Meadowbluff Palace, den 16. September 1914

Heute schreibe ich mit schwerem Herzen, und die Worte fließen aus mir heraus, weil ich versuche, zu verstehen, was in unserer Welt geschieht.

Alles verändert sich. Die Welt befindet sich im Krieg. Brüder erheben Waffen gegen Brüder. Ich bin völlig ratlos, weiß nicht, was ich beten soll. Was ich glauben soll.

Am Schlimmsten ist Reinhart. Es heißt, er habe Hessenberg samt Onkels Neutralitätsbekundung verlassen und sei der Armee des Kaisers beigetreten.

Onkel und Cousin Wilhelm sind sich so ganz und gar nicht einig, und ich betrachte Reinharts Wahl, wenn denn nun etwas an dem Gerücht dran ist, als einen Verrat an Hessenberg, an Onkel und an mir.

Er schickte mir heute Nachmittag einen Boten mit der Bitte, ihn am Abend um acht Uhr bei der kleinen Schonung am Rande der Wiese zu treffen. Ich hätte Mama um Erlaubnis bitten sollen, aber ich war mir so sicher, dass sie sie mir verweigern würde. Und zu Recht.

Dennoch muss ich ihn sehen. Mein Herz verlangt zu wissen, dass Reinhart nicht zu den Deutschen übergelaufen ist. Sollte Onkel doch in den Krieg ziehen, so wird dies sicher nicht auf Seiten der Achsenmächte geschehen. Andere mögen gegen ihr Land, ihre Brüder kämpfen, aber wie könnte Reinhart das nur tun?

Es ist unbegreiflich, dass er Waffen ergreifen und gegen Onkels Armee oder die Brightons kämpfen und das Blut seiner Landsleute vergießen würde.

Also habe ich mich heute Abend unbemerkt aus dem Palast geschlichen. Ich traf an unserem vereinbarten Treffpunkt ein und suchte die Schatten und die Wiese nach ihm ab. Ich liebe ihn so sehr. Und ich bin mir sehr sicher, dass er mich auch liebt. Ich hatte Hoffnung, alles würde gut werden. Alles würde sich ordnen.

»Reinhart, ich bin hier.« Onkels Ragtimemusik, die durch die offenen Fenster aus dem Salon drang, wehte über den Rasen.

»Reinhart«, rief ich einmal mehr, etwas lauter. Wenn er mich versetzt hatte, so dachte ich, würde er das beim nächsten Mal bereuen. Ich wollte gerade gehen, als mich starke, mächtige Arme von hinten umfingen. »Hast du mich vermisst?«

Mein Herz sprang mir in die Kehle. Ich schlug ihm mit der Faust gegen die Brust. »Du hast mich erschreckt, alberner Junge. Und ja, ich habe dich vermisst.«

»Entschuldigung, Liebes. Ich wollte dich überraschen.« Er küsste mich auf die Wange, und mir wurde am ganzen Körper heiß und kalt, als würde ich gleich in Ohnmacht fallen.

»Nun, in Zukunft werde ich zärtlicher sein.« Da bemerkte ich seine Aufmachung.

»Reinhart, du trägst eine deutsche Uniform.« Meine Beine zitterten. Ich fühlte mich krank.

»Alice«, sagte er und trat nun ganz ins Mondlicht, sodass ich sein schlankes, hübsches Gesicht sehen konnte, mit den Augen, die so sehr denen eines Falken ähneln. »Ich bin den deutschen Husaren beigetreten.«

»Reinhart, wie kannst du dich nur gegen Hessenberg anwerben lassen? Gegen Onkel?«

»Dein Onkel ist ein Feigling. Er wird nicht kämpfen. Hör auf meine Worte: Bevor die Sache entschieden ist, wird auch Hessenberg in Kriegshandlungen verwickelt werden. Der Kaiser wird schon dafür sorgen.«

»Aber er will nicht kämpfen. Und schon gar nicht auf Seiten des Kaisers. Warum bist du nicht Brightons Armee beigetreten oder der Englands?«

»Ha. Brighton? Diese Verräter. Aus demselben Holz wie dein feiger Onkel. Nein, für ihresgleichen würde ich nicht kämpfen. Ich folge meinem deutschen Erbe. Dem meines Vaters und meines Großvaters.« Er ergriff meine Arme, und die Angst unterdrückte meine Liebe.

»Reinhart, du bist auf Hessenbergs königlicher Erde. Onkel könnte dich wegen Verrats gegen die Krone anklagen, wenn du entdeckt würdest.«

»Verrat? Nein, Alice, er ist hier der Verräter. Er verrät ganz Hessenberg. Dich. Er wirft unsere ganze Lebensart weg.«

»Bist du von Sinnen? Onkel würde mich niemals verraten! Seine eigene Erbin? Du hast dich von der Propaganda verwirren lassen!« Wie ich es verabscheute, mit ihm zu streiten! Doch konnte ich seine Worte nicht ohne Widerrede stehen lassen.

»Habe ich das? Warum kämpft er dann nicht?« Sein Lachen ließ die letzten warmen Gefühle, die ich für ihn empfand, gefrieren. »Er ist kein Anführer, Alice.« Reinhart schnappte noch einmal meinen Arm. Seine Finger gruben sich in mein Fleisch. »Komm mit mir. In Hessenberg wirst du nicht sicher sein.«

»Ich werde ganz bestimmt in Sicherheit sein. Das hier ist mein Zuhause.«

»Heirate mich, Alice. Nach dem Krieg können wir nach Hessenberg zurückkehren.«

»Dich heiraten? Onkel würde es niemals erlauben.«

Er ließ mich endlich los, und ich stolperte zurück. Gerade noch konnte ich mich an einem Baum festhalten. Wie hatte ich nur so blind sein können? Wie konnte ich mich nur so in ihm täuschen?

»Die Welt verändert sich, Alice. Es wird keine Könige und Prinzen, keine Großherzöge oder regierende Adelshäuser mehr geben, wenn wir diesen Kampf gewonnen haben. Selbst im Deutschen Reich nicht. Alle Menschen werden gleich sein. Die Revolution findet statt.«

»Du bist ein Narr, Reinhart Friedrich. Das Haus Augustin-Sachsen besteht seit 450 Jahren. Andere Revolutionen und Kriege haben uns nicht stürzen können. Und das wird auch diesmal nicht geschehen.«

»Das ist der Krieg, der alle Kriege beenden wird, Alice. Es wird keine Könige mehr geben, die Truppen in den Kampf schicken, um ihren wertvollen Thron zu verteidigen.«

Alles wurde deutlich. So unglaublich deutlich. »Du sagst, du liebst mich, und doch verspottest du mein ganzes Sein?«

»Verspotten? Nein. Ich biete dir einen Platz in der neuen Weltordnung an.« Er schaute auf mich herab, sprach mit verschwörerischem Tonfall, und ich bekam eine Gänsehaut. »Neue Anführer werden zutage treten. Komm mit mir, Alice. Du wirst die Frau eines Offiziers der mächtigsten Nation der Welt sein.«

»Eine Adelsdame? Wo ich doch schon eine königliche Prinzessin bin?«

»Du wirst keine königliche Prinzessin mehr sein, wenn all das hier vorbei ist, Alice. Die Königshäuser werden fallen.«

»Mein lieber Reinhart.« Ich klopfte ihn mir von den Händen ab, strich ihn mir aus dem Herzen und tat mutiger, als ich es in Wirklichkeit war. »Kein Krieg kann meine hohe Geburt oder meinen Titel auslöschen. Ich bin und werde immer Ihre Königliche Hoheit Prinzessin Alice von Hessenberg sein. Eine Prinzessin definiert sich nicht alleine durch ihren Titel, sondern dadurch, wie sie lebt. Sprich niemals wieder derart respektlos mit mir. Ich bin nicht dein Barmädchen oder deine Hafenbraut, die du darum bitten kannst, mitten in der Nacht mit dir durchzubrennen. Du willst meine Hand? Dann lege diese abscheuliche Uniform ab, tritt wie ein Mann vor meinen Onkel und bitte ihn darum. Nicht dass ich ja sagen würde, glaube das nur nicht.«

»Ich werde ihn um nicht weniger bitten als um sein Zepter.«

»Verschwinde!« Ich stieß ihn in die Schatten. »Verschwinde von meiner Wiese!«

»Das wirst du bereuen, Alice!« Er ergriff meinen Arm und drückte mir seine Hälfte meines Siegelamuletts in die Hand. Mein Geschenk an ihn. Halbiert, um zu zeigen, dass wir unsere Herzen teilten.

»Das tue ich bereits.« Ich drückte mir den Anhänger gegen die Brust und zwang mich, nicht zu weinen. Meine große Liebe Reinhart ist ein Verräter.

So beendeten wir unsere kurze Affäre. Mit bösen Worten und zerbrochenen Träumen. Aber ach, mein Herz.

Ich weinte nicht, bis ich zurück in meiner Suite war, wo ich unser Bild zerriss, unser einziges Bild, und auf den Boden warf. Dann war ich auf einmal wild entschlossen, das Foto als eine Erinnerung an diesen Tag, als eine Mahnung an die Narrheiten der Liebe aufzubewahren. Mein Herz sollte sich nie wieder so täuschen lassen.

Mein Siegelamulett wird demselbem Zwecke dienen.

Doch als ich ins Bett schlüpfte, gingen mir Reinharts Worte über Onkel und eine Art Abkommen mit Brighton durch den Kopf. Ich fühlte mich bedrückt und ahnungsvoll, als würde etwas geschehen, das weder Onkel noch ich jemals werden rückgängig machen können.

Alice

VIERZEHN

»Und, was hast du in diesen Jurawälzern gefunden?« Seamus Ehefrau Beth Ann setzte sich beim Frühstück zu ihm. Sie sah frisch aus in ihrem modernen blassblauen Hosenanzug. Er konnte sich immer darauf verlassen, dass sie sein Gouverneursamt stilvoll repräsentierte. »Ich würde fast sagen, du warst die ganze Nacht auf, kann das sein?«

»Ich habe mich in der Bibliothek aufs Ohr gehauen.« Seamus stand auf und küsste sie auf die Wange. Dann rückte er ihr einen Stuhl zurecht. »Aber ja, ich habe etwas gefunden – dank deiner Weisheit und deines guten Gedächtnisses, mein Schatz.«

»Wenn du dich das nächste Mal über die Kleinigkeiten amüsierst, mit denen ich mich beschäftige«, das Mädchen kam mit Tee und Muffins an, »danke, Vivian, dann erinnere ich dich an diesen Moment.«

»Bitte tu das, aber bedenke dabei, dass ich doch sehr viel mehr Interesse daran habe, an Hessenbergs *Corpus Legum Vocis* erinnert zu werden, als daran, dass irgendein alter Lord die Farbe blau bevorzugt.« Seamus schmunzelte und wandte sich wieder dem Wirtschaftsteil der *Liberty Press* zu.

Beth Ann klopfte mit den Zinken ihrer Gabel auf ihr Drei-Minuten-Ei und zerbrach die Schale. »Lord Traybourne trug ausschließlich blau. Das findest du so gar nicht spannend? Alles, bis hinunter auf die Unterwäsche, war aus blauer Baumwolle.«

»Sollte ich mir Sorgen darüber machen, dass du dich für die Unterwäsche eines alten Lords begeistern kannst?«

»Seamus, bitte.« Sie gluckste. »Iss deinen Toast.«

Der *Corpus Legum Vocis.* Der Autoritätsgrundsatz. Absolute Genialität seitens Beth Ann. Dass er nicht selbst darauf gekommen war, ließ Seamus beinahe an seinem politischen Gespür zweifeln. Beinahe.

Er hatte die halbe Nacht damit zugebracht, *Recht und Verfassung des Großherzogtums Hessenberg* und den Text des *Corpus Legum Vocis* von 1715 zu studieren.

Der Autoritätsgrundsatz sicherte ihm den Sieg im Rennen um die Regentschaft Hessenbergs zu. Er konnte die Autorität und die Rechte dieser neuen Prinzessin aufgrund ihrer mangelnden Erfahrung und Führungsqualitäten anzweifeln. Mal davon abgesehen, dass sie gar nicht in Hessenberg geboren worden war. Sie war Amerikanerin. Kurz gesagt, sie eignete sich nicht zum Königtum. Sie eignete sich einfach nicht dazu, Staatsoberhaupt zu sein.

Seamus brauchte gar nicht abzuwarten, ob der Europäische Gerichtshof seine Ansprüche unterstützen würde. Das alte Gesetz Hessenbergs tat dies bereits.

»Gouverneur.« Der Butler stand im Eingangsbogen zum Speisezimmer. »Ihr Assistent ist angekommen. Soll ich ihn hereinbitten?«

»Nein, Carson, ich bin hier fertig.« Er küsste Beth Ann noch einmal und griff nach seinem Mantel, der über einem Stuhl lag. »Hab einen guten Tag, meine Liebe.«

»Du auch, Seamus. Viel Glück und so weiter.«

Draußen traf Seamus Brogan beim Auto. »Nun?«, er hielt auf den Eingangsstufen an, außerhalb der Hörweite von Haus und Auto. Zufällige Zeugen ließ er niemals zu – es sei denn, er hatte sie absichtlich postiert.

»Deutschland unterstützt unsere Eingabe, ein selbstständig regierter Staat ohne Monarchie zu werden. Im Gegenzug lassen wir die Angelegenheit bezüglich der geraubten Bankkonten fallen.«

»Großartig.« Seamus klopfte ihm auf die Schulter. »Sehr gut.«

»Ich muss sagen«, Brogan schlug seinen Mantelkragen hoch, als der Wind scharf um die Ecke des Herrenhauses strich, »ich hatte gedacht, die Deutschen würden uns ins Gesicht lachen, als wir sie mit der Entscheidung konfrontierten, entweder verklagt zu werden oder uns zu unterstützen. Warum sollten die schon die Konfrontation mit einem kleinen Inselherzogtum in der Nordsee fürchten?«

»Wenn es um Verbündete geht, ist nichts klein, Brogan. Besonders bei einem mit der Ertragsfähigkeit Hessenbergs. Wenn wir uns erst von Brightons Schlingen und Gesetzen freigemacht haben, werden wir ein wahres Wirtschaftswunder erleben. Überlege dir einmal, wie viel Geld wir dafür ausgeben, *deren* Land zu unterstützen, deren Regierung, deren Monarchie.«

»Ich ziehe meinen Hut vor Ihnen, Sir.«

»Jetzt geht es in die nächste Phase.« Seamus grinste und ging zum Auto. »Wenden Sie sich an die richtigen Medien.«

»In welcher Sache?«

»Die Prinzessin. Sie ist hier.«

»Aber der Kulturminister hat eine vollständige Pressesperre angeordnet. Auf Order des Königs.«

»Und seit wann folgen wir Anordnungen von unserem Kulturminister, der noch nicht einmal ganz trocken hinter den Ohren ist? Der König hat sowieso nicht mehr lange mitzureden, so oder so. Brogan, eine neue Zeit bricht an in Hessenberg. Jetzt weist dich der Gouverneur von Hessenberg an, die Medien darauf aufmerksam zu machen, dass sich die neue Prinzessin von Hessenberg Punkt zehn Uhr zu einem Meeting in Wettin Manor einfinden wird.«

Tanner stand früh auf und ging ins Büro. Um neun Uhr hatte er schon fast eine ganze Kanne Tee geleert, während er seinen Schreibtisch aufräumte, Reginas Tagesplan fertigstellte und sich die

Projektbeschreibung für das Kurzfilmfestival der Filmstudenten der Universität Knoxton anschaute.

Schlaue Burschen waren das, denn sie nutzten ihr eigenes Medium, um ihre Sache vorzutragen. Das Budget würde er wohl noch ein wenig zurechtstutzen müssen, aber trotzdem fand Tanner die Sache alles in allem gut. Er hatte sogar die Idee, dass ein Team vielleicht einen Kurzfilm über ihre Prinzessin einreichen könnte. Falls diese sich einverstanden erklärte.

Sie. Er war heute Morgen aufgewacht und hatte an sie gedacht. Zuerst hatte er sich gefragt, wie wohl ihre Nacht gewesen war. Er war neugierig, ob sie friedlich geschlafen oder vor lauter Unruhe kein Auge zugetan hatte.

Wie hätte er wohl reagiert, wenn auf einmal ein Fremder vor der Tür gestanden und verkündet hätte, er sei jemand ganz anderes, als er dachte? »Sie sind nicht der Sohn von Erzbischof Burkhardt, der mit dem gemeinen Fleck moralischer Verfehlungen, sondern ... ein Prinz!«

Tanner nahm seine leere Teetasse und füllte sie mit dem letzten Rest des Gebräus. Er hätte wie Regina reagiert – vermutlich noch vehementer als sie – und kein Wort von der Nachricht des Fremden geglaubt.

Als kleiner Knirps hatte er in der Sonntagsschule mit der Vorstellung gerungen, dass Gott Mensch geworden und an einem grausamen Kreuz für seine Sünden gestorben sein sollte. Dass Gott ihn liebevoll dazu einlud, das Geschenk der Erlösung anzunehmen. Das hatte ihm schon damals Kopfzerbrechen bereitet. Jahrelang hatte er gebraucht, um diese Wahrheit anzunehmen. Und später nur wenige Monate, um sie wieder abzuschütteln.

Aber er hatte keine Zeit für geistliche Ergüsse. Regina würde in Kürze hier sein. Und das war noch so eine Sache. Seit er um sechs Uhr aufgestanden war, hatte er sich dabei ertappt, wie er die Stunden bis zu ihrem Wiedersehen zählte.

Vier. Dreieinhalb. Drei.

Entwickelte er Gefühle für sie? So ein Humbug. Gott sei Dank würde Seine Majestät an diesem Morgen eine Assistentin oder Tutorin für sie ernennen, und Miss Regina Beswick wäre raus aus seinem Leben.

Tanner tat so, als entferne er sich einen unsichtbaren Haken aus seinem Herzen. Raus damit. Dann nahm er einen Schluck Tee.

Er wollte gerade in seine Anzugjacke schlüpfen, als er den Leinenumschlag sah, der unter dem Telefon auf seinem Schreibtisch hervorschaute. Die Einladung. Louis musste sie dort hingelegt haben. Tanner riss das Kuvert auf und las:

Bella und Britta werden zehn!

Du bist eingeladen!

Er war eingeladen? Nein, das musste ein Fehler sein. Da war einer übereifrigen Party-Planerin etwas durchgerutscht. Wenn er auf Estes Estate ankäme, würde Trude ihn auslachen, ihn an sein Versprechen erinnern und ihn bitten zu gehen.

Louis schaute herein. »Jonathan und Seine Majestät sind hier und auch der Premierminister. Der Erzbischof ist unterwegs.«

»Was ist mit dem Gouverneur?« Trotz Seamus' Sperenzchen wurde er bei diesem Treffen gebraucht.

»Von dem habe ich noch nichts gehört, aber ich rufe noch einmal in seinem Büro an.«

»Und Regina?«

»Dickenson ist schon am Palast und wartet auf sie.«

Tanner hielt die Einladung über den Papierkorb, öffnete dann aber die mittlere Schreibtischschublade und warf den Umschlag hinein. »Und die Presseblockade hält?«

»Soweit ich weiß. Ich habe noch keinen Fotografen entdeckt und keine Nachfragen erhalten.«

»Großartig. Alles läuft nach Plan.«

Meadowbluff Palace, den 30. September 1914

Gerade gab es einen bösen Streit im großen Saal. Geschrei und schlimme Flüche. Lord Fitzsimmons kam kurz nach dem Abendessen aufgeregt und empört hier an. Er verlangte, dass Onkel etwas bezüglich der Deutschen unternehmen sollte. Kaiser Willhelm II. hat die Konten, die Hessenberg bei den deutschen Banken unterhält, konfisziert! Scheuen sie denn vor nichts zurück, um ihn dazu zu bekommen, auf ihrer Seite in den Krieg zu ziehen?

Onkel besteht darauf, dass Hessenberg in diesem Krieg neutral bleiben solle, und ich halte zu ihm. Bleib auf deinem Weg, Onkel! Was ist das für ein Mann, für ein Prinz, der keine Überzeugungen hat?

Mama befürchtet, dass Lord Fitzsimmons eine Mehrheit aus den Reihen der anderen Lords um sich versammeln und Onkel entthronen könnte. Das wäre eine üble Blamage für uns alle. Sie möchte, dass Onkel Lord Fitzsimmons vom Hofe verbannt. Doch Onkel weigert sich. Er beharrt darauf, dass Lord Fitzsimmons ein Diener und Lord des Volkes sei und obendrein eine Stimme der Weisheit.

In meinen Augen sind sie alle ein Haufen Reinharts, und wir brauchen keinen von ihnen. Lord Fitzsimmons nannte Onkel einen Feigling. Nun, es ist doch wohl derjenige ein Feigling, der nur seines Bankkontos wegen Krieg spielen möchte.

Mein Herz ist ganz krank wegen des Krieges, wegen Onkel. Er ist so dünn, er sorgt sich so sehr. Ich bin mir nicht sicher, wie viel mehr er in dieser Angelegenheit noch aushalten kann. Er ist ein freundlicher, liebevoller Mann, aber Herr im Himmel, meiner Meinung nach hast du ihn nicht für den Krieg, sondern für den Frieden geschaffen.

Alice

Könnte bitte mal eben jemand einen Arzt rufen? Sie musste ja wohl verrückt gewesen sein, mit Tanner dieses Flugzeug zu besteigen und sich in die große weite Welt einer Prinzessin aufzumachen.

Letzte Nacht hatte sie in einer Suite geschlafen, die so groß war wie ihr ganzes Haus. Sie bestand aus großen, lichtdurchfluteten Räumen – einem Schlafzimmer, anderthalb Bädern, einem Wohnzimmer, einem »Medienzimmer« mit dem größten Flachbildfernseher, den sie je gesehen hatte, einer Bibliothek und einer Küche.

Als Reggie aus dem Bett stieg, versanken ihre Füße in einem sechs Zentimeter hohen Teppich, der sich unter ihren Fußsohlen wie Seide anfühlte. Sie kräuselte ihre Zehen in dem blauweißen Flor und dachte ernsthaft darüber nach, noch einmal ins Bett zu kriechen und wieder aufzustehen, nur um diese neue Erfahrung noch einmal zu machen.

Aber das Tageslicht drang durch ihre Fenster und beleuchtete den Luxus und die Schönheit ihrer Unterkunft. Und das Porträt über ihrem Bett war atemberaubend. Uroma. Das Bild nahm Reggie mit in eine andere Zeit, an einen anderen Ort. *Oh, Uroma, so jung und so unglaublich schön.* Jedenfalls in den Augen des Künstlers ...

Reggie trat näher an das Bild heran, um die Signatur zu entziffern. *Renoir.* Renoir?

Sie taumelte zurück und schüttelte sich die Hände aus, während sie versuchte, die Höhe und die Breite des Bildes in sich aufzunehmen. Erbarmen, Uroma hatte für Renoir Modell gesessen.

Jede Sekunde dieses Abenteuers fühlte sich wirklich wie ein Märchen an. Sie befürchtete, die könnte jeden Moment aufwachen und sich zu Hause wiederfinden.

Sie streckte die Hand aus und berührte – fast und fast gar nicht –

die harten, trockenen Ölfarben, die sich aneinanderschmiegten und das Bild ihrer Uroma formten. Die Rillen, Striche, Schwünge des Malerpinsels unter ihrer Fingerspitze waren alle sehr, sehr wirklich.

Reggie schloss die Augen und versuchte, sich die Uroma, die sie kannte - gebeugt und langsam, mit einer heiseren Stimme und weißem Haar - als dieselbe Frau vorzustellen, die sie aus dem Gelb, Orange, Grün und Blau des Gemäldes heraus ansah. So glücklich und hoffnungsvoll, den Wind im Haar, der spielerisch nach dem blauen Schal um ihren Hals griff.

Uroma, ich bin hier. Ich bin hier.

Nach einem Moment des Wartens und des Gebets setzte sich Reggie auf das Bett, umarmte ihre Knie, legte den Kopf zurück und brachte ihre Ängste und ihren Schmerz dem Einen dar, der sie liebte.

Er war für sie da gewesen, als Mama gestorben war. Sie musste daran glauben, dass er sie auch jetzt nicht verlassen würde.

Einen oder zwei Herzschläge später glitt sie vom Bett und ging duschen. Sie erinnerte sich daran, dass heute Morgen irgendetwas mit Tanner anstand. Jeder Schritt, jede ihrer Bewegungen war steif und schwierig, als ob sie sich gerade irgendwie aus der alten, trockenen, toten Haut des Winters herausschälte.

Sie zog ihren Lieblingsjeans an, die mit dem Schlag, eine weiße Bluse und ihre Mäusemörder - die spitzen Cowboystiefel mit den aufwändigen Stickereien - und ging die breite Freitreppe hinunter.

Jarvis nahm sie im Foyer in Empfang, verbeugte sich und sagte: »Zum Frühstück hier entlang bitte, Ihre Majestät.«

»Bitte nennen Sie mich Reggie.«

Er platzierte sie in einem formellen Speisezimmer, das etwa halb so groß war wie ein Fußballfeld und in dem sich eine auf Hochglanz polierte Tafel befand, an der 75 Leute sitzen konnten. Reggie wusste das, weil sie die Stühle nachzählte. 75 Stühle. Und sie hätte wetten können, dass auch hundert Leute Platz finden würden, wenn man ein bisschen zusammenrückte.

Sie aß Eier und Toast mit der besten, süßesten Brombeermarmelade – alleine. Still.

Serena, ihre Zofe (Zofe?!) kam herein, knickste und fragte: »Brauchen Sie irgendetwas, Ihre Majestät?«

»Dass sie mich Reggie nennen, bitte.«

»Ja, Miss.« Aber überzeugt klang sie nicht.

Zwanzig Minuten vor zehn kam Dickenson, um sie nach Wettin Manor zu fahren. »Mr. Burkhardt wird uns dort treffen, Ihre Majestät.«

»Reggie, bitte nennen Sie mich Reggie.«

»Ja, Miss.« Aber überzeugt klang er nicht.

Das wird wohl noch eine Weile dauern.

Reggie bestand darauf, vorne auf dem Beifahrersitz mitzufahren, was Dickenson in mehr als nur einer Hinsicht nervös machte.

»Würden Sie nicht lieber hinten sitzen, Ihre Majestät?«

»Wie soll ich Sie denn vom Rasen abhalten, wenn ich dahinten sitze?« Sie lachte. Er nicht. »Und wir sagen Reggie, okay?«

»Ja, Miss.«

Der Wagen war nicht die Limousine vom Vorabend, sondern ein brandneuer Mercedes. Wenn man schon keinen Oldtimer haben konnte, tat es auch ein neuer Mercedes. Reggie liebte den Geruch neuer Autos. Der wurde nur von dem sanften menschlichen Duft im Leder und im Vinyl eines hinreichend benutzten Autoklassikers ausgestochen.

Es ging einen Hügel hinunter, wo eine kleine Schonung ihre Aufmerksamkeit erregte, die in einem brillanten Orangerot leuchtete. »Dieses Laub ist ja fabelhaft. Die Farbe habe ich noch nie gesehen.«

Eine Brise strich durch die Baumwipfel und bewegte die Blätter, wodurch diese erst ihre orangene Unterseite, dann ihre strahlend rote

Oberseite zeigten. Ein durchsichtiger weißer Schein lag über dem Hügel, ein ganz eigenes Licht. Die Wolken variierten die Intensität der Sonnenstrahlen.

»Das sind Prinzessin-Alice-Eichen, Ihre Majestät. Benannt nach Ihrer Urgroßmutter durch deren Onkel, den Großherzog.«

»Es wurden Bäume nach Uroma benannt?«

»Es heißt, der Großherzog habe dem königlichen Gärtner befohlen, anlässlich ihres 16. Geburtstags einen Baum zu pflanzen, dessen Herbstlaub die Farbe ihrer Haare trägt.« Dickenson verlangsamte vor einer Kehre die Fahrt. »Wie ich sehe, haben Ihre Locken den gleichen Ton.«

»Ich kannte sie nur mit ganz weißen Haaren ... Und der Gärtner hat dann all diese Bäume gepflanzt?«

Reggie schob sich den Pony aus der Stirn. Er war zu lang, aber immerhin hatte sie heute Morgen mal das gute alte Glätteisen angeworfen, um *irgendwas* mit ihren Haaren anzustellen. Wenn ein Land um Hilfe rief, hatte sie keine Zeit für einen Friseurtermin.

»Es wurde nur ein einziger Baum gepflanzt. Über hundert Jahre ist das her«, antwortete Dickenson.

Als sie den Fuß des Hügels erreichten, schaute Reggie über die Schulter und sah, dass die gesamte Seite des Hügels durch das Laub der Prinzessin-Alice-Bäume in Flammen zu stehen schien. Eine Gänsehaut kroch ihr über die Arme, durch Muskeln und Sehnen bis ins Mark.

Selbst die Bäume erinnern sich an dich, Uroma.

Tränen strömten aus ihren Augen und bewässerten ihre Seele. So viele glorreiche Geheimnisse umgaben Uroma. Sie weckten in Reggie das Verlangen, mit ihr zu sprechen. So viele Fragen. So viele Warums.

Der Mercedes kam im Tal an. Schon einen Häuserblock weiter hatten sie die Landschaft hinter sich gelassen und fügten sich nahtlos in das geschäftige, quirlige Leben Straubergs ein.

Reggie neigte den Kopf, um die Höhe der Gebäude aus poliertem grauem Naturstein abzuschätzen. Fußgänger bevölkerten die Straßen, eilten durch den Tag. Männer in weißen Hemden und Krawatten scharten sich um eine der schmiedeeisernen Straßenlaternen im viktorianischen Stil. Als sie lachten, musste Reggie lächeln.

»Das hier ist das Wirtschaftsviertel, Ma'am.« Dickenson bremste vor einer roten Ampel. »Zwei Straßen weiter befindet sich die Market Avenue mit den Einkaufsmöglichkeiten.«

Sie blickte ihn an. Dass *er sie* einmal ansah, stand noch aus. »Sind Sie verheiratet, Dickenson?«

Seine runden Wangen erröteten. »Nein, Miss. Meine Frau starb vor einigen Jahren. Und wir hatten keine Kinder, daher fand ich mich in einer Anstellung bei Seiner Majestät, König Leopold, wieder. Dem Vater von König Nathaniel II.«

»Mein aufrichtiges Beileid, Dickenson.«

»Sie war eine liebe und großzügige Seele.«

»Und Sie vermissen sie.«

»Jeden einzelnen Tag, Miss.«

»Und wie kommt es nun, dass Sie für mich fahren?«

»Die königliche Behörde wählte mich aus, weil ich in Hessenberg geboren und aufgewachsen bin. Ich habe bald zehn Jahre in Brighton gelebt, aber ich war auch froh, wieder nach Hause zu kommen, Miss.« Während er sprach, sah er unverwandt geradeaus und wählte seine Worte mit Bedacht, als wollte er nicht zu viel sagen. »Um für Sie zu fahren. Um wieder mit meinen alten Freunden zusammen zu sein. Ich kann meine Brüder nun wieder öfter besuchen.«

»Ich bin jedenfalls froh, Sie kennenlernen zu dürfen. Ich bin froh, dass Sie ... für mich ... arbeiten.« Die Worte fühlten sich komisch an. Warum eigentlich? Rafe arbeitete für sie. Und Wally. Warum fühlte sich das hier anders an?

»Ich freue mich, Ihnen dienen zu dürfen, Miss.« Endlich, endlich schenkte ihr der Mann ein breites, aufrichtiges Lächeln.

Dienen. Aha, deswegen fühlte es sich anders an. »Dickenson, denken Sie, dass das Volk von Hessenberg wieder eine Prinzessin haben will?«

»Ich glaube schon, dass es das will. Das wäre auf jeden Fall besser als die Alternative, für den Rest unseres Lebens Brightoner zu werden.« Dickenson hielt erneut an einer roten Ampel und räusperte sich. Er weigerte sich immer noch, sie direkt anzusehen.

»Es ist schon in Ordnung, mich anzuschauen.«

»Ich behalte meine Augen lieber auf der Straße, bei der Arbeit, Miss.« Aber er warf ihr doch einen schnellen Blick zu. »Sie sollten wirklich besser hinten sitzen.«

»Weil?«

»Weil Sie die Prinzessin sind. Sprechen Sie doch bitte einfach mit Mr. Burkhardt. Der wird es Ihnen erklären.« Dickenson klammerte sich an das Lenkrad, dass seine Fingerknöchel ganz weiß wurden, und presste die Lippen fest zusammen. Als die Ampel Grün zeigte, gab er vorsichtig Gas.

Reggie ließ das Thema fallen. Dickenson war nicht der Einzige, der den ganzen Morgen über den Blick gesenkt gehalten hatte. Jarvis und Serena vermieden es beide, in Blickkontakt mit ihr zu treten, obwohl Jarvis sie direkter ansprach als die anderen.

Sie würde Tanner geradewegs danach fragen, wie er es formulieren würde. Und wo sie schon einmal an den Mann mit den langen goldenen Haaren und den eisblauen Augen dachte ...

Sie hatte den Bengel irgendwie vermisst, als sie heute Morgen aufgewacht war. Er war seit seinem Auftauchen zwar die reinste Nervensäge, aber irgendwie war er ihr dabei auch ans Herz gewachsen.

Dickenson lenkte den Mercedes durch einen Kreisverkehr, an einem Park in der Innenstadt vorbei und eine breite Allee hinunter, die auf beiden Seiten von Bäumen mit dicken Stämmen gesäumt wurde, die ihre bunten Blätter fallen ließen.

Vielleicht fühlte sie sich auch nur deswegen zu Tanner hingezogen, weil er ihr einziger Freund in Hessenberg war und es leichtfiel, ihre Emotionen an ihm festzumachen. Zwischenzeitlich musste sie dringend ihr Herz und ihre Gedanken bändigen und diese seltsame Geschichte hier in den Griff bekommen.

War das eine dauerhafte Berufung? Oder eine zeitlich begrenzte Angelegenheit? Gehörte sie überhaupt in dieses kleine Herzogtum in der Nordsee? Zu diesen Leuten? Was wurde von ihr erwartet, und was, um Himmels willen, würden die Menschen hier in den Straßen, die dort an der Fußgängerampel warteten oder dahinten an der Laterne lehnten, von ihr denken? Von ihr verlangen?

Aus den Tiefen ihrer Seele stiegen Angst und Sorge empor und benebelten ihre Sinne.

Ach Herr, eine Prinzessin. Ich kann das nicht ... Das Protokoll mit Sir Blauauge zu diskutieren konnte sie abhaken. Sie musste mit ihm unter vier Augen sprechen und einen echten Ausweg finden.

Ein heller Ton erklang, und sie kramte ihr Telefon aus ihrer Handtasche. Eine Nachricht von Al.

Oliver kommt nächste Woche. Sieht gut aus. Hab Spaß drüben.

Sie wollte gerade antworten, als eine Nachricht von Mark hinterherkam.

Du – in Hessenberg???!! Eine Prinzessin? Hahaha. Was läuft? Ruf an!

Reggie stöhnte. Mark lebte in einer Welt, die er sich in seinem Kopf selbst zurechtzimmerte. Hatte er denn nicht gehört, wie sie den Brief in der Werkstatt laut vorgelesen hatte?

»Sie ducken sich jetzt besser, Miss«, sagte Dickenson, der in die geschwungene Auffahrt eines Gebäudes aus goldfarbenen Ziegeln mit schmuckloser Fassade einbog. »Es scheint, die Presse erwartet sie bereits.« Er drückte auf die Hupe und lenkte den Wagen durch eine Horde Kameramänner, Reporter und Fotografen, die unter einem Eingangsportal warteten und lange, schiefe Schatten auf die Autofenster warfen.

FÜNFZEHN

Tanner drängelte sich durch die Fotografen und Reporter zum Mercedes, als Dickenson den Wagen zum Stehen brachte.

Eine Vermutung. Dieselbe durchlässige Stelle wie bei seiner Abreise. Seamus Fitzsimmons. Tanner würde sofort die Sicherheitsleute auf den Plan rufen müssen.

»Zur Seite, bitte. Gehen Sie zur Seite.«

Aber die Presse schwärmte umher wie Bienen um den Honig. Kameras blitzten, filmten und beraubten Tanner, Hessenberg und den Rest der Welt um die Chance einer förmlichen, wohlorganisierten Vorstellung der Prinzessin.

Vermaledeiter geschwätziger Verräter. Ernsthaft, sollte er herausfinden, wer genau ihre Ankunft hinausposaunt hatte ...

»Entschuldigung.« Tanner griff nach der hinteren Tür und bemerkte dann, dass Regina vorne saß, neben Dickenson. Warum überraschte ihn das nicht?

Louis kam in seinem Windschatten hinter ihm her, wo er zusammen mit einem weiteren Mann, Elton, dem Angestellten aus der vorderen Lobby, versuchte, freie Bahn für Regina zu schaffen.

»Jetzt gehen alle mal einen Schritt zurück. ZURÜCKTRETEN. ALLE. JETZT.« Elton verfügte über ein sehr bestimmtes Auftreten, wofür Tanner mehr als dankbar war.

Als Regina ausstieg, war alles vorüber. Das Rufen ging los, während Blitzlichter aufleuchteten und sich Körper gegen Körper drängte.

»Sind Sie die Prinzessin?«

»Schauen Sie hierher, Prinzessin!«

»Wie heißen Sie?«

»Burkhardt, lassen Sie uns mit ihr sprechen. Wir haben ein Recht auf Informationen.«

Tanner ignorierte die Anfrage und schob Regina regelrecht durch die Tür des Herrenhauses. Er nahm sie bei der Hand und rannte mit ihr die Treppen hinauf. Louis und Elton schafften es einen Augenblick lang, den Mob aufzuhalten. Aber Einhalt gebieten konnten sie diesem Wahnsinn nicht.

»Hier. Hier entlang.« Tanner schoss den Flur der ersten Etage hinunter. Seine Sohlen klapperten im Gleichschritt mit Reginas Schritten rhythmisch über den Marmorfußboden.

Am Ende des Flurs fand er einen Raum, duckte sich hinein und schloss mit einem Knall die Tür.

»Heiliger Strohsack, das war unheimlich.« Regina ließ sich auf eine hölzerne Bank fallen, deren alte Fugen ächzend protestierten. »Ich zittere.« Sie hielt ihre Hand hoch, und im sanften, farbigen Licht, das durch die runden Buntglasfenster am Ende des Raumes fiel, konnte Tanner ihr Zittern sehen.

»Es tut mir leid.« Tanner ging durch den Mittelgang und wühlte sich mit beiden Händen durch die Haare. Auch egal, dass er sich heute Morgen mit dem Gel ein bisschen mehr Mühe gegeben hatte als sonst. »Jemand ... jemand hat durchsickern lassen, dass du hier bist. Der Kreis derer, die das getan haben könnten, ist nicht besonders groß.«

»Ist schon okay. Du wusstest ja nichts davon.« Unter dem Schopf ihres roten Haars kniff sie die Augen zusammen. »Oder?!«

»Natürlich nicht.« Tanner zog sein Telefon heraus und las, was auf dem Display stand. »Der König ist hier, zusammen mit dem Premierminister und dem Erzbischof.« Er drückte sich das Telefon gegen das Ohr. »Louis, wir sind in der ersten Etage.« Tanner sah sich um, und erst jetzt fiel ihm auf, wo sie eigentlich waren. »In der Kapelle. Was ist da mit der Presse los? Immer noch. Dann gib Anordnungen, dass das Treffen eben hier in der Kapelle stattfindet. Dort wird die Presse uns nicht suchen.«

Ha!

»Und ruf Seamus' Büro an. Sag ihm Bescheid.«

Er legte auf und setzte sich in die Bank vor Regina. »Wie geht es dir?«

»Mal davon abgesehen, dass ich gerade von einem Mob gejagt worden bin? Ich zittere. Und dir?«

»Mal davon abgesehen, dass meine Prinzessin«, die Worte verließen seinen Mund und berührten noch ungewohnt, aber – ja, doch, durchaus angenehm – sein Herz, »fast von einem Mob zerquetscht wurde, zittere ich.«

Sie lächelte und strich sich den Pony aus den Augen. »Was hat es mit dem König und so auf sich?« Ihr Gesichtsausdruck, ihre Geste öffneten ihm das Herz.

»Davon habe ich dir doch gestern Abend erzählt. Du triffst dich heute Morgen mit dem König, außerdem mit dem Premierminister, dem Gouverneur von Hessenberg und dem Erzbischof.«

»Entschuldige mal, aber davon hast du nichts gesagt.«

»Doch, habe ich, Regina. In der Limousine, auf dem Weg nach Meadowbluff.«

»Habe ich darauf reagiert? Habe ich gesagt, ›Oh, der König? Wow, ich habe noch nie einen König getroffen! Muss ich einen Knicks machen?‹« Sie schlug ihm auf den Arm. »Weil ich das doch wohl gesagt hätte, wenn ich etwas in der Art gehört hätte.«

»Nein, du machst keinen Knicks. Er kommt, um dich zu besuchen. Er wird sich vor dir verbeugen.«

»Vor mir?« Jetzt ging sie im Mittelgang auf und ab, die Hände in den Taschen.

Tanner sah weg und ging zur Tür, wo er nach dem Lichtschalter suchte. Alles, um sich von ihren ... zahlreichen Vorzügen und Reizen abzulenken. Schließlich hatte er sich erst heute Morgen fest entschlossen, sein Herz und seine Zuneigung fest im Griff und in professioneller Distanz zu behalten.

Aber in dem Moment, in dem er sie sah, wollte er nichts weiter, als seine Pflichten zu vernachlässigen und den Tag alleine mit ihr verbringen. Wollte sie entdecken und in Ruhe darüber nachsinnen, wie außerordentlich gut diese Jeans an ihr aussah.

Erbarmen! Lass einem armen Kerl wenigstens eine Chance.

»Was ist das hier für ein Raum?« Sie hatte am Altar angehalten und atmete ein. »Er hat eine ganz eigene Atmosphäre, ein besonderes ... Aroma.«

»Das hier ist die Hauskapelle. Die königliche Familie ließ hier Gottesdienste feiern, wenn sie in der Stadt war.« Tanner ging zu ihr. »Das ist übrigens auch die Kapelle, in der der Eid auf den Thron geschworen wird. Jeder aufsteigende Spross der Königsfamilie legte den Eid nach dem Tod seines Vorgängers hier ab.«

Daran hatte er gar nicht gedacht, als er sie zufällig gerade diesen Korridor in der ersten Etage entlanggeführt hatte.

»Werden hier noch Gottesdienste gefeiert?«

»Das ist jetzt ein Regierungsgebäude.« Tanner schüttelte den Kopf. »Deswegen – nein. Höchstens an Weihnachten vielleicht, aber ...«

»Es fühlt sich ›voll‹ an hier drinnen. Verstehst du, was ich meine?« Regina studierte die hohe, flache Decke mit den geschnitzten Intarsien.

»Ja, seltsamerweise schon.« Tanner war mit diesem Gefühl aufgewachsen. Im Pfarrhaus seines Vaters. Als ob Gott selbst den Raum erfüllte.

»Das ist unglaublich. Ich sehe all das hier und denke, ›Das war einmal meine Familie.‹«

Sie gewann ihn für sich. Wieder ganz und gar von neuem. Wieder ganz und gar. Ihre Bereitschaft, die Dinge mit offenem Herzen zu untersuchen. Aber er würde auf der Hut bleiben.

Würde Regina den wirklichen Tanner Burkhardt kennen – und sie würde ihn nie kennenlernen –, dann würde sie ihn nicht mehr haben wollen. Keine Frau der Welt würde ihn haben wollen, und um ehrlich zu sein, wusste er die Hälfte der Zeit nicht einmal, ob er sich selbst haben wollte.

Je schneller der König ihr einen geeigneteren Mentor zur Seite stellte, desto besser. Und er würde sich wieder in seine sichere, wenn auch kahle Welt zurückziehen können.

»Also Tanner, worum geht es bei dem Treffen?« Regina war zu ihm gekommen. Sie sprach mit leiser Stimme. Sorge durchdrang ihre ganze Haltung.

»Wie gesagt, du wirst König Nathaniel II., den Premierminister, den Gouverneur von Hessenberg und den Erzbischof treffen.« Endlich hatte er den Lichtschalter an der Tür gefunden. »Mit ihnen werden wir über die nächsten Schritte sprechen.«

Ein sanftes Licht drang aus den Wandleuchtern aus Eisen und Glas. Ein zweiter Schalter regelte die Beleuchtung über dem Altar.

»Ich weiß nicht, Tanner.« Regina rang mit den Händen und ging den Mittelgang hinab. »Ich – ich fühle mich wie ...« Sie schüttelte die Finger aus und fasste dann ihr Haar mit den Händen zu einem Pferdeschwanz zusammen. »Wie eine Kuh, die versucht, mit Vollblütern zu rennen.«

Er ging zu ihr hin. »Du bist alles andere als eine Kuh, das kannst du mir glauben. Es tut mir leid, wenn ich dich nicht ausreichend über dieses Meeting informiert habe. Aber du musst damit anfangen, dich selbst als *würdig* zu betrachten, Regina. Du bist die Prinzessin von Hessenberg.«

»Du hast gut reden.« Sie ahmte seinen Akzent nach und versuchte zu lächeln und die Spannung abzubauen, die im Raum lag.

Er debattierte mit sich selbst. Sollte er ihr erzählen, dass es Seamus gewesen war, der die Petition eingereicht hatte? Sie war jetzt schon so nervös. Andererseits würde es ihr wohl helfen, mit der Wahrheit gerüstet zu sein. »Regina, eines solltest du noch wissen ...«

»Hallo, Tanner?« Die Tür der Kapelle öffnete sich, und Louis betrat die Kapelle. Er bat den König, den Premierminister und den Erzbischof herein, die ihm folgten.

Tanner verbeugte sich vor Nathaniel und stellte dann Regina vor. Der König schüttelte ihre Hand und verbeugte sich leicht. Er war so echt und auf so elegante Weise korrekt. »Es ist mir eine Ehre, Sie kennenzulernen.«

»Ganz meinerseits.« Ihre Stimme schwankte ein bisschen, und sie bot dem König einen zarten Knicks dar.

Tanner lächelte. Sie würde eine hervorragende Prinzessin abgeben. Als Nächstes stellte er Regina dem Premierminister vor, Henry Montgomery. Dann dem Erzbischof, Miles Burkhardt.

»Freut mich, Sie kennenzulernen.« Regina sah zuerst Tanner an, dann den Erzbischof. »Burkhardt? Sind Sie miteinander verwandt, oder ist das Zufall?«

»Manch einer glaubt, es gäbe keine Zufälle.« Dad schüttelte ihre Hand, und Tanner ballte die seine zur Faust. *Warum muss er nur so ... stumpf sein?* »Es ist mir eine Ehre, Sie von Angesicht zu Angesicht zu begrüßen, Ihre Majestät. Willkommen in Hessenberg.«

»Bitte nennen Sie mich Reggie. Oder Regina.« Sie lächelte, während sie seine Hand schüttelte. »Ich fühle mich sehr herzlich aufgenommen.« Dann warf sie Tanner einen Blick zu: *Was ...?*

Meine Güte. Raus damit. »Der Erzbischof ist mein Vater, Regina.«

Dad verschränkte die Hände hinter dem Rücken und nickte Tanner zu. »Ganz recht.«

Und der wunderte sich, warum Tanner nie vorbeikam. Oder warum er in den schwersten Jahren seines Lebens seinen Weg alleine gegangen war.

Regina knetete ihre Finger und lächelte weiter. Ganz offensichtlich wusste sie nicht, was sie mit Dads kurzem, förmlichen »ganz recht« anfangen sollte.

»Meine Herren, Ihre Majestät«, er nickte dem König zu. »Ich muss mich dafür entschuldigen, das Treffen hierher in die Kapelle verlegt zu haben, aber der Presserummel hat uns unvorbereitet erwischt.«

»Wissen Sie, wie sie herausgefunden haben, dass sie hier ist?«, fragte Nathaniel. »Eine zweite undichte Stelle bezüglich der Prinzessin in nur einer Woche?«

»Ich weiß es leider nicht, Sir.« Tanner verabscheute den niedergeschlagenen Ton seiner Antwort. »Aber ich werde das untersuchen. Nur wir fünf hier sowie der Gouverneur wussten, dass sie unterwegs war.«

»Und unsere Assistenten.« Nathaniel knöpfte seine Anzugjacke auf und nahm in der nächstgelegenen Bankreihe Platz. »Ich nehme an, derjenige, der der Presse zusteckt, wo sich die Prinzessin wann aufhält, kann gutes Geld verdienen.«

»Das wäre ein trauriger Tag, Nathaniel«, sagte Henry, »wenn wir unsere Angestellten verdächtigen müssten.«

»Es wäre nicht das erste Mal. Wo wir gerade dabei sind, wird der Gouverneur denn auch dazukommen?«

»Ja, Sir«, erwiderte Tanner. »Louis gibt seinem Büro Bescheid.«

»Regina«, sagte Nathaniel und wandte sich ihr zu. »Herzlich willkommen. Ich entschuldige mich aufrichtig für das Durcheinander mit der Presse.«

Der König lehnte sich zurück, und alle im Raum entspannten sich ein wenig. »Wir glaubten, eine ordentliche Pressekonferenz etwas später in der Woche wäre der beste Weg, Sie dem Volk vorzustellen, aber, nun ja, willkommen auch in dieser Dimension Ihrer neuen Welt.« Er lächelte.

»Es ist alles ...« Sie blieb stehen, verlagerte ihr Gewicht von einem Fuß auf den anderen, schob sich die Hände in die Taschen, um dann wieder die Arme vor der Brust zu verschränken. Sie sah aus, als wolle sie jeden Moment die Flucht ergreifen. Als sie Tanners Blick suchte, lächelte der ihr ermutigend zu und bedeutete ihr mit einem Nicken, sie solle sich doch setzen. »Es ist ein kleines bisschen überwältigend.«

»Das verstehe ich. Meine Verlobte, Susanna, ist auch neu auf dem königlichen Parkett und findet dieses Leben ebenfalls sehr überwältigend. Sie schickt übrigens die besten Wünsche und bietet Ihnen alle Hilfe an, die sie Ihnen geben kann.«

»Wie nett. Bitte danken Sie ihr von mir.« Regina wischte sich die Hände an den Seiten ihrer Jeans ab und setzte sich mit einem untergeschlagenen Bein in die Bank vor Nathaniel. »Was also brauchen Sie von mir?«

Sofort auf den Punkt. Sie schlich nicht lange um den heißen Brei herum. Wenn Tanner eine Sache über Regina Beswick wusste, dann, dass sie sich geradewegs ins Chaos hineinbegab und die Dinge auf dem Weg ordnete.

Das konnte er von ihr lernen.

»Wir würden gerne mit Ihnen über das Abkommen sprechen. Hat Tanner Ihnen die Situation erklärt?«

»Ja. Es ist alles ein wenig schwer zu glauben. Meine Uroma hat mir nie etwas über all das hier erzählt.«

»Auf eine Art hat sie das durchaus getan.« Tanner stellte sich neben Reggie. »Es scheint, sie hat ein Märchen gemalt, in dem sie die Geschichte einer Prinzessin erzählt, die nach Hause zurückkehren muss.«

»Ein Märchen?«, fragte Nathaniel.

»Sie ... sie hat ein Märchen geschrieben und illustriert, in dem es um eine Prinzessin geht«, sagte Regina. »Das hat sie mir zu meinem sechsten Geburtstag geschenkt.«

»Faszinierend«, sagte Henry. »Aber sie hat nie offen mit Ihnen über Ihr Erbe gesprochen?«

Reggie schüttelte den Kopf. »Und ich wünschte, ich wüsste, warum.«

»Die Schlüsselfrage dabei ist doch, ob Sie willens sind, den Eid auf den Thron abzulegen? Die wahre Prinzessin zu sein und Ihr Erbe in Anspruch zu nehmen, wie das Abkommen es regelt?« Nathaniel sprach mit tiefer, leiser Stimme und stellte einfühlsame, vorsichtige Fragen. »Wie geht es Ihnen bei dem Gedanken, viertausend Meilen von zu Hause weit weg zu leben? Amtsperson einer Regierung zu werden? Mitglied einer königlichen Familie zu sein? Damit, vor aller Augen ein Leben wie auf einer Bühne zu führen? Wie geht es Ihnen beim Gedanken an ein Leben, das dem Dienst an Königreich und Volk verschrieben ist?«

Einfühlsam, ja, aber ehrlich. Unverstellt.

Regina antwortete gleichermaßen ehrlich. »Ich finde es beunruhigend, ein wenig beängstigend, und es kommt mir ein bisschen vor wie ein Film, den ich mir anschauen würde, um zu gucken, wie er ausgeht.« Sie sah zu Tanner auf. *War das richtig?* Er lächelte und nickte. Sei einfach du selbst.

»Vor einer Woche noch war ich einfach ein Mädchen in den Südstaaten, das mit Autos handelt und an Freitagabenden mit anderen Automenschen Pizza isst. Jetzt bin ich auf einmal die Erbin eines Königreichs? Mitglied einer königlichen Familie?« Sie stand auf und presste sich die Hand gegen die Stirn. Die Männer erhoben sich mit ihr. »Und ich weiß, dass Sie unter vorgehaltener Pistole handeln müssen, was dieses Abkommen angeht. Und jetzt kommt anscheinend auch noch ein Prozess dazu, wenn ich das richtig verstanden habe. Aber ich bin mir nicht sicher, was ich tun will. Es tut mir leid.« Sie sah den

König mit ruhigem, geradem Blick an. »Ich kann Ihnen nicht mehr versprechen, als dass ich jetzt hier bin, mir Land und Leute anschaue und die Lage checke.«

»Regina, bitte, das verstehen wir. Ja, wir agieren tatsächlich unter vorgehaltener Pistole, wie Sie so schön sagten. Und wir baten Sie darum, schnellstmöglich nach Hessenberg zu kommen. Aber der Europäische Gerichtshof hat noch nicht eingewilligt, der Anhörung stattzugeben. Sie haben noch ein paar Tage, um sich über Ihre Zukunft klar zu werden.«

»Ich bin mir nicht sicher, ob ich mir in ein paar Tagen über meine Zukunft klar werden kann.« Sie stand still und zitterte. »Politik und ich ... das verträgt sich nicht so gut.«

Nathaniel lachte. »Ich bin mir nicht sicher, ob überhaupt einer von uns gerne in diesem Geschäft ist.«

»Nun, nun, Ihre Majestät.« Henry trat vor. »Manche von uns finden durchaus Gefallen an der Sache.« Er verbeugte sich vor Regina. »Miss Beswick, wir werden alles in unserer Macht Stehende tun, um Ihnen zu helfen. Sie werden nicht alleine sein. Aber ich finde, der beste Teil meines Selbst, der beste Teil meines Lebens, kommt immer dann zum Vorschein, wenn ich mich mit schweren Komplikationen und Prüfungen konfrontiert sehe und dazu gezwungen bin, meine Komfortzone zu verlassen.«

»Nun, Sie haben ja alle zusammen meine Komfortzone kurz und klein geschlagen. Ich weiß nicht, wie ich mit so etwas hier umgehen soll. Ich wüsste nicht einmal, wo ich anfangen sollte, wenn ich hiernach so etwas wie Normalität oder Komfort suchen wollte.« Leidenschaftlich verlieh sie ihrer Sorge Ausdruck. »Ich weiß das wirklich sehr zu schätzen, dass Sie mich alle unterstützen wollen, und das glaube ich Ihnen auch ... Aber, wow, ich meine, vielleicht beantwortet ja auch diese Petition alle offenen Fragen, stimmt's? Dann brauche ich das Abkommen nicht zu unterzeichnen, brauche keine Prinzessin zu sein und, na, Sie wissen schon, muss kein Land übernehmen.«

»Regina, zwei Dinge müssen wir klarstellen«, sagte Nathaniel. »Sie sind die Prinzessin von Hessenberg. Völlig egal, was bei dieser Eingabe herauskommt, von der wir ohnehin glauben, dass sie keinen Erfolg haben wird. Alle vorherigen sind auch erfolglos geblieben. Wir möchten gerne, dass Sie den Eid auf den Thron ablegen, wir möchten Sie offiziell als regierende Prinzessin mit allen Rechten einsetzen. Und ja, als Großherzogin wird Ihnen das Land gehören. In Hessenberg wird das Land durch die Regierung verwaltet.«

»Was werden die Leute sagen? Ich meine, ich komme mir vor, als würde ich mich hinter ihrem Rücken hier hereinstehlen. Werden sie nicht die Ausländerin ablehnen, die da in den Palast einziehen will. ›Hallo zusammen, wie geht's?‹«

Reginas übertriebener Südstaatenakzent brachte alle zum Schmunzeln.

»Dürfte ich Ihnen einen Rat geben?«, fragte Dad, der groß und aufrecht in seinem Maßanzug samt dem Priesterkragen dastand. Tanner räusperte sich und trat beiseite, als sein Vater Regina ansah. »Es geht nicht darum, was die Menschen denken oder glauben, Regina. Ob Sie in Florida Autos reparieren oder in Hessenberg im königlichen Palast arbeiten, es geht darum, was Gott glaubt. ›Ich aber und mein Haus wollen dem Herrn dienen‹, sprach Josua.«

Ich bitte dich, Dad, spar dir deine Predigt für den Sonntag. Du machst sie nervös. Würde sein Vater jemals verstehen, wie nervös er die Leute machte?

»Darum geht es ja.« Ihre Augen glitzerten, und Gefühle durchdrangen ihre Worte. »Ich weiß nicht, was Gott sagt.«

»Dann suchen Sie weiterhin beharrlich seinen Willen, aber haben Sie keine Furcht vor den Menschen. Fürchten Sie den Herrn. König

Saul fürchtete die Menschen und machte seine Herrschaft und seinen Namen zunichte. David jedoch, er ...«

»Fand seine Stärke und Zuversicht im Herrn.«

Dad nickte. »Ah, Sie kennen die Schrift.«

»Ich bin in einem gläubigen Elternhaus geboren und aufgewachsen.«

Dad lächelte. »Dann vertrauen Sie demjenigen, von dem Sie all die Jahre gehört haben, Regina. Wir sind ihm am nächsten, wenn wir uns in der Wildnis befinden.«

»Hmmm ... ja.« Regina atmete aus und schenkte Dad, dem Erzbischof, ein zaghaftes Lächeln. »Das ist doch genau das, wovor ich Angst habe.«

»Sie haben unsere Unterstützung und unser Gebet.« Er zog eine Visitenkarte aus der Tasche. »Rufen Sie mich an, wenn Sie mich brauchen. Jederzeit.«

Tanner wandte sich ab, presste sich die Faust gegen die Lippen und unterdrückte einen unhöflichen Kommentar. Wo war diese Art von Zärtlichkeit nur gewesen, als er sie gebraucht hatte?

Im hinteren Teil der Kapelle öffnete sich die Tür, und Seamus Fitzsimmons polterte mit erhobenem Kinn und vorgereckter Brust herein.

»Sie kommen zu spät«, stellte Henry fest. Es war kein Geheimnis, dass sich Brightons Premierminister nicht viel aus dem Gouverneur Hessenbergs machte. Aber Nathaniels Vater, König Leopold, hatte ihn berufen, daher ehrte Henry Seamus aus Respekt vor dem verstorbenen König.

»Ganz recht, Henry, ganz recht, und ich bitte Ihre Majestät aufrichtigst um Verzeihung für mein Zuspätkommen.« Er schritt mit einem arroganten Gehabe um die letzte Bank herum, das Tanner ganz nervös machte, und hielt vor Regina an. »Sie müssen unsere amerikanische

Prinzessin sein.« Er verbeugte sich, knallte die Hacken zusammen und bot ihr die Hand an. »Gouverneur Seamus Fitzsimmons, zu Ihren Diensten.«

Tanner atmete – die Hände in die Hüften gestemmt – aus und verkniff sich die Worte, die ihm auf der Zunge lagen. Seamus verspottete sie mit der übertriebenen Verbeugung und dem Hackenknallen. Das war nicht mehr sein alter Mentor, der Mann, der ihm einen Weg aus dem Durcheinander mit Trude gezeigt und ihn aufgebaut hatte. Das hier war ein Mann, der den Ruf der Macht vernommen hatte.

»Freut mich, Sie kennenzulernen.« Regina schüttelte seine Hand, zog ihre dann zurück, um sie wieder in den Tiefen ihrer Hosentaschen zu versenken. Inzwischen hatte Tanner erkannt, dass dies ihre übliche Körperhaltung war, wenn sie nervös war.

»Hat man Sie informiert?« Seamus posierte und stolzierte. Er strich sich den Schnurrbart, während er seine Pfeife aus der Tasche zog, seinen handgemachten Schnuller aus Heideholz. »Ist nichts Persönliches, Regina. Sie scheinen ein nettes Mädchen zu sein, aber ich bin verpflichtet, mich um das Wohl meines Landes zu kümmern.«

»Hören Sie, Seamus«, sagte Nathaniel. »Wir sind schließlich nicht hier, um ...!«

»Verzeihung, Ihre Majestät?« Seamus zog ein zusammengefaltetes Dokument aus der Brusttasche. »Miss Beswick, Sie dürfen wohl gerne wissen, dass ich eine Petition eingebracht habe, dass Hessenberg der Status eines souveränen Staats verliehen werden soll, ohne einen, nun, ohne einen Souverän. Ich muss Ihnen ganz ehrlich sagen, dass ich nicht glaube, dass ein Abkömmling Seiner Königlichen Hoheit Prinz Franz, dem Großherzog von Hessenberg, es wert ist, dieses Land zu erben. Er war ein Feigling und ein Verräter. Wir sollten wohl in der Lage sein, uns als Nation in der Welt zurechtzufinden. Und zwar ohne Brighton und auch ohne Sie, meine Beste.«

»Um Himmels willen, Seamus«, sagte Henry. »Legen Sie ihr doch nicht auch noch das auf.«

»Ich fürchte, das hat das Abkommen bereits für mich getan.«

»Sie wissen genauso gut wie jeder andere hier, dass Prinz Franz sich darum bemühte, ein Land zu retten, das schlichtweg nicht auf Krieg vorbereitet war. Hessenberg hatte 1914 kein nennenswertes Militär. Wenn Franz' Voraussicht nicht gewesen wäre, hätte Hessenberg vermutlich nach dem Ersten Weltkrieg aufgehört zu existieren.«

»Es ist eine Sache, eine Lösung für einen Krieg zu finden, den zu kämpfen man nicht bereit ist, Premierminister. Etwas ganz anderes ist es, eine Nation einer anderen auszuliefern, ohne dass ein einziger Schuss gefallen oder ein Tropfen Blut vergossen wurde.«

»Mir scheint das doch die beste Lösung von allen zu sein, Ihnen nicht?« Henry legte die Maske der zivilisierten Freundlichkeit ab und zeigte seinen Abscheu dem Gouverneur gegenüber.

»Ich halte es für verräterisch. Franz verweigerte sich dem Rat seiner Lords, und nachdem er seine Ländereien und die Regierung König Nathaniel I. überschrieben hatte, überschrieb er auch die Ländereien seiner Lords. Er hat uns alle betrogen.«

»Genug, Seamus.« Nathaniel griff nach dem Dokument, das der Gouverneur in der Hand hielt. »Ganz offensichtlich sind Sie hergekommen, um uns etwas zu sagen. Heraus damit.«

»Ganz recht, Ihre Majestät. Ich bin hergekommen, um den *Corpus Legum Vocis* in Kraft zu setzen.«

Tanner zog eine Grimasse. »Den Autoritäts-Kanon?«

Henry trat neben Dad, um das Papier zu lesen, das Seamus Nathaniel gereicht hatte. »Seamus, alter Sportsfreund, was hecken Sie da nur aus?«

Tanner ging näher zu Regina, die mit jedem Moment mehr in sich zu versinken schien. »Seamus zieht eine ganz schöne Show ab, was?«, sagte er mit einem leisen Lachen, so leise, dass nur sie es hören konnte.

»Warum macht er das?« Sie hatte die Augen weit aufgerissen, und in ihren Worten lag ihr ganzes Herz. »Er intrigiert gegen mich.«

»Ich habe keinen Zweifel daran, dass er uns das gleich erzählen wird.« Tanner kam noch ein bisschen näher, nahe genug, dass sie seine Körperwärme spüren konnte, ohne dass er sie berührte.

Seamus' Aura verdunkelte sich zusehends, als er alle Masken fallen ließ. »Es steht alles in diesem Dokument. Zusammengefasst kann man sagen, dass das Gesetz Hessenbergs in dem Moment, in dem das junge Fräulein hier das Abkommen unterzeichnet, auf den Stand der Verfassung und der Gesetze von 1914 zurückfällt. Unsere alte Verfassung. In der es einen Autoritäts-Kanon gibt. Und das ist es doch, was Franz wollte, oder nicht? Dass Hessenberg zu seinen alten Bräuchen zurückfindet und einmal mehr ein Land der Lords wird, über die sein Erbe regieren sollte.«

»Ich verstehe.« Henry tippte Seamus mit dem Finger auf die Brust. »Wie wollen Sie den Autoritäts-Kanon der Lords in Kraft setzen? Es gibt keine Lords in Hessenberg. Die Adelshäuser sind ausgestorben. Das Land wurde an die Meistbietenden verkauft.«

»Genau, wie es einen Abkömmling des Prinzen gibt, gibt es auch einen Abkömmling der Lords aus dem Oberhaus. Das wäre dann ich. Mein Urgroßvater war Patrick Fitzsimmons, Earl of Estes. Das Land wurde während der großen Depression vor dem Zweiten Weltkrieg verkauft. Soweit ich weiß, kennen Sie Estes Estates, nicht wahr, Tanner? Jedenfalls bin ich der Urenkel des Earl of Estes.«

Er warf Regina einen hochmütigen, schneidenden Blick zu.

»Wenn Sie die rechtmäßige Erbin Prinz Franz' sind, dann berufe ich mich sowohl als der legitime Erbe des Earl of Estes als auch als Gouverneur von Hessenberg auf den Autoritäts-Kanon und verlange, dass Sie aufgrund Ihres Mangels an Führungserfahrungen und Ihrer ausländischen Geburt als Erbherzogin zurücktreten. Sie haben hier keine Rechte. Ich werde im Namen des Volkes von Hessenberg einen Antrag einbringen, der Sie für inkompetent und ungeeignet erklärt. Sobald Hessenberg entweder durch das Ende des Abkommens oder durch einen Schiedsspruch von Brighton unabhängig geworden ist, werde ich Sie als Staatsfeindin verklagen, sollten Sie sich dann noch auf Hessenbergs Boden befinden.«

Chaos brach aus. Alle sprachen durcheinander, als die Männer in einem Schwung vorpreschten.

»Staatsfeindin? Also hören Sie mal, Seamus ...«

»Was hat das alles zu bedeuten? Sie können nicht hergehen und sie beschuldigen ... sie als Staatsfeindin bezeichnen.«

Tanner argumentierte auf Seiten des Königs und des Premierministers. Selbst Dad brachte ein paar sehr gute Punkte vor. Ihre Stimmen vermischten, erhoben und senkten sich in einer wilden Mixtur aus Wut, Entschlossenheit und Vernunft.

Ein schrilles Pfeifen durchschnitt den Raum. Die Männer drehten sich um. Regina stand auf einer Bank, die Finger noch an den Lippen. Sie betrachtete jeden für sich, während sie langsam die Arme senkte.

»Lassen Sie mich mal eines klarstellen. Wenn ich das Abkommen unterzeichne, will mich Seamus hier als ungeeignete Regentin bezeichnen. Ich muss sagen, dass ich ihm da sogar zustimme. Aber Staatsfeindin? Wenn ich das Abkommen nicht unterzeichne, was dann? Dann hört Hessenberg auf, eine Nation zu sein?«

»Aber der Gerichtshof wird zu unseren Gunsten entscheiden«, sagte Seamus sicher und inbrünstig. »Sie werden uns das Recht zusprechen, ein eigener, souveräner Staat zu sein, und zwar ohne Sie, werte Prinzessin. In jedem Falle sind Sie als die Erbin von Prinz Franz eine Staatsfeindin.«

Die Stimmen brausten wieder auf. Seamus hatte den Verstand verloren.

»Seamus«, sagt Henry. »Sie haben überhaupt keine Präzedenzfälle für diese Sachen.«

Die Spannung zwischen den Männern ballte sich in Tanners Magen, und er fragte sich, wie er Seamus Fitzsimmons nur jemals hatte bewundern können.

»Lassen Sie uns einfach festhalten, dass ich mir ein paar Verbündete verschafft habe. Deutschland unterstützt unsere Petition, wenn wir ihnen im Gegenzug die Schuld erlassen ... dafür, dass sie 1914 unsere Bankkonten beschlagnahmt haben.«

»Das ist unerhört«, sagte Henry. »Sie können nicht ohne mein Einverständnis mit Deutschland verhandeln. Ich werde Sie wegen Verrats und Ungehorsams festnehmen lassen.«

»Ich verweise Sie auf das brightonische Gesetz PR-859 ...«

Tanner ging einen Schritt zurück. In dieser Diskussion wurde er nicht gebraucht. Er musste Regina hier herausholen.

Aber als er sich umdrehte, um sie zu holen, war die Stelle, an der sie gestanden hatte, leer, und die Tür der Kapelle stand weit offen.

SECHZEHN

Reggie stürmte durch die Tür und mitten hinein in das Getümmel wartender Presseleute. Die kühle Luft griff nach ihr, und sie sehnte sich nach der Hitze des späten Septembers in Tallahassee.

»Hier drüben, Prinzessin!«

»Was halten Sie von Hessenberg?«

»Sind Sie wirklich die Urenkelin von Prinzessin Alice?«

»Werden Sie das Abkommen unterzeichnen?«

Kameras klickten und summten in ihren Ohren. Sie wurde in ihrer Vorwärtsbewegung gebremst, als sie in diesem Mediensumpf versank.

»Bitte lassen Sie mich gehen. Bitte.« Sie drehte sich erst in die eine Richtung, dann in die andere. Aber sie war eingekesselt zwischen den Leuten mit Kameras und Fragen. Ein Stoß von hinten schleuderte sie gegen den Mercedes. Sie versuchte, die hintere Tür zu öffnen, aber die war abgeschlossen.

»Bitte *vielmals* um Verzeihung.« Sie drängte sich vorwärts und schubste kräftig einen abscheulichen Fotografen gegen einen anderen. »Platz da.«

Sie arbeitete sich hinter dem Auto durch und fand Dickenson, der mit grimmiger Miene und weit aufgerissenen Augen nach ihr griff. »Ich wusste nicht, dass Sie unterwegs waren, Ihre Majestät.« Er legte ihr einen Arm um die Schulter und schirmte sie vor der Presse ab.

»Geben Sie mir die Schlüssel.« Sie stand in Habachtstellung neben der Fahrertür.

»Ich – ich kann Sie fahren, Miss. Bitte, lassen Sie mich ...« Er langte um sie herum, um die Tür zu öffnen. »Ich schließe den Fond auf ... Weg da, junger Mann, lassen Sie die Prinzessin in Frieden.« Dickenson senkte die Schulter und rammte sie einem Mann in die Brust, der doppelt so groß war wie er.

»Dickenson, bitte.« Reggie hob ihren Kopf lange genug, um ihm in die Augen zu schauen. »Geben Sie mir die Schlüssel.« Sie hielt ihm die Handfläche hin.

»Ich – ich ... Miss ... Bitte ...« Er seufzte und ließ die Schlüssel in ihre Hand fallen. »Die Zündung mit dem Schlüssel entriegeln, dann den Startknopf in der Mittelkonsole drücken.«

»Vielen Dank.« Sie hätte ihn geküsst, wäre sie nicht so in Eile gewesen, aus diesem Tohuwabohu herauszukommen. Armer, lieber Dickenson. Er sah entsetzlich entgeistert aus.

Auf dem Fahrersitz pustete Reggie ihre Angst weg. Mit einem tiefen Atemzug gewann sie ihr Selbstbewusstsein zurück. Sie mochte vielleicht nicht wissen, wie man sich als Mitglied einer königlichen Familie verhielt oder wie man mit den Medien umging, aber sie wusste immer noch, wie man Auto fuhr. Der Motor wurde lebendig, als sie per Knopfdruck die Zündung bediente. Sie trat ein paar Mal aufs Gas, um die Fotografen, die sich um ihr Fenster und die Motorhaube drängten, zu warnen.

»Platz da, Freundchen«, murmelte sie und ließ den Motor einmal mehr grollen. »Ich fahr jetzt los, egal, ob ihr mir im Weg steht oder nicht.«

Sie drückte auf die Hupe, ein ordentlich langer Ton, und legte dann den Gang ein. Als sie gerade losfahren wollte, klopfte Tanner gegen die Scheibe der Beifahrertür.

»Lass mich rein, Regina!«

»Platz da, Tanner.« Sie ließ den Wagen Zentimeter um Zentimeter vorwärtsrollen. Dem Fotografen, der durch die Windschutzscheibe seine Kamera auf sie richtete, bedeutete sie mit einer Handbewegung wegzugehen.

»Mach die Tür auf.« Er trommelte mit der Faust gegen das Glas und richtete sich dann auf, um über das Wagendach zu schauen.

»Dickenson, wie konnten Sie nur!«

Seine Stimme verklang in der aufgebrachten Menge.

Reggie ließ das Fenster der Beifahrertür hinunter. »Hey, schrei Dickenson nicht an. Ich habe die Schlüssel von ihm verlangt. Und hast du mich da drin gerade auflaufen lassen? Wusstest du, dass dieser Kerl mich wegen all dieser Sachen verklagen kann? Wusstest du, dass er es war, der die Petition gegen mich eingereicht hat?«

»Mach die Tür auf.« Tanner beugte sich durchs Fenster und suchte nach dem Entriegelungsknopf.

Reggie ließ den Wagen weiterrollen. Sie hatte zu lange damit gewartet, endlich hier herauszukommen. »Mach Platz, Tanner, ich fahre jetzt nämlich los.«

»Mach die Tür auf, du Wahnsinnige!«

»Wahnsinnige! Spricht man denn so mit einer Prinzessin?« Sie gab Gas und verscheuchte damit den letzten ausharrenden übermütigen Fotografen.

»Ja, wenn sie sich verhält, als hätte sie den Verstand verloren.« Panik lag in seinen Worte. »Öffne die Tür, Regina.«

»Ich muss nachdenken.« Sie drückte noch einmal aufs Gas – und auf die Hupe. Ein Fotograf mit Todeswunsch war ihr in den Weg getreten. »Vielleicht habe ich ja den Verstand verloren.«

»Ich komme mit. Wir können ja gemeinsam nach deinem verlorenen Verstand suchen.« Tanner trabte neben dem Auto her, während Reggie aus dem überdachten Säulengang hinausrollte. »Du bist vielleicht stur!«

Damit hatte sie endlich freie Bahn und drückte das Gaspedal durch. Gerade, als sie das Auto um die Kurve der Auffahrt driften ließ, hechtete Tanner durchs Fenster. Sein Gesicht landete im Leder des Beifahrersitzes, seine Beine ragten hoch in die Luft, und seine Füße traten gegen den Fahrtwind.

»Ich schlage vor, du schnallst dich besser an.«

Er stöhnte, drehte sich um seine eigene Achse und versuchte, einen Halt zu finden, während Reggie aus der Auffahrt des Herrenhauses fuhr und sich in die Masse der Autos auf der Straße einfädelte.

»Willst du uns umbringen?« Als er es endlich in die Senkrechte geschafft hatte, ließ sich Tanner in den Sitz fallen und gurtete sich an.

»Tut mir leid, aber ich muss einfach fahren.«

»Weißt du denn, wo du hinwillst?«

»Nein.« Und zwar in jeder Hinsicht.

»Biege bei der nächsten großen Kreuzung links ab.« Tanner klammerte sich am Armaturenbrett fest, als sie in voller Fahrt die Kurve nahm, bevor die Ampel rot wurde. »Er kann das gar nicht, Regina.«

»Mich festnehmen lassen? Er scheint zu glauben, dass er es kann.« Sie warf einen Blick in den Seitenspiegel und fädelte sich durch den Verkehr. »Hat denn niemand sonst in deiner Regierung sich Gedanken darüber gemacht?«

»Ein LKW, Regina. Laster, Truck!« Tanners Hand krampfte sich ins Armaturenbrett, und er lehnte sich nach rechts, als sie einem Laster auswich, der aus einer schmalen Seitenstraße auf die Hauptstraße einbog. »Die nächste links ...« Er zeigte ihr den Weg mit der Hand.

Reggie bremste kaum, riss den Mercedes herum und schnitt die Ecke böse an. »Er hat Recht, Tanner. Ich bin nicht fürs Regieren geeignet. Wer bin ich schon?«

»Glaubst du, nur weil er jahrelange Erfahrung hat und den Titel des Gouverneurs trägt, ist er dazu geeignet zu regieren? Welches gute Regierungsoberhaupt dreht denn bitte Dinger wie dieses?«

»Eines, das glaubt, es handele zum Wohle des Volkes.«

»Zu seinem eigenen Wohl.« Tanner schien sich zu entspannen, ein bisschen nur, aber sie kämpfte sich immer noch verbissen durch den Vormittagsverkehr. »Bei der nächsten Ampel wieder links.«

Endlich, endlich ließ sie die Stadt hinter sich und fand eine schöne, offene Landstraße. Sie fädelte sich zwischen einem kleinen zweisitzigen Auto und einem Lastwagen ein und hielt auf die Hügel zu. Das Gefühl des Lenkrads unter ihren Händen, das Lied des Motors, die Kraft der Geschwindigkeit kühlten ihr Gemüt. Das Gefühl, überwältigt worden zu sein, ließ nach, während sie den Wagen die Hügel hinauflenkte.

Hierherzukommen könnte die schlimmste Entscheidung ihres Lebens gewesen sein. Schlimmer noch als die sieben wertvollen Jahre, die sie bei Backlund & Backlund verloren hatte. Hatte sie denn wirklich geglaubt, sie würde einfach auf der Bildfläche erscheinen und eine Prinzessin sein?

»Erinnere dich daran, was mein Vater gesagt hat, Reggie.« Sie sah ihn von der Seite an. Er starrte geradeaus, die Hand fest auf dem Griff in der Tür. »Fürchtest du Gott oder die Menschen?«

»Im Moment fürchte ich mich davor, festgenommen zu werden. In einem fremden Land.«

»Du wirst nicht festgenommen werden.« Er klang *überhaupt* nicht zuversichtlich.

»Ganz genau. Weil ich nämlich vorher wieder nach Hause verschwinde. Und diesen ganzen Schlamassel vergesse.«

Regina spürte, wie die Räder des Wagens griffen, wenn sich die Straße neigte und schlängelte.

»Wir werden das alles in Ordnung bringen.«

»In Ordnung bringen? Tanner, wir sind hier doch nicht bei ›Wünsch dir was‹. Herr im Himmel, habt ihr das wirklich alle nicht kommen sehen?«

»Regina, Kurve ... da vorne ... die ist echt eng.«

Sie bremste, riss den Mercedes nach rechts und zwang das Fahrzeug, sich an der Innenseite der Straße entlangzubewegen. Das Heck brach zur Leitplanke hin aus – und dahinter lag ein steiler Abhang.

»Du meine Güte ...« Tanner hatte eine Hand am Türgriff, die andere flach auf dem Armaturenbrett. Der Wagen driftete aus der Kehre, und Regina fuhr weiter. Sie festigte den Kurs des Autos, in dem sie noch mehr Gas gab.

»*Waaahuuuu* ... Haha!« Sie ließ ihr Fenster herab, streckte den Arm nach draußen und hielt ihre Handfläche in den Wind. Sie winkte den Prinzessin-Alice-Bäumen zu. »Jetzt wird's Tag.«

Tanner fluchte lautlos. »Du bist eine Irre. Ich würde wohl meinen, dass eine Festnahme weniger schlimm wäre als der Tod. Und denke bitte daran, dass ich gerne noch ein bisschen weiterleben möchte. Egal, wie erbärmlich meine Existenz auch sein mag.«

»Was? Erbärmlich?« Sie schaute schnell zu ihm hinüber, bevor sich die Straße wieder in eine Serpentine hineinwand. Reggie fixierte die Straße und hielt das Lenkrad fest.

»Schau nach vorne!«

Hinter der Kurve erstreckte sich die Straße aus den Bergen heraus in die weite Landschaft hinein. Felder säumten sie. Regina hatte Tanner gesagt, sie wollte nachdenken, aber was sie wirklich wollte, war es, etwas zu fühlen. Inmitten dieses Durcheinanders ihr Herz wieder schlagen zu spüren und die Dinge zu fassen bekommen. Autofahren half ihr dabei. Da konnte sie nachdenken. Die Dinge wieder an ihren Platz setzen.

Am Horizont erhob sich Meadowbluff Palace majestätisch und elegant. Eine Festung. Ein sicherer Hafen. Ihr Adrenalin verflüchtigte sich, was blieb, war das Zittern in ihren Armen und Beinen. Und sie wollte einfach nur *nach Hause.*

»Meadowbluff ist ein schöner Ort.« Sie bog in die Auffahrt des Palastes ein und hielt erst ganz knapp vor dem schmiedeeisernen Gitter. »Wie geht der Sicherheitscode?«

»Eins, neun, sechs, null.« Tanner sprach, als ob er kaum Luft bekomme. »Ich glaube, ich hatte gerade einen kleinen Herzinfarkt.«

»Ach komm, Tanner, noch dramatischer hast du's nicht?« Reggie fuhr vorsichtig an, als sich das Tor öffnete, und ließ das Auto gemächlich vor die Freitreppe des Palastes rollen. »Was war das eben mit erbärmlich?«

»Muss der Schock während des Infarkts gewesen sein.« Der Wagen hielt friedlich vor dem Palast an, und Tanner riss die Tür auf. »Und du bist gerade die Richtige, um von Drama zu sprechen. Du hast uns ja nicht einmal die Gelegenheit gegeben, mit Seamus fertigzuwerden, bevor du abgehauen bist. Jetzt werden wir noch ein Treffen einberufen müssen.« Er schloss die Tür mit einem Knall und ging auf Reggies Seite hinüber. »Nathaniel ist ein freundlicher Mann, aber er ist auch sehr beschäftigt.«

Tanner öffnete gerade die Tür, als Reggie in sich zusammensank und ihren Kopf auf das Lenkrad fallen ließ. Jetzt, wo sie ruhig war, drangen Anspannung, Sorgen und Fragen an die Oberfläche und verlangten eine Audienz.

»Regina?« Tanner kauerte neben ihr. »Bitte. Wir können mit Seamus fertigwerden. Aber ich verstehe schon, dass das alles ein bisschen viel ist gerade.«

Warm und langsam kullerten ihre die Tränen über die Wangen. »Ich glaube nicht, dass du das verstehst.«

»Komm schon.« Er hakte seinen Arm bei ihr ein. »Schüttele deine Sorgen ab. Lass uns reingehen und Tee trinken. Jarvis hat mir erzählt, dass der Koch ganz ausgezeichneten Kuchen backt. Wir werden das hier in Ordnung bringen, Regina. Wirklich.«

Vielleicht war es nicht richtig, und vielleicht taten Prinzessinnen so etwas auch nicht, aber Reggie lehnte sich an Tanner, schlang ihm die Arme um die Taille und weinte sich an seiner Brust aus.

zimmer, schnappte sich die Fernbedienung und machte das Gerät lauter.

Er würde das alles hübsch ordentlich wegpacken. Würde seine Gefühle geheimhalten – das große Geheimnis des schwerstverletzten, jämmerlichsten Kerlchens der Welt.

Im Fernsehen las der Moderator gerade eine Übersicht der Rugby-Ergebnisse der letzten Woche vor und gab Tipps für die anstehenden Spiele ab. Tanner warf sich in den Liegesessel, der außer dem Couchtisch und dem Fernseher das einzige Möbelstück im Raum war.

Hier hatte er nun eine nette Wohnung im Zentrum Straubergs, mit einer schönen Aussicht über die Stadt und einen Teil der südlichen Bucht. Aber alles, was er in der Wohnung zustande gebracht hatte, waren ein Faulenzersessel, eine Glotze und ein Tisch, den er sich bei einem Kirchenflohmarkt gesichert hatte.

Was hatte Regina noch zum Thema existieren statt leben gesagt?

Tanner verlagerte das Gewicht in seinem Sessel. Saß er unbequem, oder fühlte er sich nur so? Er versuchte, Abstand von den bruchstückhaften Bildern, Gedanken und Gefühlen zu gewinnen.

– Regina, in diesen Jeans, der das Haar in die Augen fiel. Eine junge, rothaarige Marilyn Monroe.

– Ihre nervöse Demut, als sie den König, Henry und Dad traf. Was war nur der Hintergedanke hinter Dads kryptischer Antwort, als Regina gefragt hatte, ob er und Tanner aus einem bestimmten Grund den gleichen Namen trugen?

»Manch einer glaubt, es gäbe keine Zufälle.«

– Seamus, der hereinrauschte und seinen überheblichen Plan kundtat: Regina zu entmachten, bevor sie überhaupt den Thron bestiegen hätte.

Tanner hatte die Gesetzeslage rund um das Abkommen studiert. Sie hatten untersucht, welche Konsequenzen es hätte, wenn die Gesetze auf den Stand von 1914 zurückfielen. Die Gelehrten glaubten, dass die alten Gesetze solide waren und es ermöglichen würden, in Zeiten des Umbruchs die Lage der Nation stabil zu halten, sollte das jemals notwendig werden. Aber keiner wusste so recht, wie die Leute damit umgehen würden, wenn sie auch nur einen Tag ohne rechtmäßige Regierung wären. Würden die alten Gesetze sich bewähren? Würde Anarchie ausbrechen?

Wenn Regina nicht Prinzessin wäre und der Gerichtshof mysteriöserweise entscheiden sollte, dass Hessenberg die Gesetze um das Abkommen ignorieren dürfte, stünden jeder Schattierung politischen Klüngels die Pforten weit offen.

Aber wie sah denn die Wahrheit aus? Keiner hatte geglaubt, dass sich ein Erbe finden würde. Alle hatten geglaubt, dass das Großherzogtum eine Provinz Brightons werden würde.

Und dann war da noch dieses Pressegewitter. Und Regina, die davonbrauste, während er kopfüber im Beifahrerfenster hing.

Tanner lachte laut auf. Was das für ein Anblick gewesen sein musste! Kein Zweifel, dass er damit in den Zeitungen landen würde. Sein Hintern jedenfalls.

Der arme Dickenson, den sie in der Stadt zurückgelassen hatten, wo er den Abend mit seinen Kumpels beim Anekdotenerzählen im Fence & Anchor verbringen musste, bis Tanner mit dem Mercedes zurückkehrte.

Oh, und er würde umgehend Sicherheitsleute organisieren müssen. Tanner war sich nicht sicher, ob das zu seinen Pflichten gehörte oder nicht, aber wo die Presse nun Wind von der ganzen Sache bekommen hatte, würde Regina keinen ruhigen Moment mehr haben, wenn sie sich nicht gerade in Meadowbluff einschloss.

Tanner klopfte seine Taschen nach seinem Telefon ab und formulierte in Gedanken bereits eine E-Mail den Sicherheitsdienst betreffend an

Louis. Dabei ignorierte er bewusst das Bedürfnis, dem Gedanken von vorhin weiter nachzugehen.

Existieren anstatt zu leben.

Als er sein Handy aus der Tasche vorne rechts zog, sah er, dass er einen entgangenen Anruf hatte.

Trude Cadwallader.

Tanner starrte den Namen an. Warum rief sie ihn an? Er ging zum Fenster und besah sich die Lichter der Stadt, während er die Nachricht auf der Mailbox abhörte.

»Hallo mein Lieber, ich bin's. Hast du die Einladung bekommen? Bitte sag, dass du kommst. Das wäre einfach fabelhaft. Die Mädchen ... nun ... sie sind ... Ach, weißt du, lass uns einfach reden, wenn wir uns am Sonntag sehen. Wir werden uns doch sehen, oder? Super! Tschüssi!«

Er betrachtete das Display eine Weile, bevor er die Nachricht löschte. Vor einer Woche noch war er ein glücklicher, alleinstehender, etwas eigenbrötlerischer Typ gewesen, der in seiner Position als Minister seine Flügel ausbreitete und einen neuen Karrierezweig erkundete. Dann tauchte auf einmal der König auf, der ihn auf eine Reise schickte, die dazu bestimmt war, den Lebensweg einer einzigen Person umzukehren, und am Ende war es Tanner selbst, der feststellen musste, dass sich sein Leben und sein Herz veränderten.

Er kehrte zu seinem Stuhl zurück, schrieb die Nachricht an Louis und schloss dann die Augen. Konnte es sein, dass er auf diese Party gehen wollte? Dass er haben wollte, was er aufgegeben hatte, dem er so lange widerstanden hatte? In jeder Hinsicht?

Er ächzte und setzte sich auf. *Schlafenszeit, Kleiner.*

Vielleicht würde er eines Tages genug Mut für eine Romanze zusammenkratzen können. Mit irgendjemandem. Nicht Regina. Die spielte in mehr als nur einem Punkt in einer anderen Liga.

Aber an einem Sonntagnachmittag nach Estes Estate hinauszufahren?

Nein. Dieser Teil seines Lebens war vorbei. Diese verriegelte und streng bewachte Tür seines Herzens aufzubrechen erforderte mehr Mut, als er in seinem ganzen Leben zusammentragen konnte.

Meadowbluff, den 19. Oktober 1914

Hessenberg ist zwar noch nicht in den Krieg eingetreten, der Krieg ist aber dennoch bedrohlich nahe gekommen. Onkel fürchtet den Versuch einer deutschen Invasion, auch wenn es zurzeit nur nach einem Krieg auf dem Festland aussieht.

Es gibt keine Musik. Kein Lachen. Mir scheint, dass beinahe alles andere besser wäre als das hier. Onkel sagt, wir müssen zusammenhalten. Aber er ist selbst am Rande des Zusammenbruchs, fürchte ich.

Ich habe keinen meiner Freunde gesehen. Viele von den jungen Burschen sind auf Seiten Brightons und Großbritanniens in den Krieg gezogen. Das macht Onkel umso mutloser. Er sagt, er habe die Jugend Hessenbergs im Stich gelassen. Er habe um der Vergangenheit des Landes willen seine Zukunft ruiniert.

Oh, ich habe die beiden Hälften des Anhängers und des Bildes in meinem Kästchen verstaut. Mama wäre so enttäuscht von mir, wenn sie wüsste, dass ich Reinhart erlaubt habe, mein Siegelamulett entzweizuschneiden. Ich bin jedenfalls sehr froh, es wieder in meinem Besitz zu wissen! Was hätte er nur alles mit meinem Siegel anstellen können, wenn er daran gedacht hätte, es zu behalten und zu seinen eigenen Gunsten zu nutzen!

Mama betet immer noch treu. Sie sitzt dann bei dem kleinen Feuer im Salon, schaukelt in ihrem Stuhl, hält die Bibel offen in den Händen, und man sieht, wie sich ihre Lippen im Gebet bewegen. Das ist die eine Konstante, die eine Gewissheit, die mir Frieden und Hoffnung schenkt.

Gott allein kann uns, unsere Lebensgeister, unsere Seelen retten. Aber auch er allein weiß, wie oder wann.

Alice

Mit einem Gefühl der Entschlossenheit erwachte sie früh, noch bevor die Morgendämmerung an ihrem Fenster vorbeizog. Wie Sadie immer sagte: »Es ist, wie es ist. Es bringt ja doch nichts, die Welle zu machen.«

Vielleicht sollte sie einmal damit aufhören, darüber zu jammern, wie ihr Leben umgekrempelt worden war, und damit anfangen, im Schutt nach den Edelsteinen zu graben. Drohende Verhaftung oder nicht, sie war nun einmal hier, war die Prinzessin, und da konnte sie sich ja wohl genauso gut daranmachen herauszufinden, welche Wahrheiten und Wachstumschancen da unter der Oberfläche verborgen waren.

In die Vollen gehen und sich der Wahrheit stellen: So hatte Daddy ihr geholfen, mit Mamas Tod fertigzuwerden. So war sie durchs College gekommen, und so hatte sie sich bei Backlund & Backlund die Rangordnung hochgearbeitet, bis zu dem Punkt, wo sie die jüngste Juniorpartnerin der Kanzlei geworden war. Auf diese Art hatte sie den Mut gefunden, Backlund, Daddy und ihren Freunden entgegenzutreten, als sie beschloss, mit Al eine Firma zu gründen.

Und auf diese Art war sie, Erbarmen, am Montagabend mit Tanner ins Flugzeug gestiegen und nach Hessenberg geflogen.

Sie griff nach dem Schalter der Nachttischlampe, krabbelte unter der Bettdecke hervor und stellte sich mitten aufs Bett, um ihre Uroma zu begrüßen. Prinzessin Alice.

»Hallo Uroma. Ich bin immer noch hier, in deinem Wasserfarbenmärchen. Hast du heute vielleicht ein paar kluge Ratschläge für mich?«

Aber Uromas unschuldiger, hoffnungsvoller Gesichtsausdruck blieb unverändert.

War das vielleicht an sich schon eine Botschaft? Reggie schloss die Augen. Mit einem tiefen Atemzug nahm sie die Stimmung des Bildes in sich auf. Dann atmete sie lange aus, atmete ihre Ängste und das Gefühl der Beklemmung weg.

War das nicht Glaube? Das zu glauben, von dem das Herz wusste, dass es wahr war, auch wenn man den Kopf hoch voller Zweifel hatte?

Sie öffnete die Augen und betete flüsternd um Wegweisung und Weisheit. Sie versuchte, die Hoffnung, die das Porträt ausstrahlte, in sich aufzunehmen und hüpfte vom Bett.

Eine Prinzessin definiert sich nicht alleine durch ihren Titel, sondern dadurch, wie sie lebt.

Die Worte kamen mit einem Flüstern und kreisten um ihr Herz, in das sie sich tiefer und tiefer hineinsenkten. Und so beschloss Reggie, dass diese Worte ein guter Anfang für diesen Tag waren.

Frisch geduscht und in Jeans glättete sie ihr Bettzeug, ordnete den Inhalt ihres Koffers und öffnete dann den Reißverschluss ihres Rucksacks, um Uromas Märchen herauszuholen. Wenn sie dieses Buch studierte – Uromas Botschaft an sie, wie Tanner behauptete – und etwas ausführlicher mit Gott redete, würde sie die Reise, auf der sie sich befand, vielleicht etwas besser verstehen.

Reggie trabte die breite Vordertreppe mit den vergoldeten Geländern und dem königlich-roten Teppich hinunter, durchquerte das Foyer, ließ das steife Speisezimmer liegen und ging direkt zur Küche. Als sie um die Ecke bog, traf sie im hinteren Korridor auf Jarvis, der seine Uniform aus einem dunklen Anzug samt dunkler Krawatte trug.

»Guten Morgen, Ihre Majestät.« Er verbeugte sich knapp. Er war nicht viel größer als Reggie, aber er wirkte durch Selbstbewusstsein und Statur. »Serena wollte sich gerade auf den Weg machen, um zu fragen, ob Sie zu frühstücken wünschen.«

»Ich bin am Verhungern. Aber ich würde lieber in der Küche essen. Mit allen anderen zusammen.«

»In der Küche? Mit allen anderen zusammen?« Er verschränkte die Hände hinter dem Rücken und wippte ein wenig auf und ab. »Wenn Sie wünschen, Miss. Aber es könnte sein, dass sich die Angestellten dabei etwas unwohl fühlen.«

»Wirklich?« Sie beugte sich vor, um an ihm vorbeisehen zu können. Der Koch und eine Küchenhilfe saßen zusammen und unterhielten sich bei einem Teller Scones. »Ich bin doch genau wie sie. Eine ganz normales Mädchen.«

»Auf die eine Art vielleicht, ja. Aber in vielerlei anderer Hinsicht sind Sie das eben nicht. Wenn ich so frei sein darf: Sie müssen an Ihren Status denken, Ihre Majestät. Und während ein herzlicher Umgang mit den Angestellten gern gesehen ist und unterstützt wird, untergraben Sie doch in dem Moment Ihre Autorität, in dem Sie ›eine von uns‹ werden. Und Ihren Status. Sie sind die Erbin des Thrones von Hessenberg. Wir nicht. Ich bin mir sicher, dass es in amerikanischen Haushalten mit Angestellten ähnliche Standards gibt.«

»In Ordnung. Okay. Ich verstehe, was Sie meinen. Ich war im Haus des Gouverneurs zu Gast, und der isst auch nicht mit seinen Leuten in der Küche.«

»Ganz genau. Sie werden sich daran gewöhnen. Nun, aber wie wäre es denn, wenn Sie das Frühstück im Salon nähmen? Dort können Sie den Sonnenaufgang über dem Wald sehen.«

»Das klingt perfekt.« Reggie folgte Jarvis den hinteren Flur entlang, durch das Foyer im Angestelltenbereich – ja, dort gab es ein eigenes Foyer, und auch das war ziemlich elegant – in ein gemütliches Zimmer mit einem Kamin und einer ganzen Reihe von Fenstern, durch die man auf die Anlagen und den Wald hinaussah.

»Wird das gehen?«

»Ja, sehr gut.« Sie nickte ihm zu. »Vielen Dank, Jarvis.«

»Miss, ich hoffe, Sie wissen, welche Ehre es für mich und die anderen Angestellten ist, in Ihren Diensten zu stehen. Zögern Sie nicht, uns um Hilfe zu bitten.«

»O-okay ... und, Jarvis, danke. Danke, dass Sie mir gesagt haben, wie ... Sie wissen schon. Wie man sich gegenüber dem Personal verhält.«

»Keine Ursache, Miss. Was wünschen Sie zum Frühstück?«

»Eine Cola light und ein paar von diesen Scones. Aufgewärmte, mit Butter.«

Er lächelte. »Mit Cola light kann ich leider nicht dienen, aber ich werde veranlassen, dass wir welche bekommen. Wäre heute Morgen auch Tee in Ordnung?«

»Solange er kalt und süß ist.«

»Sehr gut.« Er ging zur Tür. »Gibt es sonst noch etwas, das ich für Sie tun kann?«

»Um ehrlich zu sein ... Was wissen Sie über die alte Verfassung? Und über den Autoritätskanon??

»Nichts Genaues. Nur, dass dies die Gesetze des Landes waren, bevor wir durch das Abkommen mit Brighton verbunden wurden. Warum fragen Sie?«

»Ich würde sie gerne lesen. Meine Geschichtskenntnisse auffrischen. Wissen Sie, wie ich an ein paar alte Gesetzesbücher oder vielleicht an die Originaldokumente kommen kann?« Seamus hatte Zugang dazu gehabt, daher hoffte sie, dass die Verfassung und der Autoritätskanon auch ihr zur Verfügung stehen würden.

»Ich bin sicher, Mr. Burkhardt stellt Ihnen diese Informationen sehr gerne zur Verfügung.«

»Ich würde das gerne selbst machen. Es gibt doch bestimmt irgendwo eine Universitätsbibliothek voller alter staubiger Bücher.«

»Ganz recht.« Er lachte und ging mit neuem Schwung weiter.

»Lassen Sie mich mal sehen, was ich da für Sie tun kann. Soll das unter uns bleiben?«

»Ah, ich merke schon, dass wir gut miteinander auskommen werden. Vielen Dank, Jarvis.«

»Aber mit Vergnügen!«

»Oh!« Sie schnippte mit den Fingern. »Ich brauche einen Mantel. Wäre es wohl möglich, ein paar Einkäufe zu erledigen?«

»Das müssen Sie mit Mr. Burkhardt absprechen. Die Medien sind ganz wild auf Sie und darauf, wie Sie sich wohl kleiden werden. Mr. Burkhardt kann Ihnen da raten.«

»Okay.« Sie hatte die Auswirkungen des gestrigen Wahnsinns noch nicht ganz durchdacht. »Bin ich in der Morgenzeitung?«

»Das sind Sie, ja.«

»Kann ich das mal sehen?«

»Es gibt drei Zeitungen, Miss. *Den Informanten,* die *Liberty Press* und das *Morgenecho*.«

»Drei, was? Bin ich in allen drin?«

»Ich fürchte, ja.« Er guckte leicht angewidert.

»Ist es so schlimm?« Würde das Wagnis, sie zur Prinzessin zu machen, wirklich gelingen? Würde es irgendeinem von ihnen weiterhelfen? »Was schreiben sie?«

»Ich habe die Artikel noch nicht gelesen, aber einer davon beschrieb Sie als ›unseren royalen Redneck‹.«

»Royaler Redneck?« Sie zog eine Grimasse und stemmte die Hände in die Hüften. »Es hätte schlimmer kommen können.«

Jarvis setzte ein breites Lächeln auf. »Sehr gut, Miss. Das ist die Einstellung einer Prinzessin.«

Nachdem er die Tür hinter sich ins Schloss gezogen hatte, plumpste Reggie auf den nächstbesten Stuhl und rückte ihn zum Fenster. *Royaler Redneck ...*

Sie drückte sich Uromas Märchen an die Brust und betrachtete die letzten Spuren des Sonnenaufgangs über den Bäumen.

Eine Prinzessin definiert sich nicht alleine durch ihren Titel, sondern dadurch, wie sie lebt.

ACHTZEHN

Tanner hielt am Treppenabsatz der ersten Etage in Wettin Manor an. Die Morgenzeitungen trug er unter den Arm geklemmt. So warf er einen Blick in den Korridor, der zu den Büros im Flügel des Gouverneurs führte.

Die Presseorgane hatten sich mit den Berichten des Morgens gegenseitig überboten. Die Zeitungen brachten ganze Titelblätter über Regina, die einen Fotografen wegschubste. Selbst die Zeitung mit dem seriösesten Ruf, die Liberty Press, hatte sich mit ihrer Schlagzeile dem Boulevard angenähert: H*essenberg bereitet sich auf die amerikanische Invasion vor.*

Der Informant war frech geworden: *Mit diesem royalen Redneck müssen wir rechnen.*

Aber das Morgenecho war Tanners Favorit. Die brachten ein seitengroßes Foto seines Hinterteils, aufgenommen in dem Moment, als er mit strampelnden Beinen ins Auto hechtete, bevor Regina ohne ihn abfahren konnte. Die Bildunterschrift lautete: *Der Kulturminister zeigt seine bessere Hälfte.*

Was ihm mehr zu schaffen machte, war die undichte Stelle, durch die die Informationen überhaupt erst an die Presse gelangt waren. Ihm war danach, direkt zu Seamus zu gehen und eine Erklärung zu verlangen.

Aber war er in der richtigen Position, genau das zu tun? Seamus musste sich dem Premierminister und dem König gegenüber verantworten, nicht dem Kulturminister. In ihrer zehn Jahre langen Freundschaft – Mentor und Schüler – hatte Tanner dem beeindruckenden Mann nie Widerstand geleistet.

Er hatte zugehört und gelernt. War seinem Rat gefolgt. Bis gestern hatte Tanner nie einen Grund dafür gehabt, die Integrität des alten Kameraden in Frage zu stellen.

Im Grunde war er Seamus etwas schuldig und würde ungefähr alles für ihn tun, außer vielleicht das Gesetz zu brechen.

Tanner richtete sich auf, räusperte sich und ging in Richtung des Gouverneursbüros.

Seamus, hör mal, was ist hier denn eigentlich los? Festnahme? Staatsfeindin? Und hast du vielleicht die Presse auf den Plan gerufen?

Tanners Herz schlug entschlossen im Rhythmus seiner klappernden Schuhsohlen, aber als er um eine Ecke gebogen war, hielt er noch einmal an. Seamus wusste Dinge über ihn, die nur wenige andere wussten. War es klug, diese undichte Stelle zu einer persönlichen Angelegenheit zu machen? Denn genauso würde Seamus es verstehen, wenn Tanner ihn damit konfrontierte.

Er kehrte um. *Schuster, bleib bei deinen Leisten.* Bei der Kultur Hessenbergs nämlich. Überlass die Presseangelegenheiten Henry und Seiner Majestät, König Nathaniel II.

Einen schwachen Moment lang fühlte er sich feige. Aber *das* war wirklich nicht sein Konflikt. Wenn es zu seinem Konflikt werden sollte, dann, so sagte er sich, würde er mutig in die Schlacht ziehen.

Vor seinem Büro traf er Louis. Dieser fiel mit Tanner in Gleichschritt und las von seinem Tablet ab. »Der König ist mit dem Premierminister auf dem Weg hierher. Der Erzbischof wird auch in Kürze hier sein, und Dickenson ist mit Regina auf dem Weg.«

»Fabelhaft. Wir brauchen einen Plan, wie wir vorgehen wollen.« Tanner ordnete seine Gedanken und Gefühle neu. Er schob seine Enttäuschung über Seamus in die eine Ecke seines Verstandes, seine Gefühle für Regina in eine andere, und die Tatsache, dass er sich wegen der Party am Sonntag entscheiden musste, wieder in eine andere. »Kennen wir jemanden, der meinen Platz als Reginas Mentor einnehmen könnte? Vorzugsweise eine Frau. Dann können wir dem König einen konkreten Vorschlag unterbreiten.«

Tanner musste zur Normalität zurückfinden. Zu seinem Leben vor Regina. Vor der Einladung. Vor seinen Verwicklungen mit der Presse.

»Wie wäre es mit Sibella Glenn, der Kuratorin? Sie arbeitet in einem unserer staatlichen Museen, sie ist kulturbegeistert und taucht auch oft in Talkshows auf, wo sie über die Königshäuser in Brighton und England diskutiert.«

»Sie sind ein Genie, Louis.« Tanner warf die Zeitungen auf seinen Schreibtisch und ging zum Teewagen. »Sie ist perfekt.« Eine Tasse heißen, bitteren Tees sollte ihm helfen, die Dinge zu sortieren, die sein Herz in Aufruhr brachten.

»Sie haben also die Zeitungen gesehen?« Als Tanner aufsah, beugte sich Louis über den Schreibtisch und las das *Morgenecho*. »Will ich überhaupt wissen, wie Sie in diese Situation geraten sind? Mit zappelnden Beinen kopfüber in einem Auto steckend?«

»Sie weigerte sich, die Tür zu öffnen.« Tanner nippte an seinem Tee. Perfekt. »Als sie das Fenster herunterließ, bin ich hineingehechtet.«

Louis saß mit verschränkten Armen auf der Tischkante. »Was halten Sie von ihr? Von der Prinzessin? Hat sie es drauf?«

»Ja, das glaube ich schon.« Tanner nahm gerade einen weiteren kräftigen Schluck, als ein leises Türklopfen zu hören war.

König Nathaniel und Henry kamen herein. Sie hatten den Erzbischof, Tanners Dad, im Schlepptau.

Louis ging hinaus, um Dickenson und Regina in Empfang zu nehmen. Als sie in Tanners Büro angekommen war, versammelten sie sich im Kreis, und König Nathaniel kam direkt auf den Punkt.

»Erst einmal bitten wir Sie aufrichtig um Entschuldigung wegen des Presserummels gestern, Regina.«

Sie zuckte mit den Schultern. »Kein Problem.«

»Sie sind sehr großzügig. Aber ich würde gerne einen Plan entwickeln, wie wir uns in den nächsten Tagen am besten um Sie kümmern können, solange die Juristen diese Angelegenheit mit dem Autoritätskanon aufarbeiten. Und natürlich Seamus' Petition beim Europäischen Gerichtshof. Tanner, ich muss noch heute Morgen nach Brighton zurück. Mutter stellt Susanna bei diversen Wohltätigkeitseinrichtungen vor, und man hat mir unmissverständlich mitgeteilt, dass ich dabei zu sein habe.«

»Willkommen im Eheleben, Ihre Majestät«, sagte Henry mit einem leisen Lachen.

»Ihre Majestät, kann der Gouverneur sie denn wirklich festnehmen lassen?«, fragte Dad mit einem freundlichen Blick auf Regina. Die Männer waren stehengeblieben, während sie sich unterhielten. Bis auf Tanner hatte sich keiner Tee eingeschenkt. Regina stand in sich zurückgezogen und schüchtern unter ihnen.

»Er kann eine Anklage gegen sie vorbringen, ja. Dann werden die Polizei und die Gerichte an die Arbeit gehen. Seamus wird einen Fall aufbauen müssen. Aber ...«, Nathaniel sah ihnen allen der Reihe nach in die Augen, »er hat die politische Überzeugung und ausreichend Einfluss, um das zu tun.«

»Trotzdem kann er keinen hieb- und stichfesten Fall konstruieren«, sagte Tanner überzeugt. »Deswegen führt er seinen Krieg mittels der Presse. Ich bin mir beinahe sicher, dass er unsere undichte Stelle ist.«

»Das ist auch meine Vermutung. Keiner von uns hat diesen Angriff ausgerechnet seitens des Gouverneurs vorhergesehen«, sagte Nathaniel.

»Sollen wir in die Offensive gehen und eine Pressekonferenz für Regina organisieren?« Tanner sah sich in der Runde um und wartete auf ihren Ratschlag.

»Oh, ich weiß nicht, Tanner.« Regina sprach zum ersten Mal. »Ich bin nicht darauf vorbereitet.«

Er sah sie an. Für den Bruchteil einer Sekunde spürte er die warme Feuchtigkeit ihrer Tränen auf seiner Haut. Und er änderte seine

Meinung über Sibella Glenn. Er würde ihr Mentor sein und ihr Beschützer, solange der König das für angemessen hielt.

»Wir zäumen das Pferd von hinten auf.« Der König ging gedankenverloren im Raum auf und ab. »Keine Pressekonferenz. Regina hat Recht. Sie ist noch nicht auf die Fragen vorbereitet, die ihr gestellt würden. Aber der Schlüssel bei dem Ganzen ist weder die Presse noch unser Verhalten als Führungspersonen noch das, was Seamus tut. Der Schlüssel ist Regina selbst.«

»Ich? Was kann ich tun? Ich bin so neu ... so unsicher ... mit allem.«

»Ganz recht«, sagte Nathaniel. »Dennoch sind Sie die Prinzessin, wenn auch ohne die offiziellen Formalitäten. Tanner«, die Haltung des Königs veränderte sich, während er seine Idee zu Ende spann, »lassen Sie uns die Dinge etwas langsamer angehen. Der Europäische Gerichtshof hat noch nicht einmal zugesagt, dass er die Petition überhaupt annehmen will. Es könnte sein, dass wir uns völlig umsonst sorgen. Aber die Prinzessin, die haben wir hier, also lassen Sie uns zusehen, dass wir sie unters Volk bringen und ihr die Stadt zeigen.« Der König wandte sich an Regina. »Sie sollen die Sehenswürdigkeiten besichtigen. Den Leuten zuhören. Die Petition und Seamus' Drohungen vergessen. Nehmen Sie sich das Wochenende, um herumzustreifen. Haben Sie Spaß! Erfreuen Sie sich an der Schönheit Hessenbergs.«

»Ganz recht«, fügte Henry hinzu. »Lassen Sie sie die Leute persönlich kennenlernen.«

»Die Presse wird über uns herfallen, Sir.« Tanner hob seine Hände in stummem Widerspruch. »Wir sind dabei, Sicherheitsleute zu organisieren, aber wenn wir hinaus auf die Straße gehen und die Leute Wind davon kriegen ... Das wird das reinste Irrenhaus werden.«

»Ich verstehe Ihr Argument.« Nathaniel tippte sich nachdenklich mit den Fingern gegen sein Kinn. »Susanna und ich sind neulich inkognito ausgegangen. Sie könnten jedenfalls immer ...«

»Lass uns das tun.« Regina schaltete sich in das Gespräch ein. »Lass uns in die Stadt gehen, unter die Leute.« Sie sah zu Tanner hinüber. »Ich bin hierhergekommen, um zu sehen, was es mit Hessenberg auf sich hat. Also lass uns genau das tun. Das Gute, das Böse und das Hässliche in der Stadt ansehen.« Sie hob ihr Kinn und straffte die Schultern. Aber Tanner konnte sehen, wie sie unter der Oberfläche bebte.

»Nimm sie mit in den Wisteria Park«, sagte Dad. »Da ist immer etwas los.«

»Aber zuerst«, sie stach mit dem Finger in die Luft, »brauche ich einen Mantel.«

»Eine großartige Idee«, sagte Nathaniel. »Besuchen Sie mit ihr die Boutiquen. Melinda House wird mehr als bereit dazu sein, die Prinzessin einzukleiden. Die zukünftige Großherzogin von Hessenberg.«

»Wie wäre es mit den Pubs, wie dem Fence & Anchor?«, schlug Henry vor.

»Das Fence & Anchor ... vorzügliche Idee, Henry.« Der König klopfte seinem Premierminister auf den Rücken.

»Behandeln Sie sie wie die Prinzessin, die sie ist, Tanner. Werben Sie um sie, und sie wird das Volk umwerben.«

Sie umwerben? Boutiquen und Pubs? Der Park? Sie war seine Herrscherin. Sein königlicher Schützling. Nicht seine Freundin. Schon gar nicht *seine Freundin.*

War dem König und dem Premierminister, war seinem Vater denn nicht klar, dass sie gerade ein Rendezvous erster Klasse für sie fabrizierten?

Tanner warf Regina einen verstohlenen Blick zu. Ihre Wangen waren etwas rosiger als noch vor einer Sekunde. Und eines wusste er sicher. Er wollte Zeit mit ihr verbringen. Und das wollte er mehr als alles andere, das er sich in der letzten Zeit gewünscht hatte.

»Tanner, ich habe volles Vertrauen, dass Sie die Situation

hervorragend meistern werden. Regina, ich glaube an Sie.« Nathaniel warf einen raschen Blick auf seine Uhr. »Ich verabscheue es, einen Plan zu entwerfen und dann zu verschwinden, aber das muss ich nun leider.« Er schüttelte Tanners Hand. »Lassen Sie uns am Montag wieder zusammenkommen. Miles«, er wandte sich an den Erzbischof, »vielleicht können wir schon damit anfangen, die Eideszeremonie vorzubereiten. Regina, wenn Sie bereit sind, werden wir nächste Woche mit der offiziellen Zeremonie fortfahren.«

»Wow. Ja. Okay. Glaube ich. Wir werden sehen.«

»Sie haben das Wochenende. Denken Sie darüber nach. Beten Sie.« Nathaniel nahm sie sacht an beiden Armen. »Wenn ich Entscheidungen zu treffen habe, macht das Gebet einen unfassbar großen Unterschied.«

»Ich weiß, welche Kraft Gebete haben.«

»Gut. Dann nehmen Sie die in Anspruch.« Er ging in Richtung Tür. »Miles, Sie bereiten die Schriften und Handlungen der Zeremonie vor.«

»Das werde ich, Ihre Majestät.«

Als der König und der Premierminister gegangen waren, zog sich Tanner hinter seinen Schreibtisch zurück und wartete darauf, dass auch sein Dad sich verabschiedete. Aber der zögerte noch an der Bürotür. »War noch etwas, Sir?«

»Deine Mutter brennt darauf zu erfahren, ob du von Trude eine Einladung zum Geburtstag der Zwillinge bekommen hast.« Dad ging wieder ein paar Schritte ins Büro zurück.

»Habe ich, ja.« Tanner faltete die Zeitungen zusammen und stopfte sie in den Papierkorb. Darüber wollte er nicht in Reginas Anwesenheit sprechen.

»Deine Mutter spricht von nichts anderem.« Dad lachte leise und kratzte sich am Kopf. Mit seinen 58 Jahren hatte er immer noch volles blondes Haar. »Sie war schon mindestens dreimal los, um Geschenke zu kaufen. Und in ihrem Schrank findet sich natürlich nichts, was ansatzweise gut genug wäre, dass sie es anziehen könnte. Sie muss schon vier neue Kleider haben. Ich habe sie gewarnt, dass sie sich möglicherweise nicht an sie erinnern können, aber ich habe nicht das Gefühl, dass sie das groß stört. Sie will sie sehen.«

Dad verschränkte seine Hände hinter dem Rücken, als wartete er darauf, dass Tanner sich an der Unterhaltung beteiligte. Dieser private, intime Austausch war vor Regina gänzlich unangebracht. Außerdem – wann hatte sein Vater denn bitte schön jemals etwas so Persönliches so offenherzig aufs Tapet gebracht?

Tanner linste verstohlen zu Regina hinüber, die am Fenster stand und die Stadt betrachtete. Sie war es. Sie hatte diese seltsame Wirkung auf Menschen, sie brachte sie dazu, ihr Herz auszuschütten.

»War sonst noch etwas, Dad?« Tanner griff mit abgewandtem Blick nach seinem Stuhl. »Ich muss mich mit Regina um die Tagesplanung kümmern.«

»Nein, nein, nichts weiter. Ich bin dann mal weg.« In der Tür zögerte er jedoch wieder und hob an, etwas zu sagen, verabschiedete sich dann aber nur von Regina.

»Tanner?« Dad räusperte sich. »Wir sind da, wenn du uns brauchst.«

»Ich wünsche dir auch einen schönen Tag.« Tanner kramte auf seinem Schreibtisch herum. Ihm wurden plötzlich die Augen feucht, was ihn überraschte und aus der Fassung brachte, ein unerwartetes Aufwallen von Tränen, die ihm aus den Augen geradewegs in die ausgedörrten, leeren Brunnen seiner Seele rannen.

Nie im Leben hätte Regina gedacht, dass sie eines Tages den Satz »Ich würde dich gerne deinen Leibwächtern, Clarence und Todd, vorstellen!« hören würde.

»Angenehm!« Reggie verschränkte ihre Arme fest vor ihrem Oberkörper und versuchte, sich vor der Kälte zu schützen, während sie die Vordertreppe des Herrenhauses hinunterging. Die Sonne stand hoch am Himmel, aber ihre Wärme hatte die Schatten zwischen den steinernen Säulen von Wettin Manor noch nicht erreichen können.

»Regina.« Tanner folgte ihr und bot ihr eine große marineblaue Strickjacke an, die ein großes Wappen mit den Buchstaben KU zierte. »Trag die hier solange, bis wir dir einen Mantel gekauft haben.«

Sie nahm die Jacke an, und alleine schon, dass Tanner sie ihr anbot, verlieh ihr ein wohlig warmes Gefühl. »Brauchen wir wirklich zwei Sicherheitsleute?«

»Erinnerst du dich an gestern? An das Durcheinander mit der Presse?«

»Ich erinnere mich daran, wie du kopfüber mit dem Gesicht auf dem Beifahrersitz und deinen Strampelbeinen in der Luft durch die Stadt gefahren bist.« Sie fuhr in die Ärmel aus feinster Wolle. »Wem gehört die?« Als sie ihre Arme senkte, rutschten ihr die Ärmel über die Hände und baumelten etwa auf Kniehöhe.

»Mir. Sie stammt aus Universitätszeiten. Ich bewahre sie in meinem Büro auf.«

»Also ... Hm. Gehen wir jetzt miteinander?« Sie grinste, krempelte die Ärmel auf und genoss das Gefühl der Worte in ihrem Herzen. Sie war überhaupt noch nie mit jemandem gegangen, aber das, naja, stand schon noch auf ihrer Liste.

»Haha. Du bist ja ganz schön keck heute.« Er ging die restlichen Stufen zum dem schwarzen SUV hinunter. Die beiden ernst dreinschauenden Typen, Reggie fand, sie sahen aus wie Navy Seals, standen neben der Beifahrertür. »Hast du die Zeitungen gesehen?«

»Ja, habe ich, und der Schnappschuss von deiner schönsten Seite hat mich wirklich zum Lachen gebracht.«

»Wenn du nur die Tür geöffnet hättest ...«

»Du hast nicht ›bitte‹ gesagt.« Reggie ging mit klackernden Absätzen zum wartenden Wagen.

Dieser Morgen hatte etwas an sich. Irgendetwas war da. Im Salon zu sitzen ... über den Rasen zum Wald hinüberzustarren ... sich mit Jarvis zu unterhalten ... Uromas Porträt anzuschauen ... das Märchen aus einer ganz neuen Perspektive zu lesen ...mit Jesus zu sprechen ... mit dem König und seinen Männern zu reden. Irgendetwas hatte ihr Frieden gegeben. Hatte ihr Zuversicht verliehen.

Ihr ganzes Leben lang hatte sie über den Glauben gehört, davon, Gott ihr ganzes Leben lang zu vertrauen. Aber nicht ein einziges Mal hatte sie ihre Flügel ausgebreitet und versucht, einen Aufwind zu erhaschen in dem Bewusstsein, dass unter ihr nichts mehr war außer der unsichtbaren Hand Gottes.

College? War sicher, weil Daddy und Sadie am anderen Ende der Stadt wohnten.

Wirtschaftsprüferdiplom? Sicheres Ding, weil sie gut mit Zahlen konnte.

Die Werkstatt? War sicher, weil Al dort war.

Selbst mit Mark Zeit zu verbringen war sicher. Sicher, weil sie ihn schon ihr ganzes Leben lang gekannt hatte.

Aber die Prinzessin eines kleinen Nordseestaates zu sein? War furchteinflößend, und es gab nur einen einzigen Mann, der ihr zum Erfolg verhelfen könnte. Jesus selbst. Wenn er für sie ans Kreuz gehen konnte, konnte sie wohl für ihn herausfinden, was es mit dieser Prinzessinnen-Sache auf sich hatte. Das würde sie nie mit Bestimmtheit sagen können, wenn sie nicht die Flügel ausbreitete.

Tanner ging ein paar Schritte um sie herum, um ihr die hintere Tür des SUVs zu öffnen. Sie schlüpfte hinein, und Tanner ging um den Wagen herum, um sich auf der anderen Seite der Rückbank zu ihr zu gesellen. Die Sicherheitsgorillas stiegen vorne ein, und Clarence fuhr los.

Reggie fuhr in friedvoller Stille durch die Straßen Straubergs, während der klare Tag die Stadt mit einem warmen Licht durchflutete.

»Das hier ist die Market Avenue«, sagte Tanner, als Clarence an einer Ampel rechts abbog. Es handelte sich um eine breite Straße mit dünnen, hohen Schattenbäumen und viktorianischen Straßenlaternen, die die Fahrspuren voneinander trennten. »Vor 300 Jahren fand hier der gesamte Handel der Stadt statt.« Er klopfte leicht ans Fenster und berührte sie behutsam am Arm. »Kannst du zwischen den Gebäuden dort hindurchsehen? Da ist die Bucht, South Port. Dort legen die Schiffe aus Deutschland und Italien und allen noch südlicher gelegenen Ländern an.«

Tanner ließ das Fenster herunter, und Reggie beugte sich vor, hinein in die Brise frischen Windes. Daneben nahm sie den sauberen, feinen Duft wahr, an den sie sich als »Tanners Geruch« fast schon gewöhnt hatte. Tanner machte sie neugierig. Er war wie ein Puzzle. Sie konnte die meisten der Teile sehen, konnte aber noch nicht erkennen, wie diese zusammenpassten.

Hinter dem Fenster schuf die Sonne einen goldenen Fluss mitten auf dem blaugrünen Wasser, und Reggie nahm einen tiefen Atemzug.

»Schön, nicht wahr?«, fragte Tanner über ihrer Schulter.

»Ja, sehr. Sehr schön.«

Als Reggie aber zu ihm aufsah, war es nicht die Bucht, die er mit seinen tiefblauen Augen betrachtete, sondern sie. *Sir Blauauge.*

Sie setzte sich ruckartig wieder auf. Ihr Herz trommelte und galoppierte, ein komisches, beunruhigendes Gefühl.

»Sir.« Clarence sah mittels des Rückspiegels nach hinten. »Wir biegen jetzt in die Straße ein, in der sich Melinda House befindet. Bitte schließen Sie Ihr Fenster.«

Der SUV rollte langsam eine schmale Kopfsteingasse hinunter, die sich zwischen zwei hohen Gebäuden hindurchschlängelte und sehr schattig war. Clarence hielt vor einer kleinen, unscheinbaren Tür.

»Bitte warten Sie hier.« Todd stieg aus und verschwand hinter der Tür.

Reggie wandte sich an Tanner. »Echt jetzt? Ein Sicherheitsdienst? Das ist verrückt.«

»Denk an gestern.«

»Ich weiß, aber das war bei Wettin Manor. Denen hat doch jemand gesteckt, dass ich dort sein würde, oder nicht? Das hier ist eine dunkle Hintergasse. Wer soll schon wissen, dass wir hier sind?«

»Regina, ein Foto von dir ist möglicherweise Tausende, wenn nicht Zehntausende Dollar wert. Du bist das neue Gesicht eines sehr alten Königshauses. Vielleicht hast du mitbekommen, was mit dem englischen Königshaus passiert ist, als Kate offiziell auf die Bühne trat? Und selbst, bevor sie offiziell dabei war ... Leute werden dich belauern, werden dich jagen.« Er tippte sie vorsichtig ans Kinn. »Bitte hör mir zu. Lass niemals, nie, deine Defensive herunter. Nie.«

Todd kam wenige Minuten später heraus und öffnete Reggies Tür. »Gehen sie geradewegs hinein. Die Treppe hinauf in die erste Etage.«

»Warte auf mich.« Tanner stieg auf seiner Seite aus dem Auto und empfing sie an der Hintertür, wo er sie hineinbegleitete.

»Dieses Mantel-und-Degen-Theater fühlt sich so übertrieben an.«

»Ja, Liebes, aber dieses Mantel-und-Degen-Theater wird dich bewahren.«

Liebes? Sie stolperte über das Wort, stieg aber ruhigen Schrittes die Treppe hoch und redete weiter, ohne sich nach ihm umzudrehen. Aber das Wort landete süß und zärtlich mitten in ihrem Herz.

Ach du liebes bisschen, sie schwärmte *tatsächlich* für Tanner Burkhardt.

Sie kamen in der ersten Etage an und betraten ein offenes Loft mit Wänden aus Backstein und Holzdielen. Zu ihrer Rechten öffnete sich das Loft wie eine Empore über einen strahlenden Ladenraum. Von der offenen Decke hingen weiße Laternen an dünnen schwarzen Röhren, und leise Musik füllte den Raum.

Vor Kopf waren raumhohe Spiegel in den Backstein eingesetzt, und funkelnd fing das Glas das Licht ein und streute es strahlend zurück in den Raum.

»Ihre Majestät! Willkommen, willkommen!« Eine schlanke, platinblonde Frau in maßgeschneidertem Hosenanzug kam ihr entgegen. »Wie überaus aufregend. Ich bin Melinda.« Sie knickste. »Wir sind begeistert, dass Sie uns zu Ihrem Ausstatter erkoren haben!«

»Melinda«, mit einem leichten Druck legte er ihr die Hand auf den Rücken, »haben Sie vielen Dank für diesen Sondertermin. Nach dem gestrigen Presserummel war ich der Meinung, wir sollten allerhöchste Sicherheit walten lassen und durch die Hintertür hereinkommen.«

»Aber absolut! Machen Sie sich nur keine weiteren Gedanken. Wir legen großen Wert auf die Privatsphäre unserer Kunden sowie auf Diskretion.« Sie lächelte ununterbrochen, faltete die Hände in der Taille und wandte den Blick nicht ein einziges Mal von Reggie ab.

Die fühlte sich langsam befangen. Was dachte sich diese Modezarin wohl? Hollaho, mit der Kleinen werden wir ja alle Hände voll zu tun haben. Holt schon einmal die Hüfthalter in »Extrastark« und ein paar Push-up-BH's, Kollegen.

»Nun, sollen wir ans Werk gehen?« Melinda ging in schnellen kurzen Schritten zu den Spiegeln. Ihr kurzer enger Rock schränkte ihre Bewegungen ein. »Wir haben einige Mäntel für Sie zur Anprobe ausgesucht, Ihre Majestät. Wir waren außerdem so frei, ein paar unserer neusten Kleider auszuwählen. Es wäre uns eine Ehre, wenn Sie sie zuerst präsentierten.«

»Reggie. Bitte, nennen Sie mich einfach Reggie.« Sie schnappte Tanner am Arm, als der gerade losgehen wollte, und ließ Melinda ohne sie zu den Spiegeln staksen. »Das kann nicht dein Ernst sein. Designermäntel? *Präsentieren?* Habt ihr hier kein Kaufhaus oder so was? Ich brauche doch nur eine einfache Jacke.«

»Melinda, warten Sie bitte einen Moment.« Seine Augen sahen an Reggie vorbei, und sie trat einen Schritt zurück, überrascht von dem, was sie hinter dem Blau sah. Entmutigung. Als ob er sie enttäuscht hätte, als ob seine Bemühungen ihr nicht gefielen und als ob ihn dieser Umstand wiederum ... verletzte.

Sie drückte sich die Hand gegen die Stirn. »Lass gut sein, es ist schon in Ordnung. Lass uns mal diese Mäntel anschauen.« Wann würde sie nur lernen, dass es nicht immer um sie ging? Tanner tat sein Bestes, um seinen Job zu erledigen.

»Bist du dir sicher?«

»Es tut mir leid, Tanner. Es ist nur ... Ach, Mist, es ist alles so aufregend, und gleichzeitig macht es mir Angst. Letzte Woche war ich noch die Königin der Schraubenschlüssel. Diese Woche bin ich eine königliche Prinzessin. Davon kann man schon ein kleines Schleudertrauma bekommen.«

»Du hast Recht, ich habe nicht darüber nachgedacht ...«

»Nein, nein, ist schon okay. Nur, PENG«, sie durchschnitt mit ihrer Hand die Luft vor sich, »und schon bist du von null auf hundert.« Sie hakte sich bei ihm unter und fragte sich zum ersten Mal, ob es bei dieser schrägen Reise nicht ebenso sehr um Tanner ging wie um sie.

»Hilf mir, etwas auszusuchen, das auch gut zu Knastklamotten passt.«

»Regina«, er hielt sie zurück, »du kommst nicht ins Gefängnis. Seamus kann sich aufplustern, so viel er will, der arrogante Kerl mit seiner Schnulli-Pfeife. Aber er kann nicht wirklich etwas ausrichten.

Dafür müsste er den kompletten Europäischen Gerichtshof schmieren, und ich behaupte mal, dass er weder den Einfluss noch das Geld dazu hat.«

»Selbst wenn ... welchen Einfluss hat das Gericht denn?«

»Mehr, als es haben sollte, wenn du mich fragst, aber nicht genug, um dich in den Kerker zu werfen.«

»Es gibt einen Kerker?« Sie zog eine Grimasse.

»Das war metaphorisch gemeint. Hör zu, Liebes«, da war es wieder, das Wort, »mag sein, sie geben seiner Petition zugunsten des Volkes von Hessenberg statt. Das ist dann aber nur der Anfang. Dann fängt das Gezerre um die Regierungshoheit an.« Tanner ging weiter. Licht fing sich in seinem dicken blonden Haar. »Du kannst darauf setzen, dass es Seamus genau darum geht. Er will sich zu einer Art oberstem Anführer machen. Vielleicht sogar zum Großherzog. Einem königlichen Status gegenüber wäre er nicht abgeneigt. Es soll nur eben sein eigener sein.« Er kam zurück zu Reggie. »Ich würde sagen, da hat er sich mehr vorgenommen, als er in sein vermaledeites Pfeifchen stopfen kann.«

»Was hast du nur immer mit seiner Pfeife?«

»Ach, die nervt mich einfach.« Er griff nach ihrer Hand. »Genug von Seamus geredet oder von Anzeigen oder Festnahmen.« Er ging rückwärts und sah sie dabei an. »Ich glaube, wir brauchen beide etwas zu lachen. Ein bisschen Spaß. Und der König hat einen Tag voller Jux und Tollereien angeordnet, also wollen wir ihm gehorchen und den Tag genießen.«

»Jux und Tollereien?« Reggie lachte und ging schneller, um mit ihm Schritt zu halten. Sie wollte seine Hand nicht loslassen. »Das hat er nicht gesagt. Ich habe genau zugehört. Aber du hast das gesagt, ›Jux und Tollereien‹.« Die Worte rollten ihr über die Zunge und kitzelten sie in den Ohren. Sie neckten ihr Gemüt. Brachten sie zum Lachen.

»Ich habe das Gefühl, du machst dich über mich lustig«, sagte

Tanner und setzte halbherzig ein strenges Gesicht auf. Aber in seinen Augen leuchtete der Schalk.

»Nein, mir gefällt nur der Klang von ›Jux und Tollereien‹.« Reggie bemühte sich um einen hessenbergischen Akzent und versagte kläglich, was Tanner zum Lachen brachte. »Können wir nach dem Einkaufen den Mercedes nehmen und wieder durch die Hügel sausen? Das nenne ich einen Riesenjux.«

Tanner schlug sich mit der Hand gegen die Brust. »Hab Erbarmen mit meinem armen Herzen, liebste Regina.« Er streckte den Arm weit aus und machte eine übertriebene Verbeugung, aber seine Worte, oh, seine Worte ... die waren alles andere als albern.

Sie ließ seine Hand los und trat der dauer-lächelnden Melinda gegenüber. Die Gefühle, die er in ihr weckte, machten sie zittern. Reggie wusste nichts über Tanners schwaches Herz, aber ihres jedenfalls wurde von Sekunde zu Sekunde hilfloser.

Nur eine Schwärmerei. Eine Schulmädchen-Schwärmerei. Denk nicht so furchtbar viel darüber nach, Reg.

Aber er war charmant und selbstbewusst. Da war so eine Art Schwelen, eine James-Dean-Aura. Etwas Dunkles lauerte unter der Oberfläche und wollte hervorkommen. Das wusste sie einfach.

Von alldem einmal abgesehen, war er hübsch. Poster-an-ihrer-Wand-schmachtenswert hübsch.

»Ihre Majestät ...«

»Nennen Sie mich doch bitte Reggie oder Regina. Bitte.«

»Nun gut.« Melinda bedachte sie mit einem kurzen Nicken. Ihr perfektes Lächeln wankte.

»Oder Miss. Miss geht gut.« Die Frau schien zu zögern, sie bei ihrem Vornamen zu nennen.

»Nun, *Miss,* dann wollen wir beginnen ...« Melinda rückte ihr Lächeln zurecht und nahm einen Mantel von einem seidenummantelten Bügel.

Tanner nahm in der Zwischenzeit hinter Reggie Platz; er wählte eine ovale weiße Ottomane aus Leder.

»Das ist unser neuester.« Melinda hielt einen langen cremefarbenen Mantel hoch und tauschte ihn gegen Tanners Collegejacke aus. »Wir haben ihn nach Mr. Burkhardts Anruf direkt aus der Fabrik kommen lassen.«

Nachdem Reggie in den Mantel geschlüpft war, zupfte Melinda ihn an den Schultern zurecht, schloss den Gürtel und trat mit einem Ausdruck absoluter Bewunderung zurück.

»Bezaubernd«, sagte sie mit einem Seitenblick auf Tanner. »Wir sind so stolz auf diesen Mantel. Und betont er nicht ganz vorzüglich ihr wunderbares rotes Haar? Atemberaubend. Einfach atemberaubend.«

Reggie konnte sehen, wie Tanner versuchte, im Spiegel ihren Gesichtsausdruck zu lesen. »Der Mantel sieht gut aus. Regina?«

Sie zog ein Gesicht. Sah kurz zu Melinda, und dann über den Spiegel zu Tanner und glättete dann das raue Material mit den Händen. »Nun ...«

»Das ist Mohair. Diese Saison der ganz große Renner.«

»Ich – ich glaube, ich habe noch nie etwas aus Mohair besessen.«

»Was meinen Sie, Miss?« Melinda ging um Reggie herum und musterte sie, das Kinn in die Hand gestützt. »Das Design ist auf großes Interesse gestoßen, und wir wollten damit bei den Frühjahrsschauen einen echten Treffer setzen. Aber selbstverständlich wäre es eine unglaubliche Ehre, wenn Ihre Majestät den Mantel schon diesen Herbst tragen würden. Es wäre der Einzige seiner Art auf der ganzen Welt.«

Junge, Junge. Kein Druck, was?

»Regina, sei ehrlich«, sagte Tanner.

»Na gut ...« Sie wandte sich ihrem Zweimann-Publikum zu. »Ich sehe aus wie ein brennendes Streichholz. Rotes Haar, enger beiger

Mantel, der mir bis über die Knie geht. Wenn die Presse mich so sieht, dann werde ich geradewegs vom royalen Redneck zur Prinzessin in Flammen.«

Tanner lach-hustete in seine Faust, während Melinda mit stählernem Blick die Stirn runzelte.

»Ich bin da ganz und gar anderer Meinung, aber wenn Sie sich nicht wohlfühlen«, sie ging zu Reggie, um ihr aus dem Mantel zu helfen, »dann haben wir auch noch andere Modelle.«

»Schauen Sie mal, wir können das Ganze etwas abkürzen«, sagte Reggie, als Melinda den Mantel zurück auf den Ständer hängte. »Ich brauche etwas Einfaches und Praktisches. Etwas für jeden Tag, verstehen Sie? Ich mag Blau und Schwarz, vielleicht auch Grün, wenn es das richtige Grün ist. Sonst sehe ich aus wie eine komische Rose.«

Tanners Lachen klang einmal klar und deutlich auf und verwandelte sich dann wieder in ein Husten und Räuspern. Reggie zwinkerte ihm über den Spiegel zu, während Melinda die Mäntel durchging. Es machte ihr Spaß, ihn zum Lachen zu bringen. Sein Lachen klang schön.

»Dürfte ich vielleicht vorschlagen, dass Sie anfangen, mehr wie eine Prinzessin zu denken, als wie eine – nun, was auch immer Sie vorher gemacht haben?«

»Ich habe klassische Autos restauriert. Davor war ich Wirtschaftsprüferin.«

Melinda bedachte sie mit einem finsteren, reservierten Blick. Verwirrung und Frustration ließen ihr Gesicht angespannt wirken. »Ihre Majestät.«

»Reggie.«

»Oder Regina«, half Tanner aus.

»R-Regina«, hob Melinda langsam und bedächtig an. »Frauen auf der ganzen Welt werden Blogs darüber schreiben, was Sie tragen und wie Sie etwas tragen, wenn Sie es tragen. Die Trittbrettfahrer werden sich darin überschlagen, unsere Originale nachzuahmen. Wollen Sie mit Ihrem ersten königlichen Mantel nicht ein mutiges, klares Signal setzen?«

»Ich weiß Ihre Ausführungen wirklich zu schätzen, Melinda. Wirklich. All diese Mäntel sind ... entzückend. Aber wir wollen den Tatsachen ins Gesicht sehen: Es kann gut sein, dass ich nicht sehr lange die Prinzessin von überhaupt irgendetwas sein werde. Deswegen würde ich es für den Augenblick gerne einfach halten. Wie wäre es mit einem Chauffeurmantel oder so etwas in der Art? Meine Mutter hatte damals einen.« Eine plötzliche Sehnsucht überkam Reggies Herz und durchdrang ihre Stimme. »Wenn sie noch leben würde, wäre sie es, die an meiner Stelle jetzt mit Ihnen hier stünde.«

Melinda betrachtete sie einen Moment lang. Ihre Lippen formten eine Frage, der sie jedoch keine Stimme verlieh. Ihr Modedesigner-Gehabe wich dem Verhalten einer Frau, die sich mit einer anderen Frau über den Verlust ihrer Mutter unterhielt.

»Dann soll es ein Chauffeurmantel sein. Marineblau? Dann sehen Sie weder wie ein Streichholz noch wie eine Rose aus.« Sie gestattete sich ein leises Lachen. »Ich habe meine Mama vor etwa einem Jahr verloren. Ich vermisse sie immer noch.«

»Oh, mein aufrichtiges Beileid! Standen Sie sich nahe?«

»Wir haben jeden Morgen und jeden Abend miteinander telefoniert.« Melinda bot ihr einen einfachen, aber wunderschönen Mantel an. »Standen Sie Ihrer Mutter denn nahe?«

»Sie kam bei einem Autounfall ums Leben, als ich zwölf war. Also ja und nein. Ich habe sie nie als Erwachsene kennengelernt, weil dieser Typ über Rot gefahren ist und sie uns weggenommen hat.«

»Oh, das ist furchtbar. Absolut furchtbar. Das tut mir so leid für Sie, Prinzessin. Eine üble Sache, wenn ein Mädchen von zwölf Jahren ihre Mama verliert, gerade, wenn es sie am meisten braucht.«

»Ich hatte Uroma noch für eine Weile, aber sie war 99 und bekam nicht immer mit, was vor sich ging. Mein Dad dagegen, der war ...«, ihr Herz krampfte sich vor Sehnsucht nach ihrem Daddy zusammen, »der absolute Wahnsinn.«

Sie wartete immer noch darauf, dass er ihre Nachricht auf dem Anrufbeantworter beantwortete. Aber so war er eben. Reggie stellte sich vor, wie er mit Sadie am Esstisch saß ...

»Reg hat angerufen. Sagt, es geht ihr gut. Ah, das Essen sieht aber lecker aus, Sadie. Stell dir mal vor, die Truppe auf der Südseite hat mich den ganzen Tag über den Pfusch geradebiegen lassen, den sie verbrochen hat. Die haben mich um mein Mittagessen gebracht.«

Dann würde er irgendwann in den nächsten Tagen an sie denken und sie zurückrufen.

»Mein eigener Vater war ein Waschlappen, aber ich freue mich über jede, die einen guten abbekommen hat. Bitteschön.« Melinda klopfte Reggie auf die Schultern und ging einen Schritt zurück. »Was meinen Sie?«

Reggie musterte sich von vorne, von hinten und von der Seite und sah Tanner fragend an. Er hatte den gleichen Blick wie in dem Moment, als er ihr die Bucht gezeigt hatte. Eine tiefe Wärme lief ihr über die Haut und kroch in ihre Seele, und ein Leuchten drang in die dunklen, kalten Regionen, wo die Liebe ihr Licht noch nicht hatte leuchten lassen.

»Perfekt«, sagte er, wandte den Blick ab und legte die Strickjacke auf seinem Bein zurecht.

»Ich nehme diesen. Was kostet er?« Reggie konzentrierte ihre Gedanken auf den Mantel, auf Melinda. Nicht darauf, welche Gefühle Tanner in ihr weckte. Sie musste sich wieder in den Griff bekommen. Tanner in irgendeiner Weise zu verfallen würde ihren Weg der Entscheidungsfindung nur stören.

»Nichts. Das ist unser Geschenk an Sie. Willkommen in Hessenberg, Prinzessin Regina.« Melinda klatschte die Hände zusammen und hielt sie dann an ihrer Taille.

»Es tut mir leid, aber das kann ich nicht annehmen.« Reggie knöpfte Mantel auf, um ihn auszuziehen.

»Warum - aber warum denn nicht, Miss? Das ist unser Geschenk für Sie.«

»Mein Daddy hat mir vor langer Zeit etwas beigebracht. Es gibt nichts umsonst auf dieser Welt. Wenn ich diesen Mantel jetzt annehme, bin ich Ihnen verpflichtet. Dann kommt irgendwann irgendein Thema, ein Problem auf, und ich finde mich in einer Zwickmühle wieder, weil ich den Mantel angenommen habe, ohne dafür zu bezahlen. Ich habe keinen Schimmer, was Politik angeht, oder wie man sich als Prinzessin verhält oder gar als Modedesignerin, aber unter Wirtschaftsprüfern und im Autogeschäft läuft dieses ›Eine Hand wäscht die andere‹ normalerweise darauf hinaus, dass irgendein armer Kerl so richtig in die Bredouille gerät und verloren am Wegesrand zurückbleibt.«

»Ich verstehe.« Melinda. Steif und ernst. Verletzt.

»Melinda, es geht nicht um Sie direkt. Bitte, hören Sie mir zu. Ich glaube wirklich nicht, dass Sie mir einen Mantel zum Verhängnis machen würden, aber wenn ich den jetzt von Ihnen annehme, dann werde ich Geschenke anderer Designer ebenfalls annehmen müssen. Und so weiter und so fort. Außerdem hat mir mein Daddy noch etwas beigebracht. ›Ein Arbeiter ist seines Lohnes wert.‹«

»Melinda«, sagte Tanner, der inzwischen hinter Reggie stand, »schicken Sie die Rechnung in mein Büro.«

»Halt, nein, warte.« Reggie drückte ihre Hand gegen Tanners Brust. »Ich will dir auch nichts schuldig bleiben. Ich kann selbst für mich bezahlen.« Wieviel mochte so ein Chauffeurmantel kosten? Ein paarhundert Dollar vielleicht?

»Dieses besondere Stück kostet 2000 Pfund, Miss.«

Reggie fuhr zu Melinda herum. »Für einen Mantel?« Sie brannte darauf, das Ding abzustreifen und sich mit Tanners Jacke zufriedenzugeben, aber der Ausdruck auf Melindas Gesicht sagte eindeutig: *»Tu's nicht.«*

»Schicken Sie die Rechnung in mein Büro,« sagte Tanner erneut.

Reggie seufzte. »Ja, schicken Sie die Rechnung in sein Büro.« Sie wackelte mit dem Zeigefinger vor dem Kulturminister herum. »Aber ich werde dir das zurückzahlen.«

Er machte ein verschlagenes Gesicht und brachte sie damit zum Lachen. »Davon gehe ich aus. So oder so.«

Ihr Geplänkel war glatt. Leicht. Flirtend. Reggie gefiel der Mantel jetzt schon zehnmal mehr, weil er sie für immer an diesen Tag erinnern würde. An Tanner.

Melinda schlug vor, noch ein paar Kleider anzuprobieren, aber Reggie war fürs Erste fertig mit Shoppen.

»Vielleicht nächste Woche?« Sie fragte Tanner: »Brauche ich ein Kleid?«

»Hast du keines mitgebracht?«

»Nein ... Ich habe so schnell gepackt ... Daran habe ich nicht gedacht. Ich habe nur meine normalen Jeans und T-Shirts eingepackt.«

»Melinda«, sagte Tanner. »Suchen Sie ein paar Ihrer Lieblingsstücke aus und denken Sie dabei ganz fest an Ihre Majestät. Schicken Sie die dann in den Palast. Ihre Zofe kann ihr dabei helfen, ein Kleid auszuwählen.«

»Wie steht es mit Accessoires? Schuhe? Handtaschen?«

»Schicken Sie davon auch welche.«

Reggie warf ihm einen Blick zu. »Wie groß ist denn das Budget deines Büros?«

»Das tut nichts zur Sache.« Er versuchte, streng zu klingen, aber seine zuckenden Lippen verrieten ihn. »Melinda, haben Sie vielen Dank. Wir schätzen Ihre Freundlichkeit und Ihre Diskretion sehr.«

Tanner ging rückwärts in Richtung Treppe und bat Reggie mit einer Handbewegung, ihm zu folgen.

»Danke, Melinda.« Reggie bot Melinda die Hand an, aber als die Designerin danach griff, zog Reggie sie in eine Umarmung. »Es tut mir leid, dass ich keine einfache Kundin bin. Und ... es tut mir leid wegen Ihrer Mama. Es wird besser mit der Zeit.«

Melindas steife Haltung entspannte sich, und sie erwiderte Reggies Umarmung. »Sie wissen gar nicht, wieviel mir das bedeutet, Ihre Majestät.«

Mit feuchten Augen begleitete Melinda sie zur Tür. Sie erkundigte sich nach ihren Plänen für den restlichen Tag. Als sie hörte, dass Reggie die Stadt gezeigt werden solle und sie im Fence & Anchor, einem der beliebtesten Pubs bei den Einheimischen, den Tee nehmen wollte, stimmte sie zu, das sei wirklich der beste Weg, Hessenberg kennenzulernen. Reggie wollte gerade die Treppe hinuntersteigen, als Melinda mit leuchtenden Augen in die Hände klatschte. Sie hatte eine Idee.

»Wollen Sie mal richtig Spaß haben, Mr. Burkhardt? Wollen Sie ungestört in der Stadt herumlaufen?«

Er kniff die Augen zusammen. »Was haben Sie im Sinn?«

Melinda wandte sich Reggie zu. »Ihre Majestät, spielen Sie mit?«

Ihr gefiel der Enthusiasmus der Frau. »Klar spiele ich mit. Tanner?«

Er zögerte. Dann: »Ja, ja, ich glaube schon.«

»Oh, das wird wunderbar. Ich komme gleich wieder.« Und Melinda verschwand von der Bildfläche.

Als Tanner durch die Seitentür des Lofts trat, hatte er Reginas schallendes Gelächter in den Ohren. Sie hatte gelacht, als Melinda aus ihrem Lager gekommen war. Hatte gelacht, als die Designerin ihre Idee vorstellte. Und hatte gelacht, während sie von ganzem Herzen dem Komplott zustimmte und seine Proteste gepflegt ignorierte.

»Regina, das kann ich nicht machen.« Tanner schaute den Gehweg auf und ab und betete darum, dass ihn bloß keiner sah.

»Doch, das kannst du. Das ist zum Totlachen.«

Clarence und Todd stiegen grinsend aus dem SUV aus.

»Entschuldigen Sie, aber wir warten auf den Kulturminister und die Prinzessin von Hessenberg«, sagte Clarence und ging hinter dem Fahrzeugheck herum zum Bordstein. »Wir werden Ihre Identität überprüfen müssen.«

»Aber das ist doch eindeutig, Clarence.« Todd stand breitbeinig da und verschränkte die Arme. »Das da sind Sonny und Cher.«

Regina begann »I Got You, Babe« zu singen.

Neben ihr knurrte Tanner leise vor sich hin. Seine glatte Perücke mit den schlecht geschnittenen Ponyfransen wehte sanft im Wind. »Wir werden so viel verdächtiger aussehen als ohne diese Aufmachung.« Er zupfte am Saum seiner Samtweste.

»Sei kein Spielverderber.« Reggie warf die langen, seidigen Strähnen ihrer Cher-Perücke zurück. »Was meinst du? Mache ich mich gut als Brünette?«

»Nein, dein rotes Haar ist fantastisch.« Tanner drehte sich wieder zurück zur Tür und hob die Tüten mit ihren echten Sachen hoch. »Ich gehe mich umziehen.«

»Nein, das wirst du nicht tun.« Reggie winkte Clarence mit einer knappen Handbewegung heran. »Schnappen Sie ihn sich. Wir fahren.«

Aha, *jetzt* entdeckt sie also ihre autoritäre Seite. Prächtig. Aber das war eine ganz miese Nummer. Tanner sprach murmelnd mit sich selbst, während er zu seiner Seite des SUV hinüberging. Wie konnte Melinda ihm das nur antun? Gerade erst letzten Monat hatte er sie dabei unterstützt, die erste Modenschau seit Jahrzehnten in Hessenberg zu organisieren.

»Also«, sagte Reggie und fuhr mit ihrer Erklärung für Clarence und Todd fort, »Melinda hatte da wohl so eine 60er-Veranstaltung im Frühling. Die Kostüme hatte sie noch, falls sie sie noch einmal brauchen würde. Und deswegen sind wir jetzt Sonny und Cher.«

»Nein, also im Ernst, wir sehen doch einfach nur aus wie ein paar unglücklich gekleidete Hippies mit schlechten Frisuren.« Tanner sah zu Reggie hinunter. Die machte ja nichts falsch in ihrem eng anliegenden Body und den knackig geschnittenen, gestreiften bunten Hüfthosen.

»Du brauchst die Perücke ja nicht zu tragen, wenn du nicht willst.« Sie zog eine Grimasse. »Du bist so ein Umstandskrämer.«

»Fahren Sie zu, Clarence.« Tanner war sich sicher, dass der große Kerl heimlich kicherte, aber das scherte ihn nicht weiter.

Er wollte sich bewegen, vorankommen und seine sehnsüchtigen Gedanken hinter sich lassen. Jedes Molekül in seinem ehemals durchtrainierten Rugbyspielerkörper wollte diese Cher-Imitatorin schnappen und sie küssen, bis ihnen beiden die Luft wegblieb.

Keine Frage, sie konnte einen auch unfassbar nerven. Und sie machte es ihm sehr schwer, nach seinen eigenen Regeln zu spielen. Nämlich sein Herz außen vor zu lassen.

»Wohin, Sir?«

»In die Stadtmitte. Wisteria Park.«

Regina sah aus dem Fenster, während Clarence den Wagen durch den Mittagsverkehr lenkte. Tanner atmete tief aus und lockerte den festen Griff um sein Herz.

Sein König hatte ihn auf eine äußerst heikle Mission geschickt, und er hatte ... *sie* gefunden. Und vielleicht ein kleines Stück seiner selbst.

»Was ist das für ein Gebäude dort drüben?« Regina klopfte gegen ihr Fenster. »Das ist ja traumhaft.«

»St. John's Chapel.« Tanner klopfte gegen die Fahrerlehne. »Clarence, können wir parken und ein Stück zu Fuß gehen?«

Clarence brauchte ein paar Versuche, um eine günstige Parkposition zu finden, doch als es ihm gelungen war, stiegen Tanner und Regina aus dem dunklen SUV in den blauen, frischen Tag hinein.

Clarence ging vorweg, während Todd die Nachhut übernahm. Tanner ging neben Regina und bahnte ihr einen Weg durch das geschäftige Treiben auf dem Fußweg. Ihre Schritte fanden einen gemeinsamen Rhythmus, und seine Abscheu für sein Kostüm verflüchtigte sich, weil er neben ihr herging.

»Wie viele Menschen leben in Hessenberg?« Regina wich einer eiligen jungen Frau in einer gelben Jacke aus.

»500 000 in Strauberg. Vier Millionen im ganzen Herzogtum.«

»Wie hoch ist das BIP?«

»Das BIP?« Beeindruckend.

»Man kann ein Mädchen aus der Buchhaltung herausholen, aber nicht die Buchhaltung aus dem Mädchen.«

»Der letzte Bericht über das Bruttoinlandsprodukt nannte ungefähr 300 Milliarden.«

Sie hielt an. »Und das Land hat finanzielle Probleme?«

»Ah, schlau, du verstehst, was so wenige verstehen.«

»Na, ich habe eben aufgepasst in meinen Ökonomie-Seminaren.«

»Unsere finanzielle Beziehung mit Brighton ist nicht besonders klug geführt worden. Wir sind wie zwei voneinander abhängige Schwestern, die sich gegenseitig herunterziehen. Außerdem haben wir über unsere Verhältnisse gelebt. Ganz ähnlich wie die USA.«

»Punkt für dich. Das ist ein echtes Problem.« Und sie ging weiter.

Als sie um die Ecke bogen, kam St. John's Chapel wieder zum Vorschein. Regina drängte auf die gotischen Säulen zu und wäre beinahe vor Clarence auf die Straße gerannt.

»Können wir reingehen?«

»Ich denke schon.« Tanner führte sie eine weitere schmale Seitenstraße hinunter.

»Wie steht es mit der Geschichte dieses Ortes?« Regina ging im Hopserlauf neben ihm her.

»St. John's?« Tanner kannte die Geschichte aus der Zeit, in der sein Vater hier gearbeitet hatte. »Ein holländischer Missionar, der 1682 auf die Insel gekommen ist, hat die Kirche begründet. Er hatte eine Vision Christi, der ihm sagte, er solle eine betende Kirche gründen.« Sie hielten an den schmalen niedrigen Stufen an, die zur Vorhalle der Kirche führten. »Er baute ein strohgedecktes Haus, hier, wo wir jetzt stehen. Und da sind wir nun, ungefähr 300 Jahre später, und stehen vor diesem großartigen Gebäude, das im späten 19. Jahrhundert entstanden ist.«

»Die wirklich wichtige Frage ist dabei aber, ob es auch heute noch Gebetstreffen gibt? Lass uns reingehen und nachschauen.« Regina eilte die Treppen hinauf, und ihre Begeisterung brachte ihn dazu, seine Stadt, sein Land und sein Leben mit ganz neuen Augen zu betrachten.

Die Vorhalle war ein einfacher, reiner Bereich mit einem roten Marmorboden und weißen Wänden. Keine Gemälde oder religiösen Symbole.

Tanner ging auf Zehenspitzen zu den Türen des Heiligtums. Aber Regina blieb zurück.

»Kannst du es fühlen?« Mit geschlossenen Augen atmete sie tief ein und aus.

»Was fühlen?«

»Die Millionen Gebete. Den Frieden. Die Gegenwart.«

Tanner schloss die Augen und versuchte zu erspüren, was sie fühlte. Aber nichts. Alles, was er als Lohn für seine Mühen bekam, war ein Schwall heißer Luft aus dem Heizlüfter an der Decke.

»Das hier war früher die offizielle Kirche der königlichen Familie«, sagte er und griff nach der Tür zum Hauptraum.

Regina trat mit einem »Wow!« und voller Ehrfurcht ein. Ihre weißen Go-go-Stiefel waren ein heftiger Kontrast zu dem tiefroten Teppich. »Tanner, das ist ja unglaublich.«

Als er ihr folgte, versanken seine Schuhe in dem tiefen Flor des Teppichs – und es waren wirklich seine Schuhe, hatte er sich doch geweigert, die fürchterlichen Stiefeletten anzuziehen, die Melinda ihm angeboten hatte.

Mit den Händen in den Manteltaschen durchschritt Regina den Mittelgang. Sie sah zu dem gerippten, trompetenförmigen Gebälk des Deckenbogens auf.

»Schau dir das an.« Sie zeigte nach oben. »Es sieht aus, als hätte sich der Architekt vorgestellt, sie könnten einen Tusch bis in den Himmel blasen.« Sie ließ ihre Hand über die Lehnen der Kirchenbänke gleiten. »Buntglas. Was meinst du, wie alt diese Fenster sind?«

»Nicht so schrecklich alt. St. John's ist in beiden Kriegen von Bomben getroffen worden.« Tanner folgte ihr auf dem Fuße. »Die meisten Fenster sind dabei zu Bruch gegangen. Bis auf dieses dort drüben.« Er zeigte auf ein Bildnis des auferstandenen Christus am Ende des Mittelgangs, hinter der Kanzel.

Als Dad noch hier arbeitete, verbrachte Tanner ganze Gottesdienste damit, das Bild anzustarren und sich die Wiederkunft Jesu vorzustellen. Er konnte ihn inmitten der Wolken sehen und machte sich selbst eine, nun ja, Heidenangst damit.

Was, wenn er nicht würdig wäre? Na, und er war es ja auch nicht, oder? Nicht, dass Gott ihm nicht vergeben konnte oder wollte. Tanner konnte nur nicht sehen, wie er das Recht haben könnte, überhaupt um Vergebung zu bitten.

»Was ist das hier?« Regina bückte sich zu den goldenen Plaketten an den Seiten der vordersten Kirchenbänke hinunter. »Monogramme? Hier ist eines, das aussieht wie das in Uromas Märchen. GH PF I R.«

»Großherzog, Prinz Franz I., Regent. St. John's ist die Krönungsabtei.«

»Dann hat also Uromas Krönung hier stattgefunden?«

»Davon ist auszugehen.«

Ein tragendes Flüstern drang aus dem hinteren Teil des Kirchenschiffs zu ihnen. »Kann ich Ihnen behilflich sein?«

»Verzeihung, wir schauen uns nur um.« Keinesfalls würde sich Tanner dem Pfarrer der Kirche als Kulturminister in einer schlechten Perücke und psychedelischen Schlaghosen zu erkennen geben.

»Doch, danke, ja, Sie können uns helfen.« Regina ging um Tanner herum und auf den Priester zu. »Halten Sie hier immer noch Gebetstreffen ab?«

»Ja, das tun wir. Jeden Morgen um sechs und um sieben Uhr. Und jeden Abend um neun Uhr und um zehn.«

»Gut.« Regina nickte mit einem Seufzen. Die Hände hatte sie wieder in den Taschen. »Das gibt mir ein gutes Gefühl.«

Tanner hätte es nicht sicher sagen können – und er war sich auch nicht sicher, ob Regina das bewusst war –, aber er hatte so eine leise Ahnung, dass ein Teil ihres Herzens gerade eine Entscheidung über ihre Zukunft als Regentin Hessenbergs getroffen hatte.

NEUNZEHN

Kurz vor Sonnenuntergang saß Reggie auf einem kleinen Hügel im Wisteria Park. Sie war noch als Cher verkleidet und sah sich ein Rugbyspiel einiger Collegejungs an. Die Brise, die durch die Bäume strich, kühlte ihr Gesicht, aber die untergehende Sonne wärmte ihren Rücken.

Es war ein schöner Tag gewesen. Sie waren in der Stadt herumgefahren und hatten die Geschäfts- und Einkaufsviertel besichtigt. In einer Bäckerei ganz in der Nähe hatten sie etwas gegessen, das sich Krapfen nannte.

»Wie hieß die Bäckerei noch gleich? Wo wir die Krapfen gegessen haben?«

»Loudermilks Bäckerei.« Tanner, immer noch als Sonny verkleidet, sprang auf und formte mit den Händen einen Trichter vor seinem Mund. »Passen, du Vollidiot, passen!« Dann ächzte er und setzte sich wieder. »Jeder will immer nur der Star sein.«

»Du auch?«

»Wie, ich auch?«

»Willst du auch ein Star sein?«

»Ich will Abendessen gehen. Ich habe einen Bärenhunger.« Er war wieder auf den Beinen und brüllte dem Team, das im Ballbesitz war, Anweisungen zu. »Verlangt einen Ruck! Einen Ruck!«

Regina lachte, langte nach oben und zog ihn wieder zu sich auf den Boden. »Du bist wie Dad, wenn er den Seminoles zusieht.«

»Früher war ich da draußen mit den Jungs auf dem Platz. Aber jetzt sitze ich hauptsächlich vor der Glotze oder schaue im Park vom Spielfeldrand aus zu. Das Deprimierendste an meinem Job ist, dass ich den ganzen Tag in Anzug und Krawatte in meinem Büro eingesperrt verbringen muss.« Tanner nahm seinen Platz auf dem kleinen Hügel wieder ein. »Ich muss unbedingt wieder in irgendeine kleine

Mannschaft. Damit ich wenigstens an den Wochenenden spielen kann«, murmelte er, mehr zu sich selbst als zu Reggie.

»Tanner, was ist da los mit dir und deinem Dad?«

»Wie meinst du das, was da los ist mit mir und meinem Dad? Was soll sein?«

Sie dachte sich schon, dass ihm die Frage nicht gefallen würde, aber sie konnte nicht anders. »Na, du weißt schon, der Erzbischof? Burkhardt. Der mit dem gleichen Nachnamen wie du. Der, der heute Morgen in deinem Büro versucht hat, sich mit dir zu unterhalten, und den du so ...« Sie machte ihre Stimme tiefer und versuchte, männlich zu klingen: »Sonst noch etwas, Sir?«

»Tut mir leid, aber solche Fragen sind nicht erlaubt.«

»Nicht erlaubt? Und darf ich vielleicht fragen, warum nicht?« Sie beugte sich vor, um ihm ins Gesicht zu sehen, aber er konzentrierte sich auf das Rugbyspiel.

»Jawoll, Jungs. So macht man Punkte.« Tanner applaudierte dem Team, das gepunktet hatte.

»Tanner?«

»Bist du hungrig?« Er stand auf, griff nach ihrer Hand und half ihr auf. »Das Fence & Anchor hat den besten Eintopf mit dem allerbesten ofenwarmen Sauerteigbrot dazu. Das ist nur ein paar Blöcke entfernt.« Er führte sie den Hügel hinunter und durch den Park.

Aus dem Augenwinkel sah Reggie Clarence, der vor ihnen herging, und als sie einen Blick über die Schulter warf, entdeckte sie Todd, der nur wenige Meter hinter ihr ging.

»Was ist passiert? Hat er dich in deiner Jugend missverstanden? War er ein fieser Vater? Was ...?«

Tanner hielt abrupt an, wodurch Reggie ihn anrempelte. »Fang nicht an, meine Beziehung zu meinem Vater aufgrund eines Sechzig-Sekunden-Gesprächs zu analysieren.«

»Er hat im Büro versucht, sich mit dir zu unterhalten, und du hast ihn so gut wie ignoriert.«

»Er hat herumgeschnüffelt.«

»Nein, er hat dich nach einer Party gefragt, auf die sich deine Mum wie verrückt freut. Ist das eine Familienfeier oder so etwas?«

»Regina, lass es uns einfach dabei belassen, dass ich eine andere Beziehung zu meinem Vater habe als du zu deinem.« Tanner leitete sie an der Seite des Parks entlang auf eine andere von Bäumen gesäumte Straße zu.

»Die Sorte Beziehung, in der du dich unhöflich verhältst, wenn er freundlich ist?«

»Ich kenne meinen Vater. Versuch nicht, mich anzuzweifeln. Er war nicht freundlich.«

»Wow, echt jetzt. Dann möchte ich lieber nicht sehen, was du unter gemein verstehst.«

»Themawechsel. Ich will dieses Gespräch nicht weiterführen. Wir wollten Spaß haben und so.«

»Manchmal macht es Freude, Sachen loszulassen, Luft an Dinge zu lassen, Freiheit zu finden.«

»Und dafür bist du wohl Expertin?« Eine gewisse Schärfe lag in seinen Worten.

»Nein, aber, Herr im Himmel, ich hab meine Portion Loslassen im Leben gehabt, das kannst du mir glauben. Man kann sich nicht an Dinge klammern, wenn deine Mama morgens noch da ist und am gleichen Abend nicht mehr.«

»Dann lass mich dich mal was fragen ... Was hat es mit diesem Burschen, dem Dunkelhaarigen mit den gemachten Zähnen auf sich? Mark Harper, so heißt er doch?« Tanner verließ den Park und hielt an der Ampel an der Ecke.

»Was soll mit dem sein?« Er hatte das mit ihr und Mark bemerkt? »Nichts. Na, nicht viel jedenfalls. Er ist nur ein alter Freund. Und die Zähne sind auch nicht gemacht. Ich weiß. Verrückt. Aber das sind seine echten eigenen Beißerchen.«

Die Ampel sprang um, und Tanner trat energisch auf die Straße. Die Sonny-Perücke umflatterte seinen markanten Unterkiefer. Reggie wieselte neben ihm her, darum bemüht, mit ihm Schritt zu halten.

»Tanner, warum fragst du nach Mark?«

»Bist du ehrlich zu ihm? Der steht auf dich, Regina, falls du das noch nicht bemerkt haben solltest.«

Sie lachte. »Weiß ich doch. Die Frage ist doch, woher du das weißt?«

»Weil ich Augen im Kopf habe.«

»Bist du eifersüchtig?«

»Ganz bestimmt nicht«, bellte er.

»Hallo, Sonny und Cher!«, donnerte eine männliche Stimme aus der Richtung der wartenden Autos. »I got you, babe.«

Tanner sprintete zum Bordstein. Reggie fuhr herum und entdeckte einen älteren Mann, der winkend aus dem Autofenster lehnte. Sie lächelte und winkte zurück. Aber Clarence und Todd rückten schnell zusammen und führten sie aus der Straße.

»Zieh bloß keine Aufmerksamkeit auf dich«, schnappte Tanner.

»Das habe ich doch gar nicht. Ich habe Aufmerksamkeit auf *Cher* gezogen. Ich bin mir sicher, sie wäre mir sehr dankbar dafür.«

»Melinda wird mir dafür büßen, dass sie mich dazu überredet hat«, murmelte Tanner in seinen nicht vorhandenen Bart.

Reggie hielt an. Mitten auf dem Gehweg. »Wenn du jetzt miesepetrig wirst, können wir das Ganze hier vergessen.«

Der *Miesepeter* sah auf die Straße. Hände in den Hüften. Unterkiefer angespannt. »Verzeihung.« Er fixierte sie mit seinen blauen Augen. »Von nun an nur noch Jux und Tollereien. Hinweg mit dem

Stirnrunzeln.« Er setzte ein gezwungenes Lächeln auf und veränderte seine Körperhaltung. »Der Miesepeter wird wieder munter.«

»Einfach so?« Sie grinste und ging weiter mit ihm den Gehweg hinunter. »Du bist so ein Von-null-auf-hundert-Typ, oder?«

Er schüttelte seufzend den Kopf und lachte leise. »Regina, ich glaube, du hast gerade ein Rätsel gelöst, über das ich mir seit 32 Jahren den Kopf zerbrochen habe. Ja, ich bin so ein Von-null-auf-hundert-Typ.«

Das Fence & Anchor lag an der Ecke Gilden Avenue/Fleet Street. Die Fassade war aus behauenem Stein und gebeiztem Holz, mit Sprossenfenstern, die von einer grünen Markise überdacht waren. Als Tanner ihr die Tür öffnete, fuhr der Wind um die Ecke, hob die Tischsets auf den unbesetzten Tischen an und ließ sie zu Boden gleiten.

Eine männliche Stimme befahl: »Tür zu, ihr Schwachmaten.«

Reggie schielte durch das gedämpfte gelbe Licht nach dem Besitzer der Stimme. An der Bar stand ein Mann mit drahtigem Haar und winkte sie mit einer Hand herein.

»Lass uns dort hinten sitzen.« Tanner berührte ihren Ellbogen leicht und führte sie zu einem Séparée in der Ecke des Raumes.

Während sie sich im Lokal umsah, hatte Reggie das Gefühl, schon einmal hier gewesen zu sein. Das gleiche Gefühl wie in der Kirche. Es fühlte sich an wie zu Hause. Warm und gemütlich. Als ob sie in eine Art inneren Zirkel oder in ein Allerheiligstes eingelassen worden wäre.

Reggie zog den Mantel aus, während sie auf der Bank des Séparées weiter durchrutschte. »Mir gefällt es jetzt schon hier.« Weiter vorne im Raum hatten Clarence und Todd sich an einen Tisch in der Nähe der Tür gesetzt. Sie unterhielten sich bereits mit der Bedienung.

»Warte nur, bis hier ein Spiel übertragen wird. Dann ist es bis obenhin voll, und du kannst dich nicht mehr selbst denken hören, so laut ist es.« Tanner hängte ihre Mäntel auf einen Ständer hinter dem

Séparée. »Und jetzt werde ich auch endlich dieses olle Ding los.« Er zog sich die Perücke vom Kopf. »Auf Wiedersehen, Sonny Bono. Das war's jetzt mit dem amerikanischen Hippie für mich.«

»Immerhin kannst du nicht behaupten, die Kostüme hätten uns nicht geholfen. Wir sind den ganzen Tag über unerkannt herumgelaufen. Keiner hat uns angemacht.«

Sie betrachtete ihn, während er sich ihr gegenüber hinsetzte, sein Haar mit den Fingern durchkämmte und dann die fransige Weste aus billigem Samt auszog. Er schien nach außen hin so kontrolliert, aber im Inneren köchelte etwas Ungezähmtes, das nur darauf wartete auszubrechen.

Er erwischte sie dabei, wie sie ihn anstarrte, und sie sah rasch weg. Seine unfassbar blauen Augen beunruhigten sie. »Möchtest du Tee?«, fragte er.

»Nein ...«, krächzte sie und nahm ihre Perücke ab. »Äh, ja, Tee. Ja. Ausnahmsweise mal heiß. Und süß.«

»Herzlich willkommen im Fence & Anchor.« Die Kellnerin trat an den Tisch. »Mein Name ist Gemma.« Sie war klein und rundlich und trug einen Jahresvorrat an blauem Lidschatten und pinkfarbenem Lippenstift. Sie musterte Reggie mit zusammengekniffenen Augen und zeigte mit ihrem Bleistift auf sie. »Sie kenne ich! Aber woher?«

Reggie rutschte unruhig auf ihrem Platz herum und warf Tanner einen Blick zu. *Was mache ich jetzt?*

»Sie ist aus dem Fernsehen ... *Talent Factor* ... der amerikanische tanzende Jongleur.« Tanner sprach ohne auch nur den Hauch eines Lächelns. »Ich bin ihr, oder vielmehr *sein*«, er gluckste und zwinkerte, »Talentagent, Malcolm Jabberwaller.«

»Nein! Echt jetzt?« Die Augen unter dem blauen Lidschatten wurden riesig. »Sie sind diese tanzende Jongleurin? Boah, die Nummer fand ich super. Kann ich ein Autogramm haben?«

Reggie zog eine Grimasse. *Was jetzt, du Genie?*

»Also eigentlich sind wir ... Pssst.« Tanner legte sich den Finger auf die Lippen. »Wir sind undercover hier. Inkognito. Wir wären Ihnen sehr dankbar, wenn Sie die Sache für sich behielten.«

»Oh, aber klar, natürlich.« Gemma senkte ihre Stimme und beugte sich zu Reggie. »Ich fand Sie wirklich ganz toll.«

Sie lächelte und versuchte, nicht zu lachen. »Vielen lieben Dank auch.«

»Gemma, bringen Sie uns doch bitte zweimal Tee, einmal süß, einmal bitter. Dazu einen Korb ihrer frischtesten ofenwarmen Brötchen und zwei schöne heiße Portionen Lammeintopf.«

Als sie verschwunden war, glotzte Reggie Tanner erst mit offenem Mund an und grunzte dann vor Lachen. »Eine tanzende Jongleurin? Wirklich?«

»Da war wirklich eine rothaarige tanzende Jongleurin bei Talent Factor, und ich glaube, das war ein Er und keine Sie, und der Auftritt war ganz furchtbar. So was kann man sich gar nicht ausdenken. Und er-sie war aus den USA.«

»Und du glaubst, ich kann als dieser furchtbare Er-sie-Jongleur durchgehen?«

»Oh, bitte sprich doch ein wenig leiser.« Er grinste und kratzte sich am Hals. Der letzte Rest Ernsthaftigkeit wich aus seinen Augen. »Und versuch mal, ob du das auch ein bisschen rauer hinbekommst.«

Reggie klopfte mit der Faust auf den Tisch. »Du übertriffst alles.« Sie funkelte ihn an. »Ist das die Quittung dafür, dass ich dich gezwungen habe, dich als Sonny zu verkleiden?«

»Worauf du dich verlassen kannst.« Er war so hinreißend, wenn sein Selbstbewusstsein unerschütterlich wirkte.

An der Bar wurden Stimmen laut. Ein Grüppchen Männer, die alle Pullis in denselben Farben trugen, redete und gestikulierte zu den

Bildschirmen, die in den Ecken und über der Bar angebracht waren. An den Tischen saßen Männer in Arbeitskleidern. Sie hatten Biergläser in den Händen und aßen Chips.

Sie seufzte.

»Was?«

Sie guckte Tanner an. »Nichts.«

»Du hast geseufzt.«

»Mir gefällt es hier.« In ihrer Tasche gab Reggies Telefon ein Signal von sich. Sie fischte es heraus und lächelte, als sie den Namen auf dem Bildschirm sah. »Es ist Al. Er schreibt: ›Werde dich morgen bei Hofe vermissen‹.«

Sie antwortete.

habe gerade das gleiche gedacht. bin im pub und trinke heißen süßen tee

»Wie hat diese Sache mit dem Hofhalten nochmal angefangen?«

»Al. Er hat das Treffen am Freitagabend als ›meinen Hof‹ bezeichnet. Als ich aus der Wirtschaftswelt ausgestiegen bin, wollten meine Freunde sehen, was ich so machte. Die sind dann freitags nach der Arbeit bei der Werkstatt vorbeigekommen. Wir haben beim ersten Mal zusammen Pizza bestellt, und eh ich mich versah, ist das zu einer Tradition geworden.«

»Vielleicht hat Al ja einen Blick in die Zukunft geworfen.«

Sie schüttelte den Kopf. »Ha! Das bezweifle ich. Daddy hat ihm nie davon erzählt, dass Uroma oder ich möglicherweise Prinzessinnen sein könnten.« Sein Tonfall und seine Blicke ließen ihr Herz so stark flattern, wie sie es noch nie gespürt hatte.

Gemma kam mit dem Tee und einem Brotkorb. »Der Eintopf ist unterwegs.«

Reggie griff nach ihrem Tee und schenkte sich ein. Sie sah auf, als die Eingangstür aufging und eine Truppe junger Angestellter hereinkam.

Männer in Anzügen, die ihre Krawatten gelockert hatten. Frauen, die ihre Handtaschen baumeln ließen und sich das windzerzauste Haar richteten. Sie sammelten sich in der Mitte der Kneipe und schoben drei Tische zusammen. Die ganze Zeit über unterhielten sie sich und warfen den langen Schatten der Jugend auf die älteren, müde wirkenden Arbeiter.

Tanner füllte seine Tasse und nahm einen großen Schluck. »Jeder kommt hierher. Die Gewerkschaftsleute, Angestellte, Mütter, Väter ...«

»Kulturminister.«

Er lachte spöttisch und griff nach einem Brötchen. »Ja, sogar der mächtige Kulturminister. Und vergiss bloß die Prinzessin von Hessenberg nicht.«

»Warum machst du das?« Reggie führte ihren Tee an die Lippen. *Hmm, vielleicht noch etwas mehr Zucker.*

»Was mache ich?« Er lehnte sich abwehrend zurück und ließ sein Brötchen auf dem Teller liegen.

»Du machst dich über dich selbst lustig.«

»Mache ich gar nicht.«

»Doch, tust du.«

»Hast du denn noch nicht mitbekommen, dass es das Beste ist, wenn man sich selbst nicht ganz so ernst nimmt?« Er griff nach seinem Messer und der Butter.

»Sich selbst nicht ganz so ernstzunehmen bedeutet nicht, dass man sich selbst verspottet.«

Sein Unterkiefer spannte sich wieder an, und er konzentrierte sich darauf, sein Brötchen zu schmieren. »Koste von dem Brot, solange es noch warm ist. Es schmeckt fantastisch.«

Reggie nahm sich ein Brötchen und bemerkte, dass Clarence und Todd die gleichen Brötchen vor sich hatten und dazu eine große Schlachtplatte. Dann beobachtete sie wieder die Tür, wo gerade die

Rugbyspieler aus dem Park hereinkamen. Sie redeten mit lauter Stimme, und ihre Haare standen ihnen in allen Richtungen vom Kopf ab.

Das also war das Herz Hessenbergs. Ihr Volk. Ihr Leben und ihr Blut.

Sie hatte gerade einen Bissen von ihrem Brötchen genommen, als Gemma mit dem Eintopf kam. Reggie dankte ihr lächelnd und bemerkte, dass sich die Stimmung im Raum verändert hatte.

Der gesamte Tisch mit den Arbeitern starrte sie an.

»Tanner!«

»Was?« Er tippte sein Brot in den Eintopf.

Einer der Männer zeigte auf sie. »Ich glaube, wir wurden entdeckt. Oder die Leute an dem Tisch da drüben glauben wirklich, dass ich die tanzende Jongleurin bin.«

Er fuhr herum, als der Herr mit dem drahtigen Haar aufstand und, einen Stuhl hinter sich herziehend, zu ihrem Séparée herüberkam.

»Sie sind sie doch nicht ... oder doch?« Er war in den späten Sechzigern, vielleicht älter, mit Bergarbeiterfalten auf der Stirn und Kohlenstaub an den Fingern. Rittlings setzte er sich auf den Stuhl und verschränkte die Arme auf der Stuhllehne. Seine nussbraunen Augen verlangten die Wahrheit. »Die Erbin.«

Diesmal versicherte sie sich nicht bei Tanner. Sie redete einfach. Freiheraus. »Die bin ich, ja.«

»Verdammich.« Sein Kinn zitterte, während ihm ein feuchter Glanz in die Augen stieg. »Ich – nie hätte ich gedacht, dass ich das noch erleben würde ... Die Erbin kehrt nach Hause zurück.«

Reggie bot ihm die Hand an. »Reggie Beswick.«

Der Mann wollte sie gerade ergreifen, stand dann aber auf und verneigte sich kurz vor ihr. »Keeton Lombard III., zu Ihren Diensten.« Als er aufsah, rollten ihm Tränen über die Wangen. »Mein eigener Opa stand im Dienste Seiner Majestät, des Großherzogs. An dem Tag, als der Herzog Hessenberg Brighton auslieferte, brach ihm das Herz.«

»Das tut mir so leid. Meinte er denn, der Prinz sei ein Verräter?«

Keeton nahm wieder Platz. »Mein Opa erzählte mir, er sei ein guter Mann gewesen, aber ein Hasenfuß. Er erzählte, der Herzog konnte nicht lesen und vertraute deswegen so gut wie niemandem.«

Reggie lehnte sich zu ihm. »Ich glaube, das war eine schwere Zeit für alle.«

»Sind Sie gekommen, um das Königtum wieder aufzurichten? Seitdem ich so groß war«, Keeton hielt seine Hand etwa auf Taillenhöhe, »hat mir mein Opa immer wieder gesagt, warte nur, bis das Königreich wiederhergestellt ist, kleiner Keet. Bete dafür. Und, nun ja, da sind Sie nun.« Er wischte sich die Augen. »So wahr ich hier stehe, die Erhörung meiner Gebete.«

»Keeton, bitte bewahren Sie Stillschweigen darüber. Bitte!«, sagte Tanner. »Wir möchten Regina, oder besser: Ihrer Majestät, Zeit geben, sich zurechtzufinden und das Volk ohne den Presserummel kennenzulernen.«

»Stillschweigen, junger Mann? Haben Sie denn die Zeitungen nicht gesehen? Die Gerüchte nicht gehört? Wer sind Sie denn überhaupt, wenn ich fragen darf?«

»Keeton, das ist der Kulturminister. Der Bursche, der mit dem Hinterteil und seinen Strampelbeinen aus dem Auto hing«, sagte Reggie.

»Ach, Sie waren das? Freut mich, Sie kennenzulernen, Herr Hampelmann.« Lachend schüttelte Keeton Tanners Hand und wandte sich dann seinen Freunden zu, die er herüberwinkte. »Ich hatte Recht, Jungs. Es ist, wie ich gesagt habe. Sie ist es.«

Die Herren, die an Keetons Tisch geblieben waren, schleppten ihre Stühle herüber. Damit erregten sie die Aufmerksamkeit der jüngeren Leute, die Reggie über die Ränder ihrer Biergläser betrachteten.

»Ihre Majestät, es ist mir ein Vergnügen. Ich bin Archibald Littleton.«

Der Mann verbeugte sich mit einer weiten Armbewegung. Wie Keeton war er in seinen späten Sechzigern, vielleicht frühen Siebzigern. Seine Hände waren von Arbeit gezeichnet.

»Ich bin Carlton Borling.« Noch ein Mann verbeugte sich, bevor auch er sich rittlings auf seinen Stuhl setzte und Regina mit Sorge und Weisheit in seinen Augen betrachtete. »Ich bin 78 Jahre alt. 1914 war mein Großvater ein Earl. Als Deutschland Hessenbergs Bankkonten übernahm, verlor er einen großen Teil des Familienvermögens, aber als der Herzog das Land überschrieb, verlor er seinen Titel, seine Würde und seinen Lebenswillen. Er war zutiefst gedemütigt. Musste die Arbeit eines gewöhnlichen Mannes aufnehmen. Mein Vater musste als Junge schon für die Reedereien arbeiten. Hat nie eine richtige Ausbildung abgeschlossen. Er war der erste Borling-Sohn seit 300 Jahren, der nicht an der Universität studieren konnte. Meine Brüder, ich und unsere Söhne arbeiten untertage oder draußen auf den Ölplattformen. Was Ihr Onkel getan hat ...«

»Nun hören Sie aber mal«, begann Tanner.

»Es tut mir leid, Carlton«, sagte Regina. Sie spürte den Schmerz in seinen Worten. Spürte das Leid seiner Vorfahren.

»Welch‘ bittere Ironie, dass Prinz Franz seinen Wunsch erfüllt bekommt – im Grab, wohlgemerkt. Sein Erbe taucht auf und baut auf, was er zerstört hat. Für sich. Aber für den Rest von uns heißt es, Zähne zusammenbeißen und den Gürtel enger schnallen, Kameraden.«

»Carlton«, Keeton tippte dem Mann auf die Schulter. »Wir können der Prinzessin hier nicht die Schuld für die Feigheit vom alten Franz geben. Lass uns mal dankbar dafür sein, dass er uns vor dem Kaiser beschützt hat.« Er trommelte gegen die Lehne seines Stuhls. »Trauen Sie bloß nicht dem Aufschneider Seamus Fitzsimmons, Ihre Majestät. Kann gut sein, dass Sie bei dem alten Knaben trotz all Ihrer Mühen hinterher schlechter dastehen.«

»Doch, ich gebe ihr die Schuld.« Carlton stand auf. »Nehmen Sie es nicht persönlich, Frollein, aber wenn Sie den Titel und die Position Ihres guten alten Onkels erben dürfen, wo er doch schon vor langer Zeit abgedankt hat, dann sollten sie auch die Last seiner Sünden tragen. Wo ist denn mein Erbe? Mein Vermögen? Ich bin auf der Seite des Gouverneurs. Haut bloß ab, ihr alle zusammen. Kein Adel mehr, kein Königshaus mehr. Jetzt haben wir die Gelegenheit, uns ein für alle Mal davon zu befreien.«

Clarence erschien hinter Tanners Schulter und flüsterte ihm etwas ins Ohr. Sorge lag auf seinem Gesicht. »Verzeihung.« Er ging mit dem finsteren Sicherheitsmann zu einem der Fernsehgeräte hinüber.

Reggie linste über die Köpfe der älteren Herrschaften und entdeckte auf jedem der Bildschirme das breite Gesicht des Gouverneurs.

Tanner kam mit großen Schritten zu ihr zurück. Reggie wusste, dass sie jetzt gehen würden. Und sie hatte noch nicht einen Bissen von ihrem Eintopf gehabt.

»Entschuldigung, Leute.« Tanner drängte Archibald, zur Seite zu rücken. »Die Prinzessin hat einen langen Tag gehabt.« Er zog sie an sich, den Arm schützend um ihre Taille gelegt, und drängte sie zur Tür.

»Tanner, meine Handtasche liegt noch dahinten.«

»Todd holt sie. Clarence holt den Wagen. Schau niemanden an.«

Sie gingen nach draußen und fanden sich in einem Getümmel wartender Fotografen vor. »Der rothaarige tanzende Jongleur!« Kameras blitzten und surrten. Stimmen wurden laut. Körper drängten sich gegen Körper.

»Schauen Sie hierher! Sind Sie ein Mann oder eine Frau?«

Tanner drückte seine Handfläche gegen Reggies Kopf. »Immer weitergehen.«

»Eine Frau!«, donnerte sie und versuchte, ihren Kopf zu heben.

»Können Sie für uns jonglieren? Etwas tanzen?«

»Sicher doch.«

»Regina, stachele sie nicht auf. Steig ein.« Tanner war angespannt und steif. Sie lachte an seiner Brust.

»Hey – aber hallo!«, brüllte einer der Fotografen. »Das ist nicht der rothaarige tanzende Jongleur! Das ist die Prinzessin!«

Die Fotografen drängten sich dichter zusammen, und das letzte bisschen Luft zwischen ihnen verschwand.

Clarence saß am Steuer und ließ den Motor aufheulen.

»Es ist die Prinzessin.«

»Prinzessin, hier!«

Das Auto war von Fotografen umstellt, die ihre Objektive gegen das Fenster drückten und versuchten, ein Foto zu schießen.

»Los, los, los.« Tanner schlug gegen die Lehne des Fahrersitzes.

Als der SUV die Fotografen hinter sich gelassen hatte, krümmte sich Reggie zusammen und lachte die ganze Fahrt über, bis sie am Palast ankamen.

»Ich tue das Richtige für Hessenberg. Ich tue es mit Stolz und Entschlossenheit. Die dreißig Jahre, die ich im Dienste der Öffentlichkeit gestanden habe, haben mein Verständnis für die Bedürfnisse der Einwohner dieses kleinen, aber mächtigen Fürstentums zurechtgeschliffen. Ich kann nicht untätig dabeisitzen und zusehen, wie unsere Zukunft von einem hundert Jahre alten Abkommen gestaltet werden soll.«

Mit einem gewichtigen Blick auf die Reporter, die vor ihm auf der Treppe von Wettin Manor standen, blätterte Seamus eine Seite in seiner Rede um. Er hatte seine Pressekonferenz für Donnerstag, 17 Uhr, anberaumt, wenn nicht viel los war. So konnte er in den

Wochenendnachrichten Wellen schlagen, indem die besser informierten Reporter seine Botschaften unters Volk brachten.

Die Presse und dadurch die Leute mit seiner Botschaft zu erreichen war Teil seines Plans. Er würde alle davon überzeugen, dass er derjenige war, der sie in die Zukunft führen sollte.

Bis sich das Gericht dann entschieden hatte, was es mit seiner Petition für einen selbstständigen, unabhängigen Staat anfangen wollte, würde er genügend politische Unterströmungen in Gang gebracht haben, sodass er die Sache in jedem nur denkbaren Fall zu seinen Gunsten würde entscheiden können.

»Gouverneur ...«

Seamus erkannte den Reporter von der Liberty Press. »Ja, Christopher.«

»Es heißt, Sie wollten die Prinzessin als Staatsfeindin verhaften lassen.« Ein Kichern rauschte durch die Reporter. »Ist das wirklich Ihre Absicht? Und auf welcher Grundlage?«

»Auf der Grundlage des Gesetzes.« Er schmunzelte und ließ seinen Charme spielen. »Gehen Sie nach Hause, mein Junge, und machen Sie Ihre Hausaufgaben. Wenn das Abkommen erst einmal gegengezeichnet ist oder der Gerichtshof der Petition des Volkes stattgibt, ohne eine aristokratische Monarchie auszukommen, treten die Verfassung und der Autoritätskanon aus dem Jahre 1720 in Kraft. Dann kann ein Mitglied des Königshauses als Staatsfeind betrachtet werden.«

»Aber sagten Sie nicht gerade, dass Hessenberg nach vorne schauen und die alten Gesetze zurücklassen müsse?«

Ignoranter Troll. Seamus setzte eine ernsthafte, besorgte Miene auf. »Guter Punkt. Sehr guter Punkt sogar. Hessenberg muss nach vorne sehen und eine 400 Jahre alte Art zu leben hinter sich lassen. Eine Monarchie ist eine Institution der Vergangenheit.«

»Könnten wir das Gleiche über Gouverneursämter sagen?«

Mist! Christopher Mullins von zukünftigen Presseterminen ausschließen.
»Das Gouverneursamt, nein, mein Junge. Aber wir gestatten es den Menschen, darüber zu entscheiden, wer sie regiert. Auf demokratische Art und Weise.«

»Die Prinzessin zur Feindin zu erklären scheint ein klein wenig extrem, Gouverneur.«

»Das haben Sie richtig gesagt, Christopher.« Seamus kam mit den Händen am Revers hinter dem Rednerpult hervor. »Es geht um eine schwerwiegende Straftat. Sollten wir uns nicht alle daran erinnern, wie Prinz Franz dieses Land betrogen hat? Und dennoch ziehen wir seinen Erben als unser Staatsoberhaupt in Erwägung, als Repräsentantin unter den Führenden der Nationen?« Er brummte, schüttelte den Kopf und ging wieder hinter das Podium.

»Sollen wir diese Untat fortdauern lassen? Mit welchem Recht kann er denn verlangen, dass unser Land dem Hause Augustin-Sachsen zurückgegeben werden sollte? Mit keinem, sage ich.« Er schlug mit der Faust aufs Pult. »Wir, das Volk, werden Hessenbergs Zukunft bestimmen, nicht Prinz Franz aus seinem Grab heraus. Auch nicht König Nathaniel II., möge er lange leben. Und auch nicht Regina Beswick aus Tallahassee, Florida.«

Köpfte ruckten auf und ab, als ein aufwieglerisches »Hört, hört!« unter den Reportern ausbrach.

Dann feuerte Deanna Robertson vom Informanten eine Frage ab, ohne abzuwarten, bis sie aufgerufen wurde. »Wenn die Leute entscheiden sollen, dann lassen Sie uns die Prinzessin kennenlernen. Dann können wir sie uns einmal vorknöpfen.«

»Ich bin es nicht, der sie von Ihnen fernhält, Deanna. Rufen Sie den Kulturminister an.«

Mehrere Hände schossen in die Luft.

»Lord Gouverneur ...«

»Lord Gouverneur ...«

Seamus rief einen TV-Reporter von der BBC auf. »Jordan Sloan.«

»Was meinen Sie denn, wer uns in diese neue Zeit mit einer neuen Regierungsform führen wird?«

»Ich bin froh, dass Sie fragen. In aller Demut muss ich sagen, dass ich mich selbst für den besten und erfahrensten Kandidaten dafür halte.«

Meadowbluff, den 26. Oktober 1914

Mama kam gerade grimmig und traurig beim Licht einer Kerze in mein Zimmer. Ich soll meine Sachen packen und mich darauf vorbereiten, unser geliebtes Hessenberg zu verlassen. Zu fliehen, vielmehr. Wie kann das nur sein?

Meine Zofe, Priscilla, wird nicht mit uns kommen, und ich soll nur mitnehmen, was ich selbst tragen kann. Mama gibt Esmé die gleichen Anweisungen.

Onkel hat all unsere Rechte und die Regierungsherrschaft an Cousin Nathaniel überschrieben. Er hat sich Brighton unterworfen. Ich bin so verwirrt. War er denn nicht stark und mutig, als er sich für die Neutralität eingesetzt hat? Und nun ergeben wir uns, ohne dass auch nur ein Schuss gefallen ist?

Ich kann mir nur zu gut vorstellen, was Reinhart und seinesgleichen darüber sagen werden – und Lord Fitzsimmons, wenn er auf der Galerie im Oberhaus umhergeht.

»Verrat!«

Ich bete, dass seine Sünde nicht auf mich und die meinen zurückfallen wird. Hilf uns, gütiger Vater.

Mir bleiben nur wenige Momente, und ich weiß auch nicht, warum ich sie gerade dazu verwende zu schreiben. Aber in dem Augenblick, als Mama mein Zimmer verlassen hatte, griff ich nach meinem Tagebuch.

Meine Hände zittern. Vor Tränen kann ich kaum lesen, was ich schreibe.

Mama sagte, ich solle mich warm ankleiden, mit meinen besten Wollsachen, und so viele Socken tragen, wie ich nur irgendwie in meinen Winterstiefeln unterbringen kann.

Jesu Worte füllen mein Herz: »Bittet aber, dass eure Flucht nicht geschehe im Winter oder am Sabbat.« Es ist weder Winter noch Sabbat, und ich sollte dankbar sein. Das bin ich aber nicht. Ich bin ängstlich und wütend.

Werde ich Hessenberg je wiedersehen? Was ist mit meinen Freunden? Mein Herz ... Wir sind eine in Schande gefallene Familie.

Onkel kam gerade herein und mahnte mich zur Eile. Dann sagte er ohne jegliche Emotion: »Das Haus Augustin-Sachsen ist gefallen.«

Mein Herz hörte beinahe auf zu schlagen. Sicher werden wir nach dem Krieg, wenn alles sich beruhigt hat, wieder zurückkehren können. Das sagte ich auch Onkel.

»Es ist vorbei, Alice. Wir haben verloren.« Aber er war so ernst und traurig, dass ich nicht auf ihn wütend sein konnte.

»Ich verstehe das nicht.«

»Nein, ich nehme an, das kannst du auch nicht verstehen. Ich bin mir nicht einmal sicher, ob ich selbst es verstanden habe.«

»Warum können wir nicht bleiben? Warum müssen wir fliehen?«

»Ich habe auf den Thron verzichtet, Alice. Die Earls und Lords werden uns heute Nacht suchen kommen. Wenn sie mich fangen, werde ich vor Gericht gestellt und höchstwahrscheinlich gehenkt werden. Wir könnten alle gehenkt werden.«

Und wie um Onkels Erklärung zu unterstreichen, klirrten in dem Moment die Fenster, weil eine Kanone abgefeuert wurde. Erhabener Herr, steh uns bei.

»Werden wir denn jemals zurückkehren können?« Ich versuchte nicht, meine Tränen zu verstecken.

»Wenn das Abkommen sein Ende findet.«

»Wann wird das sein?«

»Lange, nachdem du und ich nicht mehr auf dieser Welt sind.«

»Wie werden wir dann also zurückkehren können? Was sind die Bedingungen des Abkommens?« Ich konnte spüren, dass wir in jenem Moment nicht Onkel und Nichte waren, sondern Kameraden, die eine gemeinsame Last schulterten.

»Einhundert Jahre.«

»Einhundert Jahre! So lange soll das Abkommen andauern?« Ich konnte nicht anders, ich musste nach Luft schnappen. »Keiner von uns wird mehr hier sein. Wie werden wir nach Hause zurückkehren können?«

»Finde deinen Mut, Alice. Die Zukunft Hessenbergs und der Wiederaufbau des Hauses Augustin-Sachsen liegen in deinen Händen und in denen deiner Kinder und Kindeskinder.« Er überreichte mir einen Umschlag. »Bewahre ihn sicher auf.«

»Wozu? Was ist das?«

»Für Hessenberg.« Ich schaute in das Kuvert. »Wertpapiere? Onkel, was nützen mir Wertpapiere, wenn ich abreisen muss, wenn man mich zwingt zu fliehen? Wenn du mich zwingst zu fliehen?«

»Sie werden dich über Wasser halten, Liebes. Vertraue mir.« Dann schien er alle Puste und Kraft zu verlieren, weil er sich zum Gehen wandte und mich mit offenem Mund zurückließ. »Packe. Halte dich bereit zu gehen.«

Packen. Und genau das habe ich vor. Ich werde für meine Rückkehr nach Hessenberg packen. Ja, ich werde zurückkehren. Auf die eine Art oder auf die andere.

Alice

ZWANZIG

Am Sonntagnachmittag schien die Uhr an Tanners Wand von Augenblick zu Augenblick lauter zu ticken.

Eins-und-eins. Zwei-und-eins. Drei-und-eins.

Er klappte das Buch zu, das er las, und schaltete den Fernseher ein. Er war müde. Wollte sich entspannen.

Er hatte den Freitag und den Samstag damit verbracht, Regina im Land herumzufahren, die Landschaft mit ihren Augen zu sehen, und seine Liebe zu Hessenbergs felsiger Küste und den hohen Bergen war gewachsen.

Am Samstagabend hatten sie zusammen in einem 150 Jahre alten Wirtshaus an der nördlichen Bucht, das nach Wettin Manor »Wettin Whistle« benannt worden war, gegessen.

Wie in die Atmosphäre des Fence & Anchor hatte sich Regina auch hier gut eingefügt. Sie hatte das gute Essen genossen, sich mit den Leuten unterhalten und sich an dem Gebrüll in den letzten Minuten eines Rugbyspiels beteiligt.

Sie war wirklich eine von ihnen. Tanner konnte es nicht recht erklären, aber sie fühlte sich für ihn an wie eine aus Hessenberg. Sicher, sie *klang* immer noch wie eine Frau aus den Südstaaten und weigerte sich, sich mit »Ihre Majestät« anreden zu lassen, aber sie war eine aus dem Volke Hessenbergs.

Ein Bild tauchte in seiner Vorstellung auf. Reggie, die Jarvis und Serena die Geschichte von dem rothaarigen tanzenden Jongleur erzählte, der vielleicht eine Frau, vielleicht aber auch ein Mann war. Er musste lachen. Ihr Südstaatenakzent kam immer stärker hervor, wenn sie beim Erzählen in Fahrt kam.

»Tanner meint, er müsse mich beschützen, weil Seamus im Fernsehen ist und über das Abkommen und die Petition redet und die

Leute aufwiegelt. Also rennen wir raus, mitten hinein in das Minenfeld von Fotografen. Aber wollten die mich sehen? Pfff, neee. Die sind nur gekommen, weil sie die tanzende rothaarige Er-sie-Jongleurin sehen wollten.« Ihr Lachen klang Tanner noch in den Ohren. »Die Kellnerin muss ihnen einen Tipp gegeben haben.«

Danach schlenderte Regina in die Küche, um dem Koch und der Küchenhilfe die Geschichte auch noch einmal zu erzählen, als wären sie ... Familie. *Hört mal alle her, das muss ich euch erzählen ...*

Tanner musste Jarvis gar nicht fragen, wie es mit der Prinzessin lief. Er konnte es im Gesicht des Mannes lesen wie in einem offenen Buch. Er verehrte sie. Alle verehrten sie.

Aber heute kreisten seine Gedanken nicht um Regina – und für die emotionale Distanz war er wirklich dankbar –, sondern um die Party, die in Kürze auf Estes Estates beginnen würde.

Sollte er fahren? Nein! Wie könnte er? Er und Trude hatten eine Vereinbarung. Indem er sich auf den Sportmoderator konzentrierte, versuchte Tanner, sich mehr aus den Rugbyergebnissen zu machen als aus einem Paar blonder, zehnjähriger Zwillinge. Aber mit jedem Ticken der Uhr zweifelte sein Herz seine Entscheidung mehr an.

Tanner drehte die Laustärke höher. *Verflixt.* Er musste diese Party irgendwie aus dem Kopf bekommen. Er schritt auf und ab, ging zum Fenster, sah hinaus. Und was sah er dort? Einen großen Strauß bunter Luftballons, der vorbeischwebte.

Nun, er würde jedenfalls nicht zu dieser grässlichen Geburtstagsparty gehen.

Die Uhr tickte.

Na gut. Na gut. Er würde gehen. Tanner schoss den Flur hinunter, um sich umzuziehen. Sein Leben war gut. Ruhig. Leicht zu handhaben. Seine Sünden waren vergeben und in einem sehr dunklen Schrank weggesperrt. Dann hatte der König ihn auf eine Reise geschickt, und auf einmal war das Versteckte ans Tageslicht gekommen und stellte seine Einsamkeit, seinen schalen Ersatz für das, was Leben war, in Frage.

Tanner riss ein paar beigefarbene Hosen aus seinem Kleiderschrank und suchte ein blaues Hemd dazu aus. Was hatte Regina am Donnerstag noch über ihn gesagt? Dass er ein Von-null-auf-hundert-Typ sei? Im Augenblick fühlte er sich jedenfalls, als würden ihm G-Kräfte wie bei einer Beschleunigung von null auf hundert das Herz zusammendrücken.

Er zog sich um, bevor er sich darüber klar werden konnte, was er da eigentlich gerade tat. Tanner schlüpfte in seine Halbschuhe, schnappte sich die Schlüssel und verließ die Wohnung, in der immer noch das Licht brannte und der Fernseher lief.

Als er schon halb die Straße hinunter war, fiel ihm ein, dass er kein Geschenk hatte. Was brachte man denn wohl zehn Jahre alten Zwillingsmädchen mit?

Im Moment fiel ihm nichts ein. Nun ja, jedenfalls nichts, was man an einem Sonntagnachmittag noch besorgen konnte.

Sonntagnachmittage in Hessenberg hielten sich an die alten Traditionen. Sie waren still, voller Ruhe, die meisten, wenn nicht gar alle Läden hatten geschlossen. Das Land döste in der Nachmittagssonne.

Ohnehin würden Britta und Bella wahrscheinlich so viele Geschenke bekommen, dass sie sie an dem Tag kaum alle genießen könnten. Oder in dem Lebensjahr, das folgte. Warum sollte da noch eins dazukommen, noch dazu von dem unfähigen Vater, an den sie sich sowieso nicht erinnern konnten?

Während er nach Estes Estates fuhr, einem Herrenhaus aus dem 15. Jahrhundert, das im Hochland im Norden der Insel lag, nahm Tanner das Licht und die Geräusche des Nachmittags in sich auf. Es beruhigte seine Ängste, und er betrachtete die weiße Wolkenfront, die über einen frischen blauen Fluss wehte. Das Sonnenlicht krönte die Berggipfel.

Welch ein perfekter Tag.

Tanner übte, was er zu Trude und ihren Eltern sagen würde. Was er den Mädchen sagen wollte. Sollte er überhaupt eine Gelegenheit bekommen, mit ihnen zu sprechen. Aber seine Worte klangen hohl und flach.

Die Straße schlängelte sich in Kurven um den Berg, wurde dann flacher und schlug eine Schneise durch das Flachland, direkt auf Estes Estates zu. Tanner schaltete herunter und verlangsamte die Fahrt am Eingangstor. Er parkte auf dem Rasen. Sein Auto war das Letzte in einer langen Reihe. Um ehrlich zu sein, war er überrascht, dass die Estes' für diesen Tag keinen Einparkservice beauftragt hatten.

Er starrte das Steinhaus mit den Gauben und Giebeln, mit den vielen Schornsteinen und Türmchen an und fragte sich, was ihn wohl hinter der Tür erwartete. Es gab nur einen Weg, das herauszufinden. Tanner tat einen tiefen Atemzug und ging zum Herrenhaus.

Der Butler öffnete die Tür. Er trug einen pinkfarbenen Party-Hut. »Herzlich willkommen. Kommen Sie bitte herein.« Er bot Tanner ebenfalls einen Hut an, der aber dankend ablehnte.

»Sie finden die Familie draußen auf dem Rasen. Soll ich Ihnen den Weg zeigen?«

»Nein, danke. Ich erinnere mich daran.« Trude hatte hier gelebt, bei ihren Eltern, während sie schwanger gewesen war.

Tanner zupfte sich seine Jacke zurecht und fing an, den Flur entlangzugehen. Durch Nebenräume und kurze Durchgänge bahnte er sich seinen Weg zum hinteren Teil des Hauses. Tische mit weißen Tüchern und farbenfrohen Blumengestecken zierten den Rasen, buntes Teegeschirr und das Geschnatter Tee trinkender Mädchen in pastellfarbenen Kleidern mit passenden Handschuhen waren zu sehen. Eine etwa gleichgroße Menge Erwachsener versammelte sich am Rand des Partytreibens, Teetassen und Untertassen in der Hand, die Köpfe einander im Gespräch zugeneigt. Tanner entdeckte seine Eltern, die sich mit den Trusdales unterhielten – alte und gute Freunde aus Dads erster Pfarrei. Am entfernten Ende der Festwiese lag eine Bühne, über der ein Banner wehte. Meant2Be.

Meine Güte, Trude. Sie sind doch erst zehn.

Meant2Be war eine sehr beliebte Boy Group, die kurz vor ihrem internationalen Durchbruch stand. Wie hatte sie es nur gestemmt, die zu buchen? Und wie kam es, dass der Veranstaltungsort nicht voller Paparazzi und kreischender Teenager war?

Während er von weitem die Mädchenschar nach den Zwillingen absuchte, landeten Tanners Augen auf Trude. Sie sah so schön aus wie eh und je, als wäre sie einem Modemagazin entstiegen. Perfektes Haar. Perfektes Kleid mit passenden Schuhen. Sie war munter und charmant, makellos und elegant.

Er folgte ihr, während sie sich durch die Tische bewegte und dann neben zwei Mädchen in die Knie ging. Da er nur ihre Hinterköpfe sehen konnte, konnte er nur raten, dass das Bella und Britta waren. Seine Kehle wurde eng. Sein Herz raste, und sein Brustkorb zog sich zusammen. Er wollte aufbrechen, ins Auto steigen und durch die Hügel nach Hause rasen.

Aber nachdem er nun auf wundersame Weise so viel Mut zusammengekratzt hatte, so weit zu kommen, konnte er das jetzt auch genauso gut durchziehen.

Trude war schon wieder unterwegs. Auf halber Strecke des Durchgangs zwischen den Tischen traf sie einen Mann, bei dem sie sich unterhakte, während sie den Kopf lachend in den Nacken warf.

Seltsam. Das war nicht Trudes Ehemann Reese.

Doch der Mann beugte sich vor, um sie zu küssen, und sie küsste ihn auch ganz eindeutig zurück. Und da dämmerte es Tanner, warum Trude ihn heute hierher eingeladen hatte. Es gab einen neuen Mann in ihrem Leben.

Tanner verließ seinen Spähposten und trat auf die Veranda. Trude sah flüchtig zum Haus hinüber, entdeckte ihn und winkte ihm lächelnd zu.

»Du bist gekommen«, sagte sie, als sie auf der Veranda zu ihm trat, seine Hände in die ihren nahm und ihm einen Kuss auf die Wange drückte. »Ich habe mir schon Sorgen gemacht, du würdest nicht kommen.«

Der Mann, mit dem sie gerade zusammengestanden hatte, war ihr gefolgt und stellte sich selbst vor.

»Evan Downy.«

»Tanner Burkhardt.«

»Tanner«, Trude warf einen Seitenblick auf Evan, »wir sind verlobt.«

»Was hält denn dein Ehemann davon?«

Sie gluckste. »Oh Tanner, wie drollig. Aber pssst, nicht so laut.« Trude führte ihn nach drinnen. Über die Schulter kommentierte sie zu Evan: »Wir haben es den Mädchen noch nicht gesagt. Liebling, wir sind in der Bibliothek.«

Tanner ging schweigend neben ihr her. *Ich kann es kaum erwarten, diese Geschichte zu hören.*

In der Bibliothek strömte Sonnenlicht durch die hohen bogenförmigen Fenster. Es wärmte den Raum und verlieh dem uralten Gemäuer einen jugendlichen Glanz.

Tanner wählte einen Stuhl aus. Eigentlich wollte er sich zurücklehnen und einfach nur zuhören, während Trude ihre Geschichte erzählte. Aber sobald sie die Türen der Bibliothek geschlossen hatte, feuerte er seine erste Frage ab. »Was soll der Unsinn? Verlobt? Wo ist Reese?«

»Ich wollte dich deswegen anrufen. Wollte es dir erzählen. Wir haben uns letztes Jahr scheiden lassen.« Trude lauerte am Eingang der Bibliothek.

»Scheiden lassen?« Er schoss aus seinem Stuhl hoch und ging durch den Raum auf sie zu. »Und was ist jetzt mit der glücklichen Familie? Der stabilen Umgebung, in der die Mädchen aufwachsen sollten?«

»Das ist einer der Gründe, weshalb du hier bist, Tanner.« Sie ging um ihn herum und suchte sich einen Stuhl aus.

»Trude, du hast mich darum gebeten, aus dem Leben der Mädchen zu verschwinden, weil du wolltest, dass Reese ihr Vater ist. Du sagtest, ich würde sie nur verwirren. Nicht du. Nicht Reese. Sondern ich. Der Teilzeit-Papa. Der Mittwoch-und-jedes-zweite-Wochenende-Papa.«

»Ja, ich weiß doch selbst, dass ich das gesagt habe.« Sie sah ihn entnervt an.

»Du hast deine Eltern, Reese' Eltern und einen Kinderpsychologen auf den Plan gerufen, um mir zu erklären, wie furchtbar destabilisierend es für die Kinder sei, von meiner Wohnung zu eurer hin- und herzuwechseln. Dass sie eine Mutter, aber zwei Väter hätten.«

»Mir ist vollkommen bewusst, was ich gesagt habe, Tanner.«

»Bist du dir da sicher? Weil eine Scheidung nicht in dieses sogenannte stabile Umfeld passt, um das du mich angebettelt hast. Wenn ich mich aus ihrem Leben verdünnisieren würde und Reese den Papa machen ließe, den sie so sehr liebten und verdienten, wie perfekt würde dann ihr Leben sein. So emotional stabil.«

»Ich würde immer noch sagen, dass ich Recht hatte. Die Mädchen waren jedes Mal verwirrt, wenn sie nach Hause kamen, nachdem sie mit dir zusammen gewesen sind.«

»Sie waren zwei Jahre alt. Natürlich waren sie verwirrt. Und es war auch keine besonders große Hilfe, dass du darauf bestanden hast, dass sie Reese ›Da-da‹ nannten. Du hast zu ihrer Verwirrung beigetragen, Trude.« Da, nun hatte er es endlich gesagt. Jetzt war es raus. Hatte ja auch nur acht Jahre gedauert.

»Ich war jung ... Tanner. Reese wollte ihr Vater sein.«

»Aber ich war, *ich bin* doch ihr Vater. Und so furchtbar jung warst du auch nicht. Mit 26 ist man reif genug.« Tanner ging in einem entschlossenen Zug auf sie zu. Seine lange begrabenen Gefühle kämpften darum, an die Oberfläche zu gelangen. »Jetzt erzählst du mir, Reese ist draußen, und Evan ist dran?«

»Reese und ich haben es mit einer Eheberatung versucht, aber wir haben einfach nicht mehr miteinander funktioniert. Wir waren so jung, als wir geheiratet ...«

»Schluss mit den Ausreden.«

»Das sind keine Ausreden. Ich versuche nur, mich zu erklären. Wir waren nicht glücklich, verstehst du. Es ging uns erbärmlich.«

»Bitte verzeih, dass ich kein Mitleid dafür habe, wo ich mein eigenes Glück für die Mädchen geopfert habe. Du und Reese, ihr habt es nicht über euch gebracht, das Gleiche zu tun?« Er wandte sich dem Fenster zu. Das Sonnenlicht befeuerte seine Wut zusätzlich.

»Belehre mich nicht, Tanner Burkhardt. Reese und ich haben mehrere Jahre Seite an Seite durchgehalten, aber diese Ehe war vorbei. Um ehrlich zu sein, habe ich auch absolut nicht das Bedürfnis, mit dir darüber zu sprechen. Ich habe dich heute hierhin eingeladen, damit du die Mädchen sehen kannst, und ja, damit ich dir sagen kann, dass ich Evan heiraten werde. Wir ziehen für einige Jahre nach Amerika.«

»Amerika? Meine Güte Trude, und was hat das mit mir zu tun? Warum soll ich wissen müssen, was du mit den Mädchen anstellst? Ich bin raus aus ihrem Leben.« Er gestikulierte in Richtung des Partytreibens. »Ich habe sie acht lange Jahre lang nicht gesehen. Also sag mir, warum ich wirklich hier bin.«

»Ich fand, du hättest ein Recht, das zu wissen. Das mit Reese, und, nun ja, mit allem.« Sie erhob sich, glättete den Schoß ihres Kleides und ging zum Schreibtisch ihres Vaters. »Mach nicht so einen Aufstand darum, Tanner. Menschen lassen sich scheiden. Das Leben geht weiter.«

»Was meinen die Mädchen dazu? Wie geht es ihnen damit?«

»Sie sind typische Zehnjährige. Im einen Moment unschuldig und aufgekratzt und im nächsten weinen sie sich wegen einer Nichtigkeit die Augen aus.« Sie wirbelte mit der Hand durch die Luft, als sei das alles so ungemein drollig und normal. »Übrigens verehren sie Evan. Und er sie.«

»Aber natürlich. Und was ist mit Reese? Wo ist der eigentlich?« Tanner überwand den Raum zwischen ihr und sich und nahm sie bei den Armen. Dass er sie damit überraschte, störte ihn nicht weiter. »Ich habe es zugelassen, dass du sie mir weggenommen hast, Trude. Ich habe die Verachtung meiner Eltern, meiner Familie und meiner Freunde hingenommen und ausgehalten, weil du und deine Leute mich davon überzeugt haben, ja, mich manipuliert haben, dass ich geglaubt habe, es würde den Zwillingen mit nur einem Elternpaar besser gehen. Du und Reese. Du hast mir geschworen, er sei die Liebe deines Lebens, und ihr würdet euch nie trennen. Nur deswegen habe ich zugestimmt. Du hast mir versprochen, dass er die Mädchen liebt und verehrt, als wären es seine eigenen Töchter. Deswegen bin ich gegangen. Sehr zu meinem eigenen Bedauern. Und jetzt hast du diesen Ton am Leibe, wenn ich wissen will, was Sache ist?«

Mit einem Ruck befreite sie ihre Arme. »Es ist ja nicht so, als seien sie Kinder, Tanner.«

»Aber sie *sind* Kinder. Zehnjährige sind Kinder.«

»Sie sind alt genug, um zu begreifen, dass sich Beziehungen verändern können. Es ist ja nicht so, als wären sie in eine perfekte Situation, in eine perfekte Familie hineingeboren worden.« Sie verdrehte die Augen. »Wir waren ja noch nicht einmal verliebt. Nie. Und wir haben erst damit angefangen, miteinander auszugehen, als ich schon schwanger war.«

»Aber als Eltern haben wir gut miteinander funktioniert.«

Seinem Widerspruch zum Trotz wusste Tanner, dass sie Recht hatte.

Der Auftritt in dieser Welt war für die Mädchen vom ersten Moment an belastet gewesen.

Ihre Eltern waren ein paar Narren, die zugelassen hatten, dass ein Wochenendurlaub weitergegangen war, als sie es je beabsichtigt hatten.

Um ehrlich zu sein, wusste Tanner, dass er dieselbe Menge Schuld mit sich trug, wenn er den Spiegel der Anschuldigungen, den er Trude vorhielt, umdrehte und selbst hineinsah. Vielleicht sogar mehr.

Sosehr er seine Mädchen liebte, war da doch ein kleiner Teil seiner Selbst gewesen, der von der Bürde des alleinerziehenden Vaters hatte befreit werden wollen, von dem Schmerz, sie zu vermissen, sobald er sie bei Trude abgeliefert hatte. Im Bewusstsein, dass er an jedem Tag, den er nicht mit ihnen verbrachte, einen wunderschönen Teil ihres Lebens verpasste.

Die ersten Worte? Die hatte er verpasst. Trude ergötzte sich daran, ihm zu erzählen, wie sie »Mam-Mam« gesagt hatten, als er sie fürs Wochenende abholte. Aber zu dem Zeitpunkt hatten sie schon einige Tage lang gesprochen.

Die ersten Schritte? Die hatten sie getan, als sie mit ihren Eltern in Italien im Urlaub waren. Als Tanner sie abholte, um seinerseits mit ihnen in die Ferien zu fahren, waren sie praktisch schon Langstreckenläufer.

»... du wirst also verstehen«, sagte Trude, »dass es für alle das Beste ist. Evan ist ein guter Mann. Ich bin jetzt so viel weiser, als ich es war, als ich Reese geheiratet habe.«

Tanner ließ einen Teil seines Zorns los und befreite seine Gefühle von der alten, schalen Schuld. »Was sagen die Mädchen zu der Ehe und zu dem Umzug nach Amerika?«

»Wir warten bis nach der Party damit, es ihnen zu erzählen. Evan hat letzte Woche von der Arbeitsstelle erfahren. Und da hat er mir dann den Antrag gemacht, und ich habe Ja gesagt.«

»Was sagt Reese dazu, dass du mit *seinen Mädchen* über den Großen

Teich ziehen willst?« Die Worte *seine Mädchen* schmeckten wie bittere Kräuter.

»Die Sache ist die ...« Trude steckte die Hand in ihre Tasche und fischte eine zerknitterte Packung Zigaretten heraus. Sie sah Tanner bedröppelt an. »Kaum zu glauben, nach all den Jahren, oder?« Sie zog eine Zigarette hervor, die sie hochhielt. »Aber ich versuche, damit aufzuhören. Wirklich. Na ja, egal. Wo war ich? Genau. Es ist geplant, dass die Mädchen nächstes Jahr auf der Scarborough anfangen, meiner Alma Mater, und auch die meiner Mutter und meiner Großmutter. Ihre engsten Freundinnen, die Exleys, Thorndikes und Hathaways fangen ebenfalls nächstes Jahr auf der Scarborough an.«

»Soll heißen?«

Sie klopfte sich mit dem einen Ende der Zigarette gegen die Hand. »Tanner, als Reese mich verlassen hat, hat er uns alle verlassen. Mich, die Mädchen, alles. Er hat sie seit anderthalb Jahren nicht mehr gesehen.« Sie starrte eines der Bücherregale an. »Er sagte, die Mädchen seien nicht seine richtigen Kinder. Wenn er mit seinem Leben weitermachen wolle, brauche er sich nicht mit den Kindern eines anderen Mannes zu belasten.«

Ihr Geständnis hing im Raum und schluckte alles Licht, verschlang alle Luft. Tanner ließ sich auf den nächstbesten Stuhl fallen. Ihm fehlten die Worte. Ihm fiel keine Erwiderung ein. So fühlte es sich also an, wenn man ganz und gar zerbrochen war.

»Ich hätte dich nie darum bitten sollen, aus ihrem Leben zu verschwinden, Tanner.« Trude saß auf der Kante eines niedrigen Tisches und sah ihn an. »Ich war dumm und hatte Flausen von einer kleinen heilen Welt im Kopf. Reese war eifersüchtig auf dich. Das musst du gewusst haben. Wir haben uns jedes Mal gestritten, wenn du vorbeigekommen bist. Er hat dann damit angefangen, dass die Kinder eine Familie mit *einer* Mutter und *einem* Vater brauchten, und ich bin darauf hereingefallen.« Sie sah zerbrechlich aus, ramponiert und geschlagen. »Du glaubst mir doch, oder?«

Er konzentrierte sich auf das Teppichmuster. »Ich habe acht Jahre mit meinen Mädchen verloren, Trude. Die kann auch deine Beichte nicht wieder zurückbringen.«

Der Ausdruck in ihrem Gesicht verhärtete sich, und Trude brachte ihre Defensive wieder in Stellung. »Ich bin mir nicht so ganz sicher, ob du das nicht auch als Erleichterung empfunden hast. Immerhin hat ein anderer deinen Job gemacht. Ich behaupte mal, das ist es auch, was dich letztendlich überzeugt hat.«

»Stopp.« Er würde nicht zulassen, dass sie einen Teil ihrer eigenen Bürde auf seinen Rücken packte. »Ja, ich habe ziemlich herumgekrebst, aber ich wollte nie, dass ein anderer Mann meine Mädchen großzieht. Du hast mich davon überzeugt, ihr Leben würde leichter werden, wenn ich losließe. Dass es gesünder sei für ihr Gefühlsleben.«

Trude zündete zu guter Letzt ihre Zigarette an. »Sag das bloß nicht meinem Vater.« Sie hielt die Zigarette hoch und wedelte die dünnen Rauchranken in dem breiten Streifen Sonnenlicht weg. »Er würde mich umbringen, wenn er wüsste, dass ich in seiner kostbaren Bibliothek rauche. Die Sache ist die. Es geht ja nicht darum, was wir in der Vergangenheit gemacht haben, sondern darum, was wir jetzt tun können, für die Zukunft und wegen der Sache mit der Scarborough.«

»Was ist damit? Du sagtest doch, die Mädchen wären angemeldet.«

»Nun ja, ja, schon, aber nicht, wenn wir in Amerika sind. Evans Auftrag ist für mindestens drei Jahre. Die Scarborough ist eine Tagesschule, bis sie 14 sind. Dann können sie ins Internat ziehen. Aber bis sie alt genug sind, müssen sie bei jemandem leben.«

Ah. Das Bild wurde deutlicher.

»Evan reist im Januar nach Amerika. Daher dachten wir, wir würden in der Weihnachtszeit heiraten.« Sie lächelte ihn an und drückte die

Zigarette nach nur wenigen Zügen aus. »Wenn die Mädchen mit uns kommen, verpassen sie ihr letztes Trimester auf der Trinity. Was wohl auch ginge, nehme ich an, aber sie müssen sich auch darauf vorbereiten, im nächsten Herbst auf der Scarborough anzufangen.«

»Was willst du damit sagen?«

»Es gibt keinen einfachen Weg, das zu sagen. Also sage ich es einfach, wie es ist. Tanner, wirst du die Mädchen nehmen?«

»Wie bitte?«, entfuhr es ihm. »Wie ... nehmen?«

»Na, damit sie bei dir leben natürlich.« Ihr Lächeln spiegelte ihren auf Hochglanz polierten Charme wider. »Ich weiß, es ist eine große Bitte, eine riesengroße sogar. Aber es würde mir und Evan so viel bedeuten.«

»Und wie wäre es, wenn du sie mitnimmst? Was ist aus dem Familienzusammenhalt geworden?«

»Ich weiß, ich weiß. Aber die Mädchen verdienen es doch, weiter mit ihren Freundinnen zur Schule gehen zu können. Ich will ihnen nicht einen neuen Stiefvater und ein neues Leben in einem fremden Land zumuten.«

»Dann tu es nicht. Bleib hier. Du musst nicht nach Amerika ziehen, Trude.«

»Du und deine einfachen Lösungen.« Sie ging um den polierten Schreibtisch mit den verschlungenen Schnitzereien an den Ecken und Tischbeinen herum. »Evan hat schon seit fünf Jahren auf diese Gelegenheit gewartet. Wenn er sie nicht ergreift, dann knickt seine Karriere ein. Er kann nicht einfach ablehnen, weil er sich in mich verliebt hat.«

»Warum nicht? Bin ich denn hier der Einzige, der sein Herz für das Glück der anderen opfern muss?« Er klang ein wenig bitter, doch das scherte ihn nicht. »Du bekommst immer deinen Willen, und ich darf mich dafür hergeben.«

»Du hast doch eben selbst gesagt …«

»Ich habe meine Töchter aufgegeben, Trude.« Er beugte sich in ihre Richtung und tippte sich auf die Brust. »Und das hat mich umgebracht. Ich habe seitdem mit der Schuld und mit der Scham gelebt.«

»Warum um Himmels willen hast du es denn dann getan?«

»Für ihr *Glück* und ihre *Stabilität*. Das habe ich jedenfalls geglaubt.« Er stopfte sich die Hände in die Taschen. Wie konnte er nur so ein Narr gewesen sein? »Wenn hier irgendjemand jung und nicht weise war, dann war ich das. Dass ich mich von dir habe überreden lassen, die Mädchen aufzugeben. Und jetzt sagst du mir, es sei gewesen, weil Reese eifersüchtig war?«

»Tanner, mein Guter, Evan verehrt Bella und Britta. Aber sie sind nicht seine Töchter, verstehst du. Ich kann nicht von ihm verlangen, dass er seinen Traumjob aufgibt, damit meine Mädchen auf die Scarborough gehen können.«

»Warum nicht? Ich habe meinen Traum, das Priesterseminar zu besuchen, auch wegen dir und der Mädchen aufgegeben. Und im Übrigen brauchen Britta und Bella ja nicht auf die Scarborough zu gehen.«

»Schiebe die Sache mit dem Seminar nicht auf mich. Du hast ganz alleine entschieden, dort aufzuhören. Und ja, die Mädchen müssen auf die Scarborough gehen.«

»Ich musste dort aufhören. Wie hätte ich denn bitte als ein alleinerziehender Vater ein Leben als Pfarrer anfangen können?«

»Hör mal, Freundchen, du hast genauso viel Schuld an dem, was da passiert, ist wie …«

»Ich beschuldige überhaupt niemanden.« Tanner sammelte sich und senkte seine Stimme. »Ich möchte dich nur einfach daran erinnern, dass Pläne und Träume nun einmal über den Haufen geworfen werden, wenn zwei unverheiratete Menschen Kinder bekommen.«

»Aber verstehst du es denn nicht? Ich versuche, etwas wiedergutzumachen. Ich will dir deine Mädchen wiedergeben. Warum wehrst du dich denn dagegen?«

»Weil es mir so vorkommt, als würdest du versuchen, dein neues Leben zum Funktionieren zu bringen, indem du die Mädchen und mich hintanstellst. Einmal mehr. Hier geht es sehr viel mehr um *dein* Glück als um das Glück irgendeiner anderen Person, Trude.«

Sie fluchte in einem hohen, trillernden Tonfall. »Es geht um *uns alle.* Um unser aller Glück.«

»Sag mal, erinnern sie sich denn überhaupt an mich? Was werden sie denken, wenn du sie mit einem quasi Fremden zurücklässt? Und was ist mit deinen Eltern? Warum nehmen die die Mädchen nicht?«

»Ich habe sie noch nicht gefragt. Sie fahren im neuen Jahr für vier Monate nach Barcelona. Außerdem haben sie bereits eine Familie großgezogen und legen nicht besonders viel Wert darauf, das noch einmal zu tun. Den Mädchen wird es bei dir gutgehen. Du bist ihr Papa. Es ist an der Zeit, dass sie dich und deine Familie kennenlernen. Findest du nicht auch? Sie können mich in den Ferien und während der Sommer besuchen kommen. Ich komme einmal im Quartal bei euch vorbei. Sie werden mich kaum vermissen.«

»Wissen sie überhaupt, dass es mich gibt?«

»Ich habe angefangen, von dir zu sprechen. Ich habe sie gefragt, ob sie sich an dich erinnern.«

»Und?«

»Tanner, an der ganzen Geschichte hier ist nicht alles perfekt oder ideal. Das weiß ich.«

»Erinnern sie sich, Trude?«

»Ja, so wie man sich an einen entfernten Onkel erinnert.« Sie ergriff seinen Arm. »Willst du sie nicht kennenlernen? Das hier ist deine Gelegenheit.«

»Sie sind zehn.« Er wies zur Tür. »Ich habe keine Ahnung davon, wie man der Vater von zehn Jahre alten Mädchen ist.«

»Keine Sorge. Sie sind Meister darin, zehn Jahre alt zu sein. Sie werden es dir schon beibringen.« Ihr kurzes Lachen schwankte und zerbrach.

»Ich arbeite sechzig Stunden die Woche.« Er presste die Finger gegen seine Stirn und rief sich sein kaltes, ödes Leben vor Augen. »Mein Kühlschrank ist leer bis auf ein vier Wochen altes Fertiggericht und saure Milch.«

»Ich bin mir sicher, dass dir deine Mutter dabei nur allzu gerne unter die Arme greifen wird. Und meine auch, wenn sie hier ist.«

Dieser ganze Vorschlag erwischte ihn kalt. Stellte ihn auf den Kopf. Alleine die Tatsache, dass er überhaupt darüber nachdachte ...

»Was machst du, wenn ich nein sage?«

Sie schüttelte eine weitere Zigarette aus der Packung. »Ich weiß es nicht.«

»Ich werde darüber nachdenken müssen. Aber sollte es so weit kommen, dass sie bei mir leben, dann war es das auch, Trude. Dann gibt es kein Hin und Her mehr. Dann bin ich der Erziehungsberechtigte, dann entscheide ich. Wenn ich sage, dass sie an der Highlands angemeldet werden sollen, dann werden sie auch dort angemeldet.«

»Was? Weil du ein paar Jahre mit ihnen geschenkt bekommst? Sie sind seit ihrem zweiten Geburtstag in der Scarborough vorgemerkt.«

»Was du nicht wissen kannst, ist, dass ich sie bei der Highlands ebenfalls habe vormerken lassen, als sie zwei Jahre alt waren.«

»Das kann jetzt nicht dein Ernst sein. Tanner, ich weigere mich, mich von dir erpressen zu lassen, nur weil ich dich darum gebeten habe, dich um deine eigenen Töchter zu kümmern.«

»Nach alldem, was du mir angetan hast, kann ich wohl ein paar Bedingungen stellen. Einmal davon abgesehen, dass du mich hierhin einlädst, damit ich dich von deinen Verpflichtungen als Mutter entbinde, damit du unbesorgt mit deinem neuen Ehemann nach Amerika reisen kannst. Du sagst, Reese habe euch vor einem Jahr verlassen? Und warum höre ich dann erst jetzt davon?«

»Wortklaubereien. Bei dir geht es immer um Wortklaubereien. Meinst du vielleicht, es sei mir leichtgefallen, dich hierher einzuladen?«

»Ja, weil ich ja immerhin jetzt hier stehe.« Er neigte sich ihr zu und verlangte ihre volle Aufmerksamkeit. »Wenn ich die Mädchen nehme, will ich das alleinige Sorgerecht.«

»Du kannst mich nicht aus ihrem Leben streichen.«

»Ich würde dich nie aus ihrem Leben herausstreichen. Aber du bittest mich, ihr Vater zu sein, und genau das habe ich vor.« Er war voll innerer Unruhe durch die Hügel hierhergefahren und hatte nicht erwartet, eine zweite Chance mit seinen Töchtern zu bekommen. Er hatte dafür gebetet, dass sie ihm nicht schreiend vors Schienbein treten würden. »Ich kümmere mich um ihre Schulbildung, ihre Freunde, ihre gesellschaftlichen Termine. Es wäre mir eine Freude, mich da auch nach deinem Zeitplan und dem deiner Eltern zu richten. Aber wenn das wirklich deine Bitte ist, und der Grund dafür, weshalb du mich heute hierhin eingeladen hast, dann sind das meine Bedingungen.«

»Meine Güte, Tanner.« Sie hielt sich die Hand vor ihre Körpermitte. »Noch vor einer Viertelstunde hattest du überhaupt keinen Anteil an ihrem Leben und hast meine Bitte abgelehnt, weil du nicht wüsstest, wie man mit zehnjährigen Mädchen umgeht. Und jetzt willst du die volle Kontrolle.«

»Sagen wir einfach mal, ich bin so ein Von-null-auf-hundert-Typ.« Er ging hinter dem Sofa herum auf die Tür zu. »Denke darüber nach, Trude. Ich gehe solange auf die Party, begrüße Mum und Dad und wünsche meinen Mädchen alles Gute zum Geburtstag.«

EINUNDZWANZIG

Am späten Sonntagnachmittag saß Reggie mit zwei dicken Büchern am Fenster des Salons. Der eine Wälzer war 1890 gedruckt worden, der andere 1910. Jarvis hatte sie ihr besorgt.

Sie nahm das erste Buch hoch, blätterte die uralten Seiten um und überflog eine Menge Juristen-Sprech über Schuld und Sühne, Gerichtsfälle und Präzedenzurteile, fand aber nichts über Seamus' Drohung, sie als Staatsfeindin festnehmen zu lassen.

Dann nahm sie den zweiten Band zur Hand. Diese trug den Titel *Corpus Legum Vocis.* Sie las quer und suchte nach Informationen über Lords, Earls und Staatsfeinde.

> Wenn ein Mitglied der königlichen Familie, des Oberhauses oder des Adels einer Verschwörung überführt wird, die anstrebt, die Regierung des Großherzogtums Hessenbergs aufzulösen, zu stürzen, abzusetzen oder zu zerstören, soll es seiner Titel und Autorität enthoben werden, weiterhin sollen all seine Ländereien und Vermögen eingezogen und der Verschwörer als Staatsfeind des Landes verwiesen werden.

Reggie klappte das Buch zu und legte es auf den Tisch. Für sie sah es so aus, als könnte Seamus einen Fall gegen den guten alten Prinz Franz aufbauen, nicht aber gegen sie.

Aber hatte sie denn ein Recht auf den Thron Hessenbergs, und wenn ja, welches? Reggie schob die Bücher zur Seite und zog die Unterlagen des Abkommens aus dem Diplomatenkoffer.

> ... und sollte, wenn die Zeit vollendet ist, zum Ende des Abkommens, ein Erbe gefunden werden, soll er oder sie den Thron des Hauses Augustin-Sachsen samt der Rechte, Titel,

> Autoritäten und Länder, die dazugehören, erben ... bewilligt und gebilligt durch den König oder die Königin von Brighton.

Na, und an dieser Stelle kam dann König Nathaniel II. ins Spiel.

Reggie fuhr mit dem Finger über die sehr kühne Unterschrift von König Nathaniel I. Im Schwung seines Tintenstrichs konnte sie seine Gewissheit beinahe spüren. Unter seiner Unterschrift war die des Großherzogs. Prinz Franz' Namenszeichen war schwach und wackelig, die Tinte setzte zwischendurch aus und hinterließ Lücken, wo die Feder das Papier verlassen hatte.

Oh, wie er sich gefühlt haben muss.

Während Reggie durch einige andere offiziell aussehende Papiere blätterte, fühlte sie sich dazu getrieben, den Text des Abkommens ein weiteres Mal zu lesen. Fand sich darin etwas, das ihr Aufschluss über ihre Zukunft geben würde? Reichte denn dieses Abkommen über ein Erblehen aus, ihr zu dem Thron zu verhelfen, den der Onkel ihrer Urgroßmutter verlassen hatte? Und wenn ja, wie konnte sie dem Volk von Hessenberg helfen, wirklich helfen?

Reggie ging die Einleitung des Textes durch. Die Worte wurden ihr allmählich vertraut. *Herr, wenn du willst, dass ich das hier tue, dann hilf mir, diese Sache zu durchforschen. Lass mich die versteckten Schätze finden.* Sie las jede Zeile des einfachen Vertrages langsam und sorgfältig.

Die gewöhnlichen Worte vermittelten ihr eine verblüffende Botschaft. Sie war die Erbin. Als sie den letzten Absatz wieder und wieder las, hob sich das Wort »Erbschaft« deutlich von der Seite ab und löste in ihrem Herzen einen Alarm aus.

Reggie beugte sich näher zum Lichtschein der Lampe.

> ... soll die Wertpapiere der Erbschaft nutzen, um das Haus Augustin-Sachsen zu restaurieren und wieder aufzubauen.

Wertpapiere? Welche Wertpapiere? Aktien? Sparbriefe? Inhaberschuldverschreibungen? Kriegsanleihen? Mit Inhaberschuldverschreibungen hatte sie bei Backlund & Backlund gearbeitet. Die konnten ganz lukrativ sein, wenn die Eckdaten stimmten. Oder war die Formulierung »Wertpapiere der Erbschaft« metaphorisch zu verstehen? Altruistischer? Das Papier, das die Loyalität zu Brighton verbriefte, hatte einen Wert. Den Wert der Treue, der Freundschaft, der Zeit.

Reggie wandte sich den Dokumenten zu, die König Nathaniel II. geschickt hatte, und suchte nach einem Verweis auf Wertpapiere, fand aber keinen.

Sie stand auf und streckte sich, rieb sich die Buchstaben aus den Augen und verstaute die Dokumente wieder in der Mappe. Dann lehnte sie sich gegen die Fensterbank.

Die Aussicht war wunderschön. Eine Schonung aus Prinzessin-Alice-Bäumen, die im letzten Gold des Tages aufleuchteten. Dafür, dass es Anfang Oktober war, war der Rasen noch satt und grün und voll.

»Herr, wie wäre es mit einem Zeichen, hm?« Sie lachte leise, und ihr Atem beschlug die Fensterscheibe. Sie dachte an Uroma. Sie war ein Zeichen gewesen. Ein lebendiges, sprechendes, atmendes Zeichen. Aber sie hatte nichts gesagt. Nur die Wahrheit in ein mysteriöses, prophetisches Märchen gehüllt und mit ihr Prinzessin gespielt.

Sie wischte sich ein paar Schweißperlen von der Stirn. Reggie hatte Heimweh, sie vermisste Daddy und Sadie, die wahrscheinlich gerade nach der Kirche mit einer größeren Gruppe von Leuten beim Mittagessen zusammensaßen.

Sie griff nach ihrem Telefon und schrieb Daddy.

Vermisse euch. Ruf an wenn möglich. LG.

Aber im Schreiben war er noch schlechter als im Beantworten von Anrufen und Nachrichten auf dem Anrufbeantworter.

Reggie schob sich das Handy wieder in die Hosentasche und brachte ein letztes Gebet dar. »Herr, ich bitte dich nicht besonders häufig um Zeichen. Aber wenn du dieses Mal genau weißt, was du vorhast, dann ...« Sie legte sich die Hand aufs Herz. »Bitte denk an mein schwaches, blindes, dunkles Herz. Ich brauche dein Licht. Bitte zeige mir dein Licht.«

Die Tür des Salons öffnete sich während der letzten Momente ihres Gebets.

»Miss.« Serenas dunkles Haar und ihr Porzellangesicht schauten herein. »Der Koch schickt mich. Er lässt fragen, was Sie zum Abendessen wünschen.«

»Alles, was er macht, ist sehr gut.«

»Er sagte, er würde einen amerikanischen Hamburger mit Pommes frites für Sie machen, wenn Sie wünschen.«

»Lecker. Das klingt gut.« Beim Gedanken daran, wieder alleine zu essen, wurde ihr Heimweh noch stärker.

»Brauchen Sie noch etwas, Miss?«

Ja, eine Art Zeichen, eine Bestätigung. »Nein, alles bestens. Ich denke, ich werde ...« Und was jetzt? In ihre Suite gehen? Ein flüchtiger Gedanke an Tanner huschte durch ihren Kopf. Sie vermisste ihn irgendwie. Was er wohl tat an diesem schönen Sonntagabend?

»Miss, haben Sie schon den großen Ballsaal gesehen?« Serena lächelte schüchtern. »Das ist mein Lieblingszimmer im ganzen Palast. Sie haben ihn sehr schön hergerichtet. Der wartet nur auf Sie.«

»Ein großer Ballsaal? Ich wusste nicht, dass es einen großen Ballsaal gibt.« Um die Wahrheit zu sagen, wusste sie so gut wie nichts über den Palast. Sie kannte bisher nur ihre Suite, den Salon, das Speisezimmer und die Küche.

»Möchten Sie ihn sehen?« Serena gab Reggie einen Wink, ihr zu folgen, und öffnete die Tür.

»Los geht's.« Reggie sauste in den Korridor und wartete darauf, dass Serena ihr den Weg zeigte.

Aber die zauberhafte Zofe weigerte sich, vor Reggie herzugehen.

»Dort entlang.« Sie zeigte in den Flur. »Dann durch die offizielle Bibliothek und den westlichen Korridor hinunter.«

»Gehen Sie voran, ich komme hinterher.«

»Nein, Miss, ich kann nicht vor Ihnen hergehen. Mr. Jarvis würde mich entlassen, wenn ich das täte.«

»Ach, ich verstehe schon. Etikette.« Reggie hakte sich bei Serena unter. »Dann lassen Sie uns zusammen gehen. Ob das klappt?«

Serena zögerte. Erst sah sie Reggie in die Augen, dann betrachtete sie ihre Ellbogen. »Ich glaube auch nicht, dass Mr. Jarvis es schätzen würde, wenn wir wie Schulmädchen gingen.«

»Nur dieses eine Mal.« Serena konnte nicht viel jünger sein als Reggie. Höchstens fünf Jahre. Woanders hätten sie Freundinnen sein können. »Unser Geheimnis.«

»In Ordnung, aber wirklich nur dieses eine Mal.« Sie lächelte schüchtern und begann, den Flur hinunterzugehen. Sie gingen durch die offizielle Bibliothek mit den sechs Meter hohen Bleiglasfenstern, den Wänden in sattem Purpurton und Regalen über Regalen voller vergoldeter, ledergebundener Bücher. Dann kamen sie in den westlichen Korridor, der mit rotem Teppich ausgelegt war.

Reggie brachte Serena bald zum Stolpern, als sie abrupt innehielt und versuchte, die Schönheit des Flures in sich aufzunehmen. Opulentes goldenes Dekor, geschnitzte und geformte Friese um die Fenster und eine Reihe Kristalllüster, die an der hohen, gewölbten Decke entlangmarschierte.

»Ich fühle mich wie im Traum.«

»Oh, Miss, das hier, das ist noch der Schlaf. Der Traum, der kommt erst noch.«

Als sie um eine Ecke gebogen waren, hielt Serena vor einer riesigen Doppeltür, die beinahe die gesamte Breite der Wand einnahm. »Sind diese Türen nicht großartig?«

»Sehr sogar.« Sie waren mit Stabmustern eingefasst und mit Bronze überzogen, die derart poliert war, dass Reggie ihr Spiegelbild deutlich erkennen konnte.

»Es heißt, Prinz Franz habe am Tag seiner Krönung der Liebe seines Lebens hier einen Heiratsantrag gemacht.« Serena drehte am Knauf der rechten Tür, damit Reggie hineinschlüpfen konnte, und schloss die Tür dann wieder hinter ihnen. »Aber die hat ihn rundheraus abblitzen lassen. Sie wollte nicht mit einem Großherzog verheiratet sein. Sagte, sie hätte dann keine ruhige Minute mehr im Leben.«

Serena öffnete ein Wandpaneel, und wie von Zauberhand wurde der Kronleuchter in der Mitte der Saaldecke lebendig. Farbenfrohe Prismen tanzten von den tränenförmigen Kristallen auf das schimmernde Parkett hinunter.

»Oh, Serena.« Das Licht schien zu wirbeln und zu schweben, zu steigen und wieder zu fallen und sich unter der Decke zu sammeln, die sich in hohem Bogen über ihnen wölbte. »Das ist ja unglaublich.«

»Ich habe es ja gesagt, Miss. Mein liebster Raum im ganzen Palast.«

Die Wände trugen ein sattes Rot. Sie wurden von einer marmornen Säulenkollonade getragen, und die Paneele wechselten mit deckenhohen Fenstern ab. Über jedem Fenster war eine kleine Kuppel, in der jeweils ein Kronleuchter hing.

An der Wand vor Kopf erhob sich hoch über dem Saalboden ein Balkon, auf dem sich eine riesige Orgel mit goldenen Pfeifen befand. Zu ihrer Linken fand sich eine Empore mit geschwungenen Treppen an jeder Seite.

Im vorderen Teil des Saales befand sich der Orchestergraben unter dem Fresko eines viktorianischen Paares. Das Paar tanzte, und die beiden sahen sich liebevoll in die Augen.

»Wann fand hier der letzte Ball statt, Serena?«

»Ich weiß es nicht. Aber ich glaube nicht, dass seit dem letzten Großherzog hier irgendetwas stattgefunden hat. Kann also über hundert Jahre her sein. Ach herrje, wo wir von der Zeit sprechen ... Der Koch wartet doch auf mich. Ich muss los. Möchten Sie noch bleiben? Ich kann Sie abholen, wenn das Essen fertig ist.«

»Ja, ich bleibe gerne noch ein bisschen. Das Essen hat keine Eile.«

Als Reggie alleine war, stellte sie sich unter den großartigen Kristallleuchter in der Mitte des Raumes und ließ sich vom Licht umspülen.

Nun, sie hatte den Herrn um Licht gebeten. Und *das hier,* das war Licht.

Sie stieg die Stufen zur Empore hinauf und ließ ihre Hand über das samtweiche vergoldete Geländer gleiten. Auf halbem Wege hielt sie inne, versuchte, die Musik zu hören und die Tänzerinnen und Tänzer in all ihrer Pracht zu sehen.

Die extravaganteste Tanzveranstaltung, an der sie je teilgenommen hatte, war ihr Abschlussball in der Schule gewesen. Damals hatte sie mit ihren Freunden zu den Rhythmen von DJ Yo Sway getanzt.

An der Rückwand der Empore befand sich ein Podest mit zwei großen Stühlen, die Thronen ähnelten. Sie waren aus geschnitztem, poliertem Holz und hatten tiefrote Plüschpolster. Reggie betrat das Podest über die breiten, tiefen Stufen und blieb an dem Stuhl zur Linken stehen.

War das hier ein Thron? Sie hatte Abbildungen in Büchern gesehen, und diese Stühle entsprachen den Bildern in ihrem Kopf. Den vibrierenden Bruchteil einer Sekunde lang verspürte sie den Drang, sich auf den Stuhl zu ihrer Linken zu setzen, aber anstatt den Schritt nach vorne zu tun, ging sie die Stufen wieder hinunter. Was, wenn sie sich setzte? Das hieße dann so viel wie: »Ich bin die Prinzessin. Echt jetzt. Und ich bin gekommen, um zu bleiben.«

Reggie atmete auf und nahm dann die Treppe auf der anderen Seite der Empore.

Wie musste dieser Raum einst ausgesehen haben, als ihn noch Tänzerinnen und Tänzer füllten, die sich zur Musik drehten und wiegten. Frauen in eleganten Abendkleidern. Männer in dunklen Smokings. Das Orchester schickte wohltemperierte Klänge bis unter die Kuppeldecke, jede Note verharrte in der Luft und regnete dann in die Herzen der Menschen hinab.

Nie im Leben hätte sich Reggie vorgestellt, dass sie die Pracht eines erhabenen und majestätischen Ballsaals erleben würde, aber nachdem sie die unterste Stufe genommen hatte, tanzte sie mit erhobenen Armen und geschlossenen Augen in Walzerschritten zurück in die Mitte der Tanzfläche. Aufrecht, das Kinn erhoben, wiegte sie sich zu der Melodie ihrer Seele.

»Darf ich um diesen Tanz bitten?«

Mit einem kleinen Aufschrei fuhr sie herum. Ihr aufgeschrecktes Herz wallte auf und löschte den Klang der Violinen in ihrer Fantasie. »Tanner ...«

»Es tut mir leid. Ich wollte dich nicht erschrecken.« Tanner kam von der Tür zu ihr herüber. Er trug Jeans und einen Pullover, sein langes blondes Haar fiel ihm lose ums Gesicht, und er sah aus, als sei er einem Landhauskatalog entstiegen.

»Was machst du hier?« Sein Blick entzündete einen Funken Sehnsucht in ihrer Seele, er weckte das Verlangen, in seinen Armen zu liegen, sich an seine Brust zu lehnen und seinen Herzschlag zu hören.

»Ich suche nach dir.« Sein Tonfall fachte die Flamme weiter an.

»Jetzt hast du mich ja gefunden.« Reggie verschränkte die Hände hinter ihrem Rücken und betrachtete, wie er auf sie zukam. Wenn ihr Herz nur nicht rumpeln würde wie ein großer alter Blockmotor.

»Ich habe Serena getroffen. Die sagte mir, dass ich dich hier finde.«

»Erinnere mich daran, dass ich mit ihr ...«

Ohne ein weiteres Wort zu verlieren, nahm Tanner sie in den Arm und begann, einen sanften, perfekten Walzer im Rund des Saales mit ihr zu tanzen. Dabei summte er genau die Melodie, die sie schon die ganze Zeit im Kopf gehabt hatte.

»Was – was machst du da?«

»Tanzen.« Als er lächelte, fühlte sie sich zusehends schwach. »Ich glaube, in Amerika macht man das auch so.« Er festigte seinen Griff um ihre Taille. Reggie stolperte ein bisschen, als er sie nach rechts drehte, aber er hielt sie fest. »Rück, rechts, vor, links, drehen. Bleib auf deinen Zehen. Halt deinen Arm angespannt und erhoben, deine Hand fest in meiner ... gut ... gut. Nein, Regina, sieh nicht nach unten. Sieh mich an.«

Ihn ansehen? Sir Blauauge? Wenn sie das täte, würde sie jegliche Kontrolle über ihre Gliedmaßen verlieren, dessen war sie sich sicher. Sie zitterte ja jetzt schon durch diese nervigen Adrenalinstöße.

Sag irgendwas. Lenk dich von seiner Hand an deiner Taille ab.

»Was – was bringt dich denn hierher?«, sie hustete und räusperte sich, »an einem Sonntagabend noch dazu?«

»Der König.« Oh. Die Enttäuschung nahm dem Schwindelgefühl die Fahrt. *Er ist nur geschäftlich hier.* »Er möchte wissen, ob du morgen zur Verfügung stehst.«

»Morgen? Oooh, ich weiß nicht. Wofür?« *Mach dich locker, Reg!* »Ich bin eigentlich ziemlich beschäftigt. Ich muss diesen Palast hier am Laufen halten.« Ihr Herzschlag verlangsamte sich. Das Zittern wurde besser. »Personal will herumkommandiert werden. Und du solltest mal den ganzen Staub auf den Lüsterkristallen sehen. Ts, ts.« Sie legte sich mit einer dramatischen Geste und einem übertriebenen Seufzer den Handrücken gegen die Stirn. »Und dann sind da noch die Jungs unten im Fence & Anchor.«

Er lachte. »Regina, schau jetzt nicht so genau hin, Liebes, aber ich glaube fast, dir gefällt es hier langsam.«

Liebes? Warum musste er nur dieses Wort benutzen? Der Klang alleine ließ sie nach etwas verlangen, was sie nie besessen hatte. »Um ehrlich zu sein, weiß ich nicht, was ich denke oder fühle.«

»Nun, du solltest dich entscheiden. Der König möchte mir dir über die nächsten Schritte für den Eid auf den Thron sprechen. Seamus' Pressekonferenz am Donnerstagabend hat die Gegner der Monarchie in Wallung gebracht, und die Moderatoren in den Sonntagsnachrichten und den Talkshows sind darauf angesprungen. ›Der Großherzog hat abgedankt. Warum soll sein Erbe den Thron bekommen?‹ und all so was.«

»Das ist eine berechtigte Frage. Die habe ich mir auch schon gestellt.«

»›Berechtigt‹ ist aber nicht Teil der Gleichung.« Während sie sich unterhielten, tanzten sie weiter. Eins, zwei, drei – Drehung – eins, zwei, drei – Drehung. »Die Gesetzeslage um das Abkommen und das Erblehen, das damit verbunden ist, legt vertraglich fest, dass der Erbe von Prinz Franz den Thron erbt.«

»Es sei denn, der Europäische Gerichtshof spricht ein anderes Urteil.«

Er schüttelte den Kopf. »Brighton hat sich der Unterstützung Großbritanniens versichert, sollte Deutschland tatsächlich ein stimmkräftiger Fürsprecher der Petition für die Unabhängigkeit jenseits der Bedingungen des Abkommens werden.« Sein Blick glitt langsam über ihr Gesicht. »Hundert Jahre nach dem Ende des Ersten Weltkriegs sind Brighton und Großbritannien Verbündete gegen Deutschland, und Hessenberg steht dabei auf dem Spiel.«

»Vielleicht sollte ich ... einfach nach Hause fahren. Das Problem etwas vereinfachen.« Sie verabscheute den Klang ihres eigenen Vorschlags. Weil sie tief in ihrem Herzen Tanner wiedersehen wollte. Immer wieder.

»Indem du abreist, vereinfachst du das Problem aber nicht.« Er nahm die Hand von ihrer Taille und berührte ihr Kinn. »Regina ...«

Sein Tonfall, die Art, wie seine Stimme ihren Namen liebkoste ...

Reggies Beine verfügten ungefähr über die Stärke von Wackelpudding. Und ihr Herz schmolz dahin, zerfloss in ihrem Brustkorb.

Tanner strich ihr mit der Hand über die Wange und neigte sein Gesicht zu ihrem. Mit einem brennenden Gefühl schien sie sich aufzulösen. All ihre Witzelei schien – zusammen mit ihren Ängsten, ihren Zweifeln, ihrer Enttäuschung und ihrem Schmerz – bei seiner Berührung zu verbrennen.

»Ich möchte dich küssen.«

»Tanner.« Sie senkte ihre Stirn gegen seine Brust. Atmete tief ein und flach aus. »Ich bin noch nie geküsst worden. Ich war noch nie verliebt.«

»Was?« Mit einer sachten Berührung hob er ihr Kinn hoch. Sein warmer Atem strich über ihr Gesicht. »Noch nie?«

»Nie.«

Er lächelte, langsam und leicht. »Jetzt habe ich mein Zutrauen in meine amerikanischen Geschlechtsgenossen verloren.«

Sie lachte leise und schlug ihm mit der Hand gegen die Schulter. »Es ist nicht deren Schuld. Es liegt an mir.« Reggie hob ihren Blick und sah ihn an. »Ich hatte diese irre Idee, dass ich meinen ersten Kuss von meinem persönlichen ...« Sie zögerte, das Wort auszusprechen, das schon seit Jahren in ihrem Herzen Karussell fuhr – *Prinz.*

»Prinzen?«, fragte Tanner.

»Ja. Von meinem persönlichen Prinzen haben will. Das hört sich doch wohl albern an, oder?« Langsam fand der Tanz ein Ende. »Ich, die

Niemals-Prinzessin, wartet auf eine Art metaphorischen Traumprinzen. Daran ist nur Uroma schuld, das sage ich dir.«

»Es sollten viel mehr Mädchen auf ihren metaphorischen Prinzen warten.« Tanner ließ sie los und trat einen Schritt zurück. »Ich möchte dich immer noch küssen, aber ich verstehe schon, dass du ...«

»Aber Tanner, ich ...« Reggie fasste ihn am Arm.

»Ihre Majestät.« Jarvis platzte mit einem Servierwagen durch die enorm großen Türen herein. »Das Abendessen ist serviert.«

»Hier drin?« Reggie ging rückwärts von Tanner weg und wischte sich die Hände an ihrer Jeans ab. Hatte Jarvis etwas gesehen? Und wenn ja, machte das was? Ihr Herz war schneller als ihre Gedanken, ja, schneller als ihr Atem.

»Ich dachte, es wäre einmal ein Spaß. Ich habe für Mr. Burkhardt auch ein Gedeck aufgelegt.« Jarvis zeigte auf den Kronleuchter. »Abendessen unter dem Kristallmond.«

Reggie linste zu Tanner. »Was meinst du? Hunger?«

»Ich kann mir nicht vorstellen, was ich lieber täte, als mit dir unter dem Kristallmond zu essen.«

»Dann dinieren Sie heute also im Ballsaal.« Jarvis verschwand und kam einen Moment später mit einem Lakaien wieder, mit dem er einen Tisch für zwei Personen samt Tischtuch, feinstem Silbergeschirr und Kristallgläsern vorbereitete.

Als sie gegangen waren und die großen Türen hinter sich geschlossen hatten, nahm Tanner Reggie in den Arm und küsste sie sanft auf die Stirn.

Sie ließ sich gegen ihn fallen, atmete tief und schloss die Augen. Der Moment brauchte keine Worte.

ZWEIUNDZWANZIG

»Okay, also. Dann sag mal.« Regina griff nach einem Pommes. »Wann hast du am meisten gelacht? So sehr, dass du keine Luft mehr bekommen hast?«

Während sie aßen, nahm Reggie ihn mit Fragen über seine Familie, seine Freunde, seinen Lieblingsfilm und seine Fernsehsendungen ins Kreuzfeuer.

»Mal überlegen ... Wann habe ich am meisten gelacht?!« Er sah sie nachdenklich an. Die Leidenschaft, die er gespürt hatte, während er sie im Arm hielt, war abgekühlt, aber sie hatte die Tür zu seinem Herzen weit geöffnet hinterlassen. Vorsichtig wagte sich Tanner hindurch. »Ich glaube, das war in meiner Schulzeit, als ich mit meinen Kumpels Unfug gemacht habe. Dinge, die wir besser nicht hätten tun sollen.«

Es war wirklich furchtbar schwer nachzudenken, wenn sie keinen Meter von ihm entfernt saß und ihn mit ihren blauen Augen und den ungeküssten, aber so verführerischen Lippen lähmte.

»Warst du im Internat?«

Er konzentrierte sich auf ihre Worte, nicht auf ihre Lippen. »Was? Oh ja. Im Internat. Natürlich.« Dann erinnerte er sich doch noch an eine lustige Begebenheit. »Als ich gerade an der Uni angefangen hatte, war ich in der Leichtathletikmannschaft. Einer meiner Kommilitonen, Will, dachte, er würde schneller laufen können, wenn er ein paar Pfund abnähme. Er hat sich bis zum Tag des Rennens, auf das er trainierte, fast ausgehungert. Da hatte er sogar seine letzten fünf Pfund Reserve abgenommen. Spindeldürr war er und schwach wie ein Säugling.«

»Der wollte wohl wirklich unbedingt gewinnen.« Sie stippte eine Pommes in ein Kristallschälchen mit Ketchup.

»Sein Kampfgeist war unglaublich, zweifellos. Er hatte sich mit dem Thema Aerodynamik beschäftigt. Er rasierte sich den Kopf, enthaarte seinen ganzen Körper ... Er sah aus, als hätte man eine Billardkugel auf den Queue gesteckt.« Er lachte, als ihm das Bild wieder vor Augen kam. »Seine Shorts wollten nicht an Ort und Stelle bleiben. Noch fünf Minuten bis zum Rennen, und er rafft sie so zusammen, so«, er machte eine Faust in Hüfthöhe, »und als der Startschuss fällt, schießt er aus seinem Startblock wie ein Wahnsinniger, aber seine Hose, die kann er nicht mehr festhalten. Also fängt sie an zu rutschen. Er versucht, lange Schritte zu machen, aber sie rutscht tiefer, immer tiefer.« Tanner lachte. »Über die Knie, und dann fällt er hin und kullert über die Bahn und springt wieder auf, ohne Hose, wohlgemerkt, und rennt weiter.«

»Du willst mich veräppeln.« Regina stippte noch eine Pommes in ihren Ketchup.

»Aber jetzt kommt's. Um so leicht wie möglich an den Start zu gehen, hatte Will obendrein auch noch seine Unterhose weggelassen, musst du wissen.«

Reginas Augen wurden riesig, und sie lachte hinter vorgehaltener Hand. Ihre Wangen waren rosig geworden. »Erbarmen, Tanner!« Dann zog sie eine Grimasse und fächelte sich Luft zu. »Ich versuche gerade angestrengt, mir das *nicht* vorzustellen.«

»Ja, ich nehme an, die Geschichte ist ein bisschen unter der Gürtellinie. Aber das war wahrscheinlich der Moment, in dem ich am meisten gelacht habe. Ich dachte, ich müsste mich übergeben.«

»Hat er gewonnen?«

»Nein. Er wurde Zweiter, verließ die Mannschaft, ließ sich die Haare bis auf die Schultern wachsen, wurde Sänger und tingelte durch Cafés. Angeblich hatte er das von vorneherein machen wollen. Jetzt weißt du also, worüber ich am lautesten gelacht habe. Wie ist es mit dir?«

Sie beruhigte sich und nahm einen Schluck Cola light. »Mama lachte unglaublich gerne. Sie hatte immer irgendeine lustige Geschichte zu erzählen. Wenn im Haus nicht gelacht wurde, dann brachte sie es eben in Gang. Dachte sich ein Spiel aus oder so etwas. Als sie starb, lachten wir ungefähr ein Jahr lang überhaupt nicht mehr. Arme Uroma. In ihren letzten Monaten wurde so wenig gelacht. Aber als wir anfingen, zum Abendessen immer öfter zu Al und Miriam hinüberzugehen, begann Al jede Mahlzeit mit einer Anekdote. Oft ging es um die Freundschaft zwischen ihm und Daddy in den 60ern. Das war so eine Sache, zu Zeiten der Rassentrennung in den Südstaaten. Aber mein größter Lachanfall?«

Sie nahm noch einen Schluck und musterte ihn über den Rand ihres Glases hinweg. »Ich weiß nicht. Dich als Sonny Bono durch die Straßen Hessenbergs gehen zu sehen steht jedenfalls ziemlich weit oben auf der Liste.«

Vergnügen funkelte in ihren Augen, und Tanners Herz klopfte bei seinem Kopf an. *Komm, lass uns uns verlieben, alter Freund.*

Oh Mann. Wenn er nur nicht kurz davor wäre, sie auf die Füße zu ziehen und diese wunderbaren, köstlichen, *lachenden* Lippen zu küssen. »Na, als ich das gemacht habe, fühlte es sich gar nicht so lustig an, aber jetzt ...« Er grinste. »War schon ziemlich witzig, oder?«

»Ja, das hat Spaß gemacht.« Ihre Augen trafen sich für einen langen, herrlichen Moment. »So«, sie räusperte sich, wandte den Blick ab und säuberte sich die Hände mit der Serviette. »Jetzt habe ich so viel geredet. Was war es noch gleich, das der König von mir wollte, was hast du gesagt? Den Eid auf den Thron schwören?«

»Ja.« Tanner griff nach seiner Limonade und ertränkte das aufreizende Bild, wie er sie küsste. *Denke gar nicht darüber nach, alter Freund. Das macht nur Herzschmerz.* »Er möchte, dass du weitermachst, dich sozusagen darauf einschwörst. Er will dich zur Prinzessin von Hessenberg aufbauen, damit du das Haus Augustin-Sachsen wieder etablierst. Dann, also in einem halben bis einem ganzen Jahr etwa, wann auch immer du bereit und die Regierung soweit stabil ist, halten wir die Krönung ab, die dich zur Großherzogin macht. Er und der Premierminister glauben, das sei eine gute Gegenmaßnahme zu der Schlammschlacht, die Seamus da veranstaltet. Wir werden für positive Presse sorgen.«

»Aber ich bin doch noch nicht einmal eine Woche hier.«

»Ich weiß. Wir wollten dir Zeit geben. Aber indem du zeigst, dass du das Abkommen unterstützt, die Wünsche deines Onkels, den König und die jetzige Regierung, wirst du das Volk stabilisieren können.«

»Was würdest du an meiner Stelle machen?«

Er lehnte sich nach vorne und stützte sich mit den Armen auf seinen Knien auf. »Ich weiß es wirklich nicht. Ich würde mir gerne vorstellen, dass ich den Eid ablegen würde. Aber ich bin nicht einmal ansatzweise in deiner Situation, Regina. Wenn du dich entschließt, den Eid nicht oder noch nicht abzulegen, dann müssen wir glauben und hoffen, dass dabei etwas Gutes für unser geliebtes Herzogtum herauskommen wird.« Er lächelte sie an. »Andererseits haben wir dich gefunden, und das ist ja schon mal eine sehr gute Sache.«

»Tanner«, sie war jetzt ganz besonnen, »ich bin heute noch einmal den Text des Abkommens durchgegangen ...«

»Ah ja.« Sie bewies ihren Wert jeden Tag aufs Neue.

»Weißt du irgendetwas über Wertpapiere im Zusammenhang mit dem Abkommen?«

»Wertpapiere? Welcher Art? Aktien? Sparbriefe? Inhaberschuldverschreibungen?«

»Darüber findet sich im Text nichts.« Sie zögerte nachdenklich. »Weißt du, ob irgendwo Geld vorhanden ist, um dem Großherzogtum auszuhelfen, wenn es wieder auf eigenen Beinen stehen soll?«

»Nichts weiter als die normalen Vorgänge einer Volkswirtschaft. Die Besitztümer des Herzogs wurden allerdings durch die königliche Familie von Brighton verwaltet. Du wirst seine Konten erhalten, wenn du und König Nathaniel II. das Abkommen über das Erblehen unterzeichnet habt und es damit zu seinem Ende bringt. Das ist ein beträchtliches Vermögen.«

»Sind denn Wertpapiere Teil dieser Besitztümer?«

Tanner griff nach seinem Telefon. »Nicht dass ich wüsste. Aber das habe ich nicht genau untersucht.« Er schrieb sich eine Notiz. *Wertpapiere.* »Ich werde Louis anweisen, die Daten über die Anlagegüter des Herzogs zusammenzustellen.«

»Wenn du also ich wärst, würdest du den Eid ablegen.« Das war eine Feststellung, keine Frage. Als ob sie versuchte, ihr eigenes Herz und ihren Verstand zu verstehen.

»Würde ich, ja. Und ich würde mich nicht vor Seamus fürchten. Ich würde nach Hessenberg ziehen und dort glücklich leben bis ans Ende meiner Tage.«

Sie machte ein Gesicht. »Jetzt machst du dich über mich lustig.«

»Mache ich das? Im Gegenteil, Regina. Ich will nicht, dass du abreist. Da. Jetzt habe ich es gesagt.«

Sie rutschte auf ihrem Platz hin und her und schob die übrigen Pommes in die Mitte des Tellers. »Warum willst du nicht, dass ich abreise?«

»Weil ich dich vermissen würde.« Er rutschte von seinem Stuhl, bewegte sich zu ihr hinüber und schloss sie in die Arme. Langsam wiegte er sie hin und her.

»Ich würde dich auch vermissen.«

Er ließ sie los und machte einen Schritt zurück. »Regina, ich sollte dir etwas sagen.« Tanner stopfte sich die Hände in die Taschen, und sein Herz blies zum Rückzug. »Heute Nachmittag war ich auf einer Geburtstagsfeier.«

»Ach du Schreck! Ja, ist es denn zu fassen. *Eine Geburtstagsfeier!*« Sie lachte. »Du schaust so grimmig.«

»Ich bin nicht der Mann, für den du mich hältst.« Er ging ein paar Schritte auf und ab und kam dann zurück. »Ich habe etwas Infames gemacht, und um ehrlich zu sein, befürchte ich, dass du nur noch Abscheu für mich empfinden wirst, wenn ich dir die Geschichte erzählt habe.«

»Tanner, sage mir nicht meine Gefühle voraus. Das nervt. Ich kann mir nicht vorstellen, dass du einer Fliege etwas zuleide tust, geschweige denn, irgendjemandem *etwas Infames* antust. Außer vielleicht dir selbst.«

»Glaube mir, ich habe etwas Furchtbares getan. Jetzt habe ich einige Jahre mehr an Weisheit gesammelt. Außerdem habe ich den Vorteil der Rückschau. Und ich kann mir nicht erklären, was mich dazu bewogen hat, meinen Posten als Vater aufzugeben.«

»Deinen Posten als Vater?«

Da, jetzt hatte er es gesagt. Nicht so, wie er es beabsichtigt hatte, aber dank seines galoppierenden Herzens hatte er die Wahrheit ausgespuckt.

»Ich habe Zwillingstöchter.« Ihre Augen wurden weit. Aber dass sie darüber hinaus keine Reaktion zeigte, spornte ihn an weiterzusprechen. »Bella und Britta. Eineiige, zehn Jahre alte Zwillinge.«

»Tanner, das ist großartig. Aber ich weiß nicht, warum ich dich wegen einem Paar Zwillingstöchter verabscheuen sollte.«

»Weil es heute das erste Mal seit acht Jahren war, dass ich sie gesehen habe. Bei ihrer Geburtstagsfeier. Sie haben mich nicht einmal erkannt.«

»Acht Jahre?« Sie tippte ihm auf den Arm. »Was ist passiert?«

»Ihre Mutter Trude und ich waren Studienkollegen, Freunde. Nichts Ernstes. Wir verstanden uns gut, gehörten zur selben Clique. Nachdem wir unseren Abschluss gemacht hatten, buchten wir alle zusammen eine Reise ans Mittelmeer. Gegen Ende unseres Aufenthalts, nach einem Tag am Strand mit Bootsfahrten und Schwimmen, waren wir alle übermütig, tranken zu viel, was ich selten tat – also, Alkohol trinken, meine ich –, und Trude sah entspannt und gut und schön aus. Wir hatten den ganzen Urlaub miteinander geflirtet, und ehe wir uns versahen ...«

»War sie schwanger.«

»Eine Nacht. Ein einziges Mal.« Er sah vorsichtig und kleinlaut an. Aber jetzt konnte er wieder frei atmen, ohne den andauernden ziehenden Schmerz zu spüren, der in seiner Brust gesessen hatte, seitdem er Trudes Vorschlag zugestimmt hatte. Regina zu beichten war gut für seine Seele. »Das erste Mal für uns beide.«

Tanner hatte mit voller Absicht schon seit Jahren nicht mehr an diesen Urlaub gedacht. Oder an den Abend, an dem Trude ihm zwischen gewaltigen Schluchzern erklärt hatte, dass sie schwanger sei. Er hatte niemals über den Tag nachgegrübelt, an dem er in Dads Pfarrbüro in der Kathedrale gegangen war, um ihm zu sagen, dass er das Seminar verlassen hatte.

Aber jeden Tag gab es diesen Moment, in dem er sich bewusst oder unbewusst daran erinnerte, wie er Trudes Wohnung verließ, nachdem er die Mädchen zu Bett gebracht hatte. Um nie wiederzukommen.

»Ich habe sie gebeten, mich zu heiraten. Sie sagte nein. Wir liebten uns nicht. Also war ich ein M- und W-Papa. Mittwochs und am Wochenende.«

»Und wie kam es, dass du sie dann acht Jahre lang nicht gesehen hast?«

»Sie lernte diesen Typen kennen. Reese.« Tanner schlug sich eine Bresche durch die gedanklichen Ranken und den Wildwuchs seiner Vergangenheit. »Die beiden heirateten, und Trude fing an, mir weiszumachen, dass die Mädchen besser dran seien, wenn sie nur eine Mutter und einen Vater hätten. Sie dachte, wenn die Kleinen mit mir zusammen seien, würde sie das nur verwirren und traurig machen. Dann fuhr sie quasi die Macht einer Armee auf, um mich davon zu überzeugen, dass ich mich zurückziehen und Reese den Vater der Mädchen sein lassen sollte.«

»Also, *das* ist ja wohl abscheulich und infam. Und du hast ihr geglaubt?«

»Sie hat mich bearbeitet und mürbe gemacht. Die Mädchen waren zwei Jahre alt und fingen an, an mir zu hängen. Sie klammerten sich an mich und weinten, wenn ich sie zu Hause ablieferte. Ich konnte sehen, dass das Trude traurig machte. Uns alle. Also, ja, ich habe klein beigegeben, Regina. Und heute erzählt sie mir nun, dass sie und Reese inzwischen geschieden sind, dass sie jetzt aber einen Kerl namens Evan heiraten und nach Amerika ziehen will. Und ob es mir wohl etwas ausmachen würde, die Mädchen für eine Weile zu mir zu nehmen, damit sie mit ihrem neuen Ehemann für ein paar Jahre über den großen Teich hüpfen kann.«

»Läuft denn alles in deinem Leben von null auf hundert? Ich glaube langsam, du tickst einfach so.« Sie lachte, legte ihm die Hand auf den Unterarm und drückte ihn sanft. »Aber sind das denn nicht gute Neuigkeiten, Tanner? Jetzt kannst du eine Beziehung zu deinen Töchtern aufbauen.«

»Das sind in der Tat gute Neuigkeiten.« Er lächelte und freute sich über ihre Unterstützung. Aber hatte sie denn nicht vor, darauf herumzureiten, dass er seine Töchter im Stich gelassen hatte? Es noch einmal herumposaunen, wie es Dad so stur getan hatte, selbst Jahre noch, nachdem Tanner seine Entscheidung getroffen hatte? Sogar Mum hatte ihn an jedem Feiertag daran erinnert, bis er ihr zu verstehen gegeben hatte, dass es reichte. Endgültig.

»Aber ich habe ihr gesagt, dass ich die Vollmacht über ihre Zeitplanung, ihre Schulbildung und alles Weitere haben will, wenn ich sie nehme. Trude fand das erst einmal nicht gut, deshalb denkt sie jetzt darüber nach.«

»Tanner, du musst doch auch alle Vollmachten besitzen, wenn Trude in Amerika ist.«

»Kann sein, ich habe ihr gesagt, dass ich sie ihr nicht wieder zurückgebe. Dass sie dann bis zu ihrem Schulabschluss bei mir bleiben sollen.«

»Von null auf hundert.« Sie neigte lächelnd den Kopf. »Alle Mädchen brauchen ihre Papas, aber ihre Mamas brauchen sie auch. Glaube mir.«

»Jetzt will ich dich fragen: Was würdest du an meiner Stelle tun?«

»Ah, verstehe, so wendet sich das Blatt.« Reggie stützte das Kinn in der Hand auf. »Alles, was ich dir sagen kann, ist, dass ich auch einmal ein zehnjähriges Mädchen war. Und ich erinnere mich an zwei Dinge. Ich liebte meinen Daddy heiß und innig, und ich wollte, dass er mich ebenso heiß und innig liebt.«

»Aber ich bin ihnen doch völlig fremd.«

»Hier vielleicht.« Sie tippte sich in den Augenwinkel. »Aber nicht hier.« Regina streckte die Hand aus und drückte sie an sein Herz.

»Regina ...« Er nahm sie in die Arme.

»Tanner.« Sie wich zurück, schüttelte die Hände aus. Das war eine Geste, mit der sie sich bei ihm immer mehr einschmeichelte. »Wir haben beide viel vor. Ich mit dieser Prinzessinnen-Sache und du, indem du Vollzeit-Papa wirst ...«

»Vielleicht.«

»Nein, wahrscheinlich. Vielleicht sollten wir die Dinge nicht vermischen und komplizierter machen, als sie sind.«

»Kompliziert? Regina, ich war ein zufriedener, ordentlicher, alleinstehender Mann, bis ich dich getroffen habe. Und dann bin ich auf einmal unruhig, unzufrieden und sehne mich nach Dingen, von denen ich glaubte, dass sie nur anderen zustünden. Welcher Mann sitzt schon den ganzen Abend alleine in seinen Unterhosen vor dem

Fernseher? Außer mir eben, bis vor einer Woche noch, und jetzt ... Das erste Mal seit acht Jahren begreife ich, wie sehr ich es mir wünsche, der Papa meiner Zwillinge zu sein. Und ich ... will mich ... verlieben.« Er hielt ihren Blick einen Moment lang, lachte dann leise und schaute zu Boden. »Von null auf hundert.«

»Du willst dich verlieben? In mich?« Reginas Tonfall war im Einklang mit seinem Herzschlag.

»Ich könnte das.«

Sie wirbelte herum und begann, das Geschirr zusammenzustellen. »Jarvis fragt sich vermutlich langsam, ob wir die ganze Nacht hier drin verbringen wollen.« Sie schlug einen Bogen um ihn und ging auf den Ausgang des Ballsaals zu. »Ich werde ihm sagen, dass wir fertig sind. Warte, ich kann den Wagen ja einfach ...«

»Regina.« Tanner berührte sie am Arm. »Es ist schon in Ordnung, wenn du nicht das Gleiche empfindest wie ich.«

»Wie könnte ich denn eine Liebe auskundschaften, die mir in einer Woche vielleicht nicht mehr gehört?« Ihre schwache Stimme brach.

»Ich sage dir, dass mein Herz dir gehört.« Er sah ihr in die Augen und nahm die Wahrheit immer mehr an. »Jetzt. Nächste Woche. Nächstes Jahr.«

»Und was, wenn ich wieder nach Hause ziehe? Was ist dann?«

»Warum kannst du nicht einfach zugeben, dass du unsere Prinzessin bist, Regina? Hessenberg ist dein Zuhause. Ich brauche dich hier, bei mir.« Roh. Echt. Verwurzelt in seinen Gefühlen.

»Ich bitte dich, Tanner, ich werde doch wohl keine Entscheidung über meine Zukunft treffen, weil du meinst, du liebst mich. Weil du glaubst, du brauchst mich.«

»Willst du damit sagen, dass du nichts für mich empfindest?«

»Schau mal, ich, ich ...«, sie verlagerte ihr Gewicht und lehnte sich an den Servierwagen. »Ich mühe mich ab, damit zurechtzukommen, dass ich eine Prinzessin sein soll, dass ich mein Zuhause, meine Freunde und meine Familie verlassen und in einem fremden Land leben soll. Also, nein, ich weiß nicht, was ich für dich fühle. Nicht so richtig.« Regina stampfte mit dem Fuß auf dem Tanzboden auf. »Hessenberg ist mir fremd, Tanner. Ich bin nicht von hier. Wer weiß denn bitte schön, was eine Prinzessin so alles aufgeben muss? Und du verlangst von mir, dass ich eine Entscheidung in Sachen Liebe treffe? Ich habe dich ja gerade erst kennengelernt.«

»Und ich habe dich auch gerade erst kennengelernt, aber ich bin mir ziemlich sicher, dass ich gerade dabei bin, mich Hals über Kopf in dich zu verlieben.«

Sie langte nach oben und strich ihm das Haar aus dem Gesicht. »Ich fürchte, da treffen die Niagara Fälle auf den Grand Canyon.«

Er fing ihre Hand mit der seinen auf. »Immerhin zwei Naturgehalten, mit denen man rechnen muss.« Er küsste ihren Handrücken. »Ich glaube, wir können das schaffen.«

»Hey, von null auf hundert mal wieder. Ich fahre vielleicht schnell, aber mein Herz tuckert schön mit fünfzig Sachen vor sich hin.« Sie entzog ihm ihre Hand.

»Na gut.« Tanner ergriff den Servierwagen und schob ihn zur Tür. »Immerhin bist du unterwegs.«

Mit fünfzig Sachen. Geradewegs in sein Herz.

DREIUNDZWANZIG

Endlich, endlich eine Nachricht von Daddy auf der Mailbox.

»Reg, mein Blümchen, irgendwie verpassen wir uns dauernd. Klingt, als ginge es dir gut da drüben. Wir vermissen dich. Aber wir sind auch furchtbar stolz auf dich. Was sagst du, Sadie? Oh, sie lässt dir alles Liebe ausrichten. Eine Freundin aus der Bank hat ein Bild von dir aus einer hessenbergischen Zeitung mitgebracht. Sieht so aus, als hättest du dem Fotografen gezeigt, was eine Harke ist.« Daddy gähnte ins Telefon. »Klingel doch morgen mal an oder so. Hab dich lieb.«

»Was ist los?« Louis starrte auf Tanner, der an seinem Schreibtisch saß. »Sie summen.«

»Nichts ist los.« Tanner griff hinter den Schreibtisch in den Drucker. Der Erzbischof hatte den Text des Eides und eine Ablaufskizze der Liturgie zur Absprache geschickt. »Ich habe letzte Nacht gut geschlafen, das ist alles.«

Louis zog eine Grimasse. »Sie sehen glücklich aus, nicht nur ausgeruht. Ihnen ist schon klar, dass Montagmorgen ist?«

»Wollen Sie vielleicht behaupten, ich wäre am Montagmorgen üblicherweise unglücklich?« Tanner sah seinen Assistenten argwöhnisch an.

»Ich glaube, mein Telefon klingelt.« Louis machte auf dem Absatz kehrt und ging zur Tür. »Und ein Herr ist hier, der Sie sehen will. Er bittet um Entschuldigung für den unangekündigten Besuch.«

»Wer ist es?« Tanner sah auf die Uhr. Dickenson war mit Regina unterwegs.

»Sir Thomas Blakely.«

»Von Blakely Oil?« Eine der wenigen übriggebliebenen Ölfirmen in der Nordsee, die noch in Familienbesitz war. »Hat er gesagt, warum er hier ist?« Sir Blakely war das amtsälteste Mitglied im Direktorium der Firma. Er war gleichermaßen Präsident und Geschäftsführer. Tanner konnte sich nicht vorstellen, welche Art von Botengang der alte Blakely selbst erledigen würde.

»Nein, aber er scheint etwas auf dem Herzen zu haben.«

»Schicken Sie ihn bitte herein.« Tanner schlüpfte in seine Anzugjacke und richtete sich die Krawatte. Sir Thomas Blakely. War er gekommen, um eine Spende zu überreichen? Eine Stiftung für Kunst oder Bildung zu gründen? Das Museum hatte erst kürzlich um Spender geworben.

Tanner begrüßte Sir Blakely, als er hereinkam. Er trug einen Anzug aus feinem Tweed und stützte sich auf einen Gehstock mit Messinggriff. »Ich bitte vielmals um Verzeihung für meinen unangekündigten Besuch. Aber ich fuhr gerade an Wettin Manor vorbei, als ich eine Art, nun ja, Offenbarung hatte. Also bat ich meinen Fahrer anzuhalten.« Seine haselnussbraunen Augen funkelten voller jugendlicher Lebendigkeit, und seine Stimme klang stark und klar. »Wenn es Ihnen nichts ausmacht, setze ich mich eben. Mein Assistent schickt Ihnen Dokumente herüber, die Sie sich ansehen sollten.«

»Bitte, fühlen Sie sich wie zu Hause. Möchten Sie vielleicht ein Tässchen Tee?«

»Ich hatte gerade welchen, vielen Dank.« Blakely setzte sich auf die Couch, wobei er seine rechte Hüfte schonte. Dann faltete er die Hände über dem Griff seines Gehstocks. »Sie müssen wissen, dass ich mich darauf vorbereite, in etwa einem Jahr in den Ruhestand zu gehen.« Er zeigte auf Tanner. »Nächstes Jahr werde ich nämlich 81. Am Ruder von Blakely Oil stehe ich, seitdem mein Vater unerwartet nach einem Herzinfarkt verstarb, als ich 25 war.«

»Sie hatten ein bewegtes Berufsleben, Sir Blakely.« Tanner setzte sich dem Ölmagnaten gegenüber. »Ich habe die Entwicklung Ihrer Firma auf dem internationalen Markt im Jurastudium verfolgt.«

»Haben Sie das, mein Junge? Gut und schön, schön und gut.« Einen Moment lang schien sich sein Blick auf etwas zu richten, dass der alte Herr nur in seinem Inneren sehen konnte, dann schaute er Tanner an. »Nun gut, warum bin ich also hier? Sehen Sie, ich habe eine Prüfung aller Finanzdaten bis in die Gründungszeit der Firma angeordnet, als mein Großvater das Unternehmen mit nur wenig mehr als einem Traum gründete. Ich möchte, dass die Dinge tipptopp sind, wenn ich die Zügel meinem Sohn und meinem Enkel übergebe.

Bei diesem Prozess stieß der Prüfer auf die üblichen eigenartigen Aktionäre, die von der Erdoberfläche verschwunden zu sein scheinen. Aber Großvater hatte seinen Investoren obendrein Inhaberschuldverschreibungen angeboten. Die meisten davon wurden eingelöst. Aber wir haben ein Papier, das wir seit über hundert Jahren treuhänderisch verwalten. Obwohl wir natürlich neugierig waren, haben wir nie mehr getan, als hin und wieder Vermutungen über den Besitzer des Kontos anzustellen. Aber der Prüfer stellte fest, dass kein Penny jemals von ihm abgehoben worden war.«

»Über hundert Jahre lang? Faszinierend.« Worthülsenfüllbeitrag. Er wartete darauf, dass die Geschichte weiterging. War Blakely gekommen, um das Konto auf Tanners Ministerium umzuschreiben? Ansonsten befand sich das Büro des Finanzministers eine Etage weiter oben.

»Wir haben darüber gesprochen, ob wir eine Fahndung nach dem Inhaber des Papiers ausrufen lassen sollen. Aber dann fiel mir ein, dass Großvater auch zusätzlich über diese frühen Investoren ein Adressbuch, eine Art Register, geführt hat. Das habe ich in meinem Safe zu Hause aufbewahrt.«

Louis klopfte an die Tür. »Diese hier sind für Sie gekommen, Sir Blakely.«

»Danke, mein junger Freund.« Er zeigte mit seinem Spazierstock auf Tanner. »Geben Sie sie diesem jungen Mann dort.« Louis zog die Augenbrauen hoch und reichte die einzelne Aktenmappe weiter. »Sehen Sie«, fuhr Sir Blakely fort, »Großvater und der Großherzog Franz waren befreundet. Als Großvater sich daranmachte, sein Vermögen im Öl zu suchen anstatt im Gold, bot Franz ihm seine Unterstützung an. Ich erinnere mich daran, wie Großvater mir davon erzählte, als ich noch auf seinem Knie Hoppereiter spielte. Das Schicksal des Großherzogs hat ihn immer sehr bekümmert.«

Tanner öffnete die Akte und fand ein Blatt Papier vor, auf dem die Wertpapiernummern aufgelistet waren. Und drei Fotokopien handgeschriebener Briefe.

Zwei von Blakely Senior, Artimus, an Großherzog Franz, und einen von Großherzog Franz an Blakely – diktiert an Otto Pritchard.

Sie enthielten alle jeweils einen kurzen Austausch über das Leben und darüber, sich in der nächsten Frühjahrssaison wiederzusehen, aber nichts davon deutete eine finanzielle Partnerschaft an.

Tanner studierte die Nummern der Wertpapiere. Es waren einfache Inhaberschuldverschreibungen im Wert von je tausend Pfund.

»Glauben Sie, diese Papiere wurden von Seiner Majestät, Großherzog Franz, gezeichnet?«

»Ich hatte gehofft, Ihnen das mit Gewissheit sagen zu können, aber als ich in Großvaters Adressbuch nachsah, hatte er die Nummern dort nur mit den Initialen der Eigentümer versehen, nicht mit den Namen. Das sehen Sie auf der Kopie dort drin, ganz hinten.« Blakely klopfte mit der Spitze seines Spazierstocks gegen die Rückseite der Papiere.

Eine praktische Angelegenheit, so ein Gehstock.

»Entspricht irgendeine davon dem Monogramm des Prinzen?«

»Nicht eine Einzige, die wir entziffern können.« Er stampfte mit seinem Stock auf. »Aber das sind die einzigen Wertpapiere, von denen wir glauben, dass sie nie angerührt wurden. Der Zeitpunkt ist eigenartig, wo doch der Prinz in einer Nacht- und Nebelaktion floh und nie zurückkehrte. Entweder hat er die Wertpapiere ganz zurückgelassen, oder er hat sie an seine Nichte, Prinzessin Alice, weitergereicht. Oder sogar Prinzessin Esmé.«

Möglich, schon möglich. In diesem Stadium hätte Tanner ihm so gut wie alles geglaubt. Einen Topf Gold am Ende des Regenbogens? Ja, warum denn auch nicht?

»Welche Summe wird denn treuhänderisch von Ihnen verwaltet?« Tanner überschlug ein paar Zahlen. Wenn der Großherzog Franz einige Tausend, vielleicht Zehntausende, investiert hatte, war das vor 1914 eine hübsche Summer für einen Einzelnen gewesen, selbst wenn derjenige ein Adliger gewesen war. Und heute würden die Papiere Millionen wert sein, wenn man den Erfolg von Blakely Oil bedachte.

»Einhundertmillionen Dollar.«

»Einhundertmillionen Dollar?« Tanner sprang auf. »Sie scherzen.«

»Das tue ich keinesfalls«, entgegnete Sir Blakely. »Mein Anwalt empfiehlt mir, das Konto dem Firmenvermögen zuzuschreiben, weil es seit hundert Jahren keine Aktivitäten dazu gab. Er besteht darauf, dass es ein totes Konto sei und wir uns notariell bekunden lassen sollten, dass das Geld Teil unseres Eigentums ist.«

»Einhundertmillionen klingt in meinen Ohren ziemlich lebendig.«

Der alte große Mann des europäischen Öls gluckste. »Da bin ich ganz Ihrer Meinung. Aber mein Gedanke war, wenn die Papiere tatsächlich dem Erben von Großherzog Franz zustehen und wir die Prinzessin gefunden haben ...«

»Das haben wir, Sir.«

»Dann würde ich gerne die Freundschaft zwischen meinem Großvater und Franz in Ehren halten und das Geld seiner Erbin überlassen. Lassen Sie die Prinzessin die Früchte seiner Bemühungen ernten. Das Vertrauen ihres Onkels in meinen Großvater war die erste Keimzelle unseres Erfolgs.«

»Nur wissen wir leider nicht, wo sich die Wertpapiere befinden.«

»Könnte die Prinzessin sie vielleicht haben? Unter ihren Dingen in Amerika? Vielleicht hat ihre Großmutter, Prinzessin Alice, ihr sie hinterlassen, ohne dass die junge Dame das richtig zur Kenntnis genommen hat. Kinder haben oft nur wenig Verständnis für alten Zettelkram wie Wertpapiere und solche Dinge, die ihnen von ihren Vorfahren hinterlassen werden.«

»Aber Sie sind ganz sicher, dass diese Wertpapiere dem Prinzen gehörten?« Mit einem Seufzer setzte sich Tanner. »Sir Blakely, wir haben so viele Aufzeichnungen von und über Großherzog Franz verloren. Er hat kaum Tagebuch geführt, nur wenige Briefe geschrieben.«

»Nein, sicher bin ich mir nicht, aber Großvater erzählte mir einst, dass dieser in seine Suche nach dem Öl investiert hätte. Deshalb glaube ich, dass diese Wertpapiernummern ihm gehörten.«

»Aber, Sir, in den letzten hundert Jahren sind immer wieder Reinigungskräfte und Handwerker durch den Palast und dieses Herrenhaus hier gezogen. Sie haben jeden Zentimeter durchkämmt, wieder aufgebaut, restauriert und repariert. Dabei wurden keinerlei Wertpapiere gefunden. Nach alldem, was wir wissen, müssen wir davon ausgehen, dass der Großherzog die Papiere mitgenommen hat. Sie könnten zerstört worden oder verloren gegangen sein.«

»Fragen Sie die Prinzessin. Vielleicht weiß sie etwas.« Blakely erhob sich ächzend.

»Das werde ich tun.« Könnten das die Wertpapiere sein, die sie neulich erwähnt hatte? Aber sie hatte die Papiere ja nicht im eigentlichen Sinne in ihrem Besitz. Sie hatte nur gelesen, dass sie im Text des Abkommens erwähnt waren. Außerdem zweifelte Tanner daran, dass eine ehemalige Wirtschaftsprüferin alte Inhaberschuldverschreibungen hätte links liegen lassen, wenn sie welche gefunden hätte. Vielleicht hatte ihr Vater ja noch eine weitere Schatzkiste voller Geheimnisse auf dem Dachboden. Oder vielleicht befanden sie sich in einem Schließfach einer unbekannten Bank in einem unbekannten Land. Tanner machte sich eine mentale Notiz, wirklich ganz sicherzugehen, dass Louis auch wirklich gezielt nach Bonds und Wertpapieren suchte, wenn er die Daten über das Treuhandvermögen des Prinzen zusammenstellte.

»Also, wie ist sie denn nun so?«

»Sie ... sie ist schön. Klug. Humorvoll. Freundlich. Einfach genau die Richtige für den Job.«

»Gut.« Er stach mit dem Gehstock in die Luft. »Wenn das alles hier in Ordnung gekommen ist und der alte Aufschneider Seamus Fitzsimmons da ist, wo er hingehört, lade ich Ihre Königliche Hoheit zum Tee in mein kleines Häuschen ein.«

Tanner lächelte. Das *kleine Häuschen* der Blakelys stand dem Palast in Größe und Opulenz in nichts nach. »Ich richte es ihr aus. Ich bin mir sicher, dass ihr das sehr gefallen würde.«

Sie hatte eingewilligt, den Eid auf den Thron zu leisten.

König Nathaniel II. wollte sie unbedingt offiziell einführen. Er wollte ihren rechtlichen und königlichen Status wiederherstellen, und so dem Volk zeigen, dass Hessenberg auf dem Weg in die Zukunft war.

Petition am Gerichtshof hin oder her, Reggie stellte den unabhängigen, souveränen Status des Landes wieder her. Nathaniel sagte, dieser Schritt würde außerdem die Unzufriedenheit dämpfen, die Seamus Fitzsimmons anzuheizen versuchte.

Aber jetzt, wo Reggie neben Tanner auf die Kapelle von Wettin Manor zuging, fühlte sie Angst in ihrer Seele.

Sie trug eines der Kleider von Melinda House, hatte sich aber geweigert, die feinen High Heels dazu anzuziehen. Stattdessen trug sie ihre Stiefel. Sie musste in ihren eigenen Schuhen gehen. Sonst hätte sie nicht das Gefühl, es geschafft zu haben.

Als Tanner sie abholte, musterte er sie von oben bis unten und sah sie dabei seltsam an. Besonders ihre Stiefel. Er wollte offensichtlich etwas sagen, überlegte es sich dann aber anders. »Wollen wir?«

Aber von dem Moment an, als sie ins Auto gestiegen waren, bis sie Wettin Manor betraten, fühlte sich Reggie seltsam, neben der Spur, als würde ihr diese verbindliche Zusage irgendwie das Mark aus den Knochen saugen. Nicht zu beschreiben.

Sie fühlte sich krank. Schwach. Würde sie jemals wieder Reggie Beswick sein?

»Warte. Warte.« Sie wirbelte herum und trat den Rückzug an, den Flur hinunter. Die Absätze ihrer Stiefel trommelten einen nervösen Wirbel auf den Marmorboden. *Flieh. Flieh schnell.* »Ich kann nicht, Tanner. Ich kann das nicht.«

»Regina, Liebes, sprich mit mir.«

Sie duckte sich in eine kleine Arbeitsnische mit einem Kopierer und einer Kaffemaschine. »Erstens, hör auf, mich *Liebes* zu nennen. Das ist zu ... zu persönlich. Zweitens. Ich kann das nicht. Ich kann nicht.« Sie versuchte durchzuatmen, aber ihre Lunge weigerte sich zu funktionieren.

»Du gerätst in Panik.«

»Nein, nein. Ich bin mir ziemlich sicher, dass ich nicht in Panik gerate.« Sie machte einen Ausfallschritt auf ihn zu, ruderte mit den Armen und riss die Augen weit auf. »Ich flippe gleich aus.«

»Also hast du es dir anders überlegt? Du willst den Eid nicht ablegen?« Tanner hielt seine Stimme ruhig, seine Schultern aufrecht.

»Nein. Ja. Ich kann das nicht.« Sie presste ihre Arme stocksteif an ihren Körper, die Hände zu Fäusten geballt. So betrachtete sie ihre Gedanken durch die weite Linse ihrer Angst.

»Wenn es wegen Seamus ist ...«

»Vergiss Seamus. Hier geht es um mich.« Sie entspannte sich. Atmete aus. Dann ein. »Es geht darum, dass ich mich selbst verliere, dass ich nie wieder nach Hause zurückkehren kann.«

»Regina, du kannst jederzeit wieder nach Hause zurück. Na ja, fast jederzeit jedenfalls.« Tanner lächelte und versuchte, sie an sich zu ziehen. Bis jetzt hatte er ihre Unterhaltung im Ballsaal und seine Liebeserklärung nicht zur Sprache gebracht. Und das war Reggie gerade Recht. Sie hatte genug um die Ohren. »Du wirst deine eigene Royal Air Force One haben.«

»In meinem Herzen, Tanner. Ich spreche über das Zuhause in meinem Herzen.« Sie faltete die Hände über ihrer Brust. »Du weißt schon, wenn man schlecht drauf ist oder traurig, dann kann man seine Freunde anrufen und sagen, ›Leute, lasst uns was unternehmen.‹ Oder wenn man an einem frischen Frühlingsnachmittag Fahrrad fährt und die Sonne und den Wind im Gesicht hat und sich daran erinnert, wie man früher ganze Sommer lang mit seinen Freunden wie irre durch die Gegend gerannt ist. Oder man wartet in der längsten Schlange im Supermarkt, weil man bei seiner Lieblingskassiererin bezahlen möchte. Oder der Tag, an dem man eine alte Abkürzung durch die Stadt wiederfindet, die man ganz vergessen hatte.

Wie soll ich das hier machen? Wohin werden meine Erinnerungen und meine Gedanken an einem Sonntagnachmittag reisen? Wer wird mich anrufen und sagen, ›Komm heute bei mir zum Essen vorbei‹?«

»Ich würde dich sehr gerne zum Essen einladen.«

»Und von alldem einmal abgesehen, gab es kein Licht ... kein *Zeichen.*«

»Was meinst du?«

»Ich habe Gott um ein Zeichen gebeten. Das ist albern, ich weiß. Aber ich brauche irgendeine Bestätigung, dass ich die Prinzessin sein soll, weil er das so will. Und nicht, weil Prinz Franz seine königliche Blutlinie neu starten wollte, nachdem er weg war.«

»Und du hast dein Zeichen nicht bekommen?«

»Nein.« Mit einem Seufzen lehnte sie sich gegen die Wand. »Man könnte meinen, der Allmächtige würde mich nach Strich und Faden verwöhnen, wo doch diese ganze Prinzessinnengeschichte einfach so aus dem Nichts heraus aufgetaucht ist. Und weil ich ja nach wie vor mit dem Kopf unter der Guillotine landen könnte.«

»Die Guillotine haben wir in den 50ern abgebaut, falls dich das tröstet.« Diesmal wurde Tanners Lächeln von einem Zwinkern begleitet.

Reggie grinste ihn erst verächtlich an, doch dann wurde aus dem Hohngrinsen ein Lächeln. Sie konnte nicht länger an ihrer Anspannung festhalten. »Na gut, dann lande ich eben auf dem Schafott der Presse.«

»Ach, darum geht es? Um die Pressekonferenz heute Nachmittag? Wir haben doch geübt. Ich habe dich vorbereitet. Du bist so weit.«

»Tanner, bei dir geht es nur um die Oberfläche, um die Abläufe. Ich rede von meinem Herzen, von meiner Identität. Meine ganze Welt verändert sich. Ich ergebe mich und liefere mich einem ganz anderen Lebensstil, einem anderen Land aus, ich gebe alte Freunde auf und muss neue Beziehungen aus dem Boden stampfen.«

»Ja, Regina, deine ganze Welt verändert sich. Aber ist das nicht genau der Mut, den es braucht, um in das einzutreten, wofür man geschaffen wurde? Die Wahrheit zu entdecken und alles in seiner Macht Stehende zu tun, um sie ans Licht zu bringen? Die Berufung zu leben?«

Sie setzte sich auf den einzigen Stuhl in der kleinen Büronische. »Bei dir klingt das so nobel. Dabei fühle ich mich so zerbrechlich und schwach.« *Nicht würdig.* »Ich habe Gott um ein kleines Zeichen gebeten, ein Licht oder so etwas wie ein Wunder.«

»Regina«, Tanner kniete neben ihr. Seine Stimme war voller Trost, sein Benehmen männlich und zuversichtlich. »Vielleicht ist das hier auch einfach ein Glaubensschritt. Keine Zeichen. Kein doppelter Boden. Nur Glaube.«

Sie atmete ein, tupfte sich mit den Fingern über die Augen und wischte sich die Tränen weg. »Ich kann nicht vor und nicht zurück. Egal, wie sehr ich mir darüber den Kopf zerbreche. Ich schließe meine Augen und versuche, die Zeit anzuhalten. Und zwar an dem Abend, an dem ich mit Urban über den Vet diskutiert habe, kurz bevor du aufgetaucht bist. Aber ich schaffe es nicht. Schwupps, bist du da vor meinem inneren Auge, und alles spult vorwärts, und plötzlich bin ich wieder jetzt und hier.«

»Jetzt, wo du weißt, wer du bist, kannst du nicht mehr zurückkehren zu der Person, die du zu sein glaubtest.« Er schob seine Hand in die ihre. »Das ist dein Kampf. Du kannst nicht zurück.«

Sie zog ihre Hand weg. »Du musst dringend damit aufhören, mir zu sagen, was ich fühle.«

»Liege ich denn falsch?«

»Das macht es ja umso schlimmer. Nein, du liegst nicht falsch.« Sie schnippte ihm mit dem Finger gegen die Stirn. »Aber du sollst dich täuschen.«

»Was willst du jetzt also machen?« Er rubbelte die Stelle an seiner Stirn, die sie angeschnippt hatte.

»Mir kommt es vor, als würde ich mich selbst betrügen, indem ich diese Prinzessinnen-Sache überhaupt nur in Erwägung ziehe.«

»Warte bitte einen Moment hier. Ich komme gleich wieder.« Tanner verließ das Kabäuschen und ging den Flur hinunter.

»Ja klar, egal.« Reggie legte den Kopf gegen die Wand. Wenn diese Entscheidung sie schon überforderte, wie würde sie sich dann bitte schön als ordentliches Staatsoberhaupt verhalten?

Sie war dem Untergang geweiht. Hessenberg war dem Untergang geweiht.

»Regina?« Sie sah zur Türöffnung hinüber. Tanner kam herein. Ihm folgte eine große, atemberaubend schöne Blondine mit Augen so blau wie der Sommerhimmel. »Das hier ist Susanna Truitt, König Nathaniels Verlobte. Susanna, Regina Beswick, Prinzessin von Hessenberg.«

»Freut mich, Sie kennenzulernen.« Susanna lächelte und knickste.

»Freut mich auch.« Reggie knickste zurück.

»Du knickst nicht vor Susanna, Reg ... ach, egal.« Tanner versicherte sich mit einem Blick bei Susanna. »Bringen Sie sie herüber, wenn sie so weit ist, ja?«

»Mache ich. Und Sie sagen den Kerlen da drin, sie sollen sich mal schön gedulden, verstanden?« Ihr angenehmer Südstaatenakzent füllte den kleinen Raum. Reggie fiel Susanna um den Hals und umarmte sie lange und fest.

»Oh, danke, danke! Es tut so gut, Ihre Stimme zu hören, den Klang der Heimat.«

»Oh, der süße Klang des Südens.« Susanna erwiderte Reginas Umarmung. Ihr sanftes Lachen nahm Reggies Anspannung die Spitze.

»Wie schaffen Sie das nur?« Reggie ließ Susanna los und lehnte sich wieder gegen die Wand. »Alles zurückzulassen?«

»In meinem Fall hat es geholfen, dass ich mich verliebt habe.« Susanna verschränkte die Arme und gesellte sich zu Reggie. Sie trug ein Kleid in einem tiefen Königsblau, das einen V-Ausschnitt und lange Ärmel hatte. »Bei mir lagen Monate zwischen dem ersten Kennenlernen und der Verlobung mit Nathaniel. Als er mir den Antrag machte, hatte ich ihn so sehr vermisst, dass ich mit ihm auf eine einsame Insel gezogen wäre, wenn er mich darum gebeten hätte. Außerdem muss die Frau des Königs nicht ganz so viel Druck aushalten wie die Erbin, Regina. Darf ich Sie Regina nennen?«

»Machen Sie Witze? Regina, Reggie, Reg ... Ach Mann, im Moment würde ich sogar auf ›Yo, Alter‹ hören.« Reggie lachte. In Susannas ruhiger Gegenwart konnte sie wieder besser atmen. »Sie – du? Du hast dich also verliebt. In einen Prinzen.«

»Und da heißt es immer, so etwas gibt es nur im Märchen.«

»Hast du dich an das höfische Leben gewöhnt?«

»So langsam, ja. Die Leute sind lieb und nehmen einen herzlich auf. Aber ich bin mir nicht sicher, ob ich mich je an die Fotografen gewöhnen werde.«

»Mit den Fotografen werde ich schon fertig. Bei mir ist es, dass ich mein ganzes Leben zurücklassen muss, was mich so wahnsinnig macht.«

Susanna nickte verständnisvoll. »Oh ja, das verstehe ich. Und das solltest du auch nicht auf die leichte Schulter nehmen. Als ich merkte, dass ich mich in Nathaniel verguckt hatte, habe ich ihm gesagt, ich würde ihn nicht heiraten. Ich wollte nicht, dass er sich zwischen mir und seinem Land entscheiden müsste. Dann hat er sozusagen Himmel und Erde in Bewegung gesetzt, um mich heiraten zu können. Aber ich musste mich immer noch entscheiden, ob ich alles der Liebe wegen hinter mir lassen wollte. Ich glaube, ich muss mich manchmal immer noch entscheiden.«

»Aber ich bin nicht verliebt.« Entschlossen schob sie ihre Zuneigung zu Tanner beiseite.

»Kannst du denn dieses Land lieben? Das Volk? Kannst du annehmen, wozu Gott dich berufen hat?«

»Aber hat er das denn? Mich berufen, noch dazu zu dem hier?«

»Oh Erbarmen, jetzt klingst du wirklich wie Nathaniel. Als ich ihn kennenlernte, war er voll in dem Film von wegen, ob er wirklich dazu berufen sei, der Erbe des Thrones von Brighton zu sein. Da hat er alles ganz genauso infrage gestellt wie du jetzt. Er hat sich gefragt, ob Gott ihn dazu berufen habe, König zu sein.«

»Ja, genau. Also, soll ich das Haus Augustin-Sachsen wieder aufrichten, weil der alte Franz das so wollte, oder weil Gott es so will?«

»Du bist doch jetzt hier, Reggie. Gott hat dich ja praktisch abgeholt. In der Form von Tanner, aber trotzdem, er hat dich abgeholt. Weißt du, wie lange die Leute hier nach der Erbin gesucht haben? Dann warst du auf einmal da. Menschen wie du und Nathaniel sind in so seltenen, wertvollen Positionen. Ihr könnt für so viele Leute Gutes bewirken. Die meisten Menschen verbringen ihr ganzes Leben damit, ihr Schicksal zu ergründen und ihren Platz auf dieser Welt zu finden. Und du und Nathaniel, ihr wurdet einfach zu etwas Außergewöhnlichem geboren.« Susanna lächelte. »Nur wusste er das natürlich von Anfang an. Und du hast erst letzte Woche davon erfahren.«

»Peng. Aus dem Blauen heraus.« Reggie machte mit ihren Händen eine explodierende Geste. Dennoch sah sie das Bild, das Susanna gezeichnet hatte, klar vor Augen. »Ich muss mich nur noch entscheiden, ob ich in diese höfische Welt eintreten will oder nicht.«

»So wie Nathaniel. Er hat den Schritt getan. Abzudanken war keine Option für ihn, also musste er sich in seinem Herzen dazu entscheiden, dass es Gottes Wille für ihn war, König zu sein.«

»Und deshalb zögere ich, den Flur da hinunterzugehen und den Eid abzulegen.« Reggie wies vage in Richtung Kapelle. »Ich muss mir sicher sein. Ich kann nicht mit einem Fuß hier und mit dem anderen in Tallahassee sein.«

»Also entscheide dich. Aber ich bin überzeugt davon, dass Gott dich für eine Zeit wie diese ausgewählt hat. Frage dich, ob du die Wahrheit darüber, wer du wirklich bist, vergessen kannst. Die Prinzessin nämlich. Kannst du das Risiko eingehen, dem Unbekannten entgegenzutreten und zu sehen, was Gott für dich vorbereitet hat? Oder wirst du nach Amerika zurückgehen, dich dort verschanzen, wo alles wohlvertraut ist, und dich für den Rest deines Lebens fragen, was hätte sein können?«

Eine schnelle Träne lief über Reggies Wange. Sie fing sie mit dem Handrücken ab und starrte die gegenüberliegende Wand an. Sie wollte, dass das hier leicht werden würde und Spaß machte, keine Frage. Aber das wäre dann keine Glaubensangelegenheit, oder?

Susanna griff nach einer Serviette hinter der Kaffeemaschine und reichte sie Reggie. »Schau mal, ich bin genauso neu hier wie du, aber wenn du möchtest, bin ich für dich da. Ich werde deine Freundin sein.«

»Meine Südstaatenfreundin an der Nordseeküste?« Reggie atmete aus. Das Gespräch brachte die Tränen noch mehr zum Sprudeln. »Als ich mich dazu entschlossen habe, gemeinsam mit Al die Werkstatt zu eröffnen, war das ein großes Risiko. Das war nicht nur für meine Zukunft und meine Finanzen riskant, sondern auch für seine. Ich hatte keine Ahnung, ob wir Erfolg haben würden, aber ich hatte gerade genug Visionen, um den Sprung zu wagen.«

»Wie steht es jetzt? Hast du Visionen genug, um den Sprung zu wagen? Das ist doch alles, was man braucht, um eine großartige Sache in Angriff zu nehmen. Ein erster Blick auf das Potenzial des Ganzen.«

»In meinem Kopf ist das ganz klar, aber da ist dieser verflixte Knoten in meinem Bauch, der ziemlich blind zu sein scheint.« Reggie lachte schnaubend auf, knüllte ihre Serviette zusammen und warf sie in den Papierkorb.

»Was meinst du?« Susanna neigte ihren Kopf in Richtung Flur. »Haben wir die Leute lange genug warten lassen?«

Reggie nahm ihren Mut zusammen. »Ja. Lass es uns angehen.«

Susanna nahm sie am Arm, als sie auf dem Weg zum Eingang an ihr vorbeiging. »Falls das irgendwie hilft: Ich glaube an dich. Ich weiß, dass du das kannst.«

Reggie atmete aus, den Blick auf die Tür gerichtet. »Danke. Und jetzt lass uns gehen, bevor ich es mir anders überlege.«

»Für Hessenberg?«, fragte Susanna.

»Ja, für Hessenberg. Für meine Mama und meine Uroma.«

Von dem Moment an, als sie die Kapelle von Wettin Manor betrat, spürte Reggie die Gegenwart des Herrn, wie damals, als sie klein war: als läge seine Hand auf ihrem Kopf. Vielleicht war er ja heruntergekommen, um die Zeremonie persönlich zu überwachen.

Die kleine Kapelle war voller Menschen, die sich erhoben, als sie eintrat: der König, der Premierminister, der Erzbischof, andere Regierungsmitglieder und Minister, Pressevertreter. Alle warteten auf sie.

Dann war da Tanner. Er strahlte frischen Mut aus, als Reggie vorwärtsschritt. Es war, als ginge sie unter dem Flügel eines Engels durch warme, seidige Luftwirbel hindurch, die über ihren Kopf und um ihre Beine strichen.

Der Erzbischof begrüßte sie am Altar. »Sind Sie bereit, den Eid auf den Thron zu leisten?«

Ein Fotograf kauerte mit der Kamera im Anschlag hinter der Kanzel.

»Ja, das bin ich«, erwiderte sie mit einer Zuversicht, die nicht ihre eigene war.

Der Erzbischof las aus seinem Skript ab. »Dieser Eid, Regina, wird zwischen Ihnen und dem Allmächtigen vor den hier anwesenden Zeugen geschworen.« Sein Tonfall war ruhig und freundlich. »Dann werden wir Sie auf eine königliche Krönung vorbereiten, wo sie einen Schwur leisten, der zwischen Ihnen und dem Volk geschlossen wird.«

Reggie richtete sich auf und wirkte noch gerader, größer. Sie würde diese Situation meistern, würde das Rennen laufen, das vor ihr lag.

»Regina«, der Erzbischof übernahm die Führung, »bitte knien Sie sich hin.«

Sie wankte auf zitternden Beinen vorwärts und kniete nieder. Dabei konnte sie ihren Herzschlag hören.

»Regina Alice Beswick, geloben Sie dem allmächtigen Gott und dem Herrn Jesus Christus die Treue, um den Glauben und die Freiheit des Großherzogtums Hessenberg zu verteidigen?«

»Ja, so wahr mir Gott helfe.«

»Geloben Sie außerdem, das Volk zu respektieren, ihm zu dienen und sich den Gesetzen dieses Landes unterzuordnen?«

Ein liebliches, unsichtbares Öl ergoss sich über ihren Kopf und rann über ihre Schläfen. Der reiche Duft angenehmer, starker Gewürze hüllte sie ganz ein.

Der Erzbischof fuhr fort mit seinen Fragen. Reggie antwortete mit ihrem einfachen »Ja, so wahr mir Gott helfe«, bis ihr wieder die Tränen kamen.

»So sei es denn, wie Sie es gesagt haben. Möge Ihr Ja ein Ja sein und Ihr Nein ein Nein.« Der Erzbischof trat hinter den Abendmahlstisch und kehrte mit einem einfachen braunen Umhang zurück, den er ihr schwungvoll über Kopf, Schultern und Rücken drapierte. Das raue braune Material legte sich schwer, aber wohlriechend auf sie.

»Allmächtiger Herr, kleide sie in Demut, auf dass sie unsere Dienerin sein möge. Schenke ihr die Weisheit König Salomos, das Herz König Davids und den Reichtum des Himmels.«

Während der Erzbischof betete und Bibelworte vorlas, wurde Reggie von Emotionen heimgesucht, die ihren Verstand ausschalteten, ihren Willen erschütterten und ihre ganze Identität neu ordneten.

Geschlossene Augen. Ganz in diesem Moment. Tränenströme.

»Ihre Majestät, König Nathaniel II., treten Sie bitte vor.«

Reggie spürte, dass der König neben ihr stand.

»Ich erkläre Sie zu Ihrer Königlichen Hoheit Prinzessin Regina Alice Beswick von Augustin-Sachsen. Entsprechend der Gesetze und der Vollmachten des königlichen Hauses Stratton von Brighton gebe ich Ihnen das Haus Augustin-Sachsen zurück. Der Herr segne und bewahre Sie. Er lasse sein Angesicht über Ihnen leuchten.«

In der Kapelle erhob sich zustimmendes Gemurmel.

Der Erzbischof kehrte zurück. »Erinnern Sie sich an den Unterschied zwischen David und Saul, Ihre Majestät! Er lag in ihrer Herzenshaltung. David suchte das Wohlwollen des Herrn und bat: ›Gedenke deines Dieners, Herr.‹ Während Saul das Wohlwollen der Menschen suchte und bat: ›Lass mich vor dem Volk Gefallen finden.‹ Regina, seien Sie wie David. Suchen Sie den Herrn, *Ihren* Gott. Lasset uns beten.«

Reggie senkte den Kopf und richtete ihren Blick auf Gott.

Nachdem der Erzbischof Amen gesagt hatte, schloss er mit: »Lang lebe Prinzessin Regina von Hessenberg.«

Die Zeugen sprachen ihm im Chor nach: »Lang lebe Prinzessin Regina von Hessenberg.«

VIERUNDZWANZIG

Seamus sah aus seinem Bürofenster auf die Straße hinunter, wo die Presseleute ins Gebäude strömten. Als das Telefon zu klingeln begann, nahm er mit einem Satz den Hörer ab.

»Also?«, bellte Seamus. Es wurde allmählich Zeit, dass Brogan anrief. *Inkompetenter, undankbarer ...*

»Sie hat vor fünf Minuten den Eid auf den Thron abgelegt, Sir.«

»In der Kapelle von Wettin Manor?«

»Ja, Sir.«

Er fluchte. »Direkt vor unserer Nase. Wie kann es sein, dass wir davon nichts wussten?« Dass er nicht eingeladen worden war, sprach Bände.

»Die Pressekonferenz beginnt in diesen Augenblicken.«

»Bewegen Sie Ihren Hintern nach unten und finden Sie heraus, was da los ist.« Seamus legte auf. Er kochte und tobte. Dieser arrogante Burkhardt. Hatte keinerlei Respekt. Keine Dankbarkeit. Nach allem, was Seamus für ihn getan hatte – er hatte ihm aus dem Schlamassel mit Trude geholfen, hatte ihm mit Rat und Tat zur Seite gestanden, als er aus dem Seminar ausgetreten war.

Seamus schnappte sich sein Telefon und rief Morris Alderman von der Liberty Press an. »Morris? Seamus hier. Gut, gut ... Wie wäre es, wenn wir meinen Bemühungen etwas auf die Sprünge helfen?«

Es war spät, als sie zum Palast zurückkehrten. Die Pressekonferenz war gut verlaufen. Der Raum war brechend voll gewesen, und die Reporter hatten herzliche Fragen über Reggies Leben gestellt und danach, wie es ihr damit ginge, plötzlich Prinzessin zu sein.

Sie hatte Fragen über das Verfahren erwartet, das der Gouverneur angestrengt hatte, und hatte sich innerlich gegen Angriffe auf sie, den royalen Redneck, gerüstet. Aber Tanner hatte den Frage-und-Antwort-Teil dirigiert, die Zeit begrenzt und Regina bereits nach zehn Minuten aus dem Pressesaal von Wettin Manor hinauseskortiert.

Und sie war dankbar dafür.

Als sie in Meadowbluff angekommen waren, führte Jarvis Reggie und Tanner in den Salon, wo er ein Blumenarrangement, Kuchen und zwei Champagnerflöten für sie vorbereitet hatte.

»Wie – wie habe ich mich geschlagen?« Reggie stellte sich Tanner in einem wahren Gefühlswirbel.

»Fabelhaft, Regina. Wirklich fabelhaft. Die Eideszeremonie war sehr bewegend. Aufrichtig. Die Pressekonferenz lief gut. Wie geht es dir?«

»Mir geht es ... Ich weiß nicht, wie ich mich fühle.« Sie griff nach dem nächsten Stuhl. Auf einmal wurden ihre Beine wieder weich. »Anders.«

Tanner kniete sich neben sie und berührte ihr Kinn vorsichtig mit der Fingerspitze. »Lass die Sache ein wenig sacken. Du brauchst all das ja nicht jetzt gleich zu verstehen.«

Er hatte Recht. Reggie atmete aus und drückte sich die Handfläche auf den Bauch. »Ich fühle Frieden.« Sie blinzelte Tanner an und schob ihre Hand in die seine. »Danke.«

»Wofür?«

»Dafür, dass du es mit mir aushältst. Dafür, dass du Susanna in die Kaffee-Ecke geholt hast. Dafür, dass du an mich geglaubt hast, als ich selbst nicht an mich geglaubt habe.«

»Ich glaube an dich, Regina.« Sein Blick verharrte einen Moment lang auf ihrem Gesicht, dann stand er auf und ließ ihre Hand los. »Und was diese andere Sache angeht, im Ballsaal ... ich ...«

»Tanner, da ist ein Leuchten zwischen den Bäumen.« Reggie ging um ihn herum zum Fenster und drückte die Stirn gegen die kalte Scheibe.

»Ich sehe kein Leuchten zwischen den Bäumen.« Tanner wölbte die Hände um seine Augen und sah nach draußen.

»Da, gleich da vorne, geradeaus. Im Wald.«

Ansonsten sah die nächtliche Szene völlig normal aus. Das Gelände des Palasts war mit blauen und goldenen Scheinwerfern bestückt, die strategisch so platziert waren, dass sie die Mauern des Gebäudes im bestmöglichen Licht erscheinen ließen. Aber jenseits des Palasts blühte ein seidiger, funkelnder Glanz in der Mitte des dunklen Waldes.

»Wo? Da draußen ist nichts.« Tanner trat vom Fenster zurück.

»Ich bin mir sicher, dass ich etwas gesehen habe.« Reggie kniff die Augen zusammen und suchte die dünne Linie zwischen hell und dunkel. Es musste eine Spiegelung sein. Oder irgendeine Ausnahmeerscheinung. »Tanner, gibt es vielleicht Feierlichkeiten, weil ich den Eid geleistet habe?« Da war es wieder, es wallte vom Boden her auf, wurde größer und verblasste dann wieder, verschwand aber nicht.

»Wir wollten noch kein großes Aufhebens machen.« Tanner wandte sich wieder dem Raum zu. »Die Leute sollen sich erst einmal an den Gedanken gewöhnen, dass es wieder einen Vertreter des hessenbergischen Königshauses gibt. Das Abkommen abwickeln und so weiter. Wir werden alle zusammen aufs Prächtigste feiern, wenn du gekrönt wirst. Regina, weißt du noch, wie du mir von Wertpapieren erzählt hast?«

Sie wandte sich ebenfalls vom Fenster ab. »Die, die im Text des Abkommens über das Erblehen genannt werden.« Sie klopfte gegen die Fensterscheiben. »Tanner, jetzt mal ehrlich, siehst du da kein Leuchten im Wald?«

»Könnte dein Vater vielleicht Inhaberschuldverschreibungen unter den Sachen deiner Uroma gefunden haben? Und, nein, ich sehe nichts.«

»Inhaberschuldverschreibungen? Nicht dass ich wüsste. Alles, was er von Uroma für mich hatte, war das Kästchen. Das mit dem Märchen.

Und warum sehe ich dann ein Leuchten? Schau, da ist es wieder, es wird wieder heller und größer.« Reggie tippte gegen die linke Seite des Fensters. »Wie ein Stern, der auf die Erde gefallen ist.«

Tanner lehnte sich nach links, um besser durch das Glas sehen zu können. »Vielleicht ist das dein Zeichen. Das, worum du Gott gebeten hast.« Er griff nach einer Serviette und nach einem der Kuchen. »Wie ist es mit Schmuck? Diamanten? Hast du vielleicht einmal ein Diadem oder Halsketten oder Ohrringe gesehen?«

»Diamanten? Ein Diadem? Nein, nie. Uroma war eine einfache Frau. Sie trug einen schlichten goldenen Ehering, nichts weiter. Wie kommst du denn auf Inhaberschuldverschreibungen?« Reggie gesellte sich bei Kuchen und Champagner zu Tanner, behielt aber mit einem Auge das Fenster im Blick.

»Hast du mal von Blakely Oil gehört?«

»Ja. Ich komme aus Florida, nicht von Hinter-dem-Mond. Einer meiner Klienten bei Backlund investierte in Blakely Oil. Hat einen ganz schönen Reibach gemacht.« Die Schokoküchlein sahen lecker aus. Reggie griff nach einer Serviette und wählte eines davon aus. Sie war zwar überhaupt nicht hungrig, aber irgendwie hatte sie das Gefühl, sie müsse diesen Tag feiern. Mit Schokolade beispielsweise.

»Der alte Herr, Sir Blakely, kam mich am Montag besuchen. Seine Firma hat sich einer Prüfung unterzogen. Dabei sind sie über ein Treuhandkonto gestolpert, das nie angerührt worden ist. Das Geld ist an Inhaberschuldverschreibungen gebunden, und er glaubt, Prinz Franz habe die Wertpapiere gezeichnet.«

»Warum glaubt er das?«

»Weil sein Großvater, der Gründer von Blakely Oil, mit deinem Ur-Ur-Großonkel befreundet war. Der alte Blakely ist sich ziemlich sicher, dass das Treuhandvermögen dir, der Erbin von Prinz Franz, gehört.«

»Aber ich habe keine Wertpapiere.« Am Rande des Fensters leuchtete das eigenartige Glühen einmal mehr auf. Es verursachte ein Gefühl der Vorfreude in Reggies Bauch, ein seltsames Wirbeln. Sie schob sich das letzte Stückchen Kuchen in den Mund. »Ich gehe jetzt da raus.«

»Raus? Wohin?« Tanner pfefferte seine Serviette auf den Tisch und nahm die Beine in die Hand. Reggie war schon durch die Tür geschossen.

»Nach da draußen.« Sie zeigte in Richtung des Leuchtens. »Auf Schatzsuche.« Den Flur hinunter ging es, durch die Küche und durch die Hintertür. Und während ihre Stiefelabsätze auf den Boden trommelten und ihr der Rock um die Beine strich, fragte sich Reggie, ob sie nun endlich ihr Zeichen bekommen hatte.

Tanner duckte sich unter einem Ast hindurch, während er versuchte, Regina zu folgen, die durch die Schwärze der Nacht rannte, zielstrebig zu auf ... *nichts.*

Bisher hatte er Regina als bei klarem Verstand und stark empfunden, mit sprühender Lebensfreude, vernünftig, gebildet und ohne jede Frage schön, wunderschön. In seinen Augen jedenfalls. Aber das hier? Ein Licht zu sehen, das es nicht gab ... in einer kalten Nacht durch einen pechschwarzen Nachtwald zu rennen war verrückt.

Tanner hatte Regina abgefangen, als sie gerade durch die Küchentür schoss. Immerhin hatte er sie lange genug aufhalten können, dass Jarvis ihnen ein paar Taschenlampen bringen konnte.

»Regina, das ist aberwitzig.« Tanner japste, als er mit den Haaren in einem niedrig hängenden Zweig hängenblieb.

»Alles okay bei dir?« Atemlos rannte sie zu ihm zurück. Ihre glänzenden Strähnen strömten um ihr Gesicht.

Tanner richtete den Strahl seiner Taschenlampe auf seinen Kopf. »Ich hänge fest.« Er atmete ein, riss sich los und fuhr zusammen. »Der Zweig hat mir die Haare ausgerissen.«

»Beruhige dich, Samson. Das Leben geht weiter.«

»Haha. Du bist so eine lustige Frau.«

Sie leuchtete ihn an. »Also entschuldige mal, aber du hast mich gerade zu Tode erschreckt. Du kreischst wie ein Mädchen.«

»Entschuldige *du* bitte mal, ich kreische gar nicht wie ein Mädchen.« Er ahmte ihren Akzent nach. »Ich schreie sehr männlich.« Er gab seinen männlichsten Schrei von sich, nur um ihr die Sache zu beweisen.

»Ja, ja, mag sein, aber *das* habe ich eben nicht gehört, Tanner.«

»Muss der Wind gewesen sein ... der hat das verzerrt.« Er zeigte mit der Taschenlampe auf den Pfad vor ihnen und dann nach oben in die Bäume. »Wir sollten zurückgehen. Es wird Regen geben.«

»Tanner, siehst du denn wirklich nichts? Ein Leuchten, genau da drüben?« Sie ließ ihren Lichtstrahl durch die Bäume zu ihrer Rechten blitzen.

»Nein, Liebes, ich sehe nichts. Tut mir leid.«

»Warum sehe ich dann etwas?«

Er seufzte erst und lachte dann. »Vielleicht ist es ja wirklich das Zeichen, um das du Gott gebeten hast.«

»Ja, vielleicht. Oder ... Vielleicht eine Filmproduktion oder Fernsehen oder was? Oder irgendein ungewöhnlicher Schein von einem Fluss?«

»Da draußen gibt es kein Filmstudio und keine Fernsehproduktion, und der Fluss fließt weiter südlich von hier.«

Sie ließ sich gegen den nächstbesten Baum fallen. »Warum bekomme ich ein Zeichen, *nachdem* ich den Eid geleistet habe? Das hätte ich vorher brauchen können.«

»Wer kennt schon die rätselhaften Wege des Herrn?« Tanner lehnte sich neben Regina an den Baum.

»Dein Vater hat bei der Zeremonie ganze Arbeit geleistet«, sagte sie, leise und sanft, mehr zu sich selbst als zu Tanner.

»Stimmt.« Tanner hob seine Taschenlampe zu den Bäumen. Hatte er da einen Regentropfen gespürt?

»Habt ihr immer noch Streit?«

»Wir hatten niemals einen Streit. Wir sehen die Dinge eben einfach anders.«

»Was hat er denn zu deinem Stelldichein mit Trude gesagt?«

»Na, nicht gerade ›Gut gemacht, mein Sohn‹, das kann ich dir aber sagen.«

»Ah, das ist es also.« Sie hörte auf, durch das Unterholz zu streifen. »Ihr seid wegen der Sache mit Trude zerstritten.«

»Wir sind nicht zerstritten.« Tanner atmete aus und rubbelte die neue kahle Stelle auf seinem Schädel. »Ich war dabei, in seine Fußstapfen in der Kirche zu treten, aber ich habe meinen Studienplatz im Seminar aufgegeben, als Trude mir sagte, dass sie schwanger sei.«

»Das war bestimmt ein schwieriges Gespräch.«

»Entsetzlich. Ich hatte ihn im Stich gelassen, die Familie, Gott. Und dann, ob du's glaubst oder nicht, dann kam Seamus Fitzsimmons an und hat mich sozusagen gerettet. Er brachte mich bei den Juristen unter. Hielt den Skandal um den Sohn des Erzbischofs, der uneheliche Kinder gezeugt hatte, von der Presse fern.«

»Und schau dir an, wo du jetzt bist, Tanner. Kulturminister.«

»Ja, die Ironie an der Sache ist mir nicht entgangen. Ein Diener des Volkes anstatt ein Diener des Herrn.«

»Hey, mein Pastor zu Hause predigt immer, dass wir nicht im vollzeitlichen Dienst sein müssen, um die gute Nachricht unters Volk zu bringen.«

»Mag ja sein, aber der Herr kann einen besseren Kandidaten als mich finden, um seine gute Nachricht zu verbreiten.«

»Und er könnte eine bessere Kandidatin als mich als Prinzessin finden, aber hier bin ich.« Sie zuckte mit den Schultern. »Was soll man machen?«

»Du *bist* die perfekte Prinzessin.« Der Wind strich durch die Baumwipfel, und in der Ferne feierte der Ruf einer Eule die Nacht. »Der Herr wusste, was er tat.«

»Aha, verstehe. Und bei dir hat er keine Peilung und liegt irgendwie daneben.«

»Lass es uns einfach so sagen: Gott und ich haben eine Abmachung. Ich lasse ihn in Frieden und er mich.«

»Wie erfrischend. Dann darfst du schön in deiner Scham und deinem Schmerz versauern.«

»Versuche es besser nicht mit Sarkasmus bei mir.« Er warf den Lichtkegel seiner Lampe auf ihr Gesicht. »Und versuche auch nicht, mir Geschichten von Gottes Gnade und seiner Güte zu erzählen, oder dass ich wieder zu einer Beziehung mit ihm zurückfinden kann. Können wir jetzt gehen? Mir ist kalt, und ich habe Hunger.«

»Dir ist aber schon klar, dass du das Gefängnis, in dem du sitzt, selbst gebaut hast?«

»Entweder diszipliniert Gott den Menschen, oder der Mensch diszipliniert sich selbst. Ich habe mich für Letzteres entschieden.«

»Schade eigentlich«, sie ging wieder und um ihn herum, »weil Gott freundlicher, großzügiger und ganz sicher liebevoller mit dir gewesen wäre.«

»Schon gut«, sagte er. Wie schlich sie sich nur so in sein Herz, und wie deckte sie all seine Geheimnisse auf? »Was ist denn jetzt mit deinem *Leuchten?*«

Regina entfernte sich von dem Baum und stakste durch das Unterholz. Ihre Schritte wühlten den herzhaften, feuchten Duft des Waldbodens auf. »Weg. Ich sehe es nicht mehr.«

»Tut mir leid. Wenn wir nicht angehalten und uns unterhalten hätten ...«

»Dir gefällt es wirklich, den Märtyrer zu geben, oder? Dass du andauernd die Schuld für alles auf dich nimmst, wird Gott oder deinen Vater oder das Mädchen, das du liebst, nicht dazu bringen, dich mehr zu lieben. Oder weniger.« Sie duckte sich an ihm vorbei. Der Duft ihres Haars vermischte sich mit dem erdigen Waldgeruch.

Ihre spitzen Worte trafen seine sorgfältig konstruierten Mauern um sein Herz hart. Sie erschütterten seine Entscheidung, die Welt so zu sehen und nicht anders.

Ein tiefes, bedrohliches Donnern rumpelte über die Baumwipfel, und eine feuchte, kalte Brise kam auf, die das Laub von den Ästen zerrte. Ein Blitz zog sich von Osten nach Westen über den Himmel.

»War es das?« Regina drehte um. »Blitze? Der Lichtschein war Wetterleuchten?«

»Das kann es nicht gewesen sein. Den Blitz habe ich nämlich gesehen.« Tanner griff nach ihrem Arm, und als sie ihn ansah, wusste er, dass er sie immer lieben würde.

»Tanner, ich will nur, dass du weißt ...«

»Ich liebe dich, Regina. Ich muss das einfach sagen. Ich liebe dich wie verrückt.«

»Du liebst mich?« Der Wind fuhr zwischen den Bäumen zu ihnen herunter und umwirbelte sie.

»Entschuldige, dass der Zeitplan so dermaßen ungünstig ist. Aber ich liebe dich. Wenn ich dir das jetzt nicht sage, explodiert mein Herz. Mir es egal, wenn du meine Gefühle nicht erwiderst.«

Ihr leises Lachen trommelte an sein rasendes Herz. »Ich glaube, ich liebe dich auch. Es geht nur alles so schnell. Alles geht so schnell.«

Der Wind drehte wieder und brachte die ersten Regentropfen mit. »Regina«, Tanner strich ihr die wilden, wunderschönen Locken aus dem Gesicht und zog sie in seine Arme. »alleine zu hören, dass du das Gleiche fühlst, reicht für den Moment. Oh, du zitterst. Der Wind ist ein bisschen kalt.«

»Das liegt nicht am Wind.« Sie kicherte und zitterte, während sie mit der Hand über seine Brust strich. »Du machst mich nervös.«

»Weil ich dich liebe?« Er hob ihr Kinn. »Und dich küssen will?«

»Ja, und das macht mir Angst. Ich verliebe mich und werde Prinzessin. Zwei Fliegen mit einer Klappe, wow.«

Er glättete ihr Haar und streichelte ihren Rücken. »Dann warten wir. Gehen die Dinge ganz langsam an.«

»Aber es ist eine dunkle und stürmische Nacht. Wind kommt auf, wir werden gleich nass bis auf die Haut, und mir fällt gerade die Szene in *Sweet Home Alabama* ein, wo Melanie Jake im Regen küsst ...« Sie schlang die Arme um seinen Hals. »Tanner Burkhardt, wenn du mich nicht küsst ...«

»Während du an Melanie und Jake denkst? Wer auch immer das sein mag.«

Sie stellte sich auf die Zehenspitzen und drückte ihre Stirn gegen seine. »Ich denke an niemanden außer dich in dieser stürmischen, romantischen Nacht. Kannst du nicht fühlen, wie mein Herz schlägt?«

»Das geht bei dem Getrampel der Pferdeherde in meiner eigenen Brust unter.« Er fiel gegen den Baum und zog sie mit sich. »Ich liebe dich, Regina. Inbrünstig.«

»Und ich liebe dich auch, Tanner. *Inbrünstig.*«

Er senkte seine Lippen zu ihren und berührte sie sacht. Sie lächelte. Ihr Atem fühlte sich warm an in seinem Gesicht. »Es kitzelt.«

»Ja, das kitzelt ...« Tanner nahm sie fester in den Arm, während sie ihre Finger in seinem Haar vergrub. Mit der Leidenschaft eines Kusses gehörte sie ihm und er ihr, und in seinem Herzen loderte ein Feuer auf, das alle Hindernisse verbrannte.

Sie schmolz dahin, schwebte, ertrank darin, wie er schmeckte. Warm, männlich, süß. Ihre Sinne waren elektrisiert von der erwachenden Liebe, von dem Gefühl, endlich aus der Angst auszubrechen. Und sie würde nie wieder zurückkehren.

Dieser Moment war das Warten wert. »Ich liebe dich«, flüsterte sie, als sein Kuss nachließ.

»Ich liebe dich auch.« Tanner hob kurz seinen Kopf, um Luft zu holen, und küsste dann ihre Wange, ihre Nase und ihre Stirn.

Sie kuschelte sich an seine Brust und atmete den Duft des Regens ein. Ihr ganzes Sein füllte sich mit der reinsten Freude am Augenblick.

»Das hat Spaß gemacht.« Sie streckte sich wieder lang, kippte seinen Kopf zu sich und küsste Tanner erneut. Ihre Lippen waren auf seinen schon zu Hause.

Tanners Umarmung umschloss sie so eng, dass sie nicht mehr sagen konnte, ob sie aus eigener Kraft stand oder ob er sie hielt.

Während ihr Kuss andauerte, durchnässte ein weiterer Regenschauer ihren Rücken bis auf die Haut, und der kalte Wind strich ihr um die Beine. Sie aber wurde vom Feuer seiner Berührung gewärmt.

Als er seinen Kopf aufrichtete, hob Tanner sie hoch. Er wirbelte sie herum und knabberte dabei lachend an ihrem Hals. Reggie lachte mit ihm, gerade, als die Wolken sich endgültig öffneten und den Regen nun richtig strömen ließen.

»Wir werden durchgeweicht.« Tanner setzte sie ab. Er hielt ihren Kopf zart in beiden Händen und strich ihr das nasse Haar aus dem Gesicht. »Ich liebe dich, Regina. Und wir werden das hier so schnell oder so langsam angehen, wie du das möchtest.«

Sie warf ihm die Arme um den Hals und küsste ihn wieder und wieder. »Kann ich das immer machen, wenn mir danach ist?«

»Immer, wenn dir danach ist. Es ist mir ein Vergnügen, der Prinzessin von Hessenberg zu dienen.« Er trat einen Schritt zurück, legte sich die Hand an die Brust und machte eine weite Verbeugung. Sie musste laut lachen. Der Regen fiel schneller.

»Ich liebe dich, Tanner. Ich hätte nie gedacht, dass ich mich so schnell verlieben würde, aber ich liebe dich. Ich liebe dich wirklich.«

Er küsste sie und flüsterte ihr ins Ohr: »Ich habe dich geliebt, als ich dich zum ersten Mal gesehen habe.« Dann nahm er ihre Hand in seine, und sie rannten gemeinsam aus dem Wald heraus.

Die Küchentür des Palasts stand offen. Jarvis Silhouette zeichnete sich im Türrahmen ab.

»Ihre Majestät.« Er wich aus, als Reggie in die Wärme und den süßen Zimtduft der Küche rannte. »Sie werden sich den Tod holen ...«

Serena wartete bereits mit zwei Handtüchern. »Ich habe im Salon Feuer gemacht. Der Koch macht Tee und Kuchen.«

»Können wir heiße Schokolade haben?« Reggie nahm das Handtuch an, das ihr die Zofe anbot. »Ich liebe heiße Schokolade in einer kalten Herbstnacht.«

»Gewiss«, sagte Jarvis und warf Tanner einen Blick zu. *Was haben Sie mit ihr da draußen gemacht?*

»Ich hatte ein Leuchten gesehen, Jarvis«, ging Reggie auf den Gesichtsausdruck des Mannes ein und verteidigte ihren Freund. *Ihren Freund.* Sie hatte einen Freund. »Einen Lichtschein im Wald, aber vielleicht habe ich mich auch vertan, und da war nichts, ich weiß auch nicht.« Sie lachte. *Ha, ha, ich bin so schräg, oder?*

In Wirklichkeit fragte sie sich, ob Jarvis wohl nachhaken würde, was das nun mit ihrem dämlichen Gesichtsausdruck zu tun hatte und warum sie nicht aufhören konnte zu grinsen.

»Vielleicht ein Wetterleuchten, Ihre Majestät«, sagte er und wandte seinen Blick von Tanner ab und ihr zu.

»Ach, sehen Sie, genau das habe ich auch gesagt. Wetterleuchten, Blitze, so etwas.«

Tanner blieb still und trocknete sich das Haar, strich sich mit dem Handtuch über die Arme. »Regina, du solltest diese nassen Kleider loswerden.«

»Und was ist mit dir? Du bist patschenass. Lass uns am Feuer sitzen.«

Tanner sah Jarvis von der Seite an. »Es ist schon spät. Ich denke, ich werde mich auf den Heimweg machen. Morgen heißt es wieder früh aufstehen.«

»Ja. Okay, na dann.« Ihr Herz fiel zu schnell in den Abgrund, als das sie es hätte auffangen können. »Ich bringe dich zur Tür.«

Reggie ging mit ihm zum Hauptfoyer. Als ihre Hand seine berührte, löste das eine Unmenge verrückter Empfindungen in ihr aus. Sie wollte sich mit ihm vor dem Feuer zusammenrollen und über das Leben reden, ihn küssen, reden und noch mehr küssen. Ihr Herz war lebendig und hellwach. Ihre Augen waren geöffnet. Die ganze Welt glühte in einem Glanz, den sie vorher noch nie bemerkt hatte. Sie wollte mehr lieben, mehr geben, mehr dienen ...

Tanner hielt an der Tür an und bedachte sie mit einer knappen Verbeugung. »Wir werden beobachtet«, flüsterte er.

»Warum können wir es ihm denn nicht einfach sagen?« Reggie machte eine kleine Bewegung in Richtung der Ecke, wo Jarvis möglicherweise lauerte.

»Willst du es ihm denn wirklich sagen?« Sein Lächeln war intim, geheim, nur für sie bestimmt. »Mir gefällt es, wenn das hier fürs Erste zwischen uns beiden bleibt.«

»Ich bin verliebt. Das würde ich am liebsten in die ganze Welt hinausschreien.«

Er seufzte. »Ich doch auch, aber vielleicht sollten wir das für uns behalten, bis wir die Geschichte mit dem Abkommen und mit Seamus zu Ende gebracht haben – und ich mit meinen Verhandlungen mit Trude und den Mädchen durch bin.«

»Was?« Seine Worte durchbohrten ihre Freude. »So war ich vor ein paar Tagen drauf. Und jetzt willst *du* einen Rückzieher machen?«

»Das habe ich nicht gesagt. Ich will nur nicht, dass ein Riesenpublikum zuschaut. Ich fände es gut, wenn unsere Gefühle uns gehörten. Du hast genug Konfliktpotenzial vor dir, auch ohne eine Romanze mit dem opportunistischen Kulturminister.«

»Opportunistisch, ja? So werden sie dich nennen?« Sie verschränkte die Arme. Am liebsten hätte sie sich hingesetzt und sich ausgeweint. »Bist du das denn?«

»Um Himmels willen, nein.« Er zog die Tür auf. »Ich liebe dich, und nichts auf der Welt wird daran etwas ändern. Aber ich glaube, wir sollten fürs erste Stillschweigen bewahren, wenn wir dieser Beziehung eine Chance geben wollen.«

Ihre Enttäuschung überschattete ihre Urteilskraft, aber sie verstand ihn. Sie fühlte, dass es ihm ernst war. Trotzdem ärgerte es sie. »Also kann ich dich jetzt doch nicht immer küssen, wenn mir danach ist?« Sie griff nach seinem Kragen und rührte den berauschenden Duft seiner feuchten Haut auf.

»Wenn wir alleine sind, kannst du mich so viel küssen, wie du willst.« Er schluckte die wieder aufwallende Leidenschaft hinunter. »Es mag so gut wie unmöglich sein, das für uns zu behalten, aber willst du uns nicht auch die Möglichkeit erhalten, uns kennenzulernen, ohne dass die Presse oder das Personal dabei zuschauen?«

»Ich denke schon.« Sie trat auf ihn zu und strich ihm mit der Hand über die Brust. »Wirst du immer der Vernünftige sein?«

»Glaube mir, das fühlt sich nicht gerade vernünftig an.« Er zeichnete mit dem Finger die Linie ihres Gesichts nach. »Aber ich habe allzu oft gesehen, wie ...«

»Miss, Miss«. Reggie machte einen Satz. Weg von Tanners warmer Berührung. Sie drehte sich um und sah Serena auf sie zukommen, die in der ausgestreckten Hand Reggies Telefon hielt. »Sie haben mehrere Anrufe bekommen, während ich das Feuer angemacht habe, also habe ich diesen hier entgegengenommen.«

»Danke, Serena.« Reggie nahm ihr Telefon. »Hallo?«

»Ich bin's, Al. Wie geht es dir?«

»Al, hallo! Gut geht's mir.« Der Klang seiner Stimme weckte ihr Heimweh. »Na, was ist bei euch so los?« Sie setzte sich auf die unterste Stufe der breiten vergoldeten Treppe. »Haben wir den Duesenberg?«

Tanner lehnte sich abwartend mit verschränkten Armen in die Tür und sah zu.

»Nein, nein, Reg.« Sein kehliges Lachen brummte und summte in ihrem Bauch. »Wir haben den Duesenberg nicht bekommen.«

»Echt nicht? So ein Mist. Hat er nein gesagt? Warum?«

»Reg, ich habe ihm abgesagt. Und den Vet habe ich übrigens auch wieder zu Urban nach Hause geschickt.«

»Du hast was?« Sie sprang auf die Füße und stolperte über die unterste Treppenstufe.

»Ich wollte dir das alles gerne persönlich sagen, aber dann habe ich in den Nachrichten gesehen, dass du eine Art Eid geschworen hast ... Du bist also Prinzessin von Hessenberg? Ich bin stolz auf dich, Reg, so richtig stolz.«

»Al, vergiss mal die Nachrichten. Warum hast du die Corvette zurückgeschickt? Was ist da los?«

»Ich schließe die Werkstatt.«

»Du schließt die Werkstatt? Nein, nein, nein.« Sie ging die ganze Breite des Foyers auf und ab. »Du kannst die Werkstatt nicht schließen. Ich bin Mitbesitzerin, Al, und ich will, dass die Werkstatt geöffnet bleibt.«

»Reg, Süße, schau dich um. Du lebst in einem Palast. Du bist eine königliche Prinzessin.«

»Übergangsweise, Al.« Sie warf einen Arm zur Seite. Eine schleichende Angst kroch ihr über die Beine, mitten in ihr Herz und torpedierte ihren Verstand. »Aber doch nur übergangsweise.«

»Wie kannst du denn übergangsweise Prinzessin sein?«

»Weil ich in einem Monat wieder zurück bin. Höchstens sechs Wochen. Glaube nicht, dass ich euch so sang- und klanglos sitzengelassen hätte. Hör mal, du rufst jetzt Urban an und sagst ihm, er soll den Vet wieder ranschaffen. Junge, Al, was hast du dir nur dabei gedacht? Urban wird das schöne Auto noch ruinieren.«

»Reg, jetzt hörst du mir aber mal zu. Ich weiß, das ist ein kleiner Schock. Und ja, es ist auch nicht das, was wir geplant hatten, als wir zusammenlegten, um den Laden hier aufzumachen, aber ...«

»Al, aber ... du kannst doch die Werkstatt nicht schließen.« Reggie drückte sich die Hand gegen die pochende Stirn. »Das kannst du nicht machen.« *Es kann sich doch nicht alles auf einmal verändern. Das kann doch nicht sein.*

»Al Junior und seine Frau ziehen in ein paar Wochen nach Texas, und Miriam will, dass wir ihnen beim Umzug helfen.«

»Das ist doch super, Al. Richte ihnen alles Liebe aus. Wally und Rafe können solange die Werkstatt hüten. Du weißt doch, dass Rafe unbedingt mal das Sagen haben möchte. Du fährst schön nach Texas. Ach, weißt du, vielleicht bin ich bis dahin ja auch wieder zurück. ›Und als Ablösung für Al Love betritt Reggie Beswick das Viereck. Dingdingding.‹« Reggie tippte gegen eine unsichtbare Boxerglocke.

»Reggie ...«

»Al, vergiss es. Ich weiß schon, was du vorhast. Du gibst mir eine Auszeit, aber ich habe die Firma mit dir in ernster Absicht gegründet. Ich werde jetzt nicht zulassen, dass du deinen Traum aufgibst.«

»Schau doch mal hin, Reg, der Traum hat sich verändert.«

»Ich komme nach Hause. Du bleibst, wo du bist.« Sie rannte die Treppen hinauf, übersprang zwei Stufen auf einmal und nahm Tanners schwere Schritte hinter sich kaum wahr. »Wir sehen uns morgen, Al. Bis morgen.«

FÜNFUNDZWANZIG

Trotz der freundlichen Stimmung bei der Pressekonferenz dämmerte der Freitagmorgen mit eher gemischten Schlagzeilen.

Yeeeha, wir haben uns einen royalen Redneck eingefangen

Kulturminister Burkhardt – ein abtrünniger Vater!

Gouverneur Fitzsimmons: »Hessenberg braucht echte Führungskräfte«

Amerikanerin Regina Beswick legt den Eid auf den Thron ab.

Hessenberg auf dem Weg in die Unabhängigkeit

Tanner schlug die Bürotür hinter sich zu, pfefferte die Zeitungen auf den Schreibtisch und warf sich murmelnd in seinen Schreibtischstuhl.

Eine Viertelstunde war sie jetzt weg, und schon fühlte er ihre Abwesenheit. Er vermisste sie. Er wäre sofort in die Royal Air Force One mit eingestiegen, wenn sie auch nur ansatzweise in seine Richtung genickt hätte.

Aber sie hatte ohne jegliche Andeutung von irgendetwas zum Abschied gewunken. Ohne Abschiedskuss. Oder eine Liebesbekundung. Er hatte Himmel und Erde in Bewegung gesetzt, um ihren Abflug bei der Königlichen Behörde anzumelden und sie bis 10 Uhr mit einem Sicherheitsmann in einen Privatjet zu setzen.

Die Anfänge der Liebe waren einen qualvollen Tod gestorben und hatten ihren ersten Kuss im Regen in den finsteren Winkeln seines Verstandes zurückgelassen.

Als der Pilot den Motor anwarf, erinnerte Tanner sie noch daran, dass sie zurückkehren musste, um das Abkommen über das Erblehen zu unterzeichnen, bevor es auslief. Nach ihrem Eid würde Nathaniel II. nach dem 22. Oktober nicht länger der König sein. Henry Montgomery würde nicht länger Hessenbergs Premierminister sein. Es läge dann an Regina, einen Regierungschef zu benennen und eine Regierung zu bilden ...

Sie hatte ihm versichert, dass sie rechtzeitig zurückkehren würde, aber wo einst Hoffnung lebte, regierte nun der Zweifel. Der Blick in ihren Augen, als sie ihm erzählte, dass Al dabei war, die Werkstatt zu schließen ... Angst mit Sorge vermischt.

Zu diesem Zeitpunkt war Tanner beinahe so weit vorzuschlagen, Seamus könnte doch einfach die Dinge in die Hand nehmen. Sollte der alte Angeber doch das Herzogtum haben. Damit hätte Tanner einen guten Grund, sich zu entschuldigen und nach Amerika auszuwandern. Bella und Britta würde er mitnehmen und ein paar Südstaatenschönheiten großziehen.

Aber, ach, wie gerne hätte er Regina zum Abschied geküsst. Doch sie hatten nicht einen einzigen Moment für sich. In diesem Augenblick saß sie mit Clarence im Flieger nach Amerika, ihr letzter Austausch war kurz angebunden und angespannt gewesen, und dabei war es um die Details ihres Rückflugs gegangen.

In der letzten Nacht hatte er kein Auge zu getan. Er hatte keine Minute lang schlafen können. Hatte sie schon vermisst, bevor sie überhaupt abgeflogen war. Bereute sie ihre Küsse? Hatte er sie übervorteilt? Das Ganze hatte ihn fast in die Knie gezwungen. Aber er hatte dem Herrn ein Versprechen gegeben, und er war fest entschlossen, es zu halten.

Ich werde dich nicht belästigen, wenn du mich nicht belästigst.

Auf das leichte Klopfen an seiner Tür folgte kein Warten auf Antwort. Seamus trat mit einem pompösen Grinsen ein.

»Guten Tag, mein alter Junge.« Er zeigte auf den Zeitungsstapel. »Die Schlagzeilen hast du gesehen.«

»Ja, habe ich. Was hat es damit auf sich, mich in die Angelegenheit hineinzuziehen, Seamus?«

»Dich in Verruf zu bringen natürlich.« Er klopfte mit seiner nicht angezündeten Pfeife in seine Handfläche. Sie verströmte den subtilen

Geruch verbrannten Tabaks. »Die Leute sollten sich mal fragen, wer die Prinzessin eigentlich berät.«

»So leicht wirst du sie nicht loswerden. Und merk dir eins: Mich kannst du verletzen, so viel du willst, aber wage es nicht, meine Mädchen in die Sache hineinzuziehen.«

»Aber mein alter Sportsfreund, ich bin ein Staatsmann. Hast du den Artikel denn nicht gelesen? Trude und die Mädchen habe ich namentlich nicht erwähnt. Ich wollte nur deinen unbefleckten Charakter in der Wahrnehmung der Öffentlichkeit ein bisschen einfärben. Wie ich höre, hat die Prinzessin heute Morgen das Land verlassen. Auf dem Weg nach Hause, oder wie?«

»Sie muss einen Freund besuchen.« Also hatte Seamus Tanners Namen in die Medienschlammschlacht hineingeworfen. Das war schon lange fällig gewesen und wohlverdient. Trotzdem ... »Du bewegst dich auf dünnem Eis, Seamus. Ob es dir gefällt oder nicht, ich habe Einfluss auf die Prinzessin.«

»So wie ich glaubte, ich hätte Einfluss auf dich.« Sein Blick wurde finster. »Ich glaubte, du wärst mein Verbündeter.«

»Das bin ich, aber nicht gegen Regina.«

»Ich werde jetzt nicht klein beigeben. Meine Anwälte arbeiten intensiv daran, den Gerichtshof davon zu überzeugen, den Fall anzunehmen und zu unseren Gunsten zu entscheiden. Hessenberg wird ein selbstständig regierter Staat ohne Monarchie sein.«

»Sie sollten wissen, dass ich die Prinzessin unterstütze.« Tanner seufzte. Sein Geduldsfaden wurde allmählich dünner und kürzer. »Seamus, warum tust du das?«

Der Gouverneur klopfte sich auf den umfangreichen Wanst. »Weil ich lange genug im Geschäft bin, um eine Möglichkeit zu erkennen, wenn sie mir ins Gesicht lacht. Hast du unseren neuesten Werbespot gesehen? Der lief heute Morgen in »Guten Morgen, Hessenberg!«

Der wird die Menschen wachrütteln und auf eine echte Demokratie vorbereiten. Im 21. Jahrhundert formt kein Land mehr absichtlich eine Monarchie. Uns wurde ein historisches Zeitfenster geschenkt, in dem wir die Bündnisse unserer Ahnen lockern und ein modernes Land werden können.«

»Also kann ich mich auf weitere Kontroversen einstellen? Auf mehr schlechte Presse?«

»Du kannst dich auf eine sorgfältig geplante Offensive einstellen.«

Die Worte hingen noch in der Luft, als Dad Tanners Büro betrat und zwischen Tanner und dem Gouverneur hin- und hersah.

»Freut mich, Sie zu sehen, Erzbischof.« Seamus bot ihm die Hand an.

»Gouverneur, schön Sie zu sehen. Ich bin hergekommen, um ...«

»Also, ich bin dann mal weg. Tanner, du weißt, wo du mich findest, falls du mich brauchst.«

Ja, er wusste, wo er ihn finden würde. Im tiefsten Sumpf. Tanner schlüpfte hinter seinen Schreibtisch und setzte sich. »Wie kann ich dir behilflich sein, Dad?«

»Ich habe die Schlagzeilen gesehen.«

Tanner blätterte durch die Zeitungen. »Seamus geht in die Offensive, um politisches Wohlwollen für seine Pläne aufzubauen.«

»Hat er deine Geschichte an die Presse gegeben?« Dad setzte sich auf den Stuhl neben Tanners Schreibtisch. »Ich hätte besser von ihm gedacht.«

»Es hat dreißig Jahre gedauert, aber so langsam zeigt er sein wahres Gesicht.«

»Was denkst du darüber?«

»Was soll ich schon darüber denken? Das ist jetzt da draußen. Ich bin ja dankbar, dass er die Namen von Trude und den Mädchen nicht erwähnt hat.«

»Ich habe von Trudes Vater gehört, dass sie wieder heiraten und nach Amerika ziehen will.«

»Ja, und sie hat mich gebeten, die Mädchen zu nehmen.« Tanner ging zum Fenster und sah auf das Treiben draußen hinunter. Einen Moment lang wünschte er sich, er könnte sich von seinem emotionalen Tohuwabohu lösen und sich in den Gesprächen und Aktivitäten dort unten verlieren.

»Nun, ist das nicht eine göttliche Wendung der Dinge?«

»Göttlich? Weiß nicht. Eine Wendung, oh ja. Ich habe ihr gesagt, ich nehme die Mädchen, aber ich habe Bedingungen genannt. Darüber denkt sie nun nach.«

»Weiß deine Mutter davon?«

Tanner schüttelte den Kopf. »Ich habe es ihr nicht erzählt. Warte, bis alles geordnet ist. Trude könnte mein Angebot ablehnen, nur um mich zu ärgern.«

»Ich nehme das in meine Gebete mit auf.«

»Das wäre schön.« Tanner und Gott hatten keinen Deal bezüglich Fürbitten anderer.

»Tanner, ich will, dass du weißt ...«, Dad räusperte sich, »dass ich stolz auf dich bin.«

Das Geständnis wühlte Tanners aufgestaute, weggesperrte Tränen auf. Mit heißen, brennenden Augen bückte er sich, um eine Fluse vom Teppich aufzuheben. »War sonst noch etwas?«

»Nein, ich glaube nicht.« Die Luft im Zimmer wog schwer zwischen ihnen, als hätte ihr kurzer Austausch allen Sauerstoff geschluckt. »Melde dich mal, wenn du mehr weißt.«

»Mache ich.« Als Dad nach dem Türknauf griff, erschütterte ein Beben der Gefühle Tanner bis ins Mark seiner Existenz. Wenn er es jetzt nicht sagte, würde er es nie sagen. Oder aber es wäre noch zehnmal schwieriger. »Da-danke, Dad. Danke.«

Dads Augen glitzerten. »Gerne.«

Tanner kämpfte gegen diese seltenen Flutwellen aus Tränen an und versuchte, Herz und Verstand mit einigen tiefen Atemzügen wieder klarzubekommen. Er hatte sich gerade wieder so weit zusammengerissen, als sein Telefon piepte. Eine Nachricht von Trude.

So willst du dich also um meine Töchter kümmern? In den Schlagzeilen?

Tanner setzte sich abrupt hin, las ihre Nachricht noch einmal und, möge der Himmel ihm beistehen, fing an zu lachen.

Als die aufgehende Sonne den verschlafenen Horizont vergoldete, manövrierte Regina ihren alten Datsun zur Werkstatt.

Al und die Jungs würden um die Zeit schon da sein, und sie war vor lauter Vorfreude schon ganz kribbelig. *Überraschung! Ich bin zu Hause!*

Morgens setzte sich Al immer als Erstes mit seiner Schokomilch und seiner Schachtel mit Donuts hin. »Solche Sachen hier, die sorgen dafür, dass man nie von zu Hause weg will.«

Er hatte Recht. Was in aller Welt hatte sie nur dazu gebracht, ihr Zuhause verlassen zu wollen? Eine Prinzessin zu sein. *Pffff.* Was war ihr Leben denn? Ein Film? Eine Seifenoper?

Uroma hatte Recht. Eine Prinzessin definierte sich nicht alleine durch ihren Titel, es war kein Beruf. Sondern ein Lebensstil. Ein Leben, das sie genauso gut hier in Tallahassee führen konnte.

Hatte Uroma nicht genau das getan? Das Leben einer Prinzessin durch das gelebt, was sie getan hatte? Und nicht, weil sie den Titel trug.

Reggie umfasste das Lenkrad und bremste an einer roten Ampel. Vorfreude und Anspannung elektrisierten sie. Sie war zu Hause. Wo sie hingehörte. Das hier war ihr Königreich. Die Ampel schaltete auf grün, und weg war sie. Kurze Zeit später bog sie in die Auffahrt ein.

Die Tür des Datsun quietschte, als sie ausstieg, und sie brauchte beide Hände, um die Scharniere wieder gerade zu bekommen und die Tür zu schließen. Reggie rannte über den geschotterten, grasbewachsenen Parkplatz auf die dunkle, ruhige Werkstatt zu. Sie rief nach Al, Rafe und Wally und stutzte, als sie den traurigen, leeren Platz sah, an dem noch vor kurzem die Corvette gestanden hatte.

»Al?« Sie ging wieder nach draußen. Sein Brummi war nicht da. Bei genauer Betrachtung war ihr Auto das Einzige auf dem Gelände. »Al? Rafe? Wally?«

Zurück in der Werkstatt warf Reggie einen Blick hinter die kurze Wand der Küchennische. Sie rechnete damit, dass ihr Kaffeearoma in die Nase steigen würde. Aber auch dieser Winkel war dunkel und still.

Sie huschte ins Büro und steckte sich die Schlüssel in die Tasche. Auf dem Schreibtisch fand sie ein Durcheinander aus Rechnungen und Quittungen vor, die über dem aufgeschlagenen Scheckbuch verstreut waren. Al hatte Schecks ausgestellt.

Das Geräusch einer ins Schloss fallenden Tür lockte Reggie aus dem Büro. Endlich. Ein Gesicht, das sie kannte und liebte. Al kam, mit Milch und Donuts, in ihre Richtung.

»Hey, was läuft?« Reggie begrüßte ihn lächelnd, die Hände in die Hüften gestemmt. »Ich verlasse für ein paar Tage die Stadt, und alle machen sich einen faulen Lenz?«

»Reg! Du hast ja gesagt, du wärst unterwegs, aber ich hätte nicht gedacht, dass du so schnell hierherkommen würdest.« Al legte ihr seinen großen Arm um die Schultern, wobei er sorgsam darauf achtete, ihr nicht das Tetrapack mit seinem Kakao ins Gesicht zu schleudern. »Mein Mädchen, es ist so schön, dich zu sehen. Was hast du gemacht, bist du in den Flieger gestiegen, sobald wir aufgelegt hatten?«

»So ungefähr, ja. Schau mal, Al, ich weiß, es ist Samstag, aber warum ist denn hier alles so dunkel?« Sie folgte ihm zurück ins Büro.

»Was hast du denn mit meinen Rechnungen gemacht? Ich hatte die alle sortiert.«

»Sortiert? Die lagen über den ganzen Tisch verteilt.« Sie setzte sich in den klapprigen alten Bürostuhl. Eine dunkle Traurigkeit dämpfte die Aufregung, die sie eben noch verspürt hatte. Alles veränderte sich. Alles.

»Du sortierst in Aktenmappen. Ich sortiere, indem ich die Dinge verteile.« Er stellte seine Milch und seine Donuts ab.

»Warum arbeitest du Rechnungen ab? Die Buchhaltung ist meine Aufgabe.« Wenn sie so tat, als hätte sich nichts verändert, wäre es ja vielleicht möglich, dass alles wieder normal werden würde.

»Du bist nicht die Einzige, die eine Rechnung bezahlen und die Bücher in Ordnung halten kann. Ich habe die ganze Zeit, die ich bei den Marines war, nebenbei eine kleine Firma geleitet.« Er zog zwei Gläser aus dem Regal und stellte eines davon vor Reggie ab. »Nehmen Sie ein Glas Kakao mit mir, Ihre Majestät?«

»Hör auf damit ... und es wäre mir eine Ehre.«

Al schenkte ein und verteilte die Donuts, bevor er sich setzte. Die ganze Zeit über saß Reggie im grellen Licht der nackten Neonröhre und verstand immer besser, dass sie nicht zurückgekehrt war, um die Werkstatt zu retten, sondern zu schließen.

Al schraubte den Milchkarton zu und hob sein Glas. »Auf dich und auf alles, wozu dich der Herr berufen hat.«

Sie nahm einen kleinen Schluck. »Es stimmt also. Du machst die Werkstatt zu.«

»Reg, sieh dich um. Das hier ist eine baufällige, alte rote Scheune. Wir haben keine Aufträge.«

»Wir hatten einen Auftrag, bis du die Corvette zurückgegeben hast.«

»Es ist an der Zeit. Wir hatten ein gutes halbes Jahr. Hatten unsere Freude am Challenger. Aber das Leben geht weiter. Meine Güte, du bist eine Prinzessin.« Al wies auf den Werkstattraum. »Wally und Rafe haben schon ihre Werkzeuge mitgenommen.«

»Die haben ihre Werkzeuge mitgenommen?« Reggie stellte ihr Milchglas ab und sah hinaus. Tatsache, die Wände und Werkbänke waren allesamt leer.

»Rafe hat ein Vorstellungsgespräch bei einer Werkstatt drüben in Pensacola. Die sind seit dreißig Jahren im Geschäft. Gute Bezahlung, gute Arbeit. Wally hat mir letzte Woche gesagt, wenn's mir einerlei ist, wäre er langsam so weit, in den Ruhestand zu gehen.«

»Hmm ... na ja«, sie krempelte die Ärmel ihres Hemdes hoch, »dass wir Wally früher oder später verlieren würden ... Aber Rafe? Warum kann er nicht hierbleiben und den Laden schmeißen?« Sie konnte jetzt nicht so einfach widerstandslos aufgeben.

»Reg, ich habe Rafe auf die Stelle aufmerksam gemacht. Er ist jung, heiratet vielleicht in naher Zukunft, wenn die Geschichte mit Carrie so weiterläuft. Rafe braucht mehr, als wir – ich – ihm im Moment geben können.«

»Aber wir wollten die Firma doch erst aufbauen.« Reggie wandte sich wieder dem Büro zu. »Das hier großmachen, damit wir ein Talent wie Rafe bezahlen können.«

»Reginator«, sagt Al, tief und freundlich, »du kommst nicht zurück.«

»Ich komme wohl zurück.« Sie schlug sich mit der Faust in die Handfläche und posaunte die Worte hinaus, die ihr Herz selbst nicht glaubte. »Natürlich werde ich nicht die ganze Zeit über hier sein, aber es wird schon reichen. Überlege mal, welchen Werbeeffekt wir damit erreichen können, wenn ich Prinzessin bin. Wir könnten das zu unserem Markenzeichen machen. *Lassen Sie ihren Oldtimer von Prinzessin Regina und Marine Master Sergeant Al Love restaurieren.*«

»Reg, mein Mädchen, ich hab dich lieb. Du bist so ungefähr die großzügigste Person, die ich kenne. Aber ich glaube, ich muss ehrlich mit dir sein. Ich wollte nie eine Riesenfirma haben. Wollte gar nicht so viel mehr als das, was wir hatten. An einem Duesi herumzuwerkeln begeistert mich ebenso wie dich, aber nachts schwitze ich meinen Pyjama durch bei dem Gedanken daran, an einem so seltenen, teuren Auto zu arbeiten. Wir sind gut, aber wir haben nicht das nötige Kleingeld, um so ein Projekt zu stemmen.«

»Hatten wir, haben wir ...«

»Siehst du?« Al zeigte auf sie. »Diese Entschlossenheit und der Glaube an dich selbst, das ist nichts für ein Mädchen, das an Autos herumschraubt. Das ist etwas für eine Prinzessin, für eine, die für ihr Volk kämpft, für die Niedergeschlagenen und für die, die keine Stimme haben. Du bist in einer Position, in der du Außergewöhnliches bewirken kannst.«

Seine Worte klangen wie ein Echo dessen, was Susanna Truitt gesagt hatte.

Al nahm einen Donut aus der Schachtel. »Ich habe die Werkstatt nur aufgemacht, weil ich wusste, dass es dir bei Backlund & Backlund so elend ging. Aber tief in meinem Inneren habe ich schon geahnt, dass da noch etwas Größeres auf dich zukommt, Reg.«

»Nein, du hast die Werkstatt aufgemacht, weil wir das, was wir machen, gerne machen.« Es war leicht zu protestieren, wenn die Wahrheit so tief einschnitt.

Al kippelte und biss in seinen Donut. »Weißt du, was ich am Dienstag gemacht habe? Bin mit Urban golfen gegangen. Das war ein Spaß.«

»Du kannst doch immer noch golfen gehen. Klaro, nimm dir hier und da einen Tag dafür frei.« Sie konnte einfach nicht loslassen. Sie brauchte diese alte Werkstatt. Und wenn es nur aus dem Grund war, dass sie sie erdete, wenn die ganze Welt um sie herum verrücktspielte.

»Reg, jetzt komm schon. Ehrlich jetzt? Du kannst das Prinzessin-Sein nicht in den Wind schießen, nur um hier herumzuturnen. Das lasse ich nicht zu. Als du in dieses Flugzeug nach Hessenberg gestiegen bist, wusste ich, dass du auf dem Weg zu was Großem bist.«

»Was ist mit dem Lagerhaus?«

»Mark hat einen Mieter dafür gefunden. Er rief mich an und fragte, ob es in Ordnung sei, einen Rückzieher von unserem Deal zu machen. Ich glaube, er hat gefühlt, was wir alle wussten. Du kommst nicht mehr nach Hause zurück, um an Autos zu arbeiten.«

Tränen füllten ihre Augen. Reggie schlenderte aus der Bürotür zum großen Scheunentor. Glasklares Morgenlicht füllte den Hof, und goldene Lichtbögen drangen zwischen dem Herbstlaub der Magnolien hindurch.

Sie fiel gegen den Türrahmen und trat gegen die Erde. Atmete den Geruch eines Tages in Tallahassee ein, den Geruch einer alten Scheune, die zu einer Autowerkstatt umfunktioniert worden war. Den Geruch des Morgentaus auf dem Gras.

»Reg, mein Mädchen.« Als Stimme drang über ihre Schulter. »Mir scheint, das ist der wichtigste Auftrag deines Lebens: eine ganze Nation zu restaurieren. Den Namen deiner Familie und dein Erbe wieder herzurichten. Willst du dich an dem festhalten, von dem du nur dachtest, dass du das wärst? Willst du diese unglaubliche Gelegenheit verpassen?« Ihr Freund und Mentor stellte seine Schuhspitzen an den Rand des Scheunenbodens. »Da muss ich dir schon sagen, dass ich von dir enttäuscht wäre, wenn du diese alte Scheune einem Palast vorziehst. Hier hält dich doch nichts außer deinen Ängsten. Vielleicht noch deine Sturheit. Du kannst die Werkstatt ja halten, wenn du willst, aber ich jedenfalls gehe in Rente.«

Reggie verlor den Kampf gegen ihre Tränen. »Du kannst ruhig darauf wetten, dass ich Angst habe. Alles verändert sich so schnell, Al.«

Sie strich mit der Hand über ihre Wangen und wischte die Tränen weg. In ihrer Tasche vibrierte ihr Telefon. Sie zog es heraus und las, was auf dem Bildschirm stand. »Es ist Clarence. Der will wissen, wo ich bin.«

»Wer ist Clarence?«

Reggie grinste. »Mein Sicherheitsmann.«

»Ja, ja, schau, schau.« Al verschränkte die Arme und lehnte sich übertrieben weit nach hinten. »Unser Mädchen kommt mit einem Leibwächter daher.«

»Tanner hätte mich sonst nicht gehen lassen.«

»Kann nicht sagen, dass ich ihm das übel nehme«, sagte Al und blickte auf den Hof hinaus. »Wie geht's dem alten Burschen?«

»Gut.« Ihre Wangen wurden heiß, und sie wusste, dass ihr ihre Gefühle ins Gesicht geschrieben standen.

»Sehr gut, ich verstehe schon.« Al klatschte lachend in die Hände. »Oh, Reginator, siehst du denn den Wald vor lauter Bäumen nicht? Der Herr segnet dich. Weißt du, wie man am besten mit Veränderung umgeht? Spring rein und halt dich fest. Als ich damals zu den Marines ging, war ich ein schwarzer Junge aus den Südstaaten, und die Jim-Crow-Gesetze waren noch nicht lange ausgesetzt. Ich hatte eine Riesenangst. Aber ich bin hin. Das war die beste Entscheidung, die ich je getroffen habe. Angst ist ein Blender. Ein grausamer Lehrmeister. Lass dich nicht von ihr beherrschen. Du hast deine Lehre abgeschlossen. Jetzt ist es an der Zeit, deine wahre Berufung in Angriff zu nehmen.« Al ergriff sie an den Schultern. »Nimm sie an.«

SECHSUNDZWANZIG

Tanner kam am Sonntagabend müde und irritiert nach Hause. Ein paar seiner Kumpels hatten angerufen und ihn zum Abendessen eingeladen, und er hatte sich gedacht, warum nicht? Er hatte schon lange keinen Abend mehr mit Freunden verbracht.

Außerdem würde ihn das von den Gedanken an Regina ablenken.

Aber die Männergespräche waren grob und deftig und drehten sich um die Frauen, mit denen die Jungs ins Bett gingen oder gehen wollten. Je länger Tanner dabeisaß, desto schmutziger fühlte er sich. Als Fin anfing, bei einer Anekdote über eine »Schnecke«, die er in Südfrankreich kennengelernt hatte, ins Detail zu gehen, verabschiedete sich Tanner.

Vor drei Monaten noch wäre er der Unterhaltung gefolgt, hätte gelacht und seine Freunde vielleicht beneidet. Aber in Regina war ihm etwas Schönes und Reines begegnet, und dieses Bild wollte er nicht besudeln.

Er knipste das Licht an, als er die Wohnung betrat, und schaute sich um. Regina oder nicht Regina, er musste irgendwie Leben in die Bude hier bekommen. Wenn Bella und Britta jetzt, in diesem Moment, hier hereinkämen, würde sie schreiend wegrennen und ihrer Mutter vorwerfen, sie in eine Gefängniszelle zu stecken. Nun, es war vielleicht keine Gefängniszelle, strahlte aber ungefähr genauso viel Wärme aus.

Nach einer schnellen Dusche machte er sich ein Sandwich – seine Abendessen waren billig, aber leicht – und zappte sich durchs Fernsehprogramm, wo er nach Unterhaltung und Ablenkung suchte.

Er entschied sich für eine Wiederholung von *Doc Martin,* als sein Telefon auf dem Beistelltisch vibrierte. Tanner schnappte es sich und warf in der Hoffnung, es wäre Regina, einen Blick auf das Display.

Trude. Er nahm seinen Mut zusammen und ging ran.

»Tanner, tut mir leid, dass ich dich so spät an einem Sonntag anrufe, aber du gehst ja sowieso nie irgendwohin ...«

»Trude. Was kann ich für dich tun?« Er musste sich nicht auch noch von ihr an seine jämmerliche Existenz erinnern lassen.

»Evan und ich hatten gerade einen furchtbaren Streit mit den Mädchen.« Ihre Stimme zitterte. »Ich habe ihnen die ganze Wahrheit gesagt. Über dich, mich und Reese ...«

»Die ganze Wahrheit?«

»Abzüglich einiger intimer Details natürlich. Egal. Jedenfalls haben wir ihnen heute Abend von der Hochzeit und dem Umzug nach Amerika erzählt.«

»Ihr habt die ganze Ladung auf einmal abgeworfen?« Er ging um die Kücheninsel herum und stellte seinen Teller auf die leere Arbeitsfläche.

»Ich hatte das gar nicht vorgehabt, aber eins führte zum anderen« – *na, das kennen wir ja schon* –, »und auf einmal stehe ich da und plaudere alles aus. So eine Situation würde ich meinem schlimmsten Feind nicht wünschen. Dem Himmel sei Dank, dass Evan da war. Der blieb ruhig und besonnen.«

»Und warum rufst du mich jetzt an?«

»Die Mädchen wollen dich sehen.«

Die Hitze seines explodierenden Herzens schoss Feuersalven durch seine ganze Brust. »Jetzt?« Er sah sich in der Wohnung um. Kahle. Langweilige. Wohnung.

»Morgen, nach der Schule. Sie wollen deine Wohnung sehen.«

»Sie wollen hierherkommen?« Tanner ging zurück ins Wohnzimmer. »Morgen?« Ob er wohl Zeit genug hatte, bis dahin einen Innenarchitekten zu engagieren?

»Wie wäre es mit halb fünf? Tanner?«

»Halb fünf?«

»Sagst du jetzt zu, oder wiederholst du einfach nur alles, was ich sage?«, sagte sie halb schnippisch, halb schluchzend. »Was habe ich nur wieder für ein Schlamassel aus allem gemacht. Sie hassen mich, und ich kann es ihnen nicht verübeln.«

»Sie hassen dich nicht.«

»Dann sollten sie das aber. Ich verdiene es nicht anders.«

»Stopp. Das ist mein Spruch. Halb fünf ist gut. Ruf mich um halb vier bitte noch einmal an, damit wir sichergehen können, dass nichts Dringendes dazwischengekommen ist.«

»Danke, Tanner. Danke.«

Nachdem sie versichert hatte, dass sie die Adresse hatte, fragte Trude: »Ist es wahr? Haben wir wirklich wieder eine Prinzessin?«

»Ja, es ist wahr.«

»Wie ist sie so? Die Mädchen würden sie unglaublich gerne kennenlernen.«

»Sie ist schwer in Ordnung.«

»Schwer in Ordnung?« Trude lachte. »Sie ist aber doch keiner deiner Kumpels im Rugby Club, Tanner. Oder etwa doch?«

»Sie *ist* schwer in Ordnung. Sie hat die Nachricht, dass sie unsere lange verschollene Prinzessin sein soll, wie ein Profi aufgenommen. Sie wird die Sache hervorragend meistern.« Wenn sie denn nach Hessenberg zurückkommt. »War sonst noch etwas? Außer morgen, halb fünf?«

»Nein. Wunderbar. Wir sehen uns dann.« Trude legte auf.

Einen Moment lang fühlte sich Tanner wie betäubt. Seine Mädchen kamen ihn in seiner Wohnung besuchen. Dann lächelte er. Eine aufgekratzte Zufriedenheit reinigte ihn von der Schmiere, mit der ihn der Abend mit seinen Freunden überschüttet hatte.

Seine Mädchen wollten ihn sehen.

Jetzt, wo er Kontakt zu ihnen aufgenommen hatte, wo er eine Chance hatte, tatsächlich ihr Papa zu sein, konnte er nicht wieder zu dem rein geschäftlichen, spaßbefreiten, stoischen Tanner Burkhardt werden, der er gewesen war.

Sieht so aus, als wäre Regina nicht die Einzige, die neue Wege einschlägt.

Er starrte sein Telefon an und dachte darüber nach, sie anzurufen und ihr die Neuigkeiten mitzuteilen. Aber dann überlegte er es sich anders. Lass ihr etwas Luft. Das ist ihre Zeit mit ihrer Familie und ihren Freunden.

Tanner kehrte in die Küche zurück, stellte sich an den Tresen, aß sein Sandwich auf und dachte, es wäre an der Zeit, sich einmal das Gästezimmer anzuschauen.

Das Gästezimmer war ein sehr großer Raum mit einer umwerfenden Aussicht auf die Stadt. Er benutzte es hauptsächlich als Lagerraum.

Tanner knipste das Licht an, musterte die Umzugskartons und den schweren Boxsack, der in der Ecke hing.

Dann brach er seine Grundregel. »Herr, ich danke dir dafür, dass du mir eine zweite Chance gibst. Sie ist unbegründet und unverdient.«

Er ließ sein Gebet ohne Amen stehen, wartete auch nicht auf eine heilige Antwort, sondern fing umgehend an, sich in das Durcheinander im Zimmer einzugraben und den Inhalt der Kisten auszusortieren.

Er war halb durch den zweiten Karton, das meiste war sowieso Müll, als sein Telefon klingelte.

Regina. Sein Herz machte einen Purzelbaum.

»Hey«, sagte sie. »Ich bin's.«

»Hättest du das gedacht? Ich bin's auch.«

Sie lachte, und er fühlte sich mit einem Schlag runderneuert. »Wie geht es dir?« Tanner setzte sich auf die Kante der nächsten halbwegs stabil aussehenden Kiste.

»Mir geht's gut.«

Stille.

»Du, sag mal«, er fuhr sich mit den Fingern durchs Haar und schob sich die Locken aus der Stirn, »die Mädchen kommen morgen nach der Schule bei mir vorbei. Sie wollen mich mal sehen ... und die Wohnung.«

»Yay, Tanner! Das ist doch super.« Ihr Südstaatensäuseln ließ ihn lächeln. Er sehnte sich nach ihr. »Also lässt Trude sie bei dir einziehen?«

»Wie es scheint, wird das hier unser Testlauf. Mal sehen, wie wir uns verstehen. Aber meine Wohnung sieht ein bisschen aus wie die Höhle eines grantigen alten Junggesellen. Die Einrichtung ist schwarz, weiß und langweilig.«

»Fahr zu Target oder was wir in der Art eben haben«, ihm gefiel, dass sie *wir* sagte, »und besorg ein paar bunte Sitzsäcke und Dekokissen. Und vielleicht eine schöne Stehlampe, schönes Licht macht viel aus.«

Tanner beeilte sich, Stift und Papier zu suchen. »Brillant. Das ist großartig.«

»Dann geh auf Pinterest und such dort nach Einrichtungsideen für Mädchen in dem Alter. Druck die Sachen aus, die dir gefallen, und hänge die Bilder in ihrem zukünftigen Zimmer auf. Sag ihnen, dass sie sich aussuchen können, wie sie ihr Zimmer einrichten wollen. Da gibt es sicher richtig kreative Vorschläge für Zwillingszimmer. Und hab was Leckeres zu essen im Haus, M&Ms oder Eis oder sowas.«

»Mum kann ihren berühmten Zimtkuchen backen. Den habe ich als Junge geliebt.« Oh, warte, dann würde er Mum aber auch davon erzählen müssen, dass die Mädchen vielleicht bei ihm einzogen. Obwohl Dad ihr das vielleicht schon gesagt hatte. Egal, außergewöhnliche Zeiten verlangten außergewöhnliche Maßnahmen.

»Perfekt. Das sollte ausreichen, um ihnen einen Vorgeschmack zu geben, wie ein Leben mit dir aussehen könnte.«

Tanner legte den Stift beiseite und wurde ernst. »Was ist mit dir, Regina? Kommst du denn nach Hause? Wirst du mal schauen, wie ein Leben mit mir aussehen könnte?«

»Als ich abgereist bin, war ich mir nicht sicher«, sagte sie mit leiser Stimme. »Ich wusste nur, dass ich zumindest wegen des Abkommens und dem ganzen Regierungskram nochmal wiederkommen würde.«

»Ja, dieser ganze Regierungskram.«

»Aber das Leben hier ist vorbei, Tanner.« Ihre Stimme zitterte. »Al schließt die Werkstatt. Rafe zieht vielleicht um. Wally geht in Rente.« Sie seufzte. »Al sagte, ich könnte auf keinen Fall mein Leben als Prinzessin aufgeben, um in einer alten Autowerkstatt herumzuwerkeln.«

»Habe ich dir je gesagt, wie genial ich Al fand, als wir uns kennenlernten?«

»Psst. Du bist doch nur froh, dass er auf deiner Seite ist.«

»Ich werde dich nicht anlügen. Natürlich bin ich froh. Aber das ist deine Entscheidung.«

»Heute Abend haben wir bei Daddy und Sadie ein Barbecue.«

»Und?«

»Und da verabschiede ich mich von allen.«

Tanner grinste. Sein Herz flatterte. War das nicht seine Glücks-, äh, Segensnacht?

»Ich komme nach Hause, Tanner. Morgen komme ich nach Hause.«

Nach Hause. Wie wunderbar das klang.

»Ich bin froh, Regina. So unsagbar froh.«

SIEBENUNDZWANZIG

Die Flammen des Lagerfeuers loderten im Hinterhof von Daddys Haus hoch auf. Reggie saß auf einem Klappstuhl zwischen Sadie und Carrie und hörte Jeb Carwrights Bluegrassband zu, während sie die immer größer werdende Menschenmenge beobachtete.

»Danke, dass ihr das hier macht, Sadie.«

»Reg, bitte. Wir können dich doch nicht ohne eine Abschiedsfeier gehen lassen. Ich wünschte nur, wir hätten die Zeit, mehr zu machen.« Sadie streckte ihren Arm in die Dunkelheit und drückte Reggies Hand. »Ich werde dich hier vermissen, Süße.«

»Ich werde es vermissen hier zu sein.«

»Aber wir fliegen zu Weihnachten rüber«, sagte Sadie und klatschte in die Hände. »Wird das nicht schön?«

Clarence bahnte sich einen Weg zu ihr. In Jeans und Pulli sah er unverfänglich aus, nicht wie ein königlicher Sicherheitsbeamter. Immer wieder ließ er seinen Blick über die Party schweifen um sicherzugehen, dass alles okay war.

»Setzen Sie sich doch, Clarence«, sagte Sadie. »Sie sind hier im Süden. Reg ist mehr als sicher. Ich kann ihnen versichern, dass jeder Mann hier und die meisten Frauen eine Pistole in ihrem Auto haben.« Sie stand auf und besah sich die Feiernden. »Außerdem sind nicht weniger als drei Polizisten hier.«

»Danke vielmals, Ma'am, aber es ist meine Aufgabe, auf sie aufzupassen. Es sind nicht die Polizisten, die sich vor dem König oder dem Volk von Hessenberg verantworten müssen.« Clarence zog seinen Klappstuhl um Reggie herum und setzte sich hinter sie.

So seltsam es war, einen Mann sagen zu hören, dass es seine Aufgabe sei »auf sie aufzupassen«, so sehr fühlte sich Reggie doch in Clarence Wachsamkeit geborgen.

»Na gut, aber dann sagen Sie mir bitte, dass Sie wenigstens etwas gegessen haben«, sagte Sadie, die Banker-Bäckerin.

»Ja, Ma'am. Ich hatte bislang noch nie amerikanisches Barbecue gegessen, und es war wirklich ganz schmackhaft.«

»Gute Güte, dann werde ich Sie aber mit einem guten Rezept nach Hause schicken. Reg kann Ihnen helfen, es zuzubereiten. Dann können Sie sich Damenbesuch einladen und ...« Sadie drehte sich zu ihm um. »Sind Sie verheiratet?«

»Nein, Ma'am.« Clarence breite Backen leuchteten rosa.

»Ganz genau, dann wird nämlich das hier Wunder wirken. Sehen Sie die beiden da drüben?« Sadie zeigte auf Richard und Kathy Fox. »Die haben sich bei einem Teller meines süßen Barbecue-Huhns verliebt.«

»Sadie«, Reggie langte nach vorne und zog Sadies Hand herunter. »Gib ihm einfach das Rezept.« Sie lächelte den großen Mann an. »Aber lass ihn seine Frau auf seine Art finden.«

»Ich meine ja nur. Ein gutes Abendessen hat noch nie geschadet.«

»Ich glaube, wenn Rafe den Job in Pensecola bekommt, macht er mir einen Antrag«, sagte Carrie aus dem Blauen heraus. Sie sprach mehr mit sich selbst als mit Reggie oder Sadie. Oder Clarence.

Reggie schwang herum, um ihr gerade ins Gesicht sehen zu können. »Und was sagst du dann?«

»Ich werde sehr laut und sehr deutlich Ja sagen. Was dachtest du denn? Wobei ich mir nicht vorstellen kann, wie das mit der Planung werden wird, wenn du nicht da bist.« Carrie streckte die Arme nach ihrer Freundin aus und zog sie in eine sanfte Umarmung. »Bist du sicher, dass du losziehen und Prinzessin werden musst?«

»Ja.« Sadie durchschnitt die Luft mit einem Handkantenschlag. Ihr Tonfall war klar und bestimmt. »Das muss sie. Also fang erst gar nicht damit an, Carrie.«

Ja, ja, sie musste. Reggie drückte Sadies Hand und blinzelte ein paar vorwitzige Tränen weg. Sadie schniefte und wischte sich die Augen. »Oh, da ist LeeAnn Burnett ...« Sie sprang von ihrem Stuhl auf. »LeeAnn, ich muss unbedingt mit dir über unsere Weihnachtsaktion dieses Jahr sprechen ...«

»Sie ist eine gute Mutter«, sagte Carrie.

»Die beste.« Reggie lehnte sich in ihrem Stuhl zurück. Doch dann sah sie Mark, der über den Hof ging. »Clarence«, sagte sie beim Aufstehen. »Ich bin mal eben da drüben.«

Sie fing Mark an der Kühlbox mit den Getränken ab.

»So, so, da reist du also ab. Ziehst los, um Prinzessin zu werden.« Er grub eine Limo aus dem Eis und drehte den Deckel auf. »Und ich dachte noch, Al macht Witze, als er sagte, du wärst eine echte Prinzessin. Aber dann hat dein Dad das bestätigt.«

»Es tut mir leid, dass ich weg bin, ohne mit dir gesprochen zu haben. Es ging alles so schnell.«

Ein paar von Sadies Freundinnen kamen auf sie zu und baten sie um ein Foto. Aber Clarence tauchte aus dem Nichts auf und verhinderte den Schnappschuss.

»Keine Meldungen auf Twitter oder Facebook.« Er kletterte auf die Bank des Picknicktischs und legte seine stoische Zurückhaltung ab. »Veröffentlichen Sie bitte keine Fotos Ihrer Majestät. Schreiben Sie nicht auf Twitter oder Facebook über sie. Das ist eine Sicherheitsangelegenheit. Sollten Sie schon Fotos veröffentlicht haben, nehmen Sie sie bitte wieder aus dem Netz.«

Als Clarence von seinem Podest herunterkletterte, lachte Mark spöttisch. »Dein Leibwächter?«

»Gehört zur Stellenbeschreibung.« Reggie bückte sich, um eine Dose aus dem Eis zu fischen. »Einer der Vorteile.« Sie lachte. »Mach dich mal locker. Clarence ist einfach nur super vorsichtig.«

»Das meine ich aber auch.«

»Mark, hey, wir sind doch Freunde, oder? Wir werden immer Freunde sein.« Sie zog die Lasche ihres Rootbeers auf, während das Kondenswasser ihr von der Dose auf die Füße tropfte, die in Flipflops steckten.

»Weißt du, Reg, als ich sagte, wir würden ein starkes Paar abgeben, meinte ich damit nicht, dass du abhauen und ein Königreich erben solltest. Mir hätte es vollkommen gereicht, wenn du Partner in einer Wirtschaftsprüferkanzlei geworden wärst.«

Sie lachte und rammte ihn freundschaftlich mit der Schulter. »Kommst du mich mal in Hessenberg besuchen?«

»Ja, vielleicht. Ich habe hier gerade eine Menge Eisen im Feuer.«

»Manche Dinge ändern sich eben nie.« Sie beugte sich vor, um ihm in die niedergeschlagenen Augen sehen zu können. »Können wir starke Freunde sein?«

Er setzte die Dose an und nahm einen langen Schluck. »Ist nicht dasselbe. Nicht dasselbe.«

»Aber selbst, wenn ich keine Prinzessin wäre ...«

»Ich weiß.« Er starrte geradeaus ins Feuer. »Was sagst du? Wollen wir um der alten Zeiten willen eine Runde fahren?«

»Ich – ich glaube, ich bleibe besser hier.« Reggie neigte den Kopf in Richtung der anderen Partybesucher. »Hier sind noch so viele Menschen, mit denen ich gerne sprechen würde. Außerdem würde mich Clarence nie alleine fahren lassen. In den alten Zeiten gab es eben keine Sicherheitsleute.«

»Na gut. Aber wie wäre es denn mit einem Twostep?«

Reggie gab Mark ihre Hand, und er führte sie zum Tanzboden – eine Fläche aus Sperrholzplatten, die Daddy im Dachboden über der Garage aufbewahrte.

Sie bewegten sich gemeinsam mit den anderen Tänzern über die

Bretter. Die vertrauten Tanzschritte weckten Melancholie in Reggie. Sie würde ihr Zuhause vermissen.

Aber sie sehnte sich auch danach zu entdecken, was vor ihr lag. Sehnte sich danach, die Reise ihres Herzens anzutreten. Mit Hessenberg. Mit Tanner.

Die Melodie wechselte, und Daddy klopfte Mark auf die Schulter. »Bitte um Verzeihung, aber jetzt bin ich mal dran.«

Als Daddy anfing, mit ihr über die Tanzfläche zu schunkeln, drückte Reggie ihre Wange an ihren Felsen, an ihren Daddy, und die Tränen flossen.

»Ich werde dich vermissen, Reg.«

»Ich werde *dich* vermissen, Daddy.« Sie trocknete ihre feuchten Wangen mit dem Handrücken. »Meinst du denn, ich kriege das hin?«

Daddy trat einen Schritt zurück, um ihr besser ins Gesicht sehen zu können. »Ich habe keinen Zweifel daran. Ich weiß einfach, dass deine Mama und deine Uroma im Himmel sitzen und dich anfeuern. Mama würde wollen, dass du fliegst, und, Prinzessin Blümchen, ich will das auch.« Er lachte. »Ich, der Klempnermeister, bin der Vater einer Prinzessin.«

»Ach, aber Daddy, ich werde immer dein Blümchen sein, die stolze Tochter eines Klempnermeisters.«

Tanner kam gerade rechtzeitig nach Hause, um sich vor dem Treffen mit seinen Töchtern umzuziehen. Er schlüpfte in Jeans und Pulli und versuchte es mit dem »Hipper-Papa-Outfit«.

In der Küche stellte er Mums Kuchen so hin, dass man ihn gut sehen konnte. Er wedelte sogar mit der Hand drumherum, um den Duft ein wenig in der Wohnung zu verteilen.

Die Türglocke läutete, und er wischte sich den Dampf von den Händen, bevor er die Tür öffnete.

Die Mädchen trugen ihre Schuluniformen und ihr seidiges blondes Haar fiel ihnen in weichen, großen Locken auf den Rücken. Ihre völlig identisch aussehenden blauen Augen musterten ihn, und, das war ihm schon bei der Geburtstagsfeier aufgefallen, er sah eine Ähnlichkeit mit seiner Mutter in ihren Lächeln und den energischen Kinnen.

»Kommt doch bitte herein. Willkommen.« Er trat beiseite, wechselte einen Blick mit Trude und hoffte darauf, dass sie ihm einen Hinweis auf die Laune der Mädchen geben würde. Sie zog eine Grimasse und rollte mit den Augen.

Was sollte das nun wieder heißen?

»Tanner, du erinnerst dich an Bella«, sie legte die eine Hand auf den Kopf des Mädchens zu ihrer Rechten, »und an Britta«, und die andere auf die Tochter zu ihrer Linken.

»Ich – ich erinnere mich. Wir haben uns ja auf eurer Party unterhalten.« Er erinnerte sich an sie. Als sie klein waren, konnte er sie an ihrer ... Aura? ... unterscheiden. War das das richtige Wort? Bella hatte ein feuriges Funkeln in den Augen, das sie schon als Baby besessen hatte. Britta, die Ernstere der beiden, strahlte eine gewisse entgegenkommende Einfühlsamkeit aus.

Die Mädchen begrüßten ihn, während sie gemeinsam ins Wohnzimmer gingen. Und länger dauerte es nicht, bis die Liebe, die er für sie als Babys und Krabbelkinder empfunden hatte, wieder zum Leben erwachte und seine Seele nährte. Bei der Feier war er im Umgang mit ihnen vorsichtig gewesen, aber jetzt wurde ihm bewusst, dass die acht Jahre Stille sein Herz keinesfalls abgestumpft hatten.

»Hier ist es ja ganz schön leer.«

»Bella«, Trude gab ihr einen Klaps auf den Hinterkopf, »denk an deine Manieren.«

»Du hast Recht, es ist ziemlich kahl hier«, sagte Tanner. »Ich – ich bin nicht sehr oft hier.«

»Arbeitest du viel?«, fragte Britta leise.

»Ja, aber ich könnte von zu Hause aus arbeiten, wenn ihr euch dazu entscheidet, hier zu leben.«

»Wir sind keine kleinen Kinder«, sagte Bella. »Wir brauchen keinen Aufpasser.«

»Tanner, wir haben einen Wagen, der die Mädchen zur Schule bringt und wieder abholt. Bis sie mit ihrem Nachmittagsprogramm fertig sind, ist es längst Teezeit.«

»Was ist das denn für ein Nachmittagsprogramm?«

»Ich spiele Lacrosse.« Britta tippte sich auf die Brust. Dann zeigte sie mit dem Daumen auf ihre Schwester. »Sie ist ein Chorvögelchen.«

Tanner versuchte, nicht zu lachen. Er hätte aufgrund ihrer Persönlichkeit die Aktivitäten genau andersherum vermutet. Da war er weniger als eine Minute zurück im Elterndienst und wurde schon eines Besseren belehrt.

»Sie sehen sich ähnlich, aber das war's dann auch schon mit den Gemeinsamkeiten«, sagte Trude. »Britta mag Achterbahnen, aber Bella hat Höhenangst.«

»Ich mag das Spukschloss«, sagte Bella. »*Sie* hat Angst vor ihrem eigenen Schatten.«

»Mum, sag ihr, sie soll aufhören, das zu sagen.«

»Wollt ihr jetzt vor Tanners Augen streiten? Wollt ihr so auf Nummer sicher gehen, dass ihr hier nicht einziehen müsst?«

»Wir haben nicht gesagt, dass wir nicht bei ihm leben wollen.« Bella bummelte zum Fenster und guckte hinaus.

»Ihr müsst ja nicht hier leben«, sagte Trude. »Wir haben doch darüber gesprochen. Evan und ich fänden es völlig in Ordnung, wenn ihr mit nach Amerika kommt.«

»Was ist mit Scarborough?« Trude würgte Tanners Frage mit einem einzigen Blick ab. Ah, scheinbar hatte sie eine Strategie, und er warf die gerade über den Haufen.

»Aber ich soll doch nächstes Jahr Mannschaftskapitän werden.« Britta wandte sich an ihre Mutter.

»Und ich will für den großen Chor vorsingen.« Bella sah Tanner an, als wollte sie ihn um Unterstützung bitten.

»Aber Mädchen, das ist doch noch ein ganzes Jahr hin«, sagte Trude, die Tanner verschwörerisch zuzuwinkerte.

»Aber wenn wir nach Amerika umziehen, verlieren wir unsere Plätze.«

»Sind wir denn nicht deswegen jetzt hier? Um mal zu schauen, ob ihr bei eurem Vater leben wollt?«

Vater. Das Wort klang so fremd. Aber auch so gut.

Britta nahm ihn am Arm. »Kennst du die Prinzessin?«

»Ja, die kenne ich.« Sehr gut sogar.

»Können wir sie kennenlernen?«

»Ich glaube, das lässt sich einrichten.«

»Ist sie nett? Für eine Amerikanerin?«

»Sie ist sehr nett.«

Die Mädchen quietschten und steckten die Köpfe zusammen. »Mary Margaret wird grün vor Neid werden, wenn wir ihr das erzählen.«

»Ach Mädels, fangt jetzt nicht an, damit herumzuprotzen. Seid nett.« Trude sah Tanner grinsend an und zuckte mit den Schultern. »Ich würde sie ja selbst gerne treffen.«

»Ich werde sie zum Tee mit der Familie einladen. Mum hat sie auch noch nicht kennengelernt.« Tanner tippte beiden Mädchen leicht auf den Kopf. »Aber am liebsten würde Mum natürlich euch beide kennenlernen.«

Das Gespräch wurde in Überschallgeschwindigkeit fortgeführt. Die

Mädchen sprachen so schnell, dass Tanner sich nicht mehr sicher war, ob sie tatsächlich echte Worte verwendeten. Trude war mittendrin in ihrem Austausch. Oh nein, wie sollte er sich nur jemals durch das Leben und das Schicksal von zehnjährigen Zwillingen navigieren?

Immerhin schnappten sie zwischendurch mal nach Luft. Er versuchte, einen Fuß in die Tür zu kriegen. »Wollt ihr euer Zimmer sehen?«

Und schon ging das Schnellfeuergequassel weiter.

Er hatte seine Mitarbeiterin Marissa angeworben, ihm mit den Sitzsäcken und den Dekokissen zu helfen. Und Tanner hatte mit Louis den ganzen Morgen darauf verwendet, seine Pinterest-Funde - eine wirklich klasse Seite - auszudrucken.

Tanner führte die Mädchen den kurzen Flur hinunter und knipste die Stehlampe an. Sie verlieh dem normalerweise so streng wirkenden Raum ein warmes, einladendes Gesicht. Die Lichter, die in der Stadt gerade angingen, setzten lauter kleine Punkte auf das große Panoramafenster, und selbst Tanner kam die Szenerie magisch vor.

»Wow, Mum, sieh mal. Wir können ja die ganze Stadt sehen.« Die Zwillinge drückten sich die Nasen am Fenster platt.

»Oh, Tanner, das ist ja der Hammer.«

»Ich dachte, ihr könntet euch selbst aussuchen, wie ihr euer Zimmer einrichten wollt. Ich habe ein paar Vorschläge ausgedruckt.« Tanner wies auf die Bilder an der Wand. Er war nervös, wenn nicht sogar ein wenig übermütig. »Hier ist eines, wo Zwillinge den Raum in der Mitte geteilt haben.«

»Guck mal, Bella, ist das hier nicht super?« Britta beugte sich zu den Bildern vor. Sie fragte Tanner, ob sie sich wirklich irgendetwas davon aussuchen könnten, und quietschte, als er das bestätigte.

Trude ging in die Küche und kam mit Tellern, Gabeln und dem Zimtkuchen wieder.

»Wollen wir in eurem neuen Zimmer essen? Bella, schau mal, ein violetter Sitzsack. Deine Lieblingsfarbe.«

Tanner hörte zu, während die Mädchen redeten. Er versuchte, einen Zugang zu ihrer Welt zu finden. Als er sich mit seinem Kuchen auf den Boden setzte und sich gerade fragte, ob das nach all der Aufregung auch wirklich funktionieren konnte, sah er auf und bemerkte, wie Britta ihren Sitzsack näher zu ihm hinüberschob.

Sie lächelte, als sich ihre Blicke trafen. Sein Mund wurde trocken, und sein Herzschlag morste *V-a-t-e-r-l-i-e-b-e.*

»Ich glaube, ich werde gerne hier wohnen.«

»Ich auch«, sagte Bella.

»Es wird nicht leicht werden, Mädchen.« Trude wechselte einen Blick mit Tanner. »Euer Papa war lange Single.« *Euer Papa, euer Papa ...* Es gab keine schöneren Worte, außer *Ich liebe dich.* »Und wir werden voneinander getrennt sein. Denkt mal darüber nach.«

Britta starrte Tanner an. Dann lehnte sie sich mit ernster Miene zu ihm hinüber. »Ich erinnere mich an dich«, flüsterte sie.

Er verschluckte sich an seinem Kuchen. Die Krümel blieben ihm in der trockenen Kehle stecken. »Du – du erinnerst dich? Von der Party?«

»Nein, von damals, als ich klein war.« Mit einem schüchternen Lächeln sah sie wieder auf ihren Teller hinunter. Ihr goldenes Haar fiel ihr ins Gesicht.

»Wenn wir hier sind«, sagte Bella, »dann wird Tanner – Papa – kein einsamer Junggeselle mehr sein, Mum. Er braucht uns.«

»Also, Mädchen, malt euch jetzt bloß nicht ...«

»Sie hat ja Recht, Trude.« Tanner legte ihr eine Hand auf die Schulter. »Ich brauche sie wirklich.« Und er hoffte, dass sie ihn auch brauchten. »Aber es wird bestimmt kein Spaziergang werden.«

»Na und?« Bella zuckte mit den Schultern. »Dann lernen wir eben alle zusammen.«

Tanner versuchte, seinen Kuchen aufzuessen, aber er hatte jeden Appetit auf die Süße des Gebäcks verloren. Seine Mädchen in seiner Wohnung zu haben überwältigte alle seine Sinne. Zum ersten Mal seit sehr langer Zeit hatte er das Gefühl, dass er wirklich sein Leben lebte. Tatsächlich zu Hause war.

Er lauschte, während die Mädchen sich mit Trude unterhielten, und mischte sich in die Unterhaltung, wenn er konnte, aber er mochte auch einfach den Klang ihres Geschnatters. Die alte Wohnung hatte lange genug unter seinem Schweigen gelitten.

Die Mädchen waren gerade mitten in einer angeregten Diskussion über die Pinterest-Ausdrucke, als Tanners Telefon den Eingang einer Nachricht meldete. Er zog es aus seiner Tasche. Eine Textbotschaft von König Nathaniel II.

EuGH nimmt die Petition an. Debatte beginnt morgen früh.

Tanner entschuldigte sich für einen Augenblick. Gott sei Dank kam Regina zurück. Hessenberg brauchte sie.

Als er mit der Absicht, Louis anzurufen, das Zimmer verließ, erhaschte er einen Blick auf sein Spiegelbild in der dunklen Fensterscheibe. Er hielt inne und berührte seinen Scheitel. Das Schwatzen der Mädchen umgab ihn.

Sein Leben veränderte sich. Er veränderte sich. Und er brauchte diese langen, sturen Locken nun endlich nicht mehr.

An einem Freitagabend Mitte Oktober senkte sich die Abenddämmerung auf Strauberg, während Reggie mit Tanner Richtung Fence & Anchor unterwegs war.

Nachdem er an einer roten Ampel gebremst hatte, beugte er sich zu ihr. »Regina, Liebes, schau mal hier rüber. Du hast da etwas am Auge.«

»Echt?« Reggie schlug nach ihren Ponyfransen, wie man nach einer Fliege schlägt, und pustete mit vorgestreckter Unterlippe die Haarspitzen hoch. Morgen früh hatte sie glücklicherweise einen Termin bei einem Friseur, den Melinda empfohlen hatte. Endlich.

»Ja, siehst du, genau da ...« Tanner schob die Haare beiseite und küsste ihr rechtes Auge, dann ihr linkes, dann die Nasenspitze. Und dann – oh, zuletzt – ihre kribbeligen Lippen.

Sie schob ihm die Hand in den Nacken und erwiderte seine Zuneigung. Seit vier Tagen war sie nun zu Hause, und ihre Kussquote war schwer im Rückstand. Es schien, als käme immer jemand vorbei, sobald sie auch nur einen Moment für sich hatten. Louis. Jarvis. Serena. Ein Mitarbeiter. Ein Fotograf.

Deshalb küssten sie sich an roten Ampeln wie ein Teenagerpärchen.

Als er sie am Flughafen begrüßte, erkannte sie ihn erst gar nicht mit seinem ordentlichen Kurzhaarschnitt, aber jetzt, oh, jetzt sah sie jeden Winkel und jede Kontur seines feinen Gesichts. Das Gesicht des Mannes, den sie in diesem Leben an ihrer Seite wissen wollte.

Ein grünes Leuchten fiel auf die Windschutzscheibe, und hinter ihnen hupte es.

Tanners Kuss verwandelte sich in ein Lachen. »Manchen fehlt echt jeder Sinn für Romantik.«

»Furchtbar ist das.«

Tanner fuhr weiter. »Bist du sicher, dass du ins Fence & Anchor willst? Wir können an einen schöneren Ort fahren.«

»Das Fence & Anchor, bitte. Die Leute da sind meine Art Leute. Solche, die die Woche über hart arbeiten und sich dann am Wochenende mit ihren Freunden treffen, um ein wenig Dampf abzulassen.« Sie zog ihre Hand aus seiner, setzte sich aufrechter hin und sah aus dem

Fenster. Sie beobachtete, wie die Sturmwolken sich zusammenzogen und die letzten goldenen Ranken der Abenddämmerung versteckten. »Ich bin letztens nicht dazu gekommen, auch nur einen einzigen Bissen von meinem Eintopf zu kosten. Und mir sind seitdem immer wieder Phantomgerüche in die Nase gestiegen, die mir das Wasser im Munde zusammenlaufen lassen.«

»Das Fence & Anchor wird begeistert sein, dich willkommen zu heißen.«

»Also, Tanner, die Mädchen ...«, sagte Reggie. »Die ziehen am Tag nach Weihnachten bei dir ein. Bist du aufgeregt?«

»Mir geht die Muffe.« Er lachte, ein angenehmer Klang, der einen Funken in seinen blauen Augen entfachte. »Aber für den Anfang kommen sie an den Wochenenden zu mir.«

»Ich werde für dich da sein.« Sie legte ihre Hand auf seine und drückte sie. »So wie du mich brauchen kannst jedenfalls. Ich möchte mich nicht einmischen.«

»Machst du Witze? Die lieben dich doch.«

»Ach, sie sind fasziniert von Prinzessin Regina, die sie gestern ein paar Minuten lang kennengelernt haben. Warte nur, bis sie Reggie Beswick aus Tallahassee über den Weg laufen. Dann werden Sie dich bitten, mich loszuwerden.«

»Das muss ich sehen.«

»Na, schön wird das nicht.« Sie zog eine Grimasse, und er lachte. Neben dem Küssen war es ihr neuer Lieblingssport, mit ihm zu lachen. Sie liebte es, wie die Freude ihn in eine sanfte, umgängliche, selbstsichere Seele verwandelte, anstatt des ernsthaften, steifen, in sich zurückgezogenen Mannes, den sie in Tally getroffen hatte.

Tanner nahm die Nächste links und lenkte den Wagen durch eine schmale Straße, um an der Seite des Fence & Anchor zu parken. Nigel und Jace, das zweite Sicherheitsteam, parkte neben ihnen.

Beim Aussteigen atmete Reggie den Duft der Stadt und die von der Bucht herüberwehende Meeresluft ein. Die Note wurde ihr allmählich vertraut. In der Entfernung blies das Horn eines Dampfschiffs, und für den Bruchteil einer Sekunde befand sich Reggie in einer anderen Zeit, in einem gänzlich anderen Leben.

Tanner trat hinter sie und berührte sie leicht an der Schulter.

»Meinst du, sie haben uns gesehen?«, flüsterte sie und neigte ihren Kopf kaum merklich zu den breitschultrigen Männern in den dunklen Anzügen.

»Was glaubst du, warum ich mich von ihnen abgesetzt habe und vor dem LKW eingeschert bin?«

Sie stieß ihn mit der Hüfte an. »Schlauer Bursche.«

Auf der anderen Straßenseite verlangsamten ein paar Frauen ihren Schritt, zeigten auf sie und hoben dann ihre Handys in ihre Richtung. Reggie trat an den Bordstein, lächelte und winkte. Die beiden stießen einander an, kicherten und zielten, um weiter Schnappschüsse zu erhaschen.

Aber Nigel trat vor Reggie und beendete die spontane Foto-Session, indem er sie hineinbegleitete. »Hier drinnen ist es sicherer«, sagte er.

Die Atmosphäre des vollgestopften, lärmenden Fence & Anchor umfing sie, während Gemma auf sie zueilte, um sie zu begrüßen. »Willkommen, Ihre Majestät, herzlich willkommen. Wir haben ein Séparée ganz hinten für Sie reserviert.«

Sie begann, die Reihe der Séparées entlangzugehen, aber Tanner nahm sie am Arm. »Gemma, wir werden keine Horde Fotografen vor der Tür vorfinden, wenn wir wieder gehen, oder?«

Ihr Blick verfinsterte sich. »Nein, Sir.« Mit einem Ruck befreite sie ihren Arm. »Für was für eine Sorte Frau halten sie mich eigentlich?«

»Genau, wie ich es mir dachte«, sagte Tanner. »Für eine, auf die wir uns verlassen können.«

Sie schnaubte, zupfte sich den Rock zurecht und führte sie hocherhobenen Hauptes zu ihrem Séparée.

Reggie mochte die Atmosphäre ausgesprochen gern, und es zog sie hinein ins Gewühl, zu den vielen Stimmen, sogar zu dem lärmenden Fernsehmoderator ...

»Gemma«, fragte sie, »können wir nicht hier draußen bei allen anderen sitzen?«

»Ich habe das Séparée ganz hinten ... wie beim letzten Mal.« Gemma warf Tanner einen nervösen Blick zu.

»Regina«, er beugte sich zu ihr, »hinten ist es sicherer.«

»Ich werde kein Leben in Angst führen. Wenn wir das hier durchziehen wollen, dann lass es uns auch durchziehen. Nigel und Jace sind hier. Was kann schon passieren?«

»Ich hätte zwei Tische gleich hier«, sagte Gemma. »Stan, Pip, husch, husch.« Sie versuchte, einen jungen Arbeiter mit einem Schubs an der Schulter zum Aufstehen zu bewegen.

»Gemma, nein, bitte verscheuche sie nicht von ihrem Tisch. Die Tische da drüben sind völlig in Ordnung.« Reggie drängte sich um Stan und Pip herum zu zwei Tischen in der Nähe der Bar, die sie eigenhändig zusammenschob.

Inzwischen vibrierte das Pub regelrecht. Die Atmosphäre veränderte sich.

»Die Prinzessin ...«

»Wo?«

»Da ...«

»Hübsch ... Sie sieht ja aus wie eine von uns ...«

Vielleicht war das ihr Vorteil. Sie war eine von ihnen.

»Sind Sie es?« Eine junge Frau mit lilafarbenem Haar und einem Lippenpiercing trat vor. »Die Prinzessin?«

»Die bin ich, ja.«

»Bitte, wir sind doch nur zum Abendessen hier.« Tanner versuchte, die junge Frau zu blockieren. »Gehen Sie zurück an Ihren Tisch.«

»Warte, Tanner. Das geht schon in Ordnung.« Reggie bot der jungen Frau die Hand an. »Wie heißen Sie?«

»Jayel Carmichael. Ich arbeite hier um die Ecke bei Gilden.«

Andere Besucher begannen, sich um sie zu versammeln. Nigels tiefes »Bitte Platz machen ... Abstand halten ...« wurde vollständig ignoriert.

Reggie zeichnete sich im Inneren schon einen Weg zum Ausgang, nur für den Notfall, aber sie sah und fühlte hier noch keine Bedrohung.

»Was halten Sie denn davon, dass Hessenberg eine Prinzessin hat, Jayel?«

»Warum nicht, das sage ich. Eine königliche Familie kann einem Land eine Menge Gutes bringen. Besonders einem kleinen Herzogtum wie uns.«

»Der Gouverneur sieht das anders«, ertönte eine starke Stimme hinter Reggie.

»Ja, ja, das Großmaul von einem Gouverneur kann sich mal wieder schön abregen. Der will ja nur selbst das Sagen haben.«

Die Stimmen im Pub erhoben sich wie ein Donnergrollen.

»Das sage ich auch.«

»Und, was soll das jetzt?« Das kam von einem weiblichen Gast. »Er ist ein guter Mann, der sein Land liebt und ihm treu gedient hat ...«

»War Prinzessin Alice wirklich Ihre Urgroßmutter?« Eine leise, sanfte Stimme unterbrach die Frau.

»... und er kennt unsere Kultur und unsere Gesetze. Ich vertraue dem Gouverneur.«

»Ja, meine Uroma war wirklich Prinzessin Alice.« Reggie stellte sich auf ihre Zehenspitzen. »Und ich stimme der Frau auf jeden Fall zu, die sagt, dass der Gouverneur diesem Land gut gedient hat. Die Kultur und die Gesetze kennt er wirklich sehr genau.«

»Was machen Sie dann also bitte schön hier und mischen sich ein?«

»Alle mal herhören«, Jayel kletterte auf einen Stuhl und machte beschwichtigende Handbewegungen, um den Lärm zu dämpfen, »sie hat uns davor bewahrt, für den Rest unseres Lebens eine Provinz Brightons zu werden. *Das* macht sie hier.«

»Kannten Sie ihre Uromi?«, fragte jemand anderes.

»Ja, ich kannte sie.« Reggie drehte sich um, versuchte, die Stimmen Gesichtern zuzuordnen. »Sie starb, als ich zwölf war.«

»Sie ist echt, genau wie wir«, sagte Jayel mit einer Wahlkampfstimme. »Wird Familie haben und den ganzen Rest, nehme ich an.«

»Also, also, was soll das denn alles jetzt?« Eine donnernde Stimme teilte die Menschenmenge. »Da kommt man her, um was zu essen, und dann hält eine Prinzessin den ganzen Betrieb auf.«

Keeton Lombard III. »Hallo, Mr. Lombard.« Reggie lächelte den älteren Mann an.

»Ihre Majestät.« Er zog sich die Mütze vom Kopf und verbeugte sich. »Zu Ihren Diensten.« Die Falten um seine Augen schienen tiefer zu sein als bei ihrer ersten Begegnung, aber in seinen Augen lag pure Lebensfreude. »Geht mal beiseite, Leute, damit die Prinzessin sich setzen kann.« Er griff nach einem Stuhl hinter einem Mann an einem anderen Tisch. »Stört dich doch nicht, Pembrook, oder?«

»Bitte, Keeton. Lassen Sie Mr. Pembrook sein Abendessen.«

»Hör sich einer die an. Lass mich in Ruhe meinen Tee trinken, Lombard.« Mr. Pembrook sah wütend zu ihr auf. »Ich für meinen Teil halte mich an den Gouverneur. Die Zeit der Königshäuser ist vorbei.«

Das Gepolter der Menge schwoll an.

»Königshäuser sind eine Last. Schlucken die Staatsfinanzen ...«

»Schlucken? *Sie bringen Geld ein.* Tourismus und ...«

»Tourismus?« Der Mann sagte lachend etwas Unflätiges. »Die Menschen müssen der Krone Steuern für genau den Grund und Boden bezahlen, auf dem die Touristen herumlaufen. Tourismus? Was für ein Stuss!«

»Wir können Reformen durchführen.« Zu guter Letzt beteiligte sich nun auch Tanner an der Unterhaltung. »Bei der Bodenordnung, darüber, wie das Eigentum der Krone verwaltet wird.«

»Wie wäre es damit, das Land den Earls zurückzugeben, die es wegen dieses verdammten Erblehens verloren haben?«

»Ganz genau. Wir brauchen keine Königin. Wir sind hier alle gleich und haben das Recht auf einen Neuanfang mit einer neuen Regierung.«

Die Menschenmenge brodelte. Stimmen der Zwietracht schossen zwischen den Pubgängern hin und her.

»Ich finde es klasse, eine Prinzessin zu haben.« Jayel warf die Arme in die Luft, als ob das ihrem emotional aufgeladenen Argument helfen könnte. »Sie ist gut für uns. Sie ist direkt mit dem Großherzog verwandt. Das sollte doch etwas zu bedeuten haben.«

»Ich habe da auch noch eine Frage.« Ein älterer Mann in einem feinen Anzug und einer ordentlich gebundenen Krawatte erschien zwischen zwei Frauen. »Wie wollen Sie, eine Amerikanerin, uns helfen, unsere Identität wiederzufinden? Uns helfen wiederzuentdecken, wer wir sind?«

»Tobias«, sprach Keeton ihn direkt an. »Lass dem Mädel Luft. Sie hat ja gerade erst selbst herausgefunden, dass sie eine lange verschollene Prinzessin ist.«

»Ich – das weiß ich nicht«, sagte Reggie. »Wir können zusammen lernen.«

Gelächter kräuselte die Oberfläche der aufgebrachten Gruppe. Sie zuckte zusammen. Sie klang wirklich ein bisschen wie jemand aus der Sesamstraße.

»Wir tun, was wir können, um die Archive hierherzuholen, Mr. ...« Tanner bot seine Hand dar, aber der Mann nahm sie nicht an.

»Horowitz. Tobias Horowitz. Archive können meine Frage nicht beantworten. Kann die Prinzessin uns helfen, unsere *Identität* zu finden? Herauszufinden, wer wir hier drin sind?«, er schlug sich die Hand aufs Herz. »Oder ist Seamus Fitzsimmons besser dafür geeignet?«

»Was meinen Sie, unsere Identität finden?« Tanner öffnete seinen Jackettknopf und lockerte die Krawatte. Seine blauen Augen leuchteten, und ein roter Schimmer bedeckte seine markanten Wangen. Reggie liebte es, wenn sich seine Leidenschaft auf seinem Gesicht ausdrückte. Die aufsteigende Röte war ein sicheres Zeichen, dass er in diesem Moment voll bei der Sache war. Sie war ihr schon aufgefallen, als er sie am Flughafen abgeholt hatte und sie küsste, noch bevor sie Hallo gesagt hatten.

»Wie will dieses Küken«, Tobias sah flüchtig zu Reggie, »nichts für ungut ...«

»Geht schon klar.«

»Wie will sie wieder deutlich machen, was es bedeutet, ein Hessenberger zu sein? Uns an die alten Zeiten erinnern? An unseren Stolz. Unsere Geschichte. Daran, was unsere Eltern und Großeltern *fühlten.*«

»Identität?«, fragte Pembrook. »Horowitz, hast du dein letztes bisschen Verstand verloren? Was ist denn mit unserer Wirtschaft?«

Und so debattierte das ganze Lokal – ihre Seite, seine Seite, ihrer aller Seite. Sogar die Bedienungen und die Barkeeper mischten sich ein. Reggie fühlte eine Enge in ihrer Brust, und einen Moment lang musste sie sich richtig anstrengen, um Luft zu bekommen. Das hier, genau das hier war der Grund, warum sie Politik hasste. Jeder stand auf seiner Seite und hatte seine speziellen Gründe für das, wovon er überzeugt war.

Dann flatterte die erste Note eines Liedes durch ihr Herz. Sie neigte den Kopf zur Seite und versuchte zu lauschen. Noch zwei Noten. Ein altes Lied, ganz tief aus ihrem Inneren. Drei Noten spielten in ihrem Verstand.

Wo hatte sie das nur schon einmal gehört? An ihrem ersten Tag hier? Im Radio?

Sie fühlte einen weichen, unsichtbaren Tropfen auf ihrem Kopf. Das gleiche gesalbte Gefühl, das sie auch in der Kapelle gespürt hatte, als sie den Throneid ablegte.

Es war, als sagte der Herr: »Hier bin ich. Frage mich.«

Okay, was mach ich jetzt? Was sage ich jetzt?

Die Melodie begann zu spielen, zu fließen, schneller, bis sie das ganze Lied hören konnte. Uromas Lied. Natürlich. Uroma hatte ihr das immer vorgesungen, als sie ein kleines Mädchen gewesen war und sich vor der Dunkelheit gefürchtet hatte. Sie schloss die Augen und stellte sich vor, wie sie auf Uromas Schoß saß, sich gegen ihre Brust lehnte und ihre kleinen Finger mit Uromas weichen, wettergegerbten verwebte.

Da-da-da-dum ... Reggie suchte nach dem Text, der zu der Melodie gehörte.

Sie winkte dem Barkeeper. »Können wir den Fernseher leiser stellen?«

»Ian, dreh ihn ab!«, rief Gemma zur Bar, indem sie sich mit der Handkante über die Kehle fuhr. »Geht es Ihnen gut, Miss?«

»Ja, ich versuche, mich an etwas zu erinnern.« Sie konnte die Worte beinahe sehen, während die Melodie in ihrem Herzen, ihrem Verstand hin- und herschwebte.

La-da-da. Mondlicht und Sonnenschein, Wellen schlagen an den Strand, ergreift das Ruder für unser Heimatland.

Reggie hob den Kopf und begann zu singen. »Mondlicht und Sonnenschein, Wellen schlagen an den Strand ...«

Eine raue, heisere Stimme gesellte sich dazu, und als sie sich umsah, klemmte sich Keeton neben sie, die Hand auf ihrer Schulter. »Ergreift das Ruder für unser Heimatland.« Sein tiefer Bass hob und senkte sich mit der Melodie. Gemeinsam sangen sie: »Frauen und Männer, Mädchen und Jungs, kommen beisammen an Hessenbergs Strand.«

Sie blickte die drängelnden Gäste forschend an, forderte sie auf mitzusingen, aber die glotzten nur völlig verblüfft zurück. Pembrooks und Horowitz' Augen waren tränenfeucht, als Reggie und Keeton das Lied beendeten.

»La, la, la, la, la, wir geh'n zur Waterkant; La, la, la, la, dort tanzen wir wieder, singen unsere Lieder, reichen uns die Hand. Ohne Ängste, ohne Sorgen, schlafen wir in guter Ruh unter funkelnden Sternen, bis es dämmert zum Morgen, Gott, der Herr, schaut zu.«

»Ich muss doch schon sagen, Jungens«, sagte Mr. Horowitz und räusperte sich. »Dieses Lied habe ich nicht gehört, seitdem mich meine eigene Großmutter in den Schlaf gewiegt hat.«

»Ich habe es noch nie gehört.« Jayel stand immer noch mit den Händen in den Hüften auf ihrem Stuhl. »Singt es noch einmal.«

Mr. Horowitz kam um den Tisch herum. Dabei schob er Leute aus dem Weg, um an Reggies Seite zu kommen. »Das ist ein altes hessenbergisches Abendlied. Es heißt ›In guter Ruh‹.« Er hielt ihr die Hand hin. »Wollen wir, Ihre Majestät?« Und dann kletterte er auf einen freien Stuhl.

Sie nahm seine Hand und stellte sich auf den Stuhl neben seinem. Als sie die Hand sinken ließ, hielt Horowitz sie weiter fest.

Sie lächelte, und das Herz ging ihr über.

Sollte der europäische Gerichtshof entscheiden, dass sie gehen musste, schön und gut. Aber dieser Moment mit den Leuten im Fence & Anchor, in dem sie ihnen ein Stück ihrer Vergangenheit, ihrer Kultur wiederbrachte, würde sie für immer begleiten.

»Alles aufgepasst, wir fangen an.« Mr. Horowitz zählte sie mit der Expertise eines Dirigenten ein.

»Mondlicht und Sonnenschein, Wellen schlagen an den Strand ...«

Als sie das Lied beendeten, brachen die Pubgäste in Jubel aus. Keeton Lombard fing umgehend aufs Neue an, um es den jungen Hessenbergern beizubringen.

Regina fühlte eine leichte Berührung an ihrem Bein. Tanner. »Wie mache ich mich?«

Er drückte sich die Hand auf die Brust. »Du stiehlst alle Herzen hier.«

Die Gäste wollten das Abendlied gerade noch einmal anstimmen, als sich die Tür des Pubs öffnete und ein Mob hereindrängte. Eine Mischung aus Arbeitern in Blaumännern, Männer und Frauen in Anzügen – und Polizisten, die versuchten, Ordnung in das Chaos zu bringen.

»Das Gericht hat entschieden. Sie stehen auf der Seite der Prinzessin und des Abkommens. In fünf Tagen werden wir mit ihrer königlichen Unterschrift zu einer Autokratie.«

ACHTUNDZWANZIG

Zwischen dem Frieden des Abendliedes und dem Höllenlärm der aufwieglerischen Meute lag nur ein Wimpernschlag.

Die Nachricht über den Gerichtsentscheid traf das Pub wie eine Flutwelle. Sie explodierte über ihnen, warf sie zurück und floss dann mit solcher Wucht aus dem Lokal hinaus, dass die Gäste davon auf die Straße geschwemmt wurden. Die Entscheidung des Gerichts berührte die schwelende Debatte im Volke Hessenbergs. Selbst diejenigen, die vorher keine ausgeprägte Meinung gehabt hatten, waren plötzlich stimmgewaltig und tollwütig.

Tanner spürte Panik in sich aufsteigen. Er hatte Regina verloren. Im einen Moment stand er neben ihr, seine Hand sacht auf ihrem Bein. Im nächsten Moment fand er sich mit dem Rücken zur Wand in einem der Séparées wieder, eingekeilt und unfähig, sich zu bewegen. Und er konnte sie auch nicht mehr in der Masse sehen.

»Regina!«

Die Welle warf ihn vorwärts, saugte ihn aus dem Pub hinaus auf die Straßen, und auf einmal rannte er mit der Stampede mit. Er konnte weder Nigel noch Jace sehen und betete, dass einer von beiden bei der Prinzessin war.

»Regina!« Der Lärm warf ihm seinen Ruf ins Gesicht zurück.

Er suchte in der Menschenmenge nach ihr. Die heiße, klebrige Luft, die sich zwischen den Randalierern aufstaute, machte es ihm schwer zu atmen.

Dann sah er ihr goldglänzendes Haar nicht weit vor sich.

Er rief wieder und wieder nach ihr, blockierte, durchschnitt, schob und drängte sich vorwärts. Als er sie erreichte, legte er ihr die Hand auf die Schulter. »Hier entlang. Komm mit.«

Die Frau kreischte auf, wirbelte herum und verpasste Tanner einen Kinnhaken. Sie trug einen scharfkantigen Ring am Finger.

»Hände weg!«

Tanner presste sich seine Hand gegen das Gesicht. Ein glitschiger Schmerz schoss ihm von den Augen in den Hinterkopf. Er blieb in der Menge zurück, krümmte sich zusammen und griff blindlings nach irgendetwas, an dem er sich festhalten konnte. Aber seine Füße steckten fest ... er stolperte ... und fiel.

Vor seinen Augen blitzen weiße Ringe auf, die hell explodierten. Endlich landete seine Hand flach an einer Straßenlaterne, und er zog sich in die Senkrechte.

Der Straßenlärm war ohrenbetäubend. Die Stimmen, die Hupen, das Gebrüll. Als er eine Explosion hörte, stand sein Herz fast still.

Er *musste* Regina finden.

Warmes Blut sickerte ihm über die Wange. Er riss sein Taschentuch aus der Brusttasche und presste es gegen seine Wunde. Eine frische Brise reinigte die Luft von dem Gestank des Terrors, von Schweiß und Rauch, der ihn umgab. Er sprang auf den Sockel der Laterne.

Herr, hilf mir, sie zu finden. Nicht um meinetwillen. Um ihretwillen. Für Hessenberg. Bitte. Bewahre sie.

Wenn er Regina wäre, wohin würde er gehen? *Denk nach, denk nach ...* Ein Friede begann, sich in seinen Gedanken auszubreiten.

Zum Auto? Nein, sie wäre wohl nicht in der Lage, sich gegen die Strömung der Menge durchzusetzen, die sich mit der Kraft eines Gezeitenstroms auf den Park zubewegte.

Melinda House lag zwischen hier und dem Park. Außerdem St. John's und die Bäckerei Loudermilk. Alles Orte, die sie schon kannte.

Tanner hielt sich nach wie vor am Laternenpfahl fest und riss sich das Telefon aus der Tasche. Er versuchte, Nigel zu erreichen, während die Menschenmenge gegen seinen Rücken und seine Beine stieß.

Aber der Leibwächter antwortete nicht. Er versuchte es vergeblich bei Jace, dann bei Clarence, die auch nicht antworteten.

Tanner hinterließ Clarence eine gequälte Nachricht. Er sollte die gesamte Sicherheitsmannschaft mobilisieren und zwischen den Randalierern nach der Prinzessin suchen, in der ganzen Stadt bis hinunter zur Bucht und in die letzten Ausläufer der Stadt.

Dann sprang er von seinem Laternenmast herunter und rannte am Rand der Menge entlang, quetschte und schlängelte sich durch die Massen und bahnte sich einen Weg nach St. John's.

Er sprang mit wenigen Sätzen die Stufen der Säulenhalle hinauf, nahm immer zwei auf einmal und platzte in den Vorraum der Kirche.

»Regina!«

Durch die Tür des Kirchenschiffs rannte er den Mittelgang hinunter, dessen dicker Teppich seine schweren Schritte wie abgedämpftes Gewitterdonnern klingen ließen.

»Regina!« Seine Stimme wurde wie ein Bumerang von dem trompetenförmigen Gebälk des Deckengewölbes zurückgeworfen.

Am Altar hielt er an. Er hörte auf, umherzuhuschen und dem Gefühl der Panik zu gehorchen, und beugte sich vor, indem er sich mit den Händen auf den Knien abstützte. Er atmete tief durch. Ein kleiner Blutstropfen zerplatzte auf seinem Schuh.

»Komm schon, Herr, komm schon.« Der Nachdruck seines Gebets verstärkte den Schmerz um sein Auge und schickte ihm ein sengendes Brennen über die Kopfhaut. »Bitte ...«

Tanner wischte sich das Blut um sein Auge mit dem Jackenärmel ab, als sein Handy in der Tasche klingelte.

»Louis. Louis, bitte sagen Sie mir, dass Regina bei Ihnen ist.«

»Ich habe gehofft, sie wäre bei Ihnen. Nigel und Jace haben im Büro angerufen. Sie sagen, die Prinzessin wurde vom Mob mitgerissen, und sie hätten sie verloren.«

Tanner atmete wütend und frustriert aus. »Sie ist da draußen, Louis. Alleine und ungeschützt.«

»Das ist alles ganz und gar nicht gut, Tanner. Es hat eine Explosion gegeben, und aber es gibt mindestens zwei Tote.«

Tanner legte auf und fiel vor dem Altar auf die Knie. Er gab das letzte bisschen seiner Abmachung mit Gott auf und flehte ihn um Hilfe an. Regina brauchte ihn.

Und vor allem brauchte Tanner ihn.

Die Menschenmenge bewegte sich mit der Geschwindigkeit von Stromschnellen. Völlig verängstigt gab Reggie nach und ließ sich mit dem Strom des Krawalls treiben. Körper prallten gegen Körper, und sie hatte alle Mühe, auf den Füßen zu bleiben.

Wenn sie jetzt stolperte oder sogar auf dem Kopfsteinpflaster landete, würde sie nie wieder aufstehen. Sie würde niedergetrampelt werden.

Laut. Der Pulk war so laut. Sie konnte nicht denken. Oder atmen. Das Adrenalin, das in ihren Adern pulsierte, wurde allmählich weniger, und ihre Beine nahmen die Konsistenz weichen Gummis an. Sie fühlte sich schwach und hatte das Gefühl, sie würde sowieso nichts dagegen tun können, früher oder später hinzufallen.

Jemand krachte von hinten in sie hinein. Stolpernd griff sie in die Luft, suchte nach etwas, nach jemandem, an dem sie sich festhalten konnte. Aber da war nichts. *Tanner.*

Eine große, starke Hand fing die ihre und zog sie wieder auf die Füße. Reggie nahm einen Geruch nach Mehl und Vanille wahr statt Tanners würzig-blumigem Duft.

»Halten Sie sich an mir fest, Miss. Wenn sie jetzt fallen, stehen Sie nie wieder auf.« Ein junger Mann ganz in Weiß, eingewickelt in eine

Schürze, die mit Schokoladenflecken übersät war, hielt sie fest, bot ihr einen Halt.

Sie versuchte, ihre Beine zum Laufen zu bringen. Schwach, so schwach. Neben ihr stolperte eine Frau und stürzte.

»Helfen Sie ihr ...« Reggie drängte von dem Mann weg. »Wir ... müssen ...«

»Wir müssen weiterrennen. Wenn wir anhalten, sind wir verloren.« Der Bäcker rangelte mit jemandem, der mit einem Nebelhorn in der Hand ihren Weg kreuzte. »Sieht aus, als wären wir allesamt zum Park unterwegs.«

Der Rasen des Parks dämpfte die Schritte der Stampede, und zum ersten Mal hörte Reggie den schrillen Pfiff der Polizisten. Dann gab es eine weitere Explosion, und die Randalierer duckten sich in kollektiver Ehrfurcht, währen Rauch über ihnen aufwallte. Dann erhoben sie sich wieder und nahmen das Schreien und Rennen und allgemeine Überschäumen wieder auf.

Der Bäcker stolperte, aber Reggie glich das aus. »Kommen sie. Wir stecken zusammen in diesem Schlamassel.«

Sonderkommandos mit Schildern und Helmen rannten nun in die randalierende Menge, strömten zwischen die Menschen. Leuchtraketen wurden abgefeuert und warfen Feuer in den Abendhimmel. Stimmen brandeten in einer Kakofonie aus empörten und aufgebrachten Geräuschen auf, ohne dass man etwas hätte verstehen können.

Der Bäcker hielt mit einem gequälten Gesichtsausdruck an. »Ich sehe keinen Ausweg.«

Reggie warf einen Blick nach hinten, in den wachsenden Tumult. Ihr Herz saß wie eine geballte Faust in ihrer Brust. Ein Schrei baute sich zwischen ihren Rippen auf, und Reggie war sich sicher, dass sie beim nächsten Atemzug anfangen würde, mit den Armen um sich zu dreschen und ihre Fäuste in Bäuche und Gesichter zu rammen.

Alles zu tun, um hier herauszukommen.

Eine Prinzessin definiert sich nicht alleine durch ihren Titel, sondern dadurch, wie sie lebt.

Noch ein Schubs von hinten. Ein Fuß trat mit voller Wucht auf ihren.

Mach irgendwas, Reggie. *Frieden, Herr! Wir brauchen deinen Frieden.*

Sing das Lied.

Der Gedanke traf sie schnell, fast verzweifelt, und setzte sich dann in ihrem Geist fest.

Eine Nebelbombe explodierte mitten im Park, verschmutzte die Luft und stach Reggie in die Lunge.

Aber anstatt die Randalierer auseinanderzutreiben, verlieh ihnen die Taktik nur noch mehr Energie.

Sing das Lied.

Reggie entdeckte eine Parkbank und wühlte sich durch die Menge darauf zu. Den Bäcker zerrte sie mit sich. Uromas Melodie erklang immer lauter in ihrer Seele. »Helfen Sie mir hinauf.«

»Auf die Bank? Ja, haben Sie denn ihren Verstand verloren, Miss?«

»Kann schon sein.« Sie zitterte unter Ebbe und Flut ihres Adrenalins. Reggie drückte ihre Hand auf seine Schulter und sprang auf die Bank. Dort stellte sie sich dem Aufstand.

Das war irre. Wie sollten sie sie denn hören? Eine dünne schwache Stimme gegen diesen Lärm.

Sing das Lied.

Dann holte sie tief Luft, erinnerte sich an die Mahnung ihres Chorleiters, aus dem Zwerchfell heraus zu singen, und begann mit dem letzten bisschen Mut, das sie noch hatte.

»Mondlicht und Sonnenschein, Wellen schlagen an den Strand ...«

Ihre Stimme trillerte, aber zumindest in ihren Ohren schien es, als nähme die Lautstärke des Tumults ein wenig ab.

»La, la, la, la, la, wir geh'n zur Waterkant
La, la, la, la, dort tanzen wir wieder
Singen unsere Lieder
Reichen uns die Hand
Ohne Ängste, ohne Sorgen,
schlafen wir in guter Ruh
unter funkelnden Sternen,
bis es dämmert zum Morgen,
Gott, der Herr, schaut zu.«

Wenn der Wahnsinn überhaupt weniger geworden war, so kochte er in dem Moment wieder hoch, als sie aufhörte zu singen. Daher atmete Reggie durch und begann aufs Neue. Voller Glauben.

»Mondlicht und Sonnenschein, Wellen schlagen an den Strand ...«

NEUNUNDZWANZIG

In Wettin Manor stürmte Tanner durch die Flure der ersten Etage auf Seamus' Büro zu. Sein Hemdkragen und seine Jacke waren voller Blut.

»Tanner«, Brogan, der Assistent des Gouverneurs, rannte hinter ihm her. »Er ist im Gespräch.«

Aber Tanner eilte weiter und riss die schwere, geschnitzte Tür des Gouverneurs auf. »Wenn ihr irgendetwas passiert ...« Er zeigte auf Seamus und ging um den Besprechungstisch herum, wo einige von Seamus' Mitarbeitern saßen und auf ihren Tablet-PCs herumtippten. »Dann ziehe ich dich höchstpersönlich zur Verantwortung.«

»Aber, aber, mein Guter«, Seamus stand auf, »was ist denn mit deinem Gesicht passiert?«

»Das ist dein Werk ...dieser *Aufstand.*« Tanner zeigte auf das dunkle Fenster. »Sie ist da draußen, mittendrin.«

»Die Prinzessin?«, lachte Seamus höhnisch. »Gibst du etwa zu, dass du die Prinzessin in dem Krawall verloren hast? Das wird den König aber gar nicht glücklich machen.«

Tanner sprang auf Seamus zu, fing sich aber, anstatt den Mann am Kragen zu packen. »Ich meine das ganz genauso, wie ich es gesagt habe. Wenn ihr irgendetwas passiert ...«

»Tanner, muss ich dich daran erinnern, mit wem du sprichst? Wo liegen deine Loyalitäten, mein Junge?«

Ihre Blicke trafen und fixierten sich. Mann gegen Mann, Wille gegen Wille. »Muss ich dich an deinen gescheiterten Plan erinnern, Regina das Land zu stehlen?«

»Kein Bedarf. Der Autoritätskanon wird das für mich erledigen.«

Es reichte Tanner. Auf dem Weg nach draußen sprach er die Männer am Tisch an. »Ist es das, was Sie wollen? Dass das Land von einem Mann regiert wird, der die Gesetze zu seinen Gunsten manipuliert? Schauen Sie sich doch einmal um. Es ist Freitagabend um sieben, Leute. Da draußen ist ein Aufstand, mitten in der Stadt. Gehen Sie nach Hause zu Ihren Frauen und Kindern.« Er warf Seamus einen Blick zu. »Verkaufen Sie nicht ihre Seelen für die eigennützigen Ambitionen eines anderen.«

Immer noch wutschnaubend sammelte sich Tanner und ging zu seinem Büro. Er berührte sachte den Schnitt, der aufgehört hatte zu bluten, und sah nach seinem Telefon. Gab es irgendwelche Neuigkeiten?

Louis empfing ihn vor seinem Büro. »Wir haben die gesamte Sicherheitsmannschaft draußen, alle suchen nach ihr. Und in Ihrem Büro sind der König und der Erzbischof.«

»Na super.« Tanner atmete aus und beruhigte seine Nerven. Er würde sich dem sowieso früher oder später stellen müssen. Dann eben früher. »Ihre Majestät«, sagte er, als er sein Büro betrat. »Es tut mir furchtbar leid ...«

»Tanner, gibt es irgendetwas Neues?« Der König trug Jeans und Pullover und hatte ganz offensichtlich nicht vorgehabt, am Freitagabend zu arbeiten. »Ihr Gesicht ... geht es Ihnen gut?«

»Es geht schon.« Tanner ging zu seinem Fenster und linste hinaus. *Regina, wo bist du?* »Nein, nichts Neues von der Prinzessin.« Er sah zum Park, aber Gebäude versperrten ihm die Sicht. Die Nacht war angebrochen. *Herr, ich muss dir vertrauen. Bewahre sie.*

»Sie scheint mir eine kompetente, mutige Frau zu sein, Tanner«, sagte Dad.

»Das ist sie.« Er schaute seinen Vater an. »Aber sie ist in einem Volksaufstand, nicht bei einem Festumzug.« Er wandte sich wieder dem Fenster zu. »Erinnerst du dich an ein altes hessenbergisches Abendlied?«

»Hmm, ich bin mir nicht sicher«, sagte Dad. »Deine Großmutter hat immer ein altes Lied gesungen.«

»Jetzt hör mir aber mal zu, Burkhardt.« Seamus stürmte in Tanners Büro. »Oh, Ihre Majestät, bitte höflichst um Verzeihung. Ich wusste nicht, dass Sie hier sind.« Er klemmte sich die Pfeife zwischen die Zähne und glättete sein Gefieder.

»Seamus.« Nathaniel, wie immer ruhig, wie immer diplomatisch.

Aber Tanner konzentrierte sich auf das Lied. Er musste das Lied zusammenbekommen. Er summte einen Teil der Melodie und versuchte, den Klängen Worte zuzuordnen. »Etwas mit ... Mondlicht und Sonnenschein, Wellen schlagen an den Strand ...« Er schlug mit dem Finger den Takt in die Luft.

»Ich fürchte, ich kenne es nicht«, sagte Nathaniel.

»Regina sang das Lied heute Abend im Pub, und ich sage Ihnen, es hat die Leute gefangen genommen. Ihre Herzen. Sauertöpfische alte Männer kämpften mit den Tränen.« Tanner fühlte mehr als nur die Kraft der Worte in seinem Herzen. Er spürte die warme Macht der Liebe. Er drückte seinen Ärmel wieder gegen die Wunde und fing das letzte Rinnsal Blut auf. »Da war ein Mann im Pub, Tobias Horowitz, der Regina fragte: ›Wer wird uns helfen, unsere Iden-tität wiederzufinden?‹ Und dann singt sie einfach so ein altes hessenbergisches Lied, das während der letzten paar Generationen verloren gegangen war.«

Er wandte sich an seinen Dad, dann an den König und zuletzt an Seamus. »Versteht ihr nicht? Sie trägt Prinzessin Alice und den Herzog in sich. Weiß sie, wie wir hier Erntedank feiern? Oder das Jahresfest? Nein, aber sie trägt unsere ureigene Essenz in sich. Ich würde sogar behaupten, sie *ist* unsere Essenz.«

»Bitte entschuldigen Sie die Unterbrechung, aber das hier müssen Sie sehen.« Louis wühlte in den Papieren auf Tanners Schreibtisch nach der Fernbedienung. Der Tumult im Park füllte den Bildschirm. Ein Reporter vor Ort sagte gerade: »Es wird vermutet, dass sich Ihre

Königliche Hoheit Prinzessin Regina in der randalierenden Menge befindet ...«

Tanners Puls trommelte in seinen Ohren, und seine Blicke suchten sie, während der Kameramann sich durch die Menge bewegte.

»... und dem Vernehmen nach soll es Gesang geben.«

Es gab eine Reihe schnell geschnittener Kameraeinstellungen, und dann erschien Regina auf der Bildfläche. Sie stand auf einer steinernen Bank, das rote Haar flatterte ihr ums Gesicht und in die Augen.

»Louis«, Tanner tippte seinem Assistenten auf den Arm, »lauter, bitte.«

Das Bild wackelte, während der Kameramann sich durch die Menge wühlte, um bessere Sicht zu bekommen.

Mit geschlossenen Augen und lauter und klarer Stimme sang Regina das Abendlied voller Leidenschaft, voller Gefühl.

Zu seiner Linken stand der König. Zu seiner Rechten sein Vater. Und selbst Seamus war näher an den Fernseher herangetreten, gefesselt von Regina und ihrem Lied.

»Das alte Abendlied«, flüsterte Dad. »Das habe ich seit den Lebzeiten meiner Großmutter nicht mehr gehört.«

»Ich auch nicht«, murmelte Seamus.

»Louis, welcher Teil des Parks ist das? Können Sie das erkennen?« Tanner war auf dem Weg zur Tür.

»Der östliche. Neben dem Marktplatz.«

Tanner rannte die Treppen des Herrenhauses hinunter und in die Nacht hinein. Er rannte die zehn Blöcke bis zum Park und erwartete, eine Wand hitziger, aufgebrachter Körper anzutreffen. Stattdessen fand er eine spärlicher werdende, ruhige, sich auflösende Gruppe vor.

»Regina!« Er rannte, so schnell er konnte, überquerte die Market Avenue und spurtete auf den Park zu. »Regina!«

Tanner sprang auf eine Parkbank und sah sich Park um, während die ehemaligen Randalierer sich auf den Heimweg machten. Sie war bestimmt nicht mehr hier.

Er sprang wieder von der Bank herunter. Wo konnte sie nur sein? Sein Handy klingelte, während er über leere Kaffeebecher stolperte. Es war Jarvis.

»Ist sie bei Ihnen?«, fragte Tanner.

»Nein, wir haben sie im Fernsehen gesehen. Geht es ihr gut?«

»Ich weiß es nicht. Ich kann sie nicht finden.«

»Sie können sie nicht finden? Wie konnten Sie denn die Prinzessin verlieren?«

Da war dieser Krawall, verflixt nochmal. »Egal, Jarvis. Sollte sie im Palast eintreffen, geben Sie mir bitte Bescheid.« Tanner legte auf, überquerte die Market Avenue, ging dann auf Gilden zu, an dem Einkaufszentrum vorbei, das dem ganzen Viertel seinen Namen gab, Richtung Loudermilks Bäckerei.

Durch die Schaufensterscheibe sah er eine Frau mit vollem, rotem Haar. Er fiel fast über seine eigenen Füße bei dem Versuch, die Bäckerei zu betreten. »Regina!«

Die Frau drehte sich um, und sein Herz setzte aus.

»Es tut mir leid.« Er ging rückwärts. »Ich dachte, Sie wären jemand anderes. Verzeihung. Ich suche nur nach ...«

»Nach der Prinzessin?« Ein schlaksiger Bursche in Weiß mit einer übergroßen Schürze kam hinter dem Tresen hervor. »Wer mögen Sie denn wohl sein?«

»Tanner Burkhardt, Kulturminister. Ein Freund der Prinzessin.«

»Sie war einfach großartig im Park, nicht wahr?«

»Sie haben sie also gesehen?«

»Gesehen? Ich habe sie begleitet. Wusste nicht, dass sie die Prinzessin ist, als ich sie unter den trampelnden Füßen der anderen weggeholt habe, aber das war sie dann wohl. Als der Tumult vorbei war, sind wir hierhergekommen. Ich habe ihr eine ganze Schachtel Zimtkrapfen mitgegeben.«

Tanner ergriff die Arme des Mannes. »Wo ist sie jetzt?«

»Das weiß ich nicht. Sie sagte nur einfach, sie müsse dann mal los.«

»Und wohin, wissen Sie nicht?«

»Das hat sie nicht gesagt.«

»Danke, mein Freund.« Tanner schoss aus der Bäckerei heraus, sprang nach links, nein, nach rechts, drehte sich dann im Kreis. Die Kirche. Geh nach St. John's.

Er ging langsamer, fand seine Puste wieder und begriff allmählich, was der Bäcker ihm gesagt hatte. Es ging ihr gut. Es ging ihr gut. Dem Allmächtigen sei Dank.

Auf dem Weg zur Kirche sagte ihm sein Herz, dass er nicht mehr auf der Suche nach einer Prinzessin war, sondern nach der Frau, die er liebte.

Er hatte seine Komfortzone für sie verlassen, hatte sein Herz verschenkt. Er würde nicht aufhören, sie zu suchen – die schöne Regina mit dem sonnengeküssten Haar und den strahlenden blauen Augen.

Er nahm immer zwei Stufen auf einmal zum Hauptportal der Kirche hinauf und riss drinnen an den Türen zum Kirchenschiff. Verschlossen.

Nein, nein ... Er zog an der nächsten Tür, dann wieder an der nächsten und hämmerte mit den Fäusten gegen die letzte.

»Regina!«

Die Tür am entfernten Ende ging auf, und ein Mann in Priesterkleidung erschien.

»Kann ich dir helfen, Tanner? Ist alles in Ordnung, mein Sohn?«

»Haben Sie Regina gesehen?«

»Die Prinzessin? Ja ...« Er klopfte sich mit der Hand aufs Herz, und seine durchdringenden Augen wurden lebendig und leuchteten. »Dieses Abendlied habe ich seit Jahrzehnten nicht mehr gehört.«

»Ja, das ist ... ein wunderbares ... Lied.« Tanner erwiderte den Blick des heiligen Mannes, und die Ängste in seiner Brust begannen sich zu verflüchtigen. Sie wurden ersetzt durch ein Feuer in seinem Innern. »Kenne ich Sie?«

»Das tust du, ja.« Der Bischof sah Tanner unverwandt an. »Wir haben uns vor vielen Jahren kennengelernt.«

»In der Kirche meines Vaters? Oder im Pfarrhaus?«

»In meines Vaters Haus.«

Tanners Herz brannte und raste. Seine Gedanken schwiegen. Und in einem einzigen Augenblick fühlte er, wie Schuld und Scham eines ganzen Jahrzehnts zu seinen Füßen zu Staub zerfielen.

»Vergib mir, ich war viel zu lange weg.« Die Worte kamen aus einer Tiefe, die Tanner nicht kannte, aber sie wuschen ihn rein.

»Und nun bist du zurückgekommen.« Der Priester lächelte. »Wie ich sehe, wurdest du verletzt.«

Tanner berührte den Schnitt über seinem Auge. »Ja, der Aufstand.« Die einfache, sanfte Stimme des Priesters brachten irgendwie Tanners Tränen zum Fließen und nagelten ihn dort fest, wo er stand. Einen sehr ausgedehnten Moment lang atmete er einfach nur. Das Gewicht auf seinen Schultern wurde immer leichter.

»Die Prinzessin ist nicht hier, aber ihr geht es gut, Tanner. Mach dir keine Sorgen. Mach dir keine Sorgen.« Der Priester drehte sich um, um hineinzugehen. »Wenn du sie findest, bestelle ihr schöne Grüße.«

»Ja, Sir, das mache ich.« Die bogenförmige schwere Holztür fiel ins Schloss, als Tanner bewusst wurde, dass er den Namen des Priesters gar nicht kannte. Er hämmerte gegen die dicke Tür. »Warten Sie bitte einen Augenblick. Von wem soll ich ihr denn Grüße bestellen?« Er riss am Türknauf, aber die Tür bewegte sich nicht. Verschlossen. Unmöglich. Wie konnte der Priester nur so schnell hinter einer verschlossenen Tür verschwinden? »Hallo?«

Doch der Priester kehrte nicht zurück.

Tanner sprang mit einem letzten Blick auf die Kirche die Treppen hinunter. Er berührte mit seinem Finger den Schnitt und entdeckte, dass der aufgehört hatte zu bluten.

Als Tanner die dunkle, ruhige Hauptstraße zum Fence & Anchor hinunterging, tanzte sein Geist. Er war sich ganz sicher, dass er gerade etwas Göttlichem begegnet war.

Sie hätte niedergetrampelt werden können. Verletzt. Getötet. Vielleicht sogar entführt. Aber sie war im Glauben vorgetreten und hatte ein Lied gesungen. Und, um es mit Dad zu sagen, »Gott hatte ihr beigestanden«.

Das Taxi hatte Reggie am Palast abgesetzt, und nun stand sie hier, vor dem Eisentor, und drückte die Knöpfe. Wie ging noch der Sicherheitscode, den Tanner ihr genannt hatte? »Ich bin es, lasst mich rein«, rief sie in die Gegensprechanlage, in der Hoffnung, jemand würde ihr antworten.

Oder nach draußen kommen und sie mit dem Kopf zwischen den eisernen Stäben steckend vorfinden.

»Hey, Jarvis. Koch. Serena. Ich bin's, Reg. Eure Majestät. Die Prinzessin.« Ihre Stimme schwankte. Ihr Körper zitterte. Was hatte sie nur gemacht? Erst, als sie die Bäckerei mit einer Schachtel frischer Krapfen verlassen hatte, begriff sie, dass sie einem wütenden, gegen sie pöbelnden Mob entgegengetreten war und angefangen hatte zu singen. Sie hätte durch die Straßen gezerrt werden können. Von einem Baum baumeln. Geteert und gefedert werden.

Irgendwo unterwegs hatte sie ihr Telefon verloren und konnte daher Tanner nicht anrufen. Auswendig konnte sie seine Nummer auch noch nicht. Dann hatte sie ein Taxi entdeckt und herangewunken. Dem Fahrer sagte sie gleich, dass sie kein Geld bei sich hatte, ihn aber später für seine Mühen entlohnen würde.

Der freundliche ältere Herr hatte ihr versichert, dass Geld bei ihm heute gar keine Rolle spielte. Er hatte Freifahrten spendiert, seitdem die Unruhen plötzlich aufgehört hatten.

»Waren sie etwa in diesem furchtbaren Durcheinander?«, fragte er.

Darin? Sie war Teil der Ursache. »Ja, leider.«

Er betrachtete sie im Rückspiegel. »Sie kommen aber nicht aus der Gegend. Sie klingen amerikanisch. Aus den Südstaaten vielleicht.«

»Sicher doch.« Reggie glitt tiefer in den Sitz. Wo war Tanner? Hatte er die Stampede überlebt? Nigel und Jace? Und was war mit dem alten Keeton Lombard und Tobias Horowitz?

»Wohin soll's gehen, Miss?«

»Meadowbluff Palace.«

Wieder warf ihr der Fahrer über den Rückspiegel einen Blick zu. Regina war dankbar für die Plexiglasabtrennung zwischen ihnen.

»Willkommen in Hessenberg, Ihre Majestät.«

»Ein holpriger Anfang, finden Sie nicht auch?«

Er lachte und nickte. »Was für ein Tohuwabohu. Das geht vorbei.«

Und so kam es, dass sie jetzt auf der falschen Seite des himmelhohen Eisentors stand, das Meadowbluff Palace schützte.

»Jarvis? Serena?« Sie klingelte Sturm. »Hallo, ist da wer?« Sie ging ein wenig zurück, um in die Überwachungskamera zu winken. »Hallo, alle miteinander da drinnen, ich bin's. Darf ich reinkommen?«

Das Tor klickte und öffnete sich langsam, sehr langsam. Jarvis' aufgeregte Stimme klang aus dem Lautsprecher. »Ihre Majestät, Sie sind in Sicherheit. Gott sei Dank.«

»Ohne Witz, ja.« Sie drängte sich durch den schmalen Schlitz und ging die lange Auffahrt zum Palast hinauf. Jarvis empfing sie auf halber

Strecke mit einer Taschenlampe und sah aus, als wolle er ihr am liebsten um den Hals fallen. »Ihre Majestät.« Seine Augen wurden feucht. »Ich habe mir solche Sorgen gemacht.«

Sie ließ sich gegen den älteren Mann fallen und lehnte ihren Kopf an seine Schulter. Sein Tonfall, seine glänzenden Augen erinnerten sie an Daddy. »Es ging alles so wahnsinnig schnell.«

Die letzte Anspannung zerbrach, und sie schluchzte.

»Schon gut, schon gut, Miss.« Jarvis klopfte ihr steif den Rücken. »Jetzt ist es ja vorbei.«

»Jarvis?«

»Ja, Miss?«

»Wenn Sie weiter Teil meines Lebens sein sollen«, sie schniefte und fasste die Tüte mit den Krapfen fester, »dann müssen Sie so was hier aber besser machen.«

»Aber ich bin Ihr Angestellter. Anstand und all das, Sie wissen schon.«

»Sie – Sie sind außerdem einer ... einer meiner wenigen Freunde.«

Es dauerte noch einen Moment, aber dann umfingen sie seine Arme. »Sie sind zu Hause. Sie sind sicher. Das Abendlied war so schön. Ganz entzückend.«

Regina zitterte sich durch ihren letzten Schluchzer. »Wir müssen den anderen ja nichts hiervon erzählen. Von diesem Moment.«

»Das ist unser Geheimnis, Ihre Majestät.« Er trat beiseite und wartete darauf, dass sie losging. »Die gesamte Sicherheitsmannschaft ist unterwegs und sucht nach Ihnen«, sagte er. »Ich werde Mr. Burkhardt anrufen und ihm Bescheid geben, dass Sie gut angekommen sind.«

»Ich danke Ihnen.« Als sie die Stufen hinaufgingen, fühlte sie sich plötzlich erschöpft, hungrig – und sie fror.

»Der Koch hat eine herzhafte Fasanensuppe mit Reis auf dem

Herd. Ich werde Ihnen eine Portion auf Ihr Zimmer schicken. Sind das Krapfen von Loudermilk?« Er zeigte auf ihre Tüte.

»Ja, der Bäcker, Ben Loudermilk, hat mich gerettet, Jarvis. Er war wirklich meine Rettung.«

»Soll ich veranlassen, dass er zum Tee eingeladen wird?«

»Oh bitte, das wäre wunderbar.«

Jarvis öffnete ihr die Tür, aber Regina hielt auf der Schwelle an. »Warum waren Sie so freundlich zu mir? Ich bin als Fremde hierhergekommen, eine Amerikanerin, ein Eindringling in Ihre Welt, in Ihre Regierung. Das halbe Land hasst mich. Aber Sie haben mich vom ersten Tag an wie eine Prinzessin behandelt.«

»Weil das nun einmal meine Arbeit ist. Ich diene der Prinzessin.« Er sah weg, hinüber zu den Lichtern im Garten. »Sie erinnern mich und uns alle daran, wer wir sind. Als Volk.« Seine Augen glänzten feucht, als er sie wieder anblickte. »Ich habe zu einer neuen Wertschätzung und Liebe für mein Land gefunden, für mein eigenes Erbe. Ich bin dankbar.«

»Mir scheint, wir bekommen alle zusammen gerade einen neuen Blick auf unser Schicksal.«

»Daran habe ich keinen Zweifel.« Jarvis legte nachdenklich den Finger an sein Kinn und senkte seinen Blick. »Was Sie heute mitten in all dem Chaos getan haben, zeugt von echtem Mut und Weisheit. Da wusste ich es. Sie sind wahrhaft eine Prinzessin.«

Im offenen Kamin ihrer Suite brannte ein Feuer. Reggie zog den Mantel aus; im Fence & Anchor war sie noch nicht einmal dazu gekommen, ihn abzulegen. Aber ihre Knochen sehnten sich nach einem heißen Bad. Ihr Magen knurrte und rief nach einem Teller Fasanensuppe mit Reis.

Als sie am Fenster vorbeiging, erhaschte sie ein Glühen zwischen den dunklen Bäumen des Waldes.

»Was?« Sie drückte ihr Gesicht ans Fenster. Da war es, an genau der gleichen Stelle wie zuvor.

Reggie schnappte sich ihren Mantel, machte sich auf den Weg nach draußen und rannte in Serena hinein. »Ich komme gleich wieder.«

Sie würde jetzt ein für alle Mal herausfinden, was da draußen im Wald los war, und wenn es das Letzte war, was sie tat. Und sollte der Wald irgendwelche Kreaturen wie aus einem Horrorfilm der siebziger Jahre beheimaten, dann würde das sogar wirklich das Letzte sein, was sie tat.

Sie schoss durch die Küche hinaus durch die Hintertür, kehrte noch einmal um, um sich eine Taschenlampe zu holen, bevor sie endgültig Richtung Wald unterwegs war.

Welche Sinnestäuschung lauerte da im Wald? Die Panik, die sie inmitten des Tumults gespürt hatte, hatte sich irgendwie in Mut verwandelt.

Reggie duckte sich unter den Bäumen hindurch in den Wald hinein. Während sie Zweige und Ranken beiseiteschob und sich stampfend durch das Unterholz kämpfte, kniff sie die Augen zusammen, um das wirbelnde Licht nicht aus den Augen zu verlieren. Die Luft um ihr Gesicht war plötzlich angenehm warm, obwohl sie gleichzeitig kalt um ihre Beine strich. Was war da los? Unmöglich.

Aber bei Gott sind alle Dinge möglich.

Plötzlich brach sie aus dem Dickicht heraus auf eine grasbewachsene Lichtung. Darauf fand sich ein Pfad, übersät von rotgoldenem Herbstlaub, der sie zu dem Leuchten in einem alten roten Stall führte.

Uromas Stall.

Reggie schnappte nach Luft, während sie durch die tanzenden, wirbelnden Lichtpartikel glitt. Der gleiche volle, gesalbte Duft, den sie bei ihrer Eideszeremonie und im Fence & Anchor wahrgenommen hatte, durchdrang die Atmosphäre.

Gott ist hier.

»Das ist unglaublich.«

Sie schaltete ihre Taschenlampe aus und steckte sie in die Tasche, um beide Hände durch die Lichtstrahlen zu bewegen. Sie hüpften und sprangen als spürten sie, dass sie zwischen ihnen stand.

Am Stalltor hob Reggie den Riegel mit einem dringenden Gefühl der Vorfreude an. Sie drückte die Tür auf. Das Licht von draußen fuhr hinein, erfüllte den niedrigen Bau und weckte eine andere Art Duft.

Den Duft des Lebens. Nach Heu und Gerste, als hätte ein Stallknecht gerade seine Aufgaben erledigt.

Reggie ging den breiten Mittelgang hinunter. Sie warf Blicke in die Boxen rechts und links. Ihre Stiefelabsätze dröhnten auf dem Boden. Auf jeder Seite befanden sich drei Boxen, am entfernten Ende lag ein Arbeitsbereich. Dort stand etwas Großes unter einer Plane aus verblichener grüner Leinwand.

Als sie das Leinen in die Hand nahm, knirschte das alte Material in ihren Händen. Mit einem Ruck zog sie es auf den Boden. Eine Staubwolke hob sich aus den groben Fäden.

Das Glühen, das sie jetzt schon liebte, aber nicht erklären konnte, begann, schwächer zu werden, also zog Reggie die Taschenlampe wieder aus ihrer Hosentasche.

Der erste Anblick eines Chromscheinwerfers warf sie beinahe zu Boden. Das konnte nicht sein. Es *konnte* einfach nicht sein.

»Meine Güte. Nein, nein, nein. Das kann ich nicht glauben.«

»Regina! Regina!«

Sie fuhr herum und sah Tanner durch die Stalltür stürmen. Sein Hemd hing ihm aus der Hose, seine Krawatte war schief und auf Halbmast, und sein sonst so ordentliches Haar stand wild zu Berge.

»Tanner, schau mal, schau her. Der Starfire #89. Aus dem Märchen – was ist mit deinem Auge passiert?«

Er riss sie in seine Arme und küsste sie. Er zog sie an sein Herz und hielt sie fest, so fest er konnte, und küsste das Sternenfeuer gerade aus ihr heraus. Reggie sank halb ohnmächtig gegen ihn.

»Es tut mir leid, so unendlich leid. Ich habe versucht, dich zu finden. Ich habe dich überall gesucht.«

»Es ist in Ordnung, Tanner, es ist okay ... Bist *du* okay?« Sie strich mit den Fingern über seine Schnittwunde. »Das blutet gar nicht. Ist das heute passiert? Es sieht schon fast wieder verheilt aus.«

»Eine Frau hat mich mit ihrem Ring erwischt. Regina, du warst genial, wie du dieses Lied gesungen hast. Wir haben dich im Fernsehen gesehen.« Er legte seine Stirn an ihre. »Oh, Liebes, als ich dich in der Menge verloren habe ... Ich dachte, ich drehe durch. Ich habe überall nach dir gesucht. Aber vor allem ist mir klar geworden, wie sehr ich dich liebe, Reggie.«

Er küsste sie auf die Wange, küsste sie in den Nacken, küsste sie, bis sie das Gefühl hatte, sie würde gleich hier auf dem Stallboden zu einem kleinen Haufen Liebe zerfallen.

»Hey, warte mal einen Moment.« Sie sammelte sich und schob sich aus seinen Armen. »Wie hast du mich eigentlich gefunden? Hier, im Stall?«

Er zeigte mit dem Daumen über seine Schulter. »Ich bin dem Licht gefolgt.«

»Dem Licht?« Sie blinzelte ihn an. »Du hast das Licht gesehen? Den tanzenden Sternenstaub?«

Er grinste, und seine blauen Augen sprühten Funken. »Ja, Reggie, ich habe das Licht gesehen.«

Sie nahm sein Gesicht in ihre Hände, vorsichtig, wegen seiner Verletzung, und zog ihn zu einem Kuss zu sich. »Du hast mich Reggie genannt.«

»Weil ich mich in die verliebt habe. Das Mädchen mit dem Motoröl im Gesicht, das den Anwalt in Grund und Boden redete. Das Mädchen, das im Pub sein Lied sang. Das Mädchen, das einen Aufruhr mit ihrer Stimme zum Erliegen brachte.«

»Was ist mit der Prinzessin?« Sie zupfte an seinem Kragen herum und ließ ihre Hände über die muskulösen Rundungen seiner Schultern gleiten. »Liebst du sie auch?«

»Sehr sogar.« Er wirbelte sie herum. »Ihre Majestät liebe ich auch.«

»Das wird alles ziemlich kompliziert werden, oder?«

»Ziemlich.«

»Geht das für dich in Ordnung?«

»Geht das für dich denn in Ordnung?«

»Ich würde es nicht anders haben wollen«, sagte sie.

Er küsste sie auf die Stirn. »Was hat es denn nun mit dem Starfire #89 auf sich?« Den Arm um sie gelegt drehte er sich zu dem Auto um.

»Es ist das Auto aus dem Märchen. Das hier muss Großherzog Franz' Starfire #89 sein.« Sie leuchtete mit ihrer Taschenlampe über den Sportwagen mit seinen riesigen, offenen Kühlschlangen und dem Einsitzer-Chassis. »Das Original. Die Nummer eins.«

»Moment mal.« Tanner ging um den Wagen herum. »Wenn es diesen Stall 1914 bereits gab, wie kommt es dann, dass weder der Stall noch das Auto entdeckt wurden?« Er beleuchtete das rote, glänzende Auto mit seiner Lampe.

»Verstehst du denn nicht? Gott versteckte das Auto, bis die richtige Zeit gekommen war.« Reggie drehte sich im Kreis, riss die Faust in die Luft und überrumpelte Tanner dann mit einer überwältigenden Umarmung. Die letzte Fessel des Zweifels riss von ihrem Herzen ab.

Reggie redete in Höchstgeschwindigkeit und erklärte Tanner das Design des Autos, dass der tiefe, einsitzige Rennwagen Fords

Rennwagen #999 nachempfunden war, aufgebaut auf ein hölzernes Fahrgestell mit einem kolossalen 50 PS-Motor.

Tanner inspizierte die elegante Linienführung des Chassis und untersuchte den Lack. »Der Zustand ist unglaublich gut, wenn man bedenkt, dass der Wagen hundert Jahre lang gestanden hat.«

»Die Plane hat ihn bestimmt bewahrt.« Sie warf einen Blick auf den Tank. »Und ich sehe auch keine Lecks.«

Aber es war mehr als ein solides Dach und dicke Planen, was den Starfire – was das Herzogtum – gerettet hatte. Es war die Hand Gottes. Das war seine humorvolle Art zu sagen: »Siehste? Ich kriege das hin«, und Reggie fühlte das bis in ihr tiefstes Inneres.

Tanner betrachtete den offenen 8-Zylinder-Motor mit den großen Kühlschlangen.

»1910 unterbot Lev Goldstein Fords Rekordzeit um eine hundertstel Sekunde.« Sie beugte sich neben ihm vor und untersuchte ebenfalls den Motor. »Er hat zwar den Motor geschrottet, aber erst, nachdem er den Rennzirkus mit einer Geschwindigkeit von 164 km/h beeindruckt hatte. Das war damals unerhört. Es sollte noch Jahre dauern, bis ein anderer das auch nur ansatzweise schaffte.«

Er strich ihr über die Schulter. »Ich liebe deine Leidenschaft.«

»Tanner«, sie richtete sich auf. »Ich habe mir etwas überlegt.«

»Überlegt wozu?« Er betrachtete das Leder-Interieur.

»Ich muss ja jemanden bitten, eine Regierung zu bilden, oder?«

»Ja, unseren alten Gesetzen entsprechend.«

»Ich will Seamus darum bitten.«

Tanner richtete sich ruckartig auf. »Was? Nein, Reggie, nein. Das verbiete ich.« Er stürmte um das Heck des Autos herum auf sie zu und stolperte über die Plane. »Er ist eine Natter. Ich gebe ihm die Schuld für die Unruhen heute, mit seinen Einmischungen und seinem Pressetheater. Nein, das kannst du nicht machen.«

»Erst einmal glaube ich, dass du mir das nicht verbieten kannst. Oder etwa ...?«

»Als einer deiner Ratgeber ...«

»Zweitens kennt er dieses Land, er kennt die Strukturen, er kennt das Volk. Die Leute mögen ihn. Die Hälfte, die mich hasst, mag ihn. Die Hälfte, die ihn hasst, liebt mich. Zusammen wären wir ein gutes Team.«

»Er wird dich hinterrücks erstechen, Reggie.«

»Mehr als jetzt schon?«

»Ja! Er hat uns bisher nur die Spitze des Eisbergs gezeigt. Er ist ein Wiesel, und das Volk verdient etwas Besseres. Du verdienst etwas Besseres.«

»Sieh dich doch um.« Ihre Handbewegung umfasste den ganzen Stall. »Wir haben gerade ein magisches, unerklärbares Leuchten im Wald gefunden, das auf einem noch nie gesehenen roten Stall lag, in dem wir möglicherweise den originalen Starfire #89 gefunden haben, und wer weiß, was noch alles hier ist. Wenn ich nicht daran glauben kann, dass Gott mir dabei den Rücken stärkt, Prinzessin von Hessenberg zu sein, wenn ich meinem Herz nicht vertrauen kann, wenn es mir sagt, dass ich mit Seamus Frieden schließen soll – und ja, ich werde dafür beten –, dann können wir das Ganze hier abblasen und einfach nach Hause gehen.«

Sie streckte die Arme nach ihm aus. »Ich war eine Autorestauratorin in Tallahassee, Florida. Und Gott hat es in seiner großen Gnade für richtig gehalten, mich, die schwache, fehlerhafte Reggie, zu einer Prinzessin zu machen. Wie könnte ich da Seamus nicht die gleiche Freundlichkeit und den gleichen Vertrauensvorschuss entgegenbringen? Was, wenn Gott möchte, dass ich Seamus gegenüber ebenso großzügig bin, wie er es mir gegenüber war? Und außerdem, wie heißt es so schön – behalte deine Freunde nah bei dir und deine Feinde noch näher.«

Er seufzte, und eine unbekannte Gefühlsregung huschte über sein Gesicht. »Ich habe dich heute auch in St. John's gesucht.« Er stemmte die Hände in die Hüften. »Und ein Priester kam heraus und versicherte mir, du wärst in Sicherheit. Dann sagte er etwas, das mir das Gefühl gab, meine Brust stünde in Flammen ... als wäre es der Herr persönlich gewesen. Und ich soll dich übrigens auch von ihm grüßen.«

»Tanner, unsere ganze Welt wird doch gerade auf links gedreht. Deine. Meine. Die des Herzogtums. Die von Seamus.« Sie berührte seinen Arm und war sich sicherer denn je, dass sie mit dem Gouverneur richtig lag. »Auf jeden Fall will ich mit ihm sprechen. Bevor er mich festnehmen lässt.«

Er musterte sie eine lange Weile lang und nickte dann. »Schön, aber ich würde gerne dabei sein.«

»Ich würde es gar nicht anders haben wollen.« Sie küsste ihn auf die Wange. »Ich liebe dich, Tanner.«

Er zog sie in eine warme, umhüllende Umarmung. »Und ich liebe dich, Prinzessin.«

Jetzt aber, das Auto. Reggie schlüpfte aus Tanners Umarmung heraus und ging um den Wagen herum. »Ich kann es nicht glauben ... Ich ... Das ist ein Wunder. Sag mal ...« Sie hielt ihm die Hand hin und wackelte mit den Fingern. »Ich habe in dem Durcheinander mein Telefon verloren, kann ich deins ausleihen?«

»Du hast dein Telefon verloren?« Er zog sein Handy heraus und drückte es sich ans Ohr. »Louis, bitte kontaktiere Mr. Beswick in Amerika, er soll Reginas Handy sperren lassen. Besorge ihr bitte ein neues.« Nachdem er das Gespräch beendet hatte, zog er eine Grimasse und reichte ihr das Telefon. »Wie kam es, dass du dein Handy verloren hast?«

»Die Unruhen. Jetzt, pssst, das ist ein heiliger Moment. Ich mache ein Foto und schicke es Al. Das wird ihn umhauen, einfach umhauen.«

Ihr Herz flatterte alleine beim Gedanken an Als Gesicht, wenn er diese Nachricht empfangen würde. Aber warte mal ... Reggie senkte das Telefon.

»Ich sollte ihm den Wagen einfach schicken. Ihn das Auto restaurieren lassen. Er wäre so dermaßen überrascht. Er hat mir immer gesagt: ›Kein Starfire #89 wird je seinen Weg runter nach Dixie finden.‹ Tja – da lag er wohl falsch!«

»Aber er hat die Werkstatt doch geschlossen.«

»Ja, aber das heißt ja noch lange nicht, dass er deshalb mit dem Schrauben aufhören wird. Ich kenne ihn doch. Und er würde Himmel und Erde in Bewegung setzen, um an dem Starfire #89 zu arbeiten.«

»Wenn du sicher bist, dass du das willst, dann werde ich mal sehen, was wir wegen einer Überführung machen können.« Tanner ging zum Heck des Wagens und senkte den Lichtkegel seiner Taschenlampe. »Stand in dem Märchen nicht auch was darüber, dass die Prinzessin etwas im Kofferraum verstaute? Hier ist ein kleiner.«

»Ja, das stand da. Und übrigens brauchst du nicht immer alles für mich zu erledigen. Gib mir einfach die richtigen Tipps, und dann kümmere ich mich um die Verschiffung des Autos.« Reggie bückte sich, um nach der Entriegelung zu tasten. Die kleine Klappe sprang auf, und sie leuchtete hinein. »Hier ist eine lederne Tasche.« Sie griff danach. »Fühlt sich nach Büchern an. Das wäre typisch für meine Vorfahren, oder? Mir Bücher zu hinterlassen. Nicht, dass es mir etwas ausmachen würde, aber irgendetwas Persönliches wäre auch nett gewesen.«

Sie knieten sich auf der Plane nieder. Reggie reichte Tanner ihre Taschenlampe und öffnete die Schnallen der Tasche.

»Ein Schal ... ein blauer Schal ...« Sie zog ihn hervor. »Ich glaube, es ist der, den Uroma auf dem Gemälde trug. Darin ist etwas eingewickelt.« Reggie wischte den Staub von der Plane, bevor sie den Schal vorsichtig abwickelte.

Das Licht der Taschenlampen fing das brillante Funkeln eines diamantenbesetzten Diadems ein.

»Ach du lieber Himmel!« Reggie schnappte nach Luft und legte sich die Hand auf die Brust, als sich die Lichtstrahlen in den Edelsteinen brachen und prachtvolle Prismen über die Stallwände warfen.

»Hier hast du dich also versteckt, du ungezogenes Diadem«, sagte Tanner. »Ich habe landauf, landab nach dem Prinzessin-Alice-Diadem gesucht.«

»Ich habe noch nie so etwas Schönes gesehen.« Sie linste an Tanner vorbei auf den Sportwagen. »Außer vielleicht den Starfire ... Nein, nein, das Diadem gewinnt. Es ist ... ein Gleichstand. Ja, Gleichstand. Ich kann das Diadem ja tragen, wenn ich das Auto ausfahre.« Reggie hob die Krone hoch und untersuchte das Prachtstück aus Platin und Diamanten von allen Seiten. »Verblüffend.«

»Ich habe die königlichen Kronen und das Diadem gefunden, das deine Uroma von der letzten Großherzogin geerbt hatte, aber diese Schönheit eben nicht. Ich dachte, sie sei verlorengegangen. Wie so viele andere Dinge auch.«

Reggie sah Tanner direkt an. »Gibt es eine Geschichte dazu?«

»Es ist ein diamantbesetztes Girlanden-Diadem, das 1913 von Cartier anlässlich des 16. Geburtstags deiner Urgroßmutter angefertigt wurde. Es war ein Geschenk von Prinz Franz.«

»Zusammen mit dem Prinzessin-Alice-Baum?«

»Ach, du hast also von dem Baum gehört?!« Tanner zeigte auf die Spitze des Diadems. »Siehst du die Lorbeerkränze mit den Saphirblättern, die hier einen Bogen bilden? Das entspricht dem Entwurf deines Onkels, nur für sie. Das ist einzigartig.« Tanner wies mit dem Lichtkegel seiner Lampe auf die Ledertasche. »Ich wette, dort finden wir noch die passende Halskette und Ohrringe mit Diamanten und Saphiren.«

Reggie griff hinein und holte einen gelben Seidenschal hervor, den sie abwickelte. Darin entdeckte sie tatsächlich die Halskette und die Ohrringe. Die Steine strahlten an den goldenen Fäden.

Reggie lehnte sich an das Auto. »Je mehr ich Uromas Welt entdecke, desto weniger verstehe ich ihr Schweigen. Sie hat davon erzählt, wie sie nach Amerika gekommen ist, hat von ihrem zweiten Ehemann und ihrer Tochter, meiner Oma, erzählt. Sie hat sich gerne an ihre schöne Kindheit in Hessenberg erinnert. Aber niemals, nicht ein einziges Mal, hat sie gesagt: ›Zu meinem 16. Geburtstag ließ mein Onkel, der Großherzog, bei Cartier ein Diadem mit Diamanten und Saphiren für mich anfertigen.‹«

»Das war vielleicht ihre Art, mit dem Schmerz umzugehen.« Tanner setzte sich neben sie. »Als ich meine Mädchen aufgab, hörte ich auch auf, über sie zu sprechen. Wenn ich das getan hätte, hätte das meinen Schmerz frischgehalten. Wie deine Uroma glaubte ich, ich würde sie nie wiederbekommen. Ich würde sie nie wiedersehen.«

»Das ergibt schon einen Sinn, aber ich wünschte trotzdem, sie hätte etwas gesagt.«

»Aber das hat sie doch, Liebes. In dem Märchen.«

»Und da wären wir wieder.« Reggie hielt die Krone vor ihr Vera-Wang-Oberteil, das sie günstig bei Kohls bekommen hatte. »Was meinst du? Passt doch super zusammen, oder?«

»Ja, zu der Frau, nicht zu den Kleidern.« Tanner tauschte seine Taschenlampe gegen das Diadem und setzte es ihr sanft auf den Kopf. »Wunderschön.«

Eine leichte Röte zog sich über ihre Wangen.

Tanner hielt sein Telefon hoch. »Für mich? Bitte. Zur Erinnerung an diesen Moment.«

»Okay. Aber wirklich nur für dich.« Sie lächelte, und Tanner bekam seinen Schnappschuss.

Sie fühlte sich befangen und nahm sich das Diadem schnell wieder vom Kopf. »Wie lächerlich sehe ich denn aus?«

»Du siehst atemberaubend aus. Das Diadem steht dir.« Er strich ihr über die Wange. »Du bist wirklich eine Restauratorin. Stellst verlorene Geschichte wieder her. Verlorene Beziehungen. Verlorene Träume. Du bist in mein Leben getreten, und alles hat sich verändert. Und Hessenberg wird es nicht anders ergehen.«

»Vielleicht. Aber in Wirklichkeit hat alles mit dir angefangen, Tanner.« Sie starrte das Diadem an, das sie vorsichtig in den Händen hielt. »Ich habe ein bisschen Angst.«

»Ich auch.« Er rückte näher an sie heran. »Ich habe keine Ahnung, wie man Mädchen großzieht. Aber du wirst mir dabei helfen. Du weißt nicht viel über das Leben einer Prinzessin oder über Politik, aber ich werde bei dir sein.« Er nahm ihre Hand. »Einer für alle, alle für einen.«

Sie sah ihm tief in die Augen. »Einer für alle.« Dann beugte sie sich vor, um ihn zu küssen. »Ich finde es immer noch klasse, dass ich das *beinahe* immer machen kann, wenn mir danach ist.«

»Was sagst du dazu, wenn wir den Wagen filmen lassen? Ich kann das Medienteam ihn ein bisschen in Szene setzen lassen.« Tanner zielte mit seinem Telefon erst auf das Auto, dann auf Reggie. »Was ist sonst noch in der Tasche?«

Sie grub darin herum und holte zwei ledergebundene Bücher, ein Foto, ein kleines hölzernes Schmuckkästchen und ein Paar cremefarbener Handschuhe aus Ziegenleder heraus.

Sie blätterte durch das erste Buch, ein kompaktes, ledergebundenes Exemplar mit abgestoßenen Ecken, das aussah, als wäre es viel herumgetragen worden.

»Tanner«, Regina erhob sich auf ihre Knie, »leuchte mal bitte hier drauf. Ach du meine Güte, Wahnsinn!« Sie seufzte und lachte gleichzeitig. »Es ist Uromas Tagebuch.« Sie schlug die erste Seite auf.

»Schau ... 1913 bis ...«, sie blätterte zur letzten beschriebenen Seite vor, »... bis Oktober 1914. Tanner, sie hat ihre Tagebücher zurückgelassen.«

»Sie hat ihre Geschichte der Nachwelt hinterlassen.«

»Das Märchen«, sagten sie beide gleichzeitig, und ihre Blicke trafen sich.

»Sie schrieb mir, ich sollte das Auto finden und im Kofferraum nachsehen.«

»Ich habe dir doch gesagt, dass sie in diesem Märchenbuch zu dir spricht.« Tanner verstaute sein Telefon und alles, was diesen Moment sonst noch gestört hätte.

»In Form von Bildern und Symbolen, anstatt mit der nackten Wahrheit.«

Regina sah auf die Seite hinunter und las laut vor. »Mama kam gerade grimmig und traurig beim Licht einer Kerze in mein Zimmer. Ich soll meine Sachen packen und mich darauf vorbereiten, unser geliebtes Hessenberg zu verlassen. Zu fliehen, vielmehr. Wie kann das nur sein? ... Onkel hat all unsere Rechte und die Regierungsherrschaft an Cousin Nathaniel überschrieben. Er hat sich Brighton unterworfen.«

Große Ehrfurcht erfüllte ihr Herz. »Ich habe mir das mit dem Auto und dem Diadem anders überlegt.« Reggie drückte sich das Tagebuch an die Brust. »Das ist mein wertvollster Besitz.«

»Hört, hört«, flüsterte Tanner.

»Ich bin so froh, dass ich dem Licht gefolgt bin.« Reggie hob die Ledertasche hoch, um ein letztes Mal hineinzusehen. »Da ist noch ein Umschlag.« Sie zog ihn hervor und reichte ihn Tanner.

Er sah hinein und lachte. »Meine allerliebste Reggie, jetzt glaube ich die Sache mit dem Licht endgültig. Wirklich wahr.«

»Was ist das?« Sie legte ihre Hand auf seine und versuchte, den Inhalt des Umschlags zu erkennen. »Was hat denn auf einmal zu deiner neuen Einsicht geführt?«

»Wertpapiere. Tolle, wunderschöne Inhaberschuldverschreibungen.«

»Die Wertpapiere. Die im Text des Abkommens erwähnt werden.«

»Ihre Majestät«, sagte Tanner. »Sie sind eine sehr wohlhabende Frau.«

Sie blinzelte ihn durch ihre Tränen an. »Jetzt kann ich das Land *wirklich* wiederherstellen.«

DREISSIG

Sie hatte ihr Glück gefunden – *und* die wahre Liebe – zwischen den Küsten einer kleinen Inselnation, einem Juwel, das wieder zu königlicher Perfektion gefunden hatte. Eine Vergangenheit, die sie nie gekannt hatte, war lebendig geworden, war in ihre Gegenwart hineingerauscht und hatte neu definiert, wer sie war und wie ihre Zukunft aussehen würde.

So seltsam es sich anfühlte, eine königliche Prinzessin zu sein, so überzeugt war Reggie, dass *das hier* wirklich das war, wozu sie geboren worden war. Uromas altem, geliebtem Hessenberg zu seiner ursprünglichen, klassischen Schönheit zurückzuverhelfen.

Und sie hatte nur 29 Jahre dafür gebraucht, das herauszufinden. Ihr Herz verstand jeden Tag mehr, dass das der Ort war, an dem sie sein sollte.

Jetzt war sie aber spät dran. Und das für ihren ersten offiziellen Auftritt als Prinzessin von Hessenberg. Die offizielle Unterzeichnung des Abkommens über das Erblehen am 22. Oktober, die Brightons hundertjährige Herrschaft über Hessenberg beendete, stand an.

Sie hatte nur wenige Minuten, um sich umzuziehen. Reggie rannte in ihre Suite, riss sich die Stiefel von den Füßen und wand sich aus ihrer Jeans. Sie war aufgeregt, weil sie eine Mannschaft zusammenbekommen hatte, die den Starfire #89 aus dem Stall herausholen und ihn an Daddy verschicken würde. Diese Aufgabe hatte sie die ganzen letzten Tage in Anspruch genommen, aber jetzt war das antike Schätzchen auf dem Weg.

Was würde Al Augen machen, wenn er aus Texas zurückkam!

Vielleicht würde sie sogar zur großen Enthüllung nach Hause fliegen müssen. Nicht einmal Daddy wusste genau, was sie ihm da eigentlich schickte. »Es ist riesig! Groß! Unglaublich!«

Auf dem Weg zu ihrem Ankleidezimmer erhaschte Reggie im Spiegel einen Blick auf sich selbst.

Eine rote Mähne, blaue Augen und die Rundungen der Beswick-Frauen ... alles sehr vertraut. Aber der Glanz in ihren Augen war neu, ein Symbol der wachsenden Überzeugung, dass sie genau dort war, wo Gott sie haben wollte.

Die warmen Tropfen der göttlichen Salbung flossen ihr immer noch über den Kopf, meistens, wenn sie ihren königlichen Pflichten nachkam. Wie an dem Tag, an dem sie Seamus bat, eine Regierung zu bilden. Er brauste auf und stieß Unmengen heißer Luft hervor, bekam eine leuchtend rote Nase und sagte am Ende zu, ihrer Bitte nachzukommen. Er versprach, seinen Plan, sie als Staatsfeindin anzuzeigen, fallenzulassen.

Und die Tropfen? Das gelegentliche Gefühl, eine Hand lege sich auf ihren Kopf? Seltsam, aber sie war davon überzeugt, dass Gottes Welt in ihre eindrang. Alles in allem war das schließlich seine Reise, und sie war nur für ein Stück des Weges mitgefahren.

In ihrem Ankleidezimmer hatte Serena Kleider von drei Designern herausgelegt, die bereits Entwürfe anfertigten, die Reggies Stil definieren sollten. Weite Röcke und Cowboystiefel.

Reggie wählte das Seidenkleid in kräftigem Grün mit der Knopfleiste vorne von Melinda House. Sie zog es sich über den Kopf, der Stoff glitt ihr über die Arme und umspielte ihre Knie. Wenn sie gewusst hätte, dass es Kleider wie dieses gab, hätte sie schon viel früher angefangen, sie zu tragen.

Dann schlüpfte sie in ein Paar cremefarbene weiche Stiefeletten – hey, sie folgte doch nur Empfehlungen – und rannte wieder raus.

»Sie sehen sehr schön aus, Miss. Royaler Redneck, Hut ab!«, sagte Serena, die eben die Suite betrat. »Soll ich Ihnen die Haare machen? Mr. Burkhardt lässt ausrichten, Sie mögen bitte Ihr Diadem tragen.«

»Das Diadem tragen? Um das Abkommen zu unterschreiben?« Sie hatte sich mit dem Gedanken angefreundet, einige ihrer Gewohnheiten ändern zu müssen. Öfter schicke Kleidchen zu tragen, als ihr lieb war. Aber das Diadem und die Ohrringe mit den diamantenen Tropfen gaben ihr das Gefühl, sie sei eine lippenstifttragende, mit Diamanten bestückte Hochstaplerin.

»Aber das ist eine förmliche Zeremonie, Miss. Sie sind die königliche Prinzessin. Wenn es je an der Zeit war, das Diadem Ihrer Urgroßmutter zu tragen, dann jetzt.« Serena nahm das empfindliche Stück aus der Seidenhülle, die Tanner dafür hatte anfertigen lassen.

»Ich fühle mich so albern. Als würde ich mich irgendwie aufspielen.«

»Kommen Sie her und setzen Sie sich.« Serena klopfte auf den Stuhl vor dem Schminktisch. »Lassen Sie mich Ihr Haar machen und das Diadem arrangieren. Sie werden nicht einmal bemerken, dass es da ist.«

Reggie zögerte. Konnte sie Serena nicht einfach sagen, dass sie das nicht wollte? Sie war immerhin die Prinzessin. »Okay, aber dann toupiere die Haare so, dass man es nicht so sieht.«

Serena machte sich ans Werk und tat genau das Gegenteil. Sie zähmte Reggies wilde Mähne und formte das Haar zu einem Dutt, bevor sie ihr das Diadem auf den Kopf setzte.

»Ihre Majestät, das sieht so schön aus. Sie sind wunderschön.« Sie fing Reggies Blick ihm Spiegel ein. »Wie ich sagte, Hut ab vor dem royalen Redneck.«

»Das habe ich aber nicht bestellt, Serena.« Reggie zuckte beim Anblick ihrer Erscheinung und dem großzügigen Glitzern der Diamanten auf ihrem Kopf zusammen.

»Aber das ist perfekt für Sie.«

»Bist du sicher?«

Jarvis sanfte Stimme drang durch die Gegensprechanlage des Zimmers. »Mr. Burkhardt ist hier, Miss.«

Reggie stand mit einem Blick auf Serena auf. »Ich vertraue dir mit der Frisur und so.«

»Dem werden die Augen aus dem Kopf fallen.«

»Die Augen aus dem Kopf fallen? Wem, Mr. Burkhardt?« Serena hatte Reggie einmal dabei erwischt, wie sie Tanner geküsst hatte. Okay, vielleicht zweimal. Aber das war beide Male nur auf die Wange gewesen.

»Oh, schon gut.« Serena winkte ihren Kommentar mit einem Kichern ab. »Wir wissen doch alle Bescheid.«

»Na, dann tut mal so, als wüsstet ihr von nichts.« Reggie lächelte ihre Zofe an.

Als sie die Treppe herunterkam, sah Tanner auf. Sein Herz bestimmte seinen Gesichtsausdruck. Liebe.

Er gewann sie ganz von Neuem für sich.

Mit einem leisen Pfiff stützte er den Ellbogen auf dem Geländer ab und sah zu, wie sie die Treppe hinabstieg.

»Du weißt, dass du mich nie wieder loswirst«, sagte er und reichte ihr die Hand, als sie am Fuß der Treppe angekommen war.

»Weil ich dieses Diadem trage?« Sie hob ihr Kinn und berührte den Rand der Krone mit ihrer Hand.

»Nein.« Er küsste sie auf die Stirn. »Wegen der Stiefel.«

Sie lachte. Stromstöße fuhren ihr über den Rücken. *Das also ist Liebe ...*

»Regina«, Tanner atmete aus und kniete sich langsam hin. »Ich liebe dich und ...«

»Herr im Himmel und alle Heiligen.« Serena hing über dem Geländer der Galerie, die Augen so groß wie Untertassen, den Mund sperrangelweit offen.

»Serena«, sagte Tanner, »wir bräuchten bitte mal einen Moment für uns.«

Die Zofe brachte mit ihren davoneilenden Schritten den ganzen Palast zum Wackeln.

»Tanner, was machst du denn da?« Reggie setzte sich auf die unterste Treppenstufe und sah ihn an.

»Ich habe die ganze Nacht darüber nachgedacht. Warum warten, wenn wir wissen, dass wir einander lieben?«

»Aber ich bin eine frischgebackene Prinzessin, und du bist ein frischgebackener Papa.«

»Und wir werden einander brauchen, um unsere neuen Aufgaben zu bewältigen. Um uns gegenseitig zu unterstützen.«

Sie streichelte seine Wange. Seine blauen Augen leuchteten entschlossen.

»Es wird kompliziert werden.«

»Ja, aber es wird auch Spaß machen.« Er wackelte mit den Augenbrauen und brachte sie zum Lachen.

»Also«, sagte sie, senkte den Blick und bauschte ihren Rock auf, »was wolltest du mich denn nun genau fragen, Tanner Burkhardt?«

»Regina Alice Beswick von Augustin-Sachsen, willst du ...«

»Du hast vergessen, Prinzessin zu sagen.«

»Verzeihung, Ihre Majestät. Prinzessin Regina Alice Beswick von Augustin-Sachsen, willst du ...«

»Tanner«, sie legte ihm die Hand aufs Herz, »jetzt mal im Ernst. Frag mich von da aus.«

Er lächelte, erhob sich und setzte sich neben sie auf die Treppe. »Reggie, ich habe dich geliebt, seitdem du mit Blättern im Haar und Öl im Gesicht unter einer Corvette hervorgekrochen bist. Ich möchte mein Leben mit dir teilen. Ich möchte, dass du dein Leben mit mir teilst. Ich kann mir nicht vorstellen, noch einen Tag ins Land ziehen zu lassen, ohne dass du mir versprichst, dass du mich heiratest. Würdest du mir die Ehre erweisen, meine Frau zu werden? Bitte.« Er schob die Hand in die Tasche und holte einen schlichten Platinring mit einem einzigen Diamanten hervor.

Ihr stiegen die Tränen in die Augen. Er kannte sie gut. »Oh, Tanner, der ist ja vollkommen.« Sie bedeckte seine Hand mit ihrer und traf seinen Blick. »Ich glaube, ich habe mein Herz an dich verloren, als du mir gesagt hast, wer ich wirklich bin ... die verschollene Prinzessin von Hessenberg. Ich habe dich jeden Tag ein bisschen mehr geliebt, und ich kann mir ein Leben ohne dich nicht vorstellen. Also, ja, Tanner Burkhardt, ich will dich heiraten.«

Er steckte ihr den kühlen, glatten Ring an den Finger, umfing sie mit seinen Armen und besiegelte ihr Versprechen mit einem Kuss. Und da wusste sie es. Regina Beswick war endlich ganz zu Hause angekommen.

EINUNDDREISSIG

Ein Jahr später

Pünktlich um 13 Uhr läuteten die Glocken der Kathedrale. Sie schickte grandiose Klänge hinaus auf die Straßen Hessenbergs.

Erzählt es der ganzen Welt! Prinzessin Regina Alice Beswick von Augustin-Sachsen hat Tanner Wingate Burkhardt geheiratet.

Und im nächsten Monat, gleich nach den Flitterwochen, würde es mit der Krönung weitergehen. Dann würde sie Ihre Majestät Regina Alice Beswick von Augustin-Sachsen, Großherzogin von Hessenberg, werden.

Reggie hatte sich nie mehr wie eine Prinzessin gefühlt als in dem Moment, in dem sie in einem maßgeschneiderten weißen Kleid mit Uromas Schmuck und dem Diadem an Tanners Seite durch den Mittelgang des Kirchenschiffs von St. John's schritt.

Die Liebe verstand es, das Herz jeder Frau zu krönen.

Tanner flüsterte: »Glücklich?«

»Mehr als das.«

Die Brautjungfern Carrie, die Rafe letztes Jahr geheiratet hatte, Bella und Britta trugen cremefarbene Kleider mit weinroten Schärpen. Die Zwillinge waren abwechselnd schön, lustig, zum Verzweifeln – und schon ganz und gar in Reggies Herz eingezogen.

Tanner und Reggie traten aus der Kirche heraus in die Oktobersonne und wurden von donnerndem Jubel und Beifallsrufen empfangen.

»Ich kann mich kaum denken hören«, rief sie Tanner zu, winkte den Menschen und lehnte sich an ihren Mann.

Am Fuß der Treppe fing Reggie den Blick des stattlichen Premierministers von Hessenberg auf, Seamus Fitzsimmons, der, ohne seine ewige Pfeife zwischen den Zähnen, in Zylinder und Frack sehr adrett aussah.

»Reggie, schau.« Tanner zeigte auf die brightonschen Doppeldecker aus dem Ersten Weltkrieg, die über sie hinwegflogen und eine Konfettiwolke in allen Regenbogenfarben über ihnen abließen.

Die Menschenmenge machte »Oh« und »Ah« und versuchte, die bunten Papierschnipsel, die mit Prinzessin Reginas Monogramm und dem Hochzeitsdatum bedruckt waren, zu fangen.

Nur wenige Momente später folgte ein Flugzeug aus dem Zweiten Weltkrieg und wackelte grüßend mit den Flügeln. Ihm folgte das gewaltige Lärmen einer amerikanischen F18-Formation. Ein Geschenk der USA an Ihre Königliche Hoheit an ihrem Hochzeitstag.

Reggie legte den Kopf in den Nacken und stieß einen eigenen Jubelruf aus. So ein überwältigender Anblick, so ein aufregender Klang.

»Das ist fantastisch!«, brüllte Tanner.

Eine Reihe Trompeter in roten Kniebundhosen, blauen Uniformjacken und Dreispitzen hoben ihre Instrumente und bliesen einen königlichen Tusch.

Tanner nahm Reggie bei der Hand und rannte mit ihr zu der Kutsche, die auf sie warten sollte. Doch als die Wachleute beiseitetraten, sah sie, dass anstatt der passenden weißen Pferde ein leuchtend roter, frisch restaurierter Starfire #89 die Kutsche zog.

Und ihr Chauffeur? Al, der in seiner Marines-Uniform stolz und aufrecht neben dem Auto stand.

»Al!« Reggie vergaß alle Etikette, ließ Tanner einfach stehen und rannte in Als Arme. »Du bist gekommen, du bist gekommen.«

»Ha, ha, mein Mädchen, das hast du gut gemacht. Ich fand es furchtbar, dich anzulügen und zu behaupten, dass Miriam und ich nicht kommen könnten, aber wir wollten dich überraschen.«

Der heutige Tag war voller Freude. Und voller Tränen.

Auf der anderen Seite des Autos hatten sich Bella und Britta zu Daddy gesellt. Der strahlte und sah so unglaublich elegant aus in seinem Smoking. »Wir haben dich überrascht, Reg.«

»Das habt ihr auf jeden Fall.«

Sadie weinte und wischte sich die Augen. Sie trug einen der verrücktesten Hüte, die Reggie je gesehen hatte. Aber für die Zwillinge war sie jetzt schon die Oma und für Tanner eine zweite Mum.

Der Erzbischof und Mrs. Burkhardt standen strahlend neben Sadie. Tanner hatte endlich begriffen, wie sehr sein Vater ihn liebte. Jetzt hatten die beiden jeden Donnerstag einen festen Termin zum Mittagessen.

Es war ein geschäftiges, aber auch unglaublich wunderbares Jahr gewesen.

»Das ist ja unfassbar.« Reggie trat zurück, um das Auto zu inspizieren, während Carrie den Saum ihres Kleides anhob, damit der nicht im Dreck schleifte. »Fährt er?«

»Süße, red keinen Stuss, wo ich doch extra den ganzen Weg hierhergekommen bin, um an deinem Hochzeitstag den Fahrer zu machen.« Glucksend zeigte Al auf Tanner. »Es war seine Idee, den Wagen zu nehmen. Er hat dafür gesorgt, dass wir rechtzeitig fertig wurden. Hat uns geholfen, Teile, Experten, Arbeitskräfte und all das zu finden.«

»Herzlichen Glückwunsch zum Hochzeitstag.« Tanner legte ihr den Arm um die Taille und küsste sie.

»Das ist der allerbeste Tag überhaupt!« Sie warf die Arme hoch in die Luft. Nun kommt schon, Leute, immerhin konnte sie ihre Wurzeln nicht ganz aufgeben.

Tanner half Reggie in die Kutsche, während Al den Starfire #89 anwarf. Der Motor grollte, während das alte Auto durch die jubelnden Massen fuhr. Der Lärmpegel stieg und fiel, verklang aber nie.

Fotografen rannten mit der Kutsche mit. Sie alle versuchten, das Foto des Jahrhunderts zu schießen – eine königliche Hochzeit in Hessenberg.

Reggie schob ihre Hand in Tanners. »Danke für das alles hier, Mr. Burkhardt.«

»Ohne dich hätte ich das nie geschafft, Mrs. Burkhardt.« Er legte den Arm um sie, neigte seine Lippen zu ihren und küsste sie lange.

Reggie Beswick fand die Liebe, indem sie zu ihrem Schicksal ja sagte, und ihr ganz eigenes »Es war einmal« und »Glücklich bis an ihr Lebensende« begann.